Knaur.

Knaur.

Im Knaur Taschenbuch Verlag sind bereits folgende Bücher des Autors erschienen:
Die Geheimloge
Der Judasfluch
Der Mastercode
Das Judasgift

Über den Autor:
Scott McBain ist ursprünglich Anwalt mit dem Spezialgebiet See- und Schiffsrecht. Er lebt in London und Panama. Neben seiner Tätigkeit als Anwalt und Schriftsteller engagiert er sich für Entwicklungshilfeprojekte in Mittelamerika, vor allem im Bildungsbereich. Seit seinem Bestseller *Der Judasfluch* ist er einer der großen Namen für erfolgreiche Mysterythriller.

Scott McBain

Das Nemesis-Spiel

Thriller

Aus dem Englischen von
Michael Benthack

Knaur Taschenbuch Verlag

Das englische Originalmanuskript trägt den Titel
»The Serpent And The Minotaur«.

Besuchen Sie uns im Internet:
www.knaur.de

FSC
www.fsc.org
MIX
Papier aus verantwortungsvollen Quellen
FSC® C014496

Deutsche Erstausgabe September 2010

Ein Unternehmen der Droemerschen Verlagsanstalt
Th. Knaur Nachf. GmbH & Co. KG, München.

Redaktion: Kirsten Reimers
Umschlaggestaltung: ZERO Werbeagentur, München
Umschlagabbildung: FinePic®, München
Satz: Adobe InDesign im Verlag
Druck und Bindung: GGP Media GmbH, Pößneck
Printed in Germany
ISBN 978-3-426-50566-3

2 4 5 3 1

Este libro es para ti, Julito,
niño especial, amado por Dios.

Es lauert die Schlange im Grase.

Vergil, Eklogen

Prolog

Der Mythos ist die geheime Öffnung,
durch die die unerschöpflichen Energien des Kosmos in die kulturelle Manifestation des Menschen einströmen.
Joseph Campbell

Worin der Sinn dieser Welt – und der Zweck des Lebens – besteht, ist doch klar, oder? Reich zu werden, mächtig und berühmt. Vorzugsweise alles drei. Und um reich, mächtig und berühmt zu werden, gibt es offensichtlich eine Methode, mit der sich die anstehende Aufgabe mit Sicherheit meistern lässt: Man kaufe genagelte Stiefel.
Denn jeder Erfolg gründet, notwendigerweise, auf dem Scheitern anderer. Wobei es nicht nur darum geht, den Feind zu vernichten, sondern auch darum, den Freund auszubeuten. Freunde sind auf der materiellen Ebene nichts anderes als ein weiteres Hilfsmittel im Streben nach Selbsterfüllung. Die obigen Aussagen sind natürlich über jeden Zweifel erhaben. Nur ein Narr würde sie in Frage stellen – denn nur ein Narr würde es wagen, die Wahrheit auszusprechen. Aber an Narren mangelt es in der heutigen Welt. Sie sind so selten wie eine Lotusblume in der Arktis.
Doch bei der Suche nach den *einzigen* Dingen, die das Leben lebenswert machen, wirkt ein merkwürdiges, fast unsichtbares System dynamischer Prozesse. Die Reichen suchen die Gesellschaft von ihresgleichen. Verzehrt vom Verlangen, um

jeden Preis Geld zu verdienen, jagen und essen sie gemeinsam. Die Mächtigen tun das Gleiche. Auf der ganzen Welt bringen sie, gezwungen vom Drang, ihre Mitmenschen zu dominieren, ihren politischen Einfluss und ihre Verbindungen zusammen, damit sie andere ohne Skrupel manipulieren können. Kurzum: Die Reichen und Mächtigen jagen in Meuten. Das gilt auch für die Berühmten. Diese stellen ihre Fähigkeiten, ihren Körper, ja selbst ihre Laster zur Schau – und umgeben sich mit einer Schar von Bewunderern und Schmeichlern, die jeden Preis zahlen, um den Berühmten dabei zuzuschauen, wie sie das tun, was sie am besten können – ob das nun Singen, Tanzen oder das Fremdgehen ist. Und in der Tat: Diese Primadonnen dieser Welt beherrschen souverän die schwierigste aller Situationen – das Sterben. Selbst im Tode sind sie wie versessen auf Berühmtheit, auf die Objektive der Fotoapparate. Sie verstehen es meisterhaft, Gefühle in Vergötterung … und Bares umzumünzen.

So viel zu den Siegern.

Würde ein Besucher von einem fremden Planeten dieses Bild erblicken, so würde er eine riesige Herde sehen, die über die große Savanne galoppiert, aus der die Welt besteht. Die Beute – die menschliche Entsprechung zu den Zebras, Springböcken und Antilopen und deren Nachkommen – wird von den gefährlicheren Tieren der Savanne, beispielsweise Löwen, Hyänen und Geparden, angegriffen und erlegt. Und wenn die Übriggebliebenen der Herde dann dieser blutigen Szene ringsum gewahr werden, noch während sie um ihr Leben laufen, erkennen sie ihre unausweichliche Verwundbarkeit. Um dem traurigen Schicksal der Opfer zu entgehen, versuchen sie dann ihre Identität zu ändern, ihren Unterdrückern immer ähnlicher zu werden.

Kurzum: Menschen passen sich an, je nachdem, wie sie die bestehenden gesellschaftlichen Verhältnisse wahrnehmen, mit dem Ziel, sich der drohenden Ausbeutung zu entziehen. Dadurch werden sie oftmals selbst zu Ausbeutern. Die Beute wird zum Raubtier.

Doch was geschieht, wenn es immer mehr wilde Tiere auf der Welt gibt? Wie es aussieht, werden die Verhältnisse nie wieder so sein können, wie sie einmal waren: Das Gleichgewicht der Natur wird sich nicht wieder durchsetzen können, und am Ende werden diese Zerstörer der Harmonie alles auslöschen. Die Lebensbedingungen auf der Savanne verändern sich. Die weiten Ebenen werden immer öder, und im Rennen um das Leben – im Rennen *des* Lebens – wird die Herde von einer unsichtbaren Macht zusammengetrieben, damit sie ein Labyrinth betritt. Dann drängen sich die Menschen in immer wilderer Verzweiflung aneinander. Hierbei kommt es entscheidend auf Geschwindigkeit und das sichere Wissen um den Fluchtweg an. Selbst dem mächtigsten Löwen kann der schnellste Wasserbüffel davonlaufen. Auf dieser wilden Flucht regiert das Chaos, wobei es keinen Ausweg zu geben scheint.

Kurzum: Die Lebensbedingungen auf der Welt neigen aufgrund der menschlichen Gier und des Verlangens, anderen voraus zu sein, stets zur Unordnung.

Doch selbst hier setzt die Natur – die verborgene Dynamik, die dem Funktionieren der Welt zugrunde liegt – eine Waffe ein, um der Menschheit das Überleben zu ermöglichen. Im Kampf, bei dem der König des Dschungels bestimmt wird, betritt eine weitere Kreatur die Bühne. Die Schlange.

Und die Schlange ist Weisheit.

Das Unerwartete

1

Doch der Mensch, der stolze Mensch,
in kleine, kurze Majestät gekleidet.
William Shakespeare

Mächtige Menschen sind selbstzufriedene Menschen; sie sind allerdings auch ewig unzufrieden mit dem, was sie haben. Wäre es anders, so wären sie mit ihrem Schicksal zufrieden. Dann könnten sie möglicherweise damit beginnen, anderen zu helfen – anstatt immer nur für sich selbst zu sorgen. Aber das ist wohl zu viel verlangt; das gehört zu einer anderen Welt.

»Rachel!«

»Ja, Mr. Reynolds?«

Die Dreißigjährige eilte in das Büro, wenn auch etwas wackelig, weil ihre hochhackigen Schuhe an den Fersen schmerzhaft drückten. Sie hatte die schwarzen Stilettos am Wochenende in einem exklusiven New Yorker Kaufhaus gekauft und gehofft, die Schuhe rechtzeitig einlaufen zu können. Dummerweise hatte sie jedoch am frühen Morgen die High Heels zwischen den anderen Schuhen in ihrem Kleiderschrank hervorgeholt, wofür sie nun büßte. Nach einem langen Arbeitstag schnitten ihr nun die Schuhe ins rohe Fleisch.

»Die Briefing-Unterlagen?«

»Hier.«

»Die Geschäftszahlen der schwedischen Firma?«

»Hier.«

Rachel strich sich die langen blonden Haare zurück und hielt ihrem »Herrn und Meister« die Dokumente hin. Sie war eine intelligente Frau und wusste sich zu kleiden. Hübsch, ohne schön zu sein, besaß sie Eigenschaften, die den Männern gefielen und die es ihr ermöglichten, mit ihnen auszukommen, ohne übermäßig bestimmt aufzutreten. Ein gewinnendes Lächeln, hübsche Beine und Brüste, die die Blicke verführten, ohne groß zu sein. All das und ein gutes Gedächtnis. Die wesentlichen Waffen einer Frau, die in jungen Jahren zur persönlichen Assistentin eines mächtigen Mannes aufgestiegen war. Und sie besaß noch eine Eigenschaft – jedoch eine verborgene. Insgeheim war sie ehrgeizig; sie hatte Träume, wollte sich selbst verwirklichen.

»Und …«

»Hier.«

Sie legte weitere Unterlagen in Reynolds' ausgestreckte Hand; er sah nicht hin, denn er hatte schon wieder ein Telefonat begonnen. Er ließ die Dokumente auf den Schreibtisch fallen, während er einem nervösen Mitarbeiter in Europa weitere Anweisungen gab.

»Ich komme morgen um 8.50 Uhr in Paris an, Flughafen Charles de Gaulle. Lassen Sie mich von einem Wagen abholen. Und die Besprechung in London – wer nimmt daran teil?«

Reynolds' Stimme klang herablassend und entschlossen. Er hatte Rachel den Rücken zugekehrt, aber weil er sie noch nicht aufgefordert hatte zu gehen, wartete sie dicht neben ihm. Als sie ein zaghaftes Hüsteln vernahm, wandte sie sich

halb um – und sah ein Mitglied des Vorstands im Türrahmen stehen.
»Entschuldigen Sie«, sagte sie lautlos. Reynolds konnte den Mann nicht sehen.
»Informationen über diese französische Firma. Und besorgen Sie mir …«, die Anweisungen nahmen kein Ende.
Paul Reynolds war hoch gewachsen, über eins neunzig groß. Anfang fünfzig. Er hatte keinen Bauch – das Ergebnis seines täglichen Fitnesstrainings. An diesem Nachmittag trug er eine schwarze Hose, ein hellblaues gestreiftes Hemd, die Ärmel aufgekrempelt, keine Krawatte. Dazu eine Armbanduhr aus Platin. Die Gesichtszüge waren attraktiv, wenn auch nicht fotogen. Kantiges Kinn, schmaler Mund, dunkelblaue Augen und gerade Nase, insgesamt ein guter Kopf mit ersten grauen Strähnen im Haar. So viel zu den körperlichen Attributen (seine Frau würde noch ein anderes erwähnen). Sein Ansehen in der Welt war noch beeindruckender. Er war Multimillionär, ein Mann, der seine Umgebung dominierte, und verkörperte den amerikanischen Traum: ein Selfmade-Man, der sein Vermögen selbst verdient hatte. Worum ihn viele beneideten.
»In London will ich mich mit …«
Rachel wandte den Blick vom Chef von Reynolds Holdings ab. Sie befanden sich im sechsten Stock eines Wolkenkratzers. Als sie aus dem Fenster blickte, sah sie das Meer aus Neonlichtern, die an den anderen Gebäuden flackerten. Es dämmerte, bald würde es Nacht werden in New York. Doch niemand schien es zu bemerken; nicht einmal, dass es ein lauer Abend im September war. In ihren Häusern aus Stahl und Beton arbeiteten die Menschen auch weiterhin fieberhaft – gruben nach Geld. In dem Unternehmen, in dem

Rachel angestellt war, war das nicht anders. Zweitausend Beschäftigte, manipuliert, drangsaliert und angetrieben von ihren Vorgesetzten. Vom dunklen Morgen bis zum dunklen Abend schufteten diese menschlichen Ameisen, um ihr Firmennest wie auch die eigenen Bankkonten zu vergrößern. Sinnvoll oder sinnlos? Die Tätigkeit von Menschen oder menschlichen Ameisen? Spielte das eine Rolle?

»Ich will … ich will … ich will.«

»Mr. Reynolds«, Rachel hob leicht die Stimme, »die Vorstandssitzung.«

Ohne sich zu ihr umzudrehen, sprach er schneller, während er letzte Anweisungen gab. Anweisungen, von denen die Welt notwendigerweise abhing, was bei mächtigen Menschen ja immer der Fall ist. Wussten die andern das eigentlich nicht?

»Das wär's dann«, beendete er das Telefonat und nahm mehrere Dokumente zur Hand. »Gehen wir.«

Unmittelbar bevor sie durch die Tür traten, ging Rachel langsamer und stellte sich ihm leicht in den Weg, so dass er seine Schritte verlangsamen musste.

»Ihre Frau hat dreimal angerufen; sie ist in London, mit Ihrer Tochter. Sie möchte unbedingt mit Ihnen sprechen, glaube ich.«

Vorübergehend von der anstehenden Aufgabe abgelenkt, nahm Reynolds seine persönliche Assistentin wahr. Heute trug sie eine weiße Bluse, einen schwarzen Rock und schwarze High Heels. Sie arbeitete seit zwei Jahren für ihn, und sie gefiel ihm. Er konnte sich zwar nicht genau daran erinnern, wie alt sie war, aber sie war wohl Ende zwanzig. Sie war schlank und besaß eine gute Figur. Ihr Mund war ein wenig zu breit (auch wenn sie gute Zähne und ein freundliches

Lächeln hatte), und er begehrte alles Perfekte. Aber sie hatte auch eine Gabe: Sie war extrem effizient in ihrer Arbeit und wusste fast instinktiv, was er wollte. Und das war wichtig. Denn das, was er begehrte, bestimmte den Wert der Dinge – so wie er es sah.

»Ich rede mit ihr nach der Vorstandssitzung.«

Sie verließen Reynolds' Büro und gingen den Flur entlang. An den Wänden hingen Werbeplakate, die die Erfolge des Unternehmens priesen. Schließlich blieben sie vor einer Mahagonitür stehen. Ein Angestellter kam auf sie zu, aber Reynolds schickte ihn mit einer kurzen Kopfbewegung weg. Seine Zeit war sakrosankt, und dieser Mitarbeiter – sein Untergebener – hatte das winzige Fenster für den richtigen Moment verpasst. Manche Leute lagen mit ihrem Timing immer daneben. So erging es auch jenen Mitarbeitern, die starben – oder hinausgeworfen wurden. Sie konnten mit dem Tempo des Unternehmens einfach nicht mithalten; sie blieben am biblischen Wegrand liegen.

»Ist meine Aktentasche gepackt?«

»Ja.« Rachel öffnete eine der Flügeltüren. Schweigen senkte sich über die Männer und Frauen, die in dem Konferenzraum auf rot gepolsterten Stühlen um einen Tisch aus poliertem Edelstahl saßen. Die Vorstandssitzung des internationalen Konzerns Reynolds Holdings Inc. begann.

Nachdem Rachel ihren Chef an der Tür zum Zentrum der Macht zurückgelassen hatte, kehrte sie an ihren Arbeitsplatz vor dem Büro des Vorstandsvorsitzenden zurück. Sie strich sich den Rock glatt und setzte sich auf ihren Drehstuhl. Auf dem Schreibtisch türmten sich neue Stapel von Papier. Anrufe aus der ganzen Welt waren eingegangen, mehrere Knöpfe des Telefons blinkten. Na ja, wenigstens hatte sie versucht, ihn dazu zu bringen, seine Frau anzurufen. Sie mochte Mrs. Reynolds, sie war ein herzensguter Mensch. Rachel nahm ihre Anrufe – und auch die ihrer Tochter Caroline – an ihren Mann entgegen, wenn er im Büro war, und die beiden bedankten sich immer bei ihr, wenn sie ins Büro kamen, was in letzter Zeit jedoch nicht mehr so häufig vorkam. Es war schade, dass Mr. Reynolds die Anrufe seiner Frau nur ganz selten beantwortete. Vielleicht lag das ja daran, dass er so viel zu tun hatte. Oder stimmten die Gerüchte, wonach eine Scheidung bevorstand? Oder dass er mit Prostituierten schlief? Rachel schob diese lieblosen Gedanken beiseite. Derlei Dinge gingen sie nichts an – zu ihren Aufgaben gehörte schließlich nicht, über das Privatleben des Vorstandschefs zu tratschen.

Zwei Stunden verstrichen. In dieser Zeit erwarb Reynolds Holdings hinter verschlossenen Türen noch ein Unternehmen – diesmal ein australisches.

Reynolds Holdings war nicht aufzuhalten, und der Bauch des Konzerns weitete sich entsprechend seinem gesteigerten Appetit. Und doch war Reynolds nie zufrieden. Aber welcher Chef war das schon? Wer war das nächste Opfer? Ah ja, ein schwedisches Technologieunternehmen mit Sitz in Stockholm. Es stand als Nächstes auf der Liste, eine kleine Firma, die verfolgt und erlegt werden musste – wie ein waidwundes Tier. Die firmeneigenen Wirtschaftsprüfer hatten die Fährte aufgenommen; aber dieses Tier würde niemals ihrem Angriff mit flüchtigen Zahlen entkommen. Danach kamen ein Beratungsunternehmen in Frankreich und ein Mischkonzern in Brasilien (der Raketenlenksysteme herstellte) an die Reihe. Weitere Produktionsstätten, die im Laufe dieses – oder des kommenden – Jahres erworben werden mussten. All diese Unternehmen – und ihre Beschäftigten – waren die schwächeren Tiere, die durch die Savanne zogen. Sie mussten angegriffen, erlegt, einverleibt und in eine neue Unternehmensform gebracht, kurz: reynoldisiert werden.

»Die persönliche Assistentin von Mr. Reynolds am Apparat.«

Welche Unternehmen im Einzelnen zu Reynolds Holdings gehörten, darüber waren sich viele Angestellte im Unklaren, denn das Firmenimperium war in weniger als zwanzig Jahren auf die Zahl von mehr als hunderttausend Beschäftigten angewachsen. Inzwischen erstreckte es sich über die Welt wie ein Gespinst. Das ursprüngliche Unternehmen hatte zunächst lasergelenkte Technologien für Krankenhäuser, Forschungsinstitutionen und Universitäten hergestellt. Dann hatte es Verträge mit dem Militär geschlossen. Bald hatte es seiner Produktpalette die Wartung elektronischer Bezahlsysteme für Banken, Fluggesellschaften und Flughäfen hinzugefügt.

In den vergangenen fünf Jahren hatte man in erstaunlichem Tempo ein Unternehmen nach dem andern aufgekauft. Wann immer Reynolds eine Kaufgelegenheit sah, erwarb er das Unternehmen und integrierte es in seinen Konzern. Er gehörte zu der neuen Art US-amerikanischer Unternehmer. Natürlich zählte er noch nicht zu den größten in Amerika – sein glattrasiertes Gesicht grinste noch nicht von den Titelseiten von *Fortune*, mit dem unausgesprochenen Statement: »Beneidet mich, denn ich habe mehr genommen als die meisten.« Sicher, er war Multimillionär – doch er war noch nicht in den goldenen Kreis der Milliardäre eingetreten. Trotzdem: Es war klar, dass er hart daran arbeitete, um dorthin zu gelangen. Und weil er erst zweiundfünfzig war und sich hundertprozentig für die Arbeit engagierte, bestanden gute Aussichten, dass er sein Ziel bald erreicht hätte. Aber hatten mächtige Männer Ziele – oder drillte ihr Ego sie dazu, immer und immer weiterzumachen?

»Er darf nicht gestört werden … ich richte ihm aus, dass Sie angerufen haben.«

»Ja, ich sage ihm, dass Sie angerufen haben … Er weiß, dass es wichtig ist.«

»Nein. Nicht heute.«

»Er wird Sie später am Abend anrufen.«

Das »Ja« und »Nein«, ein unvermeidlicher Teil im Leben jeder Sekretärin. Rachel war die Türhüterin – sie besaß die Macht, andere in die Höhle dieses besonderen Löwen hineinzulassen. Die Leute fragten sie oft, wie ihr Chef so sei. Worauf sie aufrichtig antwortete – es gab keinen Grund, der dagegen sprach. Paul Reynolds war weder ein guter noch ein böser Mensch. Er war wie so viele von seinesgleichen: ungeheuer hart arbeitend, getrieben, egozentrisch, hartgesotten – ein geborener Unternehmer. Er war höflich, aber kein emotionaler Mensch und konnte sein Gegenüber mit einem Blick zum Schweigen bringen. Aber das, dachte Rachel, gehört wohl zur Persönlichkeit eines Vorstandsvorsitzenden dazu. Solche Menschen waren eben distanzierter, weniger umgänglich als andere. Welcher Industriekapitän, welcher General konnte sich denn allzu viele Sorgen um seine Truppen machen? Was Reynolds' Auftreten Rachel gegenüber betraf, so war er höflich, aber auch fordernd, keiner, der gern einen Plausch hielt. Sie war ersetzbar – so wie alle im Unternehmen. Abgesehen von ihm selbstverständlich.

»Nein. Ein Treffen wird nicht möglich sein. Mr. Reynolds fliegt heute Abend nach Paris. Er kommt erst am Donnerstag zurück.«
Die Anrufe hörten nicht auf. Noch ein roter Knopf blinkte. Rachel, die ihr Headset trug, wusste bereits, wer dran war.
»Es tut mir leid, Mrs. Reynolds. Ja, ich habe es ihm ausgerichtet.« Rachel sprach nun sanfter als zuvor. Sie fühlte die Enttäuschung am anderen Ende der Leitung, empfand Mitleid mit Mrs. Reynolds. »Ja, ich werde ihn daran erinnern, dass er Ihre Tochter anrufen und ihr gratulieren soll. Bitte richten Sie Caroline meine Glückwünsche aus.«
Zehn Minuten nach dem Telefonat gingen die Teilnehmer der Vorstandssitzung auseinander. Der Chef erschien, mehrere leitende Manager im Schlepptau – manche gut gelaunt, andere niedergeschlagen. Rachel erhob sich von ihrem Stuhl und reichte Reynolds seine Aktentasche, während er weiter mit seinen Untergebenen sprach. Sekretärin und Chef gingen zum Fahrstuhl. Die Übrigen blieben stehen, kaum dass sie die Kabine betreten hatten, denn sie waren ja nicht aufgefordert worden. Die Tür schloss sich, der Lift glitt nach unten.
»Wer hat angerufen?« Reynolds machte sich gar nicht die Mühe, aufzublicken. Er las in einem Schnellhefter, während er sprach. Während er weiterhin die Finanzinformationen überflog, ratterte Rachel die Namen der wichtigsten Anrufer herunter. Die anderen spielten keine Rolle, sie wurden an die unteren Ränge des Managements weitergereicht. Es schien zwar so, als ignoriere Reynolds sie, doch Rachel wusste, dass er genau zuhörte.
»Die ersten drei rufe ich gleich an. Den übrigen richten Sie aus, dass ich mich später melde.«

Der Fahrstuhl war fast im Erdgeschoss angekommen. Als er hielt, ergriff Rachel die Gelegenheit. »Ihre Frau hat nochmals angerufen; Ihre Tochter hat einen Preis an der London School of Music gewonnen, im Bereich Abteilung Klavier. Sie würde sich *sehr* über einen Anruf von Ihnen freuen.«

»Ich rufe sie später an.«

Sie stiegen aus. Eine kleine Gruppe drängte sich vor, um in die anderen Fahrstühle zu steigen. Sekretärin und Chef drängelten sich durch das Getümmel, ohne auf die Gesichter zu achten. Sie waren in ihrer eigenen Welt – dem Trugbild der Macht – gefangen, die Reynolds um sich herum geschaffen hatte. Sie verließen den Wolkenkratzer, schritten die Treppe aus Granit hinunter. Am Bordstein wartete eine Limousine, daneben stand ein Chauffeur. Reynolds stieg ein.

»Gute Reise, Sir.«

Die Tür schloss sich. Rachel sah, wie der Wagen sich in den starken Verkehr New Yorks einfädelte. Dann kehrte sie in ihr Büro zurück und räumte ihren Schreibtisch auf. Gleichzeitig tätigte sie ein Telefonat.

»Er ist weg.«

Noch ein hektischer Tag war vorüber, und Rachel stieß einen Seufzer der Erleichterung aus.

Sie drehte der Telefonanlage, deren Knöpfe noch immer blinkten, den Rücken zu und ging zur Damentoilette. Der Raum hatte rosafarbene Kacheln und große Spiegel, die Luft war parfümiert.

Die drei Sekretärinnen darin tauschten gerade den neuesten Klatsch aus. Die Frauen befanden sich in verschiedenen Stadien des Entkleidens. Alle Frauen auf der Chefetage machten sich hier am Feierabend zurecht, um sich der Welt

zu stellen – egal ob Ehemänner, Freunde, Freundinnen oder alles drei zusammen auf sie warteten.
»Ach, hallo, Rachel.«
»Hi.«
»Wie war's heute?«
»Gut.«
Vier Gesichter blickten angestrengt in den Spiegel, um ihre Schönheitsfehler zu begutachten. Für die eine waren es ihre Falten, für die andere dünne Haare oder eine unreine Haut. Rachel konzentrierte sich auf ihre Leberflecke. Nicht, dass ihr Gesicht hässlich war, aber zwei kleine Muttermale verunstalteten ein Gesicht doch erheblich, jedenfalls glaubte sie das.
»Ich habe gehört, dass Mr. Reynolds an diesem Wochenende nach Paris fliegt.«
»Stimmt.«
»Und …?«, kicherte eine der Frauen.
Sie blickten erwartungsvoll, diese Luder. Rachel wusste genau, was sie wissen wollten – das übliche Geheimnis. Hatte sie schon mit dem Chef geschlafen? Soll heißen, tat sie wirklich alles für den Job?
»Und?«
»Warum bist du nicht mitgeflogen? Paris ist ja *so* sexy?«
Alle vier lachten.
»Er hat mich nicht eingeladen.« Rachel betrachtete ihre Lippen und wusch sich das Gesicht. Sie trug nie Make-up auf, nur Lidstrich.
»*Ich* würde ja mit ihm nach Paris fliegen.« Chantal, die sich um den Finanzdirektor auf so viele Weisen, wie er sich denken konnte (und noch ein paar mehr), kümmerte, zwängte sich in einen unglaublich engen, kurzen Rock. Die kecke

junge Frau aus Florida wusste mehr über die Welt als die Welt selbst.

»Dann ruf ihn doch an«, erwiderte Rachel trocken.

Hatte Rachel also mit dem Chef geschlafen? Die Antwort lautete »nein«. Und sie würde es auch nicht. Sie zog einen Mann zurzeit vor und war mit ihrem aktuellen Freund ganz zufrieden. Außerdem brachte Reynolds sie nicht sonderlich in Wallung. Sicher, er war stinkreich, aber er strahlte auch etwas allzu Hartes, allzu Rücksichtsloses aus. Nicht ihr Typ.

»Bis morgen.« Eine der jungen Frauen verließ den Raum.

Rachel betrachtete sich erneut im Spiegel. Wie würde sie sich in wenigen Worten beschrieben? Ganz einfach. Geschichtsstudentin, Abschluss an einer der besten Universitäten der USA, beide Eltern tot; sie war eine motivierte junge Frau, gewissenhaft, voller Lebenshunger. Oh, und die Sekretärin des Vorstandsvorsitzenden. Das war zwar schön und gut, aber was wollte sie als Nächstes ihrem Lebenslauf hinzufügen? Dieser Gedanke ging ihr in letzter Zeit immer wieder durch den Kopf. Sollte sie kündigen? Oder lag es vielleicht nur an der Rastlosigkeit einer Dreißigjährigen, die hin und wieder ein mütterliches Ziepen im Bauch spürte? Aber sie hatte doch noch viel Zeit, oder?

»Kommst du mit in den Club?«

»Nicht heute Abend.«

»Tschüs, Rach.«

Rachel verließ die Damentoilette und kehrte an ihren Schreibtisch zurück, um ihren Mantel zu holen. Dann ging sie zum Aufzug der Chefetage – sie war die einzige der Sekretärinnen, die darin fahren durfte. Während der Lift hinabglitt, wandte sie sich in Gedanken den Freuden zu, die in ihrer kleinen Wohnung in der East Side von New York auf sie warteten. Sie würde es sich auf dem Sofa bequem machen, sich im Fernsehen einen Film anschauen, sich einen kleinen Schwips antrinken und ihren Freund entkleiden (langsam, so wie es ihr gefiel). Und sie hatte noch einen Grund zum Glücklichsein. Es war Freitagabend. Der Abend, an dem mehr Sünden in New York begangen wurden als in der übrigen Woche.

* * *

Kaum hatte sich Reynolds in seiner Limousine entspannt zurückgelehnt, da öffnete er auch schon die Aktentasche, die seine Sekretärin ihm mitgegeben hatte. Er arbeitete quasi ununterbrochen, das war ihm im Laufe der Jahre zur festen Gewohnheit geworden. Was einst als Vergnügen begonnen hatte, war heute eine Art von Obsession. Dennoch: Sein unbedingtes berufliches Engagement hatte ihm Macht und Reichtum beschert, also durfte er sich nicht beklagen.
Er zog einen blauen Schnellhefter aus der Aktentasche. Dann rief er die drei Personen an, von denen Rachel ihm ausgerichtet hatte, dass sie ihn zu erreichen versucht hatten, und die er für so wichtig hielt, dass er ihren Anruf persönlich beantwortete. Seine Begrüßungsworte waren dabei immer die gleichen. Er war nicht unhöflich, aber kurz angebunden.
»Reynolds hier. Ich will …«
In der Abenddämmerung fuhr die Limousine durch den dichten Verkehr von New York. Der Chauffeur nahm immer dieselbe Route zurück zu Reynolds' Luxusapartment an der Fifth Avenue. Dabei blickte Reynolds nie nach draußen.

Seine New Yorker Mitbürger interessierten ihn nicht, denn sie waren ihm nicht nützlich. Was seine Mitarbeiter betraf, so waren sie natürlich bedeutsam, aber nicht besonders wichtig. Sie waren lediglich Teile – Teile eines Puzzles –, die dazu dienten, dass er seine große Idee, seinen Lebenstraum verwirklichte – die Errichtung eines globalen Technologieunternehmens. Selbstverständlich teilten nicht alle Angestellten diesen Traum – erkannten nicht dessen Schönheit. Von Zeit zu Zeit verließen sogar Manager in den höchsten Positionen sein Unternehmen. Auch Sekretärinnen. Das beunruhigte ihn nicht; so etwas passierte nun mal. Normalerweise ersetzte er Letztere alle zwei oder drei Jahre, damit sie ihn nicht langweilten. Vielleicht auch, damit sie ihm nicht zu nahe kamen. Reynolds, ein Multimillionär, der in seiner eigenen Welt lebte, scheute die Nähe anderer Menschen. Das war nicht nur Egoismus, sondern lag auch an der Unfähigkeit der anderen – insbesondere von Frauen –, zu verstehen, warum er immer obenauf sein musste.

»Reynolds hier …«

Sobald er die Anrufe beendet hatte, bearbeitete er konzentriert den Inhalt seiner Aktentasche, unterschrieb sehr schnell Dokumente und Verträge. Was ihn daran erinnerte, dass er seine Tochter anrufen sollte. Gerade als er dies tun wollte, stoppte die Limousine an einem zuvor vereinbarten – und häufig genutzten – Treffpunkt. Der Chauffeur stieg aus und öffnete die hintere Tür Reynolds gegenüber. Eine junge Japanerin stieg ein. Sie war schlank, sehr hübsch und hatte langes schwarzes Haar, das ihr beinahe bis zur Taille reichte. Kaum hatte sie sich gesetzt, strich sie sich die weichen Strähnen aus dem Gesicht. Sie blickte nicht zu ihrem Kunden hinüber, er wollte ja nicht gestört werden –

und die, die sie bezahlten, hatten sie über ihn und seine Vorlieben bereits informiert. Unterdessen setzte Reynolds seine Lektüre fort, als nehme er das Callgirl gar nicht wahr. Sie war relativ neu im Geschäft.
Zehn Minuten später bog der Chauffeur in einen Innenhof. Vor ihnen erhob sich ein imposanter Turm, in dem einige der reichsten Leute New Yorks wohnten. Reynolds schob einige Schnellhefter in die Aktentasche zurück und klappte diese zu, stieg aus und ging die Stufen zum Gebäude hinauf. Ein elegant gekleideter Doorman öffnete ihm die Tür, lange bevor er sie erreicht hatte. Das war die korrekte soziale Ordnung in dieser Gesellschaft. Einem Armen wäre die Tür vor der Nase zugeschlagen worden, einem Reichen wäre sie geöffnet worden. Doch für einen Superreichen tat die Tür sogar so, als sei sie gar nicht vorhanden. Die junge Japanerin blieb derweil im Auto sitzen. Sie würde zur Rückseite des Gebäudes gefahren werden, damit man sie nicht hineingehen sah, so wie es sich wegen ihres unterschiedlichen sozialen Status geziemte. Im Gebäude fuhr Reynolds mit dem Lift in sein Apartment; es erstreckte sich über das gesamte Dachgeschoss.
»Guten Abend, Sir.«
Die englische Haushälterin ließ ihren Arbeitgeber in die Wohnung. Er ging über einen Flur, an dessen Wänden Werke flämischer Meister hingen, die seine Frau erworben hatte, um die weiße Wand mit Farbtupfen aufzulockern. Gleichzeitig tätigte er ein weiteres Telefonat; denn man durfte doch keine Zeit vergeuden, genauso wenig wie sein Leben, oder? Wieder blieb Reynolds im Business-Jargon. Das Wohnzimmer war ein Meer aus Weiß und Gold – weiße Sofas, goldfarbene Stoffe, kleine Halogenlampen. Immer

noch redend, ließ sich Reynolds auf eines der Sofas fallen und hob kurz den Blick in Richtung des Hausmädchens, das davoneilte, um ihm einen Whisky-Soda zu bringen. Sein Telefonat dauerte ungefähr zwanzig Minuten. Am anderen Ende sprach ein ebenso Mächtiger, der auf der anderen Seite der Erde wohnte. Sie hatten sich entschlossen, beim Kauf eines Computerunternehmens zu kooperieren – zu beiderseitigem Nutzen. Eine Zeitlang hatten sie gemeinsam gejagt, denn um diese besondere Beute zur Strecke zu bringen, waren zwei Löwen erforderlich.

Nachdem er das Gespräch beendet hatte, überlegte Reynolds, ob er seiner Frau eine Nachricht hinterlassen sollte, entschied sich aber dagegen. Stattdessen ging er ins Bad, um zu duschen. Wie aufs Stichwort zog sich das Personal zurück. Fünf Minuten später legte die Haushälterin dem kleinen Pekinesen, der Reynolds' Tochter gehörte, die Leine um, öffnete die Wohnungstür und scheuchte den Hund hinaus. Ihre Miene änderte sich auch nicht, als sie die junge Japanerin hereinbat. Das Callgirl betrat die Wohnung und legte die schwarze Lederjacke ab.

Es war Zeit, dass ein Hund – und ein Mensch – bewegt wurden.

* * *

Rachel schloss ihre Wohnungstür auf. Im Flur ließ sie ihre Handtasche fallen und zog ihren Trenchcoat aus. Endlich zu Haus.

»Wie war's im Büro?«, rief eine Stimme.

»Ist das wichtig?«, antwortete sie matt.

Ihr Freund Tristan sah fern. Er war eine Stunde zuvor in ihre

Wohnung zurückgekehrt. Weil er in einem Software-Unternehmen arbeitete, das nur ein paar Straßen entfernt lag, hatte er den kürzeren Arbeitsweg – außerdem hatte er flexiblere Arbeitszeiten als Rachel. Nachdem er ihre Wohnung betreten hatte, hatte er wie üblich sofort die Schuhe und die gelben Socken ausgezogen und achtlos auf den Boden geworfen. Jetzt streckte er sich gutgelaunt auf dem Sofa aus, das Hemd aufgeknöpft, das Brusthaar sichtbar, ein Glas Wein in der Hand. Das war seine Art, sich von der Plackerei einer langen Woche zu erholen. Ihm gefiel sein Job nicht besonders, aber so ging das wohl jedem jungen Menschen, wie er annahm. Arbeiten war notwendig, um Geld zu verdienen, damit man sich die Freuden des Lebens leisten konnte – das war das Einzige, was ihn interessierte. Mehr gab es nicht darüber zu sagen, oder? Soll heißen … über das Leben.

»Hast du etwas zu trinken eingekauft?«

»Ist im Kühlschrank.«

»Was denn?«

»Neuseeländischer Sauvignon.«

»Oh.«

Rachel betrat das Wohnzimmer. Ihr Blick wanderte zum Sofa, auf dem sich Tristan, wie sie wusste, fläzen würde. Ihr aktueller Freund war so groß wie sie, übergewichtig, hatte zerzaustes blondes Haar und ein teigiges Gesicht, das so nett und unscheinbar war, dass es in der Menge nicht besonders auffiel. Zumindest beschrieb sie ihn so ihren Freundinnen. Und seine Charaktereigenschaften? Freundlich, träge, gutmütig. Außerdem war er so unkompliziert, wie Männer sein sollten. Er hatte sie ein paar Monate zuvor auf der Party einer gemeinsamen Freundin abgeschleppt. Besser gesagt: Rachel hatte ihn abgeschleppt; sie war die Dominantere der beiden. Es war eine knifflige Angelegenheit, Männer abzuschleppen. Wie das Auswählen einer Pflanze im Garten-Center. Sollte man sich für eine exotische entscheiden (extravagant, welkt aber schnell)? Eine einjährige (gut, muss aber regelmäßig ersetzt werden)? Oder eine mehrjährige (nicht allzu aufregend, aber haltbar)? Ah, es war ja so schwer, einen Partner zu finden. Und nie war alles perfekt, oder? Das hatte wohl etwas damit zu tun, dass sich Pflanzen und Menschen ähnelten. Beide hatten ihre kleinen Makel.

»Schau dir nur mal meine Hacken an!«

»Was ist damit?«

»Sie sind ganz wund gescheuert.«

Tristan wandte kurz den Kopf, eine symbolische Geste, blickte Rachel aber nicht ins Gesicht. Sie strich sich die blonden Locken zurück.

»Lass mir ein paar Minuten Zeit.«

Sie zog die High Heels aus, stöhnte dabei auf vor Schmerz und humpelte durchs Wohnzimmer in ihr Schlafzimmer. Darin standen ein großes Doppelbett, Einbauschränke, ein Frisiertisch und ein Sessel, auf dem mehrere T-Shirts lagen. Einen Moment lang blieb sie auf dem Bett sitzen und inspizierte vorsichtig ihre Fersen. Sie schwor sich, diese Schuhe nie wieder zu tragen, kleidete sich aus und betrat das angrenzende Badezimmer. Nachdem sie den Tanga abgestreift hatte, stieg sie unter die Dusche.

Zwanzig Minuten später trat sie aus der warmen Kabine und trocknete sich ab.

»Arbeitest du am Wochenende?«, ließ sich eine Stimme vernehmen.

»Nein.« Nackt vor dem Spiegel stehend wählte Rachel ein mehrfarbenes, trägerloses Kleid aus. Sie zog kein Höschen an, es würde nur im Wege sein. »Er fliegt heute Abend nach Paris.«

Als Antwort vernahm sie ein vergnügtes Grunzen. Reynolds mochte ein Multimillionär sein, aber er war auch ein Tyrann, der seine Sekretärinnen Tag und Nacht anrief und ununterbrochen Aufmerksamkeit verlangte. Das tat Tristan natürlich auch – auf seine Art. Er hatte in vielerlei Hinsicht das Temperament eines großen Kindes. Und Rachel war seine Freundin; er hatte also ein Recht auf sie. Er blickte nach hinten über die Schulter – Rachel war ins Wohnzimmer zurückgekehrt. Sie hatte eine Flasche Wein aus dem Kühlschrank genommen und entkorkt, schenkte sich ein Glas voll und trank einen großen Schluck.

»Was gibt's denn zum Abendessen?«, fragte sie.

»Ente *à l'orange*.«

»Und als Vorspeise?«

»Das Gleiche wie immer: Lachspastete.«

Rachel ging mit zwei Gläsern zum Sofa, stellte sie auf den kleinen Sofatisch und kniete sich vor ihren Freund nieder. Freitagabend.

»Hi.«

Rachels Stimme hatte meist einen weichen, leisen Klang. Jetzt war sie rauher, intensiver. Tristan setzte sich auf und stellte den Fernseher aus; er konnte sich die Sendung ja in ein paar Minuten weiter ansehen. Natürlich war es immer blöd, ein gutes Baseballspiel nach der Hälfte der Spielzeit auszuschalten. Trotzdem: Es gab eine Sache, die besser war als Baseball (na ja, fast).

»Wird das Essen schmecken?«, wollte Rachel wissen.

»Ich …« Ihre Zunge schlüpfte zwischen seine Lippen, so dass er nicht gleich darauf antworten konnte. »Äh, ja.«

»Bestimmt?«

Rachel ließ den Blick über seinen Körper schweifen. Mit geschickten Bewegungen öffnete sie seine Jeans. Wer sagte, es gebe nur einen Weg zur Liebe eines Mannes, nämlich durch den Magen, lag weit daneben. Ein Telefon klingelte, aber Rachel ignorierte es.

* * *

Als Reynolds in seinem Luxusapartment aus der Dusche trat, fiel ihm ein, dass er vergessen hatte, seine persönliche Assistentin zu bitten, gleich nach seiner Rückkehr nach New York mit seinem Anwalt einen Termin zum Lunch zu vereinbaren. Er wollte die Summe, die er auf das Treuhandkonto seiner Tochter einzahlte, erhöhen. Als Rachel sein Gespräch nicht annahm, rief er eine der anderen Sekretärinnen an und hinterließ ihr die Nachricht, in seinem Terminkalender eine Zeit dafür einzutragen. Nachdem er aus dem Badezimmer getreten war, ein Handtuch um die Hüften geschlungen, ging er in das große Schlafzimmer, das neben dem Kingsize-Bett mit einigen wenigen Kunstgegenständen, zwei antiken Nachttischen, einer reich verzierten Tapete mit goldenen Tupfern und schweren, nun zugezogenen Damastvorhängen eingerichtet war. Das Schlafzimmer seiner Frau befand sich weiter hinten im Flur; sie schliefen getrennt. Dankenswerterweise war das Licht gedimmt.

»Ich bin so weit.«

Von der anderen Seite des Betts – aus einem anderen Badezimmer – trat das Callgirl, sein Zeitvertreib am heutigen

Abend. Bis auf den dunklen Haarschopf, der ihren Kopf krönte, war sie völlig nackt.
Reynolds gab ihr ein Zeichen, sich aufs Bett zu legen. Einen Augenblick lang bewunderte er ihre geschmeidige, jugendliche Figur. Dann legte er sich auf sie. Dass er in den Fünfzigern war und sie vermutlich nicht älter als fünfundzwanzig, kümmerte ihn nicht. Nicht, dass sie teuer war. Sie bot einen Service, bei dem Gefühle, Zuneigung und Zärtlichkeit abwesend waren, und dafür zahlte er. Sie war empfänglich für ein kreatürliches Begehren, das das Alter noch nicht aus seinem Körper vertrieben hatte.
Einige Minuten später hatte sich Reynolds befriedigt. Kein Wort war gesprochen worden.
Fast augenblicklich verschwanden beide in ihrem jeweiligen Badezimmer. Wenig später telefonierte Reynolds wieder, das, was einige Augenblicke zuvor geschehen war, war vergessen. Ein kleiner Punkt in der Zeit, ein Moment der Leidenschaft, Körperflüssigkeiten waren ausgetauscht, ein Körperkontakt – aber keine Verbindung – war hergestellt und wieder gelöst worden.
»Reynolds hier …«
Im Badezimmer seiner Frau kleidete sich die junge Japanerin an, nachdem sie gebadet hatte. Mit raschen Bewegungen zog sie die weiße Seidenbluse, den Lederrock und die High Heels wieder über. Ihre Gedanken kreisten dabei um den nächsten Kunden an diesem Abend; sie musste bald am Flughafen sein. Reynolds seinerseits ging, nachdem er nochmals geduscht hatte, in sein Ankleidezimmer. Als er daraus zurückkam, war die Japanerin und jede Spur von ihr verschwunden. Er sah auf die Uhr; er musste bald am Flughafen sein.

Mit der Aktentasche in der Hand, verließ er das Apartmenthaus und wurde zum Flughafen Newark südlich von New York gefahren. Nachdem er die Personenkontrolle passiert hatte, bestieg er seinen Privatjet. Während sich das Flugzeug in den Himmel erhob, traf die Japanerin am Flughafen ein. Sie stieg aus dem Mietwagen, strich sich das lange schwarze Haar zurück, betrat das Flughafengebäude und ging zum Ticket-Schalter. Dort stand ein reicher Italiener, Ende fünfzig, sein Reisegepäck aus Leder neben sich. Die Japanerin stellte sich vor; er nickte. Sie würden gemeinsam in die Stadt zurückfahren; danach musste er an einer geschäftlichen Besprechung teilnehmen. Kalt, hart, gefühllos. Die Welt des Geldes und des körperlichen Austauschs.

* * *

Als Reynolds' Privatjet in Richtung Neufundland flog, fiel ihm ein, dass er vergessen hatte, seine Frau anzurufen. Irgendwie war ihm das entfallen. Wichtiger noch: Es war zu spät, seine Sekretärin anzurufen. Er benötigte einige zusätzliche Schriftstücke für seine Meetings in London. Doch selbst wenn er zum Telefon gegriffen hätte, wäre Rachel nicht an den Apparat gegangen. Sie lag mit Tristan im Bett.

»Sag was Nettes«, bat sie. Sie waren beide betrunken.

»Was?«

Rachel quittierte das mit einem hörbaren Tz-tz. Es war ein Wunder der menschlichen Natur, dass Unterleib und Gehirn eines Mannes nicht zu ein und derselben Zeit funktionierten. Hatte wohl irgendwas mit der Durchblutung zu tun.

»Versuch's doch mal mit ›Ich liebe dich‹.«

Tristan zögerte. Ein Satz, den er gegenüber seinen früheren Freundinnen nie verwendet hatte; ungefähr so gefährlich wie am Geburtstag der Freundin einen Juwelier aufzusuchen. Trotzdem: Er mochte Rachel wirklich. Sie arbeitete hart, sie wusste, was sie wollte, und es machte Spaß, mit ihr zusammen zu sein. Außerdem war sie treu. Oder nicht? Hatte sie schon mal mit ihrem Chef geschlafen? Sollte er danach fragen?

»Nun?«

Tristan stockte der Atem. Die Lage wurde kritisch, und er hatte Mühe, die richtigen Worte zu finden (ein Männerproblem). »Ich … Rachel.«

»Das genügt mir erst mal«, meinte sie kichernd. Wenigstens erinnerte er sich noch an ihren Namen – was besser als üblich war. Die meisten Männer schafften es ja nicht mal, sich an den Namen ihrer vorletzten Freundin zu erinnern.

2

Die Tragödie liegt im Auge des Betrachters und nicht im Herzen desjenigen, der sie erleidet.
Ralph Waldo Emerson

Während New York schlief, begann der nächtliche Zug der Vögel aus Stahl und Aluminium über den Atlantik. Welle um Welle von Flugzeugen – darunter der Jet eines amerikanischen Multimillionärs – flogen über die stürmischen Gewässer aus der Neuen in die Alte Welt. Die Nacht wich dem Tag. In London erwachte die Bevölkerung und stellte fest, dass sich das Wetter über Britannien – trotz ihrer Hoffnung und der vorhergehender Generationen – nicht geändert hatte. Nun ja, zumindest nicht seit der normannischen Eroberung. Es war ein typischer Septembermorgen: kalt, feucht und deprimierend. Im Hyde Park wirbelten Windböen die abgefallenen Blätter umher, und Hunderttausende Pendler, die in die Hauptstadt ihres Landes strömten, um erneut einen Tag voll harter Arbeit anzutreten, wechselten Worte über »diesen ewigen Regen«.

»Dad wird mich also nicht anrufen?«

Eine Mutter und ihre Tochter saßen im Hotel *Ritz*, nahe dem Hyde Park, und frühstückten. Es war ein etwas abgelegener Tisch, und sie waren relativ ungestört. In der Nähe wartete ein Kellner.

»Nein«, antwortete Pauline Reynolds, eine Mittfünfzigerin

mit blondem Haar, das im letzten Jahr stark ergraut war. In ihrer Jugend hatte sie als Model gearbeitet, und sie hatte ihr gutes Aussehen bewahrt: eine lässig-elegante Erscheinung, straffe Körperhaltung, fein geschnittene Gesichtszüge und dunkelblaue, fast leuchtende Augen. Das Alter hatte auch bei ihr seine Spuren hinterlassen, doch es hatte länger gedauert als bei den meisten Frauen ihrer Generation, und sie wies auch keinerlei Anzeichen chirurgischer Eingriffe auf, die geholfen hätten, den Alterungsprozess aufzuhalten.

»Warum? Er denkt darüber nach, sich von dir scheiden zu lassen, oder?«

Pauline hielt kurz inne. Der gleiche Gedanke war ihr auch schon gekommen. Im Grunde war sie sogar überzeugt davon, dass ihr Mann ihr bei ihrem Treffen einen solchen Vorschlag machen würde. Sollte sie einwilligen und ihn mit Würde verlassen, oder sollte sie kämpfen? Nachdem sie mit dem Gründer von Reynolds Holdings so lange verheiratet gewesen war, hatte sie in den vergangenen Wochen über die Vergangenheit nachgedacht, um eine Antwort auf genau diese Frage zu finden.

Heute wurde sie von allen als reich und erfolgreich angesehen – und um ihren Reichtum beneidet –, doch am Anfang war es nicht so gewesen. Vor dreißig Jahren war sie aus relativ bescheidenen Verhältnissen in Connecticut nach New York umgezogen, um dort ihr Glück zu finden. Sie hatte in einer Anwaltskanzlei als Sekretärin gearbeitet und nebenbei gemodelt, um finanziell über die Runden zu kommen. Paul war damals Mandant der Kanzlei gewesen und hatte versucht, mit mehreren New Yorker Geschäftsleuten ein Elektronikunternehmen zu gründen – eines seiner vielen Vorhaben, die fehlschlugen.

Nach einer kurzen Zeit der jungen Liebe hatten sie geheiratet. *Warum* hatte sie ihn geheiratet? Ehrlich gesagt, hatte sie sich in ihn verliebt, wenn auch nicht Hals über Kopf. Trotzdem: In ihrem Herzen hatte Pauline erkannt, dass er ein guter Mensch war. Außerdem besaß er Eigenschaften, die sie bewunderte: Er war energisch, arbeitete hart und hatte Courage. Die ersten zehn Jahre waren, finanziell gesehen, furchtbar gewesen. Sie hatten kaum genug zum Leben. Der Erfolg war langsam gekommen – nicht wie es die Hochglanz-Businesszeitschriften später zu Werbezwecken darstellen würden. Mit purer Willenskraft und mit seinen Fähigkeiten hatte Paul seine geschäftlichen Niederlagen jedoch überwunden, und sie hatte zu ihm gehalten als loyale Freundin und Ehefrau. Doch es war schon seltsam, dass sich Männer – zumal, wenn sie reich wurden – nicht mehr an die Frau erinnerten, die sie in den schwierigen Zeiten unterstützt hatte. Sobald die Schönheit dieser Frau zu verblassen begann und sie nicht mehr so selbstsicher war. Allerdings galt auch, was eine Freundin in einer ähnlichen Lage einmal bemerkt hatte: Männer sind wie die Jäger und Sammler …, sie wissen, wie sie ihre Frauen hinter sich lassen können.

»Du willst dich also wirklich von ihm scheiden lassen?«

Die Stimme ihrer Tochter verriet eine zunehmende Besorgnis. Ganz klar, ihre Mutter hatte sie zum Frühstück eingeladen, um sie in irgendetwas einzuweihen.

»Hat er Affären mit anderen Frauen?«

Pauline schwieg. Für ihr einziges Kind empfand sie eine Liebe, die, wie sie glaubte, so groß war wie die jeder anderen Mutter. Caroline, erst neunzehn Jahre alt, war ihr Ein und Alles. Natürlich blieb ihre Zuneigung für ihren Mann irgendwo in ihrem Herzen bestehen, aber die Flamme war erloschen. Er begehrte sie nicht mehr, das wusste sie. Sein Verlangen nach Arbeit – danach, über ein von ihm selbst geschaffenes Imperium zu herrschen – hatte über seine Leidenschaft für sie gesiegt. Außerdem befriedigte er seine körperlichen Bedürfnisse anscheinend mit flüchtigen Begegnungen mit Callgirls. Und zwar so oft, dass er nicht mehr mit ihr schlief – auch wenn sie sich ihm noch immer bereitwillig hingegeben hätte aufgrund ihrer Zuneigung und dem Wunsch, die intime Nähe von früher noch einmal mit ihm zu teilen.

»Handelt es sich um junge Frauen?«

»Ja.« Pauline wusste nicht recht, wie viel sie ihrer Tochter über ihr Privatleben erzählen sollte; es würde ihrer Tochter sehr weh tun.

»Sind es …?«

»Caroline, dein Vater ist ein bedeutender Mann …«

»Aber er hat kein Recht, dich so zu behandeln!«

Aus einem kleinen silbernen Halter nahm Pauline Reynolds eine Scheibe Toast und bestrich sie mit Butter. Dann neigte sie den Kopf und musterte die besorgte Miene ihrer Tochter, die ihr gegenübersaß.

Fast jede Mutter fand ihre Kinder schön, sah in ihnen eine schönere – und bessere – Ausgabe ihrer selbst. In diesem Fall traf es zu. Caroline Reynolds war die wundervolle Schöpfung eines intelligenten Vaters und einer schönen Mutter. Ihre geschlechtliche Vereinigung hatte ein fein geschnittenes Gesicht mit leuchtend blauen Augen hervorgebracht. Wegen ihrer hellblonden Haare, ihrer grazilen Gestalt und ihren vollen Lippen war sie das Objekt der Träume und Phantasien vieler gleichaltriger junger Männer. Umso mehr, als sie die Erbin eines großen Vermögens war. Doch die Lust auf Macht ihres Vaters hatte sie nicht geerbt. Diese hatte sie zu einer Leidenschaft für Musik sublimiert – dem Klavierspiel. Caroline Reynolds suchte Klänge zu beherrschen, nicht Menschen. Überdies war sie nicht so verliebt in die amerikanische Kultur wie ihr Vater – sie lebte lieber in der Alten als in der Neuen Welt. Für ihre Ausbildung war an nichts gespart worden. Ein aristokratisches englisches Internat, anschließend ein Schweizer Mädchenpensionat. Jetzt, in ihrem letzten Jahr in Cambridge, wo sie Fremdsprachen studierte, wurden große Dinge von ihr erwartet.

»Wo ist Dad eigentlich?«

Ihre Mutter schenkte ihr Tee nach. »Er sollte heute Morgen in Heathrow landen. Ich bin mir sicher, dass er dir zu deiner Auszeichnung gratulieren wollte – aber er musste seine Pläne ändern und nach Paris fliegen.«

»Zu einem Meeting?«

»Ja. Er trägt …«

»… für so viele Menschen die Verantwortung«, beendete Caroline den Satz in verdrießlichem Ton. »Das sagst du immer. Aber was ist mit mir? Liebt er *mich?*«

»Selbstverständlich. Deinetwegen arbeitet er ja so viel.«

»Mir wär's lieber, er würde sich öfter mit mir treffen.«

»Du wirst ihn schon treffen. Heute Abend müsste er in London sein. Wie läuft's denn in Cambridge?«

Dass Pauline das Thema wechselte, war für beide eine Erleichterung. Caroline erzählte vom Studium und darüber, wie viel Freude es ihr bereite. Schließlich entschloss sie sich, *ihr* Geheimnis preiszugeben. »Ich habe eine Neuigkeit für dich.«

»Was für eine?«

»Ich habe einen Freund.«
»Oh.«
»Ich habe ihn in London kennengelernt. Er ist Musiker, spielt Gitarre.«
»Wir lassen ihn überprüfen.«
»Mutter!«, rief Caroline verärgert aus. »Bitte hör auf damit. Ich bin es leid.«
Pauline hatte volles Verständnis für ihre Tochter, aber ihre jugendliche Sicht der Welt war doch ein wenig naiv. Das Problem war: Der Vater wollte, dass Caroline nur mit den Besten verkehrte. Sie, der Sprössling eines Selfmade-Millionärs, musste einen Mann mit Geld und Stammbaum heiraten. Dass das eines Tages zwischen Vater und Tochter zu Spannungen führen würde, lag auf der Hand. Wen sollte Pauline in dieser Auseinandersetzung unterstützen? Sie war sich nicht sicher.
»Ich möchte, dass du ihn kennenlernst.«
»Welcher Nationalität ist er?«
»Er ist Spanier, spricht aber gut Englisch.« Carolines Augen verrieten, wie glücklich sie war. »Er wird dir gefallen. *Bitte.*«
»Einverstanden. Und wann?« Pauline wollte sichergehen, dass der junge Mann geeignet war. Anschließend würde sie in die Staaten zurückkehren. Sie hielt sich nur für ein paar Tage in London auf, um eine ältere Freundin ihrer verstorbenen Mutter zu besuchen.
»Heute Nachmittag. Er trifft sich mit mir in Covent Garden; in dem Café, das uns am liebsten ist. Danach können wir einkaufen gehen. Ich möchte, dass du mir sagst, dass er absolut umwerfend ist.«
Ihre Mutter lachte und drückte ihrer Tochter die Hand. Es war schön, sie glücklich zu sehen. Mit neunzehn war das

Leben perfekt; vor Caroline lagen viele wunderbare Jahre. Mögen sie lange währen.

»Also gut.«

»Aber du verrätst Dad nichts davon, ja?«

»Nein«, versprach ihre Mutter. Das würde nur Probleme machen. Das blieb besser ein Geheimnis zwischen Mutter und Tochter. Zumindest so lange, bis die Beziehung so ernst wurde, dass man dem Vater – bald ihrem Exmann – davon erzählen musste.

Sie hatten zu Ende gefrühstückt, verließen den Frühstücksraum des *Ritz* und schlenderten durch das Foyer. Ringsum herrschte der immerwährende Wirbel der Reichen und Mächtigen – wie es sich für ein solches Hotel geziemte. Hätte ein unbeteiligter Beobachter die beiden Frauen gesehen, wie sie da Hand in Hand, ins Gespräch vertieft, durch den Raum schritten, so hätte er ihre Schichtzugehörigkeit auf der Stelle bestimmen können. Reich, kultiviert und, wegen des Akzents, Amerikaner. Ihre Kleidung, die Körperhaltung, die Selbstsicherheit – das alles zeugte von einem Platz in den höchsten Kreisen der Gesellschaft. Am Ausgang des Hotels blieben sie stehen.

Caroline gab ihrer Mutter mit sichtlicher Zuneigung einen Kuss. »Also dann bis um fünfzehn Uhr in Covent Garden.«

»Wo gehst du hin?«

Caroline log. »Ich besuche eine Freundin. Dad kommt auch bestimmt heute Abend hierher?«

»Er steigt in einem anderen Hotel ab, glaube ich.«

»Warum?«

»Na ja.«

Caroline beugte sich vor und gab ihrer Mutter noch einen Kuss. Diesmal voll Betrübnis. Tief im Inneren wusste sie, was geschehen würde – ihre Eltern würden sich trennen. Trotzdem: Sie hatte schon entschieden, bei wem sie leben wollte, falls es zu dieser Tragödie käme. Sie liebte ihren Dad – aber sie konnte auch ohne ihn überleben. Außerdem wusste sie, dass das umgekehrt ebenso galt. Mit ihrer Mutter war es anders; sie waren Seelenverwandte.

»Bis später.«

Pauline sah ihre Tochter davongehen. Viele Männer, junge wie alte, die im Foyer standen, richteten ihre Blicke diskret auf die junge Frau, die durch die Schwingtür nach draußen trat. Sie war ein Objekt der Begierde, eine jungfräuliche Taube, und ihre Mutter wusste es.

»Mrs. Reynolds?«

»Ja?«

»Eine Nachricht für Sie.«

Der Hotelportier reichte ihr einen Zettel.

Die Nachricht war kurz und knapp. Zweifellos übermittelt durch eine Sekretärin. Ihr Mann habe gehofft, am Abend in London zu sein, wegen dringender geschäftlicher Verpflichtungen müsse er aber leider von Paris nach Genf weiterfliegen. Er werde dort übernachten, hoffe aber, seine Frau und seine Tochter am folgenden Tag zum Lunch im *Ritz* treffen zu können.

»Möchten Sie darauf antworten?«

»Nein.« Pauline zerknüllte den Zettel und ließ ihn in einen Papierkorb fallen. Scheidung. Das roch sie zehn Meilen gegen den Wind. Also, wie sollte sie reagieren, wenn er um die Trennung bat? Sie wollte zwar keine, würde aber einwilligen; er würde, wie üblich, seinen Willen bekommen. Als sie die Treppe zu ihrem Hotelzimmer hinaufstieg, war sie verzweifelt, unglücklich. Geld, Macht, soziale Stellung.

Alles sehr nützlich, aber ein schlechter Trost, wenn es um ein gebrochenes Herz ging.

* * *

»Er kommt!«

»Wo?«

»Da drüben.«

Mutter und Tochter saßen in dem Café in Covent Garden, einem großen, modern eingerichteten Lokal mit einem breiten georgianischen Fenster, in dessen Rundung sie einen Tisch gefunden hatten. Wie üblich war das Café überfüllt, denn es war so *angesagt*, dass es von jungen wie älteren Gästen kräftig frequentiert wurde. Sie waren schon oft hier gewesen, immer wenn Pauline in London war. Stets hatten sie einen Caffè Latte getrunken und ein Eclair gegessen, bevor sie in den Arkaden aus dem 18. Jahrhundert einen Einkaufsbummel machten – der dann den ganzen Nachmittag dauerte. Ist ein Mann Londons überdrüssig, ist er des Lebens überdrüssig. Ist eine Frau Londons überdrüssig, hat sie keine Lust mehr zum Shopping.

»Der da drüben.«

»Wo?« Draußen herrschte ein dichtes Getümmel.

»Da! Der attraktive Typ.«

Caroline rannte los, um den jungen Mann zu küssen, der auf ihren Tisch zusteuerte. Mit einem freudigen Lächeln wandte sie sich zu ihrer Mutter um. Da wusste Pauline, dass die Dinge anders lagen, als sie angenommen hatte. Die beiden waren ein Liebespaar; die Miene ihrer Tochter verriet alles. Es war der Gesichtsausdruck einer jungen Frau, die die körperliche Leidenschaft kennengelernt und zutiefst genossen hatte; Carolines Unschuld war für immer dahin. Pauline war glücklich und traurig zugleich. Dass Caroline einen festen Freund hatte, bedeutete, dass sich ihre Liebe zu ihr verändern und sie als Mutter zurückstehen würde. In gewisser Hinsicht würde sie sowohl ihr Kind als auch ihren Mann verlieren. Jetzt fühlte sich ihr Herz noch bleierner an. Wenn sie doch nur nicht nach London gekommen wäre …

»Guten Tag, Julio. Es freut mich, Sie kennenzulernen.«

»Mrs. Reynolds.«

Der junge Mann, der da vor Pauline Reynolds stand, war muskulös, hatte schwarze Haare und einen leichten Akzent. Außerdem war er nervös – eine gute Eigenschaft, die darauf hindeutete, dass er im Umgang mit Müttern nicht geübt war und, mutmaßlich, noch nicht viele Eroberungen gemacht hatte. Pauline freute sich um ihrer Tochter willen. Männer, die mit zu vielen Frauen schliefen, wurden mit der Zeit gefühllos.

»Setzen Sie sich doch.«

Zunächst verlief das Gespräch ein wenig stockend, doch Pauline nahm dem »Matador« ihrer Tochter die Nervosität, während sie ihn in Augenschein nahm. Caroline hatte eine gute Wahl getroffen. Der junge Mann war gutaussehend, wenn auch kein männliches Model, hatte einen leicht olivfarbenen Teint, anständige Zähne und dunkle Augen. Er trug zwar eine Jeans, aber dazu ein hellgelbes Hemd, dessen Schnitt und Monogramm darauf hindeuteten, dass es teuer war. Vielleicht war er reich, wollte es aber nicht zeigen? Sie wäre heilfroh, wenn dem so wäre. Aber als sie auf seine schlanken Hände blickte, sah sie, dass seine Armbanduhr billig war. Hatte ihre Tochter ihm das Hemd gekauft?

»Caroline hat mir gesagt, dass Sie Musiker sind?«
»Ja, ich spiele Gitarre.« Julio nahm die Kaffeetasse zur Hand, die der Kellner ihm hingestellt hatte. Danach aber ließ er seine linke Hand heimlich unter dem Tisch auf das Knie seiner Freundin gleiten. Ihm gingen andere Dinge durch den Kopf.
»Studieren Sie hier in London?«
»Ja. Englische Literatur.« Sollte heißen, er würde er sich bald an der Uni einschreiben.
»Caroline sagt, Sie kommen aus Spanien?«
»Aus Barcelona«, log er.
Während Pauline mit all dem Geschick einer angehenden Zahnärztin nachbohrte, wurde sie langsam ruhiger. Anscheinend kein Goldgräber; das spürte sie. Nur ein höflicher junger Mann mit einem entspannten Gesichtsausdruck. *Simpatico.* Bestimmt auch ein höflicher Liebhaber.
»Sind Sie im selben Alter wie Caroline?«
»Mutter!«, rief Caroline in anklagendem Ton. »Ja, das ist er. Hör endlich auf, ihn auszufragen. Er ist doch nur ein Freund.«
Sie lachten; insgeheim war ihnen allen bewusst, dass das nicht stimmte. Trotzdem: Innerhalb von Minuten hatte Pauline Reynolds die Schwierigkeiten mit ihrem Mann und dass möglicherweise die Scheidung bevorstand, vergessen. Stattdessen fand sie sich tief im Inneren in die glücklichen Tage ihrer Jugend zurückversetzt – in eine Zeit, in der jeder Tag, jedes Gefühl eine Schwingung und eine Prägnanz besaß, die sich nie mehr wiederholen ließ.
Drei Menschen saßen an einem Tisch und plauderten gutgelaunt. Gefangen in ihrer kleinen Sphäre – scheinbar isoliert von den Geschehnissen der großen Welt. Aber dem war nicht so. Denn hätte Pauline Reynolds den Kopf ge-

wandt, um die Person anzusehen, die am Tisch hinter ihr saß, hätte sie jemandem ins Gesicht geblickt, dessen Leben mit dem ihrer Familie eng verknüpft war. Ihre Nemesis war ein schlanker Mann mit beginnender Glatze, einer Brille mit schwarzem Gestell und scharf geschnittenen Gesichtszügen. Er trug ein Sportsakko und eine Cordhose und las die *Times*. Vor ihm stand ein Kanne Tee, aus der er sich von Zeit zu Zeit bedächtig nachschenkte. Sein intelligenter, aber gelangweilter Gesichtsausdruck schien typisch englisch – die Miene einer gebildeten Person, die sich in ihrer Umgebung völlig wohl fühlte. Sein Aussehen deutete darauf hin, dass er vielleicht irgendwo in der City arbeitete – als Versicherungsagent, Staatsbeamter oder Rechtsanwalt. Aber der Mann des britischen Geheimdienstes blickte kaum einmal auf, sondern las konzentriert in seiner Zeitung. Dicht hinter ihm stand ein Kellner von schwer bestimmbarer Nationalität. Er schob einen Servierwagen vor sich her, der mit diversen Sahnetorten, Kuchenstücken und Scones beladen war. Die Seiten des Servierwagens waren verhängt. Warum? Diese scheinbar nicht zusammenhängenden Kleinigkeiten waren alle miteinander verknüpft. Besser gesagt: Sie würden von der unsichtbaren Hand des Schicksals verknüpft werden.

»Wie habt ihr beide euch eigentlich kennengelernt?«

»*Das reicht.*« Caroline schob ihren Stuhl zurück. »Julio, erkläre du Mutter alles, ich gehe so lange ein Geschenk für eine Freundin einkaufen. In zehn Minuten bin ich wieder da. Aber lass dich nicht allzu sehr ausfragen. Sie kann das besser als jede Spionin.«

Und damit beugte sich Caroline vor und gab ihrem Freund einen Kuss auf die Wange, wobei sie ihn leicht unter dem

Kinn streichelte. In Pauline weckte dieser unerwartete, schlichte Akt der Zuneigung lebhafte Erinnerungen – Erinnerungen an die eigene Jugend, in der sie eine ähnliche Zärtlichkeit gezeigt hatte. Wie die Mutter, so die Tochter; die Vergangenheit entfaltete sich in Paulines Geist, so dass sie jene Zeit noch einmal erlebte, deren Freuden genoss. Paulines erster Geliebter war Kanadier gewesen. Plötzlich verspürte sie die gleichen körperlichen Empfindungen wie damals: jugendliche Bartstoppeln, die über ihr Gesicht strichen, seine warmen Hände, die Art, wie er sie liebkoste …

»*Mum*, hast du gehört, was ich gesagt habe? Soll ich dir etwas mitbringen?«

»Nein«, erwiderte sie leise. »Geh nur. Ich unterhalte mich so lange mit Julio.«

Als Caroline gegangen war, setzte Pauline ihre Nachforschungen über Julio fort. Sicher, das sollte sie eigentlich nicht tun, aber seit sie sehr wohlhabend war, hatte sich ihre inquisitorische Ader fast zu einer Neurose entwickelt. Denn wem konnte man in der Welt noch vertrauen? Und Caroline war ihre Tochter. Welche Mutter würde sich da nicht vergewissern wollen, dass alles bestens war? Oder war sie allzu beschützend?

»Ihre Eltern leben in Spanien?«

»Mein Vater«, antwortete Julio, weil es teilweise zutraf. »Meine Mutter ist vor drei Jahren bei einem Reitunfall ums Leben gekommen.«

»Das tut mir leid. Und was macht Ihr Vater beruflich?«

»Er ist selbständig, halb im Ruhestand«, log er.

»Verstehe.« Pauline war enttäuscht. Das klang, als sei der Vater ein kleiner Einzelhändler. Oh, wie *schade*. Der Junge war ziemlich attraktiv, im richtigen Alter und verliebt in Ca-

roline. Langfristig hatte eine solche Beziehung jedoch absolut keine Zukunft. Ihr Mann würde die Verbindung seiner Tochter mit einem jungen Mann aus so einfachen Verhältnissen sicherlich nicht dulden.
»Erzählen Sie mir von ihm.«
Julio erzählte. Derweil schmiedete Pauline bereits Pläne. Sie würde Caroline am kommenden Wochenende, wenn das Semester zu Ende war, mit nach Monaco nehmen. In den Ferien konnte Pauline sie dann anderen Leuten vorstellen – reicheren, geeigneteren jungen Männern. Schließlich entledigte man sich in ihrem Alter der Liebe wie eines Dessous. Der Junge war sowieso nur Paulines erster *Beau*. Oder wäre es vielleicht besser, die Beziehung etwas länger laufen zu lassen? Und: Nahm ihre Tochter eigentlich Verhütungsmittel?
»Und was machen Sie beruflich?« Jetzt war er an der Reihe, Fragen zu stellen. Er verlagerte sein Gewicht auf dem Stuhl und blickte sich in dem Café um.
»Ich?« Pauline erschrak ein wenig. Wie selten man sie das fragte, denn in den USA wussten ja alle, was ihr Mann tat. Sie war keine Society-Ehefrau, aber sie tat viel. Sorgte sie sich deshalb insgeheim? Machte sie wirklich das Beste aus ihrem Leben?
»Ich unterstütze gemeinnützige Organisationen, besuche soziale Veranstaltungen, solche Dinge.«
»Verstehe. Und Sie leben normalerweise in den USA?«
»Ja.« Hatte Caroline Julio von ihrem Mann erzählt?
Im Café herrschte reges Treiben, die Gäste kamen und gingen, die Kellner eilten, um ihre Wünsche zu befriedigen. Der Mann am Tisch hinter Pauline las weiter in seiner Zeitung und nippte an seinem Tee.

Julio stieß versehentlich einen Teelöffel zu Boden und beugte sich vor, um ihn aufzuheben. Gleichzeitig murmelte er etwas auf Spanisch. Der Mann am Nebentisch nickte. Sie würden sich woanders treffen, hier waren zu viele Menschen. Ein Kellner kam herbei, einen Servierwagen vor sich herschiebend. »Kuchen? Trifle? Etwas anderes, das Sie verführen könnte?«

»Danke, nur die Rechnung.« Pauline wollte viel Zeit zum Einkaufen mit ihrer Tochter haben, da sie ihr mehrere (intime) Fragen zu stellen gedachte. »Kommen Sie, warten wir draußen auf Caroline.«

Sie zahlten, standen auf und schlängelten sich vorbei an den Holztischen und Stühlen mit plaudernden Gästen Richtung Ausgang. Julio hielt Pauline die Tür auf. Während sie neben einem der gusseisernen Pfeiler standen, die das Glasdach stützten, warteten sie auf das Objekt ihrer beiderseitigen Zuneigung. Julio war sicher, keinen besonders guten Eindruck hinterlassen zu haben, aber was sollte er machen? Vieles musste verschwiegen werden – jedenfalls in dieser Phase. Caroline hatte ihm die billige Uhr geschenkt, aus Spaß. Das teure Hemd hatte er sich selbst gekauft, denn sein Vater war sehr reich.

»Gefällt Ihnen meine Tochter?«

»Sie ist wunderschön.«

»Lieben Sie sie?« Eine dumme Frage, aber sie war Pauline so herausgerutscht.

»Ja«, sagte er fest und mit einem Lächeln.

Ein Glücksschauer durchrieselte Pauline. Der junge Mann hatte die richtige – und aufrichtige – Antwort gegeben. »Ich freue mich ja so für Sie beide.«

Als Caroline, eine große Einkaufstasche in der Hand, zu-

rückkam, fasste ihre Mutter sie bei der Hand. »Bereit zum Shoppen?«
»Mum, Julio möchte, dass ich ein paar Freunde von ihm treffe. Einen anderen Tag vielleicht. Geht das in Ordnung?«
Es fiel Pauline schwer, ihre Enttäuschung zu verbergen – die umso tiefer war, weil sie kurz zuvor das Gegenteil empfunden hatte. Plötzlich hatte sie Angst davor, ins Hotel zurückzukehren. Wo sollte sie hin? Sie könnte mit der U-Bahn zum Oxford Circus fahren und sich unter Leute begeben. Aber sie wäre dort trotzdem allein, oder?
»Ja, natürlich. Dein Vater möchte sich morgen mit uns zum Lunch im *Ritz* treffen.«
»*Falls* er kommt.«
»Sei nicht so negativ.« Sie schloss ihre Tochter in die Arme. »Auf Wiedersehen, Julio.« Sie gaben sich die Hand. »Passen Sie gut auf sie auf.«
»Ganz bestimmt.«
Pauline ging durch die Arkade und wischte sich die Träne ab, die sich auf geheimnisvolle Weise in ihrem Auge gebildet hatte. Spontan drehte sie sich um. Das Liebespaar stand noch immer hinter der gusseisernen Säule. Sie hatten sich gerade geküsst – es war ein inniger, erotischer Kuss gewesen. Caroline löste sich von Julio und lachte über irgendetwas, das er gesagt hatte. Sie wandte den Blick ab und blickte in die Richtung ihrer Mutter.
Im selben Moment detonierte die Bombe.

3

Du sollst Freude haben oder Macht, sagte Gott;
aber nicht beides.
Ralph Waldo Emerson

Samstagmorgen. Neun Uhr.

In ihrer New Yorker Wohnung lag Rachel, das linke Bein zwischen die Beine ihres Freundes geschoben, in tiefem Schlaf versunken im Bett.

Alles war friedlich. Keine Gedanken, keine Wünsche, keine Ängste, keine Träume bewegten sie. Sie hatte einen Zustand völliger innerer Ruhe erreicht – wäre es nach ihr gegangen, hätte er noch ein paar weitere Stunden anhalten können. Aber es sollte nicht sein. Ein Telefon läutete. Nichts geschah. Es klingelte weiter, legte es darauf an, sie aufzuwecken.

»Geh nicht ran«, murmelte Tristan leise.

Rachel versuchte das Klingeln zu ignorieren, aber es hörte nicht auf.

»Sag ihm, er soll uns in Frieden lassen.« Ihr Freund drehte sich von ihr weg und grub den Kopf tiefer ins Kopfkissen. Sie hatten am Vorabend zwei Flaschen Wein getrunken, deshalb wollte er unbedingt noch länger im Bett bleiben, während er gleichzeitig gegen den wachsenden Druck seiner Blase ankämpfte.

»Ja?«

Eine Frauenstimme antwortete. »Hier ist das Pariser Büro. Mr. Reynolds hat mich gebeten, Sie anzurufen.«
»Wie bitte?«, fragte Rachel ganz benommen.
Die Empfangsdame wiederholte es.
»Warum?«
»Mr. Reynolds hat seine Reisepläne geändert. Er fliegt heute Nachmittag nach Genf. Er möchte, dass ihm einige Unterlagen für sein Meeting in London zugeschickt werden. Ich habe Ihnen die Details gemailt.«
»Es ist Samstag«, knurrte Tristan unwillig. Er hoffte, dass der Vorstandschef am anderen Ende der Leitung war.
»Ich werde mich darum kümmern.«
»Bitte tun Sie es so bald wie möglich.«
Nach dem Telefongespräch ließ sich Rachel aufs rote Kopfkissen zurückfallen. »So ein Mist.«
»Genau«, murrte ihr Geliebter. Er hatte auf etwas ganz anderes gehofft, sobald er seinen Unterleib wieder einigermaßen in Ordnung gebracht hätte. Aber jetzt hatte dieser Mistkerl von einem Chef alles kaputtgemacht. »Bleib hier.«
»Ich muss dahin.«
»Nein.«
Rachel schob seine Hand weg. Sie wollte nicht rausgeworfen werden; der Job gefiel ihr. Vorsichtig stand sie auf, blieb einen Moment neben dem Bett stehen und versuchte, das Gleichgewicht zu halten. Ihr Kopf dröhnte; sie hatte zu viel getrunken gestern. Und der Himmel wusste, was Tristan letzte Nacht mit ihr getrieben hatte; die Beine taten ihr an ungewöhnlichen Stellen weh. Tristan seinerseits murmelte einen Strom von Flüchen und rutschte unter die Bettdecke. Und er? Er würde lieber gefeuert werden, als samstags zu arbeiten; eher würde Lazarus ins Grab zurückkehren, als

dass er sich aus dem Bett bewegen würde. Wenn das so weiterging, müsste sich Rachel eine neue Stelle oder er sich eine neue Freundin suchen.

* * *

Zur selben Zeit, als sich Rachel in ihrem New Yorker Schlafzimmer ein wenig wackelig auf den Beinen zurechtmachte, erfüllte – auf der anderen Seite des Atlantiks, in London – ein ohrenbetäubender Knall Covent Garden. Dieses Ereignis veränderte sehr viel für sehr viele Menschen. Es brachte Tod, es zerbrach die Bande der Liebe und der Freiheit, es säte den Samen der Verbitterung. Millisekunden vor der Detonation hatte sich Pauline blitzartig umgedreht und einen Blick auf ihre Tochter erhascht. Es war das letzte Bild.
Die Bombe war – versteckt in der unteren Hälfte eines Servierwagens, auf dem Desserts und Trifles angerichtet waren – von einer unbekannten Hand im Café gezündet worden. In dem beengten Raum hatte die Explosion eine verheerende Wirkung entfaltet. Vierzig Menschen, die in dem Café gesessen – oder gestanden – hatten, waren auf der Stelle tot. Das georgianische Fenster und die Eingangstür wurden von der gigantischen Kraft der Explosion aus ihren Rahmen gerissen, so dass diejenigen, die an den Tischen draußen saßen, von den herausschießenden Glasscherben getötet wurden.
Julio, der neben einem gusseisernen Stützpfeiler in der Arkade stand, hatte kurz zuvor seine Freundin geküsst. Die jungen Leute waren im Begriff, in seine Wohnung zurückzufahren, um miteinander zu schlafen, weshalb seine Gedanken voller Begierde und freudiger Erregung waren. Un-

mittelbar nachdem die Bombe hochgegangen war, streckte Julio – diktiert vielleicht von einer unbewussten Wahrnehmung dessen, was geschehen würde – die Hand aus und schob Caroline hinter den Pfeiler zurück, um sie zu retten. Dann erfasste ihn die Druckwelle und schleuderte ihn ins Land der Toten. Die Trümmerteile flogen weiter, Ziegelsteine und Glasscherben krachten gegen die Mauern und die Schaufenster der Geschäfte auf der anderen Seite der Arkade. Die Druckwelle weitete sich zu den Seiten aus und riss Käufer und Touristen – Kleinkinder und Alte – von den Füßen, schleuderte sie gegeneinander und an die Wände und Mauern und zerquetschte viele von ihnen zu Tode.

Nach dem Inferno der Explosion herrschte eine unheimliche Stille, dann ertönten die ersten Schmerzensschreie. Erst als der Rauch sich verzogen hatte, wurde das Blutbad in seinem ganzen, furchtbaren Ausmaß sichtbar. Es handelte sich um eine der höchsten Opferzahlen, die London nach einer Bombenexplosion jemals zu beklagen hatte. Binnen weniger Sekunden verloren mehr als hundert Menschen ihr Leben. Diese Menschen verblassten, wurden zu einer Erinnerung.

»Wo bin ich?«

Pauline saß auf dem Boden. Ringsum ein Meer zerfetzter Leiber, die Luft erfüllt von einer wirbelnden Staubwolke. Ihr teures, cremefarbenes Kleid war voller Blut. Blutrinnsale liefen ihr über den rechten Arm, ihr Gesicht starrte vor Schmutz. Sie konnte nichts hören, und der Schock saß so tief, dass sie sich an nichts mehr erinnerte. Wieder verlor sie das Bewusstsein. Als Nächstes bemerkte sie, dass jemand sie an der Schulter berührte.

»Können Sie mich hören?«

Sie sah auf und erblickte einen jungen Polizisten. Er gehörte zu den Ersten, die am Ort des Bombenattentats eingetroffen waren. In seiner Miene malten sich Angst und Schrecken.

»Bleiben Sie ruhig liegen.«

Die dicke, schwarze Rauchwolke hatte sich ein wenig gelichtet, so dass Pauline, als sie blinzelte, die Überreste des Cafés erkennen konnte. Furchterregend schnell kehrte ihre Erinnerung zurück.

»Meine Tochter! Um Gottes willen, meine Tochter!«

»Wo ist sie?«

»Dort drüben. Die in dem grünen Kleid und mit dem blonden Haar. Da drüben!«

Pauline zeigte in die Richtung. Die Polizisten blickten zum Epizentrum der Detonation. Niemand, der ihr so nahe gewesen war, würde überlebt haben können.

Außer sich vor Schmerz versuchte Pauline aufzustehen, aber es ging nicht.

»Bleiben Sie, wo Sie sind. Ich sehe nach.«

Der Polizist schlängelte sich durch das Meer von Leibern und Blut. Dieser Anblick sollte sich ihm ein Leben lang einbrennen. Er war schlimmer als ein Schlachtfeld, weil die Opfer ihrer Kleidung, ihrer Haut beraubt worden waren. Neben dem eisernen Pfeiler unmittelbar vor dem Café lag Caroline Reynolds auf dem Boden. Kaum hatte der Polizist sie erblickt, stöhnte er leise auf. Das rechte Bein des Teenagers fehlte, ebenso ein Großteil ihrer Kleidung. Ihr Kopf blutete, das schöne blonde Haar war mit Blut und kleinen Trümmerteilen verklebt. Doch nicht das machte ihm Angst. Sondern der Umstand, dass aus ihrem Oberschenkel dunkles arterielles Blut strömte.

»Caroline?«

Die Augenlider der jungen Frau flatterten ganz leicht, aber sie schlug die Augen nicht auf. Es war Caroline, da war sich der Polizist sicher. Er kniete sich neben sie und fasste ihre Hand. »Deine Mutter lebt.«

Rasch verebbte Carolines Lebenskraft; ihr Blut vermischte sich mit seinen Tränen der Hilflosigkeit. Wenig später waren die Rettungswagen vor Ort, die Luft erfüllt von ihren Sirenen. Als eine Krankenschwester auf den Polizisten zusteuerte, hielt dieser noch immer die – leblose – Hand des Mädchens.

»Ich übernehme«, sagte die Krankenschwester.

Der Polizist erhob sich und ging zurück. Pauline hatte sich nicht vom Fleck gerührt. Sie konnte noch immer nicht hören, aber in ihren Zügen spiegelte sich ihre große Sorge: die einer Mutter um ihr Kind.

»Meine Tochter. Haben Sie sie gefunden?«

Aber der Polizist gab ihr keine Antwort. Er schüttelte den Kopf; er brachte es nicht über sich, es ihr zu sagen.

* * *

Andernorts galt die Devise: *business as usual.* Der Vorstandsvorsitzende saß im Konferenzzimmer des Pariser Büros von Reynolds Holdings. Es bot einen Blick auf einen gepflegten Garten, den der Mann aber nicht wahrnahm. Solche Dinge interessierten Reynolds nicht; sie waren überflüssig. Es ging hier schließlich um Geld, und was in dieser Welt zählte, das war *Geld*. Das sahen doch alle so, oder?

»Hier sind die Dokumente, die Sie unterzeichnen müssen.«

Mit einem silbernen Füllfederhalter setzte Reynolds seine Unterschrift darunter. Sie war säuberlich und präzise; keine überflüssigen Schnörkel. Mit vergleichbarem Schwung hatte er soeben eine kleine französische Firma erworben. Als er sich zurücksetzte, flackerte jählings eine Art Vergnügen in ihm auf, dann dachte er an sein nächstes Übernahmeobjekt – das schwedische Elektronikunternehmen. Es war größer, kämpfte jedoch mit all der Müdigkeit eines alternden Gnus, das zu seinem letzten Lauf über die Savanne antrat. Das Ableben mochte sich hinziehen, aber Reynolds würde gewinnen. Seine Finanzleute würden das Unternehmen jagen, den Vorstand ständig bedrängen, die Finger auf die Schwachpunkte legen, und binnen Monaten würde es Reynolds Holdings einverleibt sein. Und damit wäre dann noch ein Stück im Puzzle seiner globalen Strategie am richtigen Platz eingefügt. Reynolds blickte die geschäftsführende Direktorin und die zwei Vorstandsmitglieder an.

»Was haben Sie mir sonst noch zu erzählen?«

Die Leiterin des Pariser Büros – eine gutgekleidete Brünette Mitte fünfzig – begann zu skizzieren, wie erfolgreich sie in diesem Jahr gewesen waren. Reynolds hörte ihr höflich zu, aber er kannte die harten Fakten und Zahlen schon. Er würde sie ein wenig weiter schwatzen lassen. Dann würde er die Schwächen hervorheben, die in dem vertraulichen Bericht der Konzernzentrale skizziert worden waren und den er während des Nachtflugs gelesen hatte. Nach ein paar Minuten hob er kurz die Hand. »Gut. Ich möchte gern einige Punkte mit Ihnen durchgehen. Bevor ich anfange – hat meine Sekretärin in New York die von mir angeforderten Akten herübergeschickt?«

Das wurde bestätigt.

»Und mein Flug nach Genf heute Nachmittag? Ist er gebucht?«
Die geschäftsführende Direktorin drückte eine Taste und bat ihre Sekretärin, in den Konferenzraum zu kommen.
»Der Flughafen Genf hat für Ihren Flug ein Zeitfenster geschaffen, Sir. Sie müssten in den nächsten vierzig Minuten von hier losfahren.«
Reynolds nickte. Er war im Begriff fortzufahren, als sich die Sekretärin vorbeugte und der geschäftsführenden Direktorin etwas zuflüsterte. Sie runzelte die Stirn.
»Ist irgendetwas?«
»In London ist eine Bombe hochgegangen.«
»Ach ja?« Reynolds interessierte das nicht. Terrorismus, das war nicht sein Problem, sondern die Leitung eines internationalen Konzerns. Als die Sekretärin den Raum verließ, fuhr Reynolds mit seinem vernichtenden Urteil über das Pariser Büro fort. Im Zuge des Erwerbs des neuen Unternehmens war eine interne Restrukturierung und Reorganisation erforderlich. Er erwähnte einige Namen, die von der Zentrale ins Pariser Büro überstellt werden würden. Angesichts der Expansion des Konzerns war er sich allerdings nicht ganz sicher, ob der derzeitige Leiter des Vertriebs der richtige Mann für die Aufgabe war. Vielleicht könne die Geschäftsführerin ja einmal darüber nachdenken – und ihn anrufen, wenn er in Genf gelandet sei.
»Ja, Sir.« Sie nickte widerstrebend. Somit musste sie heute Nachmittag den Vertriebschef feuern. Sie mochte den Mann. Sie hatte sogar einmal mit ihm geschlafen. Aber sie dachte nicht daran, Reynolds zu widersprechen; er leitete das Unternehmen, sie war nur eine Angestellte. Sich ihm entgegenzustellen würde ihr gar nichts bringen. Außerdem hatte sie

drei Kinder, die auf teure Schulen gingen, und sie wollte geschäftsführende Direktorin für Europa werden – der Titel würde sich gut machen auf ihrer Visitenkarte. In der Liebe und im Krieg ist doch schließlich alles erlaubt, oder? Zumindest, wenn das Blut eines anderen vergossen wurde. Außerdem war der Vertriebsleiter nicht besonders gut im Bett gewesen; er hatte den Kürzeren gezogen.

»Danke fürs Kommen.« Mit einem Klicken schloss Reynolds seine Aktentasche. Umgehend wandte er sich in Gedanken der nächsten Besprechung in Genf zu. Auf dem transatlantischen Flug hatte er sich entschlossen, dorthin einen Abstecher zu machen, um nach dem Rechten zu sehen. Morgen würde er nach London weiterfliegen, wo er mit seiner Frau und seiner Tochter ein Mittagessen einschieben wollte. Sicher, sie erwarteten ihn heute Abend zum Essen, aber was waren schon ein paar Stunden? Er hatte ein Imperium zu führen – das verstanden sie durchaus. Da musste eben der eine oder andere zurückstehen.

Reynolds wurde aus dem Konferenzraum geleitet. In der Lobby hing ein großer Flachbildfernseher an der Wand. Es wurden die ersten Bilder der Bombenexplosion in London gezeigt, samt den Details und den geschätzten Zahlen der Toten und Verletzten. Unterhalb der Bilder des Blutbads lief ein Nachrichtenticker mit den neuesten Wirtschaftsnachrichten. Die monatliche Inflationsrate der USA war gesunken – was ausgezeichnet war. Er hatte darauf spekuliert.

»Auf Wiedersehen, Sir.«

Reynolds stieg in seinen Wagen; neben ihm auf dem Rücksitz lag eine Aktentasche. Sie war aus seinem Londoner Büro herübergeschickt worden und enthielt Informationen zu seiner Besprechung in Warschau im Laufe der Woche.

Lesematerial für kommende Stunden. Entspannt und nahezu zufrieden lehnte er sich zurück. Ach, es war doch eine wundervolle Welt.
Und er war ganz oben angekommen; er war ein Herrscher.

* * *

In der Notaufnahme des Charing-Cross-Krankenhauses herrschte ein kontrolliertes Chaos. Angesichts der großen Anzahl Toter und Verletzter hatte man mit drei anderen Londoner Krankenhäusern eine Art Arbeitsteilung vereinbart. Das Charing Cross würde die Toten und Leichtverletzten aufnehmen. Die, die notoperiert werden mussten – oder die vermutlich nicht überleben würden –, wurden, je nach Art und Ausmaß ihrer Verletzungen, in die anderen Krankenhäuser gebracht. Natürlich wurden die Angehörigen über die Hintergründe dieses Prozederes nicht informiert – die Vorentscheidung, wer vermutlich durchkommen würde und wer nicht –, um ihnen weiteres Leid zu ersparen. Doch diejenigen, die am Ort der Bombenexplosion Hilfe leisteten, waren auf dieses hocheffiziente Vorgehen angewiesen, damit sie so viele Menschenleben wie möglich retten konnten.
Das Vorgehen funktionierte jedoch nicht reibungslos, woraus, unvermeidlicherweise, ein gewisses Durcheinander resultierte. Noch schwieriger war die Frage zu beantworten, wie man die Medien und die Angehörigen auf dem Laufenden halten sollte – zumal Letztere ganz außer sich vor lauter Sorge waren. Deshalb hatte man eine telefonische Hotline eingerichtet, außerdem wurden im Fernsehen fortlaufend Informationen durchgegeben, aber das reichte nicht.

Der Bombenanschlag zeigte bereits seine langfristigen Wirkungen. Angesichts der unterschiedlichen Nationalitäten der Opfer litten auf der ganzen Welt Freunde und Familienangehörige, während sie auf neueste Meldungen warteten – oder empfanden den furchtbaren Verlust und die tiefe Verzweiflung, sobald ein Todesfall bestätigt wurde. Am schlimmsten war es, wenn Kinder zu den Opfern des Attentats zählten. So wie die Blumen auf einer Wiese waren diese jungen Opfer besonders zart. Der Stamm ihres Lebens knickte leicht.

In einem Einzelzimmer im Charing-Cross-Krankenhaus lag eine Frau im Bett. Sie hatte – traumatisiert und fast taub – zu den Ersten gehört, die die Rettungswagen gebracht hatten. Sowie man ihr die Kleidung ausgezogen hatte, hatten die Ärzte sie körperlich untersucht. Wie durch ein Wunder war Pauline nahezu unverletzt geblieben. Durch eine grausame Ironie des Schicksals waren es die Körper – besser gesagt: die Leichname – der anderen gewesen, die sie vor der vollen Wucht der Detonation geschützt hatten. Ihr standen seelische, keine körperliche Qualen bevor. Nachdem sie gewaschen worden war, brachten Krankenschwestern sie ins Bett und verabreichten ihr intravenös ein Beruhigungsmittel. Doch bevor man sie schlafen ließ, benötigte man noch einige Angaben, um ihre Angehörigen informieren zu können.

»Ihr voller Name lautet Pauline Daphne Reynolds?«, wurde sie laut gefragt.

»Ja.«

»Sie sind amerikanische Staatsbürgerin?«

»Ja.«

Die Fragen gingen weiter.

Pauline antwortete wie auf Autopilot, ohne dass ihr bewusst war, was wirklich vor sich ging. Eilig notierte sich die Krankenschwester die Angaben auf einem Notizblock – einschließlich des Umstands, dass es sich bei dem Mann der Frau um den Chef von Reynolds Holdings handelte. Der Name des Unternehmens kam der Krankenschwester bekannt vor, aber sie war zu beschäftigt, als dass sie weiter darüber nachdachte; sie musste sich um zu viele andere Patienten kümmern.

»Wie können wir Ihren Mann erreichen? Wo ist er?«

»Ich weiß es nicht«, antwortete Pauline leise. »Vielleicht in Paris. Er sollte heute Nachmittag nach London kommen.«

»Haben Sie eine Telefonnummer, unter der wir ihn erreichen können?«

»Die hat sicherlich seine Sekretärin in New York.«

»Wie heißt sie?«

»Rachel.«

»Haben Sie ihre Telefonnummer?«

»Ich kann mich nicht genau erinnern. Ich glaube, sie lautet …«

»Wir können die Nummer bestimmt ausfindig machen.«

Ein paar weitere Daten, dann hatte die Krankenschwester genügend Informationen zusammen. Die Patientin war erschöpft, genau das, was sie gehofft hatte, als sie zu ihrer letzten Frage kam.

»Mrs. Reynolds, Sie haben uns gesagt, dass Ihre Tochter Caroline bei Ihnen war.«

»Ja, das ist richtig.«

»Sie trug einen Smaragdring an der rechten Hand?«

»Ja.«

»Verstehe.« Die Krankenschwester warf einen kurzen Blick

auf ihr Klemmbrett. Sie erhob sich ein wenig. »Ich hole Ihnen eine Psychologin.«
»Meine Tochter ist tot, nicht wahr?«
Die Krankenschwester zögerte und setzte sich wieder. Sie hasste diesen Teil ihrer Arbeit. »Ja«, bestätigte sie. Sie fuhr fort und log, wie man sie angewiesen hatte: »Sie war sofort tot, sie hat keine Schmerzen gelitten.«
Pauline schloss die Augen; sie wünschte, auch sie wäre tot. In vielerlei Hinsicht war es ihre Schuld. Hätte sie darauf bestanden, dass Caroline mit ihr einkaufen ging, wäre ihre Tochter Kilometer von der Detonation entfernt gewesen und hätte vermutlich überlebt. Wie konnte sie sich das je verzeihen?

* * *

Nur eines ist so stark wie der Tod – das Business. Als sich Reynolds' Privatjet dem Flughafen Genf näherte, verzögerte sich die Landung wegen eines erhöhten Flugaufkommens erheblich. Das schätzte der Vorstandschef gar nicht – er war es gewohnt, dass andere ihm Platz machten, nicht umgekehrt. Verärgert schnalzte er mit der Zunge – das einzige Anzeichen seiner Wut – und las das Strategiepapier noch einmal durch. Nachdem das Flugzeug gelandet war, stieg er aus und blieb kurz auf dem Rollfeld stehen. Es war keine besonders verheißungsvolle Ankunft, außerdem war es inzwischen später Samstagnachmittag. Dass sich der Leiter des Genfer Büros und dessen Mitdirektoren freuen würden, ihr Wochenende unterbrechen zu müssen, war zu bezweifeln. Trotzdem: Dank *seiner* harten Arbeit hatten sie ihre Jobs. Das Leben war schwer, aber so war es nun mal.

Reynolds verließ das Flughafengebäude und wurde zu einem wartenden Rolls-Royce begleitet. Niemand sonst nahm ihn in Empfang, er hatte auch nicht damit gerechnet. Er forderte niemals Mitarbeiter auf, ihn vom Flughafen abzuholen, denn er wusste aus Erfahrung, wie unangenehm es werden konnte, mit einem mundfaulen Manager in einem beengten Raum eingezwängt zu sein – zumal er außerdem keinerlei Interesse an Smalltalk hatte. Der Rolls-Royce fuhr an. Ausnahmsweise lag keine Aktentasche für ihn bereit, und den Inhalt des Aktenkoffers, mit dem man ihn für den Flug von Paris nach Genf versorgt hatte, hatte er schon durchgearbeitet. Deshalb hatte er nichts zu tun – eine eher seltene Erfahrung. Er blickte aus dem Fenster. Die Landschaft zog an ihm vorbei, aber er nahm keine Notiz davon. Stattdessen dachte er an seine Familie – was ebenfalls recht selten vorkam.

Die Scheidung … sie war unvermeidlich.

Er und Pauline hatten sich auseinandergelebt. Es lag nicht an den anderen Frauen – den exklusiven Callgirls –, die waren nur Beiwerk. Vielmehr bestand zwischen Pauline und ihm keine tiefe Bindung mehr. Zu Beginn ihrer Ehe hatte sie sich für das Geschäftliche genauso interessiert wie er. Damals war sie ein Fels in der Brandung gewesen, er hatte das nicht vergessen, doch irgendwann war die Ehe schal geworden – vermutlich als ihre Tochter aus den Staaten weggezogen war, um in England zu studieren. Außerdem hatte er, ehrlich gesagt, nie die Gelegenheit gehabt, viel Zeit mit seiner Familie zu verbringen. Doch dafür konnte er nichts. Entscheidend war, dass das Unternehmen weiter wuchs, und das erforderte, dass er sich ihm von morgens bis abends widmete. Das Unternehmen war sein Leben. Mehr noch: Er hatte Pauline in den vergangenen Monaten kaum gesehen. Sie zog es vor, auf ihrem Landsitz auf Long Island zu weilen – sie half, Gelder für Wohltätigkeitsorganisationen zu sammeln, Gutes zu tun, all diese kleinen Dinge. Aber so etwas interessierte ihn nicht, mit derlei Aktivitäten ließ sich kein Geld verdienen, so wertvoll sie auch waren. Geistesabwesend zog er den Aktenkoffer näher zu sich heran, öffnete ihn aber nicht.

Würde sich durch die Scheidung viel ändern? Die Antwort lautete nein. Sein Lebensstil war im Moment unumstößlich – Arbeit, Arbeit und noch mehr Arbeit. Die einzige Entspannung würden ihm weiterhin die Frauen bieten – auf einer unverbindlichen Basis – und, seltener, ein, zwei Drinks mit seinen superreichen Freunden. Nicht, dass er sie wirklich *Freunde* nennen konnte. Es waren Geschäftspartner – Leute, mit denen er Geschäfte machte, damit er – und sie – noch reicher und mächtiger wurden, als sie es sowieso schon waren. In den Sphären des Geldes und der Macht gab es so etwas wie ein Zuviel nicht; es hatte keine greifbare Bedeutung. Je mächtiger man war, umso mehr Möglichkeiten boten sich einem, seinen Reichtum zu vermehren: Macht und Geld, sie waren miteinander vermählt.

»Brauchen Sie irgendetwas, Mr. Reynolds?«

»Nein«, antwortete er etwas verärgert, weil der Fahrer seine Gedanken unterbrochen hatte. Morgen musste er Pauline auf die Scheidung ansprechen. Natürlich würde Caroline außer sich sein – sie war ein sensibles Kind –, doch sie würde schon darüber hinwegkommen. Die jungen Leute waren heute so. Scheidung, Geburt, Tod und Ehe – alles war Teil der natürlichen Ordnung, und man nahm die Dinge, wie sie kamen. Natürlich würde er dafür sorgen, dass Pauline gut versorgt wäre – sie würde eine anständige Summe erhalten, von der sie gut leben konnte, er war schließlich kein Geizkragen. Nicht, dass sie viel ausgab. Im Gegenteil: Gemessen an seinem Reichtum hielten sich ihre Ausgaben in einem sehr vernünftigen Rahmen.

Außerdem wollte er Caroline sagen, dass er mehr in ihren Treuhandfonds einzahlen werde, für später, wenn sie einmal heiratete. Oder wenn sie zumindest eine feste Beziehung einzugehen gedachte, auch wenn es dafür keine Anzeichen gab – nur Freundschaften, was gut war. Sie war erst neunzehn, und er wollte nicht, dass die jungen Männer Caroline ihres Vermögens und ihres Namens wegen hinterherjagten. Er würde Maßnahmen ergreifen, die sicherstellten, dass so etwas nicht passierte. Er würde die Anwärter – und ihre Eltern – überprüfen lassen. Vielleicht sollte er mit seiner Tochter bei ihrem Treffen darüber sprechen. Bestimmt würde sie bald sexuelle Beziehungen eingehen – auch wenn sie ein behütetes Leben in einer Mädchenschule geführt hatte. Nach der Scheidung könnte sie bei ihm wohnen. Das würde bedeuten, dass sie ihr geliebtes England verlassen müsste. Oder könnte vielleicht *er* mehr Zeit dort verbringen? Das Zentrum der europäischen Dependancen nach London verlagern? Das wäre eine Idee. Zumal wenn sie nach Osteuropa expandierten, was seine große Hoffnung war – zumindest seine große Hoffnung für *dieses* Jahr. Sofort schweiften seine Gedanken von den Familienangelegenheiten ab und wandten sich künftigen geschäftlichen Projekten zu.

Wenig später traf Reynolds vor einem modernen Glasgebäude im Herzen des Geschäftsviertels von Genf ein. Beim Aussteigen konnte er den Turm einer protestantischen Kirche erkennen. Ohne seine Umgebung wahrzunehmen, schritt er auf den Manager zu, der ihm entgegenkam. Es ging wieder los! Ein weiteres Land, ein weiteres Büro, ein weiterer Konferenzraum, eingerichtet mit gepolsterten Stühlen und Edelstahl – die gleiche Inneneinrichtung wie das Pariser Büro, aus dem er soeben gekommen war. Standardisiert, homogenisiert, reynoldisiert. Im Empfangsbereich nahm er kurz das Firmenzeichen in Augenschein. Vielleicht sollte man den amerikanischen Adler noch etwas vergrößern. Er warf seine Aktentasche auf den Tisch und rückte seine Krawatte zurecht.

»Was möchten Sie trinken?«, fragte die Sekretärin, die ihn in den Raum geführt hatte.

»Das Übliche.« Man kannte seinen Geschmack. Die Hauptverwaltung verschickte derlei wichtige Informationen im Voraus.

»Herzlich willkommen, Sir!«

Der geschäftsführende Direktor, ein korpulenter, silberhaariger Liechtensteiner mit einem Faible fürs Geldverdienen (weshalb man ihn eingestellt hatte) eilte in den Raum. Reynolds schüttelte ihm die Hand. Pierre war seit zehn Jahren im Unternehmen und hatte seine Sache gut gemacht. Einen kurzen Moment spiegelte sich in ihren Gesichtern eine geschäftsmäßige Freundlichkeit, ein Lächeln, das Zähne aufblitzen ließ, so wie man es bei Löwen sieht, ehe sie zubeißen. Wie üblich nahm Reynolds jedoch den Ausdruck des anderen an diesem Punkt nicht wahr (er behielt sich das für den Zeitpunkt vor, wenn er seinen Angestellten am Tisch direkt gegenübersaß). Schade eigentlich, denn sonst hätte er die Schweißperlen auf der Stirn seines Mitarbeiters bemerkt.

»Die anderen Direktoren?«
»Draußen.«
»Sagen Sie ihnen, sie sollen hereinkommen. Fangen wir an.«
»Mr. Reynolds«, der geschäftsführende Direktor der Niederlassung zögerte. »Jemand möchte mit Ihnen sprechen. Jemand von der Polizei.«
Reynolds hatte Platz genommen. Er hob den Kopf von den Mappen, die er aus seinem Aktenkoffer zog. Seine Miene verriet sein Erstaunen.
»Sagten Sie ›Polizei‹?«
»Ja.«
Reynolds runzelte die Stirn.
Das musste irgendetwas mit den Steuerangelegenheiten dieser Niederlassung oder mit Problemen mit einem Mitarbeiter zu tun haben; aber er war nicht hergekommen, um sich mit Bagatellen abzugeben.
»Das kann bis nach der Vorstandssitzung warten.«
»Paul.« Der geschäftsführende Direktor näherte sich dem Tisch. Zum ersten Mal überhaupt sprach er ihn mit Vornamen an, und in seiner Stimme lag eine Spur von Beunruhigung. »Paul, es geht um Sie.«
Und damit verließ er den Raum. Reynolds war verwirrt. Was war hier eigentlich los? Das war Insubordination; er hatte ihm doch gerade eben gesagt, er werde sich mit den Leuten *nach* der Besprechung treffen.
»Paul William Reynolds?« Eine untersetzte Frau in Polizeiuniform erschien in der Tür des Konferenzzimmers. Sie nahm ihre Mütze ab. Ihr dunkelbraunes Haar war zu einem strengen Dutt hochgesteckt.
Er fand sie sofort unattraktiv.

»Ja. Worum geht's denn?«, wollte er gereizt wissen. Er stand auf und trat auf sie zu.
»Die Polizei in London hat versucht, Sie zu erreichen. Bitte rufen Sie hier an.« Sie reichte ihm eine Telefonnummer.
»Wird gemacht. Später. Wir haben hier gleich eine Vorstandssitzung.«
»Es ist dringend.«
»Ich habe Ihnen doch bereits gesagt …«
»Es hat in London eine Bombenexplosion gegeben.«
»Ja, ja, und?« Die kommandierenden Worte kamen ihm ganz natürlich über die Lippen, sein gewohnter geschäftsmäßiger Ton, sein Ich, sein Sein.
»Ihre Frau und Ihre Tochter waren da.«
»Wo?«
»Dort, wo die Bombe explodiert ist.«
Eine Sekunde lang geschah nichts. Dann schlug eine mächtige Schockwelle gegen Reynolds' Brust. Sein ganzer Körper wurde taub.
»Dort, wo die Bombe explodiert ist?«
Die Polizistin warf einen kurzen Seitenblick auf den geschäftsführenden Direktor und sprach mit leiser Stimme weiter. »Die Polizei hat versucht, Sie zu erreichen, Mr. Reynolds, weil Ihre Frau im Krankenhaus liegt. Sie ist nicht ernsthaft verletzt.«
»Und meine Tochter?«, stammelte er.
»Ist bei der Explosion ums Leben gekommen.«
Als befände er sich in einem Traum, ging Reynolds mit steifen Schritten zu seinem Stuhl zurück. Er setzte sich und legte die rechte Hand auf den Tisch. Die Dokumente, sein Geschäft, seine Welt, das war noch immer da, aber etwas anderes – jemand anderer – war gegangen. Der geschäftsführende

Direktor gab der Polizistin ein Zeichen, sich zurückzuziehen. »Ich organisiere Ihre Rückkehr nach London.«

Allein gelassen, starrte Reynolds auf seinen Aktenkoffer, der vor ihm lag. Er neigte den Kopf. Die Muskulatur in seinen Armen und im Oberkörper verkrampfte sich, und die Brust wurde ihm so eng, dass er nur stoßweise atmen konnte. In dieser Haltung verharrte er eine Zeitlang, während sein Wille darum kämpfte, die Herrschaft über seinen Körper wiederzuerlangen. Als der geschäftsführende Direktor zurückkam, saß Reynolds wieder aufrecht da; sein Gesicht glich einer Maske.

»Sir, soll ich Ihnen einen Arzt rufen?«

»Nein. Stellen Sie fest, in welchem Krankenhaus meine Frau liegt, und buchen Sie mir einen Flug nach London.«

»Sonst noch etwas?«

»Die Sitzung findet statt.«

Der geschäftsführende Direktor starrte ihn entgeistert an. »Sind Sie sicher?«

»Ja. Sagen Sie den anderen nichts davon.«

Sein Untergebener überlegte, ob er dieser absurden Aufforderung widersprechen sollte, entschloss sich dann aber, den Mund zu halten. Reynolds stand sichtlich unter Schock. Vielleicht war es das Beste, seine Gedanken so lange abzulenken, bis man ihn zum Flughafen gefahren hatte.

So fand die Vorstandssitzung also statt. Für die drei anderen Direktoren – die von der bedeutenden Nachricht nichts ahnten – verlief die Besprechung kaum anders als bei vorherigen Gelegenheiten. Sicher, der Chef lächelte kein einziges Mal, und sein Gebaren war etwas steif und starr. Aber im Grunde war er nie ein Mann gewesen, der aus sich herausging.

Für den geschäftsführenden Direktor, den einzigen der Anwesenden, der die Wahrheit kannte, war die Sitzung ein Lehrstück in Sachen Selbstbeherrschung. Reynolds ließ sich seine tiefe Seelenqual nicht anmerken, sein Tonfall war distanziert und ausdruckslos – so, als sei er sehr müde oder desinteressiert. Zugleich beschlich den geschäftsführenden Direktor ein unangenehmes Gefühl – gar nicht unähnlich der Schadenfreude –, das er aber unterdrückte. Es war, als ob man den tiefen Fall eines Halbgottes beobachtete. Hier war ein Mann, der alles zu haben schien – Reichtum, Macht und ein Heer von Mitarbeitern, bereit, jede seiner Anordnungen zu befolgen. Und doch hatte Reynolds, in einer schrecklichen Umkehr des Schicksals, unwiderruflich verloren, was ihm das Liebste war – seine geliebte Tochter. Oder nicht? Was schätzte er mehr? Sein Geschäft oder seinen Sprössling? Es war ein grausamer Gedanke. Was, wenn der Sohn des geschäftsführenden Direktors gestorben wäre? Was würde er dann empfinden?

Nach der Sitzung legte Reynolds die Unterlagen zurück in seinen Aktenkoffer und ließ ihn mit einem Klick zuschnappen. Er stand auf, als wäre nichts Besonderes geschehen. Dann schüttelte er den Direktoren die Hand und verabschiedete sich.

Auf dem Flur, allein mit dem geschäftsführenden Direktor, hob er fragend die Brauen; er traute seiner Stimme nicht mehr.

»Das ist das Krankenhaus, in dem Ihre Frau liegt.«

Reynolds nahm das Blatt entgegen, als handelte es sich um ein internes Memo. Schweigend gingen sie über den Flur.

»Auf Wiedersehen, Sir«, rief ihm eine Sekretärin nach. Aber er antwortete nicht.

Draußen, vor dem Gebäude, öffnete der Fahrer die Tür des Rolls-Royce. Reynolds wandte sich leicht um.

»Ich melde mich bei Ihnen.«

Und damit stieg er ein – wobei Pierre der Gefühlsausdruck in den Zügen des Multimillionärs auffiel. Reynolds' Gesicht war nicht von Trauer schwer gezeichnet. Sondern von Wut.

4

Frei von Unglück ist niemand.
Sophokles

Das Paradies – auf amerikanische Art. Ein warmer Septembernachmittag im Central Park in New York – überall Menschen, die spazieren gingen, joggten, sich umarmten oder faulenzten.

Zu Letzteren gehörte auch Tristan. Seit er am Morgen aufgestanden war, fühlte er sich verkatert – er litt unter den Nachwirkungen des zu großen Weißweinkonsums am Vorabend. Und er war nicht bester Laune.

Samstag war der Tag in der Woche, den er am meisten genoss. Stets wurde der Morgen im Bett mit Rachel verbracht, wo er die Bandbreite seiner sexuellen Phantasie nahezu auslebte (einige Dinge ließ Rachel nicht zu) und tat, was er am besten konnte – schlafen. Die Nachmittage wurden mit Shoppen verbracht. Überraschend vielleicht für einen Mann, doch er genoss es zutiefst, Kleidung einzukaufen, und so durchstöberten sie gewöhnlich die Läden in Lower Manhattan, wobei sie kurze Stopps in Cafés einlegten, um sich zu erfrischen.

Die Abende waren sakrosankt. Sie fuhren mit der U-Bahn zum Times Square und verbrachten die folgenden Stunden im Kino. Tristan schaute sich am liebsten gewaltverherrlichende Thriller an, Rachel dagegen stand der Sinn nach

Romantik. Als Kompromiss sahen sie sich dann oft im Laufe eines Abends zwei Filme an, mit einer Pizza dazwischen. Anschließend kehrten sie in Rachels Wohnung zurück, wo Tristan seinen »ehelichen« Pflichten souverän nachkam – wenngleich er nicht verheiratet war und in solchem Tun nur Vergnügen und Abwechslung, aber keinerlei Verpflichtung sah. Bislang zumindest.

Heute war diese Routine allerdings durcheinandergeraten. Rachel hatte früh am Morgen aufstehen und ins Büro fahren müssen, und das ärgerte Tristan. Natürlich hatte er Paul Reynolds nie getroffen, aber weil er die Idee der Gleichheit verfocht und neidisch auf jeden war, der so viel Geld besaß, hatte Tristan prinzipiell etwas gegen ihn. Wichtiger noch: Er hasste jeden, der imstande war, ihm die Wochenenden zu verderben, und dieses Mal war Rachel gezwungen, sich zwischen ihrer Arbeit und ihrem Geliebten zu entscheiden. Für Tristan lag der Fall ganz klar. Entweder er hatte die volle Aufmerksamkeit einer Frau – oder nicht. Er gierte nach sinnlichem Vergnügen. So einfach war das.

»Hi.«

Sich auf der Parkbank fläzend, grinste er eine Joggerin an, die gerade vorbeilief. Ihre vor Energie glänzenden Augen erwiderten seinen Blick. Sie lächelte zurück, was ihm über die Maßen gefiel. Denn schließlich, so rief er sich in Erinnerung, war er nicht zu verachten – er war intelligent und ein guter Unterhalter (er ignorierte Rachels häufige Andeutungen, übergewichtig zu sein und zur Faulheit zu neigen). Außerdem war er großzügig mit seinem Geld (nicht, dass er viel hatte) wie auch im Bett (er gab sein Bestes und hoffte – wie die meisten Männer –, dass seine Bemühungen gut ankamen).

»Hi!«
Die nächste junge Joggerin begrüßte er gezwungener und mit einem Hauch von Verärgerung. Rachel hatte ihm hoch und heilig versprochen, um drei Uhr hier zu sein, und es war schon halb vier. Tristan lehnte sich zurück und schloss die Augen. Er stellte sich in Gedanken auf den Abend ein. Der neueste James-Bond-Film war in den Kinos angelaufen, außerdem wollte Tristan darauf bestehen – als Bestrafung für die Verspätung –, dass sie sich einen besonders brutalen japanischen Gangsterfilm ansahen. Er stand momentan auf diese japanischen Filme, und je aggressionsgefüllter sie waren, umso besser. Alle viere von sich gestreckt, schlief er ein. Jogger beiderlei Geschlechts liefen vorbei. Aus ihrem Augenwinkel erhaschten sie einen Blick auf zwei weiße Trainingsschuhe, darüber zerschlissene Jeans. Außerdem ein olivgrünes T-Shirt, gekrönt von einem Kopf, der in den Nacken gefallen war.
»Entschuldige, ich habe mich verspätet.«
Als Nächstes bemerkte Tristan, dass weiche Lippen auf die seinen gedrückt wurden und seine Freundin nahezu auf ihm lag. Eine wohltuende Art, aus dem Schlaf geholt zu werden; er könnte ihr fast verzeihen.
»Was hat dich aufgehalten?«
Rachel ließ sich auf die Betonbank fallen und leckte an ihrem Eis. Sie trug ein enges weißes Top, rote Jeans und offene Sandalen und sah besonders verlockend aus. Jetzt waren die Jogger an der Reihe, in ihre Richtung zu schauen. Darauf legte Tristan keinen so großen Wert. Hatten die noch nie eine Frau gesehen? Und warum glotzten die ihr immer auf die Brüste? Konnten die denn keine Rücksicht auf ihn nehmen? Männer waren ja solche Tiere.

»Ich musste nach den Unterlagen suchen, die er haben wollte. Dann hat man mir gesagt, ich soll warten, falls Reynolds anruft.«
»Und, hat er?«
»Nein.«
»Dieser Mistkerl!« Tristan grinste vergnügt. »Für wen hält der sich eigentlich? Du darfst einfach nicht zulassen, dass die Leute dich …«
»Was machen wir später?«
»Sehen uns zwei meiner Lieblingsfilme an.«
»Zwei! Und was ist mit meiner Auswahl?«
»Du schuldest mir einen. Du hättest heute Morgen im Bett bleiben sollen.«
»Ooch, die kenne ich doch schon alle.«
»Vielleicht«, antwortete Tristan bekümmert. »Aber niemand arbeitet samstags. Und er bezahlt dir noch nicht mal die Überstunden.«
»Schluss jetzt!« Rachel hob die rechte Hand zum Zeichen ihrer Kapitulation. »Du kannst dir deine Filme ansehen. Aber jetzt halt den Mund und lass mich entspannen.«
Aneinandergeschmiegt dösten sie gemeinsam auf der Bank so wie Hunderte anderer Menschen im Central Park. Das Leben war schön. Und was bedeutete »das gute Leben« für Rachel und Tristan? Haut, die in der Sonne bräunte, Kinder, die spielten, Jogger, Leute ringsum, die relaxten, die Abwesenheit von Problemen. Das Handy weckte sie auf.
»Rachel?«
»Ja?«
»Ich bin der geschäftsführende Direktor der Londoner Niederlassung. Können Sie sofort nach England fliegen?« Seine Stimme klang ein wenig panisch.

»Wie bitte!« Sie sprang auf. »Aber es ist Samstag, ich befinde mich gerade im Central Park!«
»So bald wie möglich.«
»Sag ihm ab!«, rief Tristan.
»Kann ich offen sprechen?«
»Einen Augenblick.« Inzwischen war Rachel von der Bank aufgestanden – unter anderem deshalb, weil Tristan sichtlich verärgert war. »Warum heute? Wir haben Wochenende.«
»Besorgen Sie sich ein Ticket erster Klasse, und kommen Sie so, wie Sie sind.« Der Tonfall war bestimmter geworden. »Mrs. Reynolds braucht Sie hier.«
»*Mrs.* Reynolds? Warum?«
»Das kann ich Ihnen nicht sagen.«
»Wenn Sie es mir nicht sagen, komme ich nicht. Sie sind nicht mein Chef.«
Pause. Dann: »Es hat sich heute Nachmittag in London ein Bombenattentat ereignet.« Die Stimme sank zu einem Flüstern. »Mr. Reynolds' Tochter ist ums Leben gekommen.«
»Was!?«
»Und seine Frau ist verletzt worden.«
Rachel ließ vor Schreck das Handy fallen. »Ich komme.«
Einige Minuten zuvor war sie noch glücklich und entspannt gewesen. Und jetzt saß sie da, in Tränen aufgelöst, auf einer Parkbank und weinte. Die Schlange des Schicksals hatte abermals ihr Haupt erhoben.
»Was ist denn los? Gib mir mal das Handy. Ich rede mit ihm.« Tristan schnappte sich das Mobiltelefon.
Sie erklärte es ihm.
»O Gott«, stöhnte er. »Am besten, du fliegst hin.«

* * *

Erst am späten Abend traf Reynolds' Privatjet aus Genf in England ein. In Heathrow hatte es eine Bombendrohung gegeben, weshalb der Flughafen drei Stunden lang geschlossen worden war. Kaum hatte der Vorstandschef den Zollbereich verlassen, wurde er in Windeseile in Richtung London gefahren. Doch während er durch das Flughafengebäude gegangen war, hatte er die vorherrschende Stimmung wahrgenommen. Großbritannien trauerte. Schon jetzt waren über hundert Tote zu beklagen.

Mehr und mehr kam Reynolds die furchtbare Realität dessen, was geschehen war, zu Bewusstsein. Die Angelegenheit betraf ihn persönlich, er war – ob er es nun wollte oder nicht – darin involviert. Gefühle, und nicht Geld, spielten hier die vorherrschende Rolle. Und deshalb war ihm, als käme er mit dem üblichen Gefühl, alles im Griff zu haben, nicht weiter. Was geschehen war, lag nicht im Bereich seiner früheren Erfahrungen, und er hatte Schwierigkeiten, dieses geheimnisvolle, dieses tragische Ereignis zu analysieren. Ihm war, als wäre er von einem Unbekannten im Dunkel erstochen worden. Er – der sich auf merkwürdige Weise immer für unverwundbar gehalten hatte – war schwer verletzt worden. Und seine Frau? In was für einer Verfassung würde sie sich befinden?

Als Reynolds' Limousine schließlich vor dem Charing-Cross-Krankenhaus vorfuhr, war es nach Mitternacht. Eine große Menschenmenge hatte sich dort versammelt. Barrieren verhinderten, dass die Menschen vom Parkplatz ins Gebäude gelangten. Näher am Krankenhaus – rechter Hand – stand ein Konvoi von Übertragungswagen, die zu britischen und ausländischen Fernsehsendern gehörten. Journalisten und Reporter eilten zwischen dem Durcheinander aus Ka-

beln und Satellitenschüsseln hindurch. Die Szenerie wirkte so außergewöhnlich auf Reynolds, dass sie ein Gefühl der Irrealität hervorrief, als befände er sich auf einem Filmset. Der Firmenchauffeur parkte die Limousine, die letzte Strecke zum Krankenhaus legten sie zu Fuß zurück.
Links vom Hauptgebäude sah Reynolds einen kleinen Pulk von Leuten. Von Zeit zu Zeit trat ein Arzt mit einem Blatt Papier in Händen aus der Eingangshalle. Dann ging er zu dieser Gruppe und rief Namen aus. Melancholie lag in der Luft.
»Wo muss ich hin?«
Ausnahmsweise wusste Reynolds nicht, war er tun sollte. Sonst wurde immer alles für ihn erledigt, und er gab die Anweisungen. Jetzt aber war er müde, der Verlust seiner Tochter hatte ihn überwältigt, und ihm war, als wäre er desorientiert, ja, losgelöst von seiner Umgebung. Sein Fahrer ging, um einen Krankenhausmitarbeiter zu suchen, während Reynolds ein wenig abseits der kleineren Gruppe wartete.
Eine entmutigende Erfahrung, außerdem hatte ihn die Aura der Macht – als wichtiger Mann erkannt zu werden, der etwas bewirken konnte – verlassen. Hier kannte ihn niemand. Er war nichts als ein gutgekleideter Ausländer im Anzug, der einen Angehörigen suchte. Sein Fahrer kam zurück und führte ihn von der Gruppe weg und auf die äußerste linke Seite des Krankenhauskomplexes. Vor einer Mattglastür standen zwei Pfleger in weißen Kitteln. Die Tür glitt auf; eine Ärztin, ebenfalls im weißen Kittel, eilte auf Reynolds zu.
»Können Sie sich ausweisen?«
Er tat es.

»Eine Schwester wird gleich bei Ihnen sein.« Die Ärztin ging ins Gebäude zurück.

Die Zeit verstrich quälend langsam. Reynolds blickte in den Himmel – weil er nichts anderes tun konnte. Keine Sterne, nichts, um sein Leid zu lindern. In wie vielen Häusern in England wohl heute Nacht die Bewohner in Tränen aufgelöst dasaßen – wie viele Menschenleben wohl infolge dieses Bösen zerstört worden waren? Betrübt erinnerte er sich, wie er am Morgen in der Lobby der Pariser Niederlassung die Nachrichten der Bombenexplosion im Fernsehen verfolgt hatte. Er war völlig unbesorgt gewesen, was den Tod anderer Menschen betraf. Nichts hatte mit ihm zu tun. Jetzt musste er die Schuld auf sich nehmen, dass seine Tochter bei dem Bombenanschlag ums Leben gekommen war und er sie mit Gleichgültigkeit behandelt hatte.

Beunruhigt von diesem unbequemen Gedanken, trat er auf einen der Krankenpfleger zu. »Wie lange muss ich warten?«

»Ich weiß es nicht.«

»Kann ich jemanden anrufen?«

»Nein.«

»Hören Sie, ich bin der Vorstandschef von Reynolds Holdings und …«

»Positionen zählen hier nicht, Sir.«

Schockiert schürzte der Amerikaner die Lippen. Der stämmige Pfleger trat einen Schritt zur Seite, um mit seinem Kollegen zu sprechen, deshalb blieb er allein mit seiner Wut zurück, ohne jemanden, an dem er sie auslassen konnte. Zehn Minuten darauf kam eine Schwester aus der Eingangstür und winkte ihn zu sich. Sie eilten über einen langen Flur nach dem anderen und dann eine Treppe hinauf. Schon bald gab Reynolds' Orientierungssinn auf. Das Krankenhaus wirkte hell und freundlich, die Ereignisse des Tages hatten es jedoch ohne Zweifel schwer getroffen. Überall erschöpfte Gesichter, bei den Ärzten wie bei den Pflegekräften, die sich mühten, den besonderen Horror dieses Tages zu bewältigen. Den Tod zu erleben, das war normal für sie, doch mit diesem Übermaß fertig zu werden rief selbst bei den ganz Hartgesottenen Schmerz und Leid hervor. Für Reynolds war das alles neu. Immer bei ausgezeichneter Gesundheit, was auch für seine Frau und seine Tochter galt, hatte er sich noch nie in einem Krankenhaus aufhalten müssen. Schließlich erreichten sie ihr Ziel: im dritten Stock eines Anbaus. Eine indische Ärztin kam herbei.

»Mr. Reynolds? Ihre Frau schläft. Wir wollen sie nicht wecken.«

»Kann ich sie sehen?«

»Kurz.«

Alle drei traten in ein abgedunkeltes Zimmer. Pauline lag auf einem Bett, das Gesicht von einem leichten Verband bedeckt. Sie schien friedlich zu schlafen. Reynolds sah fasziniert hin. Noch wenige Stunden zuvor hatte er sich in Gedanken auf ein Treffen mit seiner Frau vorbereitet – doch an einem anderen Ort. Das Gespräch sollte beim Mittagessen stattfinden, im *Ritz*. Er hatte Pauline sagen wollen, dass ihre Ehe zu Ende sei. Selbstverständlich hätte er es ihr schonend beigebracht – voll Mitgefühl –, bei einer Flasche guten Weins. Er hätte Pauline großzügige Unterhaltszahlungen angeboten, wenn sie die Scheidung nicht anfocht, und ein paar gute Worte über die Vergangenheit verloren. Was sollte er jetzt tun? Es waren nur noch sie beide übrig. Er beugte sich vor, so als wollte er sie auf die Stirn küssen, strich aber nur einige Haare zur Seite. Pauline hatte ihn geliebt – na ja, wenigstens glaubte er das. Allerdings wusste er, dass ihr Caroline mehr als alles in der Welt bedeutet hatte. Sollte er sich nun scheiden lassen?

Sie verließen das Krankenzimmer.

»Kommen Sie morgen früh zurück.«

»Ist sie schwer verletzt?«

»Leichte Schnittverletzungen und Hautabschürfungen. Aber sie hat einen schweren Schock erlitten, deshalb muss sie noch ein paar Tage hierbleiben.«

»Und meine Tochter?«

»Ah ja.« Das hatte die Ärztin vergessen.

Noch ein langer Marsch, weitere Treppen, weitere Flure, eine Treppe hinunter. Die Krankenschwester, seine Führerin, begab sich mit ihm in den Bauch des Gebäudes. Die Leichenhalle war ein Provisorium – weil es so viele Leichen gegeben hatte. Reynolds schritt mit gesenktem Blick. Mitarbeiter, die auf dem Gang standen, verfolgten mitleidig seinen Kreuzweg: Sie wussten, wohin der groß gewachsene Ausländer ging. Die Schwester führte ihn in einen weißgetünchten Raum mit einem einzelnen Stuhl. Eine Seitentür ging auf, eine Krankenhaustrage wurde hereingeschoben. Darauf lag ein menschlicher Körper in einem schwarzen Leichensack. Reynolds trat einen Schritt vor, doch die Schwester hielt ihn zurück. »Sie sollten sich nicht ihr Gesicht ansehen.«

»Warum nicht?«

»Es wurde von Glasscherben entstellt.«

Reynolds sog scharf den Atem ein.

»Wir glauben, dass Sie ihre Identität aufgrund des Rings an der rechten Hand bestätigen können.«

Die Ärztin stellte sich unmittelbar vor ihn, um ihm den Blick auf den Leichnam zu verwehren, und zog den Reißverschluss des Leichensacks auf. Behutsam suchte sie nach der rechten Hand der jungen Frau und legte sie auf den schwarzen Plastiksack. Reynolds sah sofort, dass es sich um Caroline handelte. Am Mittelfinger trug sie einen wunderschönen Smaragdring, den er ihr zum sechzehnten Geburtstag geschenkt hatte. Außerdem erkannte er sie an ihren langen, schlanken Fingern – mit denen sie so virtuos Klavier gespielt hatte.

»Das ist meine Tochter«, stammelte er. Wie schon zuvor verkrampften sich seine Brustmuskeln.

»Ich lasse Sie jetzt allein.«

Er setzte sich neben den Leichnam seiner Tochter, wie gelähmt durch den Anblick ihrer weißen Hand.

Jetzt überkam ihn die furchtbare Realität dessen, was geschehen war. Bislang hatte er so getan, als sei alles ein Traum, eine Täuschung. Aber das stimmte doch nicht, oder? Er streckte den Arm aus und berührte Carolines Hand. In seinem Schmerz konnte er sich ihr Gesicht nicht vorstellen. Er versuchte sich daran zu erinnern, doch in seinem Kopf formte sich kein Bild. Plötzlich aber verzog sich der geistige Nebel. Er sah sie. Am Tag, als sie die ersten Schritte ging. Am Morgen, als er sie zur Grundschule fuhr – sie hatte wunderbar helle Augen und plapperte so aufgeregt. Als Jugendliche, wie sie mit ihrer besten Freundin auf einem Bürgersteig in New York entlanglief und versuchte, ein Taxi anzuhalten. Als sie sich ausschüttete vor Lachen. Caroline, seine Tochter, seine geliebte Tochter. Tot, aber am Leben. Gleichzeitig brandeten andere Gefühle auf – traurige. Sicher, er hatte nicht genug Zeit mit ihr verbracht. Er hatte ihr nicht oft genug gesagt, dass er sie liebte. Und jetzt war es zu spät dafür.

»Verzeih mir.«

Ein Krankenpfleger betrat den Raum, gefolgt von einer weinenden Mutter. Als er seinen Fehler bemerkte, schloss er hastig die Tür, aber Reynolds nahm die Störung gar nicht wahr. Er war woanders – in einer anderen Sphäre. »Caroline.« Sie war bei ihm, er spürte es. Sie war hier, in diesem schrecklichen Raum des Todes, und sie vergab ihm. Verzieh ihm, dass er all die Zeit gearbeitet hatte, all die Telefonate, die er hätte führen sollen, aber nicht getätigt hatte, all seine persönlichen Fehler und Misserfolge. Im Tod verstand sie ihn viel besser als im Leben, und im Tod vermochte er ihr wahrhaft zu sagen, wie sehr er sie liebte. Er senkte den Kopf und weinte leise. Eine halbe Stunde später kam die Krankenschwester zurück; man benötigte den Raum. Inzwischen hatte er sich gefangen; in seinen Gesichtszügen regte sich kein Gefühl.

»Sie sollten nach Haus gehen und sich ausruhen. Ich zeige Ihnen den Weg nach draußen.«

Wieder gingen sie über Flure, auf denen noch immer hektische Betriebsamkeit herrschte, die immer noch voll von Menschen aller Altersstufen und unterschiedlicher Leiden waren. Schließlich traten sie nach draußen in die Nachtluft. Die Menschenansammlungen und die Fernsehteams waren ein wenig kleiner geworden, aber immer noch da. Eine Familie stand neben der Glastür, durch die Reynolds das Krankenhaus betreten hatte.

Bald würden sie die gleiche todtraurige Reise antreten wie er.

»Dort drüben, Sir.«

Wie in Trance ging er in Richtung seines Wagens. Statt wie üblich kurz zu nicken, sagte er: »Danke, dass Sie gewartet haben.«

»Gern geschehen. Wohin soll ich Sie fahren?«

»Zum Hotel *Dorchester*.« Er konnte den Gedanken ans *Ritz* einfach nicht ertragen. Der Wagen fuhr an, verließ das Tal der Tränen. Reynolds schlief ein.

Es war der schwärzeste Tag seines Lebens gewesen.

5

Wenn die Liebe betrogen wird,
blüht ihr süßes Leben nicht mehr.
Thomas Moore

Was möchten Sie trinken, Madam?«

In der Business Class regte sich eine junge Frau. Rachel hatte recht gut geschlafen auf dem Flug, aber als sie aufwachte, fühlte sie sich desorientiert. Sie hatte erwartet, dass ein Männerbein zwischen ihren Beinen ruhte. Das und Tristans Schnarchen. Stattdessen stand eine Stewardess vor ihr. Wo war sie? In einem Flugzeug, Ziel London.

»Orangensaft bitte.«

Sofort nachdem Rachel die Neuigkeit über Reynolds' Frau und Tochter gehört hatte, war sie mit Tristan in ihre Wohnung zurückgekehrt. Dort hatte sie ein paar persönliche Sachen in eine Reisetasche gepackt – sie erinnerte sich nicht einmal mehr daran, was; anschließend waren sie zum Flughafen gefahren. Zwar hatte ihr der Leiter der Londoner Niederlassung gesagt, sie solle erster Klasse fliegen, aber sie hatte sich nicht getraut; sie hatte sich für die Business Class entschieden. Auf dem Flughafen Newark hatte sie zusammen mit Tristan an der Barriere zur Personenkontrolle gestanden, während Passagiere an ihnen vorbeiströmten. Bewaffnete Security-Leute waren auf und ab gegangen.

»Wann kommst du zurück?«

»In ein paar Tagen wahrscheinlich. Halt die Wohnung sauber.«
Tristan hatte gelacht; sie auch. Die Vorstellung war so herrlich lächerlich. Tristan wusste ebenso wenig, wie er die Wohnung sauber halten sollte, wie er die Hände bei sich behielt, wenn sie den BH auszog. Es gab einige Dinge, zu denen Männer konstitutionell unfähig waren – Hausarbeit, Windeln wechseln, die Fahrkünste der Freundin unkommentiert lassen, die Socken an einem Platz aufwahren. Schien eine Art genetischer Defekt zu sein; ihre Mutter hatte sie davor gewarnt. Hatte wohl was mit der Vernetzung in ihrem Hirn und dem Nichtvorhandensein von Brüsten zu tun. Männer waren schon ziemlich merkwürdige Wesen …
»Bis dann also.«
»Viel Spaß. Na, du weißt schon, was ich meine.« Tristan war noch nie gut darin gewesen, das treffende Wort zu finden.
»Werde ich dir fehlen?«
Tristan zuckte mit den Achseln; könnte ein gefährliches Eingeständnis sein. Er wollte nicht, dass sie sich falsche Hoffnungen machte. Außerdem waren sie beide erst dreißig, und er würde nie heiraten, da war er sich sicher. Na ja, jedenfalls nicht vor sechzig. Frauen waren wie Transportmittel. Man stieg ein und wieder aus – sie waren kein Ziel an sich.
»Ich muss jetzt gehen.«
Als Rachel diese Worte äußerte, kam ihr ein bizarrer Gedanke. Sollte sie Tristan vielleicht heiraten?
»Mach's gut.« Sie gab ihm einen letzten Kuss, einen richtigen.
An der Durchgangssperre wandte sie sich spontan um. Tristan stand, mit seinen blonden Haaren und der etwas pum-

meligen Figur, immer noch da – mit dem Gesichtsausdruck eines Hundes, dem gerade sein Lieblingsessen entging. Ein gutes Zeichen; es zeigte, dass sie ihm wirklich am Herzen lag.

»Das Flugzeug ist gelandet. Bitte warten Sie auf Ihren Sitzen, bis es vollständig zum Stehen gekommen ist.«

Die Durchsage weckte Rachel aus ihren Gedanken. Wie üblich gehorchte keiner der Passagiere. Alle standen auf und begannen, in den Gepäckschränken über den Sitzen zu kramen. Der Anfang eines bizarren Rituals, das die Regelmäßigkeit einer religiösen Feier hatte und auf der ganzen Welt mit größerer Vorhersehbarkeit als eine katholische Messe zelebriert wurde. Zuerst drängelten sich alle zu den Türen des Flugzeugs, dann stürmte der gesamte Pulk zur Passkontrolle. Danach – begleitet vom Geräusch der allgegenwärtigen Dudelmusik – rangelten alle um einen bereitstehenden Gepäckwagen und schnappten sich ihr Gepäck, die ängstlichen Schritte an den Zollbeamten mit ihren unbewegten Mienen vorbei und schließlich das Betreten einer neuen schönen Welt. Sie waren in London eingetroffen! Die menschliche Herde wurde auf einer neuen Savanne freigelassen – voll mit Schwarzmarkthändlern, skrupellosen Taxifahrern und Taschendieben, alle bereit, die Unaufmerksamen übers Ohr zu hauen.

Rachel, die noch nie in England gewesen war, stand ein wenig verwirrt in der Ankunftshalle. Schließlich sah sie einen Mann, der eine Infotafel mit ihrem Namen darauf in die Höhe hielt. Er teilte ihr mit, dass er sie zum Hotel *Ritz* fahren solle, und zwar auf Anweisung des Londoner Niederlassungsleiters, den sie gleich nach ihrer Ankunft anrufen solle.

Eine Stunde später rollte ein Gepäckträger Rachels kleinen Reisekoffer in das wohl edelste Hotel Londons. Der Mann an der Rezeption schien nicht zu bemerken, dass die junge Frau, die da vor ihm stand, Jeans und ein weißes Top trug – aber so war das nun einmal mit den Sprösslingen von Millionären. Wenn man richtig reich war, musste man sich nicht feinmachen. Mehr noch: Manche Millionäre behielten nie lange ihre Kleidung an – etwas, womit die Mitarbeiter fertig werden mussten.

»Suite fünfzehn.«

Bevor sie auspackte, rief Rachel den Londoner Niederlassungsleiter an.

»Frühstücken Sie, und fahren Sie anschließend ins Charing-Cross-Krankenhaus.«

»Wann treffe ich mich mit Mr. Reynolds?«

»Ich weiß es nicht; seine Frau hat nach Ihnen gefragt. Sie hat dem Krankenhaus Ihre Nummer gegeben mit der Bitte, dass Sie umgehend nach London kommen. Diese wurde dann in mein Büro weitergeleitet.«

»Was soll ich Ihrer Meinung nach tun?«

»Besuchen Sie sie. Schauen Sie, ob Sie sie trösten können. Und noch etwas sollten Sie wissen: Der Leichnam ihrer Tochter befindet sich im selben Krankenhaus.«

Rachel legte das Telefon aus der Hand. Sie schauderte; allein die Vorstellung des Todes war ihr zutiefst zuwider.

* * *

Andernorts in London regte sich Paul Reynolds in seinem Bett. Aus der Tiefe des Vergessens kam er langsam wieder zu Bewusstsein. Automatisch stellte sein Geist die übliche Frage – wo bin ich? Wenn man so viel reiste, verlor man leicht den Überblick. Deshalb stellte er am Abend immer einen Gegenstand auf den Nachttisch, der ihn daran erinnerte, wo er war. Ah ja. Er befand sich in London, im *Dorchester*. Es war sechs Uhr morgens. Als Nächstes fragte er sich: Was habe ich heute zu erledigen? Gestern war er in Paris und Genf gewesen, hatte an geschäftlichen Besprechungen teilgenommen. Heute würde er mit … zu Mittag essen …

Plötzlich wurde ihm speiübel. Er hatte es vergessen. Die Welt … *seine* Welt hatte sich grundlegend gewandelt. Zum ersten Mal in seinem Leben wollte er nicht aufstehen und sich dem Tag stellen. Aufstöhnend vergrub er den Kopf im Kissen. Doch unter dem Kissen konnte er seinen Gedanken auch nicht entfliehen.

Wer bist du?, fragte ihn eine Stimme.

»Ich?«

»Ja, du.«

Die Stimme gehörte einem Teenager. Leise, neugierig, emotionslos, so, als befrage sie ihn aus der Distanziertheit des Todes heraus.

»Ich? Na ja, ich bin Paul Reynolds, Multimillionär, Chef von mehr als hunderttausend Angestellten, Herrscher über mich und meine Welt«, erwiderte er.

»Ach ja?« Die Stimme klang ein wenig spöttisch.

»Ja«, antwortete er; gleichzeitig wurde ihm klar, dass seine Antwort unvollständig war. Er war Paul Reynolds, Multimillionär und so weiter – aber er war auch etwas anderes. Ein weiterer Zweig war dem Baum aufgepfropft worden. Er war der Vater eines ermordeten Kindes. Irgendwie passte das nicht zum öffentlichen Bild, das er im Laufe der Jahre so sorgfältig von sich erschaffen hatte. Es sah nicht gut aus; es vermittelte eher den Eindruck des Scheiterns. Trotzdem: Er musste das Bild akzeptieren – es konnte nicht in der gleichen Weise gelöscht werden wie die Erinnerung an eine Firma, die bankrottzugehen drohte. Er konnte dieses Bild nicht beherrschen; es beherrschte ihn.

»Wie fühlst du dich?«

Ihn beschlich ein unbekanntes Gefühl, ein bitteres – der Leere und der Verletzlichkeit. Gestern hatte er unter Schock gestanden, was seine Gefühle gnädigerweise gedämpft hatte. Jetzt aber wurden sie erneut lebendig – ganz außerordentlich lebendig, roh und blutend. Trotz seiner Macht und seines Reichtums hatte er es nicht vermocht, den Tod seines einzigen Kindes zu verhindern. Angst, Zorn, Verwirrung, Schuld, Hilflosigkeit – wie Wellen stiegen diese Empfindungen in seinem Inneren auf. Jeder Elternteil erlebte vermutlich ähnliche Gefühle, wenn ein Kind ermordet wird, und auch er konnte sich nicht davon befreien. Die Gefühle steckten in ihm, stachen ihn, stachelten ihn auf; er konnte sie einfach nicht aus sich vertreiben. Reynolds schlug die Bettdecke zur Seite und stieg aus dem Bett, schaltete die Lampe auf dem Nachttisch an. In der anonymen Hotelsuite stehend, rieb er sich die Augen. Das Zimmer war voll und doch leer – ein Spiegel seiner selbst. Er begann, auf und ab zu gehen, wie ein gefangenes Tier.

»Erinnerst du dich an mich?«

»Natürlich«, murmelte er laut, entsetzt. Wie konnte er denn seine Tochter vergessen? Das würde ihm nie passieren. Wann hatte er Caroline zum letzten Mal gesehen? Vor drei Monaten. Drei Monate? So lange war das her? Aber er war beschäftigt gewesen. Was würde er jetzt nicht für ein Foto von ihr geben – für das, das in seinem Büro in New York auf dem Schreibtisch stand. Ein junges Mädchen, vierzehn Jahre alt, das ihren Dad umarmt, während er stolz hinter dem Chefschreibtisch sitzt. Reynolds blieb stehen. Irgendetwas stimmte nicht. Er hatte sich selbst belogen, oder? Immer wenn er früher das Foto betrachtet hatte, hatte er sich, unbewusst, auf sich selbst konzentriert. Caroline war da gewesen, aber eher wie ein Anhängsel von ihm. Und doch war sie ein Mensch gewesen, das Wertvollste, was er je besessen hatte.

»Hast du mich geliebt?«

Fast hätte er sich auf der Stelle übergeben; die Frage war so schrecklich, so grausam. Natürlich habe ich dich geliebt. Ich habe dich GELIEBT, rief er in Gedanken.

»Wie?«

Die Frage lag in der Luft; er konnte sie nicht beantworten.

»Wie?«

Hilflos blickte er sich um. Sein Geist stellte ihm eine Frage, und er hatte keine Aktentasche – keine Dokumente –, die er hätte zu Rate ziehen können. *Wie* liebte er seine Tochter? Er *musste* etwas tun, um dieser inneren Stimme Einhalt zu gebieten. Reynolds trat ans Fenster und riss den Vorhang zur Seite. Und jetzt? Er griff zum Telefon, bestellte Frühstück und verlangte, dass es sofort auf seine Suite gebracht werde. Und jetzt? Duschen. Währenddessen dachte er ständig an Caroline, konnte ihr aber einfach nicht antworten. Als ein Zimmermädchen das Frühstück brachte, tat er so, als sei er beschäftigt, weil er den Gedanken, sich mit jemandem zu unterhalten, nicht ertrug. Natürlich kannte die Angestellte seine Tragödie, das ganze Hotel – die ganze Welt – wusste davon.

»Kann ich Ihnen sonst noch etwas bringen, Sir?«

»Nein«, gab er schroff zurück.
Sobald die Tür geschlossen war, setzte er sich ans Fenster. Der Lärm des Verkehrs auf der Park Lane drang ins Zimmer herauf – das Brausen der Autos, das Donnern der Lastwagen, das geschäftige Treiben der Menschen, die umhereilten, um *Geld* zu verdienen. Und hier saß er – allein, trauernd, hilflos.
Er aß mechanisch. Bald war sein Frühstücksteller leer, aber er konnte sich nicht mehr erinnern, was er gegessen hatte. Verflucht noch mal, es war erst sieben Uhr. Und an was hatte er gedacht! Sein Geist war in Aufruhr. In die Londoner Niederlassung konnte er nicht gehen, sie war geschlossen, denn es war Sonntag. Heute wurden keine Geschäfte gemacht! Aber er brauchte etwas, um die Erinnerung, wie er die Hand eines jungen Mädchens gehalten hatte, auszulöschen. Bilder, Stimmen, Gespräche, Ungesagtes – sein Bewusstsein vermochte das alles nicht aufzuhalten. »Du hast alles im Griff. Hast alles unter Kontrolle«, rief er sich in Erinnerung. Die Tasse Tee, die er sich vollgeschenkt hatte, stand allerdings immer noch unberührt neben seinem Ellbogen.
Caroline, seine Tochter – sein Kind – tot. Seine … tot.
Als er diese seelischen Qualen einfach nicht mehr ertragen konnte, eilte er ins Bad; er musste raus aus dem Hotel. Er öffnete den teuren Kulturbeutel, der auf der Ablage vor einem großen Spiegel stand, und kramte darin herum. Wo war seine Zahnbürste? Wo … steckte denn das *Scheißding?* Ohne jede Vorwarnung drehte er durch. Er erlebte einen Augenblick des völligen Kontrollverlusts, und mit einer heftigen Handbewegung wischte er ein Wasserglas vom Waschbeckenrand. Es fiel auf das WC und zersprang in tau-

send Stücke. Er nahm das zweite Wasserglas und war drauf und dran, es in die gleiche Richtung zu schleudern. Eine Millisekunde stand er da, der Kern seiner Persönlichkeit wie zerrissen von zwei diametral entgegengesetzten Gefühlen. Als er in den Spiegel blickte, schienen seine Gesichtszüge wutverzerrt.
Seine Tochter. *Seine. Seine.* Die Hyänen hatten sie gerissen und getötet wie ein junges Reh.
Das Wasserglas knallte gegen die Wand.

* * *

Pauline Reynolds erwachte nicht lange nach ihrem Ehemann, aber nicht im selben Bett. Anders als er wusste sie jedoch sofort, wo sie war: im Krankenhaus Charing Cross. Außerdem war ihr völlig klar, was passiert war. Auch die Beruhigungsmittel vermochten nicht auszulöschen, was sie am gestrigen Nachmittag erlebt hatte. Die Detonation hatte sich unauslöschlich in ihr Bewusstsein eingeprägt, wie ein fortdauerndes, eindrucksstarkes Bild, und sie war sich sicher, dass sich das bis zum Tag ihres Todes nicht ändern würde. In der Nacht war sie zweimal aufgewacht. Beide Male hatte sie nicht die Schwester gerufen, sondern hatte wie angekettet in ihrem Bett dagelegen. Sie wusste, dass ihr Körper – auch wenn er schmerzte – als solcher nicht verletzt war; sie hatte keine grauenhaften körperlichen Wunden davongetragen so wie viele andere. Aber ihr Geist – das war etwas anderes. Würde er sich je wieder erholen? Die Scheidung, die könnte sie bewältigen, aber der Tod ihrer Tochter, das lag auf einer anderen Ebene des Leids – einem ganz anderen Niveau.

Jemand hatte einen Teil von ihr zerstört.
Selbst in ihrem sedierten Zustand gab es bestimmte Dinge, über die Pauline nicht nachdachte. *Warum* die Terroristen eine Bombe gelegt hatten, die so viele unschuldige Menschen tötete, diese Frage stellte sie sich nicht. Diese Dinge blieben in den Köpfen und den Gewissen der Mörder verborgen. *Warum* sie und ihre Tochter an jenem verhängnisvollen Nachmittag dort gewesen waren, diese Frage stellte sie sich ebenfalls nicht. Das war nicht zu ergründen. Derartige philosophische Spekulationen hatte sie schon vor langer Zeit aufgegeben. Warum Leid? Warum Glück? Warum Arm und Reich? Warum ist es dem einen vorherbestimmt, an einer schrecklichen Krankheit zu sterben? Und einem anderen, ein langes und glückliches Leben zu führen? Warum? Warum? Warum? Die ewigen »Warum-Fragen« – ewig, weil sie durch den menschlichen Geist niemals zu beantworten waren. Diese großen Fragen zogen an ihr vorbei. Eine kleinere jedoch nicht. Warum dieser klitzekleine Irrtum? Weshalb hatte ihre Tochter im allerletzten Moment beschlossen, Caroline nicht zu begleiten? Wieso war Caroline – aus Liebe – bei ihrem Freund geblieben und in die Ewigkeit eingegangen? Und warum war Pauline nicht bei ihnen geblieben? Warum hatte eine geheimnisvolle unsichtbare Hand sie aus dem Weg geschoben – aber nicht so weit, dass sie die letzten Augenblicke im Leben ihrer Tochter nicht miterlebte?
Gedanken, Leid, Gedanken: Sie gingen Pauline wie ein Mühlrad im Kopf herum. Immer wenn sie erwachte, stellten sich ihr die gleichen Fragen. Die eigenen leichten Verletzungen waren ohne Bedeutung in diesem Kampf um Sinn. Wenn sie nur die zwei wichtigsten Fragen beantworten

konnte – *Warum* war meine Tochter geblieben? *Wieso* bin ich von ihrer Seite gewichen? –, dann würde sie Frieden finden, könnte sie ihrer eigenen fortdauernden Existenz einen Sinn abgewinnen. Und wenn sie diese Fragen nicht beantworten konnte? Sie kannte die Antwort schon. Sie hatte sie gefunden, als sie wie betäubt dasaß, in einem Meer zerfetzter Leiber und blutiger Gliedmaßen.

»Guten Morgen!«

Die Tür ging auf. Eine Schwesternschülerin kam herein und zog den Vorhang zur Seite. Pauline versuchte sich aufzurichten, was ihr jedoch nicht gelang; sie hatte keine Kraft in den Armen. Die junge Frau half ihr, sich aufzusetzen, und schob ihr ein Kissen in den Rücken. »Ihr Mann hat Sie gestern Abend besucht; Sie haben geschlafen.«

Eine Träne der Dankbarkeit trat in Paulines Auge.

»Er kommt heute Morgen wieder. Möchten Sie ein Frühstück?«

Pauline schüttelte den Kopf. Die Schwester nahm keine Notiz davon. Man würde ihr etwas zu essen bringen und sehen, ob man sie überreden könnte, einen Bissen zu nehmen. Anschließend würde man ihr weitere Beruhigungsmittel geben. Das Frühstück wurde gebracht, aber Pauline wies es zurück, bis auf den Obstsaft. Einige Minuten nachdem das Tablett abgeholt worden war, bekam sie Besuch.

»Darf ich hereinkommen, Mrs. Reynolds?«

Sie nickte. Rachel betrat das Zimmer. Rachel hatte nicht gewusst, was sie erwartete, so dass ihre Gesichtszüge unwillkürlich ihre Verblüffung verrieten. Die Frau des Vorstandschefs war eine schöne Frau – gewesen. Die Frau, die dort im Bett lag, wies keinerlei Ähnlichkeit mit ihr auf. Das Gesicht und die Arme voller Blutergüsse, der Rest grau von Schmutz und Rauch (obwohl man sie gewaschen hatte), das Haar verborgen unter einer weißen OP-Haube. Der Kontrast zwischen dem, wie Pauline ausgesehen hatte, als Rachel sie zum letzten Mal getroffen hatte, und ihrer jetzigen Verfassung wurde durch die Umgebung noch gesteigert. Als Frau eines Multimillionärs war Mrs. Reynolds immer tadellos gekleidet gewesen und hatte große Selbstsicherheit verströmt. Stets trug sie Insignien des Reichtums – begonnen bei den teuren Ringen an den Händen. Heute war das anders. Das Krankenhauszimmer war klein und beengt, hatte nur ein Fenster. Es gab nur ein Bett und einen Schrank für die Kleidung. Es war das Beste, was das britische Gesundheitssystem zu bieten hatte. Der Patient, der vor ihr in diesem Zimmer gelegen hatte, war ein Bergmann im Ruhestand gewesen, der zwei Tage zuvor an einem Lungenemphysem verstorben war.

»Nehmen Sie doch Platz. Ich sehe hässlich aus, nicht wahr?«

»O nein!«

Pauline rang sich ein Lächeln ab, das aber wie eine Grimasse wirkte. »Wo wohnen Sie?«

»Im *Ritz*.«

»Gut.« Pauline sah sie direkt an. »Ich möchte, dass Sie mir helfen.«

»Natürlich.«

»Ich möchte«, Paulines Stimme zitterte, »dass Sie mir helfen, meine Tochter Caroline zu beerdigen, und anschließend mit mir nach Hause fliegen.«

Rachel nickte. Tränen strömten ihr über die Wangen; auch Pauline weinte. Zum ersten Mal. »Das Ganze kann ein paar Wochen dauern. Geht das in Ordnung?«

»Wenn Mr. Reynolds zustimmt.«

»Bestimmt wird er das.« Pauline warf einen kurzen Blick auf Rachels Hand. Kein Ring.

»Sie haben einen Freund?«

»Ja.«

»Und wie heißt er?«

»Tristan.«

»Erzählen Sie mir von ihm.«

Während Rachel das tat, vernahm Pauline kein einziges Wort. Stattdessen beobachtete sie, in ihren Gedanken, wie in Zeitlupe, wie sie in dem Café saß und wie ihre Tochter sich vorbeugte und ihrem Freund sanft über das Kinn strich.

* * *

Als er am selben Morgen um halb zehn das Charing-Cross-Krankenhaus betrat, war Reynolds erstaunt, dass es ganz anders auf ihn wirkte als am Vorabend. Bei Tageslicht wirkte das in viktorianischer Zeit erbaute Gebäude heruntergekommen und schäbig, auch wenn es – zweifellos – über alle wichtigen medizinischen Einrichtungen verfügte. Es konnte sichtlich eine Renovierung vertragen. Es war schäbig im Vergleich mit dem Privatkrankenhaus in den USA, in das er seine Frau so schnell wie möglich schicken würde. Dort gab es die neuesten technischen Geräte, und Reynolds war sich sicher, dass seine Frau unter der Behandlung der dortigen Weltklasse-Fachärzte – solchen, deren Kompetenz sich in ihren exorbitanten Rechnungen widerspiegelte – bald genesen würde.

Diesmal betrat er das Krankenhaus nicht durch eine Seitentür, sondern durch den Haupteingang. Vor dem Gebäude standen nach wie vor mehrere TV-Übertragungswagen. Allerdings in deutlich geringerer Zahl. Viele waren nach Covent Garden gefahren, weil die Polizei ihnen gestattet hatte, das Gebäude von außen zu filmen (in das Innere durften bislang nur die Leute von der Spurensicherung). Reynolds bemerkte, dass nicht mehr so viele Besucher im Gebäude waren. Über Nacht waren zahlreiche Tote in die Leichenschauhäuser anderer Krankenhäuser verlegt worden, die Angehörigen hatten diese Nachricht erhalten. Carolines Leichnam befand sich noch im Gebäude. In ein, zwei Tagen würde alles wieder seinen normalen Gang gehen. So wie bei seinem ersten Besuch wurde Reynolds von einer Krankenschwester begleitet, sobald er sich am Empfang ausgewiesen hatte.

»Bevor Sie zu Ihrer Frau gehen, möchte Dr. Sutton noch mit Ihnen sprechen. Er ist der Chef der Abteilung.«

Reynolds wurde in den gleichen Anbau geführt, in dem er am Vorabend gewesen war. Ehe er die Station betreten konnte, bog die Krankenschwester nach rechts auf einen weiteren Flur ab. Von ihm gingen mehrere Büros ab. Die Türen hatten kleine Glasfenster, unter denen die Namen und Titel der verschiedenen Ärzte standen. Die Krankenschwester klopfte an eine der Türen; eine Stimme bat sie einzutreten. Im Unterschied zu den privaten Krankenhäusern in den USA war das Büro – auch wenn es dem leitenden Arzt gehörte – klein und beengt, in der Mitte ein mit Krankenakten und Unterlagen übersäter Schreibtisch. In einer Ecke stand ein Resopaltisch, darum Stühle. Am Kopfende saß ein rundlicher Mann mit Bart, neben ihm eine schlanke Frau mit graumeliertem Haar. Der Mann hielt ein angebissenes Sandwich in der Hand, beide hatten Plastikbecher mit Kaffee vor sich stehen. Verlegen legte der Mann sein Sandwich beiseite, erhob sich und streckte seine Hand aus.

»Dr. Sutton, Leiter dieser Abteilung. Freut mich, Sie kennenzulernen, äh, Mr. Reynolds. Das ist meine Kollegin, Sylvia Dennis, stellvertretende Leiterin der psychiatrischen Abteilung.«

Die schlanke Frau schüttelte ihm die Hand, stand aber nicht auf. Reynolds schätzte sie auf Anfang und den Arzt auf Ende fünfzig.

»Setzen Sie sich doch, ja, dort. Bitte entschuldigen Sie, wenn ich mein Sandwich zu Ende esse, ich habe noch nicht gefrühstückt. Wie Sie sich vorstellen können, ist es hier ziemlich hektisch zugegangen.«

Dr. Sutton aß den letzten Bissen und zog ein Taschentuch hervor, um sich den Mund abzuwischen. Er hatte ein Cherubim-Gesicht, voll und rot. Das und die dicke Nase verliehen ihm das Aussehen und die Gemütlichkeit eines Gartenzwergs. Bestimmt hatte er viele Kinder und lachte viel.

»Mr. Reynolds, wie geht es Ihnen?«

»Mir? Wir sind hier, um über meine Frau zu sprechen.«

»Ich möchte zunächst über Sie sprechen. Der Tod einer Tochter ist etwas Schreckliches. Sie war Ihr einziges Kind, nicht wahr?«

Reynolds, der einen Kloß im Hals verspürte, konnte nur nicken. Dr. Sutton beugte sich vor und sagte mit freundlicher Stimme: »Wenn ich recht informiert bin, sind Sie ein erfolgreicher Geschäftsmann. Ich bin mir sicher, schon mal von Ihrem Unternehmen gehört zu haben.«

»Wir sind ein Fortune-500-Unternehmen. Wir unterhalten Büros auf der ganzen Welt.« Er musste das einfach sagen.

»Gut, meinen Glückwunsch. Ihre Frau hat uns erzählt, dass sie sich mit Ihrer Tochter in Covent Garden zum Einkaufen verabredet hatte. Der Freund Ihrer Tochter war auch dort.«

»Freund?«

»Äh, verstehe.« Dr. Sutton warf seiner Kollegin einen kurzen Blick zu und errötete leicht. »Ihre Frau hat ihn erwähnt. Ein junger Spanier.«

»Davon weiß ich nichts.«

»Nun, äh, so ist es.« Dr. Sutton kam zum Hauptthema zurück. »Mr. Reynolds, wie Sie sicherlich aus den Nachrichten erfahren haben, hat es sehr viele Tote gegeben. Unser Krankenhaus befindet sich am Rande seiner Kapazität – so wie alle anderen Kliniken in London. Wir werden mit der Situation fertig, aber sie ist schwierig.«

»Der spanische Junge – hat er überlebt?«

Dr. Sutton schüttelte leicht den Kopf. »Er befand sich in der Nähe Ihrer Tochter. Er war sofort tot.«

Schweigen. In Paul Reynolds' Herzen zerbrach etwas.

»Es ist wichtig, dass Sie die Gelegenheit bekommen, über Ihre Gefühle und Gedanken zu sprechen. Meine Kollegin Sylvia ist hier, um mit Ihnen einen Termin für eine Beratungsstunde zu vereinbaren. Darüber hinaus bieten wir auch Gruppensitzungen an.«

»Ich brauche so etwas nicht.«

»Ja, gewiss. Die Sitzungen sind kostenlos.«

»Ich bin hierhergekommen, um meine Frau zu sehen.«

»Mr. Reynolds, bitte. Sie sollten mit jemandem über Ihre Tochter sprechen. Das ist kein Zeichen von Schwäche.«

»Nein.« Reynolds legte die Hand flach auf den Tisch. »Ich bin der Vorstandschef eines großen Unternehmens; viele

Menschen sind von mir abhängig. Ich möchte über den Zustand meiner Frau sprechen.«

Die beiden Ärzte wechselten einen besorgten Blick; aber sie konnten nichts tun. Ganz klar, der Mann war Amerikaner und gewohnt, seinen Willen durchzusetzen – aggressiv und anmaßend. Außerdem konnten sie ihn nicht zwingen. Die Psychiaterin schlug eine Mappe auf und machte verstohlen ein Häkchen in das Kästchen: »Beratung abgelehnt«.

»Hat meine Frau körperliche Verletzungen davongetragen?«

»Nun ja ...«

»Ich möchte sie gern in die Roosevelt-Klinik in New York verlegen lassen.«

»Mr. Reynolds, ich hielte es für unangemessen – sehr unangemessen –, Ihre Frau jetzt zu entlassen. Wir müssen sie noch einige Tage hierbehalten, um festzustellen, wie es ihr geht.«

»Die Roosevelt-Klinik verfügt über sämtliche notwendigen Vorrichtungen. Und ich muss zurück in die USA, ich habe ein Unternehmen zu leiten.«

Dr. Sutton blickte zu seiner Kollegin. »Wir tun wirklich alles, was wir können.« Seine Stimme klang jetzt schroffer, was darauf hinwies, dass sein englischer Sinn für Respekt verletzt worden war. »Natürlich verfügt die Roosevelt-Klinik über alle nötigen Einrichtungen, und vermutlich sieht sie auch sauberer aus, aber wir hier in London sind mit Bombenexplosionen nicht unvertraut. Vielleicht haben wir nicht ...«

»Ich *will* meine Frau sehen.«

»Selbstverständlich.« Dr. Sutton stand auf. »Ich bringe Sie selbst hin.« Er verließ das Zimmer, und sie gingen den Flur entlang. »Mr. Reynolds, ich weiß, wie Sie sich fühlen; ein Kollege ist bei der Explosion umgekommen. Wir werden Ihre Frau in einigen Tagen entlassen können.« Vor der betreffenden Tür tätschelte er Reynolds den Arm. »Sie sollten sich um professionelle Hilfe bemühen; niemand von uns ist unverletzlich.«

Dr. Sutton ging zurück zu seinem Büro. Seine Kollegin brachte zwei weitere Becher Kaffee herein. Achselzuckend sagte er:

»Der Nächste bitte.«

* * *

Als Reynolds das Krankenzimmer betrat, rechnete er damit, nur seine Frau darin anzutreffen. Doch sein Blick fiel auf zwei Personen. Die eine lag halb aufgerichtet im Bett, die andere saß daneben und hielt Ersterer die Hand. Nicht nur, dass er nicht darauf vorbereitet war – er hatte sich auch nicht vorgestellt, wie seine Frau bei Tageslicht aussehen würde. So aber kam ihm die Realität mit Macht zu Bewusstsein. Vor ihm befand sich eine Frau, deren Alter sich offenbarte, nachdem eine unerwartete Katastrophe sie getroffen hatte. Gewisse Schleier der Illusion, die sein Leben umgeben hatten, wurden mit Macht weggezogen – was ihm gar nicht gefiel.

»Was machen Sie denn hier?«

»Ich habe sie gebeten herzukommen«, antwortete seine Frau.

»Oh.«

»Rachel«, bat Pauline leise. »Könnten Sie bitte draußen warten? Wir können uns später weiter unterhalten.«

»Ja, natürlich.«
Rachel verließ den Raum. Reynolds setzte sich auf den frei gewordenen Stuhl. Er gab seiner Frau keinen Kuss. Ohne dass sie etwas sagten, blickten sie einander an; ihr Kummer war zu groß.
»Geht es dir gut?«
Sie nickte.
»Ich bin gekommen, so schnell ich konnte.«
»Caroline?«
»Ich habe gestern Abend ihren Leichnam identifiziert. Pauline, lass uns noch heute in die Staaten zurückkehren, du musst in eine gute Klinik.«
»Nein.« Sie nahm seine Hand in ihre, drückte sie, während sie mit tiefen Gefühlen rang. »Du musst etwas unternehmen; versprich es mir, Paul. So viele, viele Menschen sind ums Leben gekommen.«
»Die Polizei …«
»Nutze deinen Einfluss, um diese Leute zu finden.«
»Wen?«
»Die Menschen, die das getan haben.«
Alarmiert von ihrem Verhalten, erhob sich Reynolds und sah aus dem Fenster. Es ging auf ein kleines, ungepflegtes Stück Rasen mit einem einsamen Baum hinaus. »Ich muss dich nach Hause bringen. Dich und Caroline.«
»Caroline wird hier beigesetzt.«
»Nein!«, erwiderte er verärgert.
»Sie würde hier beerdigt werden wollen, sie hat dieses Land geliebt. Mein Entschluss steht fest.« Ihr Gesichtsausdruck wurde starr, sie wandte den Blick von ihm ab.
Später begriff Reynolds, dass dieser Satz von einer Endgültigkeit war, die er damals nicht erkannte. Der Satz bedeute-

te, dass sich alles grundlegend verändert hatte. »Was war das für eine Sache mit einem Freund?«
»Ein junger Spanier. Ein ganz normaler junger Mann.«
»Warum hat Caroline sich mir nicht anvertraut?« Seine Stimme klang verärgert.
»Paul, du warst – *bist* – immer so beschäftigt.«
Er setzte sich wieder auf den Stuhl und ergriff ihre Hand. »Erzähl mir alles.«
Langsam und stockend berichtete Pauline von den Ereignissen in Covent Garden, sowohl vor als auch nach der Explosion. Vor ihrem inneren Auge entstanden die Ereignisse von neuem. Deshalb machte sie lange Pausen, in denen sie sich bemühte, sich wieder zu fangen. Ihr Mann saß neben ihr und nahm jedes Wort auf, jede Nuance, jeden Gesichtsausdruck, so dass er, auf irgendeine Weise, ebenfalls dort sein konnte – um seiner Tochter während ihrer letzten Augenblicke auf Erden nahe zu sein. Pauline hatte zu Ende erzählt und schloss die Augen. »Ich möchte, dass Rachel mir hilft, Caroline zu beerdigen. Und ihre Wohnung aufzulösen.«
Langsam verstand Reynolds, was sie bewegte; als Mutter strebte sie danach, ihre Trauer zu bewältigen. Und seine geliebte Tochter – musste sie in England bleiben? Tief im Inneren beerdigte er sie bereits in einem prächtigen Grab auf einem Friedhof in New York.
»Du musst den Vater des Jungen finden.«
»Warum?«
»Ich möchte, dass sie zusammen beigesetzt werden. Sie sind zusammen gestorben.«
»Nein!«
»Paul, sie war verliebt. Ich *weiß* es. Ich habe die beiden er-

lebt. Willst du das zerstören? Es geht nicht darum, was du willst; sondern darum, was Caroline gewollt hätte.«

Er atmete tief durch. »Ich komme in ein paar Stunden zurück.«

Reynolds beugte sich vor und gab seiner Frau einen Kuss auf die mit blauen Flecken übersäte Stirn. In ihrer Trauer waren sie vereint. Im Moment dachte er nicht mehr an Scheidung.

Nachdem er gegangen war, kam Rachel ins Zimmer zurück. Pauline gab ihr ein Zeichen, sich zu setzen.

»Ich habe Ihnen so vieles zu erzählen. Über meine Tochter und über meinen Mann.«

»Warum?« Rachel war verwirrt.

»Weil ich Ihre Hilfe benötige.«

* * *

Als Reynolds das Charing-Cross-Krankenhaus verließ, wusste er nicht, wohin er gehen sollte. Wäre er in New York gewesen, hätte er diesen Sonntag wie jeden anderen Tag verbracht – er wäre allerdings später aufgestanden. Nach dem Frühstück hätte er sich hingesetzt und die *New York Times* gelesen, anschließend die Finanzseiten der anderen großen Sonntagszeitungen. Danach hätte er seine Aufmerksamkeit seinen allgegenwärtigen Aktentaschen zugewandt. Rachel hätte eine für ihn für Sonntag vorbereitet, was ihn bis zum Mittagessen beschäftigt hätte. Den Nachmittag hätte er damit verbracht, Geschäftsfreunde und Mitarbeiter zu kontaktieren – Männer in derselben Liga –, um Geschäftsideen zu besprechen. Und wenn er nicht in New York war, war der Sonntagnachmittag die bevorzugte Zeit, um ins Ausland zu fliegen, spät am Abend anzukommen, in ein exklusives Hotel einzuchecken und sich auf die Sitzungen mit der Geschäftsführung der örtlichen Niederlassung am folgenden Tag vorzubereiten. Es war ein ungeheuer anstrengender Terminplan, aber es war die einzige Möglichkeit, um im Leben voranzukommen, oder? Der einzige Weg, um der Konkurrenz voraus zu sein und – noch wichtiger – zu gewinnen. Siegen, das war das Entscheidende. Er war ein Siegertyp, oder? Und jetzt?

»*Sunday Times!*«

Als er den Ausruf des Straßenverkäufers hörte, ging er zu ihm und kaufte eine Ausgabe. Nach einigem Zögern, was untypisch für ihn war, verließ er das Krankenhausgelände und winkte ein Taxi heran.

»Kennen Sie einen Park, einen, in dem es ruhig ist?«

Der Taxifahrer überlegte kurz. Was wäre ein guter Ort für einen Amerikaner in London?

»Lincoln's Inn Fields. Steigen Sie ein.«

Sie fuhren los. Bald kamen sie am Zielort an. Der Park lag im Justizviertel der Hauptstadt, nahe den Royal Courts of Justice. Gelegen an einem Platz, der größtenteils von Büros und Regierungsgebäuden umgeben war, war der Park an Wochentagen bei Rechtsanwälten, Sekretärinnen und anderen beliebt, um in der Mittagspause auszuspannen. Auch bei Liebespaaren. An einem Sonntag jedoch war der Park ein Hort der Ruhe. Von Bäumen gesäumt, voller Bänke, konnte man dort verweilen, um über Gott und die Welt nachzudenken. Reynolds suchte sich eine geschützte Bank und setzte sich. Die Minuten verstrichen. Menschen gingen vorbei. Eine gutgekleidete Frau führte ihre Terrier Gassi, kleine Kinder hüpften vorbei, ein älterer Mann humpelte mit einem Stock den Weg entlang. Schließlich warf Reynolds einen Blick auf die Zeitung. Das Titelblatt sagte alles.

Es war ein Blutbad gewesen.

Unter der Schlagzeile – in schwarzer Schrift – waren die Namen jener Personen mitsamt ihrem Alter abgedruckt, die bei dem Bombenattentat ums Leben gekommen waren. Wo möglich, waren reisepassgroße Fotos der Toten eingefügt worden. Eine schreckliche Collage. In manchen Fällen waren ganze Familien ausgelöscht worden. Am herzzerreißendsten von allen waren jedoch die Fotos der Säuglinge und Kinder – deren engelsgleiche Gesichter hoffnungsvoll lächelnd in die Welt blickten.

Schließlich kam er zu ihrem Namen: Caroline Reynolds. Nur einer unter vielen.

Wer waren diese Opfer – diese Menschen, die das Pech hatten, sich an diesem verhängnisvollen Ort aufzuhalten, als die Bombe hochging? Überwiegend handelte es sich um ganz normale Bürger: ein älteres Ehepaar aus dem Südosten Englands, das nach London gekommen war, um hier seinen Hochzeitstag zu feiern, Sekretärinnen, Studenten, Geschäftsleute, Verkäufer, mehrere behinderte Kinder auf einem Ausflug, ein Sportreporter, ein ehemaliger General, die Frau eines Lokalpolitikers. Zahlreiche Ausländer, darunter die Frau eines portugiesischen Diplomaten, der Sohn eines chinesischen Immobilienentwicklers und … die Tochter eines US-amerikanischen Multimillionärs.

Reynolds hielt kurz inne und blickte auf. Vielleicht versuchte diese Zeitung – wie auch die anderen –, ihn aufzuspüren, um ihn zu interviewen, ohne zu wissen, dass er in London war? Er blätterte um und las weiter. Die Kommentatoren analysierten detailliert die iranische Terroristengruppe, die den Anschlag angeblich verübt hatte, und wiesen auf Ähnlichkeiten mit kleineren Anschlägen in Italien und Griechenland vor einem Jahr hin. Und warum hatten diese Helden der Revolution eine solche Greueltat begangen? Wieso hatten sie Unschuldige niedergemetzelt? Um die Aufmerksamkeit auf die krisenhafte Situation im Nahen Osten zu lenken. Um für die Freiheit der inhaftierten Guerillakämpfer zu streiten. Um zu zeigen, dass das Böse durch Böses überwunden werden konnte.

Reynolds verspürte Hunger, aber er ignorierte dieses Gefühl. Schließlich las er nochmals die Titelseite, prägte sich so viele Namen ein, wie er konnte. Dann zog er einen Stift hervor und umkreiste die Namen, die spanisch klangen. Einer dieser jungen Männer könnte der sein, den seine Tochter geliebt hatte. Reynolds faltete die Zeitung zusammen und legte sie zur Seite. Was sollte er tun – wenn er Paulines Wunsch entsprach, was die britische Polizei nicht vermochte? Die Mörder aufspüren und vor Gericht bringen? Sie ermorden? Seinen Reichtum nutzen, um die Machtbasis im Iran zu zerstören?

Unmöglich. Und doch …

Reynolds erhob sich. Tief in Gedanken versunken, wanderte er einen Weg entlang, der den Park umrundete. Welche Mittel standen ihm zur Verfügung? Geld, aber mit Geld ließ sich nur etwas erreichen, wenn man es verantwortungsvoll einsetzte. Verbindungen? Ja, aber die bestanden hauptsächlich in der Geschäftswelt; er hatte nur wenig Kontakte zu hochrangigen Militärs. Experten, die ihm helfen könnten? Keine. Kenntnisse über Terrorgruppen? Keine. Waffen? Keine.

Er verließ den Park und wandte sich Richtung Fleet Street. Von dort machte er sich auf den Weg durch den Bezirk Middle Temple – Heimat der Anwälte –, bis er schließlich die Themse erreichte. Willkürliche Gedanken gingen ihm durch den Kopf, fast ohne bewusste Steuerung.

Was hätte seine Tochter von ihm erwartet? Die Tragödie zu akzeptieren und weiterzumachen im Leben? Den Familien jener Menschen zu helfen, deren Leben zerstört worden war? Ja, das hätte sie mit Sicherheit gewünscht. Oder hätte sie etwas anderes gewollt? Und noch wichtiger: Hatte er die Zeit, sich mit solchen Dingen zu beschäftigen? Schließlich war er der Gründer – und Vorstandschef – eines multinationalen Konzerns, der bald zu einem weltumspannenden aufsteigen würde; es war entscheidend, dass er am Ruder blieb. Ohne ihn würde das Unternehmen die Richtung verlieren, es würde nicht expandieren. Seine Mitdirektoren im internationalen Verwaltungsrat brauchten seine Führung, seine Energie und seinen Drive. Er war unverzichtbar, oder?

Er folgte dem Fluss. Weil er den Kopf gesenkt hielt, konnten die Entgegenkommenden weder das Gesicht des hochgewachsenen, eleganten Mannes im maßgeschneiderten Burberry-Mantel mit Pelzkragen noch dessen Ausdruck erkennen. Die Stunden verstrichen. Hin und wieder ging Reynolds den Weg zurück, weil er fürchtete, sich zu verlaufen. Hin und her – hin und her. Es dämmerte, als er zu den Lincoln's Inn Fields zurückkehrte und sich nochmals auf die hölzerne Parkbank setzte. Er war auf einer Art Reise gewesen; des Körpers und des Geistes. Und zu welcher erderschütternden Schlussfolgerung war er gelangt? Zu keiner.

Seine Tochter war tot; das war das einzige Faktum. Und er

hatte keine Ahnung, was er tun konnte, um die Dinge wieder in Ordnung zu bringen.

* * *

Nachdem Rachel das Krankenhaus verlassen hatte, kehrte sie ins *Ritz* zurück. Dieser Sonntag war völlig anders verlaufen als ihre üblichen. Sie hatte fast den ganzen Tag am Bett der Frau ihres Chefs gesessen, während Pauline mal wachte, mal schlief. Jetzt war sie wieder zurück in ihrer Hotelsuite – die größer war als ihre gesamte Wohnung – und spürte den Jetlag. Und sie hatte Hunger. Aber konnte sie einfach hinunter ins Restaurant gehen?, überlegte sie unsicher. Wahrscheinlich war das irrsinnig teuer, und wer bezahlte die Rechnung? Sie hatte keine Lust, ihre Kreditkarte zu zücken – sie und Tristan hatten es fertiggebracht, in diesem Monat bereits ein kleines Vermögen auszugeben. Und sie wollte auch nicht den Leiter der Londoner Niederlassung um Rat fragen. Er wäre gar nicht erfreut, wenn man ihn am Sonntagabend belästigte. Deshalb war es wohl am besten, sich eine Pizza aufs Zimmer zu bestellen. Aber machten Luxushotels so etwas überhaupt – einem Gast eine Pizza von außerhalb zu liefern?
Und sie besaß keine Kleidung! Sie hatte nur einen kleinen Koffer gepackt, denn sie hatte ja erwartet, nur ein, zwei Tage in London zu verweilen. Trotzdem: Sie hatte Mrs. Reynolds versprochen, dass sie bleiben und ihr helfen würde, ihre Tochter zu beerdigen und deren Wohnung aufzulösen. Was für ein Chaos!
Zum Glück war Rachel eine tatkräftige junge Frau, die sich auf schwierige Situationen einstellen konnte. Zunächst mal

ein heißes Bad; das würde sie aufmuntern. Dann etwas essen. Danach Tristan. Sie ließ das Wasser einlaufen und rief den Zimmerservice an. Die hatten tatsächlich Pizzas – sogar ihre Lieblingspizza –, und so sah die Welt schon freundlicher aus. Nun den Faulenzer anrufen. In New York war es jetzt drei Uhr nachmittags.

»Ich bin's, Rachel.«

»Hi.«

»Was machst du gerade?«

»Ich lieg noch im Bett.«

»Tristan!«

»Ich hab mir gestern Abend Filme angesehen.«

»Japanische Gangsterfilme.«

»Wie hast du denn das erraten?«

»War nicht schwierig.« Tristans Verhalten war so vorhersehbar wie das eines Kuscheltiers.

»Wie war dein Flug? Und wie ist London?«

»Ermüdend. Ich war den ganzen Tag mit Mrs. Reynolds zusammen.«

Rachel hörte ein lautes Klopfen an der Tür. »Bleib einen Moment dran, das ist der Zimmerservice.«

»O Mann, du Glückliche. Was gibt's denn?«

»Pizza mit Kochschinken, Ananas, Käse, Anchovis und Pilzen.« Rachel kehrte ins Badezimmer zurück und stieg wieder zurück in die Wanne. Das Wasser war voller Seifenschaum und so heiß wie möglich, genauso wie es ihr gefiel. Sie nahm ein Stück Pizza und kaute. »Ich hoffe, du isst nicht in meinem Bett.«

»Äh, nein.« Schuldbewusst stellte Tristan einen leeren Teller beiseite, den er auf dem Kopfkissen plaziert hatte. Seine Freundin hatte schärfere Augen als ein Habicht; sie konnte

über den Atlantik hinweg sehen. »Wie geht's denn Mrs. Reynolds?«
»Schlecht. Sie hat den ganzen Vormittag über ihre Tochter gesprochen, aber ziemlich wirr. Man hat ihr Beruhigungsmittel gegeben.«
»Aber warum hat sie dich gebeten, zu ihr zu kommen?«
»Keine Ahnung.«
»Aber es muss doch einen Grund geben.«
Rachel dachte nach. »Ich glaube, sie wollte sich vorstellen, dass ihre Tochter neben ihr saß. Was geschehen ist, ist das Schlimmste, was ihr jemand antun konnte.«
»Wann kommst du nach Hause?«
»In ein paar Tagen.« Rachel stieg aus der Wanne. »Ich esse jetzt meine Pizza. Ich ruf dich morgen an.« Sie zögerte. »Fehle ich dir, Trist?«
»Hm, ja.«
»Tschüs.« Rachel trocknete sich ab und schlang sich ein Badehandtuch um. Im Schlafzimmer zog sie die Vorhänge zu. Ihre Wohnung – und ihr Geliebter – fehlten ihr schon jetzt. Dann ging sie zu Bett und schaltete das Licht aus. In schlechten Zeiten, so wie jetzt, war es gut, jemanden zum Reden zu haben; jemanden, dem man vertrauen konnte. Tristan. Er mochte zwar in vielen Dingen (einschließlich Sex) nicht besonders gut sein, aber er war treu. Sie zog sich die Decke über den Kopf und fiel in tiefen Schlaf. Sie begann zu träumen.
Es war ein seltsamer und geheimnisvoller Traum. Ein Labyrinth kam in Sicht. Über dem Portal erhoben sich zwei Doppeläxte, in der Mitte gekreuzt. Nahe dem Eingang stand ein Mann; er hatte ihr den Rücken zugewandt. Bis auf das Rauschen eines fernen Meeres war kein Laut zu hören.

Tristan seinerseits stand aus Rachels Bett auf. Es war immer noch Nachmittag. Er gähnte; er hatte Lust, etwas zu unternehmen. Zum Beispiel auf einen Drink in eine Bar zu gehen. Aber mit wem? Da war so ein junges Ding, das vor zwei Wochen in die Firma gekommen war. Eine Kalifornierin, sie war jünger als Rachel, gerade erst fünfundzwanzig, und hübscher, brünett, hatte lange Beine und einen tollen Hintern. Natürlich war er treu, aber es wäre doch einen Versuch wert, oder? Nur um ein bisschen zu plaudern. Er wählte; eine fröhliche Stimme antwortete.
»Isabel? Äh, ich bin's Tristan, ja, dein Arbeitskollege. Hast du vielleicht ...?«

6

Die Wahrheit geht oft mit Gefahr einher.
Marcellinus

Die nächsten beiden Tage vergingen für Rachel wie im Flug. Jeden Morgen fuhr sie zum Krankenhaus. Am ersten Tag war Pauline zu krank gewesen, um sie empfangen zu können, und am zweiten hatten sie sich kaum länger als zehn Minuten unterhalten, als Pauline andeutete, sie sei zu erschöpft, um noch länger reden zu können. Infolgedessen verbrachte Rachel, gelangweilt und unruhig, ihre Zeit größtenteils auf ihrem Zimmer im *Ritz*. Aber was sollte sie tun? Sie war eine Angestellte und konnte wohl kaum verlangen, nach Hause zurückkehren zu können. Es war eine heikle Situation. Ihr einziger Trost waren die Abende, an denen sie mit Tristan telefonierte. Der Leiter der Londoner Niederlassung hatte gesagt, dass das Unternehmen die Rechnung bezahlen werde, und sie hatte ihn beim Wort genommen, weshalb es ziemlich lange Telefonate wurden. Weil sie sich einsam und verloren fühlte, freute sie sich, Tristans Stimme zu hören. Nicht, dass er etwas Wichtiges sagte (wie üblich), aber er schien seine Arbeit zu genießen – was sie erleichterte, weil er sich sonst ständig darüber beschwerte; er hatte die Arbeitsmoral eines Koalabären.

Nach ihrem Telefonat mit Tristan nahm Rachel ein Bad und ging früh zu Bett. Aber sie konnte nicht schlafen. Ihr war, als wäre etwas von Pauline Reynolds' Leid tief in sie eingesickert, so dass auch sie eine tiefe Trauer und einen großen Verlust empfand. Aber warum eigentlich? Sie hatte Caroline schließlich kaum gekannt. Sie waren einander nur begegnet, wenn Caroline gelegentlich im Büro vorbeigeschaut hatte, um ihren Vater zu besuchen. Sicher, sie hatten des Öfteren länger miteinander geplaudert, solange Caroline wartete, bis ihr Vater sie sprechen konnte. Rachel hatte dabei den Eindruck gewonnen, dass die junge Frau nicht nur talentiert, sondern auch einfühlsam gegenüber anderen war. Es war unübersehbar, dass Caroline ihren Vater bewunderte – doch ihre Bemerkungen ihr gegenüber waren die eines Menschen, der, so schien es, in einer gewissen Distanz zu ihm lebte. Das war wohl die Strafe dafür, einen erfolgreichen Geschäftsmann und Workaholic zum Vater zu haben. Wie würde Reynolds auf den Tod seines einzigen Kindes reagieren? Würde es das Unternehmen und dessen Geschicke beeinträchtigen? Rachel hatte keine Ahnung. Seit sie hier war, hatte sie ihren Chef kaum gesehen. Bis auf das erste Mal, als er seine Frau besucht hatte, musste er sehr früh am Morgen oder spät am Abend gekommen sein. Sie ahnte nicht, dass Reynolds in die USA zurückgeflogen war, um eine Sitzung des internationalen Verwaltungsrats zu leiten, was (wie er seiner Frau mitgeteilt hatte) unvermeidlich sei. Auch war sie sich nicht bewusst, dass er und Pauline uneins in der Frage waren, ob Caroline in England oder in den USA beerdigt werden sollte.

Am dritten Tag änderte sich die Lage. Als Rachel das Krankenzimmer aufsuchen wollte, wurde ihr erklärt, Pauline sei aufgestanden und warte im Garten auf sie. Rachel folgte den verwirrenden Schildern und trat aus dem Gebäude. Der

Garten lag auf der Rückseite des Krankenhauses, hinter verschiedenen Nebengebäuden. Es gab einen Spielplatz und mehrere Bäume, die in Sandstein eingefasst waren. Überall standen grün gestrichene Bänke, auf denen Patienten saßen. Bei einigen handelte es sich um Kinder mit schweren Gesichtsdeformationen, denn das Charing-Cross-Krankenhaus hatte sich auf deren operative Behandlung spezialisiert. Auf anderen Bänken saßen Opfer des Bombenanschlags, bei dem auch Pauline verletzt worden war. Sie befand sich jedoch nicht unter ihnen, sondern allein in einem geschützten Teil.

»Mrs. Reynolds.«

»Hallo, Rachel.«

Innerlich seufzte Rachel erleichtert auf; Pauline sah besser aus. Sie war wieder so gekleidet, wie es ihrem sozialen Status entsprach. Ihr Mann hatte einem der *Haute-Couture*-Geschäfte auf der Bond Street den Auftrag erteilt, ihr Kleidung zu schicken. Und ein Friseur aus einem der besten Friseursalons im Stadtteil Knightsbridge hatte sie aufgesucht – er hatte Paulines Haare blond gefärbt, die Farbe, die sie sonst trug. Alles war wieder normal. Na ja, fast; Paulines Gesicht war immer noch geschwollen und wirkte kränklich und grau. Für den kommenden Tag war jedoch ein Termin in einem Schönheitssalon vereinbart worden.

»Wie fühlen Sie sich?«

Eine lange Pause entstand. Dann sagte Pauline etwas, worüber sie in der vergangenen halben Stunde nachgedacht hatte. »Finden Sie diesen Baum nicht auch wunderschön?«

»Er ist wunderschön.«

»Ja.«

»Sehen Sie ihn sich doch nur einmal an.«

Rachel war unsicher. Sie spürte, dass etwas nicht stimmte, aber sie wusste nicht so recht, was. Ihr war unwohl, der Frau zu widersprechen, die den Blick auf die nur wenige Schritte entfernte Ulme gerichtet hielt. Sie betrachteten das Kunstwerk der Natur. Zunächst war Rachel unbehaglich zumute, doch – nach und nach – während die Minuten verstrichen, kamen ihr ungewohnte Gedanken in den Sinn. Sie hatte nie Zeit gehabt, die Natur ringsum wertzuschätzen. Warum eigentlich? Na ja, sie war immer zu beschäftigt gewesen – war zur oder von der Arbeit nach Hause geeilt. Und selbst wenn sie mit Tristan im Central Park gefaulenzt hatte, hatte keiner von ihnen die Bäume beachtet. Was hatten sie also gesehen? Na ja, Tristan begaffte immer die Brüste anderer Frauen, und sie dachte immer daran, was sie im Laufe des Tages … später am Nachmittag … in der nächsten Stunde zu erledigen hatte. Aber jetzt hatte sie nichts zu erledigen. Nichts zu tun.

Schweigend betrachteten die beiden Frauen die Ulme. Sahen, wie das Sonnenlicht durch die gezackten Blätter drang, studierten den knorrigen Stamm und das fast unmerkliche Schwanken der kleinsten Zweige. Und die Farbe? Ein helles Grün – das in den älteren Blättern dunkler wurde. Vielleicht würde sie ihr Schlafzimmer in dieser Farbe streichen, wenn sie nach New York zurückkam; es würde sie beruhigen.

»Finden Sie die Natur nicht auch wunderschön?«

Diesmal war Rachel vorbereitet. »Warum?«

Pauline lächelte. »Weil sie einfach nur da ist.«

Eine gute Antwort, fand Rachel. Die Natur war immer da, aber niemand achtete auf sie. Wie auch immer: In New York gab es nicht viel Natur; und in ihrer Wohnung erst recht nicht. Keine Sträucher, keine Pflanzen. Abgesehen von Tristan natürlich. Und wie die meisten Männer in seinem Alter war auch er auf seinen Stengel fixiert. Rachel kicherte.

»Warum kichern Sie?«

»Ich habe an meinen Freund gedacht.«

»Lieben Sie ihn?«

Rachel zuckte mit den Achseln.

»Ich weiß nicht recht.«

»Warum?«

Eine schwierige Frage. Sie kannte Tristan nicht gut genug. Na ja, das stimmte nicht ganz. Jetzt, wo sie ein halbes Jahr mit ihm zusammen war, kannte sie seine Gewohnheiten, und es war unwahrscheinlich, dass sich ihr oder sein Charakter künftig wesentlich verändern würden. Wie sollte sie antworten? Sie krauste die Nase. »Ich bin mir nicht sicher, was Liebe ist.«

»Es ist nicht leicht, einen guten Mann zu finden; jemand, der seine Frau nicht betrügt.«

Rachel errötete. Kannte Pauline die Gerüchte, die über ihren Mann kursierten? Sie schauten weiter den Baum an.

»Können Menschen sich jemals lieben?«

»Ich glaube schon.« Furcht beschlich Rachel. Natürlich ging es der Frau des Chefs nicht gut; der Himmel wusste, was ihr durch den Kopf ging. Sollte sie Reynolds anrufen und ihm davon berichten?

Pauline tätschelte ihr die Hand. »Ist schon in Ordnung. Ich habe nur versucht, meinem Leben einen Sinn abzugewinnen. Wissen Sie, mitunter macht gar nichts Sinn.«

»Das passiert mir oft.«

»Ich glaube, Sie sind ein guter Mensch. Mein Mann mag Sie sehr.«

»Mrs. Reynolds … ich … ich habe nie …«

Pauline lächelte. »Ich weiß, dass Sie loyal sind, Rachel. Und danke, dass Sie meine Freundin sind. Aber jetzt möchte ich zurück ins Bett. Ich bin wieder müde.«
Gemeinsam gingen sie zurück ins Krankenhaus. »Sie sollten sich einen Tag freinehmen«, schlug Pauline vor. »Wir treffen uns morgen wieder.« Sie hielt kurz inne. »Wenn Sie reich sind, versuchen Sie bestimmt, Menschen zu helfen.«
»Aber ich werde niemals reich sein«, wandte Rachel ein. »Ich bin nur eine Angestellte Ihres Mannes.«
Lächelnd ging Pauline in Richtung Lift.
Rachel kehrte ins Hotel zurück. Sie war ziemlich niedergeschlagen, vor allem wegen des seltsamen Gesprächs. Vermutete Pauline, dass sie mit ihrem Mann schlief? Nie im Leben! Spontan griff sie zum Telefon, auch wenn ihr klar war, dass sie ihn aufwecken würde »Trist. Ich bin's.«
»Jaa.«
Seine Stimme klang schläfrig; oder war da ein leichtes Zögern? Nein, sie hörte Gespenster. »Ich wollte dich nur anrufen, um dir zu sagen, dass du mir fehlst.«
»Du fehlst mir auch.«
Hatte er es enthusiastisch genug gesagt? War es ihm wirklich wichtig? »Wenn ich nach Hause komme, müssen wir reden.«
»Worüber?«
»Über viele Dinge.« Rachel zögerte, und dann zwang sie sich, es zu sagen, teilweise um zu hören, wie es klang: »Ich glaube, ich liebe dich, Trist.«
Eine lange Pause entstand. »Ich liebe dich auch.«
Sie wechselten noch ein paar halbherzige Worte, dann legte Rachel das Telefon beiseite, um Tristan weiter schlafen zu lassen. Sie würde heute in London shoppen gehen, das

würde Spaß machen! Als sie das Hotel verließ, kehrten ihre Gedanken zu Mrs. Reynolds zurück. Sie tat ihr leid. Sie war eine Frau, die unvorstellbaren Schmerz erlebt hatte, die eine Tochter verloren hatte, die niemandem vertraute, die über die Affären ihres Mannes Bescheid wusste. Natürlich hatten Rachel und sie nichts gemein.

Tristan seinerseits, in New York, gähnte ausgiebig, nachdem der Anruf ihn geweckt hatte, und stieg aus Rachels warmem Bett. Es war erst fünf Uhr morgens, und er wollte noch ein paar Stunden schlafen. Er wankte ins Bad und urinierte, wobei er versuchte, nicht das Toilettenbecken zu verfehlen. Dann ging er zurück ins Bett und kuschelte sich an den nackten Leib neben sich. Die Sache mit seiner neuen Kollegin Isabel war weiter gediehen als erwartet. Letzte Nacht hatten sie beide ziemlich viel getrunken. Schuld daran war dieser elende Weißwein … und dann … Na ja, man weiß ja, wie das so geht. Zuerst ein kleiner Kuss …, aber sie hatte angefangen. Er hatte ihr die Bluse aufgeknöpft, aber sie hatte sie ausgezogen!

Trotzdem: Wenigstens hatte er nicht in Rachels Bett mit ihr geschlafen. Das wäre unverzeihlich gewesen; ein Verrat. Sie hatten es deshalb auf dem Boden im Wohnzimmer getrieben.

* * *

Reynolds' Tag in New York verlief vollkommen anders. Er ahnte nichts von den Traumata seiner Frau (oder Rachels Überlegungen, als sie durch London spazierte), stattdessen erfüllte Geschäftliches – und zwar ausschließlich Geschäftliches – seine Gedanken.

In der Abenddämmerung wurde er, wie üblich, zurück in seine Wohnung gefahren. Die Sitzung des internationalen Verwaltungsrats war gut verlaufen. Es war entscheidend gewesen, dass er daran teilgenommen hatte – um allen zu zeigen, dass er die Lage im Griff hatte und die persönliche Tragödie die reibungslose Führung seines Firmenimperiums nicht beeinträchtigte. Da waren die Aktionäre, die Anleihebesitzer, die Märkte und alles andere, was es einzubeziehen galt; sein privates Leid musste den finanziellen Interessen untergeordnet werden. Alle im Unternehmen hatten ihm wegen Carolines Tod kondolieren wollen. Auf der Chefetage hatte er das widerwillig akzeptiert, aber er hatte die Sekretärinnen angewiesen, allen Anrufern von außerhalb auszurichten, dass er sich immer noch im Ausland aufhalte und nicht erreichbar sei. Es gab Grenzen der Belastbarkeit. Außerdem war das meiste davon unaufrichtig – befreundete Geschäftsleute, die sich einschmeicheln wollten und dergleichen –, denn der Tod bietet immer einen Anlass, Gewinn zu machen. Als Reynolds vor der Tür zu seiner Penthousewohnung eintraf, wurde er von seiner englischen Haushälterin hereingelassen. Die anderen Hausangestellten waren bereits gegangen. Eine hatte Carolines Hund mitgenommen, um den sie sich kümmern sollte. Er würde nie mehr zurückkommen.

»Sie sollten jetzt gehen.«

»Sind Sie sicher, Sir?«

»Ja, nehmen Sie sich den Abend frei.«

Oberflächlich betrachtet wirkte der Chef so wie immer, aber der Haushälterin fielen bereits kleine Veränderungen auf. Sein Tonfall war weniger bestimmt; seine Aktentasche schien er mit weniger Begeisterung in Händen zu halten.

»Haben Sie alle Anrufe blockiert?«

»Ja, Sir, Ihr Abendessen ist warm gestellt.«

Reynolds schloss die Tür und blieb in der Diele stehen. Die Wohnung war in Schweigen gehüllt. Normalerweise wäre er flotten Schritts weitergegangen und hätte sich mit seiner Haushälterin unterhalten – in Gedanken bei einem geschäftlichen Gespräch. Aber jetzt? Es war, wie er sich erinnerte, das erste Mal, dass in der Wohnung keine weitere Menschenseele war.

»Einsam, nicht wahr?« Die Stimme seiner Tochter ergriff ihn zutiefst.

Er gab keine Antwort. Stattdessen legte er seine Tasche auf einen Beistelltisch und ging ins Wohnzimmer. Es lag weitgehend im Dunkeln, nur zwei silberne Tischlampen waren eingeschaltet. Er setzte sich aufs Sofa und biss sich auf die Lippe. Heute war ein guter Tag gewesen – in geschäftlicher Hinsicht. Seinem Imperium ging es gut, es expandierte in großem Tempo, und das Ergebnis im dritten Quartal war beeindruckend. Normalerweise hätten ihn solche Zahlen glücklich – na ja, zufrieden gestimmt. Aber heute Abend hatte er keine Lust auf so etwas. Er trat an den Spirituosenschrank und schenkte sich einen Whisky ein.

»Wo wirst du mich beerdigen?«

Ohne von der inneren Stimme Notiz zu nehmen, ging Reynolds weiter durch das Wohnzimmer – nach links, zur Frontseite des Gebäudes. Die Fassade bestand hier ganz aus Glas, vom Boden bis zur Decke. Er drückte einen Knopf, und die weißen Vorhänge glitten zur Seite. Vor ihm lag – glitzernd in all ihrer Pracht – die Stadt New York. Pulsierend, extravagant, erfolgreich, aber auch abgekämpft, erschöpft, gierig. New York besaß alles und nichts; ein bisschen wie er selbst. Er gehörte wahrhaft zu dieser Stadt. Sie war außerhalb wie auch innerhalb von ihm.

Da erfasste Reynolds eine Intuition; eine Gegenkraft. Sie stieg wie aus einem geheimen Ventil in sein Bewusstsein empor. Caroline wollte nicht hier beerdigt werden – in all diesem Lärm und Trubel. Sondern in England; sie wollte in einer ruhigen Ecke eines Feldes ruhen – so sollte es geschehen. Er ging los und schenkte sich noch einen Whisky ein. Die Entscheidung war getroffen. Und was geschah mit Pauline? Er konnte sich nicht scheiden lassen. Nicht nach dem, was passiert war. Auch wenn ihre Ehe vorbei war, es wäre grausam, Pauline zu verlassen – jetzt, wo das Wertvollste, was sie besaß, ihr genommen worden war. Seine Affären würde er natürlich nicht aufgeben, aber nach außen hin würden sie weiter so tun, als seien sie ein Paar. Wie auch immer: Es wäre gut für die Außendarstellung des Unternehmens. Und es wäre auch kein ganz so großes Opfer – er hatte ja nicht die Absicht, jemand anderen zu heiraten.

»So wird das nicht gehen.«

Abrupt blickte Reynolds über die Schulter; er war verwirrt. Stimmte irgendetwas nicht? Nein. Da war nur Stille. Mit dem Glas in der Hand betrachtete er die Szenerie draußen hinter dem Fenster. Dann wandte er sich um. Einige Minuten lang schaute er sich in der Wohnung um. Wie merkwürdig, dass er sie sich noch nie richtig angesehen hatte, sich nie auf sie konzentriert hatte. Jetzt tat er es. Wo war er? Er stand in einem riesigen Zimmer, um ihn herum große Flächen in Weiß – ein Ort, den andere entworfen hatten, in dem er aber wohnte. Das hier waren seine Besitztümer, die greifbaren Produkte seiner harten Arbeit. Es war genug, oder? Es musste genug sein; es gab nichts anderes.

Und während sein Blick auf diesem Bild ruhte, kam ihm noch ein Gedanke in den Sinn. Es gab da einen Bekannten in England, jemanden, der ihm Zugang zu einem mächtigen Mann verschaffen konnte. Einen, der ihm die Wahrheit sagen konnte – über die Bombenexplosion; über die Identität der Terroristen. Dieser Mann würde mehr wissen als jeder Zeitungs- und Fernsehjournalist. Aber lohnte sich das? Reynolds hatte diese Idee nach seinem Spaziergang in London schon einmal verworfen. Sicherlich wäre es besser, wenn die Polizei und Interpol sich mit der Sache befassten. Sollte er das nicht besser den Profis überlassen?
Jetzt, in der Stille, war er sich da nicht mehr so sicher. Er trank sein Glas aus, ging zum Telefon und tippte eine Nummer. Eine junge Empfangsdame antwortete.
»Verteidigungsministerium.«
»Ich möchte eine Nachricht hinterlassen.«

7

Ein gefälschter Bericht … kann der Regierung einen großen Dienst erweisen.
Katharina von Medici

Fünf Tage nach dem Bombenanschlag in Covent Garden fand in Westminster Abbey – der wichtigsten Kirche in England – ein Gedenkgottesdienst statt. Die Königin nahm daran teil sowie führende kirchliche Würdenträger, Mitglieder der Regierung und Vertreter jener Länder, deren Staatsbürger durch die Greueltat ums Leben gekommen waren. Außerdem waren an dem Gottesdienst die Angehörigen und Freunde der Bombenopfer zugegen. Die Abtei glich – innen wie außen – einem Meer von Blumen. Als die Glocken zwölf Uhr läuteten, wurde im ganzen Land eine Trauerminute eingelegt. Mit dem Anstimmen des Eingangschorals erhoben sich Tausende Stimmen.

»Alles okay?«

Paul Reynolds blickte seine Frau an. Sie nickte. Man hatte ihnen Plätze im rückwärtigen Teil der Abtei zugewiesen. Pauline hatte Rachels Hand ergriffen.

»Warum sind Ihre Angehörigen gestorben?«

Die Predigt hielt der Primas der Kirche von England, der Erzbischof von Canterbury. Er stellte jene Frage, die sich die Angehörigen der einhundertfünfzehn Opfer in den letzten Tagen zweifellos viele, viele Male gestellt hatten. Der Erzbischof versuchte gar nicht, sie zu beantworten. Vielmehr bat er die Anwesenden, über die Freude nachzudenken, die die Verstorbenen im Laufe ihres Lebens anderen Menschen gebracht hatten. Weil es so viele Opfer gegeben hatte, hatte man beschlossen, keine Särge in der Abtei aufzubahren. Stattdessen hatte man vor dem Altar Kreuze aufgestellt. Außerdem waren aus der großen Zahl mehrere Angehörige ausgewählt worden, zum Gedenken an die Opfer zu sprechen. Die Erste war die Mutter eines kleinen Jungen, der bei dem Anschlag sein Leben verloren hatte. Die Ansprache wirkte tief bewegend auf die Trauergemeinde. Weitere Redner folgten. Eine immer tiefere Stille breitete sich aus, durchsetzt von gedämpftem Schluchzen. Während Rachel Paulines Hand hielt, spürte sie, dass die Hand zuckte, so sehr versuchte Pauline, ihre Gefühle zu unterdrücken.

»Es ist möglich, zu verzeihen. Aber es ist nicht möglich, zu *vergessen*.«

Mit diesen Worten endete die Predigt. Zweifelsohne boten die Worte Anlass für mancherlei Gedanken, aber Reynolds dachte nicht darüber nach. Irgendwann später war der Gottesdienst vorbei, und die Trauergäste verließen die Abtei. Viele versammelten sich in kleinen Gruppen, um sich zu unterhalten oder ihr Beileid auszusprechen, aber der Amerikaner und seine Frau blieben nicht. Sie gingen mitten über den Platz zu einem bereitstehenden Firmenwagen. Auf der einen Seite hatte Paul sich bei seiner Frau eingehakt, auf der anderen Seite tat Rachel das Gleiche. Plötzlich rief er: »Vorsicht! Sie stürzt!«

Als Pauline zusammenbrach, spürte Rachel das Totgewicht an ihrem Arm. Gemeinsam gelang es ihnen, Pauline zum Wagen zu tragen, der Fahrer stieg aus, um ihnen zu helfen.

»Charing-Cross-Krankenhaus.«

Im Wagen kam Pauline wieder zu sich. »Es geht schon«, murmelte sie.

»Ich bringe dich zurück ins Krankenhaus.«

»Ich gehe zur Beerdigung.«

»Die können wir verschieben.«

»Ich gehe.«

Im Fond der Limousine wurde Rachel Zeugin, wie sich das Ehepaar stritt. Sie bemühte sich, sich möglichst unsichtbar zu machen.

Plötzlich fiel Reynolds' Blick auf sie. Zum ersten Mal sahen sie sich an, unverstellt, und da nahm sie etwas Seltsames wahr. Der Löwe war selbst verloren. Ausnahmsweise einmal seines Selbstvertrauens beraubt, versuchte er angestrengt, mit der Situation zurechtzukommen.

»Mrs. Reynolds«, mischte sich Rachel ein. »Sind Sie sicher, dass Sie zur Beerdigung gehen wollen?«

»Ja.«

»Dann sollten wir losfahren.«

»Fahren Sie nach Cambridge«, sagte Reynolds.

Die Fahrt dauerte etwas über eine Stunde. In dieser Zeit gewann Pauline ihre Fassung zurück. Caroline hatte eines der kleineren Colleges besucht, und zufällig gab es ganz in der Nähe eine alte Kirche mitsamt einem Friedhof. Es war ungewöhnlich, dass eine Studentin dort beerdigt wurde, Paul hatte, ohne dass die beiden Frauen davon wussten, eine beträchtliche Summe für die Ausbesserung des Kirchendachs gespendet. Der Anblick eines so großen Schecks hätte selbst den lieben Gott gerührt. Während der Wagen vor dem Tor vorfuhr, warteten der Priester und zwei Friedhofsangestellte bereits. Alles war mit geschäftsmäßiger Effizienz im Voraus organisiert worden, so wie man es vom Chef eines multinationalen Konzerns erwarten durfte.

»Ich freue mich sehr, Sie kennenzulernen.« Der Priester war ein rundlicher Mann und sprach mit einem gebildeten Akzent, der durch das Leben im universitären Umfeld feingeschliffen worden war. »Mrs. Reynolds, wir empfinden mit Ihnen in Ihrer Trauer. Wollen wir hineingehen?«

Die Gruppe ging den kopfsteingepflasterten Weg entlang. Bei der Kirche selbst handelte es sich um ein Sandsteingebäude mit einem großen Glockenturm, hölzernen viktorianischen Kirchenbänken, schönen Buntglasfenstern und einem Hochaltar aus Naturstein. Vor diesem stand Carolines Sarg, mit silbernen Griffen und einem silbernen Kruzifix verziert. Der Priester ging ihnen voran durch den Mittelgang und gab der kleinen Gruppe ein Zeichen, in der vordersten Reihe des Kirchengestühls Platz zu nehmen. Dann stellte er sich neben den Sarg und räusperte sich zum Zeichen des Beginns der Trauerfeier.

»Ich habe eine Reihe von Gottesdiensten abgehalten, bei denen die nächsten Angehörigen mich gebeten haben, dass nur sie daran teilnehmen. Ich sehe darin nichts Merkwürdiges. Mitunter übersteigt die zusätzliche Last, dass Freunde und Bekannte anwesend sind, die Kräfte der Trauernden. Ich möchte nun einige Worte zu Caroline sagen.«

Pauline fasste nach Rachels Hand. Die Tränen strömten ihr nur so über das Gesicht.

»Ich gehöre Carolines College nicht an und kannte sie auch nicht persönlich. Aber ich habe mit ihren vielen Freunden und Kommilitoninnen gesprochen. Sie war ein glücklicher Teenager, der das Leben liebte und sehr begabt war. Sie wird uns schmerzlich fehlen.«

Auch Rachel fing an zu weinen. Was Pauline betraf, so war sie nicht mehr anwesend; sie weigerte sich einfach, es zu sein. Sie war in Gedanken in die Vergangenheit, zur Geburt ihrer Tochter zurückgekehrt.

»Mr. und Mrs. Reynolds, Ihre Tochter wurde geliebt. Sie wird in den Herzen anderer weiterleben, und die Erinnerung wird fortbestehen, bis wir uns – eines Tages – alle an einem anderen Gestade wiedertreffen. Auch wenn unsere Gedanken bei unserem Verlust sind, lassen Sie uns auch derer gedenken, die bei dem jüngsten Bombenanschlag ebenfalls ein Kind oder einen Angehörigen verloren haben.«

Der Pfarrer sprach weiter, aber er merkte, dass ihm niemand in seiner kleinen Zuhörerschar lauschte, so überwältigt waren alle von ihren Gefühlen. Verstohlen nickte er den Totengräbern zu, die im rückwärtigen Teil der Kirche standen. Sie gingen zu ihm hin, während er weitersprach.

»Ich möchte meine Worte mit einem Gedanken zu Ende führen. Wenn ein Mensch stirbt, der uns sehr nahesteht, sind wir gezwungen, zwischen zwei Dingen zu entscheiden. Zwischen der Bitterkeit in unseren Herzen und der Erinnerung an die betreffende Person, wie sie war – jung und voller Erwartungen. Wie wir unser übriges Leben leben, spiegelt sich oftmals in dieser Entscheidung wider.«

Die Bestatter rollten den Sarg auf seinem Untersatz zu einer Seitentür. Die drei Trauergäste erhoben sich und traten aus der Kirchenbank heraus. Pauline versuchte, etwas durch ihren Tränenschleier zu erkennen, und hatte Mühe aufzustehen. Der Priester bedeutete Rachel, zur Seite zu treten, und fasste sie am Arm.

»Mrs. Reynolds, lassen Sie uns zusammen gehen.«

Als sie an der frischen Luft waren, mussten sie eine kurze

Strecke zurücklegen. Auf dem Friedhof hatte man eine Reihe von älteren Grabsteinen an die Begrenzungsmauer gestellt, um Platz zu schaffen. Einer der vorherigen Pastoren hatte zwischen die betagten Ulmen blühende Kirschbäumen pflanzen lassen, damit der Friedhof nicht so düster wirkte, die Verbindung der beiden Baumarten bot ein schönes Bild.

Carolines Grab lag zwischen den Gräbern von Kindern, die mehr als ein Jahrhundert zuvor gestorben waren. Der Sarg wurde herabgesenkt, dann holte einer der Bestatter eine Holzbank, auf die Pauline sich setzen konnte. Der Priester begann mit dem letzten Teil der Begräbnisses. Bald war auch dieser vorüber.

»Ich lasse Sie und Ihren Mann jetzt mit Ihrer Tochter allein.« Und damit schloss er sein Gebetbuch und ging davon. Unsicher, was sie tun sollte, folgte Rachel ihm. Gemeinsam standen sie vor der Seitentür der Kirche.

»Sie sind eine Angehörige?«, fragte er.

»Nein, Mr. Reynolds' persönliche Assistentin.«

»Verstehe«, meinte der Priester recht zweiflerisch. Die junge Frau wirkte ausgesprochen attraktiv in ihrem schwarzen Kostüm. Schlank und adrett, mit hellblonden Haaren. Nicht zu weit entfernt von einer jüngeren Version der Ehefrau – auch wenn das Gesicht der Letzteren in dem Alter wohl feiner gewesen war. Vielleicht hatte er es hier ja mit einer *ménage à trois* zu tun. Jetzt oder künftig.

»Mr. und Mrs. Reynolds haben mich gebeten mitzukommen.«

»Es ist *sehr* schade, dass die Freunde der Tochter nicht hier sein konnten; das ganze College wäre gekommen. Wenn Sie mich nun einen Moment entschuldigen möchten.«

Er ging in die Kirche.

Reynolds saß neben seiner Frau, sie hatte den Kopf an seine Schulter gelegt und weinte bitterlich. Rachel ging zwischen den Grabsteinen umher, um das Ehepaar nicht zu stören. Kurz darauf trat Reynolds auf sie zu.

»Pauline sagt mir, dass Sie in New York einen Freund haben. Bestimmt fehlen Sie ihm, aber meine Frau braucht Sie hier. Können Sie noch einige Tage bleiben?«

Sie nickte.

Reynolds drückte ihr ein kleines Blatt Papier in die Hand. »Warum laden Sie ihn nicht ein, herzukommen?«

Er kehrte zu seiner Frau zurück. Rachel faltete den Scheck auseinander und erschrak; er belief sich auf achttausend Dollar. Sollte sie den Scheck annehmen? Sicher, Reynolds war Multimillionär, aber es war einfach zu viel. Sie ging zu ihm hin. Pauline war bereits von der Bank aufgestanden, ihr Mann stützte sie nun. »Nehmen Sie den Scheck an«, sagte er lautlos. Sein Gesichtsausdruck war bestimmt und schloss jede Weigerung aus.

»Danke«, gab sie lautlos zurück.

Dann ging sie, um Pauline auf der anderen Seite ihren Arm zu bieten. Sie schritten zurück zur Kirche. Der Pfarrer erwartete sie am Hauptportal, zog Pauline beiseite und richtete einige tröstende Sätze an sie. Dann schüttelte er Paul die Hand. Zu Rachel gewandt, sagte er: »Ich hoffe, Sie finden, was Sie sich wirklich wünschen.«

Sie warf ihm einen kurzen, verwirrten Blick zu. Er schaute ihnen hinterher. Wie merkwürdig. Im letzten halben Jahr hatten er und die Gemeinde um Geldspenden für die Reparatur der Kirche gebetet. Dann war eine junge Amerikanerin gestorben, und ihr Vater hatte ihnen einen Scheck ausgeschrieben über das Doppelte, worum sie gebeten hatten. Er schob die schwere Tür zu. *Ah*, die Wege des Herrn …

* * *

Die Rückfahrt nach London und zum Krankenhaus verlief in ebenso gedrücktem Schweigen wie die Hinfahrt einige Stunden zuvor. Alle drei Personen schliefen schließlich ein, die emotionale Belastung hatte an ihren Kräften gezehrt. Auf dem Krankenhausgelände angekommen, stiegen Paul und seine Frau aus. Er wies den Fahrer an, Rachel zum *Ritz* zurückzufahren. »Viel Glück mit Ihrem Freund.«

»Vielen Dank, Mr. Reynolds.«

Das Ehepaar betrat das Krankenhaus. Pauline hatte sich ein wenig erholt, war aber immer noch etwas unsicher auf den Beinen. Reynolds erkannte, dass er die Wirkung von Carolines Tod auf sie gröblich unterschätzt hatte. Trotzdem: Er hatte das Versprechen eingelöst, das er seiner Frau gegeben hatte.

Er war absolut dagegen gewesen, dass seine Tochter in England beerdigt wurde, doch schließlich hatte er eingewilligt. Die Dinge waren aber etwas anders gekommen, als Pauline geglaubt hatte. Sie hatte, als Gegenleistung sozusagen, zugestimmt, am folgenden Morgen das Krankenhaus zu verlassen und sich in eine exklusive Klinik außerhalb von London verlegen zu lassen und in rund einer Woche in die USA zurückzufliegen. Es war ja nicht so, dass das Charing-Cross-Krankenhaus keinen guten Service bot. Tatsächlich waren die Ärzte und das Pflegepersonal sehr kompetent, aber in den USA wurden solche Dinge doch sehr viel besser erledigt. Denn die *finanzielle Ausstattung* konnte ein Krankenhaus verbessern – durch bessere Geräte, bessere äußere Erscheinung, besseres Personal. Und Reynolds stellte sich seine Frau in einer Klinik vor, die seinem Bild von ihr entsprach – dem Bild der Frau eines reichen Mannes. Wer hätte in seiner Lage nicht so gedacht?

Reynolds kehrte ins *Dorchester* zurück. Wenig später ließ er sich von einem Firmenwagen nach Whitehall fahren. Er hatte einen Termin vereinbart – bei dem es sich gehörte, noch vor der vereinbarten Stunde einzutreffen, so wie es dem englischen Brauch entsprach. In den ersten Jahren nach Gründung von Reynolds Holdings war das Verteidigungsministerium an das Unternehmen herangetreten, damit es ihm bei der Entwicklung einer Reihe von Geräten mit militärischen Anwendungsmöglichkeiten half. Manche dieser Apparaturen waren vergleichsweise unspektakulär – wie zum Beispiel elektronische Systeme, mit denen eine Person Zutritt zu sicheren Gebäuden erhielt. Andere dagegen waren geheimnisumwittert: Abhörwanzen und Infrarotgeräte, die auch die leisesten Töne beziehungsweise Bewegungen aufnehmen konnten. Diese Dinge regelte eine Spezialabteilung von Reynolds Holdings, wobei der Zutritt zur Fabrik in Kalifornien außer für das autorisierte Personal streng verboten war.

Im Laufe der Zeit hatte Reynolds Holdings auch Aufträge für das US-Militär und die CIA übernommen und gute Kontakte geknüpft. Nicht, dass die Arbeit für das Militär einen bedeutenden Teil der Produktion ausmachte – ganz im Gegenteil, aber sie war lukrativ und hatte Reynolds die Möglichkeit verschafft, einige nützliche Verbindungen aufzubauen, Personen, von denen er einen Gefallen erbitten konnte, sollte die Lage dies erfordern. Zwar hatte er das noch nie getan – aber die derzeitigen Umstände änderten alles. Schließlich ging es um seine Tochter und, vielleicht, die Familien der anderen Opfer. Gewiss, der britische Beamte, den er kannte, hatte nur höchst widerwillig in das Treffen eingewilligt, aber der Bitte schließlich doch entsprochen. Die Aussicht auf Geschäfte war immer verführerisch, außerdem wusste er, dass Reynolds ein globales Unternehmen leitete – ein Mann auf dem Weg nach oben war. Einer, der einem Staatsbeamten, der bald – mit geringen Altersbezügen – in Pension gehen würde, helfen konnte.

Nachdem Reynolds am Horse Guards Parade eingetroffen war, machte er sich auf den Weg zu einem Gebäude, das er erst einmal zuvor betreten hatte. Er wurde in einen Empfangsraum mit Blick auf den Paradeplatz geführt. Ihm war gerade eben eine Tasse lauwarmen Tees angeboten worden, da öffnete sich die Tür zur vereinbarten Stunde.

»Paul, es freut mich sehr, Sie zu sehen.«

Clive Dwarkin, der hochrangige Beamte im Verteidigungsministerium, schüttelte ihm mit offensichtlicher Zuneigung die Hand. Er war ein stämmiger Mann, trug eine Brille und hatte schütteres hellrotes Haar, das seine Glatze zu verbergen suchte. Außerdem hatte er ein herzliches Lachen; ähnlich dem eines Autoverkäufers, nachdem er einen Vertrag in der Tasche hatte. Ein Lachen, das einen jedes Mal zweifelnd zurückließ. »Der Minister steckt noch mitten in einer Besprechung, aber er wird Sie gleich empfangen. Wie geht es Ihrer Frau?«

»Nicht gut.«

»Verständlicherweise«, murmelte Dwarkin. Er hatte selbst zwei Töchter, die er über alles liebte. »Ich glaube nicht, dass wir weitere Neuigkeiten haben, aber ich werde dem Minister das Reden überlassen.« Dann, in verschwörerischem Tonfall: »Was er immer sehr genießt.«

Die beiden Männer betrieben Smalltalk, bis ein Beamter ihnen mitteilte, der Minister sei so weit. Sie gingen eine kurze Strecke über einen Gang und betraten dann ein großes, opulent möbliertes Büro. Ein anderer Beamter kam herausgehuscht. Der Minister stand hinter seinem Schreibtisch auf. Mit ausgestreckter Hand und breitem Lächeln ging er auf den Amerikaner zu.

Der amtierende Verteidigungsminister war fast so groß wie Reynolds, jedoch dick, und hatte so auffallend rabenschwarzes Haar, dass sich manche Kommentatoren fragten, ob er wohl das Haartönungsmittel seiner Frau benutzte. Politisch galt er als beharrlich, konservativ und absolut vertrauenswürdig. Eine beeindruckende Leistung in einer korrupten Regierung, die Minister schneller verlor als ein Spielsüchtiger sein Geld. Was er persönlich von der Welt hielt, wusste niemand so recht, weil er kaum etwas preisgab. Da er die Karriereleiter langsam erklommen hatte, verfügte er über eine lebenslange Erfahrung in der Kunst der Politik. Soll heißen, der Kunst, vertrauensselige Menschen mit Lügen zu beherrschen. Er würde nie Premierminister werden; dafür besaß er weder den Schwung noch die fotogene Erscheinung. Aber Vizekanzler, das konnte er werden – das war der Posten, den er anstrebte, und er hatte einflussreiche Unterstützer. Er ergriff Reynolds' Hand. »Ich kann Ihnen anlässlich Ihres Verlusts nur mein herzliches Beileid aussprechen. Ich war heute Morgen in der Abtei. Was soll ich sagen.«

»Nichts.«

»Genau, aber setzen Sie sich doch. Und Sie auch, Clive.«

Sie ließen sich auf den bequemen Sesseln nieder, und der

Minister gab Anweisung, nicht gestört werden zu wollen. Er hatte bereits geplant, wie das Treffen verlaufen würde. Er würde diesem Mann zehn Minuten seiner Zeit schenken.

»Paul«, (er benutzte gern Vornamen, selbst bei Menschen, denen er noch nie begegnet war; das erzeugte Vertrautheit), »wir tun alles, was in unserer Macht steht. Zum jetzigen Zeitpunkt haben wir allerdings keine anderen Informationen als die, die in den Zeitungen stehen. Wir sind überzeugt, dass eine iranische Gruppe die Bombe gelegt hat. Ziel war es, möglichst viele Menschen zu töten.«

»Es gab kein spezielles Ziel?«

»Großer Gott, nein.« Der Minister schüttelte den Kopf und versuchte, sich damit von der Lüge zu befreien. »Zweck war es, der britischen Regierung Angst einzujagen. Wir sind uns fast sicher, dass die Gruppe in den USA und weiteren europäischen Ländern ähnliche Anschläge plant.«

»Und warum glauben Sie das?«

Der Minister beugte sich vor. »US-Geheimdienstinformationen«, erklärte er leise.

»Was will die Gruppe?«

»Was sie will?« (Der Minister freute sich noch immer, wie gut er seine letzten Gesten hinbekommen hatte. Das vertraute Vorbeugen, die leichte Berührung des Arms.) »Oh, die will ein islamisches Europa; das ist ihr Ziel. Die erste Stufe besteht darin, den Westen weichzukochen. Die zweite, sich zu bewaffnen. Die dritte, den Westen wegen Israel anzugreifen.«

»Und …?«

Der Minister hob den Blick zur Decke und ließ ihn schweifen (er hatte einmal gesehen, wie Mel Gibson das in einem Krimi getan hatte, und es hatte sich als sehr erfolgreich erwiesen). »… die Gruppe wird so lange weitermachen, bis wir sie stoppen.«

»Ist sie mit anderen Gruppierungen verbunden?«

»Ein guter Punkt«, bemerkte der Minister ein wenig herablassend. »Es gibt Beziehungen zu Gruppen in Afghanistan, Pakistan und, wie wir glauben, Sudan.«

»Was wollen Sie tun?«

Der Minister lächelte. (Meine Güte, sie hatten bereits die Pointe erreicht. Er wusste genau, was er zu sagen hatte.) »Wir werden diese Leute zur Strecke bringen; wir werden dieses Natterngezücht zertreten.« Er legte eine Kunstpause ein. »Keine Sorge, Mr. Reynolds, die Regierung Ihrer Majestät wird alles in Ihrer Macht Stehende tun, um diese Leute zur Rechenschaft zu ziehen.«

»Brauchen Sie Hilfe?«

»Nein«, entgegnete der Minister salbungsvoll. »Sie müssen das alles uns überlassen; wir *wissen*, was wir tun. Tatsächlich helfen Sie uns bereits dadurch, dass Sie uns mit den neuesten elektronischen Geräten beliefern. Wir sind Ihnen in diesen Dingen zu Dank verpflichtet.«

Nachdem er eine Weile über den Zustand der Welt bramarbasiert hatte, erhob sich der Minister (er registrierte, dass ihm vor dem nächsten Termin noch Zeit für eine Tasse Tee blieb). »Vertrauen Sie mir, Mr. Reynolds, wir werden der Sache auf den Grund gehen.« Er öffnete die Tür einen Spaltbreit und sammelte sich für seine Schlussworte. »Die britische Regierung wird angesichts des Terrors keinen Schritt zurückweichen. Auf Wiedersehen«, er schüttelte Reynolds die Hand, »ich werde unser Gespräch nicht vergessen.«

Reynolds und Dwarkin gingen über den Flur zum Empfangszimmer. Der Minister kehrte derweil an seinen Schreibtisch zurück, zu den niederdrückenden Pflichten gegenüber seinem Land. Er betätigte eine Taste auf der Gegensprechanlage. »Tee, Mrs. Symonds. Und zwei Schokokekse.«

»Ich hoffe, das Gespräch hat Sie ein wenig beruhigt, Paul«, wandte sich im Empfangszimmer Dwarkin an Reynolds.

»Sie besitzen keine weiteren Informationen?«

»Nicht zu diesem Zeitpunkt.«

»Danke, dass Sie dieses Treffen arrangiert haben.«

Dwarkin blickte der einsamen Gestalt hinterher, wie sie über Horse Guards Parade davonging. Reynolds tat ihm leid. Es gab jedoch vieles, was das Ministerium in diesem Stadium Außenstehenden nicht preisgeben konnte, und weil er ein Außenstehender und Amerikaner war, durfte man Reynolds nur Nichtigkeiten mitteilen. Außerdem wurde selbst der britischen Öffentlichkeit nur selten die Wahrheit gesagt. Aber das geschah zu ihrem eigenen Guten – denn es oblag ja der Regierung, die Bürger zu schützen. Das tat sie, indem sie der Öffentlichkeit nur das sagte, was sie unbedingt wissen musste. Und es war für die Bevölkerung das Beste, über die Ränkespiele der Macht nichts zu wissen. Wäre die Öffentlichkeit besser informiert, könnte es nämlich passieren, dass die Bürger herausfänden, was die Politiker tatsächlich taten, und dann wären die Gefängnisse voll.

* * *

»Trist.«

»Hi.«

Rachel war ins *Ritz* zurückgekehrt und hatte sofort ein langes, heißes Bad genommen. Es war ein trauriger Tag gewesen, aber sie war auch aufgeregt. Reynolds' Scheck über achttausend Dollar war mehr als ausreichend, dass sie Tristan zu sich nach England holen und sich mit ihm ein paar Sehenswürdigkeiten ansehen könnte – vorausgesetzt natürlich, Mrs. Reynolds hätte sich ein wenig erholt.

»Komm rüber nach England!«

»Wie bitte?« Er saß im Büro. Rings um ihn her das Summen der Telefongespräche und das Brummen eines Fotokopierers.

»Komm nach London! Reynolds hat mich dafür bezahlt, dass ich seiner Frau helfe. Es gibt hier so viel zu sehen.«

Tristan zögerte; dafür gab es einen guten Grund. Er warf Isabel einen kurzen Blick zu, die anspielungsreich lächelte; wie er festgestellt hatte, war der Sexualtrieb der Kalifornierin noch ausgeprägter als seiner. Außerdem war sie seine neue Teilzeit-(na ja, eigentlich ja Vollzeit-)Geliebte. Verdammt! Die ganze Sache wurde allmählich schwierig. Er würde Rachel alles erklären, sobald sie nach New York zurückgekehrt wäre. Sich von einer Frau zu trennen war ziemlich problematisch, fand er; die Männer bekamen immer die Schuld. Es schien ihr Schicksal zu sein. »Ich kann mir nicht von der Arbeit freinehmen.«

»Rede mit deinem Chef; er ist doch ziemlich locker drauf.«

»Ich melde mich wieder bei dir.«

»Trist, sag's mir einfach. Jetzt.« Rachel hörte das Zögern in seiner Stimme. Stimmte da etwas nicht? Nein. Trist war treu und hatte keine Ahnung, wie man eine Frau verführte, selbst wenn sie ihn darum anflehte.

»Es ist ziemlich viel los im Büro.« Er rang nach Luft.

»Frag nach und ruf mich an. Trist, ich fehle dir doch, oder?«

»Ja.« Er zuckte zusammen. Plötzlich merkte er, dass Isabel ihm zugeblinzelt hatte, also blinzelte er zurück.

»Liebst du mich?«

»Äh, ja.« Er schnappte erneut nach Luft; irgendwie schienen seine Atemwege blockiert. »Ich muss jetzt los.«

Zwei Telefone wurden aufgelegt. Das eine wurde fast zu Boden geschleudert. Tristan geriet in Panik; er war nicht nur ein Lügner, sondern auch ein Betrüger. Und er musste sie wieder anrufen. Was tun? Es gab nur eine Möglichkeit. Hinauszögern. Das würde ihm die nötige Zeit verschaffen, die Beziehung zu Isabel abzubrechen und die zu Rachel wieder aufzunehmen. Aber wollte er sich denn von Isabel trennen? Eine sehr schwierige Sache, die sexuelle Lust – sie zwang ihn, schwierige Entscheidungen zu treffen, und keine kam ihm befriedigend vor. Und schließlich: Wer war die Sportlichere im Bett, wer die bessere Köchin, wer konnte … In seiner Eile und seinem Begehren übersah Tristan allerdings eine Kleinigkeit: Wer liebte ihn?

Rachel legte behutsam den Hörer auf und entschloss sich, nach unten ins Restaurant zu gehen und etwas zu essen. Sie zog ihr einziges feines Kostüm an. Währenddessen dachte sie nach. Sagte Tristan die Wahrheit, oder hatte er sich möglicherweise eine neue Freundin gesucht? Aber er hatte ja keine Wohnung, konnte die andere nicht bei sich aufnehmen – als Rachel ihn kennengelernt hatte, war er auf Wohnungssuche gewesen. Außerdem würde er doch niemals eine Frau mit in ihre Wohnung nehmen; das wäre irrsinnig gefühllos. Sie öffnete die Tür zu ihrem Zimmer und ging zum Lift. Er musste also Probleme bei der Arbeit haben, nicht wahr? Konnte er deswegen nicht nach England kommen?

»Guten Abend!«
Im Hotellift glotzte einer dieser reichen Araber sie an. Rachel erwiderte den Gruß nicht; sie hatte einen festen Freund. Sie ging ins Restaurant und setzte sich, tief in Gedanken. Ihr war soeben klar geworden, dass Tristan ihr am Herzen lag. Zwar hatte er ein träges Naturell und neigte zum Jammern, doch er war loyal und treu. Er war in der Lage, sie emotional zu stützen, wenn es ihr nicht gut ging. Das war doch Liebe, oder?
»Und was möchte Madam heute Abend essen?«
Es musste Liebe sein. Nach ihrer Rückkehr nach New York würde sie Tristan einen Antrag machen. Oder besser gesagt – denn das wäre ja wohl zu forsch –, sie würde ihn darauf hinweisen, dass sie sich zusammentun sollten. Er würde ihr *Ehemann* werden und ihr ein Kind schenken. Nein, zwei Kinder. Einen Jungen und ein Mädchen. Und dann würden sie bis ans Ende ihrer Tage glücklich zusammenleben.
»Die Spargelsuppe, bitte.«

* * *

Im *Dorchester* hatte Paul Reynolds sein Abendessen beendet und ging hinauf in sein Zimmer. Er goss sich einen Drink ein – etwas, was er sonst selten tat, in der letzten Zeit aber jeden Abend brauchte. Es beruhigte ihn; es nahm ihm ein wenig von seinem Schmerz.
Der Minister hatte die Wahrheit gesagt. Was für einen Grund hätte er schließlich, zu lügen? Seine Aussagen bestätigten, was sämtliche Zeitungen, die Fernsehsender und andere Medien verbreiteten. Es hatte sich um die Tat einer Gruppe

iranischer Terroristen gehandelt. Die iranische Regierung hatte jede Verantwortung abgelehnt, aber das besagte nicht viel. Vielleicht hatte sie die Terroristen ja sogar finanziert. Außerdem schien klar zu sein, dass die britische und andere Regierungen alles in ihrer Macht Stehende tun würden, um die Täter dingfest zu machen. Ein glasklarer Fall. Warum war seine Tochter umgekommen und seine Frau verletzt worden? Die Terroristen hatten nichts gegen sie persönlich. Es war reiner Zufall, dass sie an diesem Tag dort gewesen waren; mit genau der gleichen Wahrscheinlichkeit hätte *er* bei einem Bombenanschlag umkommen können. Jemand musste der Täter, ein anderer das Opfer sein.

Reynolds schenkte sich nach. Er hatte getan, was er tun konnte. Er hatte eine erhebliche anonyme Spende für eine Stiftung für die Familien der Opfer getätigt und dem Krankenhaus, in dem Pauline lag, Geld überwiesen; dort hatte man sich bestens um sie gekümmert. Morgen würde seine Frau in die Royal Clinic verlegt werden, und in einigen Tagen, wenn sie das Gefühl hatte, sich ein wenig erholt zu haben, würde sie in die USA zurückkehren. Doch sie würde nie mehr die Gleiche sein. Er runzelte die Stirn und setzte sich. Als er am Morgen gesehen hatte, in welcher Gemütsverfassung sie war, waren ihm Zweifel gekommen. Im Grunde war sie psychisch wie physisch zäh, aber diese Sache hatte sie überfordert. Wenn sie zurück in den USA war, würde er mit einigen ihrer Freundinnen sprechen und sie dazu bewegen, sich um Pauline zu kümmern. Es wäre gut, wenn sie sich in die Arbeit für wohltätige Zwecke stürzte. Und wenn er's recht bedachte, sollte sie eine Stiftung im Namen ihrer Tochter gründen. Geld hineinpumpen. Nach Carolines Tod gab es schließlich keinen Erben.

Er seufzte und lehnte sich auf dem Sofa vor, den Kopf über die Knie gebeugt. Es war eine schreckliche, schreckliche Sache. Aber er würde sich davon erholen; er hatte das Stehvermögen, diese Tragödie zu besiegen, dessen war er sich sicher. Er müsste noch härter arbeiten; nach einigen Monaten ließ der Schmerz sicher nach. Natürlich würde die Erinnerung an seine Tochter niemals schwinden, doch der Schnappschuss von ihr in seinem Kopf würde verblassen.

»Rachel!«

Die Stimme im Kopf sagte einen Namen. Er blickte verwirrt auf. Warum hatte er plötzlich an sie gedacht? Sie hatte heute gute Arbeit geleistet, und sollte sie die Dinge zusammen mit Pauline durchstehen, würde er ihren Jahresbonus erhöhen. Was ihn an etwas erinnerte: Er musste ihr sagen, dass Pauline nach New York zurückfliegen würde. Er rief im *Ritz* an und wurde durchgestellt.

»Reynolds hier.« Automatisch nahm er einen geschäftsmäßigen Ton an.

»Guten Abend, Sir.«

»Wann kommt Ihr Freund nach England?«

»Er kann nicht; er sagt, er kann nicht von der Arbeit weg.«

»Oh.« Er spürte die Enttäuschung in ihrer Stimme und empfand einen Hauch von Mitleid für sie. »Rachel, morgen wird meine Frau in die Royal Clinic außerhalb Londons verlegt. Ich möchte, dass sie in einer besseren Umgebung untergebracht wird. Auf dem Land. Könnten Sie morgen früh ins Krankenhaus fahren, um sieben?«

»Okay.«

»Gut!« Er bemühte sich, eine Erwiderung zu finden, die sie vielleicht aufheitern könnte, aber es fiel ihm keine ein. »Dann also gute Nacht.«

Jetzt, da er alle ausstehenden Dinge, die seine Frau und Tochter betrafen, geklärt hatte, wandte sich Reynolds seiner Aktentasche zu, die auf dem Boden stand. New York hatte sie herübergeschickt. Er klappte sie freudig auf. Brot des Trostes, Brot des Lebens. Für dieses Jahr hatte er eigentlich geplant, nicht allzu viele Unternehmen zu kaufen – es könnte ein Konjunkturabschwung in der Luft liegen. Aber wenn er seinen Gemütszustand bedachte, sollte er vielleicht eher antizyklisch agieren und weitere Unternehmen dazukaufen. Es würde ihn beschäftigt halten. Er zog eine blaue Plastikmappe aus der Tasche und vertiefte sich darin.

Rachel andererseits fühlte sich deprimiert, als sie zu Bett ging. Tristan hatte sie nicht zurückgerufen; er musste wirklich viel zu tun haben. Was ja auch zutraf. Er hatte seine Arbeit beendet und war mit Isabel in Rachels Wohnung gegangen. Dort hatte er ihr seine schwierige Lage erklärt. Konnte ein Mann gleichzeitig in zwei Frauen verliebt sein? Die ewige Frage. Die junge Frau lachte; sie kannte die Antwort. Lust und Liebe waren zweierlei. Doch um Tristan bei seinem Problem zu helfen, streifte sie ihren BH ab.

8

Das älteste und stärkste Gefühl des Menschen ist die Angst,
und die älteste und stärkste Form der Angst
ist die Angst vor dem Unbekannten.
Howard Lovecroft

Rachel traf pünktlich im Charing-Cross-Krankenhaus ein und begab sich zum Anbau, in dem Mrs. Reynolds lag. In der vergangenen Woche hatte sie sich an das Gebäude gewöhnt: an die Krankenpfleger, die Betten in die Stationen hinein- und wieder hinausschoben, an die parfümierte Luft, die den Geruch nach Desinfektionsmitteln überlagern sollte, an die freundlichen, aber erschöpften Mienen des Personals.

»Hätten Sie einen Moment Zeit?« Vor ihr stand Dr. Sutton, der mit dem Cherubim-Gesicht und dem zwergenhaften Aussehen, ein Klemmbrett in der Hand. Sie hatten zwar noch nie miteinander gesprochen, doch Rachel wusste, dass er die Station leitete, auf der Mrs. Reynolds lag. »Gehen wir in mein Zimmer.«

Rachel folgte ihm.

»Entschuldigen Sie bitte die Unordnung.« Dr. Sutton legte das Klemmbrett auf einen Stapel Bücher auf seinem Schreibtisch. Dann wandte er sich zu ihr um, die Hände im weißen Arztkittel vergraben.

»Sie sind Rachel, nicht wahr?«

»Ja.«
»Dürfte ich einige private Worte an Sie richten?«
»Schießen Sie los.«
»Die Schwestern sagen mir, dass Sie sich sehr liebevoll um Mrs. Reynolds kümmern und dass Sie für ihren Mann arbeiten. Sie verlässt uns heute, und wir sind ein wenig besorgt.«
»Wieso?«
Dr. Sutton zuckte mit den Schultern. »Sie hat gut auf die psychiatrischen Gruppensitzungen angesprochen, aber wir – nun ja – ich habe das Gefühl, dass sie psychisch noch immer sehr labil ist. Sie sollte noch eine Weile länger bei uns bleiben. Mr. Reynolds ist ein bedeutender Mann in den Vereinigten Staaten – ein Mann, der es gewohnt ist, seinen Willen zu bekommen, nicht wahr?«
Rachel nickte. »Ja, das stimmt.«
»Und er erwartet immer die beste Qualität, die höchste Dividende?«
»Ja.«
Leiser, als spräche er zu sich selbst, sagte Dr. Sutton: »Es ist wichtig, einem Menschen nicht das eigene Denken aufzuzwingen.«
Rachel schwieg. Was sollte sie darauf antworten?
»Ich möchte Sie nicht aufhalten, aber es wäre hilfreich, wenn Sie eine Weile bei Mrs. Reynolds blieben. Sie wissen sicher, was ich meine.«
»Ich will es versuchen.«
Rachel verließ Dr. Suttons Büro und ging zu Paulines Zimmer. Pauline saß auf dem Bett, frisiert und elegant gekleidet. Sie erhob sich. »Da sind Sie ja.«
Sie verabschiedeten sich vom Pflegepersonal.

»Was ist mit Dr. Sutton?«

»Ich habe mich heute Morgen schon von ihm verabschiedet, aber können Sie ihm das hier geben? Es ist von meinem Mann.«

Gehorsam nahm Rachel es entgegen. Sie kehrte zum Büro des Arztes zurück, aber er war nicht mehr da, also legte sie den Umschlag auf den Schreibtisch. Sie verließen das Krankenhaus.

Eine halbe Stunde später kehrte Dr. Sutton zurück und öffnete den Briefumschlag. Er rief einen Kollegen ins Zimmer und zeigte ihm den Scheck. »Habe ich die Nullen richtig gezählt?«

Sein Kollege nickte. Es war die größte Spende, die das Krankenhaus jemals erhalten hatte.

* * *

»Bevor wir in die Klinik fahren, muss ich noch woanders hin.«

Pauline gab dem Firmenchauffeur Anweisung, nach Chelsea zu fahren, dem schicken Londoner Stadtteil für die jungen Reichen – voller teurer Stadthäuser aus dem 19. Jahrhundert und schick renovierter Eigentumswohnungen. Der Wagen bog in eine Seitenstraße und hielt an. Pauline öffnete ihre Louis-Vuitton-Handtasche. »Gestern ist ein Polizist ins Krankenhaus gekommen und hat mir dies gegeben.«

Sie zog einen durchsichtigen Beutel hervor. Darin befand sich der Inhalt jener Handtasche, die Caroline in der Stunde ihres Todes bei sich getragen hatte – und die man unter ihrer Leiche gefunden hatte. Rachel musterte die Handtasche mit morbider Faszination. Der Beutel enthielt die

Utensilien, die jede junge Frau in Carolines Alter bei sich trug: Lippenstift, Eyeliner, Gesichtscreme, Schlüssel, Handy, Fotos. Pauline zog den Verschluss auf, holte einen Schlüsselbund hervor und sagte betrübt: »Die Schlüssel gehören zum Haus meiner Tochter.«

Sie stiegen aus und blieben in der schmalen, von Bäumen gesäumten Straße stehen. Wegen der Größe und des reich verzierten roten Ziegelmauerwerks war unverkennbar, dass die Häuser einst für die Wohlhabenden gebaut worden waren. Sie hatten in der spätviktorianischen Ära als Stadthäuser für die obere Mittelschicht gedient. Einige der dreistöckigen Gebäude waren in Luxuswohnungen umgewandelt, andere wiederum in ihrem ursprünglichen Zustand belassen worden. Pauline führte Rachel zu einem Haus, das nicht umgebaut worden war. So wie die meisten anderen in der Straße hatte es eine Fassade aus roten Backsteinen, Fenster mit weißen Holzrahmen, eine Veranda, die mit einem farbenprächtigen Mosaik verziert war, und eine Eingangstür aus massivem Holz, in die ein Buntglasfenster eingelassen war. Pauline durchsuchte Carolines Schlüsselbund; sie war schon einmal hier gewesen. Kurz darauf klickte das Schloss, und die Tür öffnete sich. Vor ihnen lag ein Berg aus Briefen und Werbebroschüren. Pauline fegte ein wenig davon mit dem Fuß beiseite, damit sie eintreten konnten. Ziemlich nervös schloss sie die Tür.

Stille.

Rachel hatte keine Ahnung, was sie im Haus eines Menschen, der vor kurzem verstorben war, erwarten konnte. Und so reagierte sie ungläubig. Alles war so, wie eine geschäftige Person das Haus am Morgen vor dem Weg zur Arbeit hinterlassen hatte. In der Diele, unter einem großen

Wandspiegel, stand ein Eichentisch. Schräg darauf lag eine Geige, so, als sei sie hastig darauf abgelegt worden. Näher an der Tür, in einer Nische, stand eine Vase mit roten Tulpen, die bereits begannen, ihre Blätter zu verlieren. Die Wände des Flurs waren mit Stichen von Szenen von Cambridge und London aus dem 18. und 19. Jahrhundert geschmückt, und die Luft roch nach Blütenblättern. Die Atmosphäre eines Hauses, das gut gepflegt und geliebt wurde. Die beiden Frauen standen wie gebannt da und nahmen den schwachen Duft des zarten weiblichen Luftgeists wahr, der an ihnen vorbeigeflogen war.

»Zum Wohnzimmer geht es hier durch.«

Sie schritten den Flur entlang und traten durch eine Tür zur Linken. Pauline ging zu einem Ledersofa und nahm Platz. Rachel setzte sich neben sie. Sie schwiegen – nahmen ihre Umgebung in sich auf. Vor ihnen befand sich ein viktorianischer Kamin – mitsamt Originalrost und glänzenden Kacheln –, auf dem Kaminsims ein großer, oben gewölbter Spiegel mit leichten Altersspuren und vergoldetem Rahmen. Rechts von ihnen standen Ledersessel, hinter ihnen waren Fenster zu sehen, durch die das Sonnenlicht hereinströmte. Neben einem der Sessel stand ein Bücherbord, zum Bersten voll mit Werken der zeitgenössischen Literatur. Überall waren Fotos von Freunden oder fremden Orten – manche in Rahmen, andere auf dem Kaminsims oder vor Büchern plaziert.

Caroline hatte sich entschlossen, das Zimmer typisch englisch einzurichten, so wie es dem ursprünglichen Entwurf des Hauses entsprach. Die dunkelgrüne Baumwolltapete war mit Wiesenblumen bedruckt, die Lampenständer aus Messing. Es waren jedoch nicht die Möbelstücke, die die

Aufmerksamkeit der beiden Frauen auf sich zogen, sondern die kleineren Objekte. In der Falte eines Sessels lag eine halb geöffnete Zeitschrift. Auf einem Regal stand ein leerer grüner Becher. Auf einem Schaukelstuhl lag ein pinkfarbener Pullover.

»Hi, Mum!«

Pauline überlief ein leiser Schauder. Rachel war wie verzaubert. Das hier war das Zuhause einer reichen jungen Frau; doch die Einrichtung spiegelte das nicht wider. Vielmehr erzählte sie, wie Caroline das Leben und sich selbst gesehen hatte.

Rachel konnte sich gut vorstellen, wie viel Freude es ihr gemacht hatte, in Antikläden zu stöbern, um die Kunstgegenstände zu finden, die sie und ihre Besucher in die vor einem Jahrhundert in England vorherrschende Atmosphäre hineinversetzen sollten – in eine behagliche, festgefügte Lebensart, in der alles den ihm zugewiesenen Platz hatte. Vor allem aber spürte man ein Gefühl der Zugehörigkeit – der Ruhe und Gelassenheit. Hatte Paul Reynolds seine Tochter eigentlich jemals in ihrer Wohnung besucht?

»Wir sollten uns mal umschauen.«

Die beiden Frauen standen auf. Zunächst gingen sie in den Wintergarten, der sich am gegenüberliegenden Ende des Wohnzimmers befand und durch eine Glastür zu betreten war. Hier stand – neben der Vielzahl der Pflanzen und den Rattanmöbeln – ein Holztisch, auf dem ein Laptop mit geöffnetem Deckel abgestellt worden war. Daneben lagen französische Sprachlernbücher und handgeschriebene, ungeordnete Notizen, so, als hätte sich Caroline plötzlich an das Treffen am Nachmittag mit ihrer Mutter in Covent Garden erinnert. Rechts ging es von dem Wintergarten in die

Küche. Hier dominierte Edelstahl. Doch die Zeit hatte bereits begonnen, die einst vorherrschende Sauberkeit zu unterwandern. Eine Woche war verstrichen seit Carolines Tod; die Äpfel im Korb waren verschrumpelt, ein Baguette, das auf einem Sideboard lag, hatte Schimmel angesetzt. Der Kühlschrank summte, Pauline öffnete ihn. Er war voller Lebensmittel; das musste alles herausgenommen werden. Sie drehte den Schlüssel zur Tür in den Garten.

»Könnten Sie nach oben gehen und nachsehen, ob dort alles in Ordnung ist? Ich schaue im Garten nach.«

Rachel ging durch die Küchentür in den Flur. Eine große Treppe mit einem Holzgeländer führte ins obere Stockwerk. Im Hinaufsteigen betrachtete sie die von Caroline gesammelten, gerahmten Fotos an den Wänden. Es waren Farbbilder – Aufnahmen, die sie möglicherweise selbst gemacht hatte. Ein Foto zeigte Yaks, die von Trägern geführt wurden – sie trotteten durch den Schnee vor dem Hintergrund eines Hochgebirges. Ein anderes stellte eine Wüstenszene dar – Nomaden saßen um ein Lagerfeuer herum. Weiter oben sah sie lateinamerikanische Mädchen, die vor einem Gebäude standen, vermutlich ihrer neuen Dorfschule – die Schulmädchen hatten frech die Zungen herausgestreckt, die Gesichter aneinandergedrückt, die Augen strahlend vor Freude. Es gab noch viele weitere Fotos. Als Rachel schließlich oben angekommen war, war sie überzeugt zu wissen, *weshalb* Caroline diese Fotos ausgesucht hatte. Sie stammte zwar aus einer privilegierten Familie, doch sie wollte sich unbedingt daran erinnern, dass sie dennoch zur menschlichen Rasse dazugehörte.

Auf dem ersten Treppenabsatz spähte Rachel durch die erste Tür. Dahinter befand sich ein Badezimmer – grüne, bis zur Decke reichende Kacheln, Chromarmaturen, alles sehr sauber, kaum benutzt. Als sie zum Ende des Gangs schaute, sah die durch eine offene Tür das Fußende eines antiken Betts.

Ihr Interesse galt jedoch dem Zimmer, vor dem sie nun stand. Ihre Intuition sagte ihr, dass es sich um Carolines Zimmer handelte – ihr ganz privates Refugium. Die Tür war geschlossen.

»Geh doch rein«, schien eine leise Stimme zu flüstern.

Rachel drückte die Klinke hinunter und blieb auf der Schwelle stehen. Ihre Angst löste sich in einem breiten Lächeln. Caroline war wie sie – besser gesagt: die Teenagerversion von ihr. Vor ihr stand ein gusseisernes Doppelbett, wie man es in jedem englischen Möbelgeschäft kaufen konnte. Die Bettdecke und die Bettlaken waren pink und weiß. Am Fenster standen zwei Schaukelstühle, voll mit Stapeln von Kleidungsstücken. An den Wänden hingen moderne Kunstwerke von mittlerer Qualität. Als sie ins Zimmer hineinging, sah Rachel, dass an das Schlafzimmer ein Bad angrenzte, genau wie in ihrer Wohnung. Sie trat ein. Das Bad war pfirsichfarben gefliest und hatte mehrere Spiegel. Zudem sah es hier genauso unordentlich aus wie bei ihr: Handtücher lagen auf dem Boden, eine Jeans hing aus einem Wäschekorb, Zahnpasta und Bürsten zwischen diversen Kosmetika. Als Rachel das alles sah, empfand sie Freude. Dieser Teenager war glücklich in diesem Haus gewesen, sie hatte es zu ihrem Heim gemacht.

Als Rachel ins Schlafzimmer zurückkehrte, war ihr, als habe Caroline es erst einige Augenblicke zuvor verlassen. Die Bettdecke war zurückgeschlagen, so, als sei Caroline hastig aufgestanden. Auf dem Boden lag ein pinkfarbenes Höschen, das sie abgestreift hatte, als sie am Vorabend zu Bett gegangen war.

»Ist alles in Ordnung?« Pauline kam die Treppe herauf.

Rachel wollte gerade antworten, als ihr Blick an etwas haften blieb. Unter dem schmiedeeisernen Bett – von der Decke fast verdeckt – lugte ein Kleidungsstück hervor. Ein marineblaues.

»Rachel?«

»Ja«, sagte sie mit gepresster Stimme. Vielleicht irrte sie sich. Sie hob die Decke etwas an und zog das Kleidungsstück hervor – eine Boxershorts. Sie konnte durchaus Caroline gehören – manche junge Frauen trugen ja Shorts im Bett. Rachel hielt sie sich vorsichtig an die Nase und erkannte den unverkennbaren Geruch eines jungen Mannes. Ah ja! Reynolds' Tochter hatte einen Freund gehabt. Ahnte die Mutter etwas davon? Rachel wusste nicht recht, was sie tun sollte. Und wenn *sie* gestorben wäre und nicht Caroline? Hätte sie gewollt, dass ihre Eltern über ihr Privatleben Bescheid wussten?

»Wo sind Sie?«

»Hier.« Im selben Moment schob sie die Shorts zurück unter die Bettdecke.

Als Pauline das Zimmer betrat, war ihr das Bild, das sich ihr darbot, so eindrücklich, so vertraut, dass sie einen Verzweiflungsschrei ausstieß. Hätte sie die Uhr zurückdrehen können, so hätte sie ihre Tochter an jenem verhängnisvollen Morgen aus diesem Haus abgeholt, und sie wären in der Nähe zusammen einkaufen gegangen. Und die arme Caroline wäre ihrem Schicksal entgangen.

»Bitte setzen Sie sich, Mrs. Reynolds.«

Rachel hob den Stapel von Carolines Kleidungsstücken von

den Schaukelstühlen und legte ihn behutsam auf die Bettdecke. Dabei entdeckte sie noch etwas.
Ein Tagebuch.

* * *

Im Glauben, dass sich seine Frau und Rachel auf dem Weg zur Klinik befanden, hatte Paul das *Dorchester* verlassen und war im Firmenwagen in die Londoner Niederlassung gefahren. Die Sekretärin begrüßte ihn an der Rezeption, als wäre nichts geschehen. Alle hatten die Anweisung erhalten, den Tod seiner Tochter nicht zu erwähnen. Ein firmeninternes Memo war herumgeschickt worden: Paul dankte den Mitarbeitern für ihre Beileidsbezeugungen, aber er würde es zu schätzen wissen, wenn die Angelegenheit ihm gegenüber künftig nicht mehr erwähnt würde, damit sein Kummer nicht verlängert werde. Kurzum: Im Beisein gewisser Personen wollte er seine Tochter vergessen. Anderen gegenüber verhielt sich Reynolds so, wie man es von ihm erwartet hatte. Er traf eine klare Unterscheidung zwischen seinem Privatleben und seiner Person als Geschäftsmann.
»Sind alle so weit?«
»Sie warten im Konferenzzimmer auf Sie, Sir.«
Der geschäftsführende Direktor begrüßte ihn, kaum dass er den Raum betreten hatte. Tee und Gebäck wurden gereicht, die Tragödie mit keinem Wort erwähnt, und so machten sich alle daran, das Ergebnis der Londoner Niederlassung zu bewerten. Geschäftszahlen wurden mit einer Freude durchgekaut, wie man zum Frühstück sein Müsli verzehrt; sie ernährten sich von fast nichts anderem.
»Ich habe Neuigkeiten.«

»Ach ja?«
Der Leiter des Londoner Niederlassung war ein Mann in den mittleren Jahren: ein ehemaliger britischer Gardesoldat, weltläufig und gebildet. Sein sonnengebräuntes Gesicht und die entspannte, lockere Art straften seinen ungeheuren Ehrgeiz Lügen. Aber Paul hatte unter die Oberfläche geblickt, deshalb hatte er ihn auch immer wieder befördert. Junge Löwen mussten doch gut gefüttert werden, nicht wahr?
»Das schwedische Unternehmen hat gestern Abend Kontakt mit mir aufgenommen. Sie zeigen Interesse, Teil von Reynolds Holdings zu werden, und haben einen Preis für den Ankauf ihrer Aktien vorgeschlagen.«
Er reichte ein Blatt Papier herum. Als Reynolds' Blick auf die Zahl fiel, lächelte er. Der Kaufpreis war gar nicht unvernünftig, aber durch hartes Verhandeln ließ er sich mindestens um fünfzehn Prozent reduzieren.
»Die Schweden wollen ausschließlich mit Ihnen verhandeln. Der Vorstandschef schlägt ein Treffen vor.«
»Wann?«
»Morgen, in Stockholm.«
»Können Sie mir einen Flug buchen?«
»Ich habe einen für heute Nachmittag reserviert.«
»Bestätigen Sie ihn. Aber sagen Sie den Schweden, ich bin nur interessiert, wenn sie mit dem Preis heruntergehen.«
»Der Vorstandschef sagte mir, sie hätten schon damit gerechnet, dass Sie so etwas antworten würden – sie hätten das in das Angebot bereits einkalkuliert.«
Paul lachte laut, zum ersten Mal seit vielen Tagen. Der Mann dachte vorausschauend: Es würde einen guten Kampf geben. »Okay, richten Sie ihm aus, morgen, in meinem Ho-

tel, zum Frühstück. Nur wir zwei. Danke, meine Herren, die Sitzung ist beendet.«

Als die anderen gegangen waren, wandte sich Reynolds seinem Niederlassungsleiter zu. »Haben Sie die von mir gesuchte Person ausfindig gemacht?«

»Ja, Sir. Der Mann wartet in meinem Büro.«

»Schicken Sie ihn herein, und schließen Sie die Tür.«

Der Mann, der das Konferenzzimmer betrat, hatte früher einmal als Inspector bei Scotland Yard gearbeitet. Er war vor kurzem in Pension gegangen und hatte sich als Privatdetektiv selbständig gemacht. Sie gaben sich die Hand und kamen sofort aufs Geschäftliche zu sprechen. Zeit war Geld; und Ermittlungen kosteten Zeit.

»Haben Sie die Informationen bekommen?«

Der Inspector, ein untersetzter Mann mit einem kleinen Schnauzer, der eher wie ein Kellner in Rente und weniger wie ein Privatdetektiv aussah, zog aus seiner Aktentasche eine Liste.

»Stimmen sie überein?«

»Ja. Das hier ist die Liste derjenigen, die bei dem Bombenanschlag umgekommen sind und die die Polizei in den Zeitungen und Medien veröffentlicht hat. Und *dies* ist die Liste, die die Polizei in ihrer Datenbank hat.« (Paul fragte nicht, wie er an die Information herangekommen war). »Einhundertfünfzehn Personen sind ums Leben gekommen.«

»Wie viele spanische Staatsangehörige?«

»Drei. Eine ältere Frau und ihr Mann, die sich für eine Woche auf einer Städtereise in London befanden. Ein fünfunddreißigjähriger Mann. Er arbeitete für eine britische Bank.«

Paul runzelte die Stirn. »Der ist zu alt. Woher kommt er?«

»Madrid.«

»Nein. Er muss aus Barcelona gewesen sein.«
Der Detektiv sah ihn verdutzt an. »Wieso?«
»Meine Frau hat mir gesagt, dass meine Tochter einen spanischen Freund hatte. Aus Barcelona. Er studierte an einer Universität in London.«
»Sind Sie sicher?«
»Stellen Sie sich doch nicht dumm«, herrschte Paul ihn an. »Meine Frau hat mit dem Jungen gesprochen. Unmittelbar vor dem Anschlag.«
Peinliches Schweigen. Der ehemalige Inspector taxierte seinen Kunden. Stinkreich, übergroßes Ego, wollte immer alles unter Kontrolle haben. Und jetzt befand sich dieser Herrscher über Menschen in einem Stadium der Wut. Wütend auf die Welt, wütend auf alle wegen dem, was geschehen war. Er hatte das alles schon erlebt. Er ließ das Schweigen fortbestehen.
»Bitte entschuldigen Sie«, bat Paul. »Aber wie erklären Sie sich das?«
»Wenn Ihre Frau recht hat mit dem, was sie Ihnen gesagt hat, dann gibt es zwei Möglichkeiten, Sir. Möglicherweise gibt es eine bislang unbekannte Person.«
»Aber die Eltern des jungen Mannes – oder jemand, den er kannte – hätten sich doch melden müssen?«
»Das würde man meinen, ja, aber viele Leichen sind bis zur Unkenntlichkeit verstümmelt. Bei einigen Opfern konnte nur durch einen DNA-Vergleich mit den Angehörigen die Identität festgestellt werden. Ich lass das mal von meinem Exkollegen überprüfen, der in dem Fall ermittelt.«
»Und die zweite Möglichkeit?«
»Dass er kein Spanier war.«
Pauls Gesichtsausdruck spiegelte erhebliche Skepsis wider.

Er stand auf, das Treffen war beendet. »Stellen Sie fest, ob unter den Personen ein junger Mann ist, der an einer Uni studiert hat, und geben Sie mir Bescheid. Sie können mich unter dieser Nummer erreichen.«
Als der Privatdetektiv gegangen war, trat Paul ans Fenster. Natürlich handelte es sich um einen Irrtum. Seine Frau hatte ihm die Wahrheit gesagt. Der Freund seiner Tochter würde bald gefunden werden. Er musste sich wegen nichts Sorgen machen – es gab kein Geheimnis.

* * *

»Soll ich ihr Tagebuch lesen? Was würden Sie tun?«
Rachel rutschte unbehaglich auf dem Stuhl umher. Sie verstand das Dilemma der Mutter durchaus.
»Mrs. Reynolds, ich weiß es nicht. Ich habe keine Kinder.«
»Aber was würden Sie tun?«
»Ich würde es lesen.« Es war eine intuitive Antwort – doch sie hatte den Eindruck, Mrs. Reynolds damit helfen zu können. Allerdings könnte das Tagebuch Dinge enthalten, die Caroline vor ihren Eltern verbergen wollte. Hatte sie darin von ihrem Liebesleben und ihren Eroberungen geschrieben?
»Wir sollten jetzt gehen.« Pauline stand auf. Sie hatte fürs Erste genug gesehen, außerdem war es an der Zeit, zur Klinik aufzubrechen. In einigen Tagen würden sie hierher zurückkehren und mit der traurigen Aufgabe beginnen, die Wohnung aufzulösen. Pauline hatte bereits entschieden, dass das Gros von Carolines Besitztümern gespendet werden sollte. Das Haus würde verkauft werden. Und das Tagebuch? Nach kurzem Zögern nahm sie es an sich.
Draußen stiegen sie in den Firmenwagen. Er ließ London in

Windeseile hinter sich. Die Privatklinik, die Paul für seine Frau ausgewählt hatte, lag nicht weit entfernt von der englischen Küste. Auf dem Weg dorthin sah Rachel zum ersten Mal die englische Landschaft – und verliebte sich sofort in sie. Sanft gewellte Hügel, schmale, grüne Sträßchen, skurrile Häuschen, die lange vor der Unabhängigkeit ihres Geburtslandes errichtet worden waren. Schließlich gelangten sie an ein imposantes Tor und fuhren auf der mit Kies bestreuten Zufahrt. An deren Ende erhob sich ein gelbgestrichenes herrschaftliches Gebäude aus dem 18. Jahrhundert. Kaum hatten sie vor dem Gebäude geparkt, wurde die Eingangstür geöffnet, und eine Frau in gestärkter Schwesterntracht trat heraus, um sie zu begrüßen.

In der folgenden Stunde zeigte man ihnen das Herrenhaus und den Garten. Alles war in makellosem Zustand und so, wie man es von einer erstklassigen Klinik erwarten durfte. Während Rachel mit Pauline spazieren ging, bemerkte sie jedoch, dass diese desinteressiert an ihrer Umgebung war. Es gab kaum andere Patienten. Die meisten waren ältere Witwen aus dem englischen Adel. Außerdem eine Society-Dame, die von einem Nervenzusammenbruch genas (ah, die Schwierigkeiten, den Schein zu wahren!). Paulines Zimmer im zweiten Stock bot einen traumhaften, weiten Blick auf die grüne Hügellandschaft. Nach dem Mittagessen deutete Pauline an, dass sie ein wenig schlafen wolle, woraufhin Rachel einen Spaziergang machte. Auf der Rückseite des Herrenhauses erstreckte sich ein gepflegter Rasen, dahinter wiederum lag ein weitläufiger Garten. Rechts von diesem standen Gewächshäuser und Nebengebäude, links führte ein Weg in ein Wäldchen. Sie entschied sich für Letzteren und begann, durch den Wald zu schlendern, atmete die

frische Luft und genoss es, auf dem Lande zu sein. Hier war alles so anders, der Lärm und die schlechte Luftqualität in New York weit weg. Nachdem sie zwei Stunden durch den Wald gestreift war und sich dabei sehr glücklich gefühlt hatte, kehrte Rachel um. Kaum hatte sie die Eingangstür der Klinik geöffnet, eilte eine Krankenschwester auf sie zu.
»Mrs. Reynolds geht es nicht gut.«
Erschrocken stieg Rachel die Treppe hinauf. Sie betrat das große Zimmer. Pauline lag im Bett und schlief, eine Schwester saß neben ihr.
»Was ist passiert?«
»Wir mussten sie sedieren, weil sie sehr unruhig war. Könnten Sie bei ihr bleiben, solange ich nochmals versuche, ihren Mann telefonisch zu erreichen? Nach einer Weile dürfte sie sich gefangen haben.«
Und damit zog die Schwester den Vorhang zu und ging. Rachel setzte sich neben Pauline. Warum dieser Rückfall? Die Minuten verstrichen – gemessen vom steten Schlagen der alten Standuhr in einer Ecke des Raums. Als es Rachel langweilig wurde und sie sich nach etwas zu lesen umsah, fiel ihr Blick auf das Tagebuch, das auf einem Beistelltisch lag. Konnte das Tagebuch der Grund sein? Stand etwas darin, was den großen inneren Aufruhr ausgelöst hatte? Beunruhigt stand sie auf und nahm es zur Hand. Eine Seite war stark zerknickt, so, als sei das Tagebuch auf den Boden gefallen oder Paulines Hand entglitten. Sollte sie nachschauen? Einen Moment lang widerstand sie der Versuchung, aber es wäre doch keine Verfehlung, oder? Wenn sie darin las, könnte ihr das im Umgang mit Mrs. Reynolds helfen. Rachel klappte das Tagebuch auf der zerknickten Seite auf und fing an zu lesen. Nachdem sie einige Zeilen über-

flogen hatte, strömten ihr Tränen über die Wangen. Kein Wunder, dass Pauline ein Trauma erlitten hatte. Caroline war schwanger gewesen. Der Name des Vaters, den sie im Tagebuch notiert hatte, lautete Julio.
Pauline hatte nicht nur eine Tochter, sondern auch ein Enkelkind verloren.

* * *

Als die Dämmerung einsetzte, erwachte Pauline aus ihrem von starken Beruhigungsmitteln hervorgerufenen Schlaf. Rachel half ihr dabei, sich aufzusetzen. Pauline sah verängstigt und verunsichert aus; beinahe argwöhnisch. »Im Haus meiner Tochter befand sich doch ein Laptop, oder?«
»Ja, im Wintergarten.«
»Würden Sie bitte hinfahren und ihn für mich holen?«
»Was, jetzt sofort?«
»Ja«, erwiderte Pauline schroff. »Es ist eine lange Fahrt. Sie können dort übernachten. Und morgen mit dem Zug zurückkommen. Würde Ihnen das etwas ausmachen?«
»Äh, das ist kein Problem, Mrs. Reynolds.« Sie war schließlich eine Angestellte, und die Firma bezahlte sie. »Ist alles in Ordnung mit Ihnen?«
»Ja. Na ja, vielleicht.« Es war klar, dass Mrs. Reynolds nicht darüber sprechen wollte, was ihr Sorgen bereitete. »Hat mein Mann angerufen?«
»Er wollte heute Nachmittag nach Stockholm fliegen. Aber er hat versprochen, dass er so schnell wie möglich zurück ist.«
Pauline hob die Brauen, verzweifelt. Das war die Geschichte des Lebens ihres Mannes. Immer war er anderswo; nie an

ihrer Seite, wenn sie ihn am meisten brauchte. »Nun, Sie gehen jetzt besser. Und danke, Rachel.«

Nachdem Rachel das Zimmer verlassen hatte, schloss Pauline die Augen. Irgendetwas stimmte da nicht; Caroline hatte etwas vor ihr geheim gehalten. Als Pauline sich mit ihrem Freund Julio unterhalten hatte, hatte er gesagt, er sei Spanier, aber in ihrem Tagebuch stand, er sei Bolivianer. Und er hatte gesagt, sein Vater sei selbständig, aber aus dem, was Caroline über ihn geschrieben hatte, ging eindeutig hervor, dass der junge Mann sehr wohlhabend war – er hatte sie jedes Mal in teure Restaurants ausgeführt. Was bedeutete das? Außerdem hatte Caroline ihr nie gesagt, dass sie schwanger war. Hatte sie vorgehabt, das Kind insgeheim abtreiben zu lassen? Oder hätte sie ihre Mutter zu gegebener Zeit informiert?

Und während Pauline darüber nachdachte, erinnerte sie sich plötzlich. Da war tatsächlich noch etwas anderes. Oder war das alles nur ein Hirngespinst? Unmittelbar bevor sie in dem Café die Rechnung bezahlt hatte, hatte Julio etwas zu Boden fallen lassen – einen Teelöffel. Er hatte sich vorgebeugt, um ihn aufzuheben. Der Mann am Nachbartisch hatte herübergeschaut; er war schlank gewesen und hatte eine Brille getragen. Julio hatte etwas zu ihm gesagt, vielleicht auch nur zu sich selbst. Aber nicht auf Englisch. Wegen des Hintergrundlärms in dem Café hatte Pauline es zwar kaum verstanden, doch es klang, ja, wie ein Ort in London. Wollte sich Julio irgendwo anders dort mit diesem Mann treffen? Pauline lehnte sich zurück und schloss die Augen. War sie völlig durcheinander? Der Anschlag hatte sie ziemlich mitgenommen. Wie dem auch sei: Nichts würde ihr ihre Tochter zurückbringen.

Am besten, sie vergaß das alles, oder? Zumal, wenn es unheilvoll war. Sie würde Paul nichts davon erzählen; auch er litt und musste damit zurechtkommen.

* * *

Ein Taxi brachte Rachel zum örtlichen Bahnhof, der nur wenige Kilometer von der Klinik entfernt lag. Dort wartete sie auf den Zug nach London. Es dauerte nicht lange, da fuhr er auch schon ein. Während sie einstieg, kletterten zahlreiche erschöpft wirkende Fahrgäste heraus. Wieder einmal hatten sie einen Tag hinter sich gebracht – an dem sie mit harter Arbeit ihre Brötchen hatten verdienen müssen. In ihren Zügen spiegelte sich die gleiche Müdigkeit wie in den Gesichtern der Pendler in New York. War es das alles wert, schienen die Mienen zu fragen. Rachel kannte dieses Gefühl; wenn sie nach Hause zurückkam, würde sie mit Tristan über ihre Zukunft sprechen. Aber er hatte sie noch immer nicht zurückgerufen, noch nicht zugesagt, nach England zu kommen. Hatte er wirklich so viel zu tun oder steckte etwas anderes dahinter?

Eine Stunde später fuhr der Zug in den Bahnhof Waterloo ein. Rachel stieg eine Treppe hinunter zur Untergrundbahn und machte sich quer durch London auf den Weg zu Carolines Haus in Chelsea. Die Waggons waren überfüllt und laut. Wie üblich sah niemand dem anderen ins Gesicht, alle taten so, als wären sie anderswo – was wahrscheinlich sein Gutes hatte. Als sie wieder zurück an die kalte Luft trat und feststellte, wie hungrig sie war, beschloss sie, sich etwas zu gönnen. Schließlich war sie reich, sie hatte eine Menge Geld von Reynolds bekommen. Sie ging in ein schickes Restaurant, aß eine gute Mahlzeit und trank dazu eine halbe Flasche Wein. Wieder wählte sie Tristans Nummer, aber niemand hob ab. Sie hinterließ eine Nachricht auf seinem Handy und auf dem Festnetzanschluss bei sich zu Hause. Wenn er mit einer anderen Frau zusammen war, wer könnte das sein? Sie würde ihn umbringen, ja, das würde sie. Er hätte sie dann nämlich betrogen – sie würde ihm das niemals antun.

Nach dem Essen sah Rachel weiter unten an der belebten Straße ein Kino und ging, einem spontanen Impuls folgend, hinein. Sie hatte jetzt die freie Wahl – kein Tristan, mit dem sie sich streiten musste. Oh, welche Freude, mal keinen Mann an der Seite zu haben! Sie schaute sich den neuesten Liebesfilm an und weinte gemeinsam mit der Heldin. Diese wurde betrogen, bekam aber Gelegenheit zur Rache und lernte am Ende den Mann ihrer Träume kennen. Das war das Gute an solchen Kinofilmen – und der Grund, weshalb sich so viele Frauen das so gern ansahen. Es waren schlicht moderne Märchen. Im wirklichen Leben nahmen die Geschehnisse immer die schlimmste Wendung. Man denke nur an Mrs. Reynolds.

Es war fast Mitternacht, als Rachel Carolines Haus betrat. Sie schloss die Haustür hinter sich ab und ging in die Küche. Sie wollte sich einen Drink machen, besann sich dann aber eines Besseren, weil sie ziemlich müde war. Wo sollte sie schlafen? Was war mit Carolines Bett? Nein, sie konnte sich nicht hineinlegen, das Bett war sakrosankt. Rachel ging nach oben und blieb auf dem ersten Treppenabsatz stehen. Am Ende des Flurs lag das Zimmer mit dem antiken Bett, das sie bei ihrem Besuch am Morgen mit Pauline kurz bemerkt hatte. Sie stieß die Tür weit auf. Dieses Zimmer war

kleiner als Carolines und hatte kein angrenzendes Badezimmer. Darin standen ein Bett und ein großer Eichenschrank. Dort würde sie schlafen.
Rachel entkleidete sich – sie schlief immer nackt – und schaltete das Licht aus. Sie hatte die Vorhänge nicht zugezogen, und die Laterne unten an der Straße warf einen wohltuenden Lichtschein an die Wände, die mit einer dunklen Tapete bedeckt waren – eine genaue Replik derjenigen, die vermutlich zur Zeit der Erbauung des Hauses verwendet worden war. Das Bett war bequem, hatte eine schwere Matratze, und so schlief Rachel schnell ein.
Es lag am Weißwein. Rachel erwachte und warf einen Blick auf das Leuchtzifferblatt ihrer Armbanduhr – zwei Uhr nachts. Mürrisch hievte sie sich aus dem warmen Bett. Sie trat auf den Flur und tappte in Richtung Toilette. Dann hörte sie es.
Das Zuschnappen eines Schlosses.
Sie blieb stehen, ihr Herz tat einen Sprung. Jemand hatte die Haustür aufgestoßen. Reynolds? Er musste ja einen Schlüssel haben. Rachel wollte gerade aufschreien, als sie noch ein Geräusch hörte – eines, das genügte, um sie völlig aus der Fassung zu bringen. Als sie jung war, hatte ihr Vater, wie so viele New Yorker, Schusswaffen im Haus aufbewahrt. Deshalb war ihr der Laut, wie ein Sicherheitsriegel gelöst wurde, vertraut. Und auch jetzt vernahm sie dieses furchteinflößende Klicken. Rachel erstarrte vor Angst, horchte. Die Stimmen von Männern – vier oder fünf. Sie sprachen sehr leise, aber sie war sich sicher, dass es sich um Englisch handelte. Sie standen an der Eingangstür; einer gab offensichtlich die Anweisungen.
»Versteck dich!«

Tief in Rachels Innerem warnte eine Frauenstimme, die eindeutig wie die Carolines klang, dass sie in echter Lebensgefahr schwebe. Zu Tode erschrocken schlich Rachel auf dem Treppenabsatz vorsichtig zurück. Im Erdgeschoss schraubten die Männer unterdessen Schalldämpfer auf ihre Pistolen und begannen, ins Haus auszuschwärmen. Drei stiegen die Treppe hinauf. So schnell wie möglich hastete Rachel in ihr Zimmer zurück und machte die Tür zu. Die Tür hatte kein Schloss! Sie schnappte ihre Kleidung und warf sie unters Bett. Dann strich sie im Licht der Straßenlaterne die Bettwäsche glatt und warf die schwere Überdecke darüber. Inzwischen hatten die drei Männer den Treppenabsatz erreicht. Einer ging ins Badezimmer, ein anderer betrat Carolines Schlafzimmer, der dritte bewegte sich in Richtung ihres Zimmers. Von panischer Angst erfüllt, ließ sich Rachel fallen und zwängte sich unters Bett. Ein enger Raum, aber in ihrer Verfassung war ihr das völlig egal. Sie hielt die Luft an.

Vorsichtig betrat der Mann das Zimmer. Er hatte nicht damit gerechnet, jemanden im Haus vorzufinden, aber weil er ein Profikiller war, ging er keinerlei Risiko ein und hielt seine Waffe schussbereit. Rachel beobachtete fasziniert und entsetzt zugleich, wie sich seine Schritte ihr näherten. Am Fußende des Betts blieb er stehen, seine schweren schwarzen Schuhe nur Zentimeter von ihrem Gesicht entfernt. Er ging hinüber zum Eichenschrank, öffnete die Tür und begann die Kleidungsstücke methodisch mit seiner Waffe anzuheben. Zufrieden, dass niemand darin war, kniete er sich hin, um unters Bett zu spähen. Da wusste Rachel, dass alles verloren war.

»*Ven aca!* Komm her!«

Der Ausruf kam von hinten im Flur. Einen Moment lang reagierte der Killer nicht auf den Befehl. Dann erhob er sich und verließ den Raum. Er würde zurückkommen. Blitzschnell kroch Rachel unter dem Bett hervor. Es gab kein Versteck im Zimmer – bis auf einen Ort. Sie öffnete die Tür des Eichenschranks, schnappte sich ihre Kleider und schob sich hinein. Inzwischen hatte sie das Gefühl, als spränge ihr gleich das Herz aus der Brust. Sekunden später meinte sie zu hören, dass der Mann erneut das Zimmer betrat. Dieses Mal suchte er auch unter dem Bett. Dann setzte er sich darauf – und spürte, dass es warm war.

»*Vamos abajo.* Gehen wir nach unten.«

Noch ein Mann betrat das Zimmer; sie flüsterten etwas auf Spanisch. Gefangen im Schrank, hatte Rachel das Gefühl, als würde ihre Blase im nächsten Moment platzen. Vor lauter Verzweiflung biss sie sich auf die Lippe, bis sie Blut schmeckte. Es schien eine Ewigkeit zu dauern, bis die Killer das Zimmer verließen und nach unten gingen. Sowie sie das getan hatten, trat Rachel mit ihrer Kleidung in der Hand aus dem Schrank – am Rande des Zusammenbruchs, psychisch wie körperlich. Sie schlich auf Zehenspitzen über den Flur, betrat Carolines Schlafzimmer und rannte zum dazugehörigen Bad. Während sie im Dunkeln urinierte, weinte sie stumme Tränen der Erleichterung. Was sollte sie tun? Sie konnte sich hier verstecken, bis die Killer gegangen waren, oder ihnen nachstellen. Zunächst siegte ihre Angst, und sie blieb, wo sie war: hockend auf dem Toilettensitz. Schließlich aber brachte sie all ihren Mut auf, zog sich an und wagte sich aus dem Bad. Während sie am Treppengeländer stand, hörte sie, wie Stimmen unten im Wohnzimmer etwas murmelten.

»*Vaya!*«
Da schloss sich eine Hand über Rachels Mund. Der Angreifer war von hinten an sie herangetreten, er war aus dem anderen Badezimmer gekommen. Rachel wehrte sich mit aller Kraft, aber der Mann war enorm kräftig, deshalb konnte sie sich nicht losreißen. Gleichzeitig wurde ihr eine Waffe gegen das Kinn gedrückt. »Beweg dich.« Der Befehl wurde auf Englisch, aber mit starkem Akzent erteilt. Jenseits von Panik und seiner Anweisung folgend, erschlaffte Rachel. »Langsam«, befahl der Angreifer. Zusammen stiegen sie nach unten, Schritt für Schritt.
Während sie, wie sie vermutete, ihrem Ende entgegenging, schwirrten Rachel viele Gedanken durch den Kopf. Befremdlicherweise bezog sich der vorherrschende jedoch nicht auf das eigene Leben, den eigenen Tod. Er lautete einfach: »Was habe ich falsch gemacht?« Wieso hatte sie den Mann nicht gehört? Wie war es ihm gelungen, ihr aufzulauern, ohne dass sie es bemerkt hatte?
Es war dunkel im Wohnzimmer, doch sie konnte die Umrisse der vier Männer erkennen, alle trugen Skimasken. Sie schienen nach etwas zu suchen, denn sie durchstöberten die Schubfächer. Kaum hatte sie das Zimmer betreten, packte einer der Männer Rachel und schubste sie auf einen Stuhl; ein anderer holte Klebeband aus der Tasche und klebte es ihr brutal auf den Mund. Ein Mann, dünn und drahtig, ganz in Schwarz gekleidet, mit einer Skimaske über dem Gesicht, kam näher. Sein Mund streifte ihr Ohr; sein Atem stank.
»Reynolds' Tochter?« Sein Englisch war schlecht, mit schwerem Akzent.
Sie schüttelte den Kopf. Wussten die nicht, dass Caroline

tot war? Oder glaubten sie, dass Reynolds noch andere Töchter hatte? Waren das Kidnapper?

»Wer bist du dann? Nicht schreien.« Der Bolivianer löste das Klebeband ein wenig von ihrem Mund. Gleichzeitig drückte er ihr eine Pistole mit langem Schalldämpfer an die Wange. Als sie wieder einigermaßen normal atmen konnte, holte Rachel gierig Luft.

»Ich bin seine Sekretärin.«

»Name?«

Sie nannte ihn. Der Bolivianer holte ein Handy aus der Hosentasche und klappte es auf. Eine lange Pause entstand, dann sprach er sehr schnell, anscheinend in einem spanischen Dialekt, so dass Rachel kein Wort verstand. Allerdings war deutlich, dass er sehr respektvoll sprach.

»Wie heißt dein Freund?«

Ihr Herz begann heftig zu pochen. Hatte das alles etwas mit Tristan und nichts mit Reynolds zu tun? War Tristan in kriminelle Machenschaften oder so etwas verstrickt? Der Revolver drückte fester gegen ihre Wange. Sie wusste, der Mann würde sie umbringen, wenn sie eine falsche Antwort gab.

»Tristan. Er heißt Tristan.«

Der Mann sprach ins Handy, dann legte er es Rachel ans Ohr. Sie hörte eine gebildete Stimme. Dieser Mann sprach ein solch akzentfreies Englisch, dass es nicht möglich war, zu sagen, woher er stammte. Der Tonfall war entschieden, der eines Mannes, der erwartete, dass man ihm gehorchte, und der, wenn man sich weigerte, unweigerlich Konsequenzen ziehen würde.

»Sagen Sie niemandem etwas von dieser Sache, außer Reynolds. Telefonieren Sie nicht, und gehen Sie nicht an die Tür.«

»Was soll ich Mr. Reynolds sagen?«, stammelte sie.
»Sagen Sie ihm, dass alle seine Telefongespräche abgehört werden und er deshalb wachsam sein muss.«
»Überwacht von wem?«
»Ich setze mich zu gegebener Zeit mit Ihnen in Verbindung.«
»Wie heißen Sie?«
Eine Pause folgte. »Julio.«
»Und Tristan?«
»Wenn Sie tun, was ich sage, überleben Sie.«
Der Anrufer legte auf, das Handy wurde weggezogen. Jetzt wurde Rachel von ihrem Entführer an den Stuhl gefesselt, dann streifte man ihr eine Skimaske über den Kopf, falsch herum, so dass ihre Augen bedeckt waren. Die anderen Eindringlinge setzten ihre Arbeit fort. Von den Torturen ermattet, schlummerte Rachel ein. Plötzlich wurde sie wachgerüttelt. Es war noch immer dunkel. »Verlassen Sie das Haus erst am Morgen.«
Nach einer Weile hörte sie, wie die Männer das Haus verließen und das leise Klicken der Eingangstür. Sie waren gegangen – oder doch nicht? Etwas sagte Rachel, dass sie bleiben musste, wo sie war, also unternahm sie keinen einzigen Versuch, sich von dem Klebeband zu befreien, mit dem ihre Hände gefesselt waren. Stattdessen begann sie, wegen des Schocks unkontrollierbar zu zittern.
Der Morgen zog herauf. Schließlich hatte Rachel genug Selbstbewusstsein, dass sie sich aus den Fesseln wand. Das dauerte seine Zeit. Wer immer sie gefesselt hatte, er war ein Experte darin, denn er hatte ihre Handgelenke so aneinandergebunden, dass sie sich zwar ohne fremde Hilfe befreien konnte, aber nur unter großer Mühe. Als ihre Hände frei

waren, kamen die Beine dran. Rachel stand auf. Verstört ging sie, nachdem sie eine der Tischlampen angeschaltet hatte, im Zimmer umher. Sie war zu verängstigt, um die Vorhänge zur Seite zu ziehen. Allem Anschein nach war nichts gestohlen worden. Sie betrat den Wintergarten.
Der Laptop war verschwunden.

* * *

Als Reynolds erwachte, warf er einen Blick auf das hoteleigene, mit Logo versehene Briefpapier, das er auf den Nachttisch gelegt hatte. Er befand sich im *Hilton*, in Stockholm, heute Morgen hatte er eine Besprechung mit dem schwedischen Vorstandschef. Gut. Er zog sich sorgfältig an, beinahe mit Elan. Alles lief wieder normal. Es war ja nicht so, dass er seine tote Tochter – oder seine Frau – vergessen hätte, doch sie waren in seinen Gedanken wieder da, wo sie immer gewesen waren: in zweiter Reihe.
In der Lobby des Hotels traf Reynolds den Vorstandschef des schwedischen Unternehmens. Dieser war ein wenig älter als er, hatte einen dicken Bauch und einen blonden Haarschopf mit grauen Strähnen. Sie gingen in den Frühstücksraum, und bald taten sie das, was ihnen im Leben am meisten Freude bereitete – verhandeln.
Am Ende des Mahls hatte Reynolds alles unter Dach und Fach. Sein Gegenüber war wie er. Auch er wusste, wie man befahl und beherrschte, wie man die Beute jagte, sie auseinandertrieb und schließlich aufteilte. Die Vertragsbedingungen wurden per Handschlag besiegelt. Reynolds Holdings würde das schwedische Unternehmen um zwanzig Prozent günstiger als zu dem vorgeschlagenen Kaufpreis

übernehmen. Und im Gegenzug dafür, dass er seine Mitvorständler davon überzeugte, dass der Abschluss in ihrem Interesse lag, sollte der schwedische Firmenleiter einen begehrten Sitz im Verwaltungsrat von Reynolds Holdings erhalten. Natürlich hatte dieser Sieg auch eine negative Seite – das war immer so. Viele Mitarbeiter der schwedischen Firma würden arbeitslos werden. Das war unvermeidlich; jemand musste verlieren, damit ein anderer gewann.

»Es ist ein faires Geschäft«, schloss Reynolds und trank seinen zweiten Kaffee.

Der Schwede grinste. Sein Bonus und seine Pension waren soeben durch einen Mann erhöht worden, der genauso dachte wie er, sich aber noch schneller und agiler auf diesem schwierigen Terrain – der Savanne der Unternehmenswelt – bewegte. Er würde sich seinem Rudel anschließen.

Reynolds' Handy klingelte. »Entschuldigen Sie, ich gehe kurz ran.«

Sein Gast winkte dem Ober, um die Rechnung zu bezahlen, während Reynolds in eine ruhige Ecke des Restaurants schlenderte.

»Mr. Reynolds, wo sind Sie?«

»In Stockholm.«

»Bitte kommen Sie schnell zurück.«

»Rachel?« Ihre Stimme klang anders als sonst; höher, ein wenig atemlos. »Ist alles in Ordnung mit meiner Frau?«

»Ja, aber bitte kommen Sie schnell zurück.«

»Worum geht's denn? Geht es Ihnen nicht gut?«

»Ich kann es Ihnen nicht sagen.« Sie unterbrach das Gespräch.

Reynolds starrte auf sein Handy. Er empfand Unbehagen, schüttelte das Gefühl jedoch ab. Der Vorstandschef des

schwedischen Unternehmens kam herüber. »Ist irgendetwas?«
»Nichts Wichtiges, aber ich muss zurück.«
»Bleiben Sie doch wenigstens, um sich unsere Zentrale anzusehen und meine Direktoren kennenzulernen. Heute Nachmittag geht auch noch ein Flug.«
Reynolds erklärte sich einverstanden. Er war so weit geflogen, da lohnte es sich. Außerdem wollte er sehen, was er kaufte, und seine künftigen Angestellten kennenlernen. Er schaute seine anderen Nachrichten durch. Eine kam von der Klinik. Darin wurde er gebeten, anzurufen, aber sie enthielt nichts Dringendes, was Pauline betraf. Er würde sich später darum kümmern.
»Ist es weit?«
»Auf der anderen Seite von Stockholm.«
Er zögerte. »Gehen wir.«
Das Ganze dauerte länger als erwartet. Reynolds traf sich mit den Direktoren, wurde in dem Technologieunternehmen herumgeführt, sie aßen zu Mittag in geselliger Runde und wurden zu einer der anderen Produktionsstätten des Unternehmens gefahren. Die Folge war, dass er einen späten Flug nahm und erst am Abend in London eintraf. Ein Wagen brachte ihn ins *Dorchester*. Er wollte sich schnell umziehen und in die Klinik fahren, um mit seiner Frau zu sprechen. Als er seinen Schlüssel an der Rezeption abholte, sagte die Dame am Empfang: »Ihre Tochter wartet vor Ihrem Zimmer auf Sie.«
»Meine Tochter?«
»Ja, Sir. Sie möchte dringend mit Ihnen sprechen. Sie wartet schon den ganzen Nachmittag.«
Reynolds antwortete nichts darauf. Ganz klar, das war ein

Missverständnis. Er fuhr mit dem Aufzug hinauf. Als er seine Suite erreichte, kam ein Zimmermädchen heraus. »Ich habe Ihre Tochter gerade eben ins Zimmer gelassen, Sir. Sie hat darauf bestanden.«

Jetzt wurde er doch wütend. Er schubste das Zimmermädchen zur Seite und betrat sein Reich. Im nächsten Moment erblickte er seine persönliche Assistentin; sie war rot im Gesicht und wirkte deprimiert.

»Warum geben Sie sich als meine Tochter aus?«

Rachel brach in Tränen aus, schlug die Hände vors Gesicht. Reynolds ging zu ihr und zog sie, ohne nachzudenken, in seine Arme. Das Gleiche hätte er bei seiner Tochter doch auch getan, oder?

Es war genau das, was Rachel gehofft hatte. Sie ging leicht auf die Zehenspitzen (weil er einen Kopf größer war) und flüsterte ihm ins Ohr: »Möglicherweise wird Ihr Zimmer abgehört.«

Er trat einen Schritt zurück. Erschrocken sagte er lautlos: »Ich werde abgehört? Von wem?«

Rachel legte einen Finger an die Lippen und führte Reynolds durchs Hotelzimmer zu der Glastür, die auf den Balkon hinausführte. Sie löste den Riegel, schob die Tür auf, sie traten nach draußen, und sie machte die Tür hinter ihnen zu. Vor ihnen lag der Hyde Park, davor eine Straße mit lautem Verkehr. Wieder trat Rachel ganz nah neben ihren Chef und flüsterte ihm ins Ohr. Sie berichtete, wie am Vorabend Männer ins Haus seiner Tochter eingedrungen waren. Währenddessen verhärteten sich seine Gesichtszüge.

»Wer sind diese Männer?«

»Ich weiß es nicht. Haben die Männer Sie verletzt?«

»Nein. Was wollen die nur?«

Reynolds schwieg; sein Hirn lief auf Hochtouren. Was sollte das alles? Es war ihm ein Rätsel. Seine Frau hatte gesagt, Carolines Freund sei ein spanischer Teenager namens Julio, der Privatdetektiv dagegen hatte festgestellt, dass es keine spanische Person dieses Namens und Alters unter den Toten gab. Angenommen, dieser Julio war tatsächlich umgekommen, dann war er kein Spanier. Aber welcher Nationalität war er dann? Was die Eindringlinge betraf, so hatten sie spanisch gesprochen, und ihr Anführer hatte sich Julio genannt, derselbe Name wie der Freund seiner Tochter. Das alles hing zusammen, aber wie? Und weshalb hatten die Männer Rachel gewarnt, dass jemand Reynolds' Telefon anzapfte? Warum wollten die das offenlegen?

»Sonst noch was?«

»Sie haben aus dem Haus Ihrer Tochter einen Laptop gestohlen.«

»Noch mehr?«

Sie zögerte. »Caroline hat Tagebuch geführt, aber vielleicht ist das nicht wichtig.«

»Wo ist es?«

»Ihre Frau hat es.«

Als Rachel das flüsterte, änderte sich ihre Stimmlage ein wenig. Reynolds spürte, dass sie etwas vor ihm verbarg. Im Dunkeln konnte er ihr Gesicht nicht erkennen, aber eine Strähne ihres feinen blonden Haars wehte gegen seine Wange. Er roch den Duft ihres Parfüms.

»Haben diese Leute vor, Sie zu töten, Sir?«

»Mich?«, murmelte er zurück. »Wenn sie es wollten, hätten sie es längst getan. Ich glaube, die suchen nach etwas.«

»Was?«

»Ich weiß es nicht. Haben Sie Angst?«

»Ja.« Sie bibberte in der Kälte.
Er wollte sie in die Arme schließen, aber Rachel spürte, dass die Situation zu intim wurde, und wich zurück.
Reynolds blickte hinunter auf den Straßenverkehr, der vorbeibrauste. Was sollte er tun? Hinter dem Vorfall steckte etwas Gemeines, er spürte es förmlich. Etwas, das mit dem Tod seiner Tochter zusammenhing. In was für eine Sache war sie da hineingeraten? Oder ging es dabei um ihren Freund?
»Ich dusche jetzt, danach möchte ich, dass wir uns mit jemandem treffen. Er kann uns helfen.«
Sie gingen in das hell erleuchtete Zimmer zurück. Reynolds trat an einen Schrank und holte ein frisches Hemd und einen Anzug hervor. Anschließend zog er sich ins Badezimmer zurück.
Rachel war das alles sehr peinlich, sie setzte sich auf einen der Sessel in der Suite, nahm eine Zeitschrift zur Hand und tat so, als lese sie. Gott sei Dank war Mrs. Reynolds woanders. Wenn sie sie beide hier anträfe, wäre einiges zu erklären.
Reynolds seinerseits kleidete sich aus und trat unter die Dusche. Während das Wasser auf ihn herabprasselte, versuchte er die Situation auf methodische Weise zu analysieren und ging durch, was Rachel ihm gesagt hatte. Offensichtlich hatten diese Spanier nach etwas oder, vielleicht, jemandem gesucht. Und was war mit diesen anderen Leuten, die sein Telefon angezapft hatten? Industriespionage? Kurz flackerte das kürzliche Treffen mit dem britischen Verteidigungsminister durch seine Gedanken. Aber warum sollte das Verteidigungsministerium ihn abhören wollen? Er wusste nichts über das Londoner Bombenattentat – das war der entschei-

dende Punkt. Vor allem eine Sache beunruhigte ihn. Weshalb wussten diese Leute von Rachels Freund? War er in irgendeine kriminelle Sache verstrickt? Vielleicht in eine Drogengeschichte? Reynolds hielt kurz inne beim Einseifen, ein anderer unangenehmer Gedanke kam ihm. Vielleicht war das alles ja Teil eines ausgeklügelten Plans, um ihn zu erpressen – wegen seiner Verbindung zu Callgirls? Konnte die Konkurrenz etwas damit zu tun haben? Seine Sekretärin war doch völlig vertrauenswürdig, oder? Aber wem konnte man heutzutage noch trauen? Arbeitete Rachel für jemand anders?

Draußen las Rachel weiter in ihrer Zeitschrift, grübelte aber zugleich über die Situation nach. Das Ganze war nicht ihr Problem, nicht wahr? Sondern *seines*. Warum sollte sie sich in die Sache hineinziehen lassen, dafür wurde sie nicht bezahlt. Sie sollte ihm sagen, dass sie in die USA zurückfliegen wollte. Dem konnte er sich doch nicht verweigern, oder?

Schließlich kam Reynolds aus dem Badezimmer, makellos gekleidet in einem frischen Anzug. Auch er hatte überlegt, was zu tun war. Er ging hinüber zu Rachel und murmelte ihr ins Ohr: »Gehen wir. Ich möchte, dass Sie jemanden kennenlernen, der früher als Ermittler bei Scotland Yard gearbeitet hat. Ich habe ihn eingestellt, damit er einige Erkundigungen einholt.«

»Mr. Reynolds …«

Er hob einen Finger, so, als wollte er sagen: »Ich weiß, was Sie denken, aber ich habe keine andere Wahl.«

Sie blickte ihn an. Richtete ihre hellblauen Augen auf seine dunkelblauen. Wer war dieser Reynolds? Zu seinem globalen Imperium gehörten Unternehmen, die Geräte fürs

Militär produzierten. Konnte es sein, dass der Bombenanschlag – der Tod seiner Tochter – doch kein Unfall, kein Zufall war?
»Warum haben Sie keine Wahl?« Sie sah ihn fragend an.
»Weil Tristan womöglich nicht der ist, der er zu sein scheint.«
Rachel holte tief Luft; er hatte eine geheime Sorge berührt. Möglicherweise hing das Problem gar nicht mit Reynolds zusammen.

* * *

Zwei Stunden später saßen drei Personen in einer überfüllten Bar in der Londoner Innenstadt. Nichts unterschied sie von den übrigen Gästen, die das Lokal bis auf den letzten Platz füllten – Leute aus der Nachbarschaft, Touristen und Büroangestellte, die nach einem langen Tag ein Bier tranken. Was die drei Neuankömmlinge betraf, so wäre jeder, der ihnen vielleicht auf den Fersen gewesen wäre, nach den ausgeklügelten Vorsichtsmaßnahmen, die getroffen worden waren, abgeschüttelt worden. Reynolds und Rachel saßen auf Hockern am Tresen, neben ihnen der Privatermittler. Sie waren umgeben von einer Gruppe lauter Studenten, genau das, was sie wollten. Der Privatdetektiv kippte sein lauwarmes Bier – so geliebt von den Briten und der endgültige Beweis für andere Nationen, dass die Unfähigkeit dieses Landes, gut schmeckende Speisen und Getränke hervorzubringen, nur von ihrer Fähigkeit übertroffen wurde, warmes Bier zu servieren.
»Was haben Sie herausgefunden?«
Der Privatdetektiv stellte sein Glas ab. »Der junge Mann war

kein Spanier, sondern Bolivianer. Man hat Teile seiner Leiche und einen Pass gefunden.«

»Was hat er hier in London gemacht?«

»Er war illegal hier. Keiner der Regierungscomputer verzeichnet ihn, also weiß die Polizei nicht, wie er ins Land gekommen ist.«

Reynolds fuhr sich mit der Hand über die Stirn. Die Lage hatte sich verschlechtert. In was für eine Angelegenheit war Caroline nur verstrickt gewesen?

»Und noch etwas. Die Körperteile sind in ein gerichtsmedizinisches Labor gebracht worden, um den Mann identifizieren zu können. Ein Freund von mir arbeitet dort. Am folgenden Morgen waren die Leichenteile und der Pass entfernt worden.«

»Was meinen Sie mit *entfernt worden?*«

»Der Leiter des Labors hat die Herausgabe autorisiert und alle Informationen über den jungen Mann aus dem Polizeicomputer gelöscht.«

»Wie ist das möglich?«

»Weil, Mr. Reynolds, ihm gewisse Offizielle einen Besuch abgestattet haben.«

»Was waren das für Leute? Warum hat man die nicht gestoppt?«

Der Privatdetektiv beugte sich mit einem ironischen Gesichtsausdruck vor. »Es waren Angehörige des britischen Geheimdienstes, darum. Und das ist auch der Grund, warum ich Ihnen nicht weiterhelfen kann. Wer immer dieser Junge war, es geht hier um eine Frage der nationalen Sicherheit, und ganz gleich, wie intensiv ich auch weitere Nachforschungen anstelle, sie werden die wahre Identität des jungen Mannes nicht enthüllen.«

»Ich zahle Ihnen mehr. Nennen Sie mir den Preis.«
Der Detektiv schüttelte den Kopf.
»Ich kenne Leute in Ihrem Verteidigungsministerium. Leute, die ziemlich weit oben stehen.«
»Die können nicht helfen. Sie haben es hier mit dem Secret Service zu tun. Der hat eine spezielle Anordnung rausgegeben, die der Polizei untersagt, sich zu dem Fall zu äußern, und damit ist die Sache erledigt.«
»Wie bekomme ich Zugang zu diesen Leuten – dem Secret Service?«
»Reine Zeitverschwendung. Aber Sie wissen nicht zufällig mehr über diesen Jungen, oder?«
Reynolds musterte den Gesichtsausdruck des Detektivs, er traute ihm nicht mehr. »Nein. Wer zapft mein Telefon an?«
»Möglicherweise der Geheimdienst, vielleicht auch jemand anders.« Der Detektiv trank einen Schluck. »Darf ich Ihnen einen Rat geben? Ich habe getan, was ich konnte, aber ich schlage vor, dass Sie die Sache von nun an auf sich beruhen lassen. Ich denke, es handelt sich hier um sehr trübe Gewässer. Das ist meine Meinung als Ermittler, Mr. Reynolds, mit dreißig Jahren Berufserfahrung.«
»Einen Moment. Sie glauben doch, dass dieser Mann mit dem Bombenattentat zu tun hat und dass es sich bei ihm möglicherweise um einen der Terroristen handelt. Sie *müssen* mir helfen«, beharrte Reynolds mit Nachdruck. »Meine Tochter ist bei dem Bombenanschlag umgekommen. Ich habe ein Recht, die Wahrheit zu erfahren.«
Der Detektiv seufzte. Der Amerikaner tat ihm leid. Hätte es sich um die eigene Tochter gehandelt, er hätte das Gleiche getan. Aber er hatte Familie und keine Lust, umgebracht zu werden.

»Beherzigen Sie meinen Rat, halten Sie sich aus der Sache heraus. Ich glaube, viele Leute versuchen die Identität des jungen Mannes aufzudecken – oder besser gesagt: zu verbergen. Die britische Regierung hat behauptet, dass der Bombenanschlag einen terroristischen Hintergrund hat, und sie wird bei dieser Meinung bleiben.«

»Sie meinen, die Regierung verbirgt etwas?«

»So ist es.« Der Detektiv trank sein Bier aus. »Aber jetzt gehe ich besser; da wäre nur noch eine Kleinigkeit zu regeln – mein Honorar.«

Paul schrieb einen Scheck aus; binnen Minuten war der Detektiv aus seinem Leben verschwunden. Er blieb mit Rachel am Tisch sitzen.

»Gehen wir«, sagte er laut.

Paul bestellte ein Taxi und wies den Fahrer an, zum Lincoln's Inn Park zu fahren, in dem er erst einige Tage zuvor spazieren gegangen war. Sie stiegen aus und warteten, bis das Taxi nicht mehr zu sehen war. Dann ging Reynolds Rachel voran durch den Park und verließ ihn am Ausgang zur Chancery Lane. Nachdem sie am Bezirk Middle Temple vorbeigekommen waren, erreichten sie das Embankment und wählten den Weg am Ufer der Themse entlang. Als sie eine Viertelstunde gegangen waren, gab Reynolds Rachel ein Zeichen, dass sie sich auf eine Bank setzen sollten. Im Schein der Straßenlaterne sah Rachel, dass sich in seinen Zügen ausnahmsweise ein deutliches Gefühl spiegelte. Er räusperte sich.

»Es tut mir leid, was Ihnen gestern Abend passiert ist, Rachel. Es ist alles meine Schuld.«

»Nein, Sie können nichts dafür.«

»Doch. Sie sind meine Angestellte, und ich habe Sie in etwas hineingezogen, das ich selbst nicht begreife.« Er zögerte. »Sie sind der einzige Mensch, mit dem ich reden kann, denn meine Frau hat schon genug Mühe, den Tod unserer Tochter zu bewältigen. Ich finde einfach keine Antwort.«

»Worauf?«

»Ich war überzeugt, dass Caroline umgekommen ist, weil sie zufällig am falschen Ort zur falschen Zeit war. Jetzt bin ich mir da nicht mehr so sicher. Alle lügen. Gestern habe ich mit einem hochrangigen Beamten im Verteidigungsministerium gesprochen. Er hat mir versichert, dass der Bombenanschlag das Werk von Terroristen gewesen ist. Aber warum brechen Leute in das Haus meiner Tochter ein, um ihren Laptop zu stehlen? War meine Tochter in terroristische Aktivitäten verstrickt? Ich glaube nicht. Sie kennen sie ja.«

»Was hat das zu bedeuten?«

»Zwei verschiedene Gruppen von Leuten suchen nach etwas.«

»Wer?«

»Diese Bolivianer und der britische Geheimdienst. Möglicherweise arbeiten sie zusammen, aber ich glaube, dass beide Gruppierungen daran interessiert sind, die Dinge zu verschleiern. Sie wollen alle Spuren zu diesem jungen Mann, Julio, tilgen. Entweder weil er auf irgendeine Weise mit dem Bombenattentat zu tun hat. Oder weil er nicht *dort* sein sollte.« Reynolds stand auf, setzte sich dann aber wieder. »Ich vertraue einfach niemandem«, gestand er verbittert. »Nicht einmal dem Detektiv. Wenn ich ihm etwas verrate, geht er damit zum britischen Geheimdienst. Möglicherweise arbeitet er sogar für ihn. Und Sie«, er sah Rachel an, »lügen auch.«

»Ich?« Er hatte einen Treffer gelandet. Rachel wandte den Blick ab.

»Ich muss alles über meine Tochter wissen. Bitte, sagen Sie es mir. Ich bin – ich war – ihr Vater. Bitte.« Seine Stimme hatte eine gewisse Schärfe.

Sagen oder nicht sagen? Verriet sie die Erinnerung an Caroline, oder lieferte sie ein fehlendes Teil zu diesem Puzzle, das sie beide zusammenzusetzen versuchten? »Ihre Tochter und dieser Junge hatten Sex – sie waren ein Liebespaar.«

»Warum glauben Sie das?«

Rachel sagte ihm, dass sie die Boxershorts des jungen Mannes in Rachels Bett gefunden hatte.

»Verstehe.« Reynolds hob Rachels Kinn ein wenig an, so dass sie ihm in die Augen schaute. »Da ist noch mehr, nicht wahr?«

Da wurde ihr klar, warum er so ein überaus erfolgreicher Geschäftsmann war. Er spürte, wenn andere etwas vor ihm verbargen, und nun setzte er seine feingeschliffenen beruflichen Fähigkeiten ein, um dahinterzukommen, was mit seiner Tochter geschehen war.

»Sie sollten Ihre Frau fragen.«

»Ich frage *Sie*«, beharrte er.

»In ihrem Tagebuch hat Ihre Tochter erwähnt, dass sie schwanger ist. Von dem jungen Mann … Julio.«

Reynolds stöhnte auf wie ein waidwundes Tier. Noch ein Pfeil, abgeschossen von einer unsichtbaren Hand, hatte ihn durchbohrt.

9

In jeder Trennung scheint ein Bild des Todes auf.
George Eliot

An diesem Abend übernachtete Rachel auf Reynolds' ausdrücklichen Wunsch in seinem Hotel. Man gab ihr eine Suite neben seiner, weil er sich um ihre Sicherheit sorgte. Außerdem erkannte Rachel, dass Reynolds eine Art innerer Kreuzigung erlebte. Im Geschäftsleben hatte Reynolds Gewissheit, Kontrolle und Antworten gefunden. Jetzt kämpfte er mit Gefühlsdingen – und zwar solchen, die er nur mit Mühe bewältigen konnte. Und er rang damit umso heftiger, weil es niemanden gab, dem er sich angesichts der Probleme seiner Frau anvertrauen konnte. Rachel schien es, als sehe sie zu, wie ein großes Gebäude begann, im Wind zu schwanken. Doch würde es einstürzen?

Am folgenden Morgen fuhren sie nach Süden in die Royal Clinic. Diesmal gab Reynolds dem Fahrer frei und setzte sich selbst ans Steuer. Durch seinen Kopf wirbelten dunkle Wolken von Verschwörungsideen. Erpressung? Drogen? Kidnapping? Industriespionage? Eine Verschleierungsstrategie seitens der Regierung? Und warum war er so töricht, dass er für das alles keine Erklärung fand?

Rachel saß neben ihm und versuchte, die Landschaft zu genießen. Immer wieder sagte sie sich, dass Reynolds nicht ihr Problem war. Tristan war ihr Problem. Der Mann neben ihr bedeutete ihr nichts.

Als sie die Zufahrt hinauffuhren, räusperte sich Reynolds. »Das kann eine Weile dauern.«

Sie nahm den Hinweis auf. »Ich gehe ein wenig spazieren, Sir.«

»Danke.«

Beim letzten Mal hatte Rachel den Weg durch den Wald gewählt, der links vom Herrenhaus wegführte. Diesmal beschloss sie, die rechte Seite zu erkunden. Sie schlenderte über den Rasen und ging zwischen den Nebengebäuden hindurch. Sie sah Tennisplätze, einen schönen, gepflegten Krocketrasen und eine Schwimmhalle. Angesichts des Alters – beziehungsweise des Geisteszustands – der meisten Patienten, war es nicht sehr wahrscheinlich, dass einer von ihnen die Anlagen nutzte. Warum also waren sie errichtet worden? Weil reiche Leute eben wollten, dass man *sah*, dass ihnen solche Dinge zur Verfügung standen, und das war der tragische Irrtum der Reichen, oder? Sie brachten ihre ganze Zeit damit zu, Geld zu verdienen, und wurden ausnahmslos zu alt, bevor sie es wirklich genießen konnten. Ein Fehler, den sie niemals machen würde, da war Rachel sich sicher. Aber sie würde ja auch nie reich werden; es war nicht ihr Schicksal. Sie verfügte nicht über die Fähigkeiten und die außerordentliche Zielstrebigkeit von jemandem wie Reynolds. Dennoch: Aus der Nähe betrachtet war er menschlicher, als sie gedacht hatte. Ihre vorherige Einschätzung, dass er ein kalter, berechnender Mensch sei, war nicht ganz zutreffend – er hatte einfach nur seine Gefühle extrem gut unter Kontrolle. Im Schatten seiner persönlichen Tragödie trat sein innerer Kern – sein Herz – stärker an die Oberfläche. Gefiel er ihr? Natürlich nicht. Gewiss: Er war gutaussehend und erfolgreich. Außerdem war er tough und entschlossen, und das mochte sie bei Männern. Aber er war älter als sie – obwohl das nicht gegen ihn sprach. Oder doch? Aber egal: Es war nicht wichtig, sie fand ihn sexuell nicht anziehend, und er hatte ihr keinen Wink gegeben, dass er sie begehrte; er war der Mann einer anderen. Über was machte sie sich da eigentlich Gedanken?

Hinter den Nebengebäuden erstreckte sich ein Wäldchen mit alten Eichen. Sie mussten zur Zeit der Erbauung des Herrenhauses gepflanzt worden sein, weil alle schon dicke Stämme hatten. Am Ende dieses Wäldchens senkte sich das Gelände. Es führte hinunter zu einem schnell fließenden, tiefen Fluss. Das Ufer war mit Rohrkolben gesäumt. Rachel ging dorthin und setzte sich. Das Strömen des Wassers hatte eine Art hypnotische Wirkung. Weil es ein relativ milder Nachmittag war, zog sie ihren roten Anorak aus. Sie legte sich zurück und schob sich die Jacke unter den Kopf. Der Himmel war leicht bewölkt, der Wind etwas böig. Sie schloss die Augen, und bald war sie eingeschlafen. Sie begann zu träumen.

Im Traum befand sie sich wieder in Carolines Haus. Aber es war nicht mehr ihr Haus. Stattdessen waren da vier Kinder – zwei Mädchen und zwei Jungen. Sie spielten Fangen im Wintergarten, liefen umher und kreischten dabei vor Vergnügen. Als sie das Zimmer betrat, wandte sich das älteste Mädchen langsam um. Voll Entsetzen sah Rachel das Gesicht des Kindes.

Es glich ihr fast bis aufs Haar.

* * *

»Wie ist der Zustand meiner Frau?«
»Sie bekommt noch immer Medikamente. Wir mussten die Dosis erhöhen, weil sie oft depressiv ist und viel weint, Sir.«
»Und die Prognose?« Reynolds befragte die Oberschwester in der Eingangshalle.
»Wir sind der gleichen Meinung wie das Krankenhaus Charing Cross: posttraumatische Belastungsstörung. Morgen kommt ein Spezialist, um sie zu untersuchen und ein Gutachten zu erstellen.«
»Holen Sie den besten.«
»Er ist der beste, Sir.«
Die Oberschwester verließ Reynolds an der Treppe. Mit langen Schritten begab er sich Richtung Paulines Krankenzimmer. Wenigstens etwas hatte sich gebessert: das Dekor. Die kahlen Krankenhauswände waren durch Flure mit erlesenen Möbeln und englischen Aquarellen ersetzt worden. Er musste sich selbst einmal ein paar solcher Bilder besorgen.
Pauline lag im Bett und las gelangweilt in einer Zeitschrift.
»Wo bist du gewesen, und wo ist Rachel?«
»Ich musste nach Schweden fliegen. Sie ist hier. Ich habe sie heute Morgen abgeholt.«
»Hat sie den Laptop mitgebracht.«
»Nein.«
»Warum nicht? Deswegen habe ich sie doch losgeschickt.«
»Ich fand es am besten, den Laptop vorerst im Haus zu lassen«, log Reynolds.
Er setzte sich aufs Bett und fasste seine Frau bei der Hand.
»Wie geht es dir?«
»Gut.« Auch sie log. Sie war in eine tiefe Depression gefallen.

»Rachel hat gesagt, dass du Carolines Tagebuch hast. Kann ich es lesen?«
»Es ist verschwunden.«
»Verschwunden?« Seine Stimme brachte seine Besorgnis zum Ausdruck.
»Gestern hatte ich es noch. In meinem Zimmer, aber das Personal kann es nicht finden. Hat Rachel es mitgenommen?«
»Es muss gefunden werden. Warte einen Moment.« Er ging auf den Flur hinaus. Dort stand eine Schwester. Er sagte ihr, sie solle nach unten gehen und die Oberschwester auffordern, sofort eine Durchsuchung durchzuführen. Er kehrte zu seiner Frau zurück.
»Warum willst du das Tagebuch sehen?«
»Weil ich es lesen möchte.« Er wollte nicht preisgeben, was Rachel ihm gesagt hatte.
»Ich habe ein wenig in ihrem Tagebuch gestöbert. Paul, sie hat mir nicht die Wahrheit über den Jungen gesagt. Sie hat behauptet, er sei Spanier, aber in ihrem Tagebuch steht, dass er Bolivianer ist.«
»Oh.«
»Und sie war schwanger von ihm, ungefähr im dritten Monat. Warum hat sie mich angelogen? Und weshalb hat sie mir nicht erzählt, dass sie schwanger war?«
»Ich weiß es nicht.« Er fuhr sich über die Stirn. »Ich weiß es einfach nicht. Was hat sie sonst noch über ihn geschrieben?«
»Nur die üblichen Dinge, die ein Teenager, der über beide Ohren verliebt ist, seinem Tagebuch anvertraut.«
»Verstehe.«
»Hast du seinen Vater ausfindig gemacht?«

Er schüttelte den Kopf. Was für einen Sinn hatte es, Pauline zu erzählen, was alles passiert war? Es würde sie nur unglücklich machen.
»Irgendetwas stimmt da nicht, Paul. Caroline hat mich nie angelogen. Glaubst du, dass sie sich geschämt hat, weil sie schwanger war? Hat sie sich Sorgen wegen unserer Reaktion gemacht?« Pauline bedeckte ihr Gesicht mit den Händen. »Was sollen wir bloß tun?«
»Als Erstes bringen wir dich zurück in die USA. Fühlst du dich gut genug für den Flug?«
»Noch nicht. Vielleicht in ein, zwei Wochen. Aber du musst zurück, nicht wahr?« Sie lächelte matt. *»Business as usual.«*
»Vielleicht kann ich das eine oder andere verschieben …«
»Nein, nein. Und nimm Rachel mit. Mir wird es hier bestens gehen.«
»Sie kann länger hierbleiben und sich um dich kümmern.«
»Das wäre keine gute Idee; sie muss zu ihrem Freund zurück. Sie hat mir gesagt, dass er nicht nach England kommen will, also wäre es nicht fair, sie hierzubehalten. Sie ist eine gute Frau, Paul.«
»Ja.«
Pauline schüttelte den Kopf. »Das meine ich nicht. Sondern, dass sie loyal und ehrlich ist. Schwierig, einen solchen Menschen in dieser Welt zu finden, nicht wahr?«
Er spürte, wie er innerlich zu zittern begann. Wusste sie von den Callgirls?
Er betrat hier eine Gefühlsfalle. Es gab so viele Dinge, über die sie in den letzten Jahren nicht gesprochen hatten, warum also jetzt?
Pauline ließ nicht locker. »Glaubst du, dass wir eine gute Ehe hatten?« Um ihm keine Gelegenheit zu einer Antwort

zu geben, fuhr sie fort: »Ich glaube ja. Es hat Aufs und Abs gegeben, aber ich bin froh, dass ich dich geheiratet habe.«
»Tatsächlich?«
»Ja. Und danke, dass du mir eine Tochter geschenkt hast.«
Er schwieg. Seit Jahren schon hatten sie nicht mehr über so intime Dinge gesprochen.
»Ich kenne dich so gut, Paul, und ich bezweifle, dass du dich je ändern wirst. Als ich dich geheiratet habe, habe ich nicht nur dich geheiratet – sondern auch dein Geschäft. Eines Tages wirst du einer der mächtigsten Vorstandschefs auf dem Planeten werden – und du hast es verdient. Du hast deine Fehler, aber du bist ein guter Mensch.« Dann kam Pauline auf den Kern der Sache zu sprechen – über den sie lange nachgedacht hatte. »Wenn du die Scheidung willst, stimme ich zu. Vor allem jetzt. Ich bin zu alt, um dir noch ein Kind zu schenken. Heirate eine andere Frau …«
»Nein … nein. Wir bleiben zusammen.«
»Du musst einen Sohn haben. Du wolltest immer einen …«
»Ich möchte nicht mehr darüber sprechen.«
Er ballte die Hand zur Faust. Sie sah, dass er emotional überwältigt war, außerstande, die Gefühle zu artikulieren, die er so lange unterdrückt hatte.
»Ich glaube, du hast Caroline genauso sehr geliebt wie ich«, sagte sie.
In seiner Miene spiegelte sich die Antwort. Wenig später trennten sie sich. Reynolds ging nach unten und ließ einen Teil seiner Wut an der Oberschwester aus. Daraufhin versprach sie, das Tagebuch zu suchen. Mrs. Reynolds spaziere oft im Haus umher; sie müsse es irgendwo liegen gelassen haben. Es sei ausgeschlossen, dass jemand es gestohlen

habe. Die Mitarbeiter hätten makellose Referenzen; selbst die Teilzeitbeschäftigten. Wie auch die Gärtner. War in letzter Zeit jemand Neues ins Haus gekommen? Nein. Nur Leute, die den Stromzähler ablasen. Und die Lebensmittellieferanten.

* * *

Rachel schlenderte durch das Eichenwäldchen und kickte das Herbstlaub mit den Füßen vor sich her. Zunächst tat sie es aus einer Laune heraus. Aber die Blätter machten ein so schönes Geräusch – ein leises, beruhigendes Rascheln –, dass sie, wie ein sorgloses Kind, voller Begeisterung weitermachte. Sie steuerte besonders auf jene Stellen zu, an denen die Haufen am größten waren. Gelbe, braune und rote Blätter, das Grau der Eichhörnchen, die die Baumstämme hinauf- und hinunterhuschten, ein blauer klarer Himmel, weiße Pilze auf verrotteten Baumstämmen. Wenn sie nur malen könnte! Ihre Ohren wurden warm, während sie die Blätter hochwirbelte, und sie fühlte sich auf eigenartige Weise glücklich. Das Knacken eines Zweiges alarmierte sie, dass ihr sich jemand näherte, also blieb sie stehen. Wie schade. Menschen verdarben immer alles, nicht wahr? Reynolds kam ihr entgegen, die Hände in seinem teuren schwarzen Mantel mit Pelzbesatz vergraben.

»Wie war's?«

Er zuckte mit den Achseln. »Meine Frau hat mir keine weiteren Informationen gegeben, aber Carolines Tagebuch ist verschwunden.«

»Was! Wie konnte das passieren?«

»Ich weiß es nicht. Vielleicht ist es einfach verloren gegan-

gen. Die Klinikleute wollen danach suchen. Ich habe beschlossen, heute Abend in die USA zurückzufliegen, und meine Frau wird in einer Woche nachkommen.«
»Möchten Sie, dass ich bei ihr bleibe?«
»Nein. Fliegen Sie mit mir zurück. Ich muss zurück an die Arbeit, sie weiß das.«
Arbeit. Das Wort hatte einen unheilvollen Klang. Das war das Ende ihres Abenteuers. Rachel fragte sich, ob Reynolds wohl jemals mit dem Herbstlaub gespielt hatte, so wie sie gerade eben. Es wäre unhöflich, ihn danach zu fragen. Wahrscheinlich hatte er nur mit Dollarscheinen gespielt.
»Ich kann mir vorstellen, dass Sie sich freuen, wieder bei Ihrem Freund zu sein.«
»Ja, aber ich muss ihm ein paar Fragen stellen.«
»Oh, verstehe.«
Seite an Seite gingen sie zum Herrenhaus zurück. »Mr. Reynolds, warum sind Männer eigentlich so unverbindlich?«
»Gute Frage. Ich kenne die Antwort nicht, Rachel. Aber lassen Sie mich Ihnen auch eine Frage stellen: Warum sagen Töchter ihren Väter nie, wenn sie schwanger sind?«

10

Täuschung und Verrat schleichen mit dem Hass dahin,
aber ein ehrlicher Geist fliegt mit dem Zorn.
Martin Tupper

Zu Hause.

Die Freude, zu Hause zu sein; der dich freundlich empfangende heimische Herd. Geliebte Besitztümer und liebende Arme. Was mehr konnte ein Mensch sich wünschen? Aber was ein Mensch sich wünscht und was er bekommt, sind zweierlei. Sowohl Reynolds als auch Rachel waren auf dem Rückflug nach New York in Reynolds' Privatjet melancholisch gestimmt.

Sein Kummer wurde ein wenig gemildert, weil er sich durch den Inhalt seines Aktenkoffers arbeitete, allerdings mit weniger Freude als sonst. Hin und wieder erlaubte er sich einen Moment der Entspannung, blickte aus dem Fenster und beobachtete die Wolken unter sich. Was wollte er mit all seinem Reichtum anfangen? Jetzt, da Caroline tot war, hatte er keinen Erben. Pauline würde den Reichtum nicht wollen. Für *wen* also hatte er sein Reich aufgebaut? Nur für sich? Oder für das Getrappel kleiner Füße – für das Lachen von Enkelkindern –, die er nun weder sehen noch hören würde? Aber: Was war der Sinn des Lebens?

Er hatte sehr lange angenommen, dass dieser Sinn darin lag, Geld zu verdienen und erfolgreich zu sein, aber konnte

er in etwas anderem begründet liegen? Doch wohl nicht, oder?
Was Rachel betraf, so war sie einerseits froh, nach New York zurückzufliegen. Es war Freitag, am Wochenende würde sie freihaben, bevor am Montag wieder die Normalität einkehren würde. Es war ein sonderbares Zwischenspiel gewesen – ein kleines Abenteuer, nichts weiter. Sie hatte in London ein paar Geschenke für Tristan eingekauft, und natürlich würde es zwischen ihnen ein Gespräch über persönliche Dinge geben – vielleicht in ein, zwei Wochen. Möglicherweise sogar über Kinder. Nachdem sie miterlebt hatte, wie Reynolds auf den Verlust seiner Tochter reagiert hatte, wollte Rachel Kinder. Drei, falls ein liebender Gott – oder eine Katastrophe – ihre Zahl verringerte. Kinder schienen das Einzige zu sein, was im Leben zählte; alles andere war vergänglich. Aber wollte Tristan auch Kinder haben? Und würde er wirklich einen guten Vater abgeben? Warum hatte er sie nicht angerufen in London? Dieser Mangel an Verbindlichkeit war kein guter Charakterzug …
Der Privatjet landete auf dem Flughafen Newark. Reynolds lächelte. »Froh, zurück zu sein?«
»Ja.«
»Ich fahre Sie nach Hause.«
»Nein, das ist nicht nötig.«
»Ich bestehe darauf.«
Wie immer erwartete ihn eine Limousine mit Chauffeur vor dem Flughafengebäude. Sie setzten sich in den Fond und schauten schweigend hinaus auf den starken Verkehr. Er war vertraut und tröstlich auf seine eigene Art. Sicher. Der Wagen hielt vor dem Mietshaus, in dem Rachel wohnte.
»Viel Glück!«

Reynolds wies den Fahrer an, zum Büro zu fahren. Es wäre zwar nützlich gewesen, wenn Rachel ihm heute Abend noch hätte helfen können, doch das wäre zu viel verlangt: Eine der anderen Sekretärinnen könnte Rachels Arbeit übernehmen. Dass es Freitagabend war, war ohne Bedeutung – gegen Geld waren sie seine bezahlten Diener. Als er in seinem Büro eintraf, ließ er sich in seinen Stuhl fallen und nahm aufs Neue seine geschäftsmäßige Haltung ein. Telefonate, Memos, Anordnungen – sie strömten aus seinem Bewusstsein und seinem Mund so leicht und flüssig wie stets. Um Mitternacht entschloss er sich aufzuhören. Er verließ als Letzter das Gebäude. Als er auf den Bürgersteig trat, torkelten junge Leute nach einem Abend ausgelassenen Feierns an ihm vorbei. Er ignorierte sie; jedem das Seine. Seine Limousine fuhr ihn nach Hause, aber erst nach dem vereinbarten Halt.

Die junge Japanerin mit dem langen Haar stieg ein. Die Tür schloss sich. Wie üblich saß sie reglos da, während ihr Kunde weiter eine Aktenmappe durchsah. Sie blickte ihn verstohlen an. Sie war erst vor einigen Tagen mit ihm zusammen gewesen. In der Zwischenzeit hatte sie mit zwanzig – oder waren es achtzehn? – Männern geschlafen. Ihre Namen, ihre Gesichter, ihre körperliche Verfassung – alles vage Eindrücke; nur das Geld, das man ihr gab, interessierte sie. Und dieser Mann, der da neben ihr saß, war nicht anders als alle anderen – nur eine Ware, ein Werkzeug, das ihren Zwecken diente. Bis auf eine wichtige Tatsache. Die Leute bezahlten sie, damit sie ihnen Informationen über ihn mitteilte. Warum waren die so an ihm interessiert? Er hatte eine Tochter, die bei dem Bombenanschlag in London ums Leben gekommen war; sie hatte es vor ein paar

Tagen in den Nachrichten gehört. Sah er anders aus? Machte er einen besorgten Eindruck? Nein. Wie konnte das sein? Aber warum kümmerte sie das? Sie beide waren gleich. Sie waren beide Sklaven des Mammons – das Geld hatte sogar das intimste Zusammensein korrumpiert.

* * *

Rachel schloss die Tür auf, ließ ihre Reisetasche im Flur auf den Boden fallen und zog ihren dicken roten Anorak aus. Endlich zu Haus.

»Wie war's?«

Sie lächelte, als sie die vertraute Stimme hörte.

»Hi.«

Tristan sah fern. In den Augen eines flüchtigen Betrachters hätte es gewirkt, als hätte er sich in den vergangenen Wochen kaum bewegt. Gleich nach dem Nachhausekommen hatte er sich, wie immer, die Socken ausgezogen und auf dem Boden liegen gelassen. Jetzt lümmelte er auf dem Sofa, das T-Shirt verrutscht, die Brusthaare hervorschauend, ein Glas Wein in der Hand. Es ging in die letzten Spielminuten, weshalb er sich nur mit größtem Widerstreben vom Bildschirm losriss. Jedes Baseballspiel war einzigartig, Frauen waren Wiederholungen.

»Willst du mich nicht begrüßen?«

»Doch, komm mal her.« Er streckte eine Hand aus. »Das Spiel ist gerade in der Schlussphase.«

»Nutzloser Mann.« Aber Rachel war so glücklich, ihn zu sehen, dass sie ihm verzieh. Sie setzte sich aufs Sofa und lockte seinen Blick dadurch vom Bildschirm fort. »Warum bist du nicht nach England gekommen?«

»Ich konnte nicht, zu viel Arbeit. Man hat mir keinen Urlaub gegeben. Ooooh, hast du das gesehen! Was für ein ...«
»Ist das die Wahrheit?«
»Rachel ...?«
Er sah ihr direkt in die Augen und blinzelte. Ein warmer Schimmer trat in seine Augen.
Er sagte die Wahrheit, sie konnte es fühlen. Es war nichts vorgefallen, weswegen sie sich sorgen musste. Trist war eine feste Größe; er war vorhersehbar und treu. Warum hatte sie ihm je misstraut? »Hast du Wein besorgt?«
»Steht im Kühlschrank.«
»Was für einen?«
»Französischen. Roten.«
»Oh.« Nicht das Übliche. Wahrscheinlich, um zu feiern.
Ein paar Minuten später war das Spiel vorbei. Rachel schenkte ihnen etwas Wein ein, und sie liebten sich auf dem Boden. Sie fühlte sich entspannt und wertgeschätzt und erzählte ihm von England und den Reynolds, wobei sie jede Erwähnung der Eindringlinge vermied. »Du kennst nicht zufällig irgendwelche Bolivianer? Vielleicht jemanden, der Julio heißt?« Sie betrachtete aufmerksam seine Augen.
»Sollte ich?«
»Das ist toll.« Sie seufzte erleichtert – es war nicht anders, als es schien. Das Problem lag bei Reynolds. »Tristan, komm, wir gehen aus und feiern!«
»Wieso?«
»Weil ich wieder hier bin, du Blödmann. Und weil ich wirklich glücklich bin, dich wiederzusehen.«
»Tatsächlich?« So unverbindlich wie üblich.
Sie zögerte. Sie wollte ihm unbedingt eine einfache Frage

stellen. Liebst du mich? Liebst du mich wirklich? Sie musste es wissen, weil sie bereits so viel von ihrer Zukunft darauf gesetzt hatte. Sie würden eine Zeitlang in England leben, ein Bauernhaus auf dem Land mieten, er würde sie lieben. Sie würden ein tolles Paar abgeben.

»Also, wo gehen wir hin?«

Der Abend war wundervoll. Zunächst ein sehr gutes Restaurant (Rachel musste ja irgendwie das Geld ausgeben, das Reynolds ihr per Scheck gegeben hatte). Dann weiter, um sich zwei japanische Gangsterfilme anzusehen. Schließlich zurück in die Wohnung, wo sie sich ihrer Leidenschaft hingaben. Als ihre Spiele vorbei waren, kuschelte sich Rachel im Bett ein. Es war schon eine seltsame Welt. Die eine Hälfte der Menschheit war glücklich, die andere Hälfte traurig. Morgen würden sie einkaufen gehen, und sie würde Trist in ein Geschäft locken, das Eheringe verkaufte.

Der Auslöser war der übermäßige Weinkonsum, wie üblich. Rachel wachte auf. Schläfrig ging sie ins Bad, um zu urinieren. Als sie ins Bett zurückwollte, machte ihr linker Zeh eine Entdeckung. Er streifte einen kleinen Gegenstand. Verwirrt beugte sie sich vor und hob ihn vom Boden auf. Im Bad schaltete sie das Licht an.

»Du Tier! Du ekelhaftes Tier!«

In seinem Alptraum war es Tristan, als würde jemand das Licht anschalten und ihn anschreien. Leider war sein Traum Wirklichkeit.

»Was?!« Er setzte sich auf.

»Das ist nicht mein Lippenstift!« Der wütende Schlag ihrer rechten Hand traf ihn mitten ins Gesicht. Das half, die Wirkungen des Rotweins zu verringern. »Und noch dazu in meinem Bett!«

»Hör zu, ich kann dir das erklären.«
»Raus!«
»Es ist vier Uhr morgens.«
»Raus, du Stinktier. Verschwinde.«
»Ich konnte nichts dafür.«
Tristan hatte Rachel noch nie wütend erlebt. Ihr Zorn schien Ausmaße anzunehmen, wie er es nur aus den Gangsterfilmen kannte, deren großer Fan er war. Binnen zwei Minuten war er aus der Wohnung raus und rieb verwirrt einen neuen blauen Fleck, während er seine Blöße mit den Kleidungsstücken zu bedecken versuchte, die sie ihm hinterhergeworfen hatte. Ihren Gesichtszügen war deutlich abzulesen gewesen, dass Schluss war (zumindest schien Rachel ziemlich verärgert). Eigentlich schade, denn er hatte einige Zeit damit verbracht, eine kleine Rede einzustudieren, um ihr – falls nötig – zu erklären, dass Männer sich in zwei Frauen gleichzeitig verlieben (und mit ihnen ins Bett gehen) können – ein männlicher Charakterzug, den Frauen in der Regel nicht verstanden, weil sie dieses Bedürfnis nicht kannten. Doch nun stieg er, in Jeans, aber ohne Hemd, die Treppe hinunter. Den Rest der Nacht verbrachte er auf dem Wohnzimmerboden im Apartment eines Freundes. Nur der Sofatisch hörte sein Wehklagen.
Auch Rachel schlief im Wohnzimmer. Es war ihr nicht möglich, sich in ihr Bett zu legen, denn es war entweiht worden. Sie weinte lange und intensiv. In gewisser Weise konnte sie Tristan verstehen. Sein Verhalten glich dem eines *Tieres* – er besaß den Instinkt und den Sexualtrieb eines Schimpansen oder eher: eines Bonobos. In anderer Hinsicht verstand sie ihn überhaupt nicht. Für ein paar Augenblicke der Fleischeslust hatte er ihr Vertrauen und das, was ihre Liebe ge-

wesen wäre, weggeworfen. Doch – wenn sie darüber nachdachte – war sie denn nicht dumm gewesen? Für sie waren Vertrauen, Liebe, Sexualität und Kameradschaft etwas, das man als eines genoss. Für ihn handelte es sich eher um unterschiedliche Gerichte, die aufs Geratewohl ausgewählt wurden. Warum hatte sie das nicht begriffen? Sie wusste, was mit Tristan nicht stimmte, doch was stimmte eigentlich mit ihr nicht?

Sie zog die Vorgänge zurück und schaute hinaus in die New Yorker Nacht.

Dort, wo sie einst Lichter gesehen hatte, diese helle, hektische Glitzerwelt, nahm sie jetzt den nächtlichen Tanz auf dem Waldboden wahr. Bei Anbruch des neuen Tages würde es von den Tierchen, die mit solch fröhlicher Ausgelassenheit herumkrabbelten, weniger geben.

* * *

Andernorts starrte ein Löwe in seiner Wohnung in die Nacht, traf Entscheidungen, wählte aus.

»Nahe den Fabriken in Göteborg und Halmstad. Und ich möchte fünf Direktoren aus deren Verwaltungsrat weghaben, um Platz für unsere Leute zu schaffen. Ihr Geschäftsführer muss auch gehen, aber sagen Sie es ihm noch nicht.«

So viel zum schwedischen Unternehmen. Es würde erfolgreich sein. Da hatte Reynolds keine Zweifel. Aber zunächst mussten fünfhundert Mitarbeiter eingespart werden. Das war ein unvermeidlicher Aspekt jedes erfolgreichen Deals; die Schwächsten aussortieren.

»Reynolds hier. Können Sie mir die Geschäftszahlen des

mexikanischen Unternehmens geben? Ich will versuchen, kommende Woche hinzufliegen.«

So ging es weiter. Schließlich legte sich Reynolds schlafen. Für einige Angestellte, die heute Abend an verschiedenen Ecken der Welt feierten, würden die Dinge am Montagmorgen anders aussehen. Aber so war das Leben; eine geheimnisvolle Mischung aus Lachen und Weinen. Und was war mit ihm? Oh, er stand über dem menschlichen Treiben. Seine geliebte Tochter war gestorben, doch nach langem Nachdenken hatte er beschlossen loszulassen; er hatte nicht die Zeit, zur Wurzel des Mysteriums hinter ihrem Tod vorzudringen. Sollte sich doch der britische Geheimdienst oder das Verteidigungsministerium damit befassen. Pauline würde in die USA zurückkehren, und sie würden weiter leben wie bisher. Er konnte nicht anders sein, als er wahrhaftig war – ein hartgesottener Geschäftsmann. Reynolds legte sich ins Bett. Als er das Nachttischlämpchen ausknipste, vernahm er eine Stimme.

»Es wird anders kommen, Dad.«

Er ignorierte die Stimme. Seine Tochter war tot, und das war's.

11

Ein Patzer – und wenn auch durch das geringste Versehen –
offenbart eine unerwartete Welt, und das Individuum
wird in eine Beziehung mit Mächten gezogen,
die nicht richtig verstanden werden.
Joseph Campbell

Montagmorgen. Der Tag, an dem die graue Wirklichkeit des menschlichen Daseins besonders deutlich wird. Viele hatten große Mühe, aufzustehen und in den allwöchentlichen Kampf ums Überleben zu starten. Für andere war auch das schon zu viel. Es schien besser, aufzugeben – besser, liegen zu bleiben und das unerbittliche Schicksal den Ausgang bestimmen zu lassen. Der Verlust von Leben, der Verlust von Gesundheit, der Verlust von Arbeit … für einen Menschen, der aufgab, gab es immer einen Verlust.

Rachel erwachte.

Noch nie hatte sie einen Tag bei der Arbeit gefehlt, und auch heute brachte sie es nicht fertig. Sieben Uhr; noch eine Viertelstunde, dann musste sie spätestens aufstehen. Sie wünschte, diese fünfzehn Minuten würden ewig währen. Im Allgemeinen arbeitete sie gern, ihr gefiel das tägliche Getriebe, sie genoss es, Menschen und Ereignissen zu begegnen. Doch nicht heute, denn in ihrem Kopf schwirrte es von Dämonen. Die Wut auf Tristan herrschte dabei vor. Wie

hatte er ihr so etwas antun können? Hätte er weiterhin gelogen? Oder hätte er zu einem späteren Zeitpunkt die Wahrheit eingestanden? Warum musste er mit einer anderen Frau ausgehen? Fehlte ihm bei ihr etwas? War sie sexuell irgendwie unzulänglich? Spendete sie Tristan nicht die Lust, die er sich wünschte? Und was war mit ihrer Lust, ihrem Glück? Sie drehte sich um und blickte wütend auf ihre Armbanduhr, so, als wollte sie die Zeit selbst anhalten. Sieben Minuten. Steh auf, ermahnte sie sich, blieb aber liegen. Jetzt, wo Tristan gegangen war, spielte es eigentlich keine Rolle mehr. Sie könnte sich ja einen neuen Freund suchen; das wäre nicht schwierig. Aber egal: Sie hatte Tristan nie wirklich geliebt, nicht wahr? Es war nur eine Verliebtheit gewesen, oder? Aber es tat trotzdem weh – sehr weh. Betrogen zu werden tat immer weh.
Rachel zog die Decke über den Kopf. Noch drei Minuten. Sie würde das Frühstück hinunterschlingen müssen, könnte den Zug aber noch erwischen und pünktlich zur Arbeit kommen. Sie musste es; sie war die Sekretärin des Chefs und sollte mit gutem Beispiel vorangehen. Immer mehr beunruhigende Gedanken drängten auf sie ein. Würde sie jemals einen guten Mann finden, oder waren alle wie Tristan? Und was war mit Pauline Reynolds? Eine Frau – allein, ohne Freunde und mit einem untreuen Ehemann. Waren sie sich nicht in gewisser Weise ähnlich? Nein! Pauline war älter – viel älter –, hatte die Wechseljahre hinter sich, bewegte sich auf das Ende ihres Lebens zu. Sie, Rachel, war anders; sie war jung, fruchtbar, sie hatte Hoffnung.
Noch eine Minute. Zeit, eine Entscheidung zu treffen. Zeit, mit dem Leben weiterzumachen wie zuvor. Oder? Vor ihrem inneren Auge sah sich Rachel neben Pauline. Ihr Blick

war auf einen Baum fixiert. Es war die Ulme, die im Krankenhausgarten stand. Eindrücke und Empfindungen kehrten zurück. Licht, das durch die Blätter fiel, das Gefühl von Dauer, dieses Grün, dieses schöne Grün … was hatte Pauline ihr zu sagen versucht?

»Chantal, ich kann heute nicht kommen. Kann jemand für mich einspringen? Sag es niemandem, aber ich habe mich gerade von meinem Freund getrennt. Ja, Tristan, ich hab ihn rausgeworfen. Es ist jetzt nicht der richtige Zeitpunkt, in die Details zu gehen … Ja, ich leide immer noch unter dem Jetlag. Ich wusste ja, du würdest mich verstehen. Du bist ein Engel. Danke.«

Rachel legte den Hörer auf. Natürlich glaubte sie nicht, dass Chantal schweigen würde; aber was hätte sie sonst sagen können? Dass sie deprimiert war? Das war kein gesetzlicher Grund, blauzumachen, oder? Und was würde Reynolds sagen? Er konnte richtig sauer werden. Kurz darauf klingelte das Telefon. Wahrscheinlich Tristan – der Feind. Ausgeschlossen; sie würde nie wieder mit ihm reden. Die aufgezeichnete Nachricht wurde abgespielt. Es war Tristan! Es sei ein großer Fehler gewesen, und er entschuldige sich. Die Dinge seien nicht ganz so, wie sie … Sie löschte die Nachricht, regelte die Lautstärke des Anrufbeantworters herunter und ging wieder ins Bett. Ihr schlechtes Gewissen plagte sie weiter, aber sie empfand unter der Bettdecke auch ein köstliches Gefühl der Wärme, des Versterktseins. Und da war noch etwas. Was war es? Wie konnte sie es erklären? Das Gefühl … frei zu sein.

Rachel schlief ein. Als sie zwei Stunden später erwachte, ging es ihr besser. Von ferne hörte sie das Klicken des Anrufbeantworters im Wohnzimmer. Aber sie ignorierte es. Stattdessen rief sie in sich das Bild des Baumes wach. Pauline hatte versucht, ihr etwas zu sagen, etwas über das Erkennen, was im Leben wirklich wichtig sei. Darüber, dass sie im Durcheinander ihrer Existenz ihren Weg verloren habe. Es sei der Tod ihrer Tochter gewesen – der traumatische Schock –, der ihr die Möglichkeit gegeben habe, innezuhalten und nachzudenken.

Was bedeutete das für Rachel? Aufgeregt begann sie, eine Alternative für ihre Zukunft zu entwerfen. Ich kündige und lebe in England. Und dann? Suche ich mir einen neuen Freund, entdecke einen alten neu, lasse keinen Mann mehr in mein Leben. Was davon? Gedanke um Gedanke zog durch ihr Bewusstsein, aber alle blieben vage und wirr.

Gegen Mittag stand Rachel auf. Sie wechselte die Bettwäsche und machte das Zimmer sauber. Entscheidend war, den Geruch des Feindes zu entfernen, Tristans und den der anderen Frau. Dann brühte sie sich einen Kaffee und hörte die acht Nachrichten auf dem Anrufbeantworter ab – alle von Tristan. Sie unterschieden sich im Ausmaß der Selbstrechtfertigung und der Verzweiflung. Einige waren zum Lachen. Der Lippenstift sei ihm geliehen worden und irgendwie neben das Bett gefallen. Eine Frau sei in Rachels Schlafzimmer gewesen, aber nur, um ein Buch abzuholen, das er dort vergessen hatte, und sie habe aus irgendeinem Grund beschlossen, sich dort zu schminken. Ein Freund sei ambivalent, was seine Sexualität betraf. Schließlich die Wahrheit oder wenigstens ein Teil davon. Er habe einen verhängnisvollen Fehler begangen, und er wisse nicht, wie er sich entschuldigen solle. Ja, er habe in ihrem Bett Sex mit einer Frau gehabt, aber nur *einmal*, und einmal sei so unbedeutend, dass es kaum zähle.

Während Rachel still auf dem Sofa lag, verstrichen die Stunden; weitere Gedanken kamen. Sie kreisten um Caroline und ihre Mutter. Was hätte Caroline mit ihrem Leben angefangen, wenn sie nicht umgekommen wäre? Was hätte Pauline anders gemacht, hätte sie in ihrer Jugend die Einsicht besessen, über die sie jetzt verfügte? Abends um sechs öffnete Rachel eine Flasche Weißwein. (Sie hielt sich fern von den Flaschen französischen Rotweins, die Tristan im Küchenschrank gebunkert hatte. Anscheinend hatte er nicht damit gerechnet, dass Rachel so schnell zurückkehrte.) Beim Kochen trank sie zwischendurch immer wieder einen Schluck.

Der Tag ging zu Ende, aber sie hatte praktisch nichts getan. Doch sie hatte Ideen und Möglichkeiten erkundet, wie ihr Leben aussehen könnte, wofür sie sich seit Jahren keine Zeit genommen hatte. War sie zu irgendwelchen Schlussfolgerungen gekommen?

Im selben Moment klingelte es an der Wohnungstür. Rachel erschrak. Sollte sie aufmachen? Nein! Nie wieder würde sie mit einem Mann ausgehen, dessen Name mit T begann. Trotzdem ging sie zur Tür und spähte durch den Spion – nur um nachzusehen, in was für einem Zustand er war. Es war komisch gewesen, ihn gestern Abend auf dem Treppenabsatz zu sehen, splitternackt, wie er seine Blöße zu bedecken versuchte … sein verschrumpeltes Glied.

»Rachel, ich bin's, Paul Reynolds.«

»O Gott!« Sie schlug die Hand vor den Mund. Am liebsten hätte sie so getan, als wäre sie nicht da, aber das wäre feige. Mit schamrotem Gesicht öffnete sie die Tür.

»Sind Sie angezogen?«

»Angezogen?«

»Um essen zu gehen. Ich möchte Sie einladen. Darf ich hereinkommen?«
Sie wich einen Schritt zurück. Neugierig betrat Reynolds die Wohnung. Seit zwanzig Jahren hielt er sich ausschließlich in Luxuswohnungen und -hotels auf. Während er in dem kleinen Wohnzimmer stand, rang er sich ein Lächeln ab.
»Keine Rechtfertigungen, keine Ausreden. Gehen wir essen. Sagen Sie einfach ›ja‹ oder ›nein‹.«
»Äh, ja.«
»Gut.«
Rachel ging zurück ins Schlafzimmer und schloss die Tür. Was sollte sie anziehen? Sie entschied sich für ein schwarzes Kleid und High Heels. Im Fahrstuhl fühlte sie sich unwohl, weil sie fürchtete, Tristan könnte ihr irgendwo da draußen auflauern. Vor dem Haus blieb sie stehen und wartete auf die obligatorische Limousine, aber es war keine zu sehen.
»Ich dachte, wir gehen am besten zu Fuß.«
Sie gingen durch die Straßen. Reynolds schwieg. Rachel war zu überrascht, um etwas zu sagen. Nachdem sie an verschiedenen Geschäften und Restaurants vorbeigekommen waren, blieb er vor einem italienischen Lokal stehen.
»Wäre das hier recht?«
Sie nickte. Sie traten ein und fragten nach einem Tisch für zwei. Sie bekamen einen ruhigen Tisch zugewiesen. Reynolds bat um die Weinkarte und bestellte. Als der Kellner ging, wurde Rachel klar, dass es Zeit für eine Erklärung war.
»Es tut mir leid, dass ich heute nicht ins Büro gekommen bin.«
»Ich kenne den Grund. Ihre loyale Freundin Chantal hat ihn mir verraten – nach etwa dreißig Sekunden. Sie haben sich von Ihrem Freund Tristan getrennt.«

»Es wäre sowieso passiert. Er war mit einer anderen Frau zusammen, also habe ich ihn hinausgeworfen.«
Der Wein kam. Reynolds schenkte ihnen ein. »Möchten Sie mir davon erzählen?«
»Nein. Na ja …« Nachdem Rachel einen großen Schluck getrunken hatte, begann sie die Geschehnisse zu schildern, froh, jemanden zu haben, mit dem sie reden konnte. Ohne es zu wollen, rückten dabei ihre Gefühle in den Vordergrund. Sie aßen, schließlich kamen die *Crème brulée* und der Cognac. Inzwischen war Rachel so beschwipst, dass es ihr schon egal war; und obwohl ihr aufgefallen war, dass Reynolds sehr wenig trank, wurde das Gespräch langsam weniger steif. Mit trockenem Humor machte er Bemerkungen über die Unzulänglichkeit des männlichen Geschlechts und die Leiden der New Yorker Frauen, die versuchten, den perfekten Mann zu finden. Es wurde spät. Morgen in der Frühe musste er einen Flug nach Chicago nehmen, die dortige Niederlassung besuchen. Schließlich deckte er sein Blatt auf.
»Rachel, ich bin nicht zu Ihnen gekommen, um über Tristan zu sprechen. Es geht mir um etwas anderes.«
Für den Bruchteil einer Sekunde glaubte sie, er wolle ihr einen Antrag machen, aber seine Gesichtszüge ließen nicht darauf schließen. Und wenn er's getan hätte? Aus einer Anzugtasche zog er ein Blatt Papier – die Kopie eines Artikels aus einer englischen Zeitung mit heutigem Datum.
»Vor ein paar Tagen bin ich mit einem leitenden englischen Staatsbeamten, einem gewissen Clive Dwarkin, zusammengetroffen. Er hat mich dem britischen Verteidigungsminister vorgestellt. Wir sprachen über den Bombenanschlag und wer dafür verantwortlich sei.«

Rachel las den Artikel und erschrak. Dwarkin war gestern Abend zu Tode gekommen. Wie es schien, war er von einer U-Bahn überrollt worden. Es gab keinen Grund, warum er in dieser besonderen U-Bahn-Station hätte sein sollen. Man ging von Selbstmord aus.

»Das sind die Teile des Puzzles«, sagte Reynolds. »Erst eine Bombenexplosion. Meine Tochter kommt dabei um – wie auch ihr bolivianischer Freund. Dann brechen Leute in ihr Haus ein und stehlen ihren Laptop. Ihr Tagebuch ist womöglich ebenfalls verschwunden. Und drittens der Selbstmord dieses Mannes oder besser gesagt: seine Ermordung, wie ich annehme.«

»Aber worauf läuft das alles hinaus?«

»Auf ein Komplott. Und die einzige Person, die möglicherweise weiß, was vor sich geht, ist dieser Mann, der Ihnen gesagt hat, er heiße Julio. Wir haben keine Chance, ihn aufzuspüren, doch ich glaube, er wird bald mit mir Kontakt aufnehmen.«

»Warum sagen Sie das?«

»Weil das, Rachel, was Sie unter Ihrem Bett gefunden haben, nicht einfach nur ein Lippenstift war. Ich nehme an, dass sich darin ein Abhörgerät befand.«

12

Wenn die Leiden kommen,
so kommen sie wie einzelne Späher nicht,
nein, in Geschwadern.
William Shakespeare

Am folgenden Tag ging Rachel wieder ins Büro.
Sie spielte wieder die Chefsekretärin, kümmerte sich um die Telefonate, die Anfragen bezüglich der Besprechungen und den ganzen Papierkram – alles erledigte sie mit ihrer gewohnten Kompetenz, so wie es der Wächterin der Höhle des Löwen geziemte. Reynolds selbst tauchte nicht auf; er war nach Chicago geflogen, zu einem Meeting. Gleichwohl war seine Anwesenheit spürbar, denn er schickte Rachel und allen Führungskräften häufig Nachrichten und Anweisungen; unter anderem, um zu unterstreichen, dass seine Macht in keiner Weise geschmälert war.
Auch Tristan machte auf sich aufmerksam; er versuchte, Rachel telefonisch zu erreichen, und schickte ihr sogar einen großen Strauß roter Rosen ins Büro. Aber es hatte keinen Sinn – eine Frau, die betrogen worden war, konnte zur wahren Furie werden. Die Rosen landeten im Papierkorb, außerdem schickte Rachel ihm eine kurze SMS, in der sie ihm erklärte, er könne sich zum Teufel scheren und dass er künftig nichts mehr vor ihrer Wohnung – und erst recht nicht in ihrem Bett – zu suchen habe. Sie gönnte sich einen Seufzer.

Ganz klar, sie hatte sich im Pflanzengeschäft der Männer vergriffen. Sie glaubte, eine Ewige ausgewählt zu haben, aber aus Kurzsichtigkeit hatte sie eine Einjährige ausgesucht – eine, die ihre Samen rasch ausstreute und dann verwelkte. Zukünftig musste sie mehr Sorgfalt bei der Auswahl walten lassen, um Enttäuschungen zu vermeiden. Aber es gab schließlich viele Pflanzen in New York.

Was den Lippenstift betraf, so konnte Rachel ihn nicht finden, auch wenn sie in ihrem Schlafzimmer und unter dem Bett penibel danach suchte.

Ihr fiel ein, dass sie in jener Nacht, als sie Schluss gemacht hatte, den Lippenstift nach Tristan geworfen hatte, aber als sie ihn in einer E-Mail danach fragte, beharrte er darauf, ihn nicht mitgenommen zu haben. Außerdem blieb er dabei, dass der Lippenstift nicht seiner Geliebten gehöre, weigerte sich aber, ihren Namen preiszugeben. Das machte Rachel Sorgen. Entweder log Tristan – was durchaus möglich war, jetzt, da er sein wahres Gesicht gezeigt hatte –, oder es waren Leute in ihre Wohnung eingebrochen. Aber wer? Die gleichen, die in Carolines Wohnung eingedrungen waren? Nein danke! Sie würde zusätzliche Schlösser kaufen. Sie hatte keine Lust, aufzuwachen und Bolivianer in ihrem Schlafzimmer vorzufinden.

Es war am Ende des Tages, die Sekretärinnen hatten sich in der Damentoilette versammelt, um sich zurechtzumachen und zu klatschen.

»Wie geht's denn Mrs. Reynolds?«

»Sie erholt sich langsam.«

»Es muss *so schrecklich* für sie sein. Und Mr. Reynolds?«

»Ich hab ihn kaum gesehen.«

Die anderen Sekretärinnen zwinkerten einander verstohlen

zu; sie kamen dem Kern der Sache näher. Die persönliche Assistentin musste eine Affäre mit ihrem Chef haben; es war offensichtlich. Man musste sich doch nur die Körpersprache der beiden seit ihrer Rückkehr aus London ansehen. Die hatten ein Geheimnis. *Darum hat ihr Freund sich von ihr getrennt. Sie hat sich von der Arbeit auffressen lassen.*
»Wollen wir in eine Bar gehen?«
Auch wenn alle Kolleginnen sie darum baten, weigerte sich Rachel standhaft, mitzukommen. Sie wusste, dass sie nur an einer Sache interessiert waren – an Informationen über Reynolds und den Tod seiner Tochter. Und diese Neuigkeiten würden sich dann in der Konzernzentrale – und anschließend in den regionalen Niederlassungen – mit der Geschwindigkeit eines Waldbrands ausbreiten. Schließlich konnte kein Unternehmen ohne drei wesentliche Elemente existieren: Klatsch, interne Machtkämpfe und Büroaffären. Ohne diese drei Dinge wäre es ungefähr so, als versuchte man eine Maschine ohne Kolben und Schmiermittel zu betreiben.
Als ihre Kolleginnen gegangen waren, rief Rachel Mrs. Reynolds an. Es gehe ihr besser, teilte ihr die Krankenschwester mit, der Spezialist habe ihr zusätzliche Medikamente verschrieben, damit Mrs. Reynolds schlafen könne. Beruhigt fuhr Rachel nach Hause. Sie schloss die Wohnungstür auf und kündigte ihr Eintreffen an, bis ihr einfiel, dass ihr ja keine Stimme antworten würde. Sie legte den Mantel ab, ging in ihr kleines Wohnzimmer und blickte zum Sofa. Statt des sich räkelnden Körpers eines Mannes und des eingeschalteten Fernsehers war da nur ein gefalteter Teppich und Stille. Rachel krauste die Nase; das hatte sie schon einmal erlebt. Sie machte sich etwas zu essen und setzte sich

vor den Fernseher, um sich eine Sitcom anzusehen. Sie war wieder Single – aber glücklich?

Eine Woche verstrich, dann steckte Rachel wieder im Alltagstrott. Nach seiner Rückkehr aus Chicago berief Reynolds, voller Energie, eine Verwaltungsratssitzung ein und schlug weitere Zukäufe vor – wobei das Tempo eher noch erhöht werden sollte. Bis zum Ende des Jahres wollte er eine Niederlassung in China eröffnen. Es sei offensichtlich, dass das Land seinen wirtschaftlichen Boom vorantreiben werde. Doch diesmal stimmte der Verwaltungsrat seinen Forderungen seltsamerweise nicht ohne weiteres zu. Es gab abweichende Meinungen. Manche befürchteten, dass das Unternehmen ein wenig zu schnell expandiere. Andere machten sich Sorgen wegen des allgemeinen Konjunkturabschwungs. Und wieder andere wiesen darauf hin, dass man die Macht an der obersten Spitze des Unternehmens besser verteilen müsse. Reynolds unterdrückte natürlich jeden Ansatz einer Rebellion, auch wenn ihn die ablehnenden Äußerungen nachdenklich stimmten.

Zwischen all den Geschäften und Verträgen – den immer wiederkehrenden Wogen und Brechern im großen Meer des Geldes – hatte er die kleineren Dinge des Lebens beiseitegedrängt. Das konnte nicht verwundern. Wenn Menschen nicht kräftig schwammen, gegen die Wellen ankämpften – keine Kraft mehr hatten, Teil des Meeres zu sein –, wurden sie auf den Strand geworfen und vergessen. Pauline, die auf dem Land in England in einem Bett lag, hatte Zeit und Grund, darüber nachzudenken. Was sie am meisten geliebt hatte, hatte die Welt verlassen, so dass sie nun versuchen musste, ihre Trauer zu bewältigen. Und ihr Ehemann, der ihr stets eine Hilfe gewesen war (wenngleich im Laufe der

Zeit immer weniger), war nicht da, unterstützte sie nicht in diesen dunklen Stunden der Innenschau. Körperlich war sie genesen, doch seelisch war sie wie gelähmt. Eine innere Uhr hatte aufgehört zu ticken, und Pauline war außerstande, über jenen schicksalsschweren Bombenanschlag hinwegkommen. Sie erlebte und durchlebte ihn immer und immer wieder, in einem verzweifelten Versuch, seine Folgen und eine Zukunft zu vermeiden, die nur in Verzweiflung zu münden schien.

Trotz allem zwang sich Pauline jeden Tag, aufzustehen und auf dem Grundstück der Klinik spazieren zu gehen. Die anderen Patienten hatten kein Interesse daran. Die meisten waren zu gebrechlich – oder zu alt –, als dass man sich wirklich mit ihnen unterhalten konnte. Und wie sollte sie ihnen erklären, dass ihre Tochter ihr Ein und Alles gewesen war – der emotionale Rückhalt, auf den sie sich verlassen konnte? In diesen bitteren Stunden des Grübelns ging Pauline – wie aus einem Nebel – eine geheimnisvolle Wahrheit auf. Der große Reichtum ihres Mannes hatte sie von der Wirklichkeit isoliert – vom Leben, vom Tod, vom Leid, von Armut. Dieser Reichtum hatte sie aber auch von ihren Mitmenschen isoliert; sie und ihr Mann hatten gelebt, als stünden sie über alledem. Jetzt erkannte sie, dass jedes Individuum aufs engste mit anderen verbunden war, befestigt an unsichtbaren Fäden. Und eben weil es ihr an engen Freunden mangelte, fand Pauline keinen Trost im Aufruhr ihres Geistes und ihrer Seele. Ich bin allein, sagte sie sich, gepackt von einer tiefen Depression. Ich bin unfähig, den Weg nach Hause zu finden.

In derselben Nacht hatte Pauline einen Traum. Sie sah ein Meer, die Wellen schlugen hoch. Außerdem sah sie einen jungen Mann, der im Begriff war, an Bord eines Schiffes zu gehen. Er trug eine königliche Robe. Tief in ihrem Unbewussten wusste sie, dass jemand zu ihr entsandt worden war, damit er sie rette. Aber war es nicht zu spät? Sie hatte die Wahl.

Am folgenden Nachmittag kehrte Pauline in ihr Zimmer in der Klinik zurück. Sie setzte sich an ihren Schreibtisch, zog mehrere Bogen Papier zu sich heran und begann zu schreiben. Einen Brief an ihren Mann. Sie wollte Paul einige Dinge mitteilen, die sie bislang nicht verstanden hatte. Sie wollte, dass er etwas erkannte, das zu begreifen sie ein Leben lang gebraucht hatte.

* * *

»Die Besprechungsunterlagen?«

»Hier.« Das gleiche Prozedere wie immer kurz vor einer Verwaltungsratssitzung.

»Die Geschäftszahlen des deutschen Unternehmens?«

»Mr. Reynolds«, Rachel hob ein wenig die Stimme, »die Verwaltungsratssitzung.«

Ohne dass er sich zu ihr umwandte, wurde sein Ton bestimmter, während er seine letzten Anweisungen gab. »Das wär's«, beendete er das Gespräch. Er legte auf und schob ein paar Unterlagen auf seinem Schreibtisch zusammen. »Gehen wir.«

Kurz bevor sie aus der Tür seines Büros traten, ging Rachel langsamer und versperrte ihm den Weg.

»Ihre Frau hat gerade eben angerufen.«

Reynolds zögerte. »Ich rufe sie nach der Sitzung an.«

Sie verließen sein Büro und gingen über einen Flur. Einer

der leitenden Angestellten kam auf sie zu, aber Reynolds gab ihm mit einem Kopfschütteln ein Zeichen, dass er keine Zeit hatte. Das Timing mancher Leute war immer schlecht. Das galt auch für jene Mitarbeiter, die starben – oder rausgeworfen wurden; sie konnten mit dem Tempo im Unternehmen nicht mithalten, sie blieben, sozusagen, am biblischen Wegrand liegen.

Der biblische Wegrand …

Rachel zog eine der Türen des Konferenzzimmers auf. Schweigen befiel die Männer und Frauen, die auf rotgepolsterten Stühlen rund um den Tisch saßen. Die Verwaltungsratssitzung des internationalen Konzerns Reynolds Holdings war eröffnet. Rachel ging an ihren Schreibtisch zurück. Anderthalb Stunden verstrichen. In dieser Zeit erwarb Reynolds Holdings ein weiteres großes Unternehmen.

»Mr. Reynolds' persönliche Assistentin am Apparat.«

»Er ist im Moment nicht zu sprechen.«

»Ich richte ihm aus, dass Sie angerufen haben.«

Noch ein Knopf leuchtete rot auf.

Rachel, die ihr Headset trug, drückte darauf. Dieser Anruf war anders. Durch den Schock wie auf dem Stuhl festgenagelt, konnte sie sich nicht bewegen. Schließlich war das Telefonat beendet. Sie schrieb rasch eine kurze Nachricht und bat eine andere Sekretärin, damit ins Konferenzzimmer zu gehen.

»Aber er kann es nicht ausstehen, wenn er gestört wird.«

»Bringen Sie ihm die Nachricht!«, schrie Rachel.

Das älteste Mitglied des Verwaltungsrats von Reynolds Holdings, Pat Hollins, war selbst Chef eines großen US-amerikanischen Unternehmens. Er kannte Reynolds seit Jahren und zählte zu seinen wenigen Freunden. Weißhaarig, Anfang siebzig, mit einem Bierbauch, baute er sich sichtlich verärgert vor Rachels Schreibtisch auf.

»Was ist denn so dringend?«

Rachel erhob sich vom Stuhl und flüsterte Hollins die Hiobsbotschaft zu. Nachdem er ein Telefonat getätigt hatte, um die Nachricht zu bestätigen, sagte er brüsk: »Schicken Sie alle Leute nach Hause.«

Inzwischen war es sieben Uhr abends, und die meisten leitenden Angestellten, die ihre Büros in diesem Stockwerk hatten, waren bereits nach Hause gegangen. Die wenigen, die immer noch an ihren Schreibtischen arbeiteten, verließen auf Anweisung von Hollins das Gebäude. Niemand wagte es, seine Autorität in Frage zu stellen.

Als die Verwaltungsratssitzung zu Ende war, schickte er auch seine Mitvorständler weg, sowie sie aus dem Konferenzzimmer traten. »Kommen Sie mit«, wies er Rachel an.

Reynolds saß am Kopfende des Tischs. Er notierte seine Bemerkungen auf ein internationales Memo.

»Das ist alles für heute, Pat«, sagte er lächelnd.

»Ja.« Hollins setzte sich neben Reynolds und gab Rachel ein Zeichen, das Gleiche auf der anderen Seite zu tun. Er schob die Dokumente beiseite und ergriff Reynolds' rechte Hand. Seine Stimme brach vor lauter tiefem Gefühl.

»Paul, ich habe eine Nachricht … eine sehr schlechte Nachricht. Deine Frau ist gestorben. Sie hat Selbstmord begangen.«

Rachel ergriff seine andere Hand. Reynolds brachte kein Wort heraus. Er senkte den Kopf und begann, herzzerreißend zu schluchzen.

* * *

»Holen Sie uns etwas zu trinken.«
Rachel verließ das Konferenzzimmer, um Kaffee zu holen. Ehe sie wieder eintrat, eilte Hollins ihr entgegen und sagte bestürzt: »Er ist zusammengebrochen.«
Sie drängte sich an ihm vorbei. Reynolds saß zusammengesackt auf seinem Stuhl.
»Sollen wir ihn ins Krankenhaus bringen?«
Hollins antwortete sofort: »Nein, bringen Sie ihn nach Hause.« Er wollte nicht, dass Außenstehende von der Sache erfuhren.
Sie halfen Reynolds auf und begleiteten ihn den Flur hinunter bis zum Fahrstuhl für die Führungskräfte. Draußen hielten sie ein Taxi an. Schließlich standen sie vor der Tür zu seinem Luxusapartment, der Doorman hatte Reynolds bei den letzten Schritten gestützt. Rachel schaltete das Licht ein; die Haushälterin war nicht mehr da. Sie gingen ins Wohnzimmer, Reynolds ließ sich auf eines der weißen Sofas fallen. Hollins schenkte ihnen allen einen Drink ein, während Rachel einige der Lampen einschaltete. Für sie hatte die Situation etwas Surreales. Sie war zum ersten Mal im Apartment ihres Chefs, und sie hatte den Eindruck, dass es eine zwar riesige, aber unpersönliche Wohnung war. Ein Objekt, das ein Unternehmensmagnat gekauft hatte, damit es in einem Hochglanzmagazin der Immobilienbranche vorgestellt wurde. Es fehlte der Wohnung der menschliche Zug. Hatte Pauline hier gewohnt? Rachel musterte Reynolds' Gesicht mit einer Mischung aus Mitleid und Entsetzen. Seine Miene spiegelte völlige Verzweiflung wider. Weil er der Chef war und so viel Erfolg hatte, hatte sie ihn – so wie alle anderen – für unverwundbar gehalten. Für einen, den die Götter liebten. Doch nach diesem Schicksals-

schlag – besser gesagt: diesem doppelten Schicksalsschlag, dem Verlust von Tochter und Ehefrau – war er ohne Zweifel am Boden. Ihm war das Herz durchstoßen worden. Hollins setzte sich neben ihn.

»Paul, ich regle die Dinge eine Zeitlang. Nimm dir frei, um dich zu erholen.«

»Ich muss nach England fliegen.«

»Morgen. Morgen. Du solltest dich ausruhen.« Hollins trank seinen Whisky aus. Per Blickkontakt signalisierte er Rachel, nach draußen auf den Flur zu kommen. Wie zwei Verschwörer steckten sie die Köpfe zusammen. »Können Sie über Nacht hierbleiben?«

»Ja, natürlich.«

»Erzählen Sie niemandem von dieser Sache. Es könnte den Aktienkurs negativ beeinflussen, verstehen Sie? Ich informiere die übrigen Vorstandsmitglieder, morgen früh geben wir dann eine Pressemitteilung heraus.«

Rachel hatte es verstanden. Reynolds *war* Reynolds Holdings. Jeder Hinweis, dass er einen Nervenzusammenbruch erlitten haben könnte, genügte, um den Kurs in den Keller rauschen zu lassen. Hollins fasste sie am Arm. »Tun Sie alles in Ihrer Macht Stehende, um ihm zu helfen; er hat niemanden sonst.«

Nachdem Hollins gegangen war, kehrte Rachel ins Wohnzimmer zurück. Sie schenkte sich und Reynolds Whisky nach; auch sie war von dem Schock wie betäubt.

»Ich hole uns etwas zu essen.«

Das Apartment hatte derart viele Zimmer, dass es eine Weile dauerte, bis Rachel die Küche gefunden hatte. Die Einrichtung ähnelte der in Carolines Haus, nur war hier alles größer und unpersönlicher. Sie holte einige Lebensmittel aus dem Kühlschrank, belegte ein paar Sandwichs und ging damit ins Wohnzimmer. Reynolds rührte das Essen nicht an. Wie in Trance stand er auf und ging ins Esszimmer, das durch einen offenen Durchgang mit dem Wohnzimmer verbunden war. Vor ihm stand ein riesiger Tisch mit Stühlen für zwanzig Personen, an den Wänden hingen sehr teure moderne Kunstwerke. Er wandte sich zur einen Seite und drückte einen Knopf. Rachel stand auf und beobachtete ihn. Dann lief sie, erschrocken, los; er trat auf den Balkon. Wie ein Schlafwandler war er kurz davor, nach draußen zu treten, als sie seine Hand packte und ihn zurückzog.

»Bitte, Mr. Reynolds. Bleiben Sie in der Wohnung.«

Überwältigt nahm sie ihn in die Arme und drückte ihn an sich; sie hätte einen weiteren Selbstmord einfach nicht verkraften können. Sie spürte, dass er einen Tiefpunkt der Schuld erreicht hatte und sein Bewusstsein vorübergehend stark getrübt war. Reynolds gab ihr keine Antwort, sondern legte die Arme um sie; die Wärme eines anderen Menschen hielt ihn in seinem dunkelsten Moment am Leben. Tränen flossen, er erschauerte vor Gefühl, sein Wille versuchte, die Kontrolle zurückzuerlangen. Es dauerte einige Minuten, bis er sich beruhigt hatte; dann war er wieder er selbst.

»Es ist in Ordnung, Rachel, ich springe schon nicht«, sagte er leise.

Rachel wusste, dass sie einen entscheidenden Augenblick in ihrem Verhältnis zueinander erreicht hatten. Entweder näherte sie sich ihm als einem leidenden Menschen, oder sie konnte ihre Distanz wahren. Und ihr war auch klar, dass sie beide dasselbe dachten.

»Paul, es war nicht Ihre Schuld.«

»Ich hätte …«

»Sie konnten nichts dafür.«

Eine Stunde später nahm Reynolds auf ihr beharrliches Bitten hin ein Schlafmittel und ging ins Bett. Nachdem das erledigt war, organisierte Rachel, dass sein Privatjet sie beide am kommenden Tag nach England flog. Dann legte sie sich in einem der Gästezimmer schlafen. Zutiefst niedergeschlagen lag sie die ganze Nacht wach und lauschte, für den Fall, dass er aufstand.

Das Leben hatte mitunter etwas Erschreckendes. Ganz gleich, wie sehr ein Mensch auch wünschte, dass die Dinge gut ausgingen – ganz gleich, wie sehr er sich anstrengte –, alles endete schlecht. In einem kurzen Zeitraum hatte sie einen Freund verloren, und Reynolds eine Frau und eine Tochter. Das Schicksal war nicht gnädig. Würde Reynolds sich erholen? Was würde mit seinem Imperium geschehen? Und was wollte sie? Sie verstrickte sich allzu sehr in dieses Durcheinander. Gewisse andere Gedanken versteckte sie in den hinteren Winkeln ihres Bewusstseins; sie waren zu persönlich. Sie verstand, was Pauline von ihr erwartet hätte.

13

Die Wahrheit wird ans Licht kommen.
William Shakespeare

Der Privatjet flog sehr früh aus New York ab und landete am Nachmittag in England.

Als sie das Flughafengebäude in Heathrow verließen, kam Reynolds an einem Zeitungsstand vorbei. Die *New York Times* titelte mit »Doppeltes Leid für Großindustriellen«, andere Zeitungen hatten mit ähnlichen Schlagzeilen aufgemacht. Die englischen Zeitungen berichteten ebenfalls von der Tragödie – wenn auch weniger detailliert. Es gab Konsequenzen. Der Aktienkurs von Reynolds Holdings stürzte ab; die Investoren waren unschlüssig, ob Reynolds am Ruder bleiben würde.

Reynolds war sich im Klaren darüber, dass er so schnell wie möglich an die Spitze des Unternehmens zurückkehren musste. Es war wichtig, der negativen Wahrnehmung in der internationalen Finanzwelt entgegenzuwirken, weil es sonst ein Desaster geben könnte.

Aber er musste auch herausfinden, was mit seiner Frau passiert war; und festlegen, wo sie beigesetzt werden sollte. Allmählich wurde er zu einer tragischen Gestalt; das Nessushemd war sein Gewand geworden. Was erwartete ihn als Nächstes? Würde er auch seinen Appetit fürs Geschäftemachen verlieren?

Als sie das Flughafengelände verlassen hatten, fuhr die Limousine mit hohem Tempo zur Royal Clinic, die bereits Vorkehrungen für das getroffen hatte, was sicherlich ein schwieriges, angespanntes Treffen werden würde. Sie hatten noch nie einen Patienten auf diese Weise verloren und wussten, dass Amerikaner sehr prozessfreudig waren. Der Geschäftsführer – ein englischer Geschäftsmann mit Schnauzbart – und der leitende medizinische Berater – ein hoch angesehener Arzt, ohne Schnauzbart, aber dafür mit sehr ausgeprägtem Upperclass-Akzent – erwarteten ihre Gäste in der Bibliothek.

Sie hatten einen Anwalt konsultiert und geprobt, was sie sagen wollten. Für den Fall, dass der Multimillionär einen lückenlosen Bericht verlangte, hatten sie die Krankenschwestern, die Pauline betreut hatten, in einem anderen Zimmer versammelt. Schließlich hatten sie das einzige Mittel zur Stärkung bestellt, das in solch peinlichen Situationen in England zur Verfügung stand – eine Kanne Tee und Scones mit Sahne.

Was sonst konnte man angesichts dieser Katastrophe tun? Möglicherweise stand ihnen ein Gerichtsverfahren ins Haus, das nicht nur die Royal Clinic, sondern – wenn man's recht bedachte – sie selbst ins finanzielle Grab bringen konnte. Sollten sie vielleicht mehr Scones bestellen? Das Schicksal manch großer Nationen war schon beim Essen entschieden worden.

»Kommen Sie mit hinein, Rachel.«

»Möchten Sie das wirklich?«

»Ich brauche eine Zeugin.«

Kaum hatten Reynolds und Rachel die Bibliothek betreten, erhoben sich zwei makellos gekleidete Personen Ende fünfzig aus ihren Sesseln und stellten sich ihnen vor. Sie gaben ihnen die Hand, wobei sie zu ihrem Gast, der sie um Haupteslänge überragte, aufblicken mussten.

»Bitte nehmen Sie doch Platz.«

Reynolds konnte Gesichter ebenso leicht lesen wie Bilanzen, und deshalb erkannte er, dass auch sie das Ereignis schwer erschüttert hatte.

Nachdem der Tee eingeschenkt (und ein Scone zurückgewiesen) worden war, bemühte sich der Geschäftsführer mit nervöser Stimme, eine detaillierte Darstellung der Geschehnisse zu geben.

Es hatte *überhaupt* keinen Grund gegeben, damit zu rechnen, dass Pauline einen Selbstmord plane. Gestern habe sie, wie üblich, ihren Nachmittagsschlaf gehalten. Als sie um drei Uhr erwacht sei, habe sie der diensthabenden Schwester gesagt, dass es ihr gut gehe und sie in ihrem Zimmer bleiben wolle, um zu lesen. Wie bei allen anderen Patienten auch habe stündlich eine Krankenschwester nach ihr gesehen, um sich zu vergewissern, dass es keine Probleme gebe. Beim letzten Mal, als die Krankenschwester das Zimmer betreten habe, habe Pauline einen Brief geschrieben. Um fünf Uhr war zum Nachmittagstee geläutet worden, wobei es angesichts des Alters und der Gebrechen einiger Patienten eine Zeitlang gedauert habe, bis sie sich im Speisesaal versammelt hatten. Erst jetzt habe eine Mitarbeiterin bemerkt, dass sich Mrs. Reynolds nicht unter ihnen befand. Zunächst habe man geglaubt, dass sie ihr Zimmer verlassen habe und irgendwo hingegangen sei – vielleicht in die Bibliothek oder den Freizeitraum. Zehn Minuten später habe man alle Mitarbeiter alarmiert (der Geschäftsführer hielt kurz inne, was darauf hindeutete, dass er nicht die Wahrheit sagte). Eine gründliche Suche sei durchgeführt worden. Dienstfreie Mitarbeiterinnen seien hinzugezogen worden – wie auch die örtliche Polizei.

»Wo haben Sie sie gefunden?«

Pauline hatte allem Anschein nach die Klinik verlassen und die Rasenfläche überquert, durch ein Eichenwäldchen war sie hinunter zum Fluss gegangen. Sie hatten ihre Fußspuren erkennen können, weil es zu diesem Zeitpunkt noch nicht dämmerte.

»Sie ist ertrunken?«

Die beiden nickten, beinahe verstohlen. Zu dieser Jahreszeit war der Fluss kühl und hatte eine starke Strömung. Wie es schien, hatte sich Pauline ins Wasser hinabgelassen und irgendwann das Bewusstsein verloren.

Der Leichnam wurde nahe am Ufer gefunden, nicht sehr weit entfernt. Auf der Seite zur Klinik hin, nur ungefähr zwanzig Meter weiter flussabwärts, befand sich ein kleiner Steg. Die Leiche hatte sich an den Pfählen verfangen. Die Polizei hatte sie schnell entdeckt. Bei einem Ereignis dieser Art war es üblich, eine Obduktion durchzuführen, weshalb sich der Leichnam seiner Frau im örtlichen Leichenschauhaus befand.

»Noch etwas Tee? Und einen Scone mit Sahne?«

Die beiden Männer betrachteten Reynolds. Ihre Zukunft lag in seinen Händen; eine schlechte Publicity konnte sie ruinieren. Sie hatten sich deshalb zuvor auf eine gemeinsame Art der Leugnung verständigt. Jede Art von Haftung aufgrund von Vernachlässigung der Sorgfaltspflicht würde *entschieden* zurückgewiesen werden (der konsultierte Rechtsanwalt hatte die entsprechenden Ausdrücke dazu vorgeschlagen).

»Sie erwähnten, dass meine Frau einen Brief geschrieben hat. Haben Sie ihn?«

»Er ist an Sie adressiert, wir haben ihn deshalb nicht geöffnet.«

Als Reynolds die Schrift seiner Frau erkannte, senkte er betrübt den Kopf. »Könnten Sie mich einige Minuten allein lassen?«

Als er das Siegel erbrach und zu lesen begann, stand Rachel auf und tat so, als inspiziere sie die Bücher in den eichenen Bücherborden. Hin und wieder blickte sie zu ihm hinüber. Seine Gesichtszüge waren absolut starr, seine ganze Konzentration war auf die letzte Nachricht seiner Frau gerichtet, ehe sie die irdische Welt verließ. Schließlich legte er den Brief aus der Hand.

»Könnten Sie die beiden Herren wieder hereinbitten?«

Die beiden Engländer kehrten zurück, mit betretenen Gesichtern wie Schuljungen, die zum Schulleiter zitiert worden waren.

»Ihre Klinik trifft keine Schuld. Wann können wir den Leichnam abholen?«

Erleichterung zeigte sich auf ihren Mienen. Der ärztliche Berater sagte: »Der Obduktionsbericht dürfte morgen fertig sein. Der Coroner hat um eine Kopie des Briefs Ihrer Frau gebeten, um die Leiche freigeben zu können. Er wird den Brief lesen müssen.«

»Ich gehe sofort dorthin.« Reynolds griff nach seinem Regenmantel. »Ihre Rechnung wird bezahlt werden. Meine persönliche Assistentin«, er blickte zu Rachel, »wird das sowie die Rückgabe der persönlichen Sachen meiner Frau regeln. Vielen Dank für Ihre Hilfe.«

Reynolds ging zur Tür, dann wandte er sich um. »Haben

Sie eigentlich das fehlende Tagebuch meiner Frau gefunden?«

»Nun ja, nein. Wir suchen noch danach.«

»Ich verstehe. Wie seltsam.«

Sie teilten ihm noch mit, dass sich die Schwestern, die sich um seine Frau gekümmert hatten, gern von ihr verabschieden würden. Reynolds lehnte ab; er könne das nicht verkraften. Draußen vor der Klinik drehte er sich zu Rachel um.

»Gehen wir ein paar Schritte.« Er gab dem Fahrer ein Zeichen, ihnen mit der Limousine zu folgen. Sie gingen den Kiesweg entlang. Es würde in Kürze zu nieseln anfangen (das englische Wetter war das einzig Verlässliche in der Welt). Die Luft war mild und feucht nach dem vorhergehenden Regenschauer.

»Gefällt Ihnen England?«

Sie nickte.

»Mir auch. Komische Leute, nicht wahr? Bieten einem immer Tee und Essen an, wenn sie Hiobsbotschaften zu übermitteln haben.«

Sie lachte, aus Erleichterung. Sie verließen die Zufahrt. Schräg gegenüber war ein schmaler Feldweg zu sehen. Reynolds wies den Fahrer an zu warten, dann ging er den Weg hinunter, seine persönliche Assistentin neben sich. Der Weg endete vor einem Gatter. Reynolds beugte sich darüber und blickte in die Ferne. Nur Felder und Bäume. Keine Menschen, keine Probleme. Er ließ den Blick auf dieser idyllischen Szene ruhen.

Schließlich sagte er: »Ich besitze ein Vermögen von mehreren Millionen Dollar, für mich arbeiten mehr als hunderttausend Menschen; aber ich weiß nicht, was ich tun soll.

Pauline hat gewusst, dass es unrecht ist, sich umzubringen, aber sie hat keinen anderen Ausweg gesehen. Und ich habe nicht genug getan. Ich habe nicht *genug* getan.« Er fuhr sich über die Wange. »Aber wissen Sie, was das Schlimme ist? Das Nicht-Wissen. Nicht zu wissen, worum es bei alledem geht. Nicht zu wissen, ob ich es hätte verhindern können.«

»Und das Tagebuch?«

Er zuckte mit den Achseln. »Hat sie es vernichtet, weil es Privates über Caroline beinhaltete, das ich nicht lesen sollte, oder hat es jemand gestohlen? Und Sie, werden Sie mich ebenfalls verlassen?«

»Was meinen Sie damit?«

»Wenn ich an Ihrer Stelle wäre, Rachel, würde ich kündigen. Ich habe Ihnen schon genug Scherereien gemacht. Sie haben Ihren Freund verloren.«

»Er hätte mich sowieso verlassen. Aber ich bleibe. Mir gefällt mein Job.«

»Ich zahle Ihnen einen großen Bonus.«

»Mr. Reynolds – Paul –, das müssen Sie nicht. Aber Sie müssen sich freinehmen.«

»Glauben Sie, dass ich einen Nervenzusammenbruch erleiden werde?«

Sie nickte.

»Er wird kommen, aber nicht jetzt«, sagte er mehr zu sich selbst in wütendem Tonfall. »Ich muss zurück in die Staaten. Der Aktienkurs fällt, deshalb muss ich die Anteilseigner davon überzeugen, dass ich das Heft noch immer in der Hand halte. So viele Menschen hängen von mir ab. Und das Geschäft – mein Geschäft – ist alles, was ich habe.«

Rachel wollte nicht mit ihm streiten; sie verstand seine Denkweise. Arbeit, das war sein Antrieb – seine Lebenskraft –, und er wagte es nicht, dies aufzugeben. Sie gingen den Weg zurück und stiegen ins Auto. Die darauffolgenden Stunden verbrachten sie im Büro des Coroners; sie begaben sich ins Leichenschauhaus und organisierten die Beisetzung Paulines neben ihrer Tochter. Der Vikar der Cambridge Church sollte bald einen zweiten dicken Scheck erhalten (Gott erwies sich als außerordentlich großzügig). Auf der Fahrt zurück zum Flughafen am späten Nachmittag tätigte Reynolds ein Telefonat nach dem anderen mit den großen US-Anteilseignern seines Unternehmens und beruhigte sie, dass er noch immer am Ruder stehe und alles bestens sei. Natürlich waren sie besorgt. Frau und Tochter zu verlieren, das war nur eine persönliche Tragödie; ein Rückgang des Aktienkurses in einem Bärenmarkt war eine finanzielle Katastrophe, die alle treffen konnte.

Als sie am Flughafen ankamen, erwartete sie bereits eine Sekretärin aus der Londoner Niederlassung mit einer Aktentasche. Reynolds ergriff sie wie ein Verdurstender. Nachdem er durch die Personenkontrolle gegangen war, bestieg er seinen Firmenjet, Rachel im Schlepptau. Beide waren so mit sich selbst beschäftigt, dass sie die angespannte Miene des Piloten nicht bemerkten. Reynolds setzte sich in die erste Reihe, Rachel wählte einen Platz auf gleicher Höhe, aber auf der anderen Seite des Gangs. Draußen wurde die Gangway entfernt, die Tür des Flugzeugs schloss sich. Der Pilot kehrte ins Cockpit zurück und schaltete die Kabinenbeleuchtung aus. Das Flugzeug erhob sich in den Nachthimmel. Als sie sich der Reisehöhe näherten, knipste Reynolds sein kleines Leselämpchen an und klappte die Aktentasche auf.

Plötzlich ging die Tür zum Cockpit auf. Ein ganz in Schwarz

gekleideter Mann, das Gesicht von einer Skimaske verdeckt, trat heraus. Eine Pistole wurde Reynolds gegen die Schläfe gedrückt, und dann teilte ihm eine Stimme mit starkem Akzent mit:

»Der Pilot hat den Kurs geändert.«

»Wohin?«

Keine Antwort. Reynolds warf Rachel einen kurzen Blick zu.

»Gott sei Dank«, sagte er.

Endlich würden sie die Wahrheit herausfinden.

14

Nichts raubt dem Bewusstsein so wirksam
den Verstand wie die Angst.
Edmund Burke

Angst … welch seltsames, vielfältiges Gefühl. Als Rachel sich in Carolines Haus geängstigt hatte, hatte sich das Gefühl langsam in ihren Eingeweiden ausgebreitet. Die Empfindung, die Rachel damals verspürt hatte, glich einer starken Kraft – einer Schlange, die sich in der Tiefe ihres Seins verbarg –, die ihr langsam ein geheimes Gift injizierte, ein Gift, das ihren Körper nach und nach lähmte. Ihr Geist jedoch hatte ein gewisses Maß an Kontrolle bewahrt. Rachel hatte sich die Geschehnisse rings um sie herum vernünftig erklären können und war auf diese Weise nicht vollends der Gewalt dieser Gefühle ausgeliefert gewesen. Jetzt aber – hier im Flugzeug – war es anders. Ihr ging auf, dass es unterschiedliche Typen der Angst gab, besser gesagt: Stufen der Angst, und dass sie eine Stufe hinauf- – oder treffender: hinuntergestiegen war.
Als Rachel die gleiche Stimme mit dem rauhen spanischen Akzent hörte, die gleiche Gestalt mit der Skimaske wie in Carolines Haus sah, die neben ihr mit erhobener Pistole stand, verkrampfte sich ihr Geist. Das Gift der Angst breitete sich nicht nur in ihren Eingeweiden aus, es jagte wie der Blitz in ihr Hirn, lähmte die Millionen von Nervenzellen,

die ihr sonst zu denken ermöglichten. Körper und Geist waren nun von einer entsetzlichen Angst gesättigt – dem gleichen fürchterlichen Gefühl, das ein Insekt empfinden muss, wenn es im Netz einer Spinne gefangen ist und diese ihren makabren Balztanz beginnt. Unfähig, irgendetwas zu sagen, blickte sie zu Reynolds hinüber. Er hatte keine Angst, sondern versuchte, sie mit seinem Blick zu trösten.
Es hielt nicht lange vor. Der Terrorist löschte das kleine Deckenlicht. Dass sie nichts sahen und, äußerlich wie innerlich, im Dunkeln flogen, machte Rachel nur noch ängstlicher. Wäre Reynolds nicht bei ihr gewesen, sie wäre hysterisch geworden. Dennoch: Ein Hoffnungsstrahl drang in Rachels gelähmte Gedanken. Diese Leute wollten sie nicht umbringen. Zumindest noch nicht. Es musste Reynolds sein, hinter dem sie her waren; sie hatten vor, ihn zu entführen. Vielleicht war alles ja von Anfang an eine Art Komplott gewesen. Vielleicht hatten diese Leute Caroline – und sogar seine Frau – ermordet, um ihr Ziel zu erreichen. Aber was wollten sie? Geld? Finanzinformationen? Militärische Geheimnisse? Immerhin wusste sie, dass Reynolds' Unternehmen an solchen Projekten beteiligt war.
Während sie über diese Fragen nachdachte und der Jet zu einem unbekannten Ziel flog, kam Rachel zu Bewusstsein, dass der Inhalt ihrer Angst zum großen Teil in ihrer Verwirrung begründet lag. Genauer gesagt: in der Verwirrung ihrer Gedanken; nicht zu wissen, worin die Antwort lag. Rachels Geist war durchdrungen von Fragen und Rätseln. Sag's mir einfach, flehte sie ihren Verstand an. Erkläre mir einfach, *warum* diese Leute uns entführt haben und *was* sie vorhaben – dann findet sich schon irgendwie Frieden. Aber selbst wenn sie eine befriedigende Antwort darauf bekäme, sie

wusste, sie würde nicht genügen. *Wohin* entführen uns diese Leute? *Warum* uns? Bringen sie uns möglicherweise um? Noch mehr Fragen, mehr Verzweiflung, mehr Angst.

Reynolds seinerseits verspürte auch Angst, doch sein Naturell war von Rachels grundverschieden. Ein Löwe konnte Angst empfinden, diese gehörte jedoch in eine ganz andere Kategorie als beispielsweise die eines Vogels oder Rehs. Reynolds verfügte über eine tiefer reichende Wahrnehmung der Natur der Macht. Diese Leute würden sie keinesfalls in diesem Flugzeug umbringen; sie waren niedere Chargen in der Hierarchie des Terrorismus. Wie viele von denen befanden sich noch im Flugzeug? Einer in der Pilotenkanzel? Weitere im Heck? Zeit, einmal ihre Abwehrmechanismen zu erkunden.

»Wie heißen Sie?«, sagte er auf Englisch.

Der Entführer, der neben Reynolds im Dunkeln saß und die Waffe auf ihn gerichtet hielt, schwieg. Reynolds herrschte ihn an: »Stehen Sie auf!«

Keine Reaktion.

»Ich habe Ihnen gesagt, Sie sollen aufstehen, und lassen Sie die Frau neben mir sitzen. Sie ängstigt sich.«

Nichts passierte. Dann wurde die Waffe plötzlich gesenkt. Der Entführer ging und setzte sich auf einen Notsitz, neben die Kabinentür, ihm direkt gegenüber.

»Kommen Sie, setzen Sie sich zu mir.«

Rachel stand auf und tastete sich neben ihn. Er fasste ihre Hand. Rachel zitterte, ihre Hände waren eiskalt, sie hatte einen schweren Schock erlitten. Reynolds schaltete das Deckenlicht an.

»Kein Licht.« Wütend schaltete der Entführer es wieder aus.

»Okay.«
Reynolds wandte seine Aufmerksamkeit Rachel zu. Ihre Hände in seinen, näherte er sich mit dem Kopf dem ihren, bis ihre Stirnen aneinander ruhten. Der körperliche Kontakt zeigte Wirkung, so wie in allen Fällen von gemeinsamem Leid.
»Die bringen uns zu irgendwem«, murmelte er.
Rachel nickte. Sie rieb ihre Stirn an seiner und teilte ihm dadurch mit, dass sie ihn verstanden hatte. Gleichzeitig schnupperte sie den beruhigenden Geruch seines Aftershaves und spürte die Berührung seiner Nase an ihrer. Als sie in Turbulenzen gerieten und ein Ruck durchs Flugzeug ging, wurden sie näher aneinandergedrückt; sie spürte seinen Atem an ihrer Wange. Er atmete viel ruhiger, war besonnener als sie. Ihr Herz dagegen klopfte immer noch laut.
»Diese Männer sind hinter mir her.«
Sein Flüstern, so nahe, trug zusammen mit der körperlichen Nähe im Dunkeln dazu bei, dass sich Rachels Angst ein wenig legte. Ein weiterer Gedanke – ein absolut wagemutiger – beschlich sie. Sie konnte das nicht! Normalerweise hätte sie so eine Idee auf der Stelle zurückgewiesen. In ihrer Verzweiflung, das schaurige Gefühl des Schreckens loszuwerden, hatte sie jedoch zugelassen, dass der Gedanke die Oberhand über die Vernunft gewann. Sie brauchte ein anderes Gefühl, das die Angst vertrieb.
Rachel streckte die Hand aus und fand Reynolds' Kinn. Sie zog es an sich und küsste ihn auf den Mund. Dabei schmeckte sie etwas leicht Salziges und dann etwas Weiches, Feuchtes.
»Rachel.« Eigentlich hätte er sie stoppen müssen, aber er

kannte ja den wahren Grund ihrer Leidenschaft. Im Dunkeln küssten sie sich, dann schlüpfte ihre Zunge in seinen Mund. Diese Intimität – das absolute Bedürfnis zu reagieren – bewirkte, dass die Angst durch ein mächtigeres Gefühl verdrängt wurde – eines, das in der Ordnung der Natur als Erstes geschaffen worden war. Zwei Liebende, die sich in der Dunkelheit an der Hand hielten, völlig bewusst, dass sie ihre Angst zu unterdrücken versuchten, während ihre Zungen einander umkreisten, streichelten, liebkosten. Rachel zog sich ein wenig von Reynolds zurück, um Luft zu holen, und dann kehrte sie zurück, um sich ganz einem Gefühl hinzugeben, von dem wir Menschen nur selten zu viel bekommen können. Binnen einer Minute hatte sich ihre Furcht verflüchtigt. Ihr Hirn hatte auf eine andere Funktion umgeschaltet, und die Angst war in ihren Unterleib zurückgeglitten.

»Besser?«

Sie spürte, dass er lächelte.

»Hm.« Überwältigt vom eigenen Wagemut, wusste sie nicht, was sie antworten sollte. Die Folgen ihres Handelns waren völlig irrelevant. Angesichts der Lage, in der sie beide steckten, musste sie Reynolds neben sich – in sich – spüren, und dieses Begehren war wechselseitig. Indem sie ihre Gefühle vereinigten, siegten sie.

Reynolds fiel eine andere Schwäche ein, die sich ausbeuten ließ. Noch einmal küsste er Rachel lange, dann schaltete er das Licht an. Der Entführer hatte aus dem Fenster geschaut, die plötzliche Helligkeit blendete ihn. Er sprang auf, aber Reynolds kam ihm zuvor. Er legte die Hand auf den Schalter und sagte mit lauter Stimme:

»Ich will die Person sprechen, die hier das Sagen hat.«

Das Tauziehen zwischen den beiden Männern blieb ohne Sieger, nichts deutete darauf hin, dass der Entführer nachgeben würde. Aus dem Heck des Flugzeugs kam ein ebenfalls in Schwarz gekleideter Mann. Mit der Waffe in der Hand stellte er sich vor Reynolds. Langsam nahm er seine Skimaske ab. Es handelte sich zweifellos um einen Latino, drahtig, mit rabenschwarzem Haar und dunklem Teint. Der Gesichtsausdruck wirkte hart, der eines Mannes, der skrupellos war und vermutlich etliche Gemeinheiten begangen hatte. Sein Alter war schwer zu schätzen. Vierzig vielleicht. Und seine Nationalität? Peruaner, Bolivianer, Kolumbianer? Reynolds hatte keine Ahnung. Er hatte allerdings viel erreicht; sein Gegner hatte sein Gesicht enthüllt.
»Wohin fliegen wir?«
Der Chef der Gruppe ließ die Worte auf sich wirken und erwiderte dann: »Nach Island.«
»Warum?«
»Weil jemand Sie kennenlernen möchte.«
Der Bolivianer schaltete das Licht wieder aus.

* * *

Der Jet landete um Mitternacht. Als die Tür geöffnet wurde, fuhr ein eisiger Windstoß in die Kabine. Der Terrorist, der seine Skimaske abgenommen und im Heck des Flugzeugs gesessen hatte, kam nach vorn. Er sagte: »Gehen Sie durch den Zoll. Sagen Sie niemandem etwas. Der Pilot bleibt hier.«
Und damit schaltete er das Kabinenlicht über Reynolds' Kopf an und kehrte ins Heck der Maschine zurück. Reynolds erhob sich und blickte nach hinten. In den hinteren

Reihen saßen weitere Männer mit Skimasken auf dem Kopf. Gleichzeitig öffnete der Pilot die Cockpittür. Hinter ihm stand ein Maskierter mit einer Waffe in der Hand.

»Mr. Reynolds …«

Reynolds unterbrach ihn mit einer knappen Handbewegung; die Dinge konnten später diskutiert werden. Auch Rachel stand auf. »Und was machen wir jetzt?«

»Genau das, was diese Leute sagen.«

Als sie das Flugzeug verließen, fuhr ein kleiner Shuttle-Bus vor; sie stiegen ein. Der isländische Fahrer, der eine orangefarbene Jacke mit fluoreszierenden Streifen trug, begrüßte sie freundlich, ohne dass er durch das geringste Anzeichen zu erkennen gab, ob ihm die Geschehnisse im Flugzeug bekannt waren. Der Shuttle-Bus fuhr an und hielt vor dem Terminal, am Eingang zur Passkontrolle. Reynolds schlenderte ins Gebäude, ganz der reiche Geschäftsmann, der er war; Rachel hielt sich neben ihm. Sie traten vor den Schalter.

»Die Pässe bitte. Wie lange blieben Sie?«

»Nur über Nacht, um die Beine auszustrecken.«

Der Beamte der Einwanderungsbehörde sah ihn an. Aber er kannte ja die Vorlieben dieser Multimillionäre, die mit ihren Learjets auf dem Rückweg in die USA in Reykjavik einen Zwischenstopp einlegten. Manche Leute hatten mehr Geld als Verstand; andere wiederum Geld *und* Verstand.

»Haben Sie Gepäck?«

»Wir haben es im Flugzeug gelassen.« Reynolds drehte sich um und zog Rachel an sich.

»Verstehe.«

Der Beamte ließ sie durch; ganz klar, was sie in Island vorhatten: eine Nacht der Lust miteinander zu verbringen. Sie

passierten die Barriere und gelangten in die Flughafenhalle. Sie war fast leer, allerdings sah man Reinigungskräfte und Flughafenangestellte arbeiten.
Eine junge blonde Frau mit einem sehr hellen Hautton (sicher eine Isländerin) und in einer schicken Chauffeursuniform näherte sich ihnen.
»Mr. Reynolds?«
»Ja.«
»Ich bin Ihre Fahrerin.«
Sie folgten ihr und wurden nach draußen zu einem wartenden Mercedes begleitet. Sie setzten sich in den Fond, und das Auto setzte sich in Bewegung. Reynolds war noch nie auf Island gewesen und hatte deshalb keine Ahnung, wohin sie fuhren – auch nicht, ob sie in Richtung der Hauptstadt Reykjavik unterwegs waren. Tatsächlich bogen sie bald von der Hauptstraße ab und fuhren auf einer Nebenstraße weiter. Bald waren sie auf einer unbefestigten Straße. Der Mercedes bog auf einen Hof. Eine große Garagentür öffnete sich automatisch, der Wagen fuhr hinein. Währenddessen ging die hintere Tür des Mercedes auf. Die blonde Fahrerin sagte:
»Gehen Sie die Treppe rechts von Ihnen hoch.«
Reynolds und Rachel stiegen einige Stufen hinauf und traten durch eine halb geöffnete Tür. Dahinter lag ein weiß getünchter Gang mit vollkommen kahlen Wänden. An dessen Ende stand ein Mann, schwarz gekleidet, mit einer Skimaske über dem Gesicht. Er führte sie in einen großen Raum. Im Kamin loderte ein Feuer, ein weißes Sofa und zwei Stühle. Sonst war da nichts. Auf dem Sofa saß ein Mann, elegant gekleidet in einem blauen Jackett, maronenbrauner Kordhose und einem weißen Hemd. Er stand ohne

jede Hast auf. Wie ein Gastgeber, der auf seine Gäste gewartet hatte.
»Mr. Reynolds. Nehmen Sie bitte Platz. Wir haben nicht viel Zeit. Meine Name ist Julio …«

* * *

Verdutzt wandte Reynolds sich zu Rachel um. Das hatte er nun nicht erwartet. Er hatte mit einer Gruppe von Leuten gerechnet. Bolivianischen Kidnappern oder, vielleicht, Leuten vom Geheimdienst. Doch dieser Mann schien weder das eine noch das andere zu sein. Er war elegant, weltgewandt, mit einem Teint, der nicht lateinamerikanisch wirkte.
»Ich fürchte, dass Ihre Freundin …«
»Meine persönliche Assistentin.«
»Natürlich.« Julio nickte. Er wusste alles über sie. »Rachel darf bei unserem Gespräch nicht anwesend sein.«
»Sie bleibt bei mir.«
»Nein, Mr. Reynolds. Sie schweben bereits in Lebensgefahr, und Sie wollen sicherlich nicht, dass sich dieses Risiko erhöht. Nebenan wird sie sicher sein. Wir haben eine Mahlzeit für sie vorbereitet.«
Julio rief etwas auf Spanisch, worauf eine junge Frau, offensichtlich eine Bedienstete, das Zimmer betrat. Sie forderte Rachel auf, ihr zu folgen. Nach kurzem Zögern willigte Rachel ein. Julio setzte sich wieder, weiterhin sehr entspannt.
»Möchten Sie etwas trinken?«
Reynolds nahm in dem Sessel Platz, der dem Sofa am nächsten stand. »Nein.« Er taxierte seinen Gesprächspartner. Julio – der vermutlich anders hieß – war fast so groß

wie er, schlank, hatte manikürte Hände und ein Gesicht, dessen ein wenig zu straffe Gesichtshaut die Unterstützung eines Schönheitschirurgen verriet. Er musste Anfang fünfzig sein, sah aber zehn Jahre jünger aus. Schwarzes Haar mit ein paar grauen Strähnen, leicht olivfarbener Teint, makellose Zähne; es fiel schwer, ihn einzuordnen. Sein Englisch war perfekt, seine Muttersprache aber offenbar Spanisch.
»Es tut mir leid, Mr. Reynolds, dass es nicht möglich war, Sie unter anderen Umständen und früher kennenzulernen.«
»Was wollen Sie damit sagen?«
Julio nickte, als habe er das Spielchen im Voraus geplant und wolle es jetzt in der Realität ausprobieren. »Ihre Tochter hatte einen Freund. Dieser Junge war mein einziger Sohn … sein Name war Julio.«
Schweigen.
»Es gibt da noch etwas anderes, was Sie vielleicht nicht wissen. Ihre Tochter war schwanger, als sie starb.«
»Meine Frau hat es mir gesagt.«
Julio hob eine Hand ans Auge, um eine Träne fortzuwischen. »Also … haben wir etwas gemein. Wäre Ihre Tochter nicht umgekommen, dann wären wir beide Großväter geworden. Ich habe meinen Sohn geliebt … Sie können sich nicht vorstellen, wie sehr.«
Sie schwiegen, beide waren bedrückt. Reynolds hatte kaum Zweifel, dass sein Gastgeber die Wahrheit sagte.
»Sie haben außerdem Ihre Frau verloren, Mr. Reynolds. Ich möchte Ihnen daher mein tief empfundenes Beileid aussprechen.« Der Mann namens Julio veränderte seine Stellung auf dem Sofa und fuhr sich mit der Hand durchs Haar.
»So wie Sie hatte auch ich einmal eine Frau. Sie hat mir einen Sohn – Julio – geboren, später ist sie bei einem Reit-

unfall ums Leben gekommen. Deswegen hatte ich eine besonders enge Beziehung zu Julio. Als er mir gesagt hat, dass er sich in eine wunderschöne junge Amerikanerin verliebt hat, habe ich mich sehr für ihn gefreut, aber ich habe es ihm nicht geglaubt. Sie wissen ja, wie junge Männer sind; immer hinter den Frauen her. Aber Julio hat mir viele Male von ihr geschrieben, und mir war klar, dass er tatsächlich in sie verliebt war. Diese Dinge passieren; sogar in unseren Zeiten. Aber weil ich bin, wie ich bin, Mr. Reynolds, wollte ich mich vergewissern, dass das Mädchen – wie soll ich sagen – angemessen ist.«

»Was sind Sie?«

»Ein reicher Mann, ein Geschäftsmann, so wie Sie. Ich habe ein wenig Zeit aufgewendet, Sie überprüfen zu lassen, darum gab es keinen Grund zur Besorgnis.«

»Da bin ich aber froh«, bemerkte Reynolds trocken.

Der Bolivianer lächelte. »Eines Morgens hat mein Sohn mich angerufen und mir mitgeteilt, dass Ihre Tochter schwanger sei. Wie jeder Vater machte ich mir Sorgen, aber für meinen Sohn stand fest, dass er Ihre Tochter heiraten wollte. Und als ich sie kennenlernte …«

»Sie haben sie getroffen?«

»Ja, in ihrer Wohnung in London. So reizend, so talentiert. Sie müssen sehr stolz auf sie gewesen sein.«

»Das war ich auch«, bestätigte Reynolds mit hohler Stimme.

»In der Tat.« Das Gesicht des Bolivianers, das beweglich und mitfühlend gewesen war, wurde jetzt hart wie Eisen. »Und darum wollte ich mich mit Ihnen treffen. Um Ihnen zu erklären, warum Ihre Tochter und mein Sohn bei dem Bombenanschlag ums Leben gekommen sind. Ich glaube, das bin ich Ihnen schuldig.«

»Warum?«
Julio beugte sich vor. »Weil man Sie angelogen hat.«
Reynolds sah ihn an. Allmählich war ihm ausgesprochen mulmig zumute. »Sie stammen aus Lateinamerika, nicht wahr?«
»Aus Bolivien, Mr. Reynolds.«
»Was sind Sie? Ein Drogenhändler?«
Julio lachte. »Nein.«
»Haben Ihre Männer den Laptop und das Tagebuch meiner Tochter gestohlen?«
»Ersteres ja, Letzteres nein.«
»Warum?«
Julio setzte sich vor. Die kurze Antwort lautete: »Weil jeder nach etwas sucht.«
»Und zwar?«
»Das ist die Frage. Und um Ihnen die beantworten zu können, muss ich Ihnen eine Frage stellen. Sind Sie sich sicher, dass Sie wissen, wie es in unserer Welt zugeht?«
»Ich bin Geschäftsmann.«
»Ich auch«, erwiderte Julio mit freundlicher Stimme. »Wir sind, wie soll ich es ausdrücken, bedeutende, wichtige Männer in diesem Dschungel, aber er ist nicht so, wie Sie glauben. Er ist viel schlimmer. Es gibt viele verborgene Dinge, knapp unter der Oberfläche. Die Bombe in dem Café haben nicht islamistische Terroristen gelegt. Sie wurde vom wichtigsten Drogenboss Brasiliens – vermutlich dem größten der Welt – gezündet. Und wissen Sie, warum sie explodiert ist? Um eine Person zu töten. Einen Angehörigen des britischen Geheimdienstes, der im Begriff war, entscheidende Informationen über diesen Drogenboss zu erhalten. Und zwar von meinem Sohn.«

Reynolds musterte jede Nuance im Gesicht seines Gegenübers. Ausnahmsweise half ihm seine Fähigkeit, im Gesichtsaudruck eines Menschen lesen können, nicht weiter. Dieser Mann ging – sofern er ein Betrüger war – bemerkenswert geschickt vor.

»Jetzt kommen wir zu dem Teil, den Sie wissen wollten. Was mache ich beruflich?« Julio machte eine Kunstpause. »Ich bin Waffenhändler.«

»Und Drogenhändler?«

»Lassen Sie uns einfach sagen: Ersteres. Ich verkaufe Waffen aus Ländern des Nahen Ostens in Länder Lateinamerikas. In meinem Geschäft …«

»… lernen Sie Militärs, Geheimdienstleute, Politiker kennen …«

»Jetzt fangen Sie an, mich zu verstehen. Vor einem Jahr studierte mein Sohn Julio in Amerika unter falschem Namen. Er wurde mit Drogen erwischt. Die Drogen waren ihm von der CIA untergeschoben worden, damit man ihn verhaften konnte. Sie brauchten meine Hilfe. Also«, Julio atmete langsam aus, »haben wir denen ein Geschäft vorgeschlagen. Die Freiheit meines Sohnes, wenn ich ihnen helfe, den …«

»… brasilianischen Drogenboss zu finden.«

»Bravo«, sagte Julio kurz und trocken. »Aber warum ist es so schwierig, diesen Mann ausfindig zu machen? Sie glauben zu wissen, wie es in der Welt zugeht, Mr. Reynolds, in Ihrer Welt – der Geschäftswelt. Aber unterhalb dieser Geschäftswelt liegt eine *andere*. Eine unglaubliche Menge geschäftlicher Transaktionen wird von geheimen Reichen aus gesteuert, wovon der Mann auf der Straße – die ganz normale Bevölkerung – nicht die leiseste Ahnung hat. Das

Imperium, das der Brasilianer aufgebaut hat, besteht nicht nur aus unbedeutenden kleinen Drogenkurieren. Es ist viel größer als die Unternehmen, die Sie und ich leiten. Dazu gehören geheime Verbindungen zu Gangstersyndikaten, zur russischen Mafia, zur 'Ndrangheta in Italien, zu den chinesischen Triaden. Außerdem Allianzen mit Terroristen in Afrika und im Nahen Osten. Teil des Geschäfts ist auch die Bestechung von Politikern, Polizisten, Zollbeamten, Geheimdienstleuten, Staatsoberhäuptern. Ich weiß das, weil ich mit diesen Dingen zu tun hatte. Und wenn etwas schiefgeht, wird es vertuscht. Die Wahrheit kommt nie ans Licht. Der Bevölkerung wird etwas vorgemacht. Die Öffentlichkeit sieht tanzende Marionetten, weiß aber nicht, wer die Strippen zieht.«

Er betrachtete Reynolds' Gesicht und registrierte seine wachsende Wut.

»Regen Sie sich nicht auf! Im Herzen des politischen und nachrichtendienstlichen Systems der Welt tobt ein ständiger Krieg. Zwischen jenen, die arbeiten, um solche Reiche zu zerstören, und jenen, die – während sie diese zu zerstören scheinen – im Verborgenen den Anführern dieser Reichen helfen. Das sind die Verräter, die Schattenmänner. Im Fall der Bombenexplosion in London hat jemand Verrat geübt. Er oder sie hat dem Brasilianer insgeheim den Ort verraten, an dem diese Informationen ausgehändigt werden sollten.«

»Kennen Sie diese Person?«

»Noch nicht. Aber mir ist bekannt, dass der Brasilianer angeordnet hat, die Bombe zu legen. Und ich bin überzeugt, dass der Verräter die Identität meines Sohnes nicht kannte. *Er wusste nur um die Identität des Geheimdienstmannes und des*

Ortes. Deshalb hat der Brasilianer beschlossen, alle umzubringen.«

»Aber Sie müssen doch eine Vermutung haben, wer den Verrat begangen hat.«

Julio zuckte mit den Achseln. »Jemand hoch oben bei der CIA oder im britischen Secret Service. Oder jemand hoch oben in der Politik. Diese verborgene Welt ist eine Schlangengrube. Aber der britische Geheimdienst hat einen seiner besten Leute verloren und sinnt auf Rache. Und ich habe meinen Sohn verloren und sinne auf Rache. Allerdings muss ich achtgeben, weil der Brasilianer mich möglicherweise kennt. Dieser Mann ist äußerst gefährlich.«

»Haben Sie deshalb den Leichnam Ihres Sohnes entfernen lassen?«

»Ja. Der britische Geheimdienst hat mir dabei geholfen. Soweit die Welt davon erfahren hat, sind lediglich hundertfünfzehn Menschen umgekommen. Aber es gab zwei weitere Opfer – Julio und meinen Enkel.«

»Kann der Geheimdienst Sie denn nicht schützen, wenn Sie diesen Mann angreifen?«

Julio lächelte sarkastisch. »Wie naiv. So funktioniert das nicht. Die Amerikaner schützen mich, solange ich nützlich bin, und die Briten helfen mir, wenn ich ihnen Informationen liefern kann. Es ist eine Welt, in der alles getauscht wird – das Geld regiert alles. Ist es in Ihrer Branche nicht auch so?«

»Und Sie haben mir nachspioniert?«

»Ja, Mr. Reynolds. Wie erwähnt: Als mein Sohn mir sagte, dass er sich in Ihre Tochter verliebt habe, habe ich mich entschlossen, Nachforschungen anzustellen. Hätten Sie an meiner Stelle nicht das Gleiche getan?«

»Haben Sie in der Wohnung meiner Sekretärin ein Abhörgerät installiert?«

Julio schüttelte den Kopf. »Das war der britische Geheimdienst.«

»Sie arbeiten nicht zusammen?«

»Nur sporadisch. Ich möchte Ihnen etwas sagen, was niemand sonst weiß. Ein Geheimnis, das nur uns gehört.«

»Uns?«

»Ich will es Ihnen verraten. Wonach alle suchen, das ist die wahre Identität – und der Aufenthaltsort – dieses Brasilianers. Man hat es hier, Mr. Reynolds, mit einem Mann zu tun, der eine große, auf der ganzen Welt verteilte Armee von Kriminellen befehligt. Sein Spitzname ist *El Toro* – der Stier. Vermutlich kennt noch nicht einmal seine Familie seinen richtigen Namen. Er kommt«, Julio ließ seine Hand durch die Luft fahren, »und geht wie ein Schatten – und genau das ist er. Mein Sohn ist in das Café gegangen, um dem britischen Geheimdienst Informationen zu liefern, als Teil eines Handels zwischen den Amerikanern und ihnen. Weder mein Sohn noch ich hatten die geringste Ahnung, dass der Brasilianer davon wusste. Mein Sohn hätte Ihre Tochter oder Ihre Frau niemals der geringsten Gefahr ausgesetzt. Er hat Ihre Tochter wirklich geliebt, ich schwöre es.«

»Und wenn Ihr Sohn diesen Handel eingegangen wäre, hätten die Amerikaner dann die Anklage wegen Drogenhandels gegen ihn fallengelassen?«

»Ja.«

Reynolds lehnte sich zurück und überlegte. Konnte das stimmen? »Sie sagen, dass dieser Brasilianer, dieser *El Toro*, hundertfünfzehn Menschen ermordet hat, weil er verhindern wollte, dass seine Identität enthüllt wird. Und dass die britische und die amerikanische Regierung weiß, dass es sich nicht um einen islamistischen Terrorangriff gehandelt hat, dies aber der Öffentlichkeit verschwiegen wurde, weil das enthüllt hätte, dass diese Regierungen versucht haben, ihn zu finden und zu vernichten. Und nun müssen sie die Verräter in ihren eigenen Geheimdiensten aufspüren. Aber jetzt ist die günstige Gelegenheit vorüber?«

Julio schüttelte den Kopf. »Nein. Und zwar wegen einer Sache: Ich vertraue niemandem, Mr. Reynolds, weder den Briten noch den Amerikanern. Vergessen Sie das nie. Die Briten glaubten, dass mein Sohn ihnen einen Namen nennen würde. Tatsächlich aber wollte er ihnen einen *Schlüssel* aushändigen.«

»Einen Schlüssel?«

»Die Informationen über *El Toro* befinden sich in einem Schließfach in einer Londoner Bank. Ich habe den Schlüssel meinem Sohn gegeben, und er hat mir gesagt, dass er diesen Schlüssel Ihrer Tochter gibt, damit sie bis zur Übergabe darauf aufpasst. Sie wusste nicht, worum es sich handelte.«

Reynolds stöhnte auf. »Aber woher wissen Sie denn, dass er ihr den Schlüssel nicht gegeben hat?«

»Der britische Geheimdienst hat mir gegenüber den Schlüssel nicht erwähnt. Ich glaube, mein Sohn hat sich aus irgendeinem Grund entschlossen, die Übergabe nicht in dem Café durchzuführen, daher ist der Schlüssel bei Ihrer Tochter geblieben. Ich will den Schlüssel wiederhaben, und dafür benötige ich Ihre Hilfe.«

»Und wenn ich Ihnen nicht helfe?«

»Es wird Ihnen nichts geschehen. Ihre Tochter hat das Kind meines Sohnes getragen.« Julio wischte sich erneut eine

Träne aus dem Auge. »Aber der Schlüssel ist für mich von großer Bedeutung.«

»Sie haben vor, *El Toro* zu vernichten?«

»Genau, aber ich kann niemandem im britischen Geheimdienst oder in der CIA vertrauen – es gibt dort zu viele Verräter. Und ich glaube auch nicht, dass ich das allein kann. Aber Sie können mir helfen, Mr. Reynolds. Sie sind mit dieser Unterwelt nicht verbunden. Wenn Sie mitmachen, besteht eine kleine Chance auf Erfolg, weil *El Toro* Sie nicht kennt und er völlig überrumpelt wäre. Natürlich besteht auch die Möglichkeit, dass Sie, und ebenso ich, bei dem Versuch umkommen. Aber wir ähneln uns, wir beide sind sehr reiche Geschäftsleute – Männer, die kalkulierte Risiken eingehen, Männer, die ihre Ziele erreichen.«

»Warum glauben Sie, dass ich Ihnen helfen will?«

Julio griff in die Tasche und holte einen Stapel Fotos hervor.

»Sehen Sie sich die einmal an.«

Reynolds sah die Aufnahmen durch. Es waren Fotos von seiner Tochter Caroline mit ihrem Freund. Im Park, auf Partys, am Strand, in ihrem Haus. Gesichter voller Glück, Gesichter voller Liebe.

Zwei Menschen, die alles hatten, für das es sich lohnte zu leben.

Der Bolivianer sah, dass Reynolds Tränen die Wangen hinunterliefen. »Ich habe auch geweint«, gestand er ein. »Mr. Reynolds, Sie und ich agieren in verschiedenen Welten. Der Zufall hat uns zusammengeführt. Sie haben die Wahl. Sie können davongehen und dies alles vergessen. Oder … Sie können gemeinsam mit mir Jagd auf diesen Mann machen.«

Julio stand auf und streckte seine Hand aus.
»Endlich kennen Sie die Wahrheit. Denken Sie darüber nach. Lassen Sie sich Zeit. Ich melde mich bei Ihnen, um Ihre Antwort zu erfahren. Und vergessen Sie nicht …«
»Was?«
»Wir sitzen im gleichen Boot, wir haben keine Familie mehr.«

15

Entscheide dich nicht überstürzt.
Eine einmal getroffene Entscheidung
kann nicht zurückgenommen werden.
William Longfellow

Auf der Rückfahrt zum Flughafen in Reykjavik herrschte eine bedrückte Stimmung. Reynolds sagte nichts. Wieder passierten sie die Passkontrolle. Der isländische Beamte staunte nicht schlecht. »Aber Sie sind doch erst vor zwei Stunden gelandet!«

»Mir hat das Hotelbett nicht gefallen.«

Der Beamte schüttelte den Kopf. Oje, reichen Männern und ihren jungen Geliebten konnte man es nie recht machen – die Betten waren entweder zu klein oder zu weich. Als sie wieder im Flugzeug saßen, waren die Entführer verschwunden. Reynolds gab dem Piloten Anweisung, nach New York zu fliegen. Er setzte sich neben Rachel und murmelte: »Kein Wort; das Flugzeug ist verwanzt.«

Als sie schließlich im Flughafen Newark landeten, war es früh am Morgen.

»Ich bringe Sie nach Hause.«

»Nein. Es ist schon okay, Mr. Reynolds. Ich möchte mit der U-Bahn fahren.« Rachel zögerte. »Hat dieser Mann Ihre Tochter umgebracht? Haben iranische Terroristen die Bombe gelegt?«

»Nein. Er hat meine Tochter nicht umgebracht. Und nein, es waren nicht Terroristen.«

»Werden Sie mir verraten, worum es bei dieser ganzen Sache geht?«

»Es wäre nicht klug, Sie weiter in die Sache hineinzuziehen.«

»Ich schwebe also nicht in Lebensgefahr?«

»Nein.«

»Schweben *Sie* in Lebensgefahr?«

»Noch nicht. Was haben Sie vor, Rachel?«

»Ich möchte weiter für Sie arbeiten.«

»Das ist kein Problem, aber ich werde in den nächsten Tagen nicht ins Büro kommen. Darf ich Sie anrufen?«

Rings um sie herum herrschte hektisches Treiben, aber sie achteten nicht darauf. Sie sah ihm in die Augen – und wusste genau, was er sagen wollte. Das war eine der guten Seiten der Männer: Ihre Augen verrieten alles. »Paul, das geht nicht«, hörte sie sich leise antworten. Es gäbe zu viele Probleme. Die erzwungene Intimität, das Küssen, um ihre Angst zu zerstreuen, daraus könnten nur Komplikationen erwachsen. Außerdem war sie nicht verliebt in ihn. Und er war ihr Chef. Es war zu heikel.

»Verstehe.« Er zog einen Brief aus der Tasche – den Brief, den seine Frau ihm geschrieben hatte. »Lesen Sie ihn, damit Sie wissen, was Pauline empfand.«

»Das kann ich nicht. Das sind private Angelegenheiten zwischen Ihrer Frau und Ihnen.«

Er drückte ihr den Brief energisch in die Hand und stieg zurück ins Auto. »Bis bald.«

Rachel beobachtete, wie sich die Limousine mit den schwarz getönten Scheiben in den Verkehr einfädelte. »Mist!« Sie verfluchte sich selbst. Da hatte sie die Gelegenheit gehabt, die Freundin eines der reichsten Männer Amerikas zu werden, und sie hatte es vermasselt. War sie denn verrückt? Und jetzt war ihr Abenteuer beendet. Und sie blieb, was sie schon immer gewesen war: eine Sekretärin. Es gab keinen Grund, warum er sie weiterhin in seine Angelegenheiten einweihen sollte. Was genau bei dieser Bombenexplosion passiert war und wer dahintersteckte, das würde sein Geheimnis bleiben. Und was bedeutete das für sie? Zurückzukehren zu ihrem Freund und demselben Leben wie vorher? Aber sie hatte sich entschieden, oder? Niedergeschlagen ging Rachel zur U-Bahn. Schließlich erreichte sie ihr Mietshaus und trat aus dem Aufzug. Sie wurde begrüßt von einem Geliebten, den sie nicht willkommen hieß.

»Was machst du denn hier?«

Tristan, der neben der Tür gesessen hatte, rappelte sich auf. Er hielt einen Strauß Narzissen in der Hand; er musste sie günstig an einem Stand auf der Straße gekauft haben. »Wo hast du gesteckt?«

»Das geht dich nichts an.«

»Rachel, komm, lass uns wieder zusammen sein.« Seine Bitte klang unangenehm flehentlich.

»Sie hat dir den Laufpass gegeben, ja?«

Seine Gesichtszüge bejahten es. Rachel hätte beinahe gelacht.

»Es war ein Fehler. Die hier sind für dich …« Er hielt ihr die Blumen hin.

»Also, wer war es? Erzähl's mir.«

»Eine neue Kollegin. Sie hat sich an mich herangemacht, als ich schwach war. Du warst nicht da.«

Was für eine jämmerliche Ausrede. »Tristan, geh einfach.«

Fast hätte er die Blumen auf den Boden geworfen. Manchmal waren Frauen so *unfair*, so grausam. Er begriff einfach nicht, warum man Frauen liebte. Hätten sie keine Geschlechtsorgane, würde sich niemand für sie interessieren.
»Wo bist du gewesen?«
»In England.«
»Mit ihm?«
Rachel war im Begriff, die Tür aufzuschließen; sie hielt inne. »Was soll das denn heißen? Was willst du damit sagen? Ich bin nach England geflogen, weil mein Chef mich darum gebeten hat – weil seine Frau Selbstmord begangen hat.«
»Ich weiß. Ich hab's in den Zeitungen gelesen. Aber warum hat er dich darum gebeten?«
Eine gespannte Stille entstand. *»Hau ab!«*, schrie sie.
Tristans Züge verzerrten sich, es sah hässlich aus. Aha! Sie hatte mit Reynolds geschlafen. Es war also nicht nur seine Schuld; auch sie hatte sich schuldig gemacht. Und selbst wenn sie nicht mit Reynolds geschlafen hatte: Sie wies ihn ab – und dazu hatte sie kein Recht.
»Du hast mich auch betrogen ...«
Rachel öffnete die Tür, schlüpfte hindurch und schloss schnell hinter sich ab. Wie traurig es doch war, dass es so viel Hass, so viel Zorn zwischen Menschen gab, wenn eine Beziehung scheiterte. Aber sie hatte Tristan nichts getan; *er* hatte *sie* betrogen. Sie spähte durch den Spion. Tristan stand immer noch da, sah so wütend aus, als hätte er am liebsten eine ganze Armee niedergemetzelt, wenn er's gekonnt hätte. Nach einer Minute stapfte er Richtung Aufzug davon. Die Blumen behielt er, für den Fall, dass Isabel zurückkam. (Man munkelte, dass sie inzwischen mit seinem Chef schlief. Was Frauen so alles taten, um in einem Unterneh-

men voranzukommen. Mannomann!) Das war das wirklich Furchtbare am Leben. Wenn eine Frau dir nicht verzeihen kann und auch dann keinen Sex mit dir will, wenn du dich entschuldigst und ihr einen Blumenstrauß schenkst, dann zeigt sich, dass sie keine Gnade kennt. Trotzdem: Morgen würde er es noch einmal versuchen. Frauen waren wie offene Türen; sie mussten bloß sanft angestoßen werden; er war ein Experte in der Kunst des Liebens.

Nie wieder. Nicht mit Tristan. Rachel zog den Mantel aus und warf ihn aufs Sofa. Sie ging ins Schlafzimmer und zog sich aus, um zu duschen. Sie ließ das Wasser so heiß wie möglich auf sich herabprasseln. Tristan war ein Junge, ein Kind, das war sein Problem. Und sie wollte keine Jungen. Hatte Caroline ähnlich empfunden, als sie feststellte, dass sie schwanger war? Was hatte sie wirklich von Julio gehalten? Sowie sie sich Tristan aus den Haaren gewaschen hatte, trocknete Rachel sich ab und ging zu Bett. Das Handy in ihrer Handtasche klingelte. Das war bestimmt Tristan, aber sie hatte nicht die geringste Absicht, den Anruf anzunehmen. Sie ging ins Wohnzimmer, um nachzusehen, und machte ihre Handtasche auf. Dabei fiel ihr Blick auf etwas: Carolines Schlüsselbund.

Sie hatte vergessen, ihn Reynolds zurückzugeben. Morgen würde sie die Schlüssel mit ins Büro nehmen. Jetzt aber schlafen und in eine andere Welt entschwinden. Rachel ließ sich aufs Bett fallen und schloss die Augen. Tief im Herzen wusste sie, was sie wirklich wollte. Einen Mann, der loyal war, liebevoll, vertrauenswürdig und Mut im Überfluss besaß. Einen, der reich in inneren Gaben war, mit dem sie sich verbinden konnte, so dass sie selbst Erfüllung fand und zugleich Teil von ihm sein konnte. Kannte sie jemanden von diesem Kaliber in New York? Ausgeschlossen. Abgesehen vom Sohn Gottes war es unwahrscheinlich, dass sie jemanden auf Erden mit diesen Qualitäten fand. Rachel kuschelte sich in die Wärme ihres Betts. Trotzdem: Sie lebte, und es gab immer Hoffnung. Eines Tages … würde sie »den Einen« finden.

Oder hatte sie ihn schon gefunden?

* * *

Reynolds kehrte in sein Luxusapartment zurück, ohne etwas von dem Theater zu ahnen, das Rachel erlebt hatte. Kein Tristan begrüßte ihn, wofür er zweifellos dankbar war. Seiner Haushälterin sagte er, dass sie auf sein Anwesen auf Long Island fahren und die Dinge dort regeln solle. Die Kleidung seiner Frau sollte zusammengepackt und der Wohlfahrt geschenkt werden. Das hätte sie so gewollt.

»Aber wer wird dann für Sie kochen, Sir?«

»Ich werde mich selbst darum kümmern.«

Insgeheim machte sie sich große Sorgen um ihn. Sie arbeitete nun schon zehn Jahre für ihn und seine Frau. Was hätte Mrs. Reynolds gesagt? Hier war ein Mann, allein, seiner Familie beraubt. Doch weil sie eine untadelige Angestellte war, enthielt sie sich jeden Kommentars.

Reynolds stellte seine Aktentasche ab und drückte eine Taste in der Wand. Eine Glastür glitt zurück, er trat auf den Balkon. Er spähte über die Balustrade. Fünfzehn Stockwerke unter sich sah er den Straßenverkehr, die umhereilenden Menschen. Er musste nur eine einfache Entscheidung treffen, und schon wäre alles vorbei. Die Dynastie – seine Dynastie – wäre zu Ende. Denn was für einen Sinn hatte es, noch weiterzumachen? Die Menschen, die er liebte, waren tot. Und Rachel – die ihm immer mehr gefiel – war nicht an ihm interessiert. Er war zu alt für sie.

Springen oder nicht springen?

Julio hatte ihm ein Ziel im Leben beschert, besser gesagt, ihn vor eine Wahl gestellt. Aber sowie er eine Entscheidung getroffen hatte, das erkannte Reynolds, wäre sie unwiderruflich. Log Julio? Was bestimmte Dinge betraf, hielt er sicherlich einiges zurück. Er gab nur preis, was Reynolds wissen sollte. Doch was dies anbelangte, sagte er vermutlich die Wahrheit. Wenn das zutraf, war dann ein Teil ihrer Welt so, wie Julio sie beschrieben hatte? Ein Mann, der über ein Reich herrschte, in dem lateinamerikanische Drogenbosse, die russische und die italienische Mafia im Verborgenen kooperierten, zum gegenseitigen Nutzen? Und die in die politischen und nachrichtendienstlichen Systeme von westlichen Ländern eingedrungen waren, um sich Schutz und Unterstützung zu sichern? Es war wahrscheinlich. Schließlich versuchte jedes Unternehmen das Umfeld, in dem es operierte, zu dominieren, und zwar durch Fusionen, Übernahmen und Allianzen. Und die Welt des Verbrechens war auch eine Geschäftswelt, ebenso wie seine.

Clive Dwarkin – der Regierungsbeamte im Verteidigungsministerium, der Selbstmord begangen hatte, indem er sich vor einen Zug geworfen hatte. War er der Verräter? Derjenige, der den Mann des britischen Geheimdienstes denunziert hatte? Oder war er einer der Guten und war von *El Toro* umgebracht worden? Arbeiteten der britische Geheimdienst und das britische Verteidigungsministerium zusammen – oder bespitzelten die sich gegenseitig? Sie alle waren Schlangen; alles Nebel und Schatten. Außerdem hatte Julio zu Carolines Tod beigetragen – selbst wenn er keinen Verdacht gehegt hatte, dass etwas schiefgehen konnte. Er und sein Sohn hatten Caroline – wie auch viele andere unschuldige Menschen – in große Gefahr gebracht. Wie konnte er denn einem solchen Mann vertrauen?

Springen oder nicht springen?

Ein Durcheinander von Gedanken. Selbst wenn er und Julio ihre Fähigkeiten und Ressourcen zusammenlegten, sie benötigten mehr Hilfe. Wen könnte man hinzuziehen? Und er konnte doch nicht gleichzeitig noch Reynolds Holdings führen. Es gab im Vorstand niemanden, der seinen Elan und sein Engagement besaß. Man müsste jemanden von außen suchen. Aber wenn er einen Jüngeren als Vorstandschef einsetzte – und wenn auch nur vorübergehend –, bestand da nicht die Gefahr eines Putsches im Vorstand? Möglicherweise würde er beiseitegeschoben, obwohl er das Unternehmen gegründet hatte. Das war etwas ganz Normales. Am besten, er wies Julios Vorschlag zurück. Denn sonst verlor er womöglich das Einzige, was ihm geblieben war – sein Imperium.

* * *

Rachel stand aus dem Bett auf, ging in die Küche und machte sich ein Abendessen. Der Brief, den Reynolds ihr gegeben hatte, lag auf der Arbeitsfläche. Sie brachte es schlechterdings nicht über sich, den Brief zu lesen. Dazu war er einfach zu intim, zu persönlich. Aber egal: Wieso sollte sie ein Interesse daran haben, sich auf Reynolds einzulassen? Sicher, er war großgewachsen, reich, attraktiv, und er besaß

Mut. Außerdem war er kein Junge, sondern ein Mann. Aber war es wahrscheinlich, dass er fremdging? Aber ja! Wenn die Gerüchte stimmten. Also kam er nicht in Frage. Männer änderten sich nie – Frauen auch nicht.

Als sie ihre Mahlzeit zur Hälfte zubereitet hatte, stupste Rachel den Brief noch einmal an. Einem Impuls folgend, zog sie einen Hocker heran, öffnete den Umschlag und begann, den Brief am Küchentresen zu lesen. Was hatte Pauline ihrem untreuen Ehemann zu sagen? Wow! Sie nahm kein Blatt vor den Mund; alles, was sie schrieb, kam von Herzen. Sie berichtete ihm genau, was sie von ihm – von ihnen beiden – hielt. Sie waren beide selbstsüchtig geworden. Sie sahen die Welt nur in materiellen Kategorien. Sie benutzten Menschen – er zum Beispiel, indem er andere Frauen für Sex bezahlte (sie wusste alles über die hochklassigen Callgirls). Und er hatte es versäumt, mit ihrer gemeinsamen Tochter ausreichend Zeit zu verbringen.

Rachel erschrak. Sie legte den Brief aus der Hand; er war so schonungslos. Aus einem inneren Zwang heraus las sie jedoch weiter, worüber sie schlussendlich froh war. Denn Pauline hatte noch mehr geschrieben. Sie fragte nach der Natur der Liebe. Ist es die Fähigkeit, anderen zu helfen? Die Fähigkeit, den Nächsten zu stützen, wenn er stürzt? Die Verbindung von sinnlichem und emotionalem Begehren? Die Kraft und das Mitgefühl, den menschlichen Schwächen und Fehlern zu widerstehen? Dann, in unsterblichen Zeilen, erklärte sie ihrem Mann, dass sie ihn liebte und dass sie ihn – könnte sie ihr Leben noch einmal leben – trotz all seiner Fehler wieder geheiratet hätte.

Rachel hob den Kopf. Wie wunderschön. Aber das war doch nicht der Brief einer Frau, die kurz darauf Selbstmord be-

ging, oder? Das musste später gekommen sein – ein Moment der Verwirrung, eine seelische Labilität, als sie am Ufer des Flusses stand. Rachel las weiter. Im letzten Absatz des Briefes bat Pauline ihren Mann um eines, nämlich dass er all seine Macht und all seinen Reichtum dafür einsetzen möge, um Carolines Mörder zur Rechenschaft zu ziehen. Sie wisse, er werde sie nicht enttäuschen. Die letzten Worte des Briefs erschreckten Rachel so sehr, dass sie aufschrie.
»Rachel wird dir dabei helfen.«

* * *

Der Summer an der Wohnungstür ertönte. Rachel erwachte und stöhnte auf. So spät schon! Wenn es für sie war, dann konnte es sich nur um einen Menschen handeln – Tristan –, aber sie hatte keine Lust, mitten in der Nacht mit ihm zu reden. Mit Sicherheit würde er betrunken sein oder irgendetwas Törichtes sagen. Wieder der Summer. Schließlich stand sie auf und zog sich etwas über. Spähte durch den Spion und machte die Tür auf. Auf der Schwelle stand Reynolds, ein wenig zerzaust.
»Wollen Sie mir helfen?«, fragte er.
Wie lautete ihre Antwort? Sollte sie dem Ruf des Abenteuers folgen – nicht wissend, wohin es führen würde – oder vor der Gefahr zurückweichen? Eine große Entscheidung im Leben treffen oder weiter auf den Wellen der Mittelmäßigkeit dahintreiben?

Das Abenteuer

16

Ein entspanntes Leben ist jenes,
das dem Lärm der Welt entflieht und dem geheimen Weg
folgt – den die wenigen weisen Männer gegangen sind,
die es in der Welt gegeben hat!
Luis de León

In der Welt existieren mehrere Welten, manche in Gestalt unterschiedlicher Kulturen – bescheidene, von der Hybris New Yorks weit entfernte Gesellschaften. In dem riesigen, die Karibik und Mittelamerika umfassenden Gebiet liegt ein fernes, wenig bekanntes Land. Panama. Das berühmteste Kennzeichen – vielleicht das einzige, für das es bekannt ist – ist sein Kanal. Ein junges Land, das sich erst 1903 von Kolumbien trennte und das sich, abgesehen von einigen herausragenden Naturdenkmälern, nur weniger Sehenswürdigkeiten rühmen kann. Hierzu gehören ein riesiger Urwald im Süden des Landes nahe der Grenze zu Kolumbien, über fünfhundert Inseln (unter denen viele Perlen von großer Schönheit sind) und, im weiten Norden des Landes, eine Region, dessen gemäßigt kühles Klima und dunkler Boden sie besonders fruchtbar macht.
Dieser Teil von Panama – der an Costa Rica grenzt – wird Chiriquí genannt, und dort leben seit langer Zeit unter den Einheimischen viele Ausländer. Warum kamen sie hierher? Manche wollten einem Europa entfliehen, das von zwei

Weltkriegen zerstört worden war; andere suchten ihre familiären Tragödien in einem fernen Land zu vergessen. Und wieder andere – vor allem junge Menschen, deren Vorfahren von europäischen Bauern abstammten – wollten fruchtbares Land zu einem relativ niedrigen Preis erwerben, um es zu erschließen und mit Stolz *mi tierra* – mein Land – zu nennen. Wie wohlklingend waren diese Worte, gleichgültig, welcher Rasse oder Hautfarbe die Person war, die sie aussprach.

Unter den Einwanderern waren auch Schweizer. Hier ließen sie sich nieder und vergaßen im Laufe der Zeit die Bräuche des älteren Landes, aus dem sie stammten. Sie gingen Ehen mit den Einheimischen ein. Viele von diesen Einheimischen waren spanischer Abstammung, aber es gab auch Indios, die seit Urzeiten hier lebten. Sie jagten und fischten, sie betrieben Landwirtschaft und kultivierten den Regenwald. Ihre Gesichter spiegelten die Herkunft ihrer Vorfahren. Dunkelhäutig, kleiner als ihre spanischen Brüder, anders als ihre aztekischen Gefährten, die weiter im Norden lebten, bauten dieser Völker keine Städte, sondern zogen es vor, in kleinen Dörfern im Urwald oder am Meer zu leben. Die Männer waren respektvoll, nicht kriegerisch, und die Frauen waren für ihre Schönheit berühmt – schlank, schüchtern, mit glatter, geschmeidiger Haut und dunklen, sehr ausdrucksstarken Augen. Im 20. Jahrhundert beackerten diese drei Bevölkerungsgruppen, die indianische, die spanische und die Einwanderer, das Land im Norden Panamas oftmals gemeinsam. Insbesondere bauten sie Kaffee und Bananen an. Doch die Indios, die den Boden bearbeiteten, blieben trotz ihrer Arbeit weiterhin arm. Unter anderem aus diesem Grund blieben sie eine enge Gemeinschaft mit

Bräuchen und Sprachen, die nur wenige Panamaer sich die Mühe machten zu erlernen, denn diese Indios waren ein Volk der Vergangenheit, oder? Unbedeutend.
Einer der Schweizer, der nach Veraguas ausgewandert war, war ein schlaksiger Farmer mit Namen Carl Deiss. Er lebte hier mit seiner Frau und seinem jüngeren Bruder. Warum sie die Schweiz verlassen hatten, wurde nie ganz klar. Vielleicht lag es an einer Art Wanderlust, dem Wunsch, zu sehen, was das Leben jenseits der Grenzen des eigenen Landes zu bieten hatte. Es lag aber wohl auch an der Sehnsucht, eigenes *tierra* zu besitzen – denn im Heimatland konnten sich die Deiss Landerwerb nicht leisten. Sie kauften eine kleine, heruntergewirtschaftete Kaffeefarm hoch oben an den Hängen eines Berges unweit der Kleinstadt Cerro Punta und ließen sich nieder. Sie waren blond, deshalb fielen sie aus der Menge ihrer dunkelhaarigen Arbeiter stark heraus. Der Ort, an dem sie sich ansiedelten, lag einsam, daran bestand kein Zweifel, außerdem hatten sie nur Indios als Nachbarn – von denen sie viele als Landarbeiter anheuerten. Im Laufe der Zeit passten sie sich immer mehr ihrer Umgebung an und erlernten den lokalen Dialekt, Buglere, was ihnen Achtung unter den Einheimischen einbrachte. Das Leben war schwer, doch weil sie gute, hart arbeitende Leute und bescheiden waren, beklagten sie sich nicht. Die Indios nannten Deiss Señor Carl und seine Frau La Señora. Der jüngere Bruder hieß für sie Señor Joseph.
Señor Carl und sein Bruder arbeiteten so schwer, wie sie konnten, damit die Farm blühte und gedieh. Neben dem Kaffeeanbau hielten sie einige Tiere, und jeden Monat fuhren sie die Kilometer zum Markt in Cerro Punta in einem alten Kleinlaster, den sie achtsam die beschwerlichen unge-

pflasterten Serpentinenstraßen hinauf- und hinuntersteuerten. Zu dritt bewohnten sie ein kleines Holzhaus im Schweizer Stil, das sie selbst erbaut hatten, so wie es in dieser Region üblich war. Ein Jahr nachdem sie in Panama eingetroffen waren, erlitt Señor Carls Frau eine Fehlgeburt, doch ein Jahr darauf bekam sie – ein wenig überraschend für sie und ihren Mann, da sie beide schon in den Vierzigern waren – einen Sohn. Sie nannten ihn Gustavo. Blond, mit sanftmütigen Gesichtszügen und sehr ruhigem Naturell.

Weil La Señora den ganzen Tag bei der Leitung der Kaffeefarm mithalf, wurde Gustavo als Baby in die Obhut einer indianischen Amme gegeben, die Señora Membache hieß. Sie hatte selbst einige Kinder, mit dem Ergebnis, dass der kleine Gustavo bald fließend Buglere plapperte. Er beherrschte es sogar noch besser als Spanisch, die Sprache, in der seine Eltern mit ihm sprachen.

Die Zeit verging, und ohne jeden Zweifel wäre Gustavo sein Leben lang auf der Farm geblieben und hätte sie schließlich geerbt, hätte sich nicht eine Tragödie ereignet – so wie es immer geschieht. Eines Tages, er war kurz zuvor acht Jahre alt geworden, fuhren Señor Deiss und seine Frau wie üblich zum Wochenmarkt in Cerro Punta. Sie machten sich im Morgengrauen auf den Weg. Da es der Höhepunkt der Regenzeit war, waren die Straßen besonders schlecht. Sie schafften es, in Cerro Punta anzukommen – wenn auch spät –, und verbrachten den Tag damit, ihre Produkte zu verkaufen und das zu kaufen, was sie aus den Dorfläden brauchten. Sie begaben sich auf den Rückweg, der Kleinlaster voll beladen mit Kerosin für die Lampen und mit verschiedenen Gemüsen: Kartoffeln, *Chayote*, *Yams*, Maniokwurzeln. Als sie eine steile Straße hinunterfuhren, versagten die Bremsen des Lasters, den Señor Deiss lenkte. Schleudernd holperte das Fahrzeug den Berg hinab, und er musste eine unerfreuliche Wahl treffen. Denn sah er, dass auf der einen Straßenseite Indio-Kinder im Gänsemarsch nach Hause gingen. Und auf der anderen gähnte eine tiefe Schlucht.

Señor Deiss und seine Frau waren beide tot, als der Wagen auf dem Boden der Schlucht aufschlug, nachdem er sich mehrmals am Abhang überschlagen hatte.

Erst spät am Abend überbrachten die Indios die Nachricht. Die Kerosinlampen in der Küche brannten, Gustavo saß am Kamin. Señor Joseph war draußen und fütterte gerade die Tiere, als man ihm die Hiobsbotschaft übermittelte. Er beschloss, dass es am besten sei, die Sache gleich hinter sich zu bringen, und deshalb sagte er es dem Jungen ohne Zögern. So wie die Indio-Kinder weinte auch Gustavo nicht, aber der doppelte Schicksalsschlag hatte ihn ohne Zweifel schwer getroffen. Am Morgen war er mit seinen Eltern aufgestanden. Am Abend ging er mit Erinnerungen an sie ins Bett. Drei Tage darauf wurden Señor Deiss und seine Frau beerdigt. Die gesamte Indio-Gemeinschaft kam zur Beerdigung und ehrte das Schweizer Ehepaar für ihr nobles Opfer. Und auf dieser Beerdigung machte der oberste Schamane eine Vorhersage. Wegen ihrer guten Tat würde eine Göttin ihren Sohn beschützen, so dass dieser niemals den Tod schmecken werde.

Nach dem Begräbnis grübelte Señor Joseph darüber nach, was zu tun sei. Er konnte die Kaffeefarm nicht allein führen. Außerdem wollte er nicht mehr weiter an diesem Ort leben – nicht bei diesen traurigen Erinnerungen. Es hatte jedoch wenig Sinn, in die Schweiz zurückzukehren; dort gab es niemanden, der ihn willkommen hieß, und überhaupt, er war schon Mitte vierzig. Er würde in Panama bleiben – doch irgendwo anders. Aber was sollte aus seinem Neffen werden? Er kannte doch kein anderes Leben.

Nachdem er viele Wochen darüber nachgesonnen hatte, beschloss Señor Joseph, die Farm zu verkaufen. Er und Gustavo zogen gen Süden, nach Panama-Stadt, wo es ihnen allerdings nicht besonders gut ging. Die Hauptstadt war zu groß und laut; es war schwierig, Arbeit zu finden. Nach vielem Hin und Her ließen sie sich auf einem kleinen Landstück unmittelbar außerhalb der Stadt nieder. Dort setzte sich Señor Joseph eine merkwürdige Idee in den Kopf. Vielleicht könnten sie ja einen kleinen Zoo eröffnen? Er und Gustavo liebten Tiere, außerdem besaß er immer noch ein bisschen Geld vom Verkauf der Kaffeefarm. Zunächst erwarben sie Schmetterlinge und kleinere Wesen: Gürteltiere, ein paar Affen, Papageien. Bald kamen tropische Fische hinzu, zusätzlich verkauften sie Orchideen, von denen es in Panama mehr als achthundert Arten gab. Schließlich fingen sie an, Schlangen zu sammeln. Zunächst nur ein paar ungiftige, doch weil es in Panama so viele Giftschlangen gab, erstanden sie auch einige von diesen. Diese Schlangen, die in einem speziellen Nebengebäude gehalten wurden, pflegte ein Indio, der sich in solchen Dingen auskannte.

Es waren die Schmetterlinge, die Orchideen und die Schlangen, die die Einheimischen – hauptsächlich Kinder – in den Zoo strömen ließen. Weil es ein sehr kleiner Zoo war, waren es meist die Kinder der Armen – viele waren noch nie im Landesinneren von Panama gewesen, hatten noch nie die dortige Tierwelt erlebt. Finanziell kam der Zoo gerade so über die Runden. Und Gustavo? Der achtjährige Junge wurde zur Stütze ihres kleinen Unternehmens. Er ging zur Schule – und brachte gute Noten mit nach Hause –, aber seine ganze Freizeit verbrachte er im Zoo. Gustavos Onkel machte sich deswegen Sorgen, denn im Laufe der Jahre schien sich der Junge immer mehr in sich selbst zurückzuziehen. Er war sicherlich nicht geistig zurückgeblieben oder gar autistisch. Er sprach mit den Tieren und seinen Klassenkameraden, schien aber kaum Interesse an seiner sonstigen Umwelt zu haben. Kurzum: Er wurde den Indios sehr ähnlich. Señor Joseph erkannte, dass Gustavo sein früheres Zuhause – die einzige Verbindung zu seiner Vergangenheit – vermisste, und brachte den Jungen deshalb in den Ferien nach Cerro Punta zurück. Da die Kaffeefarm verkauft worden war, konnte Gustavo dort nicht wohnen. Stattdessen lebte er bei Señora Membache, seiner ehemaligen Amme und ihrem Mann. Und so verbrachte der Junge jeden Sommer mit deren Söhnen, die ein wenig älter waren als er, erkundete den Urwald und sammelte Schmetterlinge und Tiere für den Zoo.

»Bist du glücklich, Gustavo?«

»Ja.«

»Gibt es noch etwas, was du brauchst?«

»Nein.«

Und das war's. Onkel und Neffe betrieben weiterhin ihren kleinen Zoo und bauten Gemüse und Obst zum Eigenbedarf an. Der Garten hinter dem Haus war voller Bananen-, Avocado-, Guyabana-, Kirsch-, Orangen- und Zitronenbäumen. Und zur Straße hin hatten sie um das Haus eine Hecke aus Bougainvilleen errichtet – mit Blüten in verschiedenen Farben. Das war eine von Gustavos Ideen gewesen, als sie das Grundstück erworben hatten. Er hatte die Bougainvilleen in den sieben Farben gepflanzt, in denen es diesen Strauch in Panama gibt, und sie so miteinander verbunden, dass sie einen wunderschönen Effekt erzeugten. So herrlich waren die Bougainvilleen anzuschauen, wenn die Hecke im Herbst blühte, dass die Einheimischen oft vom »Heckenhaus« sprachen – denn keines ihrer Häuser an der unbefestigten Straße war mit Hausnummern versehen.

So gingen die Jahre ins Land. Gustavo wuchs heran, doch sein Naturell änderte sich kaum. Da er ein verantwortungsbewusster Junge war, übertrug ihm sein Onkel die Leitung über das Aquarium, und Gustavo blühte geradezu auf, wenn er die tropischen Fische versorgte, die sie besaßen. Auf seinen Expeditionen in den Urwald besorgte er noch weitere Arten aus den Flüssen und Bächen.

Als Gustavo dreizehn war, beschloss der alte Indio, der sich bislang um das Schlangenhaus gekümmert hatte, zu kündigen. Sie suchten per Annonce einen Nachfolger, aber wer wollte schon Giftschlangen umsorgen? Nach vielen Bitten erlaubte Señor Joseph Gustavo widerstrebend, die Leitung des Schlangenhauses zu übernehmen. Es war klar, dass er Schlangen liebte, und der alte Indio hatte ihn vieles gelehrt. Aber angenommen, der Junge wurde gebissen? Nun, das Smithsonian Institut in Panama-Stadt hielt verschiedene Seren bereit, was Gustavos Onkel beruhigte. Zudem betete er jeden Abend für den Jugendlichen zur Jungfrau von Guadeloupe, die es sicher nicht zulassen würde, dass Gustavo ein Leid geschah, wo er doch nur versuchte, seinem Onkel beim Bestreiten seines Lebensunterhalts zu helfen.

Unter Gustavos sanftmütiger Anleitung vergrößerte sich die Sammlung der Schlangen, und niemals wurde der Junge ge-

bissen. Nach einem Jahr gelang es Onkel und Neffe, weitere Indios zu finden, die mithalfen; alles ging bestens. Natürlich liebten die Schulkinder und Erwachsenen den Nervenkitzel, den man verspürte, wenn man Giftschlangen beobachtete – genauso wie die ganz kleinen Kinder die Schmetterlinge anhimmelten. Einmal fragte Gustavo seinen Onkel, ob sie sich auch Reptilien zulegen sollten. Vielleicht ein, zwei kleine Krokodile. Doch der Onkel schob die Entscheidung hinaus. Sie hatten zu viele Tiere in Pflege und inzwischen schon vier Vollzeitkräfte, alles Indios. Es war genug.
Im Alter von achtzehn Jahren beendete Gustavo die Schule. Sein Onkel kam zur Abschlussfeier. Der Junge hatte sich gut entwickelt. Natürlich war er nicht auf eine der renommierten Privatschulen in Panama gegangen (das konnten sie sich nicht leisten), sondern hatte nur die staatliche Schule am Ort besucht. Señor Joseph saß unter den Eltern und lauschte, wie die Zeugnisse verlesen wurden. Sein Neffe (in seinem Herzen behandelte er ihn wie einen Sohn) war kein Einserschüler, hatte aber beachtlich gute Noten. Leider gab es keinen Unterricht in den Indio-Sprachen. Hätte es ihn gegeben, Gustavo hätte alle Preise gewonnen, denn er sprach fließend Buglere, Embera, Teribe und Kuna. Doch was nützte das in einem Land, das immerzu danach strebte, den USA als Vorbild für gesellschaftlichen Fortschritt nachzueifern? Dennoch: Es wurde eine schöne Abschlussfeier. Draußen im hellen Sonnenschein posierten der Junge und sein Onkel gemeinsam für ein Foto. Der eine grauhaarig, der andere blond, beide schlank, mittelgroß, mit ausgeglichenen Gesichtszügen – den Mienen von Menschen, die das Leben Tag für Tag lebten und keinen besonders großen Ehrgeiz hatten.

»Was möchtest du jetzt machen, Gustavo?«
»Ich werde im Zoo helfen.«
»Aber du musst zur Universität gehen!«
Auch wenn sein Onkel versuchte, ihn zu überzeugen, Gustavo blieb fest. Seine ganze Zeit brachte er im Zoo zu, und im Sommer kehrte er in den Norden Panamas zurück, um bei seinen Freunden zu sein. Er war nun einmal ein ruhiger, zurückhaltender, schüchterner Junge – wie es in seiner Familie viele gab, wie sein Onkel sagte. Doch um dem jungen Mann die Möglichkeit zu geben, ein wenig von der Welt zu sehen, bezahlte ihm sein Onkel Reisen. Gustavo unternahm Kurzreisen in andere lateinamerikanische Länder und sogar auf den afrikanischen Kontinent wie auch nach Australien. Stets fühlte er sich dabei zu jenen Ländern hingezogen, in denen es noch Urwälder gab, und seine Sammlung von Büchern über Flora und Fauna wuchs stetig an. Ebenso verhielt es sich mit seiner Schlangensammlung, doch wie das eigentlich geschah und welche Schlangen es darin gab, kümmerte seinen Onkel nicht – der sich selbst vornehmlich für Orchideen interessierte und davon träumte, eines Tages vielleicht wieder eine kleine Kaffeefarm zu besitzen.
Die Jahre vergingen. Der Zoo wurde ein wenig bekannter, Gustavo wurde dreißig Jahre alt, und Señor Joseph musste etwas kürzertreten, als in ihm ein Leberkrebs so heimlich und verstohlen zu erblühen begann wie eine Orchidee.

17

Wir neigen dazu, denen zu glauben, die wir nicht kennen, weil sie uns nie betrogen haben.
Samuel Johnson

Nichts ändert sich, aber nichts bleibt gleich.

Rachel fuhr mit der U-Bahn zur Arbeit. Und jeden Tag ging sie – nachdem sie die U-Bahn-Station verlassen hatte – einen Häuserblock bis zu ihrem Büro. Auf diesem Weg änderten sich die Gebäude nicht – sie sah stets die gleichen Läden, die gleichen Schilder. Doch natürlich blieb in diesem Großstadtdschungel nichts gleich. Ein wenig veränderte sich jeden Tag – ein neuer Laden, ein neuer Verkaufsstand, ein neues Schaufenster, so dass sich die urbane Landschaft mit der Zeit stetig veränderte. Der Geist passte sich diesen winzigen Veränderungen allerdings an und vergaß, wie diese Umgebung einst ausgesehen hatte. Folglich wurde das Denken ausgetrickst – eingelullt in ein Gefühl von Dauer, obgleich Vergänglichkeit vorherrschte. Die Wirklichkeit – und die fortlaufende Wahrnehmung der Wirklichkeit – waren zweierlei.

Auch im Büro war alles gleich geblieben, und den anderen auf der Chefetage fiel keine wesentliche Veränderung auf. Hinter den Kulissen jedoch hatten der Konzernchef und seine Sekretärin den täglichen Abläufen einen anderen, geheimen, Plan hinzugefügt, und zwar einen, der sich weiterentwickelte. Als Rachel Reynolds zugesichert hatte, dass sie ihm helfen wolle, hatte er ihr gedankt und ihre Wohnung verlassen, damit sie ins Bett gehen konnte – allein. In den folgenden Tagen erschien er immer seltener im Büro. Offenkundig wegen geschäftlicher Angelegenheiten, weshalb seine Angestellten nicht beunruhigt waren. Er kehrte nach England zurück, um die Nachforschungen über den Tod seiner Frau fortzuführen – es war eindeutig Selbstmord, wie sich herausstellte –, die schließlich neben ihrer Tochter beigesetzt wurde. Außerdem verkaufte er das große Anwesen auf Long Island und zahlte das Hauspersonal aus.

Carolines Haus behielt er fürs Erste, da er es nicht ertrug, sich davon zu trennen. Schließlich rief er eine Sitzung des internationalen Verwaltungsrats ein, dessen Mitglieder der Ernennung eines Interims-Vorstandschefs zustimmten, und zwar auf der Grundlage, dass Reynolds ein Sabbatjahr nahm. Diese Entscheidung wurde nicht an die große Glocke gehängt, damit Reynolds die Möglichkeit bekam, sich schrittweise aus dem Unternehmen zurückzuziehen, wobei auf seine eigene Bitte hin so wenig Leute wie möglich in die Abläufe einbezogen wurden.

Den leitenden Mitgliedern des Verwaltungsrats teilte Reynolds darüber hinaus mit, dass er beschlossen habe, sich auf eine neue Geschäftsidee zu konzentrieren – die etwas heikel sei. Er wolle seine Nachforschungen diesbezüglich in einem anderen Büro vornehmen, das näher an seiner Wohnung liege. Weitere Diskussionen darüber gab es nicht. Für viele lag der Zweck auf der Hand: die verstärkte Zusammenarbeit mit dem Militär auf dem Feld der Elektronik. Reynolds deutete an, dass die einzige Person, die er vorerst dafür benötige, seine persönliche Assistentin, Rachel, sei, weswegen sie nicht mehr in der Konzernzentrale arbeiten werde. Manche der leitenden Angestellten vermuteten, dass es in dieser Angelegenheit ein mehr persönliches Interesse geben könnte. Aber wenn schon. Er brauchte eine Frau, um sein Leben zu stabilisieren, und er konnte von Glück reden, eine so fröhliche und hübsche Frau gefunden zu haben wie Rachel.

Als die anderen Sekretärinnen davon erfuhren, zerrissen sie sich auf der Damentoilette so sehr das Maul, dass sie beinah neue Unterkiefer gebraucht hätten. (Erstaunlicherweise gehörte das nicht zu den Gebieten, auf die sich die Schönheitschirurgen New Yorks spezialisiert hatten – auf diesem Feld gab es also noch viele Chancen.) Drei Wochen vergingen, in denen Rachel ihrem Chef half, die Papiere in seinem Büro zu ordnen und alles für die Ankunft des neuen Vorstandschefs am folgenden Tag vorzubereiten. Weil Reynolds viele Firmenunterlagen zu Hause aufbewahrte, kehrte er eines Morgens unangekündigt in seine Wohnung zurück. Er fuhr mit dem Lift in die oberste Etage und betrat den Flur.

Am Ende des Gangs standen vier Männer.

»Wie sind Sie hier hereingekommen? Wer hat Sie in das Gebäude hereingelassen?«, wollte Reynolds verärgert wissen.

Die Männer hatten aus dem Fenster geblickt. Einer von ihnen drehte sich nun um; Reynolds erkannte ihn: Es war der Anführer der Gruppe, die seinen Privatjet nach Island entführt hatte. Arrogant schlenderte er auf Reynolds zu. Mit seinem schweren Akzent sagte er: »Achten Sie mehr auf Ihre Security.«

»Wie heißen Sie?«

»Enrique.«

»Ich nehme an, Sie waren bereits in meiner Wohnung«, erwiderte Reynolds so sarkastisch wie möglich. »Möchten Sie noch einmal mit reinkommen?«
Der Bolivianer schüttelte den Kopf. Sie hatten schon überall gesucht; dieser Amerikaner hatte ja keine Ahnung, in was für eine Sache er da hineingeraten war. Er tippte ihm mit einem Finger auf die Brust. »Wenn Sie nicht aufpassen, sind Sie tot.«
Das brachte Reynolds zum Schweigen.
»Julio hat mir gesagt, ich soll Ihnen das hier geben.«
Reynolds öffnete den Brief. Darin hieß es, er solle auf die Bermudas fliegen und im *Hilton* absteigen; das Treffen sollte am folgenden Tag zur Mittagszeit stattfinden.
»Das ist absurd. Ich brauche mehr Zeit.«
Enrique schüttelte den Kopf; sein Chef war ständig in Bewegung. »Andere Leute haben Sie beobachtet. Gestern Abend.«
»Wer?«
Keine Antwort.
»Folgen Sie mir immer? Warum?«
»Damit Sie am Leben bleiben.« Der Ausdruck des Bolivianers verriet amüsiertes Interesse. »Haben Sie ihn?«
»Was?«
»*Den Schlüssel.* Julio will den Schlüssel.«
»Das sage ich nur ihm.«
Der Killer schüttelte verärgert den Kopf. Er drehte sich um und winkte seinen Männern. Gemeinsam stiegen sie in den Fahrstuhl und verließen das Gebäude. Als Reynolds seine Wohnung betrat, überprüfte er kurz den Flur und das Wohnzimmer. Anscheinend war nichts bewegt worden. Warum waren diese Leute also hergekommen? Um ihm diese Nach-

richt zu geben? Oder um seine Wohnung zu verwanzen? Und wenn nicht sie seine Wohnung verwanzt hatten – wer dann?
Er runzelte die Stirn und ging durch die Wohnung. Das nahm eine ganz Weile in Anspruch und er durchquerte dabei Zimmer, in denen er nicht mehr gewesen war, seit er die Wohnung gemeinsam mit seiner Frau vor mehr als acht Jahren bezogen hatte. Da war das Wohnzimmer und das Esszimmer. Ein kleines Fitnessstudio, ein Heimkino, ein Büro und die Küche. Außerdem die – jetzt leeren – Räume für drei Hausangestellte. Schließlich den Pool und einen großen Wintergarten. Reynolds ging durch alle diese Räume. Seine Inspektionsrunde ergab, dass wohl niemand in die Wohnung eingedrungen war, und er fand auch keine Hinweise darauf, dass etwas verrückt worden war.
Wegen seines Reichtums hatte Reynolds allerdings nie wirklich gewusst, was er alles besaß. Er hatte immer mehr verdient, als er angestrebt hatte. Deshalb hätte er nicht mitbekommen, wenn Antiquitäten, Silber oder Gemälde gestohlen worden wären. In der Vergangenheit war seine Sicherheit, sein Schutz perfekt gewesen. Erst jetzt fing er an, sich verwundbar zu fühlen. Wieso hatten sie so leicht hereinkommen können? Es gab ein Tastenfeld, um die Tür zu öffnen, und einen Monitor, um Besucher zu überprüfen. Weder das eine noch das andere gab Hinweise darauf, dass es manipuliert worden war. Zudem hatte Reynolds mit der Verwaltung des Apartmenthauses einen Wartungsvertrag geschlossen; deren Mitarbeiter kamen von Zeit zu Zeit in die Wohnung, um den Pool instand zu halten und die Pflanzen zu gießen. Konnte einer von ihnen bestochen worden sein?
Er ging in die Küche und machte sich einen Drink. Aus der

Hosentasche zog er ein Schlüsselbund hervor; den Schlüsselbund seiner Tochter, den Rachel ihm gegeben hatte. Einer der Schlüssel war der, nach dem Julio suchte. Er setzte sich zurück. An diesem Punkt konnte er doch immer noch zurück, oder? Er musste Julio ja nicht alle Schlüssel geben. Oder er könnte ihn einfach Enrique, seinem Bodyguard, in die Hand drücken, wenn er ihn das nächste Mal sah. Reynolds ahnte, dass er an eine Wegkreuzung gelangt war. Er konnte diese oder jene Richtung einschlagen. Aber welche?

Wie würde die Zukunft aussehen, wenn er *den sicheren Weg* nahm? Vermutlich würde er – so wie seine Frau prophezeit hatte – der Vorstandschef eines der mächtigsten Konzerne auf dem Planeten werden. Und Rachel? Er würde sie zu seiner Frau machen. Er würde sie um ihre Hand bitten, sie mit seinem Reichtum und seiner Bedeutung umgarnen. Sie könnten ein Kind bekommen. Einen Jungen! Ein Kind, das Pauline ihm nicht hatte schenken können. Einen Erben – einen Erben für sein Reich.

Und wie würde die Zukunft aussehen, wenn er *den unbekannten Weg* einschlug? Wenn er sich dazu entschlösse, dann würden Julio und er, zwei Löwen, einem der mächtigsten Drogenbosse auf dem Planeten den Kampf ansagen, um der Gerechtigkeit Genüge zu tun.

»Dad, du musst das nicht tun.«

Carolines Stimme ertönte leise an seinem rechten Ohr. Er wusste, wovor sie ihn warnte. Die Entscheidung für letzteren Weg barg eine extreme Gefahr. Er starrte hinaus in den Wald aus Hochhäusern und begann über seinen eigenen Tod nachzudenken.

18

Vertraue, aber nicht zu sehr.
George Herbert

Der Flug von New York auf die Bermudas in seinem Privatjet war kurz – nur fünf Stunden. Der Blick auf die Insel beim Landeanflug war wunderschön. Ohne eine Aktentasche, die ihn abgelenkt hätte, konnte sich Reynolds auf die malerische Szenerie konzentrieren. Eine kleine Insel, mitten im Meer, umschlossen von smaragdgrünem Wasser. Die Bermudas waren eine britische Steueroase für die Reichen. Warum hatte Julio die Insel für ihr Treffen ausgewählt? Reynolds war sich relativ sicher, die Antwort zu kennen. Höchstwahrscheinlich wollte Julio nicht in die USA oder nach Großbritannien einreisen. Angesichts des Umstands, dass er eingeräumt hatte, Waffenhändler zu sein, dessen Sohn wegen Drogendelikten in den USA in Haft gesessen hatte, war das verständlich, aber vermutlich steckte weit mehr hinter dem geheimnisvollen Julio. Es war an der Zeit, Nachforschungen anzustellen.
Bald nach der Ankunft stieg Reynolds im *Hilton* ab und wartete auf die nächste Anweisung. Sie kam prompt. Während er auspackte, klopfte es an der Tür, und eines der Zimmermädchen legte mehrere blaue Handtücher auf sein Bett. Mit den Augen gab sie ihm ein Zeichen, sich die Handtücher einmal genauer anzusehen. Kaum war sie gegangen,

faltete Reynolds das oberste auseinander. Darin lag ein kurzer Brief mit der Anweisung, ein bestimmtes Restaurant in der Stadt aufzusuchen; ein Wagen werde ihn dort abholen. Wenig später verließ er das Hotel und ging eine der Hauptstraßen entlang.
Das Restaurant war leicht zu finden, ein Sportwagen fuhr heran, die Fahrerin bedeutete ihm einzusteigen. Weil Grand Bermuda eine kleine Insel ist, dauerte es nicht lange, bis sie ihr Ziel erreicht hatten – ein zweistöckiges Holzhaus mit Blick auf einen Sandstrand in einer der reichsten Gegenden. Enrique, der Bolivianer, stand auf dem Bürgersteig, sein Gesicht so undurchdringlich wie immer.
»Sie schon wieder. Wie sind Sie so schnell hierhergekommen?«, grüßte ihn Reynolds.
Der Leibwächter gab ihm keine Antwort; kein Humor. Reynolds folgte ihm. Sie gingen durchs Haus. Dahinter lag ein gepflegter Garten, der hinunter zu einem weißen sechseckigen Pavillon führte. Dort saß Julio mit einem Glas Champagner vor sich.
»Herzlich willkommen, Mr. Reynolds!«
»Mir gefällt Ihr Haus, Sie haben einen guten Geschmack.«
»Vielen Dank. Haben Sie den *Schlüssel?*«
»Ein Drink wäre gut. Und erzählen Sie mir von Enrique. Ich weiß gern Bescheid über die Leute, die mich entführen. Wer ist er? Und welcher Nationalität ist er?«
Julio lachte. »Langsam stellen Sie die richtigen Fragen; das hätten Sie schon auf Island tun sollen. Enrique ist mein Bodyguard, er ist Bolivianer. Er redet nicht viel – ein kluger Mann, finden Sie nicht auch?«
Julio drückte einen Knopf an einem kleinen Gerät in seiner Hand. Fast augenblicklich erschien eine junge Frau aus dem

Haus mit einer Flasche Wein auf einem Tablett. Sie trug ein dünnes Baumwollkleid und sah umwerfend aus.

»Sie ist Kolumbianerin«, sagte Julio, dem Reynolds' Blick aufgefallen war. »Hübsch, nicht wahr?«

Reynolds antwortete nicht darauf. Stattdessen erwiderte er: »Ich bin nicht sehr glücklich darüber, dass Enrique in meine Wohnung eingebrochen ist.«

»Haben Sie den *Schlüssel?*«

»Und wer verfolgt mich, abgesehen von Ihren Leuten?«

»Die britischen Geheimdienste.«

»Warum?«

»Nun, wenn Sie es wirklich wissen wollen: Die Japanerin, deren sexuelle Dienste Sie in Anspruch nehmen – sie wird von den britischen Geheimdiensten bezahlt, damit sie ihnen Informationen liefert.«

Reynolds wurde knallrot, aber Julio hob die Hand. »Sparen Sie sich Ihre Verlegenheit. Ich treffe keine moralischen Urteile, Mr. Reynolds, aus offensichtlichen Gründen. Diese junge Frau schläft auch mit einigen wichtigen Politikern in Ihrem Heimatland und in Großbritannien.« Julio bewegte seinen Finger im Kreis. »Ich habe Ihnen ja gesagt, Räder, die in Räder greifen, Kreise, die sich mit anderen Kreisen überschneiden. Eine undurchschaubare Welt, ein Labyrinth. Ah, hier ist ja Ihr Drink.«

Reynolds rührte sein Glas nicht an; er war völlig verblüfft. Julio wusste zu viel über ihn, und Julio war nicht der Einzige.

Reynolds fühlte sich wie jemand, der sich in einem unsichtbaren Netz verstrickt hatte – und zwar in einem, von dessen Existenz er nicht einmal etwas geahnt hatte.

»Zeigen Sie mir den Schlüssel.«

Aus der Tasche seines cremefarbenen Jacketts zog Reynolds den Schlüsselbund hervor, der seiner Tochter gehörte, und legte ihn auf den Tisch. Sogleich war Julio aufmerksam. Er fuhr mit den Fingern über die Schlüssel, bei einem hielt er kurz inne. Er war klein, nicht numeriert, scheinbar unbedeutend.

»Das ist er. Der Schlüssel, den mein Sohn dem britischen Agenten in dem Café aushändigen wollte, es aber nicht mehr konnte. Vielen Dank, Mr. Reynolds. Ich bin Ihnen außerordentlich dankbar.«

Reynolds legte die Hand auf die Schlüssel. »Ich – hm. Noch nicht. Ich muss mehr wissen.«

»Sind Sie immer noch durcheinander?« Wenn er jetzt schon keinen Überblick hatte, wie würde er dann erst reagieren, wenn er das Labyrinth betrat?

»Erklären Sie mir genau, was hier geschieht.«

Julio zögerte; am besten, er formulierte es in einfachen Worten. Er deutete auf die Szenerie ringsum. »Was sehen Sie? Sie sehen Himmel, Sand, Häuser, Yachten auf dem Meer. Aber da ist mehr. Das ist nur ein Teil des Bildes. Dort hinein müssen Sie Farben, Geräusche, Gerüche und vieles mehr einfügen. Im ersten Fall sehen Sie also etwas, im zweiten Fall beginnen Sie, etwas *wahrzunehmen*. Gut. Wie gesagt, ich habe der CIA geholfen, weil die mich erpresst haben.«

»Die CIA hatte Ihren Sohn fälschlich wegen Drogendelikten in Haft genommen?«

»Ja, die haben nach dem Boss des Drogenkartells gesucht und glaubten, dass ich ihnen helfen kann. Auch andere Leute suchen nach ihm. Die britischen Geheimdienste, weil einer ihrer besten Männer bei dem Bombenanschlag umgekommen ist.«

»Und weil die wahrscheinlich einen Verräter in ihren Reihen haben.«

»Richtig. Obwohl: Der Verräter könnte auch hoch oben in der CIA tätig sein.«

»Aber warum ich? Warum observiert man mich?«

»Aus zwei guten Gründen: Mein Sohn ging mit Ihrer Tochter aus, außerdem haben die mir nicht völlig vertraut. Zweitens: Sie, Mr. Reynolds, schlafen mit einer Prostituierten, die auch mit wichtigen Leuten schläft, die von *El Toro* bezahlt werden. Zudem stellt Ihr Unternehmen militärisches Equipment her. Die Briten und Amerikaner wollen nicht, dass *El Toro* das in die Finger bekommt. Darum wollen sie wissen, ob das alles nur Zufälle sind oder ob Sie für *El Toro* arbeiten.«

»Aber es sind nur Zufälle!«

»Es gibt keine Zufälle im Leben«, antwortete Julio. »Wie dem auch sei: Dieser Schlüssel«, er strich mit einem Finger darüber, »gehört zu einem Schließfach. Und in dem Schließfach befinden sich Informationen über *El Toro*, die ich gekauft habe. Sie haben mich achtzehn Millionen Dollar gekostet.«

»Achtzehn Millionen!«

»Jetzt wissen Sie, wie wichtig es für alle ist, diesen Mann zu finden. Bei dem Mann, der mir diese Informationen verkauft hat, handelt es sich um eine hochrangige Person in einem seiner Netzwerke. Dieser Mann ist inzwischen tot. Wenn *El Toro* jemandem misstraut, dann bringt er ihn um. Jetzt, da wir im Besitz des Schlüssels sind, möchte ich, dass Sie mir in einer anderen Angelegenheit helfen: Fliegen Sie nach London, und bringen Sie mir den Inhalt des Schließfachs.«

Reynolds schüttelte den Kopf. »O nein. Ich vertraue Ihnen nicht genug.«
»Das kann ich verstehen. Aber Sie müssen begreifen, dass ich Ihnen vertraue. Wenn sie wollten, würden die Amerikaner oder die Briten die Informationen in dem Schließfach ohne weiteres für eine höhere Summe kaufen, als ich gezahlt habe.«
»Aber ich brauche kein Geld.«
»Stimmt!« Julio setzte sich zurück und klatschte in die schlanken Hände. »Das ist ja gerade meine Hoffnung, verstehen Sie? Sie sind Multimillionär; Sie sind auf Geld nicht angewiesen. Aber eine Frage habe ich doch an Sie: Arbeiten Sie für die CIA oder die britischen Geheimdienste? Wenn ja, dann wären Sie für mich ohne Nutzen.«
»Nutze ich Ihnen denn?«, spöttelte Reynolds.
Julio musterte ihn scharf. Seine Miene wurde hart. »Sie müssen mir antworten.« Hätte Reynolds für die britischen Geheimdienste gearbeitet, wäre Julio vom Tisch aufgestanden und hätte Reynolds getötet; alles andere wäre zu riskant gewesen.
»Nein.«
»Wirklich nicht?«
Reynolds fiel der Privatdetektiv ein, den er eingestellt hatte. Aber Julio wusste sicherlich nichts davon, außerdem arbeitete der Mann ohnehin nicht für die britischen Geheimdienste. »Nein.«
»Das freut mich. Die Informationen in dem Schließfach werden es uns ermöglichen, nach *El Toro* zu suchen. Sie sind der Beginn des Fadens.« Julio stellte sein Champagnerglas ab. »In jedem Spiel, in jedem Rätsel, in jedem Roman gibt es viele verborgene Hinweise. Das Kunst besteht darin, den

Faden zu finden, der es einem ermöglicht, diesen Hinweisen zu folgen und sich von falschen Fährten nicht in die Irre führen zu lassen.«

»Und wenn ich Ihnen den Inhalt des Schließfachs bringe, erzählen Sie mir dann mehr über sich?«

»Ich verspreche es Ihnen. Und Sie werden immer noch eine Wahl haben, Mr. Reynolds.«

»Ich helfe Ihnen, das habe ich gesagt.«

Julio bemühte sich erst gar nicht zu lächeln. »Tapfere Worte. Aber«, er ließ zwei seiner Finger über den Tisch wandern, »je weiter Sie in das Labyrinth vordringen, desto näher kommen Sie dem Tod.« Er trank sein Glas aus und erhob sich. »Das hier sind die Adresse der Bank und die Nummer des Schließfachs. Enrique wird Sie ins Hotel zurückbringen. Ich hoffe, Sie genießen Bermuda. Ich muss jetzt weiter.«

»Müssen Sie immer weiter?«

»Ja.« Julio knöpfte sein Jackett zu. »Weil der Tod mir immer auf den Fersen ist.«

19

Die Rache ist wie eine saftige Frucht,
die man liegen lassen muss, damit sie reift.
Emile Gaboriau

Die letzten Tage am Arbeitsplatz.

Rachel räumte ihren Schreibtisch auf. Sie hatte geglaubt, sie würde traurig sein, doch sie war glücklich. Aber sie schied ja auch nicht aus dem Unternehmen aus, sondern wechselte lediglich in eine andere Position. Der neue Vorstandschef hatte seine eigene Sekretärin – eine junge Italienerin – mitgebracht, die mit ihrem sinnlichen, guten Aussehen und dem üppigen Leib zweifelsohne so manches Herz entflammen würde. Die leitenden Angestellten bei Reynolds Holdings hatten Rachel alles Gute gewünscht und für einen großen Blumenstrauß zusammengelegt. Es war sechs Uhr abends, und Rachel suchte die Damentoilette auf.

»Hallo, Rach.«

Die anderen Sekretärinnen waren in dem pinkfarbenen kleinen Raum zusammengekommen und inspizierten ihre Gesichter mit Leichenbittermienen. Rachel betrachtete sich im Spiegel. Diese verdammten Leberflecke! Einer direkt über der Oberlippe, ein anderer fast verborgen neben einem Ohr. Wenn sie die nicht hätte, sähe die Welt anders aus. Trotzdem: Sie war noch keiner Frau begegnet, die sich nicht wegen irgendeines Aspekts ihres Körpers Sorgen gemacht hätte. (Für einige Männer galt Ähnliches, Tristan zum Beispiel sorgte sich dauernd, er könnte eine Glatze bekommen.) Eine unvermeidliche Gefahr, wenn man der menschlichen Rasse angehörte – Unzufriedenheit.

»Bist du so weit?«

Die Sekretärinnen versammelten sich um Rachel. Sie wollten zur Verabschiedung mit ihr ausgehen. Sie trug ein rotes, ärmelloses Kleid mit farblich dazu passenden Schuhen, die blonden Haare hatte sie hochgesteckt. Wie immer war sie kaum geschminkt.

»Du siehst hübsch aus.«

»Wirklich?«

»Ja«, bestätigten fünf Stimmen im Chor. Rachel betrachtete sie argwöhnisch. Man konnte anderen Frauen niemals trauen, wenn sie einem ein Kompliment machten. Sie waren entweder zu höflich oder zu intrigant.

»Na, dann lasst uns gehen!«

Sie suchten eine Bar in der Nähe auf. Nach ein paar Drinks klapperten die Münder der Sekretärinnen mit der Geschwindigkeit von Schreibmaschinen: voll mit dem neuesten Klatsch über ihre Chefs und über Beförderungen im Büro – das alles ergänzt von jeder Menge alkoholischer Getränke. Ein Betrachter hätte eine Gruppe hübscher Frauen von Ende zwanzig gesehen, die sich amüsierten. Zwei Blondinen, zwei Dunkelhaarige, eine Brünette. Von allen Größen und Formen; ein, zwei waren ruhig; die anderen mit weit offenen Mündern, fröhlich lachend. Rachel trank nicht viel, weil sie später am Abend noch essen gehen musste (mit wem, hatte sie verschwiegen). Die anderen wollten sich rasch eine Pizza holen und anschließend ein paar

Nachtclubs aufsuchen. Als ihre Arbeitskolleginnen die vierte Runde bestellt hatten, kam die unvermeidliche Frage. Eine Frage von großer philosophischer und unternehmerischer Bedeutung.

»Hast du?« Chantal (die Sekretärin, die den Finanzchef mit großem Vergnügen fesselte) war halb betrunken und schob den Träger ihres tief ausgeschnittenen Kleids weit hinunter. »Komm schon, jetzt darfst du es uns doch erzählen. Hast du schon mit ihm geschlafen?«

»Mit wem?«

»Mit dem Chef. Mit Reynolds!«

»Nein.«

»Nein?! Aber was war denn, als du mit ihm in London warst? Und außerdem: Wie der dich immer anguckt.«

»Mich anguckt?«

»Oh.« Eine Pause entstand; das Büro hatte auf das Gegenteil gewettet. Die Einsätze waren ziemlich hoch gewesen. »Wie schade.«

»Warum?«

»Ihr hättet ein hübsches Paar abgegeben.«

»Was meinst du damit?« Tiefe Röte überzog Rachels Gesicht.

»Ihr beide seht gut aus, und du weißt, wie du mit ihm umgehen musst.«

Keine von den Kolleginnen sagte ihr, dass sie ein wenig wie eine jüngere Ausgabe von Pauline aussah. Das Gespräch wechselte zu einem anderen Thema; als sie in die Nachtclubs aufbrechen wollten und die Idee, noch etwas zu essen, aufgegeben hatten, waren alle beschwipst bis auf Rachel.

»Bis bald!« Sie zwängten sich ein gelbes Taxi; noch im Abfahren warf Chantal ihr einen Luftkuss zu und rief: »Lade uns zur Hochzeit ein!«

Rachel stand auf dem Bürgersteig und zog eine Grimasse. Freche Weiber; sie hatte keinesfalls vor, irgendjemanden zu heiraten. Nach Tristan wollte sie eine Erholungspause von ein, zwei Monaten einlegen, ehe sie wieder auf die Jagd nach Männern ging. Was würde es diesmal sein? Doch sicherlich eine Mehrjährige? War es nicht an der Zeit, sich niederzulassen? Jede Vorstellung von »Mr. Richtig« aufzugeben und sich für »Mr. Durchschnitt« zu entscheiden – so, wie dieser sich für sie entschied? Es gab sowieso keine Liebe in der Welt von heute: Lust und Promiskuität hatten sie zerstört. »Liebe« war doch nur ein anderes Wort dafür, sich einen willigen Partner fürs Bett zu sichern. Rachel stieg ins Taxi, den Strauß Blumen in der Hand. Auf der Fahrt grübelte sie über das Thema nach. Was heutzutage zählte, das waren oberflächliche Empfindungen, aber nicht Sinn oder Bedeutung. Der tiefere Zweck des Lebens war nicht mehr vorhanden, nicht wahr?

»Hier ist es. Bitte, halten Sie an.«

Das Taxi stoppte vor einem teuren Apartmenthaus, der Doorman hielt die Tür auf.

»Ich sage Mr. Reynolds Bescheid, dass Sie heraufkommen.«

Rachel betrat den Lift und betrachtete sich flüchtig im Spiegel. Eines Tages, wenn sie mehr Geld hätte, würde sie sich die Leberflecken entfernen lassen.

Reynolds stand schon in der Tür. Er betrachtete die Blumen mit ironischem Lächeln. »Sind die für mich?«

»Nein. Die habe ich von einigen Mitarbeitern im Unternehmen bekommen.«

»Hm. Mir hat noch nie jemand Blumen geschenkt.«

»Na ja, wie oft haben Sie Ihrer Frau Blumen mitgebracht?«

»Guter Punkt«, antwortete er. Tatsächlich hatte er das höchst selten getan; er war zu beschäftigt gewesen, hatte zu viel zu tun – all die üblichen Ausreden. »Kommen Sie mit in die Küche. Ich bin gerade dabei zu kochen.«

»Sie?«

»Rachel«, er blieb im Flur stehen und wandte sich zu ihr um, »ich war früher arm. Als ich anfing, besaßen Pauline und ich so gut wie nichts.«

»Aber in der Unternehmensbroschüre steht doch, dass Sie von Anfang an großen Erfolg hatten.«

»Glauben Sie das nur nicht. Wir haben am Hungertuch genagt.«

»Warum hat die Zeitschrift dann gelogen?«

Noch ein guter Punkt. Weil die Marketing-Leute es hineingeschrieben hatten und Reynolds es hatte durchgehen lassen, weil er fand, dass das Unternehmen auf diese Weise mehr Geld verdienen konnte. So wie alles andere in der Geschäftswelt wurde auch die Wahrheit dem Mammon geopfert.

Rachel legte den Blumenstrauß auf eine Arbeitsplatte, während Reynolds nach einer Vase suchte. »Darf ich mich ein wenig umsehen?«

»Natürlich.«

Da sie erst einmal in Reynolds' Wohnung gewesen war – damals, als sie ihn nach dem Tod seiner Frau nach Hause gebracht hatte –, kannte sich Rachel darin nicht aus. Während sie durch die Räume schlenderte, merkte sie, dass die Wohnung viel größer war, als sie vermutet hatte, denn sie nahm das gesamte obere Stockwerk ein. Als sie den Fitnessraum betrat, sah sie eine Ansammlung von Geräten – Laufbänder, Hanteln, Trimmräder, Sandsäcke. Am Ende befand sich eine weitere Tür, Rachel zog sie auf. Dahinter lag ein Bereich, mit dem sie nicht gerechnet hatte – der allerdings für jeden wirklich reichen New Yorker unverzichtbar war: ein Pool. Rachel kniete sich hin. Wohltemperiert. Hinter dem tiefen Bereich erstreckte sich ein riesiges Panoramafenster, das einen atemberaubenden Blick auf die hell erleuchtete Stadt bot. Aufgeregt lief Rachel zurück in die Küche.

»Mr. Reynolds – Paul –, darf ich Ihren Pool benutzen?«

»Natürlich.«

»Ich habe aber keinen Badeanzug dabei, kommen Sie also nicht herein.«

»Versprochen.«

Begeistert kehrte sie zum Pool zurück. Was konnte magischer sein, als nackt zu schwimmen und dabei hinunter auf New York zu blicken? Es verband alles – Opulenz, Erotik, Freiheit, Wagemut. Rachel sah sich um. Sie sah keine Umkleidekabine, nur eine Holzbank und ein paar Haken, um die Kleidung aufzuhängen. Sie entkleidete sich, dimmte das Licht und ging zum Panoramafenster, vor dem ein Chromgeländer verlief. Das Apartmenthaus lag genügend weit von den anderen entfernt, so dass die Leute dort nichts deutlich erkennen konnten. Aber das war ihr jetzt auch egal – die Drinks in der Bar hatten ihre Hemmungen gelockert. Unglaublich! Unter ihr, fünfzehn Stockwerke tiefer, brummte der Verkehr, ihr gegenüber glänzte ein Wald aus Wolkenkratzern. Es war atemberaubend.

Nach einigen Minuten drehte sich Rachel um, watete über den weißen Kachelboden des flachen Endes des Pools und fing an zu schwimmen. Wie aufregend! Für Reynolds war das vermutlich bloß ein Schwimmbecken – nichts Besonderes, eines der vielen kleinen Dinge, die man als gegeben nahm. Das war das Problem der reichen Leute. Sie hatten alles, aber weil sie alles hatten, verloren sie den Geschmack – die Freude – an dem Gegenstand selbst. Nachdem sie ein paar Bahnen geschwommen war, stieg sie widerstrebend heraus und trocknete sich ab. Dann, immer noch nackt, kehrte sie zu dem riesigen Fenster zurück, um ihr Reich in Augenschein zu nehmen. Das war doch sicher Vollkommenheit? Ah, Reichtum, Geld zu haben, um in einer solchen Wohnung wohnen zu können: ein Kokon, in dem man abgetrennt von der Welt leben, deren Probleme und Leid ignorieren konnte. Was für ein Genuss, was für eine Verführung. Und wenn sie mit diesem Mann zusammenzog, wenn sie seine Frau werden würde – die nächste Mrs. Reynolds? Nachdem Rachel sich angekleidet hatte, kehrte sie in die Küche zurück.

»Das Essen ist fertig. Ich dachte, wir setzen uns in den Wintergarten.«

»Wo ist der?«

»Folgen Sie mir.«

Sie verließen die Küche und gingen über den Hauptflur.

»Ist Caroline eigentlich auch mal in dem Pool geschwommen?«

»Das hat sie nicht interessiert. Musik war ihre Leidenschaft.«

»Und Sie?«

Er lächelte sie widerstrebend – schamvoll – an. »Ich hatte offenbar nie Zeit dafür.«

Es lag ihr auf der Zunge zu entgegnen: »Wie konnten Sie? Wie konnten Sie etwas so Schönes haben und es nicht genießen?« Aber zu welchem Zweck? Vergangen war vergangen, weder er noch sie konnten das ändern. Am Ende des Flurs bogen sie rechts in einen weiteren Gang. An dessen Ende befand sich eine zweiflügelige Glastür. Er drückte eine Taste in der Wand, die Tür schwang auf.

»Wow!«

»Das ist alles Pauline zu verdanken.«

»Oh, es ist wunderschön!«

Vor Rachels Augen lag ein regelrechter Garten. Draußen war es kalt, hier drinnen jedoch tropisch warm, weil die Temperatur hoch eingestellt war. Einfallsreichtum und Geschick (das heißt die Hand eines Landschaftsarchitekten) waren eingesetzt worden bei der Gestaltung des Raums. Es handelte sich streng genommen um einen quadratischen Raum in der rechten Ecke auf der Rückseite des Gebäudes, doch er war optisch umgewandelt worden durch einen Weg, der sich wie eine Schlange wand. Dieser Sandsteinpfad war gesäumt von tropischen Pflanzen und kleinen Palmen und mündete in einen offenen, mit Marmor gefliesten Raum, in dem ein Tisch und Stühle standen. Rechts davon befand sich ein Teich voller roter Lilien, in dem Goldfische schwammen, und zur Linken ein Blumenbeet mit Orchideen und anderen tropischen Pflanzen. Nicht der Teich war jedoch die größte Attraktion. Einen Meter hinter dem Tisch mit den Stühlen befand sich die Außenwand des Gebäudes, bestehend in dickem Glas. Während sie darauf zuging, wurde Rachel kurz schwindlig, weil dort kein Geländer verlief; unter ihr ging es senkrecht hinab bis zum Innenhof. Anders als aus dem Panoramafenster im Schwimmbad – das den Blick auf Gebäude freigab – blickte man von hier auf den Central Park. Reynolds stellte sich neben sie.

»Pauline hat das alles hier geschaffen.«

»Warum?«
»Sie war nie glücklich in New York. Sie ist auf dem Land aufgewachsen und hat lieber auf unserem Anwesen auf Long Island gewohnt. Kommen Sie, setzen Sie sich.«
Das Mahl war relativ einfach, denn Reynolds konnte, anders als Tristan, nicht gut kochen. Während des Essens fing er an, von seinen Anfangsjahren zu erzählen. Den Jahren des Kampfes.
»Haben Sie eigentlich jemals daran gedacht, aufzugeben?«
»Natürlich! Die ganze Zeit. Wenn man immer wieder scheitert, verliert man langsam den Mut. Aber ich habe nie aufgegeben, weil ich an das geglaubt habe, was ich tat. Und weil ich wohl insgeheim überzeugt war, dass sich eines Tages alles zum Guten wenden wird.« Er zuckte mit den Achseln. »Hat es ja auch – bis zu einem gewissen Grad. Und was ist mit Ihnen? Wie hat Ihre Kindheit ausgesehen?«
Sie erzählte ihm ein wenig davon. Ihre Kindheit war nicht glücklich gewesen. (Er hatte das geahnt, da er so viele kleine Charaktermerkmale und Eigenheiten an ihr wahrgenommen hatte.)
»Was hat Julio zu Ihnen auf Island gesagt?«
Nach einigem Zögern berichtete Reynolds Rachel alles. Warum? Weil er wollte, dass sie ein Teil seines Lebens wurde.
»Was haben Sie beschlossen?« Sie strich über den Rand ihres Weinglases.
»Ich werde nach London fliegen, um nachzusehen, was sich in dem Schließfach befindet. Wenn mich jemand unterwegs ermordet …«
Sie erschauerte. »Sagen Sie das nicht!«
»Ich bin Realist, ich weiß, worauf ich mich einlasse. Außerdem, jetzt, da Pauline und Caroline tot sind, haben sich

meine Prioritäten verändert. Ich werde mich aus dem Unternehmen zurückziehen – es ist an der Zeit, weiterzugehen im Leben.«

»Wohin?«

»Ich weiß es nicht.«

Sie schwieg. Ihr war klar, was er meinte. Sie waren unterschiedlich alt, doch sie hatten ein ähnliches Stadium im Leben erreicht. Ein Stadium, in dem das, was sie taten, nicht mehr den gleichen Reiz hatte wie zuvor. Rachel stand auf, trat ans Fenster und blickte hinaus; jetzt oder nie. Sie konnte heute Abend gehen und nie zu Reynolds zurückkehren. Oder sie …

»Woran denken Sie?«

»Wollen Sie das wirklich wissen?«

»Ja. Sagen Sie mir die Wahrheit.«

Sie zögerte. Das Problem war, dass Männer den Frauen nicht mehr vertrauten und umgekehrt. Sie verbargen ihre Herzen, ihre wahren Gefühle voreinander. Doch wenn sie die Wahrheit sagte, wohin würde das führen? Rachel atmete tief durch. Warum ihm nicht einfach ehrlich sagen, was sie dachte? Sie hatte doch nichts zu verlieren.

»Ich denke, dass ich mit Ihnen ins Bett gehen möchte.«

»Sind Sie sicher?«

»Ja, aber ich will mehr.«

»Mehr?«

»Hm, na ja.« Sie stand auf und ging auf ihn zu. Männer. Sie waren alle gleich. Arme, Multimillionäre, erfolgreiche, Versager, brillante, törichte – sie alle begingen den gleichen Fehler. Sie glaubten, dass eine Frau unfähig war, im Spiel der Liebe ihre eigenen Entscheidungen zu treffen. Sie glaubten, dass sie den Weg vorgaben und das Sagen hätten.

»Erzählen Sie.«

»Ich bin einsam und habe bemerkt, dass es Ihnen genauso geht.«

»Verstehe.« Es stimmte.

»Ich sehne mich nach einem Mann, jemandem, dem ich vertrauen kann, der mich nicht betrügen wird. Und mir gefallen ältere Männer.« Das stimmte nicht ganz. Reynolds war der erste ältere Mann, mit dem sie je zusammen sein wollte, aber sie fand nicht, dass das Alter in ihrer Beziehung wirklich eine Rolle spielte. »Ich brauche Sie, aber ich bin nicht an Ihrem Geld interessiert. Und ich möchte nicht die nächste Mrs. Reynolds werden. Verstehen Sie?«

Sie ging weiter auf ihn zu und küsste ihn. Sie hatte ihn schon einmal geküsst, auf ihrem Flug nach Island. Aber diesmal war es anders.

»Verstehe.« Er erwiderte den Kuss, unternahm aber keinerlei Versuch, sie anzufassen. Er spürte ihre Verletzlichkeit. Zufrieden mit seiner Reaktion, trat Rachel noch einen Schritt vor. Sie musste nun die Weichen stellen; sie wollte nicht, dass er die alleinige Kontrolle übernahm. Das war seine Schwäche. Wenn sie sich von ihm beherrschen ließ, würde er anfangen, sie zu benutzen. Sie hatte es mit einem Löwen zu tun, aber sie war keine Löwin.

»Ich möchte, dass Sie nur neben mir schlafen, bis ich mir sicher bin. Könnten Sie das tun?«

»Ja.«

»Okay. Fahren wir in meine Wohnung. Mir ist es dort lieber.«

Sie nahmen ein Taxi. In der Wärme von Rachels Bett, in einem Bereich, den sie selbst geschaffen hatte, konnten sie sich als Gleichberechtigte begegnen. Beide empfanden eine

Linderung ihrer Einsamkeit, ein Gefühl der Sicherheit. Sie würden ohnehin nicht lange ein Liebespaar sein; ihre Persönlichkeiten waren zu verschieden. Und sie würden nie heiraten; ihnen waren unterschiedliche Schicksale vorherbestimmt. Doch jetzt, in dem ewigen Augenblick, wollte Rachel, dass er an ihrer Seite war, und sie wusste, dass es auch sein Wunsch war.

Reynolds empfand Seite an Seite mit Rachel eine tiefe innere Zufriedenheit, wie er sie seit Jahren nicht mehr gefühlt hatte. Er war sich ziemlich sicher (auch wenn er im Herzen ein Zyniker war), dass sein Status und sein Reichtum im Zusammensein mit Rachel von geringerer Bedeutung waren als seine Loyalität und Treue. Tief im Inneren spürte er, dass sein Leben eine radikale Wende nahm – und weiter nehmen würde. Worauf das alles hinauslief, war dabei offensichtlich.

Er beugte sich vor und küsste die schlafende Rachel, die neben ihm lag. Ausnahmsweise einmal war er glücklich. Was hätte Pauline gesagt?

* * *

Dass Reynolds und Rachel deren Wohnung betreten hatten, war nicht unbemerkt geblieben. Jemand hatte auf sie gewartet. Nachdem er ein paar Drinks genommen hatte, um sich Mut anzutrinken, hatte Tristan spontan beschlossen, Rachel zu besuchen, um herauszufinden, ob es noch eine letzte Chance zur Versöhnung gab (immer Optimist, so wie alle jungen Schwerenöter). Aber wie es das Pech wollte, traf er zur falschen Zeit ein. Als er sah, wie sie mit Reynolds aus dem Taxi stieg – und dieser sie in ihre Wohnung begleite-

te –, waren seine schmerzhaftesten Befürchtungen zur Gewissheit geworden.
Sie hatte ihn betrogen, und zwar vermutlich, *bevor* er sie betrogen hatte. Tristan kochte innerlich wie ein Kessel auf der Herdplatte. Und was das Schlimmste war: Rachel hatte ihn obdachlos gemacht! Seine ehemalige Geliebte, Isabel, hatte ihn wegen irgend so eines Typs, der in der Hierarchie der Firma höher stand, verlassen, weshalb der Fußboden im Wohnzimmer eines Freundes noch immer seine einzige Bleibe war. Wie konnte man so eine Frau verführen? Nichts traumatisierte sein Ego so sehr. Das Problem war: Das Leben war nicht fair, ja mehr noch: Er hatte soeben eine große Wahrheit entdeckt – die ganze Ungerechtigkeit in der Welt rührte aus der Tatsache, dass das weibliche Geschlecht die Männer so entsetzlich schlecht behandelte.
Tristan schlich von dannen. Er würde sich rächen – eines Tages.

20

Es gibt Begegnungen im Leben,
die schicksalhaft wirken.
Owen Meredith

Es war ein merkwürdiges Gefühl, auf den Straßen Londons spazieren zu gehen und sich zu fragen, ob man vielleicht ermordet werden würde. Es verringerte nicht nur die Neigung, sich mit den kleineren Problemen des Lebens zu beschäftigen, sondern führte auch zu einem deutlich mulmigen Gefühl. Es war vermutlich nicht unähnlich dem eines Tieres, das auf seiner Suche nach Fressen erkennt, dass ein anderes Tier weiter oben in der Nahrungskette ebenfalls auf Futtersuche ist – und dass es auf dessen Speisezettel steht. *Moi, je suis le dejeuner.*

Für den Fall, dass man ihn verfolgte, hatte Reynolds alles in seiner Macht Stehende getan, dass alles ganz normal wirkte. Er war in seinem üblichen Hotel abgestiegen und hatte auch die Londoner Niederlassung aufgesucht und etwas Zeit dort verbracht. Alles sollte so aussehen, als sei er wie immer geschäftlich unterwegs. Unmittelbar nach dem Mittagessen, nachdem er die Räume der Niederlassung verlassen hatte, hatte er sich jedoch in eine Seitenstraße gestohlen. Er zog einen Stadtplan von London hervor, um die richtige Straße zu finden. Seine Route war nicht besonders kompliziert, doch er merkte schnell, dass man sich dennoch leicht verlaufen konnte. Immer gab es da noch eine verborgene Gasse, eine Stichstraße, eine Abkürzung – die unvermeidlich zu Umwegen führte, weil er versäumt hatte, auf die Einzelheiten der Karte achtzugeben. Aber schließlich gelangte er doch an sein Ziel – ein in einer Seitenstraße gelegenes Bankhaus. Bei den meisten anderen Gebäuden in der Nähe handelte es sich um Geschäfte mit sehr reicher Kundschaft – Kunstgalerien, Hemdenmacher, Waffengeschäfte.

Der einzige Hinweis, dass das Haus Nummer achtundzwanzig eine Bank beherbergte, war ein längliches Namensschild aus Messing. Offenkundig hing es dort schon sehr lange, denn es war vom vielen Polieren schon ganz blank. Reynolds stieg die kurze Treppe hinauf, woraufhin ihm ein Angestellter, der gekleidet war, als wolle er als Wachsoldat vor dem Buckingham Palace dienen, die Tür aufhielt.

»Guten Tag, Sir.«

Reynolds blieb im Foyer stehen, ringsum nichts als Gold und Spiegel. Er fragte nach der Abteilung für die Schließfächer und wurde zu einer Treppe gewiesen, die – bedeckt von einem dicken roten Teppich – nach unten führte. Unten dirigierte ihn ein Schild in das Büro des Schließfach-Managers.

Wie sich herausstellte, handelte es sich um einen Engländer Ende fünfzig, der eine militärische Haltung, einen Vollbart und die Neigung hatte, diskret zu hüsteln, bevor er etwas sagte.

»Mein Schließfach.«

»Haben Sie Ihren Schlüssel dabei, Sir?«

Reynolds holte den Schlüsselbund seiner Tochter aus der Hosentasche hervor und zog den Schlüssel ab, auf den Julio gezeigt hatte. Der Manager erkannte sofort, dass es einer der ihren war.

»Folgen Sie mir.«

Nicht weit von seinem Büro entfernt gingen sie eine weitere Treppe hinunter, an deren Fuß ein Wachmann stand. Der Manager spähte in ein Gerät, das seine Iris scannte; eine schwere Stahltür schwang auf, und sie betraten den Raum. Die Tür schloss sich hinter ihnen. Die beiden Männer standen in einem langen Raum. Vor ihnen befanden sich auf beiden Seiten weitere Stahltüren, die allerdings nicht so groß waren. Der Manager ging zu einer davon und drückte mehrere Ziffern auf einem Tastenfeld. Die Tür schwang auf, und sie schritten hindurch. An der hinteren Wand dieses Raums befanden sich Reihen mit Schließfächern, auf der einen Seite war ein Metalltresen.

»Ihren Schlüssel, Sir.«

Reynolds reichte ihn dem Manager, der ihn in ein Schließfach in Augenhöhe schob.

»Geben Sie die Kombination ein, dann öffnet es sich. Wenn Sie fertig sind, schieben Sie die Kassette zurück ins Fach und machen die Klappe des Fachs zu. Es schließt automatisch.«

Der Manager ging davon. Reynolds tat, wie ihm geheißen. Er gab die Nummer ein, die Julio auf einem Blatt Papier notiert hatte und die er auswendig gelernt hatte. Die Klappe klickte auf und gab den Blick frei auf eine Stahlkassette. Reynolds ging damit zum Tresen und öffnete sie. Nur drei Blatt Papier. Das erste war stark verblichen. Reynolds konnte die Sprache zwar nicht lesen, vermutete aber, dass es sich um eine brasilianische Geburtsurkunde handelte. Beim zweiten Dokument handelte es sich um das Foto eines

Mannes, vielleicht vor fünfzehn Jahren aufgenommen. Die Person, die Reynolds anstarrte, war untersetzt, trug Jeans und ein offenes Hemd. Die Arme waren stark tätowiert. Schwarzhaarig, das Gesicht war breit, fleischig, der geöffnete Mund ließ ungleichmäßige Zähne erkennen. Das dritte Blatt Papier war eine Reisebroschüre auf Spanisch, die für eine Stadt namens El Valle warb. Das war alles.

War das der sagenumwobene *El Toro?*

Reynolds faltete die Papiere zusammen, steckte sie in seine Jacketttasche und verließ den Schließfachraum. Wenig später trat er aus dem Gebäude und stand wieder auf der Straße. Er fühlte sich ausgesprochen nervös. Diese Geheimnisse belasteten ihn stark – sie hatten bereits den Tod von mindestens einhundertfünfzehn Menschen verursacht. Doch obwohl er sich ausgiebig umsah, erblickte er nichts Verdächtiges. Am besten, er begab sich möglichst schnell nach Hause. Reynolds winkte ein Taxi heran, kehrte in sein Hotel zurück, um sein Gepäck abzuholen, und wurde auf direktem Weg zum Flughafen gefahren. Während sein Privatjet den Atlantik überquerte, betrachtete er die drei Bögen Papier und grübelte darüber nach. Kaum in seinem Penthouse angekommen, rief er Rachel an.

»Ich bin wieder da. Komm zu mir.«

Es dauerte nicht lange, bis sie eintraf – und sie sah gut aus. Rachel trug Designer-Jeans, dazu einen Pullover: verschiedenfarbige Pünktchen auf weißem Grund. Sie hatte sich die langen Locken zu einem Bob schneiden lassen, so dass sie sich am Nacken nach innen drehten. Kleidung und Frisur betonten ihre schlanke Figur und ihre Attraktivität. Und ihre Jugend. Reynolds beschloss auf der Stelle, ihr schon bald einen Heiratsantrag zu machen. Er brauchte wieder eine Frau, er wollte einen Sohn. Aber würde sie ihn, nach ihrer Erklärung neulich Nacht, wirklich haben wollen? Er konnte mühelos viele Frauen haben, aber er wollte *diese* Frau.

Sie gingen durch den Wintergarten und setzten sich auf die Stühle. Er hatte den Nervenkitzel bei seinem kurzen Ausflug nach London ziemlich genossen und war ein bisschen prahlerisch. »Es war leicht. Ich glaube nicht, dass mich jemand gesehen hat. Was hältst du hiervon?«

Sie betrachtete die Papiere. »Ich weiß nicht, was sie bedeuten, aber warum so wenig für so viel?«

»Das habe ich mich auch gefragt.«

»Er sieht nicht sehr sympathisch aus, nicht wahr?«

»Nein.« Wenn dieser Mann Drogenhändler war, dann füllte er seine Rolle gut aus. Muskulös, tätowiert, ein Gesicht, das von Gewalt und Aggressivität zeugte.

»Aber wie hängen diese einzelnen Seiten zusammen?«

»Ich weiß es nicht. Ich nehme an, dass es sich um seine Geburtsurkunde handelt – also ist er in Brasilien geboren. Das Foto könnte ihn darstellen, als er etwa vierzig war. Und die Broschüre? Könnte auf die Stadt hinweisen, in der er jetzt lebt. Ich habe herausgefunden, dass es in Lateinamerika massenhaft ›El Valles‹ gibt, es wird deshalb eine Weile dauern, festzustellen, um welche Stadt es sich handelt.«

»Willst du warten, bis Julio kommt, um die Blätter abzuholen?«

»Nein.« Reynolds schüttelte den Kopf. »Bevor ich ihm die Seiten gebe, will ich selbst einige Erkundigungen einholen. Ich lasse ihn von einem Privatdetektiv überprüfen. Nur für den Fall, dass unser Freund Julio nicht das ist, was er scheint, und selbst ein Drogenboss ist. Ich möchte nicht in eine Fehde verstrickt werden.«

Rachel nickte. »Was machen wir also jetzt?«
Er fixierte sie mit seinem Blick; es war offensichtlich, was er wollte. Ihr ging es genauso. Tatsächlich wollte sie, was auch er wollte: eine sexuelle Beziehung. Sie stand auf. So viel zum Thema Entschlüsse. Trotzdem: Es war das Vorrecht einer Frau, es sich anders zu überlegen.
»Komm mit.«
Sie gingen an seinem Schlafzimmer vorbei ins Gästezimmer, in dem Rachel geschlafen hatte, als Reynolds vom Tod seiner Frau erfahren hatte. Rachel drückte einen Knopf, um die Jalousien herunterzulassen. Es machte ihr nichts aus, wenn New York ihr beim Nacktschwimmen zusah, aber das reichte; sie glaubte immer noch an Schicklichkeit. Sie küssten sich und legten langsam ihre Kleidung ab. Während er sie entkleidete, fragte sie sich: Hatte Pauline das für sie beide vorhergesehen? Vielleicht hatte sie gewusst, dass es etwas gab, das Reynolds ebenso sehr begehrte wie sein Reich – einen Sohn und Erben. Aber war das auch das, was Rachel wollte? War dieser Mann wirklich der Richtige – der, der ihre Träume Realität werden ließ? Sie legte sich auf dem Bett zurück, um ihre Unterwäsche ausziehen.
»Paul!«
»Was?«
Wie ein aufgeschrecktes Reh wandte sie den Kopf. »Da … ist jemand.«
Verdutzt wandte er sich um. »Wo?«
»Hinter dir. Ein Mann mit einer Skimaske.« Sie griff nach ihrer Bluse. »Die sind hier! Die Bolivianer!«
Reynolds zog sich hastig an.
»Hast du eine Waffe?«
Grimmig schüttelte er den Kopf. Er hatte keine, sonst hätte

er den Eindringling getötet, wer immer es war. Die Wohnung sollte eigentlich durch eine hoch entwickelte Alarmanlage geschützt sein; jedenfalls glaubte er das. Er horchte.
»Sie sind in den Wintergarten gegangen.«
Ängstlich und voller Scham zog sich Rachel an und folgte ihm auf den Flur. Sie fühlte sich wie eine Frau, die beim Ehebruch ertappt worden war. Aber sie hatte doch nichts Unrechtes getan, oder? Sie betraten den Wintergarten und liefen über den Sandsteinpfad.
»Was machen Sie in meiner Wohnung?«
Enrique stand neben dem Tisch. Zwei Komplizen waren bei ihm, sie trugen Skimasken auf dem Kopf.
»Verschwinden Sie von hier …!« Reynolds' Gesichtszüge spiegelten seinen enormen Zorn. Der Bolivianer ignorierte ihn, richtete seine Waffe auf Reynolds' Herz und gab ihm ein Zeichen, sich hinzusetzen. Ein Komplize stellte sich hinter Rachel. Er drückte seine Waffe von hinten an ihre Schläfe, um Enriques Befehle auszuführen.
»Mein Gott.« Reynolds legte die Hände hinter den Kopf. Wie unglaublich töricht er war. Er hatte alles falsch verstanden – furchtbar falsch. Julio hatte ihn einfach nur benutzt, damit er den Inhalt des Schließfachs holte, und nun würden seine Killer sie ermorden. Rachel würde sterben, weil er so naiv gewesen war, und er konnte nichts dagegen tun. Er stöhnte.
»Das hier sind die Dokumente?«
»Ja. Enrique, lassen Sie Rachel da raus.«
Der Bolivianer zog ein finsteres Gesicht. »Keine Zeugen. Haben Sie Kopien gemacht?«
»Nein.«
»Bestimmt nicht?«

»Nein.«
»Ich habe Ihnen doch gesagt, dass Sie besser aufpassen sollen.«
»Was haben Sie vor?«
Der Komplize schubste Rachel, damit sie sich neben Reynolds setzte; ihre Zeit war um. Enrique wählte sein erstes Ziel aus. Nachdem er die Spannung so lange hinausgezögert hatte, wie es nur ging, sagte er auf einmal: »Ich gebe Ihnen diese Waffe.«
»Wie bitte?« Reynolds' Züge spiegelten sein absolutes Erstaunen wider. Er war auf etwas ganz anderes gefasst gewesen.
Der Bolivianer legte die Waffe auf den Tisch und schob sie langsam mit einem Finger Reynolds entgegen. »Tragen Sie eine Waffe, *immer*. Diese Dokumente«, er zeigte auf die Papiere auf dem Tisch, »bringen uns noch alle ins Grab.«
Reynolds verspürte eine solche Wut, dass er das fast überwältigende Verlangen verspürte, die Pistole zu nehmen und den Dreckskerl, der da vor ihm stand, zu erschießen. Diesem Kerl gefiel es, andere Menschen in Angst und Schrecken zu versetzen. »Sie haben meine Wohnung verwanzt? Und Sie haben mich in London beschattet?«
»*Tambien.*« Der Killer nahm die Dokumente und wandte sich zum Gehen.
»Warten Sie!« Reynolds stand auf und packte ihn am Arm. »Ich habe Julio versprochen, dass ich ihm helfe.«
»Sie sind zu leichtsinnig, mein Freund. Ein Narr.«
»Bitte.«
»Mr. Reynolds, das hier ist kein Spiel. Ein kleiner Fehler, und wir sind alle tot. *Ein kleiner Fehler.*« Er betonte die Worte.
Rachel sah den Schrecken in Reynolds' Gesicht. Und sie er-

kannte in diesem Augenblick der Angst, was für ein Mensch er wirklich war. Im Herzen war er ein Spieler; ein Spieler mit einer Mission. Machte er sich wirklich etwas aus ihr, oder benutzte er sie nur für sein Komplott, mit dem er Rache üben wollte?

»Ich bin immer noch dabei. Ich habe es Ihnen gesagt.«

Der Bolivianer zuckte mit den Schultern. »Julio wird sich übermorgen mit Ihnen treffen.«

»Wo?«

»In Panama.«

21

Der Vorbote oder Verkünder des Abenteuers wird deshalb oft … von der Welt als böse verurteilt; doch wenn man ihm folgen könnte, würde sich der Weg durch die Mauern des Tages ins Dunkel öffnen, in dem das Geschmeide glänzt.

Joseph Campbell

Das Land zwischen den Ozeanen.

Reynolds war noch nie in Panama gewesen; das Land war für ihn *terra incognita*. Das Erste, was er registrierte, als er zusammen mit Rachel aus seinem Privatjet trat, war die Wärme. Es war Oktober und daher Trockenzeit – in New York ist es um diese Jahreszeit empfindlich kalt, in der Karibik aber herrlich warm. Fast augenblicklich war sein Hemd durchgeschwitzt. Als Nächstes fiel ihm das außergewöhnliche klare Licht auf. In einer Stadt auf der nördlichen Halbkugel zu leben, das war fast so, als verbrachte man einen Großteil der Zeit in einem Nebel – vor allem im Winter, wenn es stark bewölkt ist. Hier war der Himmel kristallblau und das Licht so leuchtend, dass es einige Minuten dauerte, bis sich die Augen daran gewöhnt hatten. Die Mischung aus Wärme und Licht hob Reynolds' Stimmung, ebenso Rachels. Hier lächelten die Menschen tatsächlich (in New York ein Verbrechen).

Ein Angestellter des Flughafens führte sie von Reynolds' Privatjet zum modernen gläsernen Terminal. Nachdem sie den

Zoll passiert hatten, ging es weiter zum Fahrkartenschalter einer kleinen lokalen Fluggesellschaft, deren Propellermaschine sie zu ihrem Ziel fliegen würde – den San-Blas-Inseln. Reynolds hielt Rachels Hand. Sie waren übereingekommen, nach außen die Rolle eines US-amerikanischen Liebespärchens anzunehmen – eine Rolle, die nicht ganz passte, da sie noch nicht miteinander geschlafen hatten. Rachel war wieder unsicher geworden – einem Mann zu vertrauen, war schwierig (beinahe so schwer, wie einer Frau zu vertrauen).

»Paul, hier drüben.«

Lachend winkte sie ihm, er solle sich in die Schlange einreihen. Als Multimillionär war er automatisch ganz nach vorn gegangen. Nachdem sie eingecheckt hatten, sahen sie zu, wie ihr Gepäck in die kleine Propellermaschine eingeladen wurde – ein winziges Flugzeug, in dem nur zwölf Personen Platz fanden. Schließlich wurden sie an Bord geführt. Insgesamt waren sie acht Passagiere, bis auf Reynolds und Rachel alle spanischsprachig. Das Flugzeug ließ die Motoren aufheulen und hob vom Boden ab. Unter sich sahen sie Panama-Stadt, die sich an einer Bucht entlangzog, und dann, innerhalb von wenigen Minuten, war da nur noch Grünfläche. Einst war dort ein jungfräulicher Regenwald gewesen, jetzt aber bestand die gesamte Fläche vollständig aus Viehweiden. Der Flug dauerte mehr als eine Stunde, in der sie vom Atlantischen zum Pazifischen Ozean flogen – Panama-Stadt lag auf der Pazifikseite. Weil es kaum bewölkt war, konnten sie die ganze Zeit auf die unter ihnen liegende Landschaft blicken.

Auf halber Strecke überflogen sie den Regenwald. Ein undurchdringliches grünes Blätterdach bot sich ihren Blicken dar. Bis auf wenige Indios lebte dort niemand. Das war der Darién-Nationalpark, einer der letzten unerforschten Regenwälder, der sich vom Süden Panamas bis zur Grenze zu Kolumbien erstreckt. Während der Regensaison war in dieser Gegend schon manches kleine Flugzeug eines Drogenhändlers abgestürzt. Meist wurde es schließlich von den Indios gefunden – was aber bis zu dreißig Jahre dauern konnte, weil sich die Flugzeuge hoch oben im Blätterdach verfingen. Bis sie entdeckt wurde, hatten sich die Passagiere sozusagen mit der Natur verbunden. Was nur bewies, dass auch Drogenhändler eine ökologische Ader hatten.

»Zur Rechten, weiter die Küste hinunter, können Sie *Punta Escoses* sehen.«

Der Pilot gab das auf Spanisch durch, weshalb Reynolds und Rachel nicht genau verstanden, was er sagte. In *Punta Escoses* war Ende des 17. Jahrhunderts der Versuch unternommen worden, eine Kolonie in Mittelamerika zu gründen. Von einer Hysterie gepackt, finanzierten schottische Staatsbürger – reiche wie arme – die sogenannte Darién-Expedition. Fast ein Fünftel des gesamten Reichtums des Landes wurde dafür aufgebracht. Fünf Schiffe segelten Richtung Panama – und verschwanden auf Nimmerwiedersehen. Allerdings kursierten in Schottland Gerüchte, dass alles bestens sei, woraufhin man noch mehr Geld in die Ausrüstung eines weiteren Schiffes steckte. Als dies in *Punta Escoses* ankam, entdeckte die Mannschaft, dass die ersten Schotten tatsächlich eine Kolonie gegründet hatten, dass aber die meisten Siedler – weil die Kolonie am Rand eines der unwirtlichsten Urwälder der Welt lag – von Fieber, Durchfall sowie andere Tropenkrankheiten und auch durch die Angriffe der Spanier, die keine Lust hatten, dass Ausländer ihr Reich herausforderten, ausgelöscht worden waren. Die Besatzung dieses Schiffes ereilte das gleiche Schicksal wie die Darién-Expedition. Von den mehr als zweitausendfünfhundert Menschen, die aufgebrochen waren, kehrte nur eine Handvoll nach Schottland zurück. Diese vermutlich größte Finanzkatastrophe, die das kleine Königreich jemals erlitten hatte, führte fast zum Bankrott des Landes – als Konsequenz strebte es 1707 eine Union mit England an. So wurden Weltreiche geschaffen. Reynolds hätte das beachten sollen.

»Unglaublich, nicht?«

Er beugte sich zu Rachel hinüber und strich ihr das Haar aus der Stirn.

»Ja.« Aufgeregt küsste sie ihn. Seine starren, maskenhaften Züge, die er als Vorstandschef trug, verschwanden langsam. Fast hätte sie vergessen, wer er war. Und hier würde ihn auch niemand erkennen. »Schau dir mal diese Inseln an!«

Jetzt kam die erste der San-Blas-Inseln ist Sicht. Die Inseln gehören zu den schönsten der Welt; sie sind die Heimat der Kuna-Indianer, die eines der ersten Völker waren, denen die Spanier begegneten, als sie im Jahr 1502 in Panama an Land gingen. Ein friedlicher Stamm, deren Angehörige ihre Tage mit Fischen und Jagen verbrachten und deren Lebensweise sich im Laufe der Jahrhunderte kaum verändert hatte.

Das kleine Flugzeug landete auf einer der Inseln und kam holpernd auf der Landebahn zum Stehen. Als Reynolds und Rachel ausstiegen, sahen sie nichts außer Palmen und ein paar Häusern. Sie gingen auf das Flughafengebäude oder, besser gesagt, die Flughafenhütte zu. Dort holten sie wie die anderen Passagiere ihr Gepäck ab. Innerhalb weniger Minuten näherte sich ein alter dunkelhäutiger Indio. Er

trug Shorts und ein helles Hemd mit Blumenmuster und sprach Reynolds mit Namen an. Nach einer kurzen Begrüßung bedeutete er ihnen, dass sie ihm folgen sollten.
Sie gingen einen Weg entlang, der in ein Kuna-Dorf führte. Es bestand aus einer großen Ansammlung strohgedeckter Hütten, die verstreut an einem Strand standen. Überall liefen Kinder herum, vor vielen Hütten saßen auf kleinen Holzbänken Frauen, die Kleidungsstücke stickten und Halsbänder aus hellen Glasperlen fertigten. Die meisten Frauen trugen lange Röcke, die Saris ähnelten, ihre Oberkörper waren in Blusen gehüllt, in die *molas* eingearbeitet waren. *Molas* sind traditionelle Motivbilder der Kuna. Oft handelt es sich um geometrische Muster, die entstehen, indem Stoffrechtecke in mehreren Lagen übereinander vernäht werden; durch Heraustrennen von Formen und Umnähen der Kanten entstehen kunstvolle Muster. Die Handgelenke und Arme der Frauen waren mit Schmuckreifen bestückt, viele davon aus Gold; die verheirateten Frauen trugen zudem einen kleinen Goldring in einem Nasenflügel. Es herrschte insgesamt eine friedvolle Atmosphäre, die Menschen wirkten glücklich und in sich ruhend. Hier gab es keine Wolkenkratzer, keine Aktenschränke, keine Büromöbel. Als Rachel das alles sah, regte sich in ihrem Herzen ein unerwartetes Gefühl – eine Vorahnung der Zukunft.
»Warte!«
Die Sonne brannte vom Himmel, deshalb blieb Rachel stehen, um einen Strohhut zu kaufen. Außerdem erstand sie einen Wickelrock. Ihre weiße Hose wollte sie, sobald es ging, gegen Khakishorts eintauschen. Sie wurden ans Wasser und zu einem Kanu (das unverzichtbare Transportmittel zwischen den Inseln) geführt, das aus einem einzigen

Holzstück herausgehauen worden war. Nachdem sie eingestiegen war, krempelte Rachel die Ärmel auf. Reynolds folgte ihrem Beispiel, er hatte genauso viel Spaß an dieser Sache wie Rachel. Sie legten ab.

Viele der San-Blas-Inseln liegen in einer Lagune, so dass das Wasser in der Regel bemerkenswert ruhig ist und der Außenbordmotor kaum Arbeit zu leisten hat. Das Kanu machte sich auf zu einem noch unbekannten Ziel. Sie kamen an etlichen Inseln vorbei, auf denen nur einige strohgedeckte Hütten standen, stattdessen aber zahllose Palmen, deren Nüsse als Grundnahrungsmittel dienten.

Weil das Meer und der Himmel, an dem seit mindestens einem Monat kein Wölkchen mehr erschienen war, von einem intensiven Blau waren, hatte Rachel das Gefühl, als glitte sie im Paradies dahin. Wie konnte jemand noch den Wunsch verspüren, in New York zu leben, nachdem er dies gesehen hatte? Selbst ihre Freude, als sie in Reynolds' Pool geschwommen war, verblasste dagegen – so wie von Menschen bewirkte Erfolge und Leistungen im Vergleich mit denen der Natur unvermeidlich an Bedeutung verlieren. Der Vorstandschef – der Mann der Fakten und Zahlen – war ebenfalls beeindruckt von dieser Meereslandschaft. Er bereute es, an keiner der vielen Ferienreisen teilgenommen zu haben, zu denen seine Tochter ihn eingeladen hatte. Welch Spaß sie hätten haben können!

Die Sonne, das Plätschern der Wellen und das leise Brummen des Motors lullte sie ein. Reynolds spürte, wie ihn eine Hand anstieß.

»Wir sind da.«

Das Kanu hatte gerade eine kleine Insel voller Palmen umrundet. Dahinter, auf dem Wasser schunkelnd, befand sich ein Speedboot riesigen Ausmaßes, dessen Bug wie ein Dolch vorragte. Sie schienen die letzte der Inseln hinter sich gelassen zu haben. Vor ihnen befand sich ein Riff und dahinter das offene Meer, wo das Wasser sehr viel bewegter war. Woher kam Julio? Aus Kolumbien? Den Niederländischen Antillen? Jamaika? Er hätte sich wohl kaum einen schöneren, entlegeneren Ort aussuchen können. Langsam, fast argwöhnisch näherte sich das Kanu dem Boot und legte schließlich an dessen Seite an. Rachel und Reynolds kletterten eine Leiter hinauf. Am Heck des Speedboots war ein weißes Sonnensegel aufgespannt.

»*Saludos.*«

Unter dem Sonnensegel saß Julio, eine junge Kolumbianerin bediente ihn. Es war die gleiche schöne Frau, der Reynolds in Julios Haus auf Bermuda begegnet war. Sie blickte ihn fast fragend an. Rachel bemerkte es nicht.

»Das Essen ist fertig. Nehmen Sie doch Platz.«

Sie schlenderten über das blankpolierte Deck. Unter dem Sonnensegel stand ein bronzener Tisch, an dessen Kopfende Julio saß; seine schlanke Gestalt war diesmal ganz in Weiß gekleidet. Kaum hatten sie sich niedergelassen, erschien noch eine junge Frau aus der unterdecks gelegenen Pantry mit einem Tablett mit drei ganzen Hummern darauf. Julio richtete den Blick auf Rachel.

»Die lokale Spezialität ist Hummer; die Hummer hier haben den besten Geschmack überhaupt. Vor allem in Verbindung mit Weißwein. Ich ziehe chilenischen dem neuseeländischen vor.«

Rachel riss den Mund auf. Woher wusste er, dass sie immer neuseeländischen Weißwein kaufte? Eine der Frauen holte zwei eiskalte Gläser aus einem Kühler und füllte diese; die andere zog das weiße Fleisch aus einem der Hummer und legte es auf den Teller. Julio zeigte seinen Gästen, wie man am besten vorging.

»Nehmen Sie etwas von dem Hummer, kauen Sie, und trinken Sie dazu einen Schluck Wein. Oh, und schließen Sie die Augen.«

Rachel tat es. Was genoss sie am meisten im Leben? Sich einen romantischen Film anzuschauen? Einen Orgasmus zu haben? Warmen Sand durch die Zehen rieseln zu fühlen, wenn sie an einem Strand lag? Eine sanfte Brise, die ihre Haut liebkoste?

»Es ist perfekt.«

»In der Tat«, sagte Julio. »Und doch, wie *einfach* es ist. Nun essen und genießen Sie.«

Schweigend widmeten sie sich der Mahlzeit. Während die beiden Gäste den Hummer und im Anschluss weitere Meeresfrüchte aßen, blickten sie auf ihre idyllische Umgebung. Nach dem Mahl lehnten sie sich zurück, gesättigt und zufrieden.

»Ich bin oft mit meinem Sohn hergekommen«, bemerkte Julio ruhig. »Ich habe ihm immer gesagt, dass es dreierlei Dinge im Leben gibt, die wir anstreben sollten, in aufsteigender Reihenfolge. Erstens Reichtum. Zweitens, sich an allem erfreuen, was die Natur zu bieten hat. Drittens, Zufriedenheit zu finden. Die Indios sind nur an den Letzteren beiden interessiert.«

Er lächelte Rachel an. Sie fühlte seine sexuelle Anziehungskraft so wie zweifellos auch sehr viele andere Frauen. Er musste im selben Alter sein wie Reynolds. Ein Mann, der die Frauen, ihr Denken und Fühlen verstand. Begehrte er sie?

»Woher wissen Sie, dass ich neuseeländischen Weißwein trinke?«
»Weil ich nachgesehen habe.«
»Sie haben meine Wohnung durchsuchen lassen?«
»Ja«, bestätigte Julio so gelassen, als sei das die vernünftigste Sache der Welt. »Mein Leibwächter, Enrique, den Sie ja bereits kennengelernt haben, hat das für mich erledigt.«
»Aber die Tür war verschlossen.«
Julio zuckte mit den Schultern. Waren Schlösser nicht dazu da, aufgebrochen zu werden? Sie waren eine Art Spiel, oder etwa nicht?
»Warum?«
»Warum? Weil ich so viel wie möglich über Mr. Reynolds herausfinden wollte.« (Das stimmte, wenn auch nur zum Teil, wie immer.)
»Aber ich war – ich bin – nur Mr. Reynolds' persönliche Sekretärin.«
»Das mag so sein«, erwiderte Julio milde, »aber ich überprüfe alles. Genauso wie jetzt. Wenn man sein Leben riskiert auf der Suche nach jemandem, findet man alles über ihn heraus, was irgend möglich ist. Niemand, das versichere ich Ihnen, niemand läuft schneller als ein Drogenhändler.« Er lehnte sich zurück und lachte heiter. »Rachel, darf ich einen Vorschlag machen? In diesem Teil der Welt hält jeder nach dem Mittagessen *siesta*. Warum ruhen Sie nicht eine Weile? Dort drüben steht eine Sonnenliege. Wir können uns später unterhalten.«
»Ich sollte wohl Ihren Rat befolgen.«
Die beiden Männer sahen anerkennend zu, wie sie über das Speedboot schlenderte. Julio schenkte Wein in die Kristallgläser nach.

»Enrique hat mir gesagt, dass Sie im Besitz der Dokumente sind. Handelt es sich um die Originale?«

»Ja.« Reynolds holte sie aus seiner Brusttasche.

»Und Sie haben keine Kopien angefertigt? Bestimmt nicht?«

»Ich hatte nicht die Zeit dafür. Ihr Leibwächter hat mein Apartment behandelt, als gehöre es ihm. So etwas mag ich nicht!«

Julio lachte sarkastisch; dieser Amerikaner war höchst amüsant. Na, und wenn schon. Er nahm die drei Dokumente entgegen und sah sie sich genau an.

»Die können nicht achtzehn Millionen Dollar wert sein«, bemerkte Reynolds.

»Wieso nicht?«

»Weil es noch mehr geben muss.«

»Ach ja? Denken Sie noch einmal nach, Mr. Reynolds. Was glauben Sie, bedeuten diese Dokumente?«

»Bedeuten?«

»Ja, *bedeuten*.« Julio breitete sie vor sich auf den bronzenen Tisch aus. »Sagen Sie es mir.«

»Das erste ist eine Geburtsurkunde. Ich nehme an, die von *El Toro*, und wenn dem so ist, ist er heute vierundfünfzig Jahre alt. Und das hier ist vermutlich ein Foto von ihm. Es sieht rund fünfzehn Jahre alt aus, also wurde es wahrscheinlich aufgenommen, als er um die vierzig war. Und was das hier anbelangt, habe ich keine Ahnung, was es bedeutet. Es handelt sich um eine Broschüre über eine Stadt namens El Valle. Vielleicht wohnt *El Toro* dort oder hat dort gewohnt. Nützliche Informationen, aber nicht wert, dass man so viel dafür zahlt.«

»Das finde ich auch.«

»Sie stimmen mir also zu?«
Julio blickte aufs Wasser. »In diesem Meer, Mr. Reynolds, leben Fische. Man kann sie nicht sehen, aber man weiß, sie sind da. Und man weiß, dass sie da sind, weil man sie mitunter sieht, wenn sie an die Oberfläche kommen.«
Reynolds runzelte die Stirn. Wollte dieser Kerl ihn veralbern?
»Ich will Ihnen die Antwort geben.« Julio nahm das erste Dokument in die Hand. »Diese Urkunde beglaubigt die Geburt eines Jungen in einer kleinen Grenzstadt in Brasilien nahe Bolivien. Ich glaube, es handelt sich um die echte Geburtsurkunde des Mannes namens *El Toro*. Sie wird mir helfen, mehr über ihn herauszufinden. Und dieses Foto zeigt einen Mann, dem ich vor vielen Jahren begegnet bin. Es gibt eine Verbindung mit der Geburtsurkunde, aber nicht auf die Weise, wie Sie glauben.«
»Sondern?«
»Schon vor fünfzehn Jahren war ich im Waffenhandel tätig. Damals importierten sowohl Bolivien als auch Brasilien Waffen. Ein Großteil der Importe war illegal. Eines Abends wurde mir auf einer Party dieser Mann vorgestellt«, Julio deutete auf das Foto, »ein brasilianischer Drogenboss. Er handelte auch mit Waffen. Er galt als sehr gefährlich und unberechenbar; außerdem war er sehr einflussreich. Aber dieser Mann ist gestorben.«
»Gestorben?«
»Ja. Er ist bei einem Schusswechsel mit der Polizei in Brasilien ums Leben gekommen. In São Paulo, als er über Häuserdächer flüchtete. Seine Leiche wurde öffentlich ausgestellt. Das war das Ende der Angelegenheit.«
»Worin besteht der Zusammenhang?«

»In Folgendem: Dieser Mann starb, ist aber in Wahrheit gar nicht tot. Stattdessen wurde ein längerer Schusswechsel inszeniert. Ein anderer Mann mit den gleichen Tätowierungen und anderen Merkmalen – ein Double – wurde getötet. Das Ergebnis: Alle vergessen ihn. Aber die Drogengeschäfte gehen weiter, geleitet von einem Toten. Dieser Mann – ohne Identität – hat außerdem umfangreiche kosmetische Operationen an sich durchführen lassen; der Schönheitschirurg wurde hinterher ermordet. Diese beiden Dokumente bewiesen, dass *El Toro* in Wirklichkeit *derselbe* Mann ist, dem ich begegnet bin. Was geschah, Mr. Reynolds, war ein ausgeklügeltes Täuschungsmanöver, unterstützt von Ärzten, brasilianischen Politikern und anderen – um die wahre Identität dieses Mannes unkenntlich zu machen. Der derzeitige *El Toro* ist ein Mann ohne Vergangenheit. Er dürfte inzwischen jeden umgebracht haben, der ihn so in Erinnerung hat, wie er früher aussah.«

»Nur Sie nicht.«

»Ja, aus irgendeinem Grund hat er mich vergessen. Außerdem«, Julio tippte auf das Foto, »ist dies nicht der Mann, nach dem die Amerikaner und Briten fahnden. Sie sind auf einer falschen Spur.«

»Wie sind Sie an diese Informationen herangekommen?«

»Die Geburtsurkunde hat mir jemand aus seinem Umfeld zugespielt. Das Foto jemand anders. Sie sind beide tot.«

»Von ihm ermordet?«

»Ja. Ein dritter Mann hat diese beiden Informationen gesammelt und diese Broschüre geliefert. Auch er weilt nicht mehr unter den Lebenden.«

»Aber was ist der Zweck von alledem?« Reynolds tippte auf die Broschüre über El Valle.

»Es gibt keinen, und doch handelt es sich um die wertvollste Information von allen dreien. Allein für sie habe ich die achtzehn Millionen Dollar bezahlt. Verstehen Sie denn nicht?« Julio schüttelte den Kopf. Die Antwort lag doch auf der Hand; der Amerikaner war nicht besonders helle. »Wie ich Ihnen ja schon gesagt habe, die Dinge sind nie so, wie sie scheinen. Dieses Blatt Papier ist als Broschüre wertlos. El Valle ist eine Kleinstadt außerhalb von Panama-Stadt. *El Toro* lebt mit Sicherheit nicht dort und hat auch nie dort gelebt. Aber die Person, die mir die Information geliefert hat, stammt aus Panama – und der Wert der Information liegt darin, was sie beinhaltet.«
»Beinhaltet?«
Julio drückte einen Knopf, damit eine seiner beiden Angestellten kam. Er richtete ein paar Sätze auf Spanisch an sie und reichte ihr die Dokumente. Sie nahm sie entgegen und kehrte zurück unter Deck. Währenddessen drehte Julio sich um und blickte über die Schulter. Ein Kanu näherte sich.
»Ihr bester Freund ist eingetroffen«, sagte Julio.
Reynolds folgte der Richtung seines Blicks. Während das Kanu näher kam, erkannte er die drahtige und düstere Gestalt – Enrique. Der Leibwächter stieg aus dem Kanu und kletterte die Bordleiter herauf. Julio gab ihm ein Zeichen, herüberzukommen.
»Hey, Enrique, wie war dein Flug aus New York?« Er wandte sich zu Reynolds um. »Ich hoffe, er hat Sie nicht zu Tode erschreckt.«
»Doch, hat er«, gab Reynolds grimmig zurück. »Ich dachte, er wollte uns beide umbringen. Nächstes Mal bringe ich ihn um.«

»Versuchen Sie's doch mal!« Julio lachte. »Aber er mordet aus beruflichen Gründen. Wir mussten Ihnen viel Angst einjagen – damit Sie besser auf sich aufpassen.«

»Warum?«

»Weil jeder, der *El Toro* in die Hände fällt, stirbt. Und zwar nicht auf angenehme Weise. Ah, bringen Sie es her.«

Die junge Kolumbianerin war aus der Pantry wieder aufgetaucht, sie hielt die Broschüre in der Hand, die Julio ihr gegeben hatte. Nur sah diese anders aus.

»Jetzt sehen Sie sie, dann wieder nicht. Unsichtbare Tinte.« Julio reichte ihm die Broschüre. »Das hier ist eine Liste von Leuten, und zwar wichtigen, die auf *El Toros* Gehaltsliste stehen oder sehr eng mit ihm zusammenarbeiten. Lesen Sie! Es ist deprimierend.«

Beim Lesen war Reynolds schockiert. Die Namen bekannter Personen aus US-amerikanischen Behörden und Angehöriger verschiedener Ministerien sprangen ihm ins Auge.

Julio unterbrach ihn. »Politiker beiderseits des Atlantiks, Einwanderungs- und Zollbeamte, Militärs, Geheimdienstleute. Ich hoffe, Sie haben jetzt endlich begriffen, mit was für einem Gegner wir es zu tun haben. Wie gesagt, *El Toros* Reich ist riesig. Diese Leute empfangen allesamt Geld und Präsente, weil sie ihn schützen. Und das ist erst die Spitze des Eisbergs. Hinzu kommen noch die russische Mafia, die italienische Mafia, die mexikanische Mafia und andere.«

»Warum geben Sie diese Liste nicht der CIA oder den Briten?«

»Seien Sie doch kein Narr. Wenn ich denen diese Informationen weiterleite, wird *El Toro* davon Wind bekommen und uns wie Fliegen totschlagen. Die können uns nicht helfen; sie stecken voller Verräter. Aber Sie und ich könnten eine

Chance haben.« Julio brachte Daumen und Zeigefinger bis auf wenige Millimeter zusammen. »Eine hauchdünne Chance. Oder wollen wir ihn weitermachen lassen, damit er sein Reich ausweitet?«

»Wir bringen ihn zu Fall.« Reynolds ließ die Broschüre mit einer theatralischen Geste auf den Tisch fallen.

»Und wie sollen wir das anstellen?«

»Wir heuern Söldner an.«

Julio lachte mit schamlosem Entzücken. Der Mann hatte vielleicht Humor! Er würde sich gut in einem Leichensack machen. »Mr. Reynolds, glauben Sie nicht, dass *El Toro* daran gewöhnt ist, dass man ihn umbringen will? Selbst wenn wir eine ganze Armee kaufen, die uns helfen soll, wird das nichts nützen. Geheimnisse haben die hässliche Gewohnheit, ans Licht zu kommen. Und Söldner betrügen gegen Geld, glauben Sie mir. Außerdem verdient er Hunderte Millionen im Jahr, deshalb dürfte er in der Lage sein, sich ein bisschen Schutz für sich selbst zu leisten. Versuchen Sie's noch einmal«

Reynolds dachte nach. In Gedanken ging er diverse Möglichkeiten durch.

Wie bringt man ein Imperium zu Fall?

»Wir machen uns allein auf die Jagd nach ihm; wir finden seine Schwachstelle. Jeder Mensch hat eine.«

»Gut, aber wie ist er dahin gekommen, wo er jetzt steht? Was glauben Sie? Man kann nur an der Macht bleiben, indem man Gewalt und Know-how einsetzt. Je größer die Organisation, desto größer die Gewalt und das Know-how, die eingesetzt werden müssen. Ein solch großes Reich wie seines zu regieren erfordert eine Person mit einer außergewöhnlichen Befähigung. Als ich ihm begegnet bin«, Julio tippte auf das Foto, »war der überwältigende Eindruck der von Unverwundbarkeit. Das hat selbst mich in Angst versetzt. Alle in seiner Nähe waren verunsichert; zu Tode verängstigt. Wir haben es hier mit einer Kraft jenseits der menschlichen Dimensionen zu tun, einem Minotaurus.«

Was er sagte, warf einen Schatten auf Reynolds' Herz. Würde *El Toro* seine Nemesis sein?

»Was ist seine Gabe?«

»Dass ihm etwas fehlt. Angst.«

»Fehlt? Das kann nicht sein.«

»Das habe ich auch gedacht; dass Angst angeboren ist. Natürlich ist das Ausmaß an Angst, das jeder Mensch besitzt – und das, was er fürchtet – bei jedem verschieden. Manche Menschen haben eine hohe Schwelle; andere nicht. Aber dass man gar keine Angst fühlt, ist kaum zu glauben. Ein Mensch ohne Angst tut, was immer er will, ohne sich um den Tod zu sorgen. Er ist fast ein Gott.«

»Glauben Sie das?«

»Es könnte stimmen«, sagte Julio achselzuckend. »Es gibt eine Region im Hirn, die die Angst steuert, die Amygdala. Medizinische Lehrbücher beschreiben, dass diese Region, wenn sie aktiviert ist, die Angst verringern oder sogar zum Verschwinden bringen kann. Von *El Toro* weiß ich, dass er als Jugendlicher einen Schuss in den Kopf bekam. Es könnte sein, dass seine Amygdala beschädigt ist.«

»Aber das wissen Sie nicht.«

»Und ich habe keine Lust, ihm in die Hände zu fallen, um es herauszufinden. Er würde jedes Lebewesen ohne Skrupel opfern.«

»Dann ist er also unmöglich zu überwinden.«

»Wir wollen nicht aufgeben, bevor wir angefangen haben.«

»Wie sieht Ihr Plan aus?«
»Kennen Sie die alte griechische Sage von Theseus und dem Minotaurus?«
»Nein.«
»Schade. Okay. Ich werde sie Ihnen also erzählen. Hören Sie genau zu. Die Sage lautet folgendermaßen: König Minos von Kreta hatte eine wunderschöne Frau namens Pasiphaë. Als er einmal von zu Hause fort ist, wird sie von einem Stier verführt. Sie gebiert einen Sohn – halb Mensch, halb Tier –, der Minotaurus genannt wird. Dieser wird unterhalb des Königspalastes in einem Labyrinth gehalten. Jedes Jahr opfert man dem Minotaurus Männer und Frauen, indem sie in das Labyrinth geworfen werden. Sie alle werden von dem Minotaurus getötet.«
»Aber ich …«
»*Hören Sie einfach zu!* Der Sohn des Königs von Athen, Theseus, bricht nach Kreta auf. Er soll den Minotaurus töten. Ihm hilft Ariadne, die Tochter des Königs von Minos, die sich in Theseus verliebt. Sie schenkt ihm ein Fadenknäuel, damit er seinen Weg aus dem Labyrinth herausfinden kann, und ein Schwert. Als Theseus so gerüstet das Labyrinth betritt, gelingt es ihm, den Minotaurus zu töten.«
Reynolds sah den Waffenhändler völlig verdutzt an. Hatte der Mann einen Sonnenstich? »Was soll das heißen?«
»Denken Sie nach! Ich werde Ihnen die Antwort nicht geben – doch sie ist da! Aber ein Hinweis: Was ist die schnellste Art, ein Unternehmen zu vernichten? Man schalte die Führungsriege aus. Auf diese Weise kommt man schrittweise dem Minotaurus – dem Anführer – näher. Und diese Karte«, er nahm die Broschüre mit der Geheimschrift in die Hand, »stellt den Weg durch das Labyrinth dar. Das sind

einige der leitenden Leute. Wir knöpfen sie uns vor, einen nach dem anderen. Zunächst wird nichts geschehen.«

»Nichts?«

»Dem Minotaurus ist es egal, wenn er ein paar Männer verliert. Was bedeutet das schon, er hat ja eine ganze Armee. Allmählich aber wird er wütend werden und, wie ich hoffe, in seinem Zorn einen einfachen Fehler begehen, möglicherweise seinen Aufenthaltsort verraten. Ein Reich ohne König geht normalerweise unter. In dieser Sache wird Ihre Hilfe von unschätzbarem Wert sein.«

»Inwiefern?«

»Eines Ihrer Unternehmen stellt Geräte für militärische Zwecke her. Elektronische Abhörgeräte. Die besten in der Welt, wie ich gehört habe.«

Reynolds schmunzelte. »Sie wären nicht vielleicht an einem Job interessiert?«

»Nein, ich habe mein eigenes Reich.«

»Aber wer ist Theseus?«

»Das zu erraten überlasse ich Ihnen.«

»Wann fangen wir an?«

Julio raffte die Dokumente zusammen, die Reynolds mitgebracht hatte. »Ausgestattet mit diesen Informationen muss ich erst einmal Recherchen anstellen. Machen Sie Urlaub. Panama ist ein wunderschönes Land mit vielen Sehenswürdigkeiten. Warum reisen Sie nicht ein bisschen herum? Aber nun möchte ich mich mit Ihrer Geliebten unterhalten …«

»Sie ist nicht meine Geliebte. Sie ist … meine Freundin.«

Julio nickte. Das war gut, möge es so bleiben. »Ich möchte mit ihr sprechen. Sie und ich sind älter; wir haben ein erfülltes Leben geführt. Wenn wir sterben, ist das nicht so schrecklich. Aber Rachel ist jung. Es ist wichtig, dass ihr klar ist, dass sie dabei umkommen könnte. Wir können nicht um ihre Hilfe bitten, ohne dass sie den mutmaßlichen Ausgang kennt.«

»Aber sind wir darauf angewiesen, dass sie uns hilft?«

Julio runzelte die Stirn. »Natürlich, sie ist zentral in dieser Sache.« Hatte er dem Mann nicht gerade eben die Sage vom Minotaurus erzählt?

* * *

Rachel lag ausgestreckt auf der Sonnenliege. Sie hatte ihren BH ausgezogen und sich auf den Bauch gelegt. Die Dienstmädchen hatten ihr Sonnenmilch gebracht. Sie träumte, dass sie auf einer Sonnenliege auf einem extrem großen Speedboot lag. Die warme Sonne liebkoste ihren Rücken, und ihr Bauch war gefüllt von erlesenen Speisen, vermischt mit einem ganz köstlichen Wein. Sie war ein wenig verliebt in einen Mann von großem Reichtum. Und heute Abend würde sie Sex mit ihm haben.

»Rachel?«

Sie erwachte. Ihr Traum war Wirklichkeit.

Der Mann, der sich neben sie setzte, war allerdings nicht Paul Reynolds; sondern Julio. Er fuhr sich mit den Fingern durch das schwarze Haar; er hatte eine zutiefst männliche Ausstrahlung; sie spürte es. Sie hegte keinen Zweifel, was sein Verhältnis zu den kolumbianischen Dienstmädchen betraf.

»Einen Moment.« Sie wandte sich um und hielt sich den BH vor die Brust. Höflich schaute er weg, während sie sich ankleidete.

»Ich habe mit Mr. Reynolds gesprochen. Ich habe vor, diesen Drogenkönig zu töten. Wollen Sie mir helfen?«

»Ja.«

»Auch auf die Gefahr hin, dass Sie dabei Ihr Leben verlieren.«

Sie zögerte. »Ja.«

»Sehr gut.« Julio fixierte sie mit seinen braunen Augen. Rachel sah, dass sie warm und freundlich waren. Wenn die Dinge anders gewesen wären, hätte sie mit ihm geschlafen, wenn er sie darum gebeten hätte? Bestimmt konnte er jeden Mann dazu bringen, Waffen von ihm zu kaufen, und jede Frau, mit ihm ins Bett zu steigen.

»Waren Sie jemals verliebt, Rachel?«

»Ja, sicher.«

»Nun ja«, erwiderte Julio sanft. »Dann warten Sie einmal, bis Sie Theseus kennenlernen.«

22

Glücklich ist der Mensch,
der die Welt kennt und sich nicht um sie schert.
Joseph Hall

Das, was verborgen ist, birgt oft das Beste. Das gilt auch für Panama.

Rachel und Reynolds blieben eine Woche auf den San-Blas-Inseln. Nachdem Julios Speedboot später am Nachmittag mit unbekanntem Ziel aufgebrochen war, wurden sie mit dem Kanu zu einer nicht weit entfernten kleinen Palmeninsel gebracht. Darauf befand sich eine mit Palmblättern bedeckte Hütte. Sie verbrachten den Tag mit Schwimmen und Faulenzen am Strand. Am Abend wählten sie ihr Essen aus einem künstlichen Teich aus, in dem die Kuna-Indianer Hummer und andere Meeresfrüchte aufbewahrten, die sie während des Tages gefangen hatten. Julio, aufmerksam wie er war, hatte ihnen einen Karton seines Weißweins überlassen. Außerdem hatte er dafür gesorgt, dass eine Kuna für sie kochte. Im Sand sitzend sahen sie zu, wie die Sonne rot im Meer versank.

»Glücklich?«

»Ja«, sagte Reynolds. Er legte sich zurück, betrachtete die Sterne. Wenn diese Sache vorüber und *El Toro* tot wäre, würde er vieles in seinem Leben ändern. Im Grunde hatte er eine Menge falsch gemacht, besser gesagt, er hatte zu viel

Wert darauf gelegt, Geld zu verdienen und zu versuchen, die Welt nach seinen eigenen Wünschen zu formen. Pauline hatte recht gehabt. Er musste einige grundlegende Dinge des Menschseins zurückgewinnen, die er während seines rücksichtslosen Strebens nach Reichtum verloren hatte: seine Emotionen, sein Mitgefühl, sein Staunen über die Welt.
Rachel grübelte währenddessen über Julios letzte Worte nach. Wer war Theseus? Und warum war Julio so sicher, dass sie noch nie verliebt gewesen war? Versuchte er, ihr Avancen zu machen? Wenn ja, dann würde er kein Glück damit haben. Er war ungeheuer attraktiv und wusste mit Sicherheit alles über Frauen – aber er war ihr ein zu gefährlicher Charakter. Oder nicht?
»Woran denkst du?«
»Gibt es auf der Insel Schlangen oder gefährliche Krabbeltiere?«
»Nein. Warum?«
Rachel blickte zu der ein wenig entfernt gelegenen reetgedeckten Hütte, die in der Dunkelheit von einer Kerosinlampe erleuchtet war.
»Ich möchte mit dir schlafen«, sagte sie.
»Hier?«
»Mmmh.«
Sie stand auf und streifte ihr Bikini-Oberteil ab, dann das winzige Höschen. Sie ging in die Knie und setzte sich rittlings auf ihn. Während sie miteinander schliefen, hörte Rachel das sanfte Murmeln des Meeres. Auf eine geheimnisvolle Weise steigerte es ihre Leidenschaft; Rachel fühlte sich wie ein Teil der Natur selbst. Außerdem sorgte sie dafür, dass er ihr Lust verschaffte. Er hatte allzu lange nur die eigenen Wünsche befriedigt; *diese* Beziehung würde anders ver-

laufen. Schließlich, als auch er befriedigt war, legte Rachel sich zurück und betrachtete die Sterne. Sie fühlte sich eins mit sich. Das Paradies konnte nicht schöner sein als dieser Ort. Dieser Mann würde ihr sicherlich die Kinder schenken, von denen sie in Carolines Haus geträumt hatte.

Ein paar Tage später verließen Rachel und Reynolds höchst widerstrebend San Blas, doch hatte Julio ihnen versichert, dass es noch andere Naturschönheiten zu sehen gebe. Sie flogen in den hohen Norden von Panama und fuhren über eine lange Serpentinenstraße in die Berge hinauf. Sie erreichten die kleine Stadt Cerro Punta. Der Wechsel von der Hitze auf den Inseln zum kühlen Regen der Wälder war erstaunlich.

Sie stiegen in einem Chalet im Schweizer Stil ab. An den Abenden saßen sie draußen im Whirlpool, das heiße Wasser sprudelte um sie herum, und die kalte Bergluft strich ihnen mit ihrem feuchten Atem über die Gesichter, während sie dem sonoren Quaken der Baumfrösche lauschten. In der Woche, die sie im Norden Panamas verbrachten, heuerten sie Bergführer an und wagten sich achtsam in den Regenwald vor, um seine Einzigartigkeit zu bewundern. Schließlich brachen sie eines Morgens auf, um den Vulkan Barú zu ersteigen, die höchste Erhebung des Landes mit dreitausendfünfhundert Metern Höhe. Sie nahmen sich viel Zeit dafür und querten Bergpfade und felsige Gelände, bis sie am Gipfel ankamen. Als Rachel den Blick über die Welt unter ihnen schweifen ließ, setzte ihr Herz einen Schlag lang aus, weil die Schönheit all dessen ihr den Atem nahm. Das hier war noch schöner als die San-Blas-Inseln. Die Regenwolken beeindruckten sie sogar noch mehr als die helle Sonne, der sattgrüne Urwald überwältigte sie stär-

ker als der gelbe Sand, die kühle Brise war ihr noch angenehmer als schwappendes Wasser.
Die Tage vergingen. Rachel genoss sie in vollen Zügen – und ebenso die körperliche Beziehung, die sie und Reynolds mit der Frische und Leidenschaft zweier freudiger Körper erkundeten, die sich zum ersten Mal umfingen. Nachdem sie den Norden Panamas verlassen hatten, überquerten sie erneut das ganze Land per Flugzeug bis zum Süden, wo sie in einer Ferienanlage in Darién direkt am Pazifischen Ozean abstiegen. Jeden Morgen fuhren sie mit einem Fischerboot aufs Meer hinaus, um den mächtigen Marlin zu jagen. Die Angelruten in der Hand, das Wanken des Boots, die fliegende Gischt, der herrliche Nervenkitzel des Fangs – das alles war in seiner Lebendigkeit und Erregung noch einmal schöner als warmer Sand und der Dschungel. In nur zwei Wochen wurden Erlebnisse, Leidenschaft und Erregung in ihr Wesen injiziert wie ein Schuss Adrenalin. Bei Reynolds war die körperliche und geistige Wandlung besonders groß. Er streifte seine alte Haut regelrecht ab; die Natur kam ihm dabei zu Hilfe und zog ihn zurück in die menschliche Herde. Die pure Pracht des Lebens brach in seine enge Welt ein und bot ihm die Möglichkeit, über Dinge nachzudenken, die er künftig tun könnte – Dinge, die er nie in Betracht gezogen hätte, hätten sich nicht diese Tragödien ereignet.
»Lass uns in Panama bleiben.«
Rachel schaltete das Licht im Bad aus und ging zum Bett. Er erwartete sie und ihren sonnengebräunten Körper.
»Warum nicht?« Rachel hatte sich bereits entschlossen, Land zu kaufen. Aber wo? Alles war so wundervoll. Sollten sie eine kleine Insel in San Blas oder ein Chalet im Schweizer Stil in Cerro Punta kauften? Oder vielleicht hierblei-

ben – eine Hütte am Strand vom Golf von San Miguel beziehen? Oder alles drei? Paul war schließlich Multimillionär.

»Wo möchtest du leben?«

Ehe sie antworten konnte, klopfte es an der Tür. Rachel erschrak. In ihren Zügen spiegelte sich Wut; wenn es der war, an den sie dachte, würde sie ihn umbringen. Er war kurz davor, erneut ihr Liebesspiel zu unterbrechen.

»Ich geh hin.«

Reynolds schlang sich ein Handtuch um, während Rachel sich wieder ins Bad zurückzog. Der Bolivianer stand unter dem Türrahmen. In den Armen hielt er einen Karton Wein.

»Ein Präsent von Señor Julio.«

Reynolds nahm den Karton entgegen. »Sind Sie uns sogar hierher gefolgt?«

»Jemand muss Sie doch beschützen.«

»Überallhin? Sogar in die Berge, bis nach Cerro Punta?«

»Ja.«

»Wie kommt es, dass wir Sie nie sehen?«

»Die Bergführer arbeiten für Julio.«

Enrique wollte den Mund öffnen, um zu lächeln, hielt dann aber inne. Seit seine Mutter ihn zur Welt gebracht hatte, hatte sich noch nie ein Zahnarzt um seine Zähne gekümmert, so dass ihr Aussehen inzwischen sogar eine Schwarze Mamba in Angst und Schrecken versetzen konnte. Er ging wieder.

»Was war denn?« Rachel kam aus dem Bad. »Und sag mir nicht, wer es war!«

»Ein Geschenk von Julio. Wein.«

»Welche Farbe.«

»Rot.«
»Oh.« Rotwein hatte die Farbe von Blut; er weckte die Erinnerung an Tristan und seinen Betrug. Sie fragte sich, wo er sich jetzt wohl befand.
»Ich glaube, es bedeutet, dass Julio uns bald besuchen wird.«
Als Rachel ins Bett stieg und sich von Reynolds liebkosen ließ, wisperte sie: »Betrüge mich niemals. Versprichst du es mir?«
Reynolds flüsterte zurück: »Ich verspreche es.«

* * *

Miteinander zu schlafen ist eine relativ gewöhnliche Betätigung unter Menschen, denn während Rachel mit Paul schlief, tat Tristan das Gleiche. Aber mit einer anderen. Während er an die Decke des Wohnzimmers des Apartments seines Freundes in New York blickte, gierte er nach dem nackten Leib, der ihn gleich umfangen würde. Er konnte sein Glück kaum fassen. Und sie war auch noch Japanerin – so wie eines dieser Girls in den Gangsterfilmen, die er sich so gern anschaute!
Er hatte sie in einer Disco kennengelernt. Sie war dort eingetroffen, kurz bevor der Laden dichtmachte. Alle Männer hatten nur Augen für sie in ihrer Lederjacke und dem kurzen Lederrock. Jedoch, Wunder über Wunder, sie hatte sich an ihn herangemacht. Ganz klar, sie hatte erkannt, dass er der attraktivste Mann dort war, dass er das gewisse *je ne sais quoi* besaß. Und sie fackelte nicht lange. Innerhalb einer halben Stunde hatte sie vorgeschlagen, zu ihm nach Hause zu fahren. Weil er keine Wohnung hatte, musste er so tun,

als gehöre die seines Freundes ihm. Jetzt lag er auf dem Boden im Wohnzimmer, der Sofatisch nicht mehr seine einzige Gesellschaft, und sein Herz pochte vor Erregung. Er wurde nicht enttäuscht. Die junge Japanerin sorgte dafür, dass er Befriedigung fand; und danach – während sie sich neben ihn auf den schmuddeligen Teppich legte – fragte sie ihn in ihrem süßesten Ton: »Erzähl doch mal von deiner vorherigen Freundin, Tristan. Wie hieß sie noch gleich?«

»Rachel.« Eine merkwürdige Frage, aber er beantwortete sie trotzdem.

»Hast du sie in letzter Zeit gesehen?«

»Ach, zwischen uns ist es aus, keine Sorge. Sie hat mich betrogen.«

»Ich möchte sie kennenlernen.«

»Wieso?« Tristan war ganz verdattert. Die meisten Frauen wollten nichts über die Ex erfahren.

»Ich möchte ihr sagen, dass sie dich nicht genug geschätzt hat. Ruf sie doch einfach mal an.«

»Wie bitte?« Ihre Worte weckten ein warmes Gefühl. Ja, er würde sie Rachel vorstellen! Das wäre dann eine süße Rache seinerseits, außerdem war dieses japanische Girl hübscher als Rachel. Und im Grunde genommen sollte er sicherstellen, dass seine neue Freundin auch Reynolds kennenlernte; *das* würde echt interessant werden. Ah, der Vorstandschef würde diese japanische Schöne niemals haben können. Sie mochte ihn, Tristan, so wie er war, oder besser gesagt: wie er ausgestattet war. Nicht nur das Geld zählte.

»Morgen, es ist schon zu spät. Komm, wir schauen uns einen Film an.«

»Ich muss jetzt los.« Sie erhob sich vom Boden und begann

sich anzuziehen. »Meine Eltern erwarten mich, aber ich komme morgen zurück.«

Betrübt blickte Tristan ihr nach.

Das Callgirl betrat den Lift. Britische Geheimdienste wollten wissen, wo Reynolds und seine Freundin sich aufhielten; sie hatten die Spur verloren. Sie sah auf die Uhr. In einer halben Stunde musste sie sich mit dem nächsten Kunden treffen. Ein britischer Politiker, er war aus London hierher nach New York herübergeflogen, um sich die Sehenswürdigkeiten anzuschauen. Er würde sie zurück in die Stadtmitte mitnehmen.

23

Ein Mann erfüllt sein Schicksal nicht dadurch, dass er daheim bleibt.
Aischylos

Paul, ich hab einen! Ich hab einen!«

Reynolds wartete, bis sie sich umwandte, die Angelrute in der Hand, und schoss dann ein Foto von ihr. Sie waren früh zum Angeln hinausgefahren, und Rachel hatte es geschafft, einen blauen Marlin an den Haken zu bekommen und hereinzuholen. Sie war außer sich vor Freude. Während sie lachte und neben ihrem Fang posierte, erblickte Reynolds am Horizont ein Schiff.

»Wir bekommen Gesellschaft.«

Sie beobachteten, wie das Speedboot sich näherte. Weil sie sich jetzt auf der Pazifikseite befanden, musste Julio durch den Panama-Kanal gefahren sein.

»Genießen Sie Ihren Urlaub?«

»Ja, ungeheuer!«

»Kommen Sie an Bord, ich habe einige Neuigkeiten. Wie ich sehe, weiß Ihre Freundin, wie man große Fische fängt – einschließlich Multimillionäre.«

»Im Gegenteil. Multimillionäre wissen, wie man hübsche Frauen fängt.«

»Vielleicht«, entgegnete Julio kühl.

Reynolds ging an Bord, während Rachel weiter angelte.

Diesmal bot Julio dem Amerikaner keinen Wein an. Stattdessen goss er ihm einen tiefschwarzen Kaffee ein. Er roch himmlisch.
»Sagen Sie mal, Julio, sind Sie eigentlich Bolivianer oder Panamaer?«
»Ist das wichtig? Wen interessiert es schon, welche Nationalität ich habe. Kommen wir zum Geschäftlichen. Ich habe die Geburtsurkunde überprüft und habe jemanden das örtliche Einwohnermeldeamt aufsuchen lassen. *El Toro* wurde dort geboren.«
»Und wie bringt uns das weiter?«
»Wenn man den wahren Namen des Mannes kennt, kann man anfangen, etwas über seine Herkunft herauszufinden. Tun Sie in Ihrem Unternehmen nicht das Gleiche?«
Reynolds nickte. Er achtete immer besonders genau auf die persönlichen Profile der Geschäftsführer der Unternehmen, die er übernehmen wollte. »Haben Sie irgendwelche Schwächen entdeckt?«
»Schauen Sie sich noch einmal das Foto an.«
Reynolds betrachtete den dunkelhäutigen Mann durch das starke Vergrößerungsglas, das Julio ihm gegeben hatte.
»Sehen Sie sich mal die Tätowierung auf seinem Arm an.«
»Das ist eine Schlange. Sieht aus wie eine Kobra.«
»Diese Tätowierungen werden gemeinhin von der Mafia benutzt. Aber hat die Schlange nicht etwas Seltsames an sich? Der Mann hat eine Tätowierung einer Schlange auf seinem Arm; trotzdem nennt er sich *El Toro*. Schlange und Stier sind jedoch sehr verschieden.«
»Stimmt«, pflichtete Reynolds bei, »aber vielleicht versucht er ja, einer Schlange nachzueifern.«
»Könnte sein, aber möglicherweise ist da noch mehr. Es ist

an der Zeit, Leute um uns zu versammeln, die uns bei unserer Suche helfen. Ich schlage vor, Sie kehren morgen nach Panama-Stadt zurück. Rachel soll sich die touristischen Attraktionen ansehen. Was Sie betrifft, möchte ich, dass Sie jemanden anrufen. Und ich möchte, dass Sie ihm alles erzählen – *alles*, Mr. Reynolds – über Ihr Leben und den Tod Ihrer Tochter.«

»Warum?«

»Tun Sie einfach, was ich Ihnen sage. Sie werden es später verstehen.«

»Wer ist es?«

»Wissen Sie etwas über die Indios, die in Lateinamerika leben?«

»Nein.«

»Ich erwarte nicht, dass Sie viele Indios in Ihren Unternehmen beschäftigen«, sagte Julio mit sarkastischem Grinsen. »Aber es sind ganz erstaunliche Menschen. Wenn sich auf diesem Planeten eine Katastrophe ereignete, würden alle Menschen des Westens in wenigen Wochen ausgelöscht sein. Sie würde nicht wissen, wie sie mit der Katastrophe fertig werden sollen. Aber diese Indios lassen sich nicht so leicht vernichten; sie leben mit der Natur und wissen ihre Geheimnisse zu schätzen. Wenn ich mein Leben entweder Ihnen oder einem Indio anvertrauen müsste, würde ich wissen, wen ich vorzöge.«

Reynolds wusste nicht so recht, ob ihm diese Bemerkung gefiel. Julio war für seinen Geschmack ein bisschen zu direkt. »Ich soll mich also mit einem Indio treffen?«

»Nicht ganz, aber mit jemandem, der von den Indios geliebt wird. Es ist ein junger Mann.«

»Wie haben Sie ihn kennengelernt?«

»Vor ein paar Jahren entschloss ich mich, in mehrere Unternehmen hier in Panama zu investieren. Ich habe eine Kaffeefarm in Cerro Punta gekauft.«
»Cerro Punta? Wo Rachel und ich auf Ihre Empfehlung hin einige Tage Urlaub gemacht haben?«
»Ganz recht. Die Indios kümmern sich um die Kaffeesträucher, und ich habe sie gut kennengelernt. Sie haben mir von einem Jungen erzählt, der früher dort gelebt hat und im Sommer dorthin zurückkehrt ist. Sie verehren ihn.«
»Sie *verehren ihn?* Wie kann er uns helfen?« Jetzt war Reynolds an der Reihe, sarkastisch zu sein. Ein Team aus Spezialkräften, das brauchten sie!
Du lieber Himmel! Julio schüttelte den Kopf. Der Amerikaner würde ihm zwar helfen, würde die Sache aber nicht bis zum Ende durchstehen. Er hatte nicht den erforderlichen Durchblick; und er hörte nicht richtig zu.
Währenddessen musterte Reynolds den Waffenhändler. Er hatte einen eigenen Schlachtplan. Mitunter machte es sich bezahlt, töricht zu wirken; das brachte den Konkurrenten dazu, sich überlegen zu wähnen.

* * *

Die Hecke aus Bougainvilleen war in voller Blütenpracht. Die Farben leuchteten intensiv – ein Geflecht aus Weiß, Rot, Gelb, Orange, Violett, Rosa und Veilchenblau. Bei dieser Schönheit musste *Tio* Joseph immer an den Norden Panamas und die Kaffeefarm denken. Doch wenn er Vergangenes heraufbeschwor, empfand er stets eine leise Trauer. Der kleine Zoo vor den Toren von Panama-Stadt hielt sich so gerade eben über Wasser. Vielleicht nahmen sie ja nicht genug Eintrittsgeld? Andererseits: Wenn sie zu viel verlangten, würden die Kinder nicht kommen und nichts über die Natur in Panama erfahren. Und die Kinder der Armen? Nun, die kamen umsonst hinein. Trotzdem: Sie hatten Essen auf dem Tisch, und er konnte ihre vier Arbeiter und Gustavo ernähren. Natürlich, wenn sein Bruder noch gelebt hätte, hätten sie zu dieser Zeit des Jahres die Kaffeebohnen geerntet und die kühle Brise genossen, weit weg von der Hitze, die er – sosehr er sich auch ums Gegenteil bemühte – hasste.

Tio Joseph schnitt die letzten überstehenden Zweige aus der Hecke. Es ging ihm natürlich alles nicht mehr so leicht von der Hand. Nicht nur, weil er neunundsiebzig Jahre alt war, sondern auch deshalb, weil sein Leberkrebs fortgeschritten war. Zumindest musste er sich keine Sorgen um seine Rente machen, was ein Segen war. Der Tod gehörte zum Leben – auch wenn er einen mehr beunruhigte, wenn es einen selbst traf. Der leicht gebückte Mann mit dem schlohweißen Haar beendete seine Arbeit. *Tio* Joseph ging den Trampelpfad entlang und trat durch die offene Tür des Hauses aus Porenbetonstein mit Blechdach ins Esszimmer. Señora Membache stellte ihm das Mittagessen auf den Tisch. Während seines Mahls betrachtete er die neueste Anschaffung, die einer von Señora Membaches Söhnen aus dem Norden geholt hatte. Es war eine der schönsten Orchideen, die er je gesehen hatte. Zarte, gelbe Blüten, ein eleganter grüner Stamm und winzige Blätter. Joseph besaß sehr viele verschiedene Sorten, aber eine mehr konnte nicht schaden, und Gustavo hatte versprochen, sich nach seinem Tod um seine Sammlung zu kümmern.

»Wo ist er?«

»Im Schlangenhaus. Eine Gruppe Grundschulkinder ist eingetroffen.«
»Ich gehe gleich zu ihnen.«
Unterdessen war der Gegenstand seiner Frage mit seiner Arbeit beschäftigt. Gustavo hatte das Schlangenhaus betreten und einem der Terrarien eine Boa constrictor entnommen. Während er sie sacht in den Händen hielt, sprach er einige beruhigende Worte und öffnete dann die äußere Tür.
»Oooooh!«
Die Gesichter der Kinder waren ein Bild für Götter; so war es immer. Sie waren im Alter zwischen vier und sieben Jahren, kamen vorwiegend aus Panama-Stadt, und in ihren Zügen spiegelte sich die Vielfalt dieser Einwanderungsgesellschaft – in der Indios, Europäer, US-Amerikaner, Japaner, Araber und Juden sich verbanden und untereinander heirateten. Als Gustavo sich mit der Schlange auf den Händen den Kindern näherte, rissen sie die Augen weit auf, und es wurde still im Raum. An Katzen und Hunde, Papageien und Eidechsen waren sie ja gewöhnt … aber eine Schlange! Einige der Kinder wichen ein wenig ängstlich zurück, aber die meisten waren neugierig und richteten ihr Augenmerk auf diese seltsame Kreatur.
»Dürfen wir die Schlange anfassen?«
»Ja«, sagte Gustavo. »Und es ist eine Sie.«
»Wie heißt sie?«
»Ich nenne sie Perla – Perle. Aber ihr richtiger Name ist Boa constrictor, und sie lebt hier bei uns, in den Urwäldern von Panama.«
»Ist sie warm?«
»Fass doch mal an.« Die Kinder drängten sich vor und streckten die Hände aus, um die weiche und warme Haut

zu streicheln. Dann kreischten sie vor Freude, stolz und zufrieden ob ihres Wagemuts. Perla war genauso neugierig, die Kinder zu betrachten, auch wenn sie schon seit einiger Zeit im Zoo lebte. Sie züngelte und bewegte sich nahe an ihren Gesichtern.

»Setzt euch alle mal hin.«

Die Kinder bildeten einen Kreis, Gustavo in der Mitte. Er fing an, ihnen von Schlangen zu erzählen. Nach einer Weile brachte er Perla wieder ins Schlangenhaus zurück und kam mit einer gelbbäuchigen Schlange heraus. Andere folgten, wobei die Kinder voll Neugier zuschauten – fasziniert von der Vielfalt und den Farben der Schlangen. In einiger Entfernung von der Gruppe stand ihre Lehrerin, Señora Alvarado. Sie fürchtete sich vor Schlangen und hatte die Kinder sich vordrängen lassen. Sie war eine alte Jungfer und würde lieber sterben, als eine Schlange anzufassen.

»Was fressen die eigentlich? Wie alt werden sie? Was machen sie nachts?«

Die Fragen kamen in schneller Folge, und Gustavo beantwortete sie mit seinem üblichen Geschick. Schließlich holte er eine Lanzenotter aus dem Schlangenhaus. Die Kinder durften sie nicht anfassen, weil sie hochgiftig war, aber sie bewunderten ihre außergewöhnliche Färbung aus roten, gelben und schwarzen Streifen.

Im Haus erwachte *Tio* Joseph aus seiner Siesta. Er nahm die aktuelle Ausgabe der *La Trensa,* der überregionalen Tageszeitung, zur Hand und begann, darin zu lesen. Gleich wollte er zum Eidechsen-Terrarium gehen und nachschauen, ob alles in Ordnung war.

»Jemand möchte Sie sehen«, teilte Señora Membache ihm mit.

»Sagen Sie ihm, er soll reinkommen«, sagte Joseph, ohne aufzublicken. Als er den Kopf hob, sah er vor sich einen hochgewachsenen Fremden.
»Ich suche Gustavo.«
Das war Englisch, eine Sprache, die *Tio* Joseph kaum verstand. Er legte die Zeitung beiseite. Nach dem Akzent zu schließen ein *Gringo*. Nur wenige Fremde kamen hierher, also musste es jemand vom Smithsonian Institute sein. Sie setzten sich mit Gustavo in Verbindung, wenn es um die Tier- und Pflanzenwelt ging.
»Hier entlang.«
Reynolds folgte dem älteren Mann. Gemeinsam gingen sie durch die Küche in den Garten auf der Rückseite des Hauses. Der Garten war voller Gemüse und Bäume. Nachdem sie aus einem Tor am Ende getreten waren, kamen sie am Orchideenhaus vorbei. Es war *Tio* Josephs Ein und Alles, in Reynolds' Augen war es dagegen ein leicht baufälliges Gebäude, das eine Fülle von Pflanzen beherbergte, deren Namen er nicht kannte.
»Das sind meine Orchideen«, erklärte *Tio* Joseph.
Nach dem Orchideenhaus kamen ein Vogel- und dann ein kleines Reptilienhaus. Schließlich gelangten sie zu Gustavo, der umringt war von seiner Gruppe von Schulkindern. Ein Indio-Mitarbeiter war auch dort – er würde die Kinder unter seine Fittiche nehmen, damit sie die größeren Tiere des Zoos sahen: Esel, Pferde, Ziegen.
»Dieser Mann möchte mit dir sprechen.«
Das Erste, was Reynolds an dem etwa dreißig Jahre alten Mann auffiel, waren die schlanke Gestalt, das hellblonde Haar und die dunkelbraunen Augen. Die Gesichtshaut war honigfarben, nachdem sie jahrelang der Sonne ausgesetzt

gewesen war, aber er war zweifellos europäischer Herkunft. Seine Zähne waren weiß, die Nase zeigte leicht nach oben. Gustavo hatte gekniet, um den Kindern eine Schlange zu zeigen; als er aufstand, sah man, dass er nicht sehr groß war, er reichte Reynolds nur bis zu den Schultern. Er war nicht übermäßig gutaussehend, aber seine Augen und die unaufdringliche äußere Erscheinung hatten eine gewisse Anziehungskraft. Er war genau wie sein Onkel – schlicht, aber besonnen, ruhig und zurückhaltend.

Gustavo wiederum betrachtete den Amerikaner. Groß gewachsen, mit ergrauendem Haar und einem sehr gepflegten Äußeren – blaue Augen, ausgeprägtes Kinn, muskulös, was darauf hindeutete, dass er Zeit für seine Fitness aufwendete und ihm das Äußere – die Wirkung auf andere – wichtig war. Gustavo hielt ihn für einen Mitarbeiter des Smithsonian Institute und begrüßte ihn auf Spanisch, während er ihm die Hand schüttelte.

»Ich spreche kein Spanisch.«

Gustavo wechselte ins Englische. »Sind Sie wegen der Korallenschlange gekommen?«

»Nein. Ich bin gekommen, um mit Ihnen zu sprechen.«

»Ich lass euch dann mal allein«, meinte *Tio* Joseph auf Spanisch. In diesem Moment nahm die Lanzenotter, die Gustavo in Händen hielt, den Geruch des Besuchers wahr und wandte ihren Leib in seine Richtung.

Reynolds trat ein wenig zurück. »Ich bin kein Fan von Schlangen.«

»Kein Problem. Lassen Sie mir eine Minute Zeit.« Gustavo brachte sie ins Schlangenhaus zurück. Als er zurückkam, fragte Reynolds:

»Können wir irgendwo in Ruhe miteinander reden.«

Gustavo sah sich um. In der Nähe standen einige aus Holzstämmen gefertigte Bänke. Er deutete auf eine, und sie setzten sich. Reynolds wusste nicht recht, was er sagen sollte.
»Sie sprechen gut Englisch?«
»Ich habe es in der Schule gelernt.«
»Verstehe.« Dadurch war er auch nicht klüger. »Kennen Sie einen Mann namens Julio? Einen Bolivianer?«
Gustavo schüttelte den Kopf. Reynolds seufzte. Das hier war reine Zeitverschwendung. Dieser Junge war so harmlos, dass er nicht einmal in ein Baseballteam aufgenommen werden würde, und einer Armee von Drogenhändlern würde er erst recht nicht entgegentreten können.
»Sie sind doch Gustavo? Es gibt hier niemanden gleichen Namens?«
Der junge Mann lächelte und schüttelte den Kopf. »Das bin ich.«
»Nun ja.« Reynolds hielt inne. Dann erinnerte er sich daran, was Julio gesagt hatte. *Erzählen Sie ihm alles.* Aber wozu eigentlich?
»Ich arbeite für ein großes amerikanisches Unternehmen namens Reynolds Holdings. Kennen Sie es? Ich heiße Paul Reynolds.«
»Nein.«
»Wir sind ein Technologiekonzern. Wir haben Büros auf der ganzen Welt. Ich bin der Vorstandsvorsitzende.«
Schweigen. Gustavo war verwirrt. Reynolds wusste nicht weiter.
»Dad, erzähl ihm von mir«, flüsterte eine Stimme nahe seinem Ohr.
»Ich habe eine Tochter … ich hatte eine Tochter. Caroline war ihr Name.«

Als er begann, vom Tod seiner Tochter und dem Selbstmord seiner Frau zu erzählen, strömten heiße Tränen über Reynolds' Gesicht. Bald zitterte er am ganzen Leib, während er sein Gefühl des Verlusts beschrieb und dass er seiner Familie nicht helfen konnte, als sie ihn am meisten brauchte. Die Grundschulkinder – sie hatten mit ihrer Lehrerin die Ziegen und Pferde betrachtet –, blieben stehen, erstaunt, den Fremden weinen zu sehen. Die Lehrerin drängte sie weiter. Während sie dort saßen, erzählte Reynolds Gustavo von seinem Leben, von seinem unglaublichen Erfolg und davon, wie seine Welt dennoch, in einer sehr kurzen Zeit, in sich zusammengebrochen war. Außerdem schilderte er sein Treffen mit dem geheimnisvollen Julio und berichtete von der Übereinkunft, die Julio und er getroffen hatten, um *El Toro* dingfest zu machen. Während der ganzen Zeit saß Gustavo regungslos da und bemühte sich, Reynolds' Englisch zu verstehen. Schließlich hielt Reynolds inne. Warum hatte er eben einem Wildfremden seine Lebensgeschichte erzählt – einem Menschen, der vermutlich kaum etwas von dem verstand, was er da sagte?
»Einhundertfünfzehn unschuldige Menschen sind umgekommen – darunter auch Ihre Tochter?«
»Ja. Hier ist ein Foto von ihr.«
Reynolds zog ein Bild von Caroline hervor. Gustavo nahm es in die Hand. Er sah eine wunderschöne junge Frau, die sich in Cambridge an eine alte Mauer lehnte. Er gab das Foto zurück.
»Wie kann ich Ihnen helfen?«
Das war die entscheidende Frage. Reynolds hatte keine Ahnung. Aber irgendwie würde ihm dieser junge Mann behilflich sein; er spürte es förmlich. »Ich zahle Ihnen jede

Summe, die Sie verlangen, damit Sie uns unterstützen.« Er war in Verhandlungslaune. »Ich zahle Ihnen eine Million Dollar.«

Er erwartete irgendeine Reaktion, erntete jedoch nur einen verwirrten Blick. Gustavo hätte ihm gern geholfen, wenn er gekonnt hätte, und zwar gegen Zahlung von vierhundert Dollar, denn das war die Summe, die *Tio* Joseph aufbringen musste, um die Arbeiter zu bezahlen. »Wie viele Leute hat *El Toro*?«

»Ich weiß nicht, zwei-, dreitausend, vielleicht mehr. Er ist Brasiliens größter Drogenhändler. Ich werde Sie bezahlen – ich werde Ihnen helfen –, wie viel und auf welche Weise Sie auch immer wollen, wenn Sie mir helfen.«

Der junge Mann hielt kurz inne. Und da erblickte Reynolds in seinen dunkelbraunen Augen etwas wirklich Erstaunliches. Jetzt war er sich sicher, dass ihn seine Intuition nicht getrogen hatte. Gustavo deutete auf einen der Indios, der auf sie zuschritt. Reynolds stand auf, begeistert. »Ja, ja. Ich verstehe. Ich werde ihnen allen helfen, wenn Sie mich unterstützen.« Er sprang auf. »Zeigen Sie mir Ihren Zoo.«

Als der Amerikaner schließlich gegangen war, ging Gustavo ins Haus, um mit *Tio* Joseph und Señora Membache zu sprechen. Sie war im Laufe der Jahre etwas wie eine Mutter für ihn geworden, nicht zuletzt deshalb, weil sie den Jungen liebte wie ihre eigenen Söhne.

»Was glaubst du?«, fragte *Tio* Joseph sie. Die Indio-Frau dachte über dieses Geheimnis nach und antwortete dann: »Wenn das alles stimmt, wird dieser Julio erscheinen und alles erklären.«

Drei Tage nach dem Besuch Reynolds' trat in der Abenddämmerung noch ein Fremder durch ihre Tür. Er setzte sich

zu Gustavo und seinem Onkel. Kaum hatte Julio angefangen zu reden, hatten sie seinen panamaischen Akzent erkannt. Nachdem der Besucher gegangen war und sie die Haustür geschlossen hatte, dachte Señora Membache über die Worte des Schamanen bei der Gedenkfeier anlässlich des Todes von Gustavos Eltern nach.
Die Zeit der Prüfung war gekommen.

Ins Labyrinth

24

Gibt es denn Kraft und Stärke
ohne den doppelten Anteil Weisheit?
John Milton

Ein Monat verging. In England stand der schreckliche Bombenanschlag in Covent Garden – wenngleich das Land ihn nicht vergessen hatte –, nicht mehr im Vordergrund des öffentlichen Lebens. So vieles konkurrierte mit dem Niedermetzeln der Unschuldigen: die neuesten Nachrichten aus der Wirtschaft, weltpolitische Fragen, Fußballergebnisse, die Possen der Popstars; um nur einiges zu nennen. Und obgleich die britische Regierung überzeugt war, dass es sich bei den Tätern um eine iranische Dissidentengruppe handelte, hatten sie diese doch nicht aufspüren können. Aber die Regierung würde es schaffen – die Gerechtigkeit würde siegen. Man konnte ihr doch vertrauen. Oder?

Der Verteidigungsminister – der Mann, den Reynolds getroffen hatte – wiederholte dies viele Male in verschiedenen Nachrichtenkonferenzen vor Pressevertretern. Auch gegenüber den Selbsthilfegruppen, die von den Angehörigen der Getöteten gegründet worden waren. Die Regierung »verfolge derzeit mehrere Spuren«; sie »könne schon bald Namen nennen«; man sei in den Besitz von »möglicherweise bedeutenden Details« gelangt. Phrasen, Plattitüden, höfliche

Lügen – der Minister war ein Meister darin. Tatsächlich aber hatte die Regierung zu keinem Zeitpunkt nach iranischen Attentätern gefahndet. Die Behörden suchten an anderer Stelle. Im Herzen der politischen Führung befand sich in hoher Position ein Verräter, der mit *El Toro* zusammenarbeitete – doch man wusste nicht, wer es war. Vermutlich – und dies machte den Regierenden am meisten Angst – gab es mehrere Verräter, die zudem unterschiedlichen Behörden angehörten: dem Verteidigungsministerium, dem Inlandsgeheimdienst, dem Auslandsgeheimdienst, dem Außenministerium, dem Innenministerium, dem Kabinett. Aber wer und wo? Im Verborgenen spionierte jede dieser Organisationen der anderen nach und führte eine geheime Hexenjagd in den eigenen Abteilungen durch. Doch nur ein Mann, abgesehen von dem oder den Verrätern selbst, kannte die Antwort.

El Toro.

Er war sich zwar im Klaren darüber, dass die Regierungen vieler Länder verzweifelt bemüht waren, ihn zu finden, aber das war nicht wichtig; das würden sie immer tun. Solange er die Kontrolle über sein Imperium aufrechterhielt, solange er sich versteckt hielt, wäre all ihr Suchen vergebens. Bei dem Bombenanschlag hatte er den Agenten des britischen Geheimdienstes getötet, von dem er glaubte, dass er Informationen über ihn besitze. Wer diese Informationen an den Mann weitergeleitet hatte, war von untergeordneter Bedeutung – da die Person mit an Sicherheit grenzender Wahrscheinlichkeit ebenfalls bei der Explosion ums Leben gekommen war. Fürs Erste war diese Sache damit abgeschlossen. *El Toro* hatte dringendere Fragen zu bedenken, zum Beispiel die Ausweitung seines Imperiums. Für die unschuldigen Menschen, die ums Leben gekommen waren, empfand er keinerlei Mitgefühl. Das waren die Opfer eines Krieges, Kollateralschäden, nichts weiter. Menschen, die zur falschen Zeit am falschen Ort gewesen waren. Was konnte er denn dafür?

Außerdem hatte *El Toro* eine zynische, jedoch zutreffende Auffassung der menschlichen Natur: Die Menschen würden vergessen. Nach und nach würde die Zeit die Erinnerung an die Tragödie verdrängen und sie unter dem Gewicht anderer Katastrophen begraben. Die britische Regierung würde weiterhin betonen, dass sie alles in ihrer Macht Stehende tun würde, doch in Wirklichkeit würde ihre Aufmerksamkeitsspanne immer kürzer werden, und sie würde sich auf andere Ereignisse konzentrieren, die eine bessere Chance versprachen, auch nach der nächsten Wahl im Amt zu bleiben. So war es nun einmal …

Zwei Menschen hatten den Anschlag allerdings nicht vergessen, und sie gaben auch nicht auf. Julio und Reynolds trafen erneut in Panama zusammen. Wider Willen begann dieser zu erkennen, dass Julios Vorgehen das einzig erfolgversprechende war. Keine Beteiligung von Regierungen oder Geheimdiensten, keine Armeen, keine Großangriffe. Stattdessen eine Reise ins Labyrinth mittels des Fadens – den Informationen, die Julio besaß. Sie versammelten ihr kleines Team um sich. Sie beide, Rachel und der junge Gustavo. Außerdem zählte Julios Bodyguard Enrique dazu. Sie benötigten noch zwei Leute, die bereit waren, ihr Leben für eine scheinbar unlösbare Aufgabe zu opfern. Leute, die sich gut im Umgang mit Schusswaffen auskannten und die nicht Reißaus nehmen würden, wenn *El Toro* seinen Gegenangriff startete. Reynolds und Julio nutzten ihren Reichtum, um diskrete Nachforschungen über die *Crème de la crème* der militärischen Sondereinsatzkommandos anzustellen. Außerdem suchten sie Leute, die keinesfalls ihren Plan enthüllen würden. Dafür wäre es nützlich, Personen mit einem Vorstrafenregister anzuheuern – Personen, die nicht allzu versessen darauf waren, mit Regierungen und Behörden in Berührung zu kommen. Schließlich versprach ein Kontakt, den Julio eingefädelt hatte, die Antwort auf ihr Problem zu sein.

Auf einer seiner Geschäftsreisen legte Reynolds, aus London kommend, einen Zwischenstopp in Island ein. Rachel begleitete ihn diesmal nicht. Stattdessen stieg er in einem Fünf-Sterne-Hotel in Reykjavik ab und verbrachte ein paar Tage mit Sightseeing. Am dritten Tag strich er kurzerhand einen geplanten Besuch im örtlichen Kulturzentrum – Teil des Touristenprogramms, das das Hotel seinen Gästen anbot. Stattdessen unternahm er einen Ausflug zu den heißen Quellen der Blauen Lagune.

Nachdem Reynolds sich im Umkleideraum die Badehose angezogen hatte, lief er, ebenso wie die anderen Ausländer (die Isländer waren aus härterem Holz geschnitzt), in der eisigen Kälte über einen Vorplatz und ließ sich dann voll Erleichterung in eine der heißen Quellen hinab. Die Quellen waren voll mit Einheimischen und Touristen, oft waren es ganze Familien. Der Reiseführer empfahl, beim ersten Mal nicht mehr als eine Viertelstunde im Wasser zu verbringen – was Reynolds beherzigen wollte. Zunächst setzte er sich an den Rand, wobei seine obere Hälfte fast erfror, die untere Hälfte beinahe kochte – ein Unterschied wie Himmel und Hölle. Als er sich allmählich an die Hitze gewöhnt hatte, tauchte er tiefer in das Wasser hinein und legte schließlich den Kopf auf eine Rückenlehne aus Lava. In der Nähe saß eine Isländerin, sie tauschten einige Höflichkeiten aus. Schließlich entfernte sie sich, damit er ruhen konnte. Reynolds schloss die Augen; er war einfach nur ein Reisender, der die Sehenswürdigkeiten eines kleinen Landes genoss. Was könnte unverdächtiger sein?

»Schöner Tag, um Island zu erkunden«, sagte eine Stimme mit breitem schottischem Akzent.

Reynolds blickte auf. Zwei Männer standen vor ihm im Wasser. Sie hatten eine durchschnittliche Statur, wirkten aber topfit und muskulös. Die Gesichter – die einander so ähnlich waren, dass es sich um Brüder handeln konnte – waren knochig und hager. Vielleicht waren sie Bergarbeiter, oder sie hatten früher als Fischer gearbeitet. Mit Sicherheit wirkten sie so, als hätten sie bislang kein leichtes Leben gehabt. Dieser Eindruck wurde durch die schiefergrauen Augen, die kleinen Münder und die kurz geschorenen Haare noch verstärkt. Skrupellose Leute – Leute, mit denen man sich besser nicht anlegte.

»Mr. Conrad?«

Reynolds nickte.

Ganz entspannt setzten sich die beiden Männer rechts und links neben ihn. Der ältere stellte sie vor: »Ich heiße Andy, und das hier ist Pete.«

Reynolds schloss wieder die Augen. Der Ältere hatte während eines Bürgerkriegs ein Sonderkommando in Afghanistan befehligt, das mehrere Geiseln befreien sollte. Über fünfzig Menschen waren den Gerüchten zufolge dabei umgekommen – bis auf eine wurden alle Geiseln gerettet. Zudem hatte er Aufträge in Dschungeln ausgeführt, darunter auch in Belize und Brasilien. In einem streng vertraulichen

Bericht über ihn stand, dass er ein exzellenter Befehlshaber sei, hart im Nehmen, ausgestattet mit einem sehr hohen Maß an beherrschter Aggressivität – ein Mann, getrieben von dem Bedürfnis, um jeden Preis zu siegen. Sein Bruder, ein Bombenexperte, war schweigsamer, aber nicht weniger beeindruckend in seiner Skrupellosigkeit. Vor ihrem Eintritt in die Special Air Services hatten sie Haftstrafen wegen Körperverletzung und Raub abgesessen. Inzwischen arbeiteten sie freiberuflich. Julio hatte noch ein paar weitere nützliche Dinge über sie herausgefunden, die, falls nötig, gegen sie verwendet werden konnten. Sie liebten Geld. Streng genommen waren sie etwas zu gierig, seit sie mit einer der großen kriminellen Vereinigungen in Schottland zusammengearbeitet hatten. Außerdem brachten sie wenig Sympathie für Autorität auf.

»Haben Sie mit Julio gesprochen? Sind Sie interessiert?«

»Ja.«

»Irgendwelche Fragen?«

»Wer gehört zu Ihrem Team?«

»Eine Frau, die die Informationen beschafft, und zwei Latinos. Einer davon ein Profi-Killer.«

»Ich arbeite ausschließlich als Teamführer.«

»Ich leite dieses Projekt«, erwiderte Reynolds mit fester Stimme. »Das ist der Deal. Was ist Ihr Preis?«

Andy musterte ihn und seine Platinuhr. Ganz klar, sie hatten es hier mit reichen Leuten zu tun, solchen, die Hilfe brauchten, um ihre Feinde loszuwerden. Das war exakt die Branche, in die er und sein Bruder wechseln wollten.

»Drei Millionen Dollar, für jeden.«

»Ich zahle das Doppelte, wenn Sie überleben und sich das Geld abholen können.« Reynolds stand auf, es wurde ihm zu heiß im Wasser. »Wenn Sie immer noch interessiert sind, treffen wir uns auf Bermuda.« Er teilte dem Mann Zeit und Ort mit.

Die beiden Brüder sahen ihn davongehen. Für so viel Kohle würden sie auch ein Staatsoberhaupt ermorden.

* * *

»Möchtest du etwas zu trinken?«, rief Rachel aus der Küche und ging dann den Gartenweg hinunter. Sie trug ein weißes Kleid, das ihre Rundungen akzentuierte, und hätte nicht schöner aussehen können. Und sie hatte sich das Haar hochgesteckt, was sie ein wenig griechisch aussehen ließ. Reynolds hatte ihr Kleider und Schmuck kaufen wollen, doch das hatte sie rundheraus abgelehnt. Sie wollte nicht, dass sein Reichtum sie beeinflusste. Außerdem waren sie nur ein Liebespaar und nicht verheiratet. Ihnen beiden war klar, dass Geld die Beziehung zu Pauline am Ende vergiftet hatte.

»Nein, danke.«

Reynolds saß im Pavillon im Garten des Hauses auf den Bermudas, wo er sich mit Julio getroffen hatte. Julio hatte ihnen das Haus zur Verfügung gestellt, und bislang war er noch nicht erschienen. »Sie leiten das Meeting«, hatte er zu Reynolds gesagt. »Als Vorstandschef eines großen Konzerns ist das doch Ihr Job, oder? Aber überlassen Sie es mir, das erste Ziel auszuwählen.«

Bei dieser sehr speziellen »Verwaltungsratssitzung« empfand Reynolds ausnahmsweise eine leichte Beklommenheit. Es war keine normale Unternehmenssitzung. Er plante keine Ausweitung seines Imperiums mit Hilfe von Mitarbeitern, die sich beeilten, seine Arbeitsaufträge auszuführen. Stattdessen bereitete er die Vernichtung des Imperiums eines anderen vor.

»Wer kommt denn? Werden mir die Leute gefallen?«

»Nein.« Reynolds lachte. Ausgeschlossen, dass Rachel Gefallen an drei professionellen Killern finden würde. Andererseits war da auch noch Gustavo. Würde er ihr gefallen? Und was würde *er* von Rachel halten? Reynolds stand auf. »Führ sie ins Wohnzimmer. Ich mache einen Spaziergang.«

Er schlenderte über einen Holzsteg und dann am Strand entlang; seine Tennisschuhe versanken im weißen Sand. Rachel ihrerseits bereitete Kaffee und wartete. Anders als in New York gab es hier keine besorgten Manager, die auf sich aufmerksam zu machen versuchten; keinen Last-minute-Stress wegen verschiedener Dokumente, keine Vorstandsmitglieder am Telefon. Stattdessen herrschte eine erwartungsvolle, fast unheimliche Stille. Als es läutete, ging sie an die Tür.

Auf der Schwelle stand der Bolivianer. Enrique rang sich ein Lächeln ab.

»O Gott, nicht Sie!«

Als ihm aufging, dass sein Versuch, freundlich zu wirken, fehlgeschlagen war, drängte er sich mit mürrischer Miene an ihr vorbei und stapfte in die Küche. Einige Minuten später läutete es nochmals. Rachel machte auf. Vor ihr standen zwei Männer. Beide trugen Khakishorts und billige T-Shirts. Sie hätten auch Bauerbeiter sein können, denn ihre Muskulatur zeugte von schwerer körperlicher Tätigkeit. Oder Fensterputzer. Keiner von beiden lächelte.

»Ich suche Mr. Conrad.«

»Treten Sie ein.«

»Ich bin Andy, und das hier ist mein Bruder Pete.«
Die Brüder betraten das Haus. Den beiden gefiel, was sie von Rachel sahen. Sie war hübsch gekleidet und hatte einen guten Körper, der förmlich darum bettelte, begrapscht zu werden. Zweifellos die Geliebte eines reichen Mannes.
»Kommen Sie hier durch.«
Rachel ging ihnen voran in die Küche. Sie hatten den Bolivianer, der am Tisch saß, kaum gesehen, da versteifte sich ihre bisher entspannte Körperhaltung. Bei Enrique war das Gleiche zu beobachten. Wie ein Raubtier, das seine Beute schnupperte, fixierte er ihre hellhäutigen Gesichter. Die Killer nahmen gegenseitig Maß. Der Experte für Spezialaufträge nickte. Der Bolivianer war kein Soldat, verströmte aber die Aura eines Mafiakillers. So skrupellos wie sie, aber auf andere Weise.
»Andy und Pete.«
»Enrique.«
Falsche Namen wurden ausgetauscht, die Brüder fingen an, mit Rachel zu plaudern. Einige Minuten später läutete die Hausglocke zum dritten und letzten Mal. Rachel machte auf. Der letzte Gast überraschte sie. Er war in ihrem Alter, ein schmachtiger Bursche mit einem echten Lächeln. Sie mochte ihn, kaum dass sie ihn gesehen hatte.
»Ist Mr. Reynolds da?«
»Ja. Und Sie heißen …«
»Gustavo.«
Er trat ein, eine blaue Tasche über der Schulter. Er war von Panama auf die Bermudas geflogen. Julio hatte den Flug und die Fahrt vom Flughafen organisiert. Als Gustavo die Küche betrat, sahen die drei anderen ihn befremdet an. Er wirkte eher wie Rachels Bruder, nicht wie ein Killer. Er war

in keiner Weise muskulös, sein Gesichtsausdruck war jungenhaft und ruhig.

»Hallo, ich bin Gustavo.«

Enrique hatte das nicht akzentfreie Englisch sofort eingeordnet.

»De donde?«

»De Panama.«

Enrique fing an, sich mit Gustavo auf Spanisch zu unterhalten, aber Andy unterbrach sie. »Ich kann kein Spanisch. Sprecht englisch.«

Rachel bekam nicht mehr mit, weil sie nach draußen in den Garten ging. Reynolds kam gerade die Treppe vom Strand herauf. »Sind die Leute eingetroffen?«

»Ja.«

»Was hältst du von ihnen?«

»Sie machen mir Angst. Bis auf Gustavo, aber er ist so jung.«

»Er ist in deinem Alter. Was ist daran schlimm?«

Reynolds betrat als Erster das Haus, Rachel folgte ihm dichtauf. Vier Personen unterbrachen ihr Gespräch und sahen ihn respektvoll an. Es war nicht anders als bei jeder Vorstandssitzung beim Eintreffen des Chefs.

»Wollen wir anfangen?«

Sie gingen durchs Esszimmer und setzten sich an einen ovalen Glastisch, Reynolds am Kopfende. Auch Rachel nahm Platz. Reynolds kam sofort zur Sache. Er wollte die Angelegenheit so schnell wie möglich hinter sich bringen; je weniger gesagt wurde, desto besser für alle.

»Ich nehme an, Sie haben sich miteinander bekannt gemacht. Das erste Ziel liegt in New York. Ein Hotelzimmer ist reserviert. Rachel fungiert als Kontaktperson. Die Art dieses Auftrags ist Ihnen in groben Zügen erläutert worden. Irgendwelche Fragen?«

»Es sollte einen Teamleiter geben.« Der Experte für Spezialaufträge zeigte seinen Machtanspruch.

»Ich bin der Teamleiter«, sagte Reynolds. »Ich habe das bereits deutlich gemacht. Es wird eine erste Rate von zweihunderttausend Dollar für jeden geben. Geben Sie Rachel die Details, wie und wo Sie bezahlt werden wollen. Das ist alles. Wenn jemand wegen spezieller Fragen mit mir sprechen möchte – ich bin draußen.«

Er stand auf; es gab nichts mehr zu sagen, und ausnahmsweise gab es auch kein Protokoll. Andy folgte ihm in den Garten.

»Ich bin nicht ganz zufrieden.«

»Warum nicht? Wir haben uns über die Bezahlung doch geeinigt.«

»Die anderen. Wie zuverlässig sind diese Leute?«

»Ich habe es Ihnen doch gesagt. Enrique ist ein Profi.«

»Profi in was?«

»Er arbeitet als Auftragskiller für die bolivianische Mafia. Außerdem verfügt er über die Sprachkenntnisse, die wir benötigen.«

»Und dieser Gustavo? Über welche militärischen Fähigkeiten verfügt er?«

»Über keine«, antwortete Reynolds kurz und knapp.

»Keine! Ist er Elektronikexperte?«

»Nein«, erwiderte Reynolds.

»Es tut mir leid, Mr. Conrad, ich schleppe Amateure nicht mit durch. Ich verlange mehr militärisches Personal, ansonsten machen wir nicht mit.« Andy schwebten da ein paar seiner eigenen Freunde vor.

Reynolds hielt inne. »Okay. Bitten Sie Gustavo, nach draußen zu kommen.«
Der Experte für spezielle Aufträge ging zurück ins Haus, erfreut, dass er die erste Runde so leicht gewonnen hatte. Als Nächstes musste er sich zum Teamleiter ernennen lassen. Es war eindeutig, dass er von allen am besten qualifiziert war und sie sich allesamt in Lebensgefahr begeben würden.
»Er will dich sehen.«
Gustavo trat in den Garten. Reynolds schüttelte ihm die Hand. »Danke fürs Kommen. Wie war Ihr Flug aus Panama?«
»Gut.«
Zurück in der Küche, stellten Andy und sein Bruder fest, dass sie allein waren. Der Bolivianer war auf die Toilette gegangen, und Rachel befand sich im Esszimmer. Andy sah, dass Gustavo seine blaue Schultertasche in der Ecke liegen gelassen hatte.
»Woll'n wir uns doch mal ein kleines bisschen darin umsehen.«
Er zwinkerte seinem Bruder zu, zog den Reißverschluss der Tasche auf und schob die Hand hinein; er wollte mehr über diesen Jungen herausfinden. Er kramte in der Tasche. Kurz darauf kehrte Rachel in die Küche zurück, gleichzeitig kam Enrique durch die andere Tür. Sie betrachteten den Experten für Spezialaufträge, der da, die Hand in Gustavos Tasche, auf dem Boden kniete. Andy blickte auf. Und da merkte Rachel, dass hier irgendetwas ganz und gar nicht stimmte. Schweiß war auf dem Gesicht des Mannes ausgebrochen; und es verriet eine große Angst.
Stille.

Was war da los? Sie starrten ihn an, unsicher, was passiert war.
Andy war inzwischen zu der Überzeugung gelangt, dass seine Reise auf Erden kurz davorstand, ein sehr schnelles Ende zu finden. »Das ist eine Schlange«, teilte er keuchend seinem Bruder mit, eines der wenigen Tiere, die er wirklich hasste.
Unterdessen hatte Reynolds gemeinsam mit seinem jungen Protegé die Küche betreten. Sie blickten sich um. Andy starrte Gustavo aus weit aufgerissenen Augen an. »Haben Sie ein Gegengift?«
»Es gibt keines«, erwiderte der junge Mann ganz ruhig.
»Verdammt!«
»Ziehen Sie die Hand aus der Tasche. Ganz, ganz langsam.«
Gustavo trat vor und kniete neben dem Experten für Spezialaufträge nieder; dann schob er *seine* Hand in die Tasche. Sie sahen zu, wie der Soldat seine Hand ganz, ganz langsam zurückzog. Währenddessen rann ihm der Schweiß in dicken Rinnsalen übers Gesicht. Schließlich hatte er es geschafft.
Gustavo zog gelassen den Reißverschluss der Tasche zu. Lotus konnte es gar nicht leiden, gestört zu werden.
Andy, der weiche Knie bekommen hatte, ging zu Reynolds hinüber. »Der Junge kämpft an unserer Seite«, erklärte er krächzend.

25

Wenn schuldig gewordene Sterbliche
durch gerechte Vergeltung zugrunde gehen,
sehen die Götter die Strafe voll Freude.
William Addison

Wir leben in einer Welt voller Gemeinheiten – aber manche Menschen fühlen sich ganz wohl darin. Schließlich kann man mit Gemeinheit viel verdienen, und nur wenige Menschen lassen eine günstige Gelegenheit aus, um zu Geld zu kommen. Überraschenderweise lebten in New York mehr als genug gemeine Menschen, aber seinesgleichen verkehrt eben gern mit seinesgleichen. Die Savanne bevölkern Hyänen wie auch Antilopen und Löwen.

Die Anwaltskanzlei Davies & Spitzler, gelegen im besten Teil von Manhattan, wirkte nach außen hin respektabel. Davies war ein vielbewunderter Steueranwalt gewesen – ein ehrbarer Mann, der sein Leben seiner Kanzlei gewidmet hatte, die reiche und politisch einflussreiche Mandanten betreute. Es war bedauerlich, dass er zum Ende seines Berufslebens, als seine Geisteskräfte begannen nachzulassen, Mark Spitzler zum Seniorpartner gemacht hatte. Allem Anschein nach handelte es sich um eine gute Wahl, denn sein Kollege hatte die richtigen Universitäten besucht, hatte eine sehr laute und überschwengliche Persönlichkeit, trug knallbunte Krawatten und warf so geschickt mit eindrucksvollen

Namen um sich, dass die Leute ihn nie mehr vergaßen. Alles nützliche Eigenschaften in der Juristerei. Ohne dass Davies es wusste, gab es allerdings auch eine dunklere Seite an Spitzler (niemand nannte ihn jemals Mark). Er hatte eine nicht zu verachtende Vorgeschichte, was Drogenmissbrauch betraf. Noch beunruhigender war, dass er lange als Anwalt für die Mafia gearbeitet hatte. Das Beängstigendste war jedoch, dass er *El Toro* juristisch vertrat. Natürlich hatten Drogenhändler ein Recht auf einen Anwalt wie jeder andere auch. Und Anwälte hatten das Recht, Drogenbosse als Mandanten zu vertreten. Doch in welchem Maße sie die Gesetze kreativ nutzen durften, um ihre Mandanten bei ihren illegalen Aktivitäten zu schützen, war ein recht strittiger Punkt – dessen philosophische Implikationen vor dem Obersten Gerichtshof verhandelt werden konnten, der zweifellos auf das Recht des Einzelnen, seine Freiheit auszuüben, hinweisen würde – vorausgesetzt, dass es nicht auf andere Weise mit dem größeren Wohl der Gesellschaft im Allgemeinen kollidierte.

Für Spitzler gab es keine Grauzone; alles war schwarz. Er hatte keine Skrupel, denen in den höchsten Kreisen der kriminellen Bruderschaft zu helfen. Schließlich war Moral subjektiv, nicht objektiv. Außerdem war sie relativ, nicht absolut. Das wusste doch jeder, der in der Welt von heute lebte. Und der Umstand, dass er ein Vermögen damit verdiente, Leute wie *El Toro* zu vertreten, war der Beweis, dass der Allmächtige solche Dinge billigte, denn bereits im Alten Testament hieß es ja unmissverständlich, dass Gott stets die Guten segne und die Bösen bestrafe. Und Spitzler musste ein Guter sein, denn er verdiente sehr viel Geld, was bedeutete, dass Gott sein Leben mit Wohlwollen betrachtete.

Ein Jahr nachdem der joviale Davies Spitzler zum Partner gemacht hatte, erlitt er einen Herzinfarkt und verstarb bald darauf. Seine Zuneigung zu seinem Geschäftspartner war derart groß gewesen, dass er ihm sein Vermögen vererbte – was ein wenig verwunderte, da er einen älteren Bruder hatte, der noch am Leben war. Letztgenannter zog es jedoch vor, die Erbschaft nicht anzufechten.

In Juristenkreisen gingen diejenigen, die ehrlich waren und von Spitzlers Kontakten wussten, diesem meist aus dem Weg – was dadurch gefördert wurde, dass er stets von zwei riesigen Leibwächtern brasilianischer Herkunft begleitet wurde, und jeder Anwalt oder sonstige Angehörige der Strafverfolgungsbehörden, der sich ihm entgegenstellte, unausweichlich Schwierigkeiten bekam. Spitzler kannte so manchen Politiker und leitenden Polizeibeamten in New York, so dass eine Berufslaufbahn durch einen einzigen falschen Schritt ruiniert werden konnte. Zudem konnte niemand dem Anwalt jemals etwas nachweisen – dafür war er viel zu gerissen. Was seine Mafia-Mandanten betraf, so war er der Einzige, gegen den sie sich nie wenden würden, denn sie kannten die Macht hinter ihm, die ihn im Geheimen unterstützte.

Wegen seiner Bestechlichkeit hatte Spitzler ein wundervolles Leben. Er verdiente riesige Summen, er war steter Gast bei Wohltätigkeits- und politischen Großveranstaltungen, sein lautes, wieherndes Lachen erschallte über so manchen erlesenen Dinnerparty-Tisch; er genoss ungestraft all die normalen Laster (und ein, zwei abnorme), die ein bequemes Leben mit sich bringt. Er war amoralisch, zudem war seine Sicht der Welt absolut egozentrisch. Aber galt das nicht für alle Menschen? Neben einem großen Büro besaß er ein Haus auf dem Lande vor den Toren New Yorks und ein pompöses Apartment in Florida (unter dem Firmennamen, damit seine Eigentümerschaft nicht bekannt wurde). Wie so viele war Spitzler *El Toro* niemals persönlich begegnet; alles wurde über Mittelsmänner erledigt. Wenn er bedachte, was er über seinen wichtigsten Mandanten erfahren hatte, verspürte er allerdings auch keinerlei Verlangen danach. Nach allem, was seine Mittelsmänner ihm berichteten, konnten solche Treffen sehr unangenehm werden (nehmen Sie niemals eine Einladung nach Brasilien an, hatte man ihn gewarnt). Als Spitzler eines Freitagmorgens in seinem Büro saß, schwer beschäftigt mit einem Fall von Steuerhinterziehung und Drogenwäsche, steckte seine jugendliche Sekretärin den Kopf zur Tür herein.

»Die Männer aus Schottland sind da, sie möchten mit Ihnen reden.«

Niemand betrat sein Büro, der nicht der einen oder anderen kriminellen Vereinigung angehörte. Außerdem kam niemand jemals herein, ohne durch einen Metalldetektor zu gehen. Also begegneten ihm niemals Mandanten mit Metallimplantaten – oder Leute, die auf einen Rollator oder einen Rollstuhl angewiesen waren. Es wäre zu leicht, eine Waffe oder Ähnliches einzuschmuggeln, und Spitzler hatte zu Beginn seiner Berufslaufbahn mehr als nur ein Attentat überlebt – bevor *El Toro* sein Mandant geworden war und ihm seinen Schutz angeboten hatte. Diese lange zurückliegenden Ereignisse hatten den Anwalt veranlasst, ausgesprochen achtsam zu sein. Er war also nicht so töricht, irgendetwas Belastendes in seinem Büro zu lassen. Abgesehen von einigen sehr teuren und exquisiten europäischen Kunstwerken lagerten die meisten Dokumente und Unterlagen an-

dernorts. Was er wissen musste, bewahrte er in seinem Hirn oder daheim auf seinem Landsitz auf.
»Herzlich willkommen, meine Herren.« Spitzler erhob sich hinter seinem Schreibtisch und schüttelte den Herren mit gehörig festem Druck die Hand.
Der Experte für Spezialaufträge stellte sich und seinen Bruder vor. Sie waren aus Schottland gekommen, auf Besuch in New York, um sich mit einigen alten Bekannten zu treffen. Sie setzten sich und betrachteten ihren Gastgeber. Spitzler hatte ein großflächiges Gesicht, eine vorstehende Nase und wulstige Lippen. Der Neunundvierzigjährige mit dem kahl rasierten Schädel und der fleischigen Kinnpartie hätte als guter Onkel durchgehen können, hätte er sein Gebaren gemildert. Aber das hatte er nicht im Geringsten vor, mit dem Ergebnis, dass seine Augen und das arrogante Auftreten einen Mann verrieten, der seine intellektuelle Überlegenheit und seine Macht sehr genoss. Und er war schlau – niemand würde das bestreiten. Er hatte nicht umsonst als Jahrgangsbester sein Jurastudium abgeschlossen – was ihn eine Menge Geld gekostet hatte.
»Was kann ich für Sie tun?«
Andy musterte ihn. Der Mann war stämmig, nicht dick, aber es war klar, dass er seine Fähigkeiten hinter seinem Schreibtisch entfaltete, nicht durch die Ausübung handgreiflicher Gewalt. Das also war der New Yorker Anwalt des brasilianischen Drogenbosses.
»Mr. Taggart würde gern Ihre Dienste in Anspruch nehmen. Er hat einige juristische Fragen, bei denen Sie ihm helfen könnten. Es geht um eine Unternehmensgründung.«
Spitzler nickte. Er hatte bereits aus absolut verlässlicher Quelle erfahren, dass Taggart ein großer Gangsterboss in

Schottland war, und diese beiden Männer fungierten als seine Mittelsleute. Er fing an, seine – exorbitanten – Stundensätze zu nennen, während die beiden Männer höflich zuhörten. Sie rührten sich nicht auf den Stühlen, auf denen sie saßen. Sie blickten sich auch nicht im Zimmer um. Kurzum: Sie verrieten nichts als die größte Konzentration auf die vorliegende Angelegenheit, um so den Argwohn des Anwalts zu zerstreuen. Nachdem Andy dem Honorar zugestimmt hatte, überreichte er Spitzler eine Mappe, die der Anwalt aufschlug. Sie enthielt detaillierte Finanzinformationen von sensibler Natur – nichts, was man im Büro herumliegen lassen konnte. In die Mappe hatte Andy außerdem eine große Summe Geld gelegt, das Spitzler einsteckte, um sicherzugehen, dass seine Sekretärinnen es nicht in die Finger bekamen (man kann heutzutage niemandem trauen, oder?). Nach ein paar Minuten weiteren Plauderns wandten sich die Männer zum Gehen. Andy hatte die ganze Zeit auf eine entspannte, aber entschlossene Art das Gespräch mit dem Anwalt bestritten. Sein Bruder hatte wie immer kaum ein Wort gesagt.

»Ich werde Mr. Taggart Ihre Grüße ausrichten.«

Spitzler stand auf und schüttelte den Mitarbeitern seines neuen Mandanten nochmals die Hand. Sie gingen. Wie üblich kam seine Sekretärin umgehend mit einem Wanzendetektor ins Büro und strich mit ihm über Schreibtisch und Stühle. Da war nichts, aber der Anwalt hatte auch nicht damit gerechnet. Diese Männer waren genau das, was sie zu sein schienen – kleine Ganoven.

Da es Freitag war, verließ Spitzler früher als sonst das Büro, bewaffnet mit verschiedenen Schriftstücken in einem speziell verstärkten Aktenkoffer. Auf dem Parkplatz stieg er in eines der vielen Autos, die er besaß, die jedoch auf die Namen anderer Leute zugelassen waren. Er fuhr zu seinem Landhaus. Der Anwalt war sich nicht bewusst, dass ihm ein Wagen folgte, den er nicht sehen konnte. Das winzige Ortungsgerät, das Andy an seiner Hose befestigt hatte, war eben für das menschliche Auge nicht zu erkennen. Es handelte sich um eines der Produkte, die Reynolds Holdings herstellte und nur dem US-Militär zur Verfügung stellte. Darum rechnete niemand damit. Die beiden Männer folgten dem Fahrzeug des Anwalts in einiger Entfernung. Während der Verfolgungsfahrt sprach Andy in ein Headset und gab Rachel, die sich in New York befand, immer wieder ihren genauen Standort durch. Eine Stunde verging; der Anwalt bog in eine Einfahrt und kam auf dem Vorplatz seiner neu gebauten Villa zum Stehen.

»Okay, wir sind bereit!«

Von den anderen Immobilien, die Spitzler gehörten, wussten sie bereits. Die waren für sie aber kaum von Interesse. Interessant dagegen waren die Häuser, die ihm zwar gehörten, aber nicht unter seinem Namen liefen. Der Gründe lagen auf der Hand. Falls Spitzler irgendetwas versteckte, dann vermutlich in einem dieser Gebäude. Und so war es auch. Die beiden Schotten hatten den Anwalt schon einmal zu seinem Landsitz verfolgt. Meist fuhr er am Wochenende her – zweifellos, um sich mit einer seiner vielen Geliebten zu vergnügen. Nachdem sie das Haus kannten, war es simpel gewesen, an die Baupläne heranzukommen. Alle neuen Gebäude in diesem Bundesstaat brauchten eine Baugenehmigung, und dieses Haus war erst drei Jahre zuvor gebaut worden. Also waren Andy und sein Bruder in die Räume des Bauamts eingebrochen. Keine komplizierte Aufgabe.

(Wer brach denn schon in ein Bauamt ein?) Sie kopierten die Grundrisse von Spitzlers Haus und brachten die Originale am nächsten Tag zurück. Niemand bekam Wind davon.

Als der Anwalt in seine Auffahrt bog, folgten ihm der Experte für spezielle Aufträge und sein Bruder nicht. Stattdessen parkten sie weiter unten an der Straße und beobachteten die Signale des Funksenders auf einem kleinen Display in ihrem Wagen.

»Er geht ins Haus«, sagte Andy zu seinem Bruder.

Der Bildschirm wechselte zum Inneren des Hauses; auf dem Grundriss des Hauses wurden die Signale des Senders sichtbar, der an Spitzler angebracht war.

»Er geht ins Wohnzimmer.«

Andy konnte exakt identifizieren, wo der Anwalt sich aufhielt. Er fläzte sich vermutlich in einem Sessel und sah fern. Er war unverheiratet; eine seiner Geliebten (eine italienische Anwältin) würde erst am nächsten Tag eintreffen.

»Jetzt ist er in der Küche.«

Die beiden Verschwörer folgten jeder Bewegung ihres Opfers. Spitzler betrat seine Küche und kehrte später ins Wohnzimmer zurück, um zu Abend zu essen. Im Auto schloss Andy die Augen.

»Sag mir Bescheid, wenn irgendwas passiert.«

Und damit schlief er ein. Aber nicht lange. Sein Bruder weckte ihn.

»Gefunden!«

Fasziniert betrachteten sie den kleinen Monitor. Der winzige rote Punkt, der Spitzler darstellte, war in die Küche zurückgekehrt. Besser gesagt: So schien es auf den ersten Blick. Aber der Grundriss war verändert worden – ohne dass das

Bauamt je davon erfahren hatte. Das war nicht schwer zu verstehen. Würde denn ein Anwalt *jemals* irgendwelche Papiere über seine Mandanten vernichten – selbst über jene Mandanten, die viel zu verlieren hatten, wenn die Information in unbefugte Hände gelangte? Reynolds hatte ihnen gesagt, dass er das nicht glaube. Information war Macht – vor allem für einen Anwalt. Was im Fall des Winkeladvokaten Spitzler bedeutete, dass er diese Informationen für immer aufbewahren würde, um damit einen Hebel zu haben oder genug Material für eine kleine sanfte Erpressung, falls nötig. Und würde Spitzler vertrauliche Papiere jemals in seinem Büro aufbewahren? Das wäre zu offensichtlich. Die würde er gut versteckt aufbewahren, aber dort, wo er noch relativ leicht Zugang zu ihnen hätte.

»Da ist eine falsche Wand. Sieh mal!«

Und tatsächlich sahen sie, wie der Anwalt von der Küche aus in den Keller ging. Es war also ein geheimer Kelleraum eingebaut worden. Der rote Punkt blieb einige Minuten in jenem Raum unterhalb der Küche, während Spitzler die Akte über Taggart zusammen mit anderen sensiblen Schriftstücken in einem Safe deponierte. Der Anwalt kehrte in die Küche zurück und begab sich von dort ins Wohnzimmer. Irgendwann später ging er zu Bett.

* * *

»Was haben Sie herausgefunden?«

In einer Mietwohnung in New York saß Rachel im Esszimmer. Um den Tisch herum hatten die Mitglieder des Teams Platz genommen: auf der einen Seite Enrique und Gustavo, auf der anderen Andy und sein Bruder.

»Wir haben seine Häuser durchsucht. Er besitzt eine Wohnung in Manhattan nahe seinem Büro und ein Ferienhaus in Florida, beide auf seinen Namen eingetragen. Wir haben nichts von Interesse gefunden. Sein Büro wird ständig bewacht, wenn er dort ist; zwei bewaffnete Bodyguards sind unmittelbar hinter dem Empfangsbereich postiert. Niemand kommt dort ohne Termin hinein, und ich wette, die Wohnung wird ständig nach Wanzen abgesucht. Sein Telefon ist stark gesichert. Er benutzt vermutlich einen Scrambler.«

»Glauben Sie, dass er dort irgendwelche Dokumente aufbewahrt?«, wollte Rachel wissen.

»Nee. Eine Villa, die er als Wochenendhaus nutzt, hat einen geheimen Keller. Das Haus ist nicht auf seinen Namen eingetragen, sondern auf den einer Offshore-Firma. Möglicherweise gehört sie *El Toro*. Wir müssten mal einen kleinen Blick hineinwerfen, aber es kann sein, dass das nicht geht.«

»Warum nicht?«

»Weil ich annehme, dass das Haus von oben bis unten mit einer Alarmanlage gesichert ist. Während der Woche ist es verriegelt. Spitzler lässt nur die Putzfrau und den Gärtner herein, und auch die nur an den Wochenenden, wenn er selbst da ist. Er ist ständig auf der Hut; er ahnt, dass man hinter ihm her ist.«

»Sonst noch etwas?«

»Hin und wieder schmeißt er für seine Mandanten eine Party in seinem Haus.«

»Können wir uns da hineinschleichen?«

»Keine Chance. Nur geladene Gäste, und alles wird genau überwacht.«

»Wie finden wir also heraus, was sich in dem Keller befindet?«

Die fünf saßen an dem Tisch und dachten nach. Die Sache war im Prinzip einfach. Wie konnte man in das Haus eines Menschen einbrechen und Dokumente daraus entfernen, wenn der einzige einigermaßen erfolgversprechende Weg darin bestand, einzubrechen, wenn der Besitzer tatsächlich zu Hause war? Gustavo und Enrique schwiegen. Andys Bruder blätterte gelangweilt durch die Zeitung, die er mitgebracht hatte. Plötzlich begann er zu lachen.
»Kaum zu glauben!«, meinte er. »Irgend so ein Mistkerl ist in den New Yorker Zoo eingebrochen und hat eine acht Meter lange Anakonda geklaut.«
Die Worte erstarben auf seinen Lippen.
Alle Blicke waren auf Gustavo gerichtet.

* * *

Spitzler wollte, dass sich seine Mandanten an seine Feier zu seinem fünfzigsten Geburtstag erinnerten. Das erwartete man auch von ihm. Er hatte den Gipfel des Erfolgs erreicht; er war reich, berühmt und mächtig. Was mehr konnte man sich wünschen? Nun ja, zunächst einmal mehr Reichtum, mehr Ruhm, mehr Macht. Schließlich machte Gier schneller süchtig als Heroin; Gier war eine Droge, gegen die kein Entzug half. Und dank *El Toro* stellte sich niemand seinem Verlangen entgegen.
Spitzler nahm sich vor, seine Geburtstagsparty so opulent wie möglich auszurichten. Die besten New Yorker Catering-Firmen, die besten Weine und der exklusivste Champagner, die besten Leute. *Seine* Leute. Mafialeute, Drogenleute, Winkeladvokaten, Politiker und, um das Ganze amüsanter zu machen, jede Menge hochklassige Prostituierte sowie ein,

zwei Hollywoodstars. Da die Party absolut privat war und nur geladene Gäste anwesend sein würden, würde es keine frechen Presseleute geben, keine forschenden Blicke, niemanden, der die Gäste belauerte. Die, die eingeladen wurden, wussten das; sie konnten Spitzler vertrauen. Denn wenn man seinem korrupten Anwalt nicht mehr trauen konnte, wem dann? Außerdem würden die Gäste Masken tragen. Abgesehen von ihm natürlich. Sein herzhaftes Lachen war sowieso nicht zu verwechseln.
Bei den Vorbereitungen für die Party ließ man wie üblich äußerste Vorsicht walten. Seine Leibwächter durchsuchten jeden Zentimeter im Haus und im Garten nach Wanzen oder versteckten Kameras. Sämtliche Catering-Firmen wurden überprüft und genauestens überwacht. Ebenso die Personen, die die Pavillons aufbauten, die Tische deckten, die Dekorationen anbrachten und alles reinigten. Was die Gäste betraf, würde der Gastgeber – als zusätzliche Vorsichtsmaßnahme – jedem an der Tür persönlich die Hand schütteln, und alle mussten vor ihm die Maske abnehmen und sich ausweisen. Wer sagte denn, dass Anwälte nicht an alles dachten? Bis aufs letzte kleine bisschen. Und zum letzten kleinen bisschen gehörte die Säuberung des Indoor-Swimmingpools, um sicherzustellen, dass sämtliche Rohre funktionstüchtig waren und dass das Wasser frisch gechlort war. Am Morgen der Party kamen Leute der Swimmingpool-Firma, die Spitzler immer beauftragte. Einer der Bodyguards inspizierte den kleinen Lieferwagen. Er stocherte mit langen Stangen darin herum, schnupperte an Reinigungsmitteln, klopfte auf das Gelenkrohr aus Nirostastahl, mit dem der Boden des Pools gesäubert wurde, und vergewisserte sich ganz allgemein, dass alles in Ordnung war. Außerdem

rief er die Swimmingpool-Firma an, die bestätigte, dass die drei Mitarbeiter, die den Lieferwagen fuhren, zu ihren Mitarbeitern gehörten. Um fünf Uhr war alles bereit. Spitzler befand sich im ersten Stock seiner Villa und legte sein Kostüm an – er stellte Mephisto dar –, als die letzten Häppchen gebracht wurden. In seinem Garten war das Dienstpersonal dabei, die Steaks vorzubereiten, die Champagnergläser zu putzen, ein wenig Besteck zu stehlen und ganz allgemein das zu tun, was jedes gute Dienstpersonal tat, das von bösen Menschen beschäftigt wurde.

»Herzlich willkommen, meine Freunde!«

Viele Leute aus New Yorks High-Society waren der Einladung gefolgt, denn sie mochten Spitzler. Mehr noch: Sie waren so wie er. Sie hatten kein Problem damit, mit kriminellen Elementen gesellschaftlich zu verkehren – es war alles ziemlich spaßig und *avantgarde*. Mehrere Hollywoodstars (von der weniger glamourösen Sorte) hatten ihren Auftritt und rückten die Masken im exakt richtigen Moment zurecht, um sicherzustellen, dass alle sie gesehen hatten. Das war entscheidend, sie wollten die besten Filmrollen bekommen (ganz gleich, wie groß ihr Talent war), und einige der Leute auf der Party besaßen die richtigen Verbindungen und den Einfluss, um ihnen die Rollen besorgen zu können.

»Hey, was für eine tolle Party!«

Niemand würde sie jemals vergessen. Es gab mehr Gelächter, mehr Champagner und mehr Kokain, als ein anderer Angehöriger der Society-Elite in diesem Jahr hatte bieten können. Dann war da das Tanzen, das Sichwinden, das Kopulieren, das Trinken und das höfliche Sichübergeben – die wesentlichen Ingredienzien jeder Reichen-Party. Außerdem gab es noch die kunstvolle kleine Ansprache, den ein Politiker auf Spitzler hielt, mit genau den richtigen Unterstellungen, die andeuteten, dass er ein alter Schurke war – ohne unangemessen anzuecken oder der *Wahrheit* allzu nahe zu kommen. Um ganz offen zu sein: Viele von denen, die an jenem Abend dort zusammengekommen waren, hatten Angst vor diesem Anwalt – er wusste zu viel über sie. Aber er war auch sehr gut geschützt.

Um drei Uhr morgens waren die meisten der Gäste, die noch nicht gegangen waren, absolut betrunken, im Drogenrausch oder lagen miteinander im Bett. Spitzler selbst war reichlich angeheitert und hatte sich an seinen Lieblingsplatz zurückgezogen – seinen Indoor-Swimmingpool. In seiner Designer-Badehose schwamm er seine Runden, während die Unterwasserbeleuchtung das einzige Licht spendete.

»Kommt doch rein«, rief er allen Frauen zu, die sich noch im Haus aufhielten. Sie zögerten; sein Ruf reichte aus, um sie davon abzuhalten, außerdem war ein betrunkener Spitzler unangenehmer als ein nüchterner. Und während der Anwalt im Pool schwamm, plante er bereits die Party im nächsten Jahr. Sie würde noch größer und prachtvoller ausfallen als diese – was bedeutete, dass er noch mehr Geld verdienen musste. Was wiederum hieß, dass er noch höhere Rechnungen stellen musste. Trotzdem: Das dürfte nicht schwierig sein – kreative Buchführung war nichts im Vergleich zur kreativen Honorarstellung. Das eine war Zahlenklauberei, das andere eine Kunstform.

»Hey, komm mal her, Constanze!«

Seine italienische Freundin ließ sich in den Pool gleiten. Sie war auf Kokain und, was Spitzler nicht wusste, gerade mit einem Mandanten oben gewesen. Außerdem betrog Spitzler sie ständig. Warum sollte sie sich nicht hin und wieder rächen?

»Komm schon …«

Während sie sich auszog, sah Constanze etwas. Aktiviert von Andy (der eine versteckte Kamera im Poolbereich installiert hatte) öffnete sich am tiefen Ende des Pools ein Wasserzufluss. Einen Augenblick lang registrierte Spitzlers Gespielin wegen der optischen Verzerrung unter Wasser nicht, worum es sich handelte. Das war verständlich. Schließlich kam es nicht oft vor, dass sich eine fast neun Meter lange (nicht acht Meter, wie die Zeitungen schrieben – Größe ist wichtig!) Anakonda anschickte, dem Swimmingpool einen Besuch abzustatten. Erst recht nicht, wenn sie schlechter Stimmung war, weil das Chlor ihre Augen reizte. Aber ach, die Menschen nehmen auf Tiere viel zu wenig Rücksicht.

»Genau. Runter mit der Kle…«

Constanze ließ das Weinglas fallen und kreischte auf, ihr ganzer Körper beugte sich vor aus lauter Anspannung. Der Schrei war so laut und durchdringend, dass selbst Gott sich im Grab umgedreht hätte. Die Bodyguards hörten sofort auf mit dem, was sie gerade taten, packten ihre Maschinenpistolen, rannten über die Flure und stürmten in den Poolbereich. Was sich ihren Blicken darbot, reichte aus, ihnen bis ans Ende ihrer Tage Alpträume zu bescheren.

Es wäre hilfreich gewesen, wenn Spitzler Professor Hudstorfs nützlichen Text über *Die Anakondas Brasiliens* gelesen hätte. Eine Anakonda ist nämlich ein erstaunliches Tier. Nicht nur wurde sie riesengroß, sondern sie besaß auch eine Kraft, gegen die sich selbst ein Krokodil nur mit Mühe zur Wehr setzen konnte. Eine Anakonda tötete ihre Beute,

indem sie sie würgte, ja förmlich auspresste – etwas, was ein Steueranwalt durchaus verstehen konnte.
»Was?«
Aufgeschreckt durch den Schrei wandte sich Spitzler um. Als er den Grund des Aufruhrs erblickte, empfand er eine solch große Angst, dass ihm fast das Herz aus der Brust sprang – was nur dadurch verhindert wurde, dass seine Zunge zuerst dort ankam. Wie ein Verrückter um sich schlagend, versuchte er, ins Flache zu gelangen. Seine italienische Freundin kreischte noch lauter und zeigte dabei ihre Jacketkronen, was noch mehr Gäste herbeilockte.
»Tut doch was!«
Die Bodyguards blickten sich hilflos um. Gegen einen Mann, gegen eine Armee konnten sie etwas ausrichten. Schließlich waren sie ausgebildet im Umgang mit Schusswaffen, verstanden sich auf Judo, Karate …
Spitzler bewegte sich weiter durchs Wasser mit einem Tempo, das er bislang für die Verführung von Frauen reserviert hatte. Voll Horror sahen die Anwesenden, wie die Anakonda zuschlug.
… Jiujitsu, Taekwondo …
Prof. Hudstorfs bemerkenswerter Text weist darauf hin, dass eine Anakonda eine Druckkraft entwickeln kann, die sich hilfreicherweise mit dem Gewicht eines Reisebusses vergleichen lässt, der aus großer Höhe auf einen Menschen fallen gelassen wird. Der Forscher zeigt zudem einige interessante Eigenschaften des Tieres auf. Sowie die Schlange ihr Opfer gepackt hat, ist es nicht mehr möglich, zu entkommen, weil ihre hundert Zähne nach innen gebogen sind. Und selbst wenn man ihr die Zähne herausbräche, würde das die Anakonda nicht dazu bewegen, das loszulassen, was sie sich

einmal ins Maul geschoben hatte (eine Fähigkeit, die auch manche Rechtsanwälte besaßen). Die Anakonda hat eine schlammfarbene Haut mit großen schwarzen Punkten, die Augen sind so schwerlidrig, dass sie …

… Nahkampf, Freistilringen – die Leibwächter verfügten über eine breite Palette in Kampfsportarten.

An seiner Achillesferse gepackt, verschwand Spitzler unter Wasser, eingehüllt in etwas sich Windendes von außergewöhnlicher Wildheit.

»Erschießt sie!«, kreischte Constanze in einem Ton, der eine Opernsängerin beeindruckt hätte. Die Bodyguards eröffneten das Feuer aus ihren Maschinenpistolen, wodurch sich das Wasser im Pool in ein fluoreszierendes Rot verwandelte. Aber es war zu spät. Die entsetzten Gäste sahen, wie ihr Gastgeber in den Wellen in einem wahrhaft spektakulären Finale unterging. Es reichte, um mindestens einen Herzinfarkt auszulösen, und Spitzlers Freundin sollte einen großen Teil ihrer restlichen Tage in psychiatrischer Obhut verbringen. Die Moral der Geschichte war deutlich. Wie es Professor Hudstorf in seinem Standardwerk so elegant formuliert hatte: »Wandle nicht in Sümpfen, in denen Anakondas weilen.«

* * *

Nun, da in der Villa Chaos herrschte und die Gäste sich um den Pool drängten – sie hatten die merkwürdigsten Dinge gehört –, traten Andy und sein Bruder, als Mitarbeiter eines Cateringservice gekleidet, durch die Haustür und hasteten Richtung Küche, wobei sie einen Servierwagen mit einer großen Geburtstagstorte darauf vor sich herschoben. Sie er-

reichten die Küche, verschlossen beide Türen und brachten zwei winzige Kameras an der Wand an. Dann eilte Andy dorthin, wo sich ein schweres Weinregal aus Stahl befand. Er strich mit einem scannerähnlichen Gerät darüber und entdeckte – als er eine Weinflasche herauszog – einen geschickt verborgenen Knopf. Er drückte ihn, und das Weinregal schwang auf. Der Mafia-Bauunternehmer hatte, vor seinem vorzeitigen Ableben, hervorragende Arbeit geleistet. Jetzt, da der Eingang zum Keller offen war, schlossen Andy und sein Bruder die Küchentüren wieder auf, und dann verschwanden die beiden die Treppe hinunter, nachdem sie das Weinregal wieder an seinen Platz gezogen hatten. Einige Sekunden später entdeckte ein Bediensteter, der in die Küche gekommen war, um weitere Gläser zu holen, keinerlei Anzeichen auf die Gegenwart der Eindringlinge. Und auch die anderen Angestellten nicht. Sie richteten ihr Augenmerk darauf, wie eine Anakonda einen New Yorker Rechtsanwalt erwürgte. Es war ein mutiger Schritt.
»Was haben wir denn da!«
Andy und sein Bruder sahen sich um. Ein Raum voller Regale, die gefüllt waren mit sensiblen Unterlagen. Hier also bewahrte Spitzler die Daten über seine Mandanten auf. In einer Ecke stand ein Tresor.
»Was haben Sie gefunden?«
Rachel, die in ihrer New Yorker Wohnung saß, flüsterte in Andys Headset. Er aktivierte eine Kamera am Revers seiner Livree und ging in dem Raum umher. Rachel pfiff durch die Zähne.
»Gehen Sie zum Tresor.«
Andy warf einen Blick darauf. Ein moderner Safe mit einem elektronischen Tastenfeld. Auf dem neuesten Stand, aber

nichts, womit ein Experte nicht klarkommen konnte. Sie waren darauf vorbereitet. Andy brach den Funkkontakt zu Rachel ab und kontaktierte einen begnadeten Safeknacker – einen Freund in Schottland, der ihnen gegen ein Honorar half. Andy fixierte seine Minikamera so, dass sie auf das Tastenfeld gerichtet war, damit der Safeknacker es sehen konnte, und brachte ein Gerät an dem Tastenfeld an. Dieses elektronische Wunderwerk war mit einem Computer verbunden, der die verschiedenen Zahlenkombinationen durchrechnen würde. Wichtiger noch: Das Gerät konnte Fingerabdrücke lesen. Zwei Minuten später war die Sache klar. Spitzler hatte eine Kombination aus sechs Zahlen gedrückt, dabei hatten seine Finger auf den jeweiligen Tasten Abdrücke hinterlassen. Der Computer bestätigte das und bestimmte die genaue Abfolge. Mit einem Klicken öffnete sich der Safe. Darin befanden sich weitere Bündel mit Dokumenten. Andy nahm sie heraus und schob sie in weiße Säcke. Als der Safe leer war, füllten die Brüder ihn mit Akten aus den Regalen und verschlossen ihn wieder.

Bevor sie den Kellerraum wieder verließen, vergewisserte sich Andy bei Rachel: »Ist jemand in der Küche?«

Auf ihrem Bildschirm verfolgte sie das Geschehen mit Hilfe der beiden winzigen Kameras, die so angebracht waren, dass Rachel die Türen der Küche im Blick behalten konnte.

»Nein. Auf geht's!«

Das Weinregal schwang auf; die Brüder traten nach draußen. Die Dokumente verschwanden in ihrem Servierwagen, dann stellten sie die Geburtstagstorte auf den Küchentisch und gingen zur Haustür.

Unterdessen herrschte auf den Fluren und in den Räumen der Villa völliges Chaos. Einige Gäste flüchteten, weil sie fürchteten, dass womöglich die Polizei benachrichtigt worden war. Andere wiederum eilten zum Swimmingpool, um sich die gruselige Szene anzusehen – in manchen Fällen auch, um sich zu vergewissern, dass Spitzler und die Schlange tot waren. Andy und sein Bruder drängelten sich durch das Durcheinander ins Freie und brachen eine in der Nähe stehende Limousine mit schwarz getönten Scheiben auf und schlossen sie kurz. Der Wagen raste die Auffahrt hinunter. Am Haupttor herrschte noch eine gewisse Ordnung; die Bodyguards waren angewiesen worden, niemanden hineinzulassen – sie sollten insbesondere die Polizei aufhalten. Die Limousine wurde durchgewinkt.

Innerhalb der nächsten halben Stunde zogen es sämtliche von Spitzlers Gästen vor, die Villa zu verlassen. Sowie die Ordnung wiederhergestellt war, ließen seine Bodyguards – sie handelten auf Anweisung der noch anwesenden hochrangigen Mafiosi – das Wasser aus dem Pool und entfernten die Leiche. Niemand rief die Polizei, aus naheliegenden Gründen. Innerhalb weniger Stunden wurde in das Büro des Anwalts in New York eingebrochen, und alle Unterlagen wurden daraus gestohlen. Spitzler wurde gemeinsam mit der Anakonda in seinem Garten entsorgt – als Rosendünger. Aber die Mafialeute trauten sich nicht, seine Villa zu durchsuchen, weil sie wussten, dass sie *El Toro* gehörte. Außerdem hatten sie allzu große Angst, die Ursache für seinen Tod allzu genau zu erforschen. Die dunkel gefleckte Anakonda stammte aus Brasilien. Hatte *El Toro* eine offene Rechnung beglichen?

* * *

Auf Bermuda saßen zwei Männer in einem Pavillon. Sie tranken Wein und beobachteten die sanften Wellen des Meeres. Sie hatten den Tag damit zugebracht, Dokumente zu lesen – diejenigen, die aus dem Tresor in Spitzlers unterirdischem Keller gestohlen worden waren. Die Papiere bewiesen, dass der Anwalt sich bei seinem Einsatz für die kriminelle Elite New Yorks selbst übertroffen hatte. Beim Studieren der Unterlagen stießen die beiden Männer auch auf einige Überraschungen. Politiker, von der die Öffentlichkeit annahm, sie hätten eine blütenweiße Weste, hatten tatsächlich eine teerschwarze. Was nur bewies: Drehe einen Politiker – so wie eine Münze –, und er zeigt dir diese oder jene Seite von sich.

»*El Toro?*«

»Spitzler hat in seinem Namen gehandelt, hat Briefkastenfirmen gegründet, um Drogengeld zu waschen. Außerdem hat er in seinem Namen Aktien von Unternehmen gekauft. Wird ihn das aus seiner Höhle hervorlocken?«

Julio schüttelte den Kopf. »Nein. Ich glaube, Spitzlers Tod wird kaum Bedeutung haben. Vermutlich wurde nur jemand entfernt, den *El Toro* zu gegebener Zeit ohnehin getötet hätte. Lesen Sie das hier mal.«

Reynolds überflog das Dokument, das Julio ihm gereicht hatte (sie hatten die Unterlagen untereinander aufgeteilt). Darin ging es um eine viel größere Sache. Außerdem bezog es sich auf das Bombenattentat in Covent Garden. Es ging um ein Mitglied des britischen Parlaments, das Geld von einer Firma mit Sitz in New York erhielt, deren Mutterunternehmen jedoch eine brasilianische Firma war. Diese hatte Spitzler gegründet.

»Was halten Sie davon?«

»*El Toro* bezahlt den Mann, damit er Informationen über wichtige Angelegenheiten weitergibt.«

»Über welche?«

Julio blätterte um und machte Reynolds auf folgenden Satz aufmerksam: »Der Parlamentsabgeordnete sitzt in zwei Regierungskommissionen, die sich mit der internationalen Sicherheit und dem Drogenhandel befassen.«

»Sie glauben …?«

»*El Toro* verschifft Drogen nach England, und dieser Mann warnt ihn, sobald es irgendwelche Probleme geben könnte. Er ist ein wichtiger Informant, eine Schlüsselfigur. Also machen wir weiter wie bisher. Wir sammeln Informationen; und dann schlagen wir zu.«

»In Ordnung.«

Julio stellte sein Glas ab. »Außerdem brauchen wir ein Ablenkungsmanöver, während wir Jagd auf diesen Parlamentsabgeordneten machen.«

»Wie meinen Sie das?«

»Ich denke da an die anderen Dokumente in Spitzlers Keller. Ich nehme an, dass sie politisches und gesellschaftliches Dynamit beinhalten.«

»Sollen wir unsere Leute wieder dort hineinschicken, damit sie die Unterlagen besorgen?«

»Nein«, erwiderte Julio und grinste. »Warum ihr Leben riskieren? Ich habe eine viel bessere Idee. Überlassen Sie das mir.«

* * *

Der stellvertretende Direktor der CIA saß in einem schalldichten Raum, irgendwo tief in der Zentrale in Langley im

Bundesstaat Virginia in den Vereinigten Staaten. Ihm gegenüber hatte sein Chef Platz genommen. Der stellvertretende Direktor reichte ihm einen Brief über den Tisch. Der ältere Mann nahm seine Stahlrandbrille ab und putzte sie. Obwohl er sich bemühte, nicht zu lächeln, strahlte er schließlich doch vor Freude.

»Von wem?«

»Ein Geschenk von Julio.«

»Wenn sich das hier als wahr herausstellt, lassen wir die Anklage wegen Drogenhandels gegen ihn fallen.«

»Ich stimme Ihnen zu«, sagte der stellvertretende Direktor.

Der Direktor lehnte sich zurück. »Ich habe gar nicht gewusst, dass Anakondas so groß werden.«

»Ich auch nicht. Man lernt nie aus.«

Der Direktor nickte; die einzigen Anakondas, denen er je begegnet war, saßen im Senat. Er gab den Brief zurück. »Nehmen Sie nur Leute, denen Sie absolut vertrauen, und bringen Sie die Papiere zu mir. *Nur zu mir. Zu niemandem sonst.*«

An diesem Abend betrat der stellvertretende Direktor der CIA eine fremde Küche. Er zog eine Weinflasche aus einem Weinregal, drückte einen Knopf, und das Regal schwang auf. Als er den Keller betrat, stieß er einen Pfiff von unverstellter Freude aus. Wer sagte denn, dass Aladin nie eine Höhle gehabt hatte?

26

Jeder Mensch hat seine Berufung.
Sein Talent ist der Ruf.
Ralph Waldo Emerson

Reynolds lag im Bett in seiner Penthousewohnung. Jeden Morgen beim Aufwachen dachte er erst an seine Tochter und dann an seine Frau. Die riesige Leere, die ihr Tod hinterlassen hatte, ließ sich nicht füllen; das war ihm klar. Doch die junge Frau, die neben ihm schlief, half ihm, sein Gefühl des Alleinseins zu überwinden. Es war merkwürdig. Man konnte eine Person jeden Tag in seinem Leben sehen und kaum wahrnehmen. Aber wenn sie einem nahekam – körperlich nahe –, offenbarte sie Eigenschaften und Charakterstärken, die man begehrte und die die eigenen komplettierten.

Wie verletzlich der Mensch doch war. Immer rastlos, immer wandernd, sehend, aber nicht wahrnehmend, immer nach etwas greifend, aber immer unglücklich. Warum? In seinem hektischen Berufsleben waren solch philosophische Fragen an Reynolds völlig vorbeigegangen. Da sie keinen monetären Inhalt hatten, wusste er sie nicht zu schätzen. Jetzt, nachdem er sich aus dem selbst geschaffenen Mahlstrom emporgezogen hatte, glich er einem jungen Mann, der, nach dem Bad im Meer, auf dem Rücken liegt, die Augen geschlossen hat und damit zufrieden ist, das Universum an sich vorbeifließen zu lassen. Und er war doch noch ein junger Mann, oder? Bin ich wirklich zweiundfünfzig Jahre alt?, fragte er sich. Hinsichtlich seines körperlichen Zustands traf das zu. Doch tief im Inneren war er immer noch jung. Sein Herz war nicht zweiundfünfzig. Er hatte bloß zugelassen, dass es mit den Jahren stumpf geworden war. Wie bei einer Schatulle aus Gold hatten sich Schmutz und Staub der Welt darauf angesammelt. Aber nun, da der Tod sich langsam näherte, wischte eine geheimnisvolle Hand Schicht um Schicht von diesem Schmutz fort, um ihm die Möglichkeit zu geben, freier zu leben. Ich bin nicht Paul Reynolds, dachte er. Das ist nur mein Name, meine menschliche Inkarnation. Tief im Inneren bin ich ein anderer, und ich habe eine Aufgabe zu erfüllen.

Er streckte die Hand aus und berührte Rachel. Sie schlief mit dem Rücken zu ihm, beinahe in Fötusstellung. Er verlagerte seine Hand, so dass sie sanft ihre rechte Brust hielt. Wenn er früher eine Frau angefasst hatte, war es immer aus fleischlicher Lust gewesen: flüchtig, zugreifend, sein Kopf voll von selbst erzeugten sexuellen Bildern. Doch jetzt, da er ihre Brust fühlte, vermochte er über ihre Weichheit, über ihre Konturen, über ihre lebendige Wärme zu staunen. Eines Tages würde diese Brust Kinder säugen, sie würden Milch aus ihr beziehen, um zu wachsen und sich wiederum fortzupflanzen. Früher hätte ihn das nicht interessiert, jetzt faszinierte ihn die unglaubliche Schönheit dieses Bildes. Rachel war prachtvoll, fruchtbar, eine kleine Göttin auf ihre eigene Art. Eine antike griechische Göttin mit blondem Haar. Seine Hand strich über ihre Hüfte. Statt über Rachel herzufallen, sie zu nehmen, ließ er die Fingerspitzen über ihre Haut hinwegstreichen, so dass er die warme, pulsieren-

de Lebenskraft darunter förmlich spürte. Es war nicht nur eine erotische Empfindung, das Gefühl weckte auch die längst verlorene Bezauberung, die sich beim Liebkosen eines menschlichen Körpers einstellt.
Wieso hatte Reynolds dieses Staunen verloren? Er wusste es. Er hatte sein Verlangen, mit Menschen zusammen zu sein – sich mit ihnen zu verbinden – auf Sachen übertragen. *Geld*, das war sein Fehler gewesen. Zunächst hatte es seinen Geist durchdrungen, dann sein Herz.
Pauline hatte das vor langer Zeit bemerkt. Sie hatte versucht, ihn zu warnen, aber er hatte ihr keine Beachtung geschenkt. Stattdessen hatten Geld und Status ihn gefangen gehalten. Aber damit war er nicht allein. In der Welt rings um ihn herum – wie viele Millionen anderer waren auf diese Weise gefangen, fixiert auf Besitztümer und nicht an Menschen interessiert, auf Selbstliebe aus und nicht auf Liebe? Reynolds' Finger glitten langsam Rachels Hüfte hinauf. Vor fünfunddreißig Jahren, als er mit seiner ersten Freundin zusammen gewesen war, hatte er ein großes Staunen empfunden, als er ihren Körper berührt hatte. Ihm war damals, als erkundete er ein bislang unentdecktes Königreich – ein neu gefundenes Land –, reich an Gerüchen, voll von Lust. Im Laufe der Jahre hatte er die Fähigkeit zu staunen verloren; sein Appetit wurde zwar immer größer, aber er war übersättigt, die Lust war schal geworden. Aber nicht alles war verloren. Seine Finger waren davon bezaubert, wie deutlich Rachels Hüftknochen vorstand und dennoch von großer und zarter Schönheit war.
Rachel drehte sich um, so dass er sie weiter erkunden konnte. Ihr Geist war in einem leichten Traumzustand, ihre Haut gab sich dem Genuss hin, gestreichelt zu werden. Seine

Hand strich ihre Wade hinab, seine Finger spürten die unter der Haut liegenden Sehnen und kräftigen Muskeln. Als Reynolds zum ersten Mal mit Rachel geschlafen hatte, hatte er angenommen, dass sie ihm wegen seines Reichtums und Status eine dominante Position einräumen würde. Aber das war nicht der Fall gewesen. Sie besaß einen starken Willen und hatte ihm deutlich gemacht, dass sie erwartete, ebenso zu nehmen wie zu geben. Sein Körper musste mit dem ihren zusammenarbeiten – und nicht einfach nur in ihm. Der eine durfte nicht nur selbstsüchtig, der andere nicht nur gewährend sein. Außerdem hatte Reynolds angenommen, dass er das Spiel diktieren würde. Weit gefehlt.

Nun setzte seine Hand ihren Weg fort, um den Umriss von Rachels Knies zu spüren, während seine Zunge gleichzeitig Rachels Schulter voller Zärtlichkeit erkundete. Rachel reagierte darauf, indem sie ihren Po näher an ihn schmiegte, um mit ihm zu verschmelzen. Sein Geist war voller Bilder von Panama, von Bildern der Natur, früheren erotischen Erfahrungen, alles, ohne zu urteilen. Und während seine Hand ihren Bauch hinaufstrich, murmelte sie etwas und öffnete langsam ihre Schenkel.

Ich bin verliebt. Der Gedanke erfüllte Reynolds' Bewusstsein. Er kam völlig unerwartet. Nie hätte er geglaubt, dass er sich noch einmal verlieben würde. In seinem Alter – und bei seinem Temperament – hatte er bezweifelt, dass er seine Gefühle und sein Streben nach Dominanz so weit loslassen könnte. Die Vielzahl der Ereignisse schien jedoch etwas Unerwartetes bewirkt zu haben.

Als Reynolds jung gewesen war, hatten die Worte »ich liebe dich« eine derartige Erfüllung in sich geborgen, dass sie ihm, selbst wenn er nur daran gedacht hatte, eine tiefe Erre-

gung geschenkt hatten. Er erinnerte sich, wie er eines Tages mit Pauline im Bett gelegen hatte, nicht lange nachdem sie sich kennengelernt hatten. Sie hatten miteinander geschlafen, und er sagte zu ihr: »Ich liebe dich.« Die Worte waren wahr, sie waren so echt gewesen, dass Paulines glückliches Strahlen seinen eigenen Gemütszustand widergespiegelt hatte. Pauline hatte erkannt, dass er ihr sein Herz geöffnet hatte, und ihr Herz hatte es erwidert. Zwei liebende Menschen. Ein Augenblick der Magie in einer grauen Welt.
Wann war ihm dieser Zauber verloren gegangen? Als er zwischen dreißig und vierzig war? Als Caroline zur Welt kam? Als er angefangen hatte, sein Geschäft zu entwickeln anstatt sein Familienleben? Und wessen Schuld war es? Nicht Paulines, nicht Carolines, sondern seine.
Seine Finger begannen jetzt, von Rachels Hüfte hinab ins Tal ihres Schoßes zu gleiten. Sie wurde erregter und bewegte den Kopf. »Komm zu mir.« Mit Tristan zu schlafen war anders gewesen. Sie hatte es genossen, aber es hatte keine tieferen Gefühle in ihr ausgelöst; rückblickend betrachtet, hatte sie sich selbst betrogen. »Nicht reden, Paul.« Ihre Hand schob seine genau dorthin, wo sie sie haben wollte. Zusammen sein, den Augenblick genießen, miteinander verschmelzen – die Schlüssel zum Glück. Hätte Reynolds keine persönliche Tragödie erlebt, wäre er niemals mit Rachel im Bett gelandet. Hätte Rachel weiterhin in seinem Unternehmen gearbeitet, hätte sie nie zu ihm gefunden. Die unergründlichen Wege des Schicksals. Rachel berührte seinen Oberschenkel, die kleine Geste, die anzeigte, dass sie bereit war. Sie hob die Beine, und dann spürte sie sein Gewicht auf sich. Langsam begannen ihre Körper, den gleichen Rhythmus zu finden.

Rachel schlug die Augen auf, aber nur um nachzusehen, dass nicht plötzlich Enrique im Raum stand.

* * *

Nach der Liebe: Sirup und Bagels. Rachel stand auf und ging zur Cappuccino-Maschine; diese gab ein leises »Ping« von sich, als sie betriebsbereit war. Unterdessen schlug Reynolds die *New York Times* auf. Das beherrschende Thema war der Skandal, der nach dem Tod von Spitzler bekannt geworden war. Beamte des öffentlichen Dienstes, Politiker, Mitarbeiter der Strafverfolgungsbehörden – sie alle leugneten. Alle liefen davon, fanden aber keine Deckung.

»Wie kommt Gustavo mit dem Team zurecht?«

Sie lachte. Die Rollen im Team waren regelrecht getauscht worden. »Die anderen drei haben eine Heidenangst vor ihm. Möchtest du noch einen Cappuccino?«

»Hm.«

»Wie kommt es nur, dass er mit Schlangen so geschickt umgehen kann? Es ist unglaublich.«

Reynolds zuckte mit den Achseln. »Eine Gabe. Übrigens, ich habe ihn eingeladen, heute Morgen herzukommen. Ich möchte sicher sein, dass es ihm gut geht. Ich vermute, dass Panama ihm fehlt.«

»War er noch nie im Ausland?«

»Warum fragst du ihn nicht selbst?«

Nach dem Frühstück tätigte Reynolds seine ersten geschäftlichen Telefonate; Rachel kleidete sich an. Währenddessen schweiften ihre Gedanken zu Gustavo. Er war so ruhig und bescheiden, und sie wusste nicht, was sie von ihm halten sollte. Sie hatte keine Ahnung, wie er die Anakonda aus dem Zoo herausbekommen hatte, und er hatte sich geweigert, es ihr zu verraten. Was sollte sie anziehen? Sie hatte mehrere Kleidungsstücke aus ihrer Wohnung in Reynolds' Penthouse mitgenommen und die Sachen in einem der Gästezimmer verstaut. Nach einigem Zögern entschied sie sich für ein blaues Kleid. Würde sie ihm darin gefallen? Wem? Reynolds oder Gustavo? Letzterem, aber war das wichtig? Gustavo und sie waren gleich alt, aber es gab keine Liebe zwischen ihnen; sie war die Geliebte eines anderen Mannes, und sie war zufrieden. Als sie fast fertig angekleidet war, läutete es an der Tür.

»Hallo, Gustavo.«

»Hallo.«

Er betrat die Wohnung. In der Hand hielt er einen Strauß langstieliger Lilien.

»Für mich?« Das Mitbringsel verblüffte sie. Entzückt strich sie sich ein paar Haarsträhnen aus dem Gesicht. Seit Jahren schon hatte ihr kein Freund mehr Blumen geschenkt. Nicht Tristan und nicht Reynolds.

»Sie sind wunderschön! Was sind das für Lilien?«

»Ich kenne ihren englischen Namen nicht. Ich habe sie in einem Blumengeschäft entdeckt.«

»Danke, das ist wirklich lieb. Komm hier entlang. Möchtest du dich in der Wohnung umschauen? Mr. Reynolds telefoniert gerade.«

Gustavo nickte. Pflichtschuldig folgte er Rachel, während sie ihm das Wohnzimmer, das Esszimmer, das Heimkino, die vielen Schlafzimmer, das Arbeitszimmer zeigte. Er schwieg. Er wusste nicht genau, was er sagen sollte. Es war eine riesige Wohnung für nur eine Person und so unpersönlich. Warum brauchte der Mann das alles?

»Das hier ist der Wintergarten.«
Rachel schob die Glastür auf; beide betraten den Raum. Gustavos Gesichtszüge hellten sich auf.
»Gefallen dir die Pflanzen?«
»Natürlich.«
»Kennst du ihre Namen?«
»Von einigen.« Er ging hinüber zu einem blühenden Strauch. »Die Indianer nennen ihn *menyigo*.«
»Gibt es viele indianische Dialekte?«
»O ja, viele.«
»Und du spricht sie alle?«
»Ein, zwei. Und das hier ist eine Orchidee. Mein Onkel besitzt viele Orchideen, aber diese Art haben wir nicht in unserem Zoo.«
»Eurem Zoo? Ihr betreibt einen Zoo?«
Bald unterhielten sich Gustavo und Rachel höchst angeregt. Reynolds setzte seine Telefonate fort; er wollte, dass sie einander besser kennenlernten. Kurz darauf betrat er den Wintergarten.
»Oh, Liebl… Paul, du musst ihm diese Orchidee schenken. Sein Onkel sammelt sie, aber diese hier hat er noch nicht.«
Reynolds betrachtete die Pflanze; er hatte keine Ahnung, wie sie hieß. Wenn es nach ihm ginge, hätte es auch eine Ulme sein können. Die drei begannen ein unverbindliches Gespräch, das erst unterbrochen wurde, als Gustavo sagte: »Es hat geklingelt.«
»Geklingelt?« Reynolds horchte, Rachel auch. Da war nichts, nur Stille. »Können Sie den Laut beschreiben?«
Gustavo tat es. Rachel schlug erstaunt die Hand vor den Mund. Die Cappuccino-Maschine! Wie hatte Gustavo das nur hören können? (Ihnen war nicht bewusst, dass manche

Indios im Urwald einen Herzschlag auf die Entfernung von fünf Metern erlauschen können.) Rachel tauschte mit Reynolds einen Blick. Über welche Gaben verfügte Gustavo noch? Nach weiterem Geplauder teilte Reynolds ihnen mit, dass sich ihre nächste Zielperson in England befinde.

»Sie beide können im Haus meiner Tochter wohnen. Rachel ist schon einmal dort gewesen.«

Später, als Gustavo gegangen war, schloss Rachel die Tür. »Wieso konnte er nur die Kaffeemaschine hören?«

»Weil er sein Leben größtenteils im Dschungel verbracht hat. Was ist dir sonst noch an ihm aufgefallen?«

»Dass er sehr bescheiden und zurückhaltend ist.«

»Gefällt er dir?«

Sie zögerte und log. »Geht so.«

Reynolds musterte ihren Gesichtsausdruck. Dann ging er mit einem Lächeln davon. So viel zum Thema Ariadne und Theseus.

27

Es gibt nichts Böses auf der Welt
ohne eine Gegenkraft.
Jacopo Sannazaro

Das Böse hat eine sehr merkwürdige Eigenschaft. Es bleibt haften, genau wie Schmutz. Der britische Parlamentsabgeordnete Sir David Parkinson hatte den Eindruck, dass das Böse an ihm ganz besonders leicht haften blieb, woran er selbst allerdings kräftig mitgewirkt hatte.
Nun war es so, dass Sir David nie ein besonders angenehmer Mensch gewesen war. Er war eines jener Kinder, die anscheinend schon verbittert zur Welt kommen. Von klein auf entwickelte er eine ausgeprägte Neigung, alles, was er berührte, zu zerstören und zu vernichten. Das war erstaunlich, denn er wurde in eine Familie hineingeboren, die alle Annehmlichkeiten des Reichtums, der sozialen Stellung und des Stammbaums genoss, die man sich nur denken kann. Sein Vater hatte es geschafft, die Peerswürde zu erlangen, nachdem er sich sein Leben lang auf eine höchst unterwürfige Art nach vorn gedrängt hatte. Doch als er sich zur Ruhe setzte, umgab ihn nicht etwa das Odeur der Unantastbarkeit, sondern ein Hauch von Skandal. Bei einigen Unternehmen, deren Geschäftsführer er gewesen war, fehlte Geld, und viele Anleger waren betrogen worden. Wie es aber in den oberen Schichten so geht (man kennt das ja), wurde

die Angelegenheit rasch aus der Welt geschafft. Die Sache wurde vertuscht, etliche Schriftstücke waren nicht mehr aufzufinden, die Betrogenen wurden ignoriert, und alle waren glücklich – jedenfalls alle, auf die es ankam. Der Schein der Ehrbarkeit wurde gewahrt. Denn welcher Politiker würde einen anderen in einer so heiklen Angelegenheit im Stich lassen? Die Politiker wussten, dass Dreck haftete – schließlich hatten sie selbst viel davon am Stecken.

Was Sir David betraf, so kümmerte ihn der Abgang seines Vaters nicht über Gebühr. Sie hatten einander seltsamerweise nie sehr nahegestanden, dabei hatten sie dieselben Neigungen. An den besten englischen Schulen und Universitäten ausgebildet, kultivierte Sir David den richtigen Akzent und das entsprechende Auftreten, um den Eindruck solch hoher Kompetenz und Intelligenz zu vermitteln, dass das darunterliegende Gegenteil verborgen blieb. Und in der Tat, er war beeindruckend – körperlich jedenfalls. Er war über eins achtzig groß, gut gebaut und hatte breite Schultern, während sein Gesicht und seine Kiefer allerdings so grobschlächtig waren, dass man sich seine Vorfahren gut als Soldaten oder Bauern vorstellen konnte. Mit seinen Geheimratsecken, dem äußerst ausgeprägten Kinn und der großen Nase war er genau der richtige Mann für den Aufsichtsrat kleinerer Unternehmen oder Banken; denn er machte einen gesetzten und lauteren Eindruck. Das gelang ihm schon mit Anfang vierzig.

Gleichzeitig begann Sir David, verschiedenen Lastern zu erliegen, die seine äußere Erscheinung Lügen straften. Dazu gehörte seine Neigung, mit dem Geld nur so um sich zu werfen. Trotzdem: Er musste den Schein wahren. Immerhin war er mit einer Frau aus bester Familie verheiratet und hatte vier Kinder. Für jemanden wie ihn war diese Maske unentbehrlich. Unaufrichtigkeit war Teil seiner Natur – genauso wie sie es bei jenen war, die er als seine Freunde und Bekannten betrachtete. Der Vorschlag, wahrhaftig zu sein, hätte ihn ratlos gemacht. Das war eine Schwäche, keine Tugend. Doch aus Sir Davids Hang, Geld mit vollen Händen auszugeben, entwickelte sich bald eine Spielsucht, und ebendies – zusammen mit seinen immer betrügerischer werdenden Geschäftsaktivitäten – ließ *El Toro* auf ihn aufmerksam werden.

Zu jener Zeit lieferte der Brasilianer große Mengen Kokain nach England und Holland. Was er brauchte, war jemand in einflussreicher Stellung, der ihn bei Gefahr vorwarnen konnte. Immerhin hatte jede Lieferung auf der Straße einen Wert von Millionen von Dollar, und da war es ein kluges Investment, einige Dollar zusätzlich für deren Schutz auszugeben. Außerdem gehörte es zu *El Toros* Plan, sein verbrecherisches Imperium auf ein solides Fundament zu stellen, so dass es ein Gegengewicht zum etablierten demokratischen System bildete.

El Toro wählte Sir David als passende Zielperson. Eines Abends kam der Brite rein zufällig am Tisch einer schicken Londoner Spielhölle mit einem Mann ins Gespräch, der sich als ein reicher Brasilianer erwies. Der Unbekannte war einer von *El Toros* Handlangern. In den folgenden Monaten geriet Sir David in finanzielle Schwierigkeiten und begann, sich von seinem neuen Freund erhebliche Summen zu leihen. Es dauerte nicht lange, und er war bis über beide Ohren verschuldet und zahlungsunfähig. Das unvermeidliche Meeting fand in einem Hotel in Brasilien statt, wohin er eingeladen worden war. Er hatte damit gerechnet, dass die

Dinge sich recht unerfreulich entwickeln würden, und deshalb eine Waffe mitgenommen. Doch die schlechten Nachrichten stellten sich als chancenreiche Gelegenheit heraus. Auf äußerst freundliche Weise verdeutlichte sein neuer Freund ihm die Angelegenheit. Sie – er präzisierte nicht, wer seine Chefs waren – würden dafür sorgen, dass Sir David sich in seinem Leben finanziell keine Sorgen mehr machen müsste. Es war die Rede von mehreren Millionen Dollar. Als Gegenleistung für diese Großzügigkeit sollte er so viele Kontakte wie möglich aufbauen.
Das hörte sich zu schön an, um wahr zu sein. Wo war der Haken? Es gab keinen. Gar keinen? Nun ja, sein Busenfreund wäre wirklich sehr dankbar, wenn Sir David ihm einen kleinen Überblick über die Lage des Drogenhandels in England geben würde. Keine Geheimsachen selbstverständlich, nur ein solider, detaillierter Bericht. Nachdem der Brasilianer gegangen war, dachte Sir David in seinem Hotelzimmer darüber nach, was das alles zu bedeuten hatte. Es war ihm völlig bewusst, dass er gerade eine Einladung bekommen hatte, einen Pakt mit dem Teufel zu schließen. Aber der Teufel war ein verständnisvoller und amüsanter Kerl, der ihm den Lebensstil ermöglichen würde, der ihm schlich zustand – schließlich war er der Spross einer alteingesessenen Familie.
Das alles war inzwischen zehn Jahre her. Jetzt zog sich das Netz langsam zu. Sir David war zu einer tragenden Säule des Establishments geworden – ein hochangesehener Abgeordneter des Parlaments, der außerordentlich freundlich und großzügig war und sich in Schimpftiraden gegen die sozialen Missstände in seinem Land erging. Sein Akzent wurde dann noch ein bisschen elitärer, und er pflegte ein,

zwei Mal schallend zu lachen, um den theatralischen Effekt zu erhöhen. Noch bedeutsamer war allerdings, dass er sich den Sitz in zwei wichtigen Parlamentsausschüssen gesichert hatte, die sich mit Drogenhandel und Einwanderung befassten. Zwar war er sich dessen nicht bewusst, aber einmal traf Sir David sogar mit *El Toro* zusammen. Letzterer zog es jedoch vor, nicht zu enthüllen, dass er sein Zahlmeister war. Er war nur ein etwas ungehobelter Mann mit einem Gesicht, das wirkte, als hätte ein brasilianischer Schönheitschirurg auf der Suche nach Perfektion sich daran zu schaffen gemacht. (Eine Karriere, die leider vorzeitig mit einem Messer beendet wurde.)

Ein zuverlässiger Mann. Vertrauenswürdig. Standhaft. Die Eigenschaften, die die Parlamentskollegen Sir David bescheinigten, waren im Allgemeinen positiv, und so wurde auch Sir David – wie es bei mächtigen und reichen Männern häufig der Fall ist – unangreifbar. Versuche von Journalisten, die Quelle seines Reichtums zu ergründen, blieben erfolglos, und wer es wagte, den Aufstieg dieser Null zu hinterfragen, wurde kaltgestellt. Einen Privatdetektiv, der so weit gegangen war, auf Sir Davids Landsitz vorzudringen, fand man rund dreihundert Kilometer entfernt auf: ertrunken. Er war abgefüllt mit Alkohol, obwohl er Abstinenzler war. Dies war *El Toros* Art, die Seinen zu schützen. Er setzte Sir David und andere ein, um das System zu unterwandern, und dies mit der gleichen Mischung aus Gespür und Schonungslosigkeit, mit der andere kriminelle Vereinigungen es in Italien und Frankreich taten. Wer könnte da behaupten, die Briten seien im Herzen keine Europäer und hätten sich nicht einiges vom Schmutz des Kontinents angeeignet?

Die Winterpause des Parlaments hatte gerade begonnen,

und Sir David war der Meinung, es sei an der Zeit, einmal auszuspannen – wenngleich er das bereits während der gesamten Sitzungsperiode getan hatte. Eine seiner Leidenschaften war die Jagd. Tiere zu töten verschaffte ihm eine besondere Befriedigung, wie es bei vielen Mitgliedern des niederen Adels der Fall war. (Schließlich war es doch ganz natürlich, dass ein Tier das andere jagte!) Und im Winter gab es dafür nur einen angemessenen Ort und ein passendes Tier. Man musste nach Schottland und Moorhühner jagen – auf einem Anwesen, das Sir David mit seinen illegal erzielten Einnahmen erworben hatte.

»Ich fahre rauf nach Schottland. Werde wohl einige Freunde mitnehmen.«

Diese Worte richtete er an seine Frau, während sie in seinem Londoner Haus zu Abend aßen. Sie war eine leidgeprüfte Frau, die nicht verstand, was ihr Mann da eigentlich trieb.

»Wie du möchtest, mein Lieber.«

Am Abend packte Sir David seine Sportgewehre, seine Angelruten, seine Tweedkleidung und ein paar Romane (in denen das Böse über das Gute triumphierte, was ihm gut gefiel). Er führte einige Telefongespräche, ohne auch nur zu ahnen, dass sie abgehört wurden. Dann trug er seine Reisetaschen die Treppen hinunter, küsste seine Frau zum Abschied und stieg in seinen neuen Aston Martin. Zu seiner Fahrt nach Schottland gehörte, dass er auf dem Weg eine Pause bei seiner Geliebten einlegen und die Nacht mit ihr verbringen würde – wie es jeder Politiker tat, der etwas auf sich hielt.

Er machte sich voll Vorfreude auf den Weg, und seine Frau winkte ihm hinterher. Als er London verließ, um die knapp eintausend Kilometer lange Fahrt nach Schottland anzutreten, folgte ihm ein Auto.

* * *

»Wir sind da. Das ist das Haus von Reynolds' Tochter.«

Sie waren mit dem Flugzeug von New York nach Heathrow geflogen und hatten dort ein Taxi genommen. Als Rachel den Riesenstapel Post mit dem Fuß zur Seite schob, hatte sie ein Déjà-vu-Erlebnis: Genau das hatte auch Pauline getan, als sie und Rachel nach Carolines Tod deren Haus betreten hatten. Reynolds hatte ihr gesagt, dass er jemanden geschickt habe, um die alten Lebensmittel und den Müll fortzuräumen. Sonst war, wie er angeordnet hatte, nichts verändert worden.

»Das Wohnzimmer ist links.«

Sie gingen hinein. Rachel stellte ihren Koffer ab, ging zum Sofa und setzte sich. Gustavo tat das Gleiche. Sie versuchte ganz bewusst, das, was sie bei ihrer ersten Anwesenheit hier empfunden hatte, wiederzuerwecken – es war dieses Gefühl, irgendwo zum ersten Mal zu sein, sich aber sofort heimisch zu fühlen. Und diese Empfindung stellte sich sofort wieder ein.

»Ist es nicht schön hier?«

Gustavo sah sich um. Er hatte in New York nichts Schönes entdeckt – und hier auch nicht. Es waren nur Dinge und immer mehr Dinge. Nichts Lebendiges – nichts, was die Herrlichkeit des Lebens verströmte.

»Komm, ich zeig dir das Haus.«

Sie standen auf. Gustavo war diese Eigenart der westlichen Menschen bereits aufgefallen. Ein unablässiges Bedürfnis,

Dinge zu besitzen, zu untersuchen, zur Schau zu stellen. Er folgte Rachel in den kleinen Wintergarten und dann in die Küche. Sie öffnete den Kühlschrank. Reynolds hatte dafür gesorgt, dass er mit Lebensmitteln bestückt war.

»Lass uns auch die Zimmer oben ansehen.«

Rachel hatte ziemliche Angst davor, ins Schlafzimmer zu gehen, weil sie sich an das letzte Mal erinnerte. Aber mit Gustavo an ihrer Seite war das anders. Er gab ihr ein Gefühl von Sicherheit. Natürlich war es schade, dass er so wenig sprach. Tristan hatte reden können wie ein Wasserfall, und auch mit Reynolds konnte man sich gut unterhalten, aber Gustavo begann niemals ein Gespräch von sich aus, und wenn er antwortete, dann kurz und bündig. Allerdings sprach er Englisch mit spanischem Akzent, was sie sehr sexy fand.

»Ich werde hier schlafen.«

Rachel führte ihn in Carolines Schlafzimmer. Nichts war verändert worden. Das Federbett in Weiß und Pink lag dort, wo es vorher gelegen hatte. Und ganz bestimmt befanden sich in dem Wäschehaufen noch die Boxershorts ihres Freundes.

»Und du kannst hier schlafen.« Sie gingen ins Gästezimmer, wo Rachel in jener Nacht geschlafen hatte, als die Bolivianer eingebrochen waren. Sie ging schnell wieder hinaus.

»Komm, wir schauen uns dort oben um.«

Vor dem Gästezimmer lag ein Absatz, von dem aus die Treppe weiter nach oben führte. Rachel war seit ihrem letzten Besuch nicht mehr hier gewesen. Und Pauline auch nicht, aber jetzt wollte sie alles ganz genau untersuchen, um sich zu vergewissern, dass niemand im Haus war. Sie machte das Licht an und ging die Treppe hinauf. Gustavo folgte ihr. Als sie oben angekommen waren, entdeckten sie ein weiteres Schlafzimmer – es stand kaum mehr darin als ein Einzelbett – und zwei Rumpelkammern, eine davon voller Kartons. Keine Frage, dass Caroline diese Räume irgendwann nach ihrem Geschmack gestaltet hätte. Sie war die Tochter eines Multimillionärs, Geld hätte deshalb keine Rolle gespielt.

Auf dem ersten Treppenabsatz blieb Gustavo neben einem Bild stehen. Es war das mit den kichernden Schülern, die vor ihrer neuen Schule standen und die Zungen herausstreckten. Caroline hatte es aufgenommen.

»Die sind aus Panama.«

»Das kann nicht sein.«

»Es sind Indianer aus der Provinz Darién. Siehst du die Bemalung auf ihren Gesichtern?«

»Mr. Reynolds hat nie erwähnt, dass seine Tochter in Panama gewesen war.«

»Vielleicht wusste er es nicht. Julio hat es mir erzählt.«

Noch während sie sprachen, klingelte es auf einmal an der Tür. Rachel erschrak.

»Wer ist das?«

»Ich habe Enrique gebeten, etwas herzubringen.«

Sie gingen die Treppe hinunter. Rachel öffnete die Tür. Tatsächlich, da stand der drahtige Bolivianer. Sie konnte ihn einfach nicht anders nennen als »der Bolivianer«, da sie ihn nicht mochte und spürte, dass er sie auch nicht leiden konnte. Enrique hielt einen Pappkarton in der Hand, der mit reichlich Paketklebeband verschlossen war. Ein wenig nervös überreichte er ihn und murmelte etwas auf Spanisch. Gustavo nahm den Karton entgegen und stellte ihn auf den

Beistelltisch im Flur. Nachdem Enrique gegangen war, wandte Rachel sich an Gustavo.

»Ich leg mich ein bisschen hin. Ich bin müde nach dem Flug. Danach können wir essen. Ist das okay für dich?«

»Ja.«

Rachel stieg wieder die Treppe hinauf in Carolines Schlafzimmer. Sie zögerte kurz und verriegelte dann die Tür. Während sie sich auszog, ging sie ins Bad. Die Putzfrau hatte einiges von Carolines Sachen weggeräumt, aber ihre Kosmetika und ihre Kleidung waren größtenteils noch da. Rachel entdeckte ein Shampoo, nahm es mit in die Dusche und wusch sich. Anders als beim vorherigen Mal hatte sie heute keine Bedenken, in Carolines Privatleben einzudringen. Es war, als habe sie auf irgendeine Weise ihre Erlaubnis erhalten. Was hätte Caroline dazu gesagt, dass Rachel die Geliebte ihres Vaters geworden war? (Wusste sie, dass ihr Vater Beziehungen zu Callgirls unterhalten hatte?) Nachdem sie sich geduscht hatte, trocknete sie sich ab. Dann suchte sie im Schrank nach sauberen Laken und machte das Bett. Sie kroch unter die Federdecke. Die Matratze war nicht so hart wie die im Gästezimmer, und die Kopfkissen waren weich. Sie schlief schnell ein.

Im Tiefschlaf hatte Rachel einen Traum. Sie sah jemanden auf einem Schiff: Julio. Er übergab ihr ein Geschenk. Es war ein Garnknäuel. Dann sah sie Reynolds. Er lächelte sie an und lud sie ein, in einen Raum zu gehen. Dort stand ein Mann – so schön wie ein griechischer Gott. Er ging auf sie zu, und sie spürte, wie zwei Arme sie umschlangen. Sie hielten sie sehr fest, aber liebevoll. Sein Körper roch frisch, erregend; sie fühlte sich warm und geborgen. Zusammen mit diesem Mann ging sie auf eine Reise. Sie durchquerten einen Palast und stiegen dann einige Stufen hinab in ein Labyrinth. Der Eingang war beleuchtet, aber tiefer im Inneren wurde es stockdunkel. Hand in Hand schritten sie ihrem Schicksal entgegen. Anfangs hatte sie keine Angst, doch schon bald überkam sie blankes Entsetzen. Rachel krallte sich an der Hand des Mannes fest, während er tiefer in das Labyrinth vorstieß. Dann ließ sie los – oder tat er es? Wo war er? In Panik wandte sie sich nach links und rechts, voller Verzweiflung suchte sie den Ausgang, aber es gab keinen. Sie drehte sich um und rannte …

Rachel schreckte aus dem Schlaf hoch. Im Zimmer war es dunkel. Stunden mussten vergangen sein. Einen Augenblick lang wusste sie nicht genau, wo sie war – ja nicht einmal, wer sie war. War sie Rachel oder Caroline? Oder war sie Pauline vor langer, langer Zeit? Sie setzte sich im Bett auf und dachte an Gustavo. War er ausgegangen? Sie zog sich einen Rock und eine Bluse über und schloss die Schlafzimmertür auf. Es war fünf Uhr nachmittags. Das Haus war in Dunkelheit gehüllt – nur aus dem Wohnzimmer drang das Licht einer Stehlampe. Rachel ging in das Zimmer und schlug vor Schreck die Hand vor den Mund. Gustavo saß auf dem Sofa. Um seine Schulter wand sich eine Schlange; sie sah extrem bösartig aus.

»Oh, mein Gott, ich …« Sie blieb wie angewurzelt stehen, unfähig, sich zu rühren. Die Schlange bewegte sich auf sie zu.

»Ist schon in Ordnung. Sie tut nichts.«

Rachel versuchte zu schlucken, doch es gelang ihr nicht.

»Hab keine Angst.« Gustavo sah sie voll Mitgefühl an. Warum hatten die Menschen des Westens solche Angst vor Tieren? Er legte die Schlange zurück in den schwarzen Baumwollbeutel, der auf dem Sofa lag. Als er aufstand, berührte er Rachel am Ellbogen. Dabei überkam sie das Gefühl, als sei ein Fluch von ihr genommen – als sei sie von einer Urangst befreit worden. Sie griff nach ihm, schnappte nach Luft. »Gustavo, ich habe solche Angst vor Schlangen. Wie kannst du …«

»Sie tut mir nichts. Sie weiß, dass ich keine Angst vor ihr habe. Sie spürt es.«

Rachel merkte, dass sie sich an seinen Arm krallte, als ginge es um ihr nacktes Überleben, und ließ ihn nun ganz langsam los. Ihr Zittern ließ nach. »Es tut mir leid.«

»Mach dir kein Sorgen.«

»Gustavo, ich habe vor so vielen Dingen Angst.«

»Zum Beispiel?«

»Na, Schlangen und Spinnen.« Sie wurde rot. »Und ich habe Angst, bei einem Autounfall ums Leben zu kommen. Ich habe Angst, irgendwann nicht mehr attraktiv zu sein. Ich habe Höhenangst. Ich habe Angst, nicht alles zu erreichen, was ich möchte. Ich habe …«

»Warum hast du Angst?«

»Warum? Ich weiß nicht, warum. Ich habe sie einfach.« Sie schluckte. »Du hast keine Angst vor dem, wovor ich Angst habe, stimmt's?«

»Ja.«

»Du hast keine Angst vor Tieren?«

»Nein.«

Sie lachte nervös. Wäre sie mutig genug gewesen, so hätte sie ihn auf der Stelle geküsst, weil er nicht so verletzlich war wie sie. Aber sie wusste nicht, wie er darauf reagieren würde.

»Lass uns was kochen. Hilfst du mir?«

Sie gingen in die Küche und fingen an, ein Abendessen zuzubereiten.
»Erzähl mir von deiner Kindheit.«
Das tat er; und sie hörte wie verzaubert zu. Es war, als lauschte sie einer Geschichte über einen Menschen aus einer anderen Welt. Ihr fiel auf, dass er alles, was er erlebte, im Hinblick auf seine Beziehung zu Menschen und zur Natur beschrieb; er richtete sein Augenmerk nicht auf Dinge oder Statusfragen. Weil sie ihn darum bat, erzählte Gustavo auch von seinen Fahrten in den Dschungel, die er häufig allein unternommen hatte. Er erzählte von den Tieren – den Klängen und Geräuschen –, von seiner Suche nach Pflanzen und Insekten für das Museum.
»Und was ist mit deinen Eltern und deinem Onkel Joseph?«
Er hielt kurz inne, seine Augen füllten sich mit Tränen. Er erzählte von seiner indianischen Ziehmutter und seinen Ziehbrüdern und sprach über sie, als gehörten sie zu seiner leiblichen Familie.
»Und was ist mit deinem Leben?«, fragte er.
»Oh, das sieht völlig anders aus.«
Während des Essens erzählte Rachel von sich. Anders als in ihren Gesprächen mit Reynolds erzählte sie Gustavo schließlich Dinge von sich und von ihren Kämpfen – Dinge, die sie noch nie einem Freund oder Liebhaber, nicht einmal einer Freundin anvertraut hatte. Es entwickelte sich ganz natürlich, und er saß einfach da, unbewegt, aber gelassen. Warum hatte sie das getan? Warum hatte sie ihm ihre Seele offenbart? Es lag nicht nur daran, dass sie gleichaltrig waren, denn Altersunterschiede waren ihr nicht wichtig, wie man an ihrer Beziehung mit Reynolds sah. Konnte es

daran liegen, dass Gustavo ein Fremder war, also ausreichend weit entfernt von ihr, so dass sie es ohne Angst vor Peinlichkeit tun konnte? Oder daran, dass es in Gegenwart eines aufrichtigen und authentischen Menschen nichts gab, was man verheimlichen musste?

Spät am Abend legte sich Rachel in Carolines Bett schlafen; es gefiel ihr sehr gut. Sie fragte sich, was Reynolds' Tochter wohl von Gustavo gehalten hätte. Sie wäre mit ihm ausgegangen, ganz klar, oder? Hätte er sie glücklich gemacht? Hätte sie bei ihm Erfüllung gefunden?

28

Wird hingegen der Geist von stärkerem Schrecken ergriffen,
leidet das Ganze der Seele (man sieht's an den Gliedern)
zugleich mit: So bricht Angstschweiß aus, es erblasst uns
die Haut auf dem Körper, unsere Sprache wird lallend,
die Stimme versagt, und das Ohr saust, dunkel umflort sich
das Auge, es knicken die Knie zusammen;
ja, wir bemerken wohl oft, wie ein plötzliches Erschrecken
des Geistes Menschen zu Boden stürzt.

Lukrez

Der letzte Tag eines Lebens birgt immer ein, zwei sehr eigene Überraschungen. Jedenfalls würde das wohl eine Leiche sagen, wenn sie es könnte. Doch Leichen sind nun mal sehr unwillig, wenn es um Mitteilungen geht.

»Da hinten!«

Drei stämmige Männer streiften über ein Moor im schottischen Hochland. Es war ein hervorragender Jagdtag gewesen. Kraftvoll hatten die Treiber die Moorhühner mit ihren Hunden aus ihrem Versteck gehetzt, so dass Sir David und seine beiden Begleiter eine stattliche Anzahl niedermetzeln konnten. Dabei war es sehr nützlich, dass die Vögel, nachdem sie aus der Heide aufflatterten, einige Zeit brauchten, um an Höhe zu gewinnen. Dadurch war es sehr leicht, sie zu treffen. Ach, es gab nichts Besseres als ein leichtes Ziel! Tiere zu töten wärmte das Herz eines jeden Mannes. Genau wie die Flachmänner mit Whisky, aus denen alle drei immer mal wieder einen kräftigen Schluck nahmen. Der beste Scotch, versteht sich.

»Wir haben auf der anderen Seite des Flusses eine Falle aufgestellt, Sir.«

»Gut.«

Sir David war von überschäumend guter Laune. Seine Gäste waren auch glücklich, was ihm sehr zupasskam, weil er sie um einen kleinen Gefallen bitten wollte. Sir Davids Ambitionen richteten sich schon seit Jahren allein darauf, einen Haufen Geld zu besitzen und Parlamentsmitglied zu sein. Jetzt strebte er nach Höherem. Dieser Drang hatte sich wie eine wunde Stelle an der Ferse entwickelt – dort, wo ein Schuh ein wenig scheuert. Und genährt durch seine ständigen Gedanken daran, war sie zu einer offenen Wunde geworden. Was war dieses Verlangen, diese wunde Stelle? Gier. Sir David wollte Minister werden. Selbstverständlich hatte er dafür weder die Begabung noch die Integrität –, aber wann hätte das einen Politiker je aufgehalten? Talent konnte man kaufen, nicht wahr? Redlichkeit konnte man auf der Zunge tragen, oder?

»Noch einen Whisky, Patrick?« Er reichte seinem Begleiter den Flachmann.

Dieser Mann hatte beste Verbindungen zur Regierung. Etwas durchdachte Schleimerei hier, ein wenig Schulterklopfen da – und schon war's geschafft!

»Was für ein angenehmer Vormittag.«

In der Tat! Der Morgennebel hatte sich gelichtet, und der Nieselregen des Nachmittags war noch fern. Rings um sie her schroffe Felsen, violett blühende Heide, schneebedeckte Gipfel.

Sir David blickte auf diese Schönheiten der Natur und beachtete sie nicht. Denn er konzentrierte sich weiter darauf, seine wunde Stelle zu reiben.
»Wer sind denn die Leute da drüben?«, fragte sein zweiter Begleiter.
Sir David blickte in Richtung der ausgestreckten Hand. Ganz in der Nähe eines Kiefernwaldes meinte er zwei dunkle Schatten zu erkennen, die im Unterholz verschwanden. Aber es hätte auch ein Hirsch sein können. Oh wunderbar, noch etwas, das man erlegen konnte!
»Wir gehen mal hin und sehen nach.«
Die drei marschierten in Richtung Wald, ihre Sportgewehre in den Armbeugen. Sie tauchten ein in das Waldesdunkel. Plötzlich fröstelte es Sir David. Aber es war nur die Kälte.
»Hier ist nichts.«
Den Rest des Tages verbrachten sie damit, noch mehr Moorhühner zu schießen. Dann kam der Abend. Wie schon oft zuvor zog sich Sir David mit seinen Gästen in ein kleines, strohgedecktes Häuschen zurück, das an einem reißenden Fluss stand. Sie waren in einer entlegenen Gegend, und es war schon zu spät, um zu seinem Landsitz zurückzukehren. Außerdem hatten die Diener für alles Nötige gesorgt. Ein prasselndes Feuer, einige schmackhaft zubereitete Moorhühner für das Abendessen und eine anständige Flasche Strathisla Maltwhisky. Das Abendessen verlief in heiterer Stimmung, und es dauerte nicht lang, dass sie anfingen, ein Komplott zu schmieden. Wenn er, nur mal angenommen, Minister werden würde – Gott behüte! –, aber wenn tatsächlich … man stelle sich nur mal vor, wem er alles helfen könnte. Und es war ja auch eine gute Sache, dass er so ausgesprochen wohlhabend war und jeden guten Freund un-

terstützen konnte, der in Schulden geriet. Nicht, dass er davon ausging, dass einer seiner Freunde Schulden hatte, aber falls sie welche hätten … Nach kurzer Zeit war die Verschwörung in vollem Gange. Seine Begleiter hatten die Botschaft verstanden; sie wollten mal sehen, was sich das machen ließe. Die Freuden der Freundschaft!

Als es so weit war, sich zur Ruhe zu begeben, hatten die drei Herzensfreunde einen Plan ausgeheckt. Sir David zog sich aus und fiel ins Bett; der Whisky hatte das Seine getan. Irgendwann in der verbleibenden Nacht spürte er einen leichten Luftzug, als ob jemand das Holzfenster seines Schlafzimmers geöffnet hätte. Wie auch immer, der Alkohol betäubte jegliches Gefühl von Kälte, das er sonst empfunden hätte, und er schlummerte weiter – und träumte davon, vor dem Unterhaus eine flammende Rede zu halten und großen Applaus zu ernten. Als er im Traum aufstehen wollte, folgte sein Bewusstsein dem Unbewussten, und er trat kräftig mit dem linken Bein aus – genauso wie er das bei seiner Frau tat, wenn sie zu schnarchen anfing. Seine niemals klagende Gattin verlor üblicherweise keinen Ton darüber, aber in diesem Fall war das andere Wesen in seinem Bett weniger davon angetan, getreten zu werden.

Der Indische Krait war von einem so garstigen Temperament wie keine andere hochgiftige Schlange, und er mochte es überhaupt nicht, wenn man ihn störte. Hinzu kamen weitere Umstände, die zu seiner schlechten Laune beitrugen. Durch eine höllische Magie war er aus seinem recht gemütlichen Schlangenloch im südlichsten Indien in ein kaltes schottisches Cottage geraten, und als sei das noch nicht demütigend genug, wurde er nun auch noch von einem behaarten Bein getreten.

»Was war das?«
Der Gast im angrenzenden Zimmer setzte sich sofort kerzengerade auf. Das Geräusch war dem des Hundes der Baskervilles nicht unähnlich – aber es war viel schlimmer. Hätte der Gast die gebundene Ausgabe des Handbuchs *Die Schlangen Indiens* vom guten, alten Professor Hudstorf zur Hand gehabt – und nicht diesen heiteren Unterhaltungsroman, den er sich mitgebracht hatte –, seine Frage wäre durch eine Suche darin beantwortet worden. Denn der Krait hatte soeben in die Wadenmuskeln seines Bettgenossen gebissen.
Dies hatte aus einer Reihe von Gründen einiges Ungemach zur Folge. Zwar besaß der Krait nur winzige Giftzähne, aber er umklammerte sein Opfer beharrlich und kaute auf ihm herum, um mehr Gift in es einzuspritzen – ein Gift, fünfzehnmal tödlicher als das einer Kobra. Tatsächlich ist der Krait der am meisten gefürchtete Killer in Indien, jedes Jahr ist er für mehr als zwanzigtausend Tote verantwortlich. Und da er nachts jagt, riet Professor Hudstorf Reisenden, ihre Schlafanzüge genauestens zu überprüfen. Oder wie er es wortgewandt mit seinem ihm angeborenen australischen Humor formuliert hatte: »Kuscheln Sie niemals mit einem Krait!«
Nun, Sir David hätte ihm von der Erfahrung berichten können.
Es war ein Fall von »einmal und nie wieder«.
Als seine beiden Gäste ins Schlafzimmer stürmten, sahen sie das Mitglied des Parlaments noch schneller aus seinem Bett flüchten, als es hineingekommen war.
Allerdings schien der Abgeordnete durch ein sich windendes Objekt behindert zu werden, das ihm auf irgendeine

Weise innerlich verbunden zu sein schien. »Nehmt sie weg!«, schrie er voller lautstarker Pein.
Endlich ließ der einen Meter lange Krait los – ihm war jetzt klar, dass er das Bett heute Nacht für sich allein haben würde. Währenddessen kroch Sir David mit vor Schmerz, Angst und Schweiß entstelltem Gesicht ins Wohnzimmer.
»Einen Krankenwagen! Holen Sie einen Krankenwagen! Mich hat eine Schlange gebissen!«
»Eine Schlange?«
»Ja! Rufen Sie endlich an. Ich sterbe.«
Seine Gäste waren durcheinander. Warum Sir David eine Schlange mit in sein Bett genommen hatte, war einigermaßen rätselhaft, aber da war sie nun einmal. Einer der Gäste griff nach dem Telefon und fing an, in die Leitung zu schreien. Mittlerweile hatte der Krait beschlossen, schlafen zu gehen. Er konnte nicht verstehen, was diese ganze Aufregung eigentlich sollte.
»Ja, er ist gebissen worden. Es geht um Leben und Tod.«
Der Leiter der Notrufzentrale in der kleinen, rund achtzig Kilometer entfernt gelegenen Stadt Dunroming war ein vielbeschäftigter Mann, es war allerdings noch sehr früh am Morgen.
Mrs. McPherson im nahe gelegenen Dorf hatte Komplikationen bei der Geburt ihres fünften Kindes – es steckte im Geburtskanal fest oder dergleichen, weshalb sie einen Krankenwagen gerufen hatte. Und jetzt hatte er gerade einen Anruf von einem Mann erhalten, der verwirrt und leicht angetrunken zu sein schien.
»Haben Sie ›Schlange‹ gesagt?«
»Ja. Er ist im Bett gebissen worden.«
»Im Bett, sagen Sie?« Der Einsatzleiter überlegte so lang-

sam, wie es ein Mann eben tat, der sein Leben weit im Norden Schottlands verbracht hat (und der geistig etwas minderbemittelt war, wie sein Lehrer es mal formuliert hatte) –, und kratzte sich am Kopf. »Es gibt nur eine Schlangenart in Schottland, die Kreuzotter; aber die sind nicht sehr giftig. Sagen Sie ihm, er soll sich nicht so viel bewegen.«

»Das ist keine Kreuzotter! Es ist ein kräftiges Ding …«

»Gehen Sie, und schauen Sie nach, ob sie ein Zickzackband auf dem Rücken hat.«

Ganz vorsichtig öffnete der Gast die Tür und machte das Licht an. »Sie ist geringelt – schwarz und braun, und sie ist über einen Meter lang!«

Der Einsatzleiter kratzte sich am Nacken. Klar, Kreuzottern wurden heutzutage immer größer, und ihre Haut veränderte sich. Oder lagen die Dinge hier ähnlich wie beim Monster von Loch Ness?

Inzwischen konnte er hören, wie Mrs. McPherson in der anderen Leitung vor Schmerzen stöhnte. Was jammerte sie eigentlich … nach vier Kindern? Es klang, als würde sie einen Lastwagen gebären. »Was ist jetzt mit dem Patienten?«

»Hm, er hat sich an den Tisch gesetzt. Er bekommt schwer Luft. Er läuft rot an!«

»Rot oder violett?«

»Na ja, beides. Mein Gott, Sie Schwachkopf, machen Sie zu. Er wird violett …«

»Sie müssen sich nicht gleich wie ein Rüpel benehmen. Was ist mit seinen Fingerkuppen?«

»Schicken Sie einfach einen Krankenwagen her. Er handelt sich um einen englischen Parlamentsabgeordneten.«

Nun, damit war die Sache klar. Ein schottisches Kind, das versuchte, aus dem Schoß seiner Mutter herauszukom-

men, oder ein englischer Parlamentsabgeordneter? Eine solche Entscheidung bedurfte keiner Analyse kantischen Ausmaßes.
»Mrs. McPherson, der Krankenwagen ist gleich bei Ihnen.«

* * *

Das Wunderbare an Verschwörungstheorien ist, dass manche von ihnen wahr sind.
Als der Krankenwagen endlich ankam, fand man eine Leiche, aber keine Schlange. Die war verschwunden. Die toxikologischen Untersuchungen ergaben, dass Sir David gebissen worden war. Allerdings von etwas weit Giftigerem als einer Kreuzotter. Einige Einzelheiten über die Umstände seines Todes wurden in Zeitungen und im Fernsehen veröffentlicht. Dazu gehörte, dass der Übeltäter eine Schlange war. Mehr wurde der Öffentlichkeit nicht mitgeteilt. Es reichte. Ein bisschen Wahrheit – aber nicht die ganze Wahrheit. Das war fair und demokratisch. Im Herzen des Establishments jedoch – im Geheimbündnis, das die Staatsgeheimnisse kontrollierte – schrillten die Alarmsirenen. Drei grauhaarige Herren in Anzügen saßen an einem Tisch in Whitehall, dem Regierungszentrum. Der stellvertretende Premierminister, der Verteidigungsminister, der Chef des MI6, des Inlandsgeheimdienstes, und der Chef des MI5, also des Auslandsgeheimdienstes. Jemand hustete, und jeder wartete darauf, dass der andere begann. Schließlich waren es ihre Jobs, niemandem irgendetwas zu enthüllen, und das beherrschten sie alle meisterhaft.
»War Sir David ein Verräter? Hat der Mann Informationen an *El Toro* weitergegeben?«

Der stellvertretende Premierminister brachte diese Frage auf. Die Chefs des MI5 und des MI6 sahen einander an und antworteten unisono:
»Ja.«
»Gibt es noch jemanden? Noch einen Verräter?«
Schweigen. Eigenartig, aber bei einer einfachen Frage schien niemand die Antwort zu wissen, bei komplexen Fragen jedoch drängte sich jeder eifrig vor, um mit seinen Kenntnissen anzugeben.
»Könnte sein«, meinte der Chef des MI5.
»Wer ist dieser Drogenboss *El Toro*, und wo steckt er?«
Das wusste keiner.
»Hat die CIA jemals irgendetwas dazu vorgelegt?«
Alle schüttelten den Kopf.
»Nun, der Premierminister wäre Ihnen sehr verbunden, wenn er erführe, wer dieser Mann ist. Und zwar schnell.«

29

Mein Rat lautet: offener Krieg.
John Milton

Sind Sie schon mal durch den Kanal gefahren?«

An einem warmen Novembermorgen verließ ein luxuriöses Speedboot die Bucht, an der Panama-Stadt liegt. Außer der Crew waren zwei reiche Geschäftsleute an Bord.

»Nein«, antwortete Reynolds.

»Es wird Ihnen gefallen«, sagte Julio. »Also machen wir es doch einfach. Ich möchte sowieso auf die San-Blas-Inseln. Erst gibt es aber Mittagessen. Als Vorspeise wird Ceviche serviert, eine panamaische Spezialität. Es wird aus dem weißen Fleisch des Adlerfisches gemacht, das sehr klein geschnitten wird. Hinzu kommen Zwiebeln und viel Limettensaft. Sehr schmackhaft. Chilenischer Weißwein schmeckt dazu besonders gut.«

»Hört sich gut an.« Reynolds machte es sich auf seinem Sessel bequem. Er hatte sich speziell für diesen Anlass gekleidet; mit seiner weißen Hose, dem weißen Hemd und dem Panamahut kopierte er Julio. In seinem ganzen Leben hatte er sich noch nie so entspannt gefühlt. »Bevor wir die aktuellen Angelegenheiten besprechen, habe ich eine Bitte. Ich würde gern den Weinberg kaufen, auf dem Sie diesen Wein produzieren.«

»Ich verkaufe niemals etwas, das mir selbst gefällt, Mr. Reynolds. Das ist nicht mein Stil.«

»Dann schenken Sie mir, sagen wir mal, zehn Flaschen.«
»Sehr gerne, aber trinken Sie sie bald, mein Freund. *Lasst uns essen und trinken; denn morgen sind wir tot.*«
»Glauben Sie das?«
»Klar, bei dem, was wir vorhaben.«
Julio machte ein Zeichen, dass der erste Gang gebracht werden sollte. »Wenn wir das Labyrinth des Reiches von *El Toro* betreten haben, halte ich eine Taschenlampe in die Höhe, damit wir sehen können, wohin wir gehen. Aber sobald ich das tue, wird sie unsere Anwesenheit und unser wirkliches Anliegen verraten. Also müssen wir davon ausgehen, dass der Minotaurus angreifen wird.«
»Denken Sie, dass das eine gute Idee ist?«
»Es ist die einzige Möglichkeit. Ich möchte Ihnen etwas über den Panama-Kanal erzählen, Mr. Reynolds. Wir sind nämlich gleich da. Wie Sie sehen, ist die Einfahrt breit, aber hier, zu den beiden doppelten Schleusentoren hin, wird er schmaler – die eine Schleuse ist für die Schiffe, die in den Kanal hineinfahren, die andere für die, die herauskommen. Sehen Sie die beiden Tanker zu Ihrer Rechten? Sie warten auf die Durchfahrt. Wenn wir in die Schleuse fahren, schließt sich das erste Tor, und wir werden auf eine Höhe von mehr als sechzehn Metern gehoben. Dann öffnet sich das zweite Tor, und wir können den Kanal befahren. Es gibt noch zwei weitere Schleusen, so dass wir noch höher steigen und schließlich den Atlantik erreichen können. Ein Wunder menschlicher Ingenieurskunst.«
»Wann wurde der Kanal denn fertiggestellt?«
»1914, kurz vor dem Ausbruch des Ersten Weltkriegs. Der Bau hat fast siebenundzwanzigtausend Menschen das Leben gekostet. Das amerikanische Militär hat ihn mit Leih-

arbeitern gebaut. Die Panamaer müssen Ihnen also danken.«

Das Speedboot war an der Schleuse angekommen. Sie war wirklich imposant. Die riesigen Schleusentore ragten zwanzig Meter hoch. Ganz langsam schwenkten sie zurück – angetrieben von Wasser, das durch unterirdische Kammern strömte. Das Boot fuhr in die Schleuse. Der Crew wurden Stahlseile zugeworfen, die an jeder Seite des Bootes befestigt wurden. Die anderen Enden der Seile waren an »Mulis« befestigt – kleinen Lokomotiven, die auf beiden Seiten der Schleuse auf Gleisen liefen. Die Spannung der Seile gewährleistete, dass das Boot in der Schleuse nicht gegen die Betonwände stieß.

Als sich die Tore schlossen, war kein anderes Boot in der Schleuse. Wasser strömte in das Schleusenbecken und hob das Boot auf die Höhe des Wassers im Kanal. Als das geschafft war, öffnete sich das zweite Schleusentor, und das Boot fuhr in den Kanal hinaus. Auf der achtzig Kilometer langen Wasserstraße waren Schiffe zu sehen, die wie sie auf der Fahrt Richtung Atlantik waren. Dort würde sich der Vorgang unter umgekehrten Vorzeichen wiederholen.

Die beiden Männer aßen zu Mittag, während das Speedboot dahinglitt. Sie sahen Dschungel und Felsabbrüche, die dort entstanden waren, wo Felsen gesprengt worden waren, um die Durchfahrt für große Schiffe mit viel Tiefgang zu ermöglichen.

»Sie sagten, siebenundzwanzigtausend Menschen starben, um diesen Kanal zu bauen. War es das wert?«

»Wie soll man menschliches Leben bewerten? Aber ich glaube, ja.«

»Und wenn *El Toro* stirbt?«

»*Wenn* er stirbt, ist sein Imperium ernsthaft gefährdet. Letztlich wird die Macht an ein anderes Kartell übergehen, das aus der Asche seines Kartells emporsteigen wird. Die Menschen werden nicht aufhören, Drogen zu nehmen. Aber ich glaube, diese Frage haben Sie gar nicht gestellt. In Wirklichkeit fragen Sie: ›Wenn wir beide sterben sollten, wäre das die Sache wert?‹ Auch, wenn unser Plan gelingt, werden wir beide es möglicherweise nie erfahren.«

»Sind Sie sicher, dass wir diesen Mann vernichten können?«

Julio schüttelte den Kopf. Der Amerikaner verstand ihn immer noch nicht.

»Die Antwort lautet nein. *Sie* können ihn nicht vernichten. Und ich auch nicht. Und niemand sonst – das kann nur jemand, der stärker ist als er. Ich nehme an, Sie und ich werden sterben. Wie die jungen Männer aus Athen, die dem Minotaurus geopfert wurden, so werden auch wir scheitern.«

»Und …?«

»Aber ich werde in dem Bewusstsein sterben, dass ich getan habe, was ich konnte, um den Mann, der meinen Sohn und unser Enkelkind getötet hat, seiner gerechten Strafe zuzuführen. Ich habe übrigens noch mehr über den Drogenhandel herausbekommen. Zunächst aber möchte ich Ihnen eine Frage stellen. Die junge Frau, Rachel, lieben Sie sie wirklich?«

Reynolds hob die Augenbrauen; das war eine schwierige Frage.

Er war verliebt. Zumindest glaubte er, dass er verliebt war. Aber wer konnte da schon sicher sein?

Julio spielte mit seiner Brille. »Lassen Sie mich diese Frage beantworten. Ich glaube, dass Sie sie brauchen und dass sie genau zum richtigen Zeitpunkt aufgetaucht ist, damit Sie Ihre persönliche Tragödie bewältigen können. Aber lieben Sie sie? Möchten Sie wirklich, dass sie sich weiterentwickelt und all ihre Fähigkeiten vervollkommnet? Möchten Sie, dass sie frei ist?«

»Was verstehen Sie unter frei sein?«

»Frei sein heißt, frei von Angst zu sein.«

»Wenn das so ist, ist *El Toro* frei.«

»Fast. Allerdings glaube ich nicht, dass er vollkommen frei von Angst ist. Aus den Informationen, die ich von Ihnen habe, und aus weiteren Erkundigungen weiß ich jetzt, dass sein richtiger Name Roberto Tomas Bastos lautet und dass er im Dorf Guajara an der Grenze zwischen Bolivien und Brasilien geboren wurde. Er ist also tatsächlich der Mann, den ich mal kannte. Und da ist noch etwas. Erinnern Sie sich an das Foto von ihm? Das Sie mir mitgebracht hatten? Es zeigte ihn mit der Tätowierung einer Schlange auf seinem rechten Arm. Ich glaube, diese Schlange ist eine *Fer de lance*, eine Lanzenschlange, und es gibt vermutlich einen gewichtigen Grund dafür, warum er sich gerade ein solches Tattoo ausgesucht hat. Ein Grund, der zeigt, wie gerissen er ist. Ein verwundbarer Mann verbirgt seine Schwäche; ein gerissener Mann stellt seine Schwäche ganz offen als Stärke zur Schau, sozusagen um andere von der Spur abzubringen.«

»Wie das?«

»Im Dorf Guajara lebt noch immer die Frau, die früher seine Amme war. Damals eine einfache Bäuerin – heute eine alte Frau ohne Freunde oder Familie. Sie ist geistig nicht mehr ganz auf der Höhe. Ich habe meinen Informanten zu ihr geschickt, damit er sich mit ihr anfreundet. Natürlich hat man ihr verboten, etwas über das Kind zu erzählen, das sie früher betreut hat. Trotzdem hat sie ein kleines Detail verraten, das Gold wert ist. Einmal, als sie auf ihn aufpassen sollte – der Junge war etwa vier Jahre alt –, spielte er auf dem Rasen hinter dem Haus. Er wäre beinahe umgekommen, als er eine Lanzenschlange berührte, eine weitverbreitete, aber sehr giftige Schlange.«

»Wie hat er reagiert?«

»Er hat geweint.«

»Aber das sagt doch nichts darüber aus, ob er Angst vor Schlangen hat.«

»Das stimmt, aber es könnte seine einzige Schwachstelle sein. Vielleicht versteckt er diese Tatsache bewusst, indem er das Gegenteil zur Schau stellt. Er führt die anderen bewusst in die Irre.«

Reynolds schüttelte skeptisch den Kopf. »Und unser Theseus?«

»Gustavo hat keine Angst vor Schlangen. Ich glaube, das haben Sie auch schon herausgefunden.«

»Sonst noch was?«

»Ja, aber das müssen wir ausprobieren. Lassen Sie mich Ihnen meinen Plan erläutern. Aber Sie müssen aus dem Wege sein, wenn es passiert. Fliegen Sie für einige Tage nach London. Seien Sie sichtbar, halten Sie vor Publikum Reden – so etwas in der Art.«

»Warum?«

»Damit man nicht sieht, dass Sie etwas mit der Sache zu tun haben.«

»Was haben Sie vor?«

»Ich werde einen Krieg anzetteln.«

30

Die Angst ist das Resultat der abartigen Machtgier eines Despoten.
Montesquieu

Der wichtigste Markt für *El Toros* Drogenhandel waren die Vereinigten Staaten. Doch die Tentakel seines Netzwerks hatten sich schon vor langer Zeit bis nach Europa und in den Fernen Osten ausgestreckt. Genau wie Paul Reynolds eröffnete er Dependancen und expandierte, sobald er irgendwo eine Geschäftsmöglichkeit witterte. Nach guter betriebswirtschaftlicher Sitte standardisierte er seine Geschäftsabläufe und globalisierte sie. Er teilte die Welt auf und setzte Bereichsleiter ein. Und er stellte Spione ein, die den Feind unterwandern sollten. Der Feind – das waren die Regierungsorgane, die sein Imperium herausforderten, beispielsweise die Polizei, der Zoll und die Geheimdienste. Er stellte auch Drogenkuriere, Attentäter, Buchhalter, Zwischenhändler und Rechtsanwälte ein. Entscheidend war, dass das System auf einer Art Minimalismus beruhte. Das heißt, auf minimalen Informationen – seinen Leuten wurde nur das gesagt, was sie unbedingt wissen mussten. Außerdem wurden sie nach Erfolg bezahlt. Kein Erfolg, kein neuer Auftrag. Mord war die Methode, sich von jemandem zu verabschieden. Die meisten von *El Toros* Beschäftigten hatten Schwierigkeiten mit dem Lesen und Schreiben, aber

wenn ihr Herz aufhörte zu schlagen, hatten sie die Botschaft verstanden.
Wie bei allen erfolgreichen Systemen bildete Angst das Fundament. Seine Leute verbreiteten nicht nur Angst, sie selbst wurden auch von ihr beherrscht. *El Toro* nahm für jeden Verrat (oder vermeintlichen Verrat) Rache, und zwar nicht nur an dem Vertragsbrüchigen selbst, sondern an seiner gesamten Familie. Da die Leute das wussten, flüchteten sie niemals aus seinem Labyrinth, wenn sie erst einmal Teil des Netzwerks geworden waren. Sie stiegen immer weiter im System auf. Allerdings wussten sie nicht, dass sie, wenn sie sich der Spitze näherten, den Minotaurus treffen würden. Von da an waren ihre Tage gezählt. Das System beruhte nicht auf dem Überleben der Tüchtigsten, sondern darauf, dass diese ihrer Vernichtung immer näher kamen. Dies war das wahre Gesetz des Dschungels – letztendlich wurden alle Tiere, die die Savanne überquerten, zu Opfern. Es gab nur einen einzigen Sieger, den Tod.
Dass *El Toro* jeden entfernen ließ, der eine potenzielle Gefahr für ihn darstellte, war darauf zurückzuführen, dass er – wie viele andere Diktatoren – tiefe Einblicke in die menschliche Seele gewonnen hatte. Er nahm intuitiv wahr, dass ein System, das vollkommen auf Angst gründete, schnell zu absoluter Macht führte – denn Angst war der Ursprung aller Macht. Sie war zudem die wirkungsvollste Form der Kontrolle. Denn sie machte denjenigen, der an der Spitze stand, zu einer Art Gott und einem Mythos, so dass schon sein Name einen annähernd sakralen Charakter annahm und der Gedanke an seine Vernichtung selbst für seine Feinde undenkbar wurde. *Der Herrscher muss recht haben, denn der Herrscher herrscht, und der Herrscher herrscht, weil er recht hat.*

Zu noch größerer Ehrfurcht trug das Märchen bei, *El Toro* sei nicht fähig, Angst zu empfinden. Häufig bedeutete eine Vorladung nach Brasilien an sich schon das Todesurteil, und viele stürzten sich ins eigene Schwert, weil das Entsetzen sie übermannte. Er erreichte, dass ihre Phantasie sie zerstörte – die Angst vor dem, was passieren könnte, und nicht vor dem, was wirklich passiert wäre.

Der Aufbau des Imperiums war ausgeklügelt; er beruhte auf den Einsichten, die *El Toro* aus seinen jahrelangen Manipulationen der menschlichen Natur gewonnen hatte. Wenn er einen neuen Markt im Ausland eroberte, kooperierte er zunächst mit den örtlichen Netzwerken, um ihre Stärke zu testen. Freundschaft und Gefälligkeiten waren die Geschenke, mit denen er sich Zugang verschaffte, um die anderen in ein trügerisches Gefühl von Sicherheit zu lullen. Aber immer dann, wenn es am wenigsten zu erwarten war, schlugen seine Männer unvermutet und gewalttätig zu. Die kriminellen Banden vor Ort wurden zerschlagen, ihre Anführer ermordet. Dann wurde den Übriggebliebenen ein Olivenzweig gereicht – tritt meiner Organisation bei oder stirb.

Bei größeren oder gut etablierten Gruppierungen wie etwa der italienischen, russischen, kolumbianischen und mexikanischen Mafia war es anders. Hier hieß der Grundsatz *gegenseitige Unterstützung*. Im Gegensatz zu weitverbreiteten Ansichten war allerdings keine dieser Gruppierungen besonders stabil. Innerhalb der Organisationen gab es zahlreiche Kämpfe um die Vorherrschaft, die das Ausmaß mörderischer Kriege annahmen – und das nutzte *El Toro* aus, denn an Bosheit übertraf er viele seiner Rivalen. Heimlich und vorsichtig instrumentalisierte er hochrangige Mafiosi für seine Zwecke. Manch ein unschuldiger Krimineller fand

sich als Verräter angeklagt, ohne es zu sein. Manch einer, der sich an Stalin als einen Freund wandte, starb und hielt ihn selbst im Tod noch für einen Vertrauten.
Genauso war es mit *El Toro*. Selbst der Tod hatte Angst, ihm freundschaftlich auf die Schulter zu klopfen. Und schlussendlich setzte dieser große Beherrscher der Menschen zu deren Zerstörung noch eine besonders perfide Raffinesse ein: Er gab sich nicht zu erkennen. Das war so einfach wie vernichtend. Wenn ein Mann seinen Feind in Fleisch und Blut vor sich hatte, konnte er ihn einschätzen und beobachten, wie viel Angst der andere hatte. Sah er seinen Feind nicht, neigte er dazu, ihn zu überschätzen. Er schuf sich ein Bild, und dieses Bild machte ihn selbst zum Opfer. Deshalb gab *El Toro* sich nicht einmal seinen Länderchefs gegenüber zu erkennen. Stattdessen wurde alles von seinen drei Gebietschefs erledigt; diese waren Brasilianer und berichteten direkt an ihn. Sie wussten – und hatten es oft genug miterlebt –, dass *El Toro* es nicht wünschte, verraten zu werden. Und da er ständig seinen Aufenthaltsort änderte, war es für jeden, der einen Mordanschlag auf ihn planen wollte, unmöglich herauszufinden, wo er sich zu einem bestimmten Zeitpunkt aufhielt. Es sei denn, *El Toros* Mitarbeiter hätten sich zusammengetan. Dies jedoch wäre gefährlich gewesen, weil keiner dem anderen traute. Denn eines ist die reine Wahrheit: Misstrauen erzeugt Verdächtigungen; Verdächtigungen erzeugen Angst; und Angst zerstört und zerrüttet das Herz des Menschen.
El Toro reiste nie in die USA ein, aber er bekam den dortigen Drogenhandel immer fester in den Griff – vor allem weil er mit den gnadenlosesten mexikanischen und italienischen Gruppen zusammenarbeitete. Sie halfen ihm, seine Terror-

herrschaft auszuweiten. Bei seinem Vorgehen spielten auch betriebswirtschaftliche Überlegungen eine wichtige Rolle. Durch Massenumschlag ließen sich Kosten und Arbeitskraft reduzieren. Allerdings entstanden dadurch auch Risiken – die man umgehen konnte, indem man die zwei oder drei einflussreichsten Männer der Drogenfahndung schmierte. Deshalb zog *El Toro* im Gegensatz zu anderen Drogenbossen es anfangs vor, Kokain in großen Mengen zu verfrachten und dafür eigene Flugzeuge oder Schiffe einzusetzen. Als die Überwachungen zunahmen, ging er dazu über, die der großen Fluglinien als Transportmittel zu nutzen, und er konzentrierte sich darauf, die wichtigsten Beamten zu bestechen. Was waren schon ein paar Millionen Dollar, wenn man einen wirklich kolossalen Gewinn machen konnte?

Für seine neueste Fracht wollte *El Toro* zwei Schiffe einer bekannten Reederei mit Schüttgutcontainern nutzen, die in New York festmachen sollten. Der Trick war verhältnismäßig einfach. Die Container würden vom Schiff abgeladen; der mit den Drogen zusammen mit den anderen. Der Drogencontainer würde jedoch von einem seiner Handlanger so nah wie möglich an die Verladerampe für Lkws abgesetzt werden. In der Nacht würde man ihn heimlich durch einen anderen Container mit den gleichen Markierungen austauschen und dann an einem korrupten Zollbeamten vorbeischleusen. Darüber, dass der Container den Hafen verlassen hatte, ließen sich dann keinerlei Unterlagen finden. Am nächsten Tag würde der unverfängliche Container mit denselben Markierungen von den Zollbeamten genau untersucht werden, und natürlich würde niemand irgendetwas Verdächtiges finden können. Auf diese Weise kam das Kokain ins Land. Selbst wenn es Probleme geben sollte und

die Zollfahndung alarmiert werden würde, würde nichts passieren. Der betreffende Beamte wäre in Zukunft mit anderen Aufgaben betraut worden. Denn weiter oben in der Hierarchie des Zolls – ganz nah an der Spitze – waren hohe Beamte, die auch von *El Toros* Großzügigkeit profitierten.
Warum war er so erfolgreich? Weil der Minotaurus eine wesentliche Eigenschaft des Menschen kannte: Für eine Million Dollar verrät ein Mensch seine Mitmenschen, für fünf Millionen seine Familie, für zehn Millionen würde er seine Seele verkaufen.

* * *

Gustavo kehrte aus England zurück in sein Haus in Panama. *Tio* Joseph umarmte ihn mit uneingeschränkter Freude.
»Ich habe mir Sorgen um dich gemacht.«
»Und ich mir um dich.«
Gustavo erkannte, dass die körperliche Verfassung seines Onkels sich verschlechtert hatte, aber wegen seiner Lebererkrankung ließ sich nichts dagegen unternehmen; vom örtlichen Krankenhaus hatte er Medikamente bekommen, die den Schmerz linderten. Beim Mittagessen erzählte Gustavo ihm alles, was passiert war. Danach machten sie einen Spaziergang durch den Zoo. Schließlich gingen sie zurück und setzten sich auf die Veranda des Hauses. Die Bougainvilleen-Hecke stand in voller Blüte – eine wahre Pracht. Wer vorüberging, blieb stehen und bewunderte sie. (Viele hatten die Idee übernommen. Bald würde Panama bunt gescheckt sein mit blühenden Hecken.) *Tio* Joseph hielt die Zeit für gekommen, Gustavo seine eigenen Neuigkeiten mitzuteilen.

»Du weißt, dass es mir nicht gut geht, Gustavo. Ich werde in einigen Monaten sterben. Dieser kleine Zoo wird dann dir gehören. Was hast du damit vor?«
»Ich will weitermachen.«
»Das wirst du vielleicht nicht können. Wir haben wenig Geld, und *tu sabes* – du weißt, wie die Dinge sich entwickeln können.«
»Dann kehre ich zurück in den Norden. Ich werde wieder bei den Indianern leben. Dort gibt es Arbeit, auf den Kaffeeplantagen.«
»Vielleicht können die Amerikaner helfen? Oder Señor Julio?«
»Ich mache das nicht wegen des Geldes.«
»Das ist mit klar.« Sein Onkel schluckte. Dann lehnte er sich vor und tätschelte seinem geliebten Neffen das Knie. »Es tut mir leid, dass ich in meinem Leben nicht mehr für dich tun konnte.«
»Du hast alles getan, was du konntest. Ich hätte mir keinen besseren Onkel wünschen können.«
»Erzähl mir, was der Amerikaner und Julio jetzt vorhaben.«
Gustavo berichtete es ihm. Der alte Mann war schockiert.
»Du kannst es nicht allein mit einer Armee aufnehmen.«
»Ich habe versprochen, ihm zu helfen.«
Am Abend, als Gustavo ins Bett gegangen war, sprach sein Onkel mit dessen Ziehmutter. »Kümmere dich bitte um meinen Neffen, wenn ich tot bin. Suche ihm eine indianische Frau – eine, die zu ihm steht und ihm Kinder schenken wird, damit er nicht allein ist. Und nimm ihn wieder mit in den Norden. Der Zoo kann nicht überleben.« Dann erzählte er ihr, was Gustavo ihm über seinen Auftrag erzählt hatte.

»Er braucht Hilfe.«
»Aber wer wird ihm helfen?«
Am nächsten Tag verließ Señora Membache das Haus und ging zum Hauptbahnhof der Stadt, wo sie einen Bus nahm. Dieser rumpelte den Pan American Highway entlang. Stunden später erreichte sie das indianische Dorf in der Nähe des Ortes, in dem Gustavos Eltern einst gelebt hatten. Sie ging zum dortigen Häuptling und dann zum Schamanen. Diese beschlossen, eine Versammlung des Dorfes einzuberufen.
Dort erklärte der Häuptling: »Die Eltern dieses Jungen haben ihr Leben dafür gegeben, dass unsere Kinder nicht durch den Lastwagen verletzt werden. Das ist eine Schuld, die wir jetzt begleichen müssen.«
Die Angelegenheit wurde besprochen.
»Schick die Indianer von Bocas del Toro los«, schlug einer vor.
»Schick die Indianer des Darién«, meinten andere.
Von alldem wusste Gustavo, der sich auf einer Expedition befand, nichts. Als er wenige Tage später nach Hause zurückkehrte, um sich von seiner Ziehmutter zu verabschieden, sagte Señora Membache zu ihm:
»Wenn du stirbst, stirbst du nicht allein.«
Hinter der Hecke aus Bougainvilleen standen drei Männer. Die besten aus Panama.

* * *

An einem Sonntagabend setzte die Boeing 737 zur Landung auf dem internationalen Flughafen Tocumen in Panama an. Wie üblich entließ das Flugzeug eine Reihe Touristen,

Geschäftsleute und Ortsansässige. Sobald die Passagiere die Maschine verlassen hatten, wurden die Flugbegleiter geschäftig, denn der Aufenthalt war nur kurz. Glücklicherweise war dieser letzte Sonntagsflug nie ganz ausgebucht, so dass sie ein wenig Zeit zum Durchatmen hatten. Eine der Stewardessen war neu auf der Route von Panama nach New York und studierte die Passagiere neugierig, als diese an Bord kamen.

»Guten Abend! Herzlich willkommen!«

Die Fluggäste waren bereits passend für das Winterwetter in New York gekleidet – mit Ausnahme von drei indianischen Bauern, die von einem jungen Mann begleitet wurden. Sie hatten lediglich dünne Jeans und T-Shirts an. An den Füßen trugen sie Sandalen, die die Zehen frei ließen. Sie waren dunkelhäutig, ihre Gesichter wirkten ausdruckslos. Nachdem die Maschine gestartet war, flüsterte die neue Stewardess ihrer Vorgesetzten zu:

»Hast du die gesehen? Sie werden erfrieren! Die sind bestimmt noch nie geflogen.«

»Das sind Indianer aus dem Landesinneren«, flüsterte die Freundin zurück. »Die armen Leute, ich weiß gar nicht, wie die sich einen Flug leisten können. Die fahren bestimmt zu einem Konzert oder so. Hast du die Panflöten in ihrem Handgepäck gesehen?«

31

Ach, welch ein Zeichen ist's von üblem Leben,
wenn man des Todes Näh' so schrecklich sieht!
William Shakespeare

Wer Krieg führt, sollte stets zum Kampf bereit sein. Denn wer weiß schon, wann und wie der Feind zuschlägt? Wer weiß schon, wann ihm die Stunde des Schicksals schlägt?

Einer von *El Toros* Leuten war schwer beschäftigt, denn ein Schiff wurde an einem Kai des Hafens von New York gelöscht. Er arbeitete hier als Kontrolleur, und das schon seit vielen Jahren. Seine Aufgabe bestand darin, die Führer der riesigen Containerbrücken anzuweisen, wo die Container abgestellt werden sollten. Nachdem an diesem Abend schon rund die Hälfte vom Schiff abgeladen worden war, gab der Kontrolleur die Anweisung, einen bestimmten Container (dessen genaue Identität nur er kannte) an einer numerierten Stelle in der Nähe der Laderampe abzusetzen. Das tat der Brückenführer, dann machten sie weiter. Um zwei Uhr morgens war ihre Arbeit beendet; der Brückenführer ging nach Hause. Der Kontrolleur jedoch wartete neben dem Container – nachdem er sichergestellt hatte, dass niemand in der Nähe war. Nach kurzer Zeit tauchten aus dem Dunkel zwei Lastwagen auf. Eilig wurde der Drogencontainer auf den ersten Truck verladen. Nahezu gleichzeitig wurde vom zweiten Laster der Ersatzcontainer mit den gleichen Markierungen an exakt denselben Platz gehievt. Nachdem das Manöver beendet war, parkte der zweite Fahrer seinen Wagen im Verladeterminal.

Der erste Lastwagen – auf dem sich jetzt der Container mit dem Kokain befand – wartete darauf, dass der Kontrolleur und der zweite Fahrer einstiegen. Nichts passierte. Der Fahrer – auch er einer von *El Toros* Leuten – wurde ungeduldig und spähte aus dem Fenster, um die Ursache der Verspätung in Erfahrung zu bringen. Sein Kopf machte Bekanntschaft mit einer Kugel; das Gleiche war seinen beiden Kollegen widerfahren.

»Wir legen sie in die Halle.«

Andy gab seinem Bruder ein Zeichen und steckte seine kurznasige, mit einem Schalldämpfer ausgestattete Waffe wieder ein. Der Experte für Spezialaufträge öffnete das Führerhaus und ließ den leblosen Körper auf den Boden fallen. Er und sein Bruder zogen sich Handschuhe an, packten einen Mann nach dem anderen und zogen sie an den Eingang des Terminals, so dass sie gut sichtbar waren. Die Nacht war kühl, weshalb Klagen seitens der Leichen wohl nicht zu erwarten waren. Andy und sein Bruder gingen zurück zum Lastwagen und stiegen ein. Der Experte für Spezialaufträge fuhr den Wagen aus dem Hafengebiet und hielt am Zollposten. Der Zollbeamte sah das Nummernschild des Fahrzeuges und winkte es durch.

»Ich dachte mir schon, dass er Bescheid weiß.«

Der Lastwagen entfernte sich schnell von der Zollstelle in Richtung New York. Nach einer Viertelstunde Fahrt gab das Walkie-Talkie einen Ton von sich. Andy blickte zu seinem Bruder.

»Kümmere dich nicht drum.«
Sie rasten weiter. Bei einer Kokainlieferung in einem Wert von mehr als einhundert Millionen Dollar war klar, dass *El Toro* gründliche Vorsichtsmaßnahmen getroffen hatte, die dafür sorgten, dass niemand lange Finger machte. Das konnten die eigenen Leute oder andere kriminelle Banden aus New York sein. Als Andy nicht ans Walkie-Talkie ging, schrillten deshalb die Alarmglocken. Ein anderer Mann, der im Hafen für *El Toro* arbeitete, wurde zum Container geschickt, um nachzusehen. Er war es, der die grausige Entdeckung machte; er berichtete seinem Vorgesetzten innerhalb des Netzwerks von den drei Leichen. Für solche Eventualitäten war vorgesorgt, wenngleich sie selten vorkamen. Der Lastwagen, den Andy fuhr, war mit einem Ortungsgerät ausgerüstet, so dass man seinen Aufenthaltsort verfolgen konnte. Deshalb lautete das Kommando:
»Schickt das SWAT-Team los.«
Sie hatten diesen Ausdruck von der Polizei entliehen. Er klang gut, aber da hörte die Ähnlichkeit auch schon auf. Bei der Polizei war ein SWAT-Team dazu da, mit bewaffneten Kriminellen fertig zu werden. Bei *El Toros* Leuten hingegen ging es darum, jeden zu eliminieren, der sich ihnen in den Weg stellte. Boss der Gruppe war ein Italiener, der den Beruf eines Profikillers viele Jahre ausgeübt hatte. Er war Bodybuilder, ein Sizilianer mit dem launigen Beinamen Sweet Toni – doch nichts konnte weiter von der Wahrheit entfernt sein als die Bezeichnung »süß«. Tatsächlich war Toni im medizinischen Sinne des Wortes wahnsinnig – eine nützliche Gabe in einem Beruf wie seinem. Sweet Toni war zweiundvierzig Jahre alt, hatte eine Vorliebe für teure Anzüge und großkalibrige Waffen, leitete das SWAT-Team jetzt seit

fünf Jahren und hatte bislang keine Fehler gemacht. Seine, wie es schien, kluge Methode hatte er sich von *El Toro* abgeguckt (wenngleich ihm das nicht bewusst war): Es war eine Philosophie des Overkills. Bei jedem Einsatz des SWAT-Teams wurden mehr Leute herangezogen, als streng genommen nötig waren. Aber man konnte ja nie wissen, was einen erwartete.
Als er an diesem Sonntagabend den Anruf erhielt, war Sweet Toni gar nicht erfreut. Er war zu Hause mit seinen Kindern und schaute sich seine Lieblings-Sitcom an – die Krimiserie *Who did it?* Diese seit langem laufende Serie hatte Fans in ganz Amerika, und Sweet Toni war einer ihrer treuesten Zuschauer.
»Dad, nicht weggehen! Bleib doch!«, weinten seine kleinen Kinder.
»Ich muss zur Arbeit.«
Schlecht gelaunt erhob sich Sweet Toni vom Sofa und ging in sein notdürftig eingerichtetes Büro. Er rief seine Teammitglieder nacheinander an und teilte ihnen mit, dass sie zu einer Mission ausrücken müssten. Er hatte schon mit ihnen allen zusammengearbeitet; es waren seine besten Männer. Danach warf Sweet Toni einen letzten Blick auf den Fernseher und schnappte sich einige Doughnuts – eine Vorliebe, der er seinen Spitznamen verdankte. Seine Frau hatte eine Plastiktüte über dem Kopf (keine schlechte Sache eigentlich), weil sie ihr Haar trocknete, und nickte nur, als er ihr sagte, dass er noch mal weg müsse. Sie wusste, womit er sein Geld verdiente. Sweet Toni setzte sich in seinen brandneuen Schlitten und fuhr los. Sein Bauchgefühl sagte ihm, dass diese Entführer zu einer kleinen Gruppe gehörten, die auf der anderen Seite des Flusses tätig war. Ganz offensicht-

lich war ihnen nicht ganz klar, woraus diese Sendung bestand – und erst recht nicht, wer ihr Eigentümer war. Egal. Sie würden es bald erfahren, und es würde sich als ein verhängnisvoller Fehler ihrerseits herausstellen. Sweet Toni hatte einen der Männer, die im Hafen getötet worden waren, seit vielen Jahren gekannt. Deshalb würde er alle, die mit diesen Morden zu tun hatten, umlegen. Das war *El Toros* Markenzeichen. Gnade? So etwas gab es nicht.

»Wohin fahren sie?«

Der Mann, der den Aufenthaltsort der Lastwagen verfolgte, nannte Sweet Toni präzise Details. Der Wagen steuerte auf ein heruntergekommenes Industriegelände am Stadtrand New Yorks zu. Toni schüttelte den Kopf. Wie blöd konnte man eigentlich sein? Die präsentierten sich selbst zum Abschuss. Die Gegend war ideal, um sie zu beseitigen, ohne dass irgendjemand etwas merkte. Zwanzig Minuten später bog sein Wagen auf das Gelände und hielt auf das Lagerhaus zu. Schilder auf dessen Stahltoren verkündeten, dass dort Kaffee aus Panama gelagert wurde, aber das konnte alles heißen. Sweet Toni stieg aus und wartete. Innerhalb weniger Minuten hielten mehrere Lastwagen und drei Pkws hinter ihm. Seine Leute stiegen aus – die meisten genauso übellaunig wie er, denn es war Sonntag. Aber sie wussten, wie die Spielregeln lauteten: Keiner wagte einen Vorstoß ohne den Befehl von Sweet Toni, und der entschied erst dann über das Vorgehen, wenn er sich die Örtlichkeit eingehend angesehen hatte. Das tat er jetzt. Das viktorianische Gebäude, ein riesiges Bauwerk aus roten Ziegelsteinen, stand einsam in einem Meer aus Beton. Es hatte acht Stockwerke mit Treppenhäusern an jedem Ende. Wie es aussah, konnte man das Gebäude nur über diese Treppen betreten und verlassen. Im sechsten Stock brannte Licht; der gestohlene Truck parkte nahe am Eingang an der rechten Seite des Gebäudes. Es war ein klarer Fall, der perfekte Ort für einen Mord. Sweet Toni hatte nie für die Polizei gearbeitet (anders als viele andere Mafiosi). Aber für seine kombinatorischen Fähigkeiten hätte er zweifellos sogar von Sherlock Holmes lobende Anerkennung erhalten. Nur eines entging ihm, nämlich dass es hier insgesamt etwas zu ruhig war. Erfreut kehrte er zu seinen Männern zurück.

»Sie haben sich selbst eingeschlossen. Das ist eine Todesfalle.«

Das war es wirklich.

»Wie viele sind es?«

Einer der Männer, der früher angekommen war, trat einen Schritt nach vorn. »Zwei Kerle im Truck, und ich hab noch einen gesehen.«

»Was war das für einer?«

»Er hat ihnen das Tor geöffnet. Er sah aus wie ein Junge.«

»Kein Problem also«, knurrte Sweet Toni.

Jungen starben wie Männer, nur leichter. Er zählte sein Team durch. Es waren zehn; mehr als genug. Außerdem waren sie gut bewaffnet für diesen Anlass. Wie jedes andere SWAT-Team, so verfügte auch dieses über die beste Ausrüstung. Sie trugen Splitterschutzwesten, besaßen Maschinenpistolen, vier hatten Nachtsichtbrillen. Er war stolz auf sie. Klar, ein oder zwei der Männer waren etwas übergewichtig, und Fat Canelli – wie einer von ihnen genannt wurde – war derart gigantisch, dass er von jedem Diätkurs abgelehnt worden wäre; aber Masse war von Vorteil in seinem Beruf. Ein dicker, großer Mann weckte Angst. Und Masse wirkte auch bei Prügeleien als nützlicher Schutz lebenswichtiger

Organe. Fett sein konnte einem das Leben retten. Sweet Toni war mit seiner Einschätzung der Lage ausgesprochen zufrieden und legte den Angriffsplan fest.

»Wir teilen uns auf. Mein Team nimmt den linken Eingang, Fat Canellis den rechten. Und du«, er zeigte auf den Spion Vincente – ein hagerer Mann, der unablässig rauchte und aussah wie ein Abschreckungsplakat gegen Tabakkonsum –, »bleibst im Wagen, falls ich Verstärkung brauche.«

Alle lachten über diesen Witz, den er immer machte. Sweet Toni hielt Vincente für unfähig, weshalb er immer den schlechtesten Job bekam. Trotzdem setzte Toni ihn ein, weil er zur Familie gehörte. Die Männer gelangten über das Stahlgitter, indem sie einen ihrer Trucks längsseits stellten. Dann teilten sie sich in zwei Gruppen auf, und jede eilte zu einem der Eingänge an den Seiten des Gebäudes. Als sie dort ankamen, ging – nicht einmal unerwartet – das Licht im sechsten Stock aus. Vorsichtig stieß Sweet Toni die schwere Eingangstür auf und betrat das Gebäude. Irgend so ein Schwachkopf hatte vergessen, weiter oben die Beleuchtung der Treppenabsätze auszuschalten. Deshalb konnte man trotz der Dunkelheit sehen, wie sich die metallene Treppe aufwärtswand. Was für Amateure!

»Mir nach.«

Er ging voran; seine vier Männer folgten ihm. Sie gingen die Treppe hinauf, einer nach dem anderen mit jeweils einer Treppe Abstand. Nichts passierte. Als er den vierten Stock erreichte, war Sweet Toni verdutzt. Normalerweise machten Opfer, die wussten, dass sie gleich getötet werden, ein gewisses Maß an Lärm, weil sie versuchten zu fliehen. Aber hier war alles still – wie im tiefsten Dschungel oder so ähnlich. Er sprach in sein Mikro.

»He, Fat Canelli, was ist bei dir los?«
Auf der anderen Seite des Gebäudes führte Fat Canelli sein vierköpfiges Team – Mario, Warzenschwein, Silvio und Frankie – die Treppen hinauf. Sie waren erst auf Höhe des dritten Stocks, was nicht überraschend war. Fat Canelli war nämlich ein Meisterwerk der Völlerei. Er wog hundertsechzig Kilo und hatte schon Schwierigkeiten, aus dem Bett zu kommen, vom Treppensteigen ganz zu schweigen. Die äußere Erscheinung konnte allerdings auch trügen. Sein Körperumfang reichte, um den meisten Menschen solche Angst einzujagen, dass sie sich ergaben. Als sie den fünften Stock erreichten, machte er langsam schlapp. Sein vor Anstrengung glühendes Gesicht war schweißnass, und von seinen dicken Wangen tropfte es, ebenso aus seinem dünnen schwarzen Haar. Fat Canelli zog ein Taschentuch hervor, das seit Jahrzehnten nicht gewaschen worden war, und wischte sich über die Augenbrauen. Dann putzte er sich die Nase; eigentlich müsste er für das hier einen Überstundenzuschlag erhalten. Seine Knie zitterten vor Anstrengung. Sein Arzt hatte ihm kürzlich gesagt, er sei eine wandelnde Leiche – aber Ärzte sagten ja immer so nette Sachen, um Geschäfte zu machen.
»Weiter.«
Fat Canelli machte seinem Handlanger Frankie ein Zeichen, vorzugehen. Das tat er – die Uzi feuerbereit in Händen. Kaum hatte er den sechsten Treppenabsatz erreicht, flackerte das Licht im Treppenhaus und erlosch. Unterdessen hatte Fat Canelli auf dem fünften Absatz seine Taschenlampe hervorgezogen. Er schüttelte sie ein wenig (er hatte vergessen, die Batterien zu überprüfen) und machte sie an. Was er zu Gesicht bekam, war das Letzte auf Erden, was zu sehen

er erwartet hatte. Und tatsächlich war es das Letzte, was er auf Erden sah. Es war das dunkelhäutige Gesicht eines indianischen Bauern, der ein Blasrohr an die Lippen hob.

Oben hörte Frankie einen heftigen, dumpfen Schlag – einen, der die gesamte Treppe erschütterte. Einen Augenblick lang verstand er nicht, was es war. Dann kam die göttliche Eingebung über ihn. Er schrie in sein Mikro.

»Aus dem Weg. Fat Canelli kommt die Treppe runter!«

»Was?«

Der Mann im vierten Stock war durcheinander.

»Aus dem Weg!! Haut ab!!«

Der Mann auf dem vierten Absatz hörte ein lautes Rumpeln – das offenbar immer schneller wurde. Er spähte in die Dunkelheit und schaltete seine Taschenlampe an.

»AAAAhhhh!«

Die Leiche seines Chefs schoss ihm entgegen und drückte ihn gegen die Wand, so dass sein Genick augenblicklich brach. Der Doktor hatte wirklich die Wahrheit gesprochen – Fat Canelli stellte sich als Leiche heraus, in diesem Fall allerdings als rollende.

»Was ist da los?!« Von der anderen Treppe aus verlangte Sweet Toni eine Erklärung.

»Sie haben Canelli getötet. Und Mario.«

»Was! Wie?«

»Weiß ich nicht.«

»Dann geh hoch und sieh nach.«

Der Mann auf dem dritten Treppenansatz – er wurde wegen seines hässlichen Gesichtes und den vorstehenden Zähnen »Warzenschwein« genannt – stieg nervös die Treppe hinauf. Er hatte eine Nachtsichtbrille aufgesetzt, so dass er den Weg im Dunkeln finden konnte. Als er die Leichen seiner Kollegen entdeckte, musste er sich fast übergeben. Fat Canelli hatte seinen schlankeren Kollegen förmlich in der Wand versenkt. Warzenschwein beugte sich vor, um die Todesursache festzustellen. Während er das tat, hörte er einen Schrei. Frankie, der sich auf dem Treppenabsatz im sechsten Stock befand, hatte einen tödlichen Giftpfeil in die Kehle bekommen und war in den Treppenschacht gestürzt. Der Schrei endete mit einem recht unangenehmen, dumpfen Aufschlag.

»Was ist passiert?«

»Frankie ist weg.« Warzenschweins Stimme war trocken vor Angst.

»Weg. Was soll das heißen, ›weg‹?«

»Er ist tot.«

»Wie bitte?«

»Ich weiß es nicht. Ich weiß es nicht.«

Sweet Toni konnte die Angst am anderen Ende der Leitung förmlich riechen …

»Geh runter zu Silvio, hörst du?«, rief er. »Hau da ab!«

Warzenschwein richtete sich auf. Er schluckte. Nachdem er selbst so viele Male den Tod gebracht hatte, überkam ihn jetzt das unwillkommene Gefühl, dass er in Kürze selbst auf der Empfängerseite sitzen könnte. Das nahm ihn körperlich richtig mit. Sein Mund wurde trocken, in seinem Bauch entrollte sich eine Schlange des Schreckens, und sein Herz raste. Bei solchen Rhythmusstörungen wäre es ratsam, zum Arzt zu gehen. Er lehnte sich über das Treppengeländer. Als er das tat, flackerte die Beleuchtung im Treppenhaus unheimlich.

»Silvio? Bist du das?«

Auf dem zweiten Treppenabsatz schob das letzte Mitglied

des Teams den Oberkörper über das Geländer und streckte den Hals hoch. Mit angstvollem Gesicht starrte er in das Gesicht von Warzenschwein. Seinen Hals so weit vorzustrecken, war allerdings nicht die weiseste Entscheidung. Voller Entsetzen starrte Warzenschwein auf Silvio, der sich an den Hals griff und dann langsam über das Geländer kippte. Es war, als sähe man einen Katastrophenfilm, der ganz schlecht ausgeht.

Als er sich dem Tod so nahe wähnte, lief Warzenschweins Selbsterhaltungstrieb auf einmal auf Hochtouren. Glück für ihn, dass eine nützliche Information in seinen Schädel eindrang. Der Feind – wer auch immer das war – hatte das Treppenhaus völlig unter Kontrolle, und dieser Feind war über ihm, aber auch unter ihm. Panisch blickte Warzenschwein um sich und suchte nach einer Fluchtmöglichkeit. Von jedem der Treppenabsätze gingen große Stahltüren ab, die nach innen zu den jeweiligen Lagerböden führten. Er konnte gerade noch die Tür auf seinem Absatz erkennen, da ging das Licht aus. Gleichzeitig grölte Sweet Toni in sein Mikro: »Was ist passiert? Bist du da?«

Warzenschwein hielt seine Taschenlampe auf den großen Türriegel gerichtet und riss ihn dann verzweifelt zurück. Er stieß die Tür mit dem Stiefel auf.

»Warzenschwein, sag doch was!«, rief Sweet Toni.

Als Antwort erhielt er einen gellenden Schrei, der selbst einem Wirbellosen das Blut in den Adern hätte gefrieren lassen. Man sollte immer das Unerwartete erwarten. Ganz besonders im Dschungel …

Die Königskobra ist eines der furchterregendsten Lebewesen auf dieser Erde. Sie kann mehr als fünf Meter lang werden und ist damit die größte aller Giftschlangen. Sie ist in der Lage, genug Gift zu verspritzen, um einen Elefanten zu töten. In diesem Fall hatte Gustavo ein ausgesprochen kräftiges Exemplar bekommen. Als Warzenschwein die Tür auftrat, schlug die gegen einen Karton, so dass dessen Deckel aufsprang. Die Königskobra – die ihren Kopf mehr als zwei Meter über den Boden erheben kann – bäumte sich auf. Sie starrte Warzenschwein direkt ins Gesicht. Vielleicht war sie ärgerlich, ein Paar Augen zu sehen, die noch enger zusammenstanden als ihre eigenen. Möglicherweise war sie auch gereizt, weil sie auf eine so rüde Art gestört worden war. Sie gab ein Zischen von sich, das sich wie das Knurren eines Hundes anhörte, schwang vor und zurück und stieß dann direkt auf ihr Opfer zu. Warzenschwein taumelte nach hinten, griff nach der Schlange und stürzte über das Treppengeländer. Bei dieser Gelegenheit wäre es für ihn vielleicht von Interesse gewesen, von einer aufschlussreichen Eigenschaft der Königskobra zu wissen. Wenn das Opfer nicht sofort behandelt wird, ist ihr Biss immer tödlich. Weil Warzenschwein, mit der Kobra auf sich, allerdings drei Stockwerke tief fiel, hätte diese nützliche Information ihm persönlich nicht viele Vorteile gebracht.

»Warzenschwein!!??«

Sweet Toni erhielt keine Antwort. Etwas – oder jemand – hatte soeben sein gesamtes Team auf der gegenüberliegenden Seite des Gebäudes ausgelöscht.

* * *

»Okay, okay, alle ruhig bleiben.«

Die Angst seines Teams klang Sweet Toni in den Ohren. Mittlerweile hatte er den Absatz des fünften Stocks erreicht;

die anderen vier Männer waren ein Stockwerk tiefer. Er biss sich auf die Lippen; was ging hier vor? Normalerweise verlief alles ganz reibungslos. Er ging mit seinen Männern rein – der Feind fing an zu schießen, sie feuerten zurück und töteten alle Gegner. Oder sie nahmen sie gefangen und tötete sie hinterher. Aber heute Abend lief alles anders. Warum? Doch es gab Hoffnung – er konnte Verstärkung anfordern.

»He, Vincente?«

Keine Antwort. Er wusste nicht, dass der Spion in seinem Auto von Andy gefesselt und geknebelt worden war.

»Er ist weggelaufen«, hörte er jemanden in seinem Kopfhörer sagen. Denn das tat Vincente immer; er war ein Feigling.

»Schnauze«, knurrte Sweet Toni. Er würde keinen Defätismus dulden. »Alle her zu mir. Ich bin im fünften Stock.«

Ehe er den Satz beendet hatte, fing es in seinem Kopfhörer an zu knistern, als wäre die Verbindung gestört. Das Licht im Treppenhaus erlosch. Außerdem war da ein Ächzen zu hören.

»Was ist das?«

Sweet Toni schaltete seine Taschenlampe an und lehnte sich übers Geländer.

»Macht eure Taschenlampen an.«

Gehorsam taten sie es, aber es waren nur drei Taschenlampen zu sehen. Eine fehlte. Sweet Toni schluckte. Sosehr er sich auch dagegen wehrte, eine ziemlich ausgeprägte Angst kroch in ihm hoch. Er ging die Treppe hinunter und rief seinen Männern zu: »Geht von den Treppenabsätzen weg!«

Doch in dem Moment, als er das sagte, hörte er das Scheppern einer herunterfallenden Taschenlampe. Sweet Toni war auf dem nächsten Treppenabsatz angekommen. Anstatt seine Kollegen zu begrüßen, stolperte er über eine Leiche. Er beugte sich hinunter und suchte nach der Todesursache. In ihrem Hals steckte ein dünner Pfeil.

»Heilige Muttergottes.«

Allerdings war die Leiche nicht die der Muttergottes. Es war vielmehr die seiner Nummer zwei. Sein Gesicht verzerrte sich in Panik. Sweet Toni rannte zum nächsten Treppenabsatz hinunter und stieß mit seinem genauso verängstigten Teammitglied zusammen.

»Schnell da, die haben Giftpfeile.«

Sweet Toni kniete sich kurz hin und klippte den Tragegurt von seiner Maschinenpistole ab. Er wickelte ihn sich um den Hals; da sie auf die Kehle zielten, würde ihm das ein wenig Schutz geben. Er wandte sich zur Tür um, die vom Treppenabsatz abging, und riss den Riegel auf.

»Was ist mit Luigi? Ist er auf dem Absatz unter uns? Müssen wir nicht mal nachsehen?«

»Scheiß drauf.« Wenn man mit dem Teufel rang, war sich jeder selbst der Nächste. Sweet Toni stieß die Tür auf und schob seinen Kollegen als Ersten durch – falls ein Pfeil abgeschossen würde. Aber es passierte nichts. Er schloss die Tür hinter sich. Innen befand sich noch ein Riegel, den er zuschob. So waren sie sicher vor den Angriffen im Treppenhaus.

Er rief in sein Mikro: »Luigi, hau ab von der Treppe! Geh ins Lager.«

Luigi hockte auf dem nächsttieferen Treppenabsatz und jammerte vor Angst. Er war ein Mann, der normalerweise anderen ohne einen Anflug von schlechtem Gewissen in den Hinterkopf schoss (und hinterher darüber lachte), aber jetzt schien sich der Witz gegen ihn zu richten. Luigi bot die letzten Reserven des Mutes auf, über den er unter den gegebenen Umständen verfügte, und öffnete die Tür auf dem dritten Treppenabsatz. Er schlug sie hinter sich zu und stieß einen Seufzer der Erleichterung aus. Dann machte er seine Taschenlampe an und leuchtete umher, um einen Blick auf seine Umgebung zu erhaschen. Das Lager war voller Kaffeesäcke, das köstliche Aroma stieg ihm in die Nase. Eigentlich liebte er Kaffee, aber seine derzeitigen Bemühungen waren eher darauf gerichtet, seinen Kopf zu retten.

»Luigi?«

»Ich bin hier. Im Lager.«

»Hör zu! Was siehst du?«

»Kaffeesäcke.«

»Wir auch. Mach jetzt gar nichts. Versteck dich irgendwo am Fenster. Ich hole Verstärkung. Verstanden?«

»Ja«, flüsterte Luigi. Dann bewegte er sich weiter vorwärts. Die Kaffeesäcke standen in Reihen – einer neben dem anderen. Der Platz zwischen den Reihen war so breit, dass ein Mann dort gerade entlangkriechen konnte. Es schien ein sicheres Versteck zu sein. Es war geradezu perfekt. Wenn Luigi sich hier verborgen hielt, hätte er damit einen günstigen Aussichtspunkt, um jeden zu töten, der durch die Tür kam. Auf Händen und Knien kroch er vor zur ersten Reihe. Dann zur zweiten. Als er die dritte erreichte, hörte er am anderen Ende der Reihe ein winziges Geräusch. War das das Geräusch von Schritten, oder bildete er sich das nur ein? Ohne Umschweife entschied er, sich weiter nach vorn zu bewegen.

Luigi schlich die Reihe weiter entlang und schaffte es bis zum großen Fenster an ihrem Ende. Es bestand aus einem gusseisernen Rahmen, in den zwanzig kleinere Scheiben eingesetzt waren, die alle stark verschmutzt waren. Das Gebäude war seit mehr als einem halben Jahrhundert nur als Lagerhalle genutzt worden, und daher hatte es keinen Sinn gehabt, die Fenster zu putzen. Luigi wischte mit der Hand etwas Staub weg und spähte hinaus. Unter ihm waren der Container mit dem Kokain und weiter hinten, am Eingang, ihre Trucks und Autos zu sehen. Er setzte sich mit dem Rücken an die Wand. Was war nur schiefgegangen? Aber er sollte besser kein Pessimist sein. Sweet Toni würde sie hier schon herausholen. Er zielte mit seiner Uzi in die Reihen der Kaffeesäcke. Seine Tage als Killer waren noch nicht gezählt!

Die Minuten vergingen. Luigi lehnte sich zurück. Er streckte die Beine aus, und weil er nach all dem seelischen Stress müde war, schloss er die Augen. Plötzlich hörte er etwas rascheln. »Toni, hier ist jemand.« Er streckte die Hand aus und ertastete am Boden ein Kabel.

»Toni, ich habe ein Elektrokabel gefunden. Es bewegt sich.«

Oben hatten Sweet Toni und seine verbliebenen Handlanger sich ebenfalls zwischen den Kaffeesäcken versteckt.

»Kabel? Das sich bewegt?« Sweet Tonis Gehirn war komplett in Anspruch genommen. Trotzdem: Seine Hirnfunktionen waren noch nicht vollkommen lahmgelegt, und auf einmal erhellte eine Idee schlagartig seinen Hohlkopf. Giftpfeile und …

»Luigi. Nicht anfassen!«

Aber ach, so mancher Rat kommt zu spät (wie viele Eltern nur zu gut wissen). Luigi schaltete seine Taschenlampe in der einen Hand an, während er seine Waffe in der anderen hielt. Im selben Moment schlug die Schwarze Mamba zu.

Sie gilt als die vermutlich aggressivste Schlange der Welt, gefährlicher als der Schatten des Todes. Aus gutem Grund. Als Luigi nämlich im Licht der Taschenlampe in ihr offenes Maul starrte, fiel ihm auf, dass es innen vollkommen schwarz war und im schwachen Lichtstrahl aussah wie ein Totenschädel. Für dieses bemerkenswerte Detail der Natur interessierte sich Luigi allerdings überhaupt nicht – ebenso wenig wie für die Tatsache, dass es nur zwei Tropfen des Giftes einer Schwarzen Mamba bedurfte, um einen Menschen zu töten. Wie Professor Hudstorf es so treffend in seinem Kapitel über »Schlangen, denen man mit großer Vorsicht begegnen sollte« formuliert hatte:

»Die Mamba schlägt mit außerordentlicher Schnelligkeit zu.«

Diese Mal war die Mamba überaus großzügig bei ihrem Biss, immerhin ging es ja auf Weihnachten zu. Luigi kam wankend auf die Beine, seine linke Hand sah aus wie ein anatomisches Präparat. Und wieder biss die Mamba zu. Sein Schrei musste ganz New York geweckt haben.

»Schlangen!«

Er fasste nach den Kaffeesäcken und taumelte bis zum Ende der Reihe. Im diesem Moment ging das Licht an.

»Indios!«

Das waren seine letzten Worte.

»He, was ist los?«

Im vierten Stock befanden sich Sweet Toni und sein Kumpel in einem Schockzustand des absoluten Entsetzens. Das Licht ging an. Inzwischen hatte der Teamchef das Rätsel allerdings gelöst.

»Aufstehen.«

Als sie das taten, wurde sein Kollege durch einen Giftpfeil

niedergestreckt. Ein weiterer traf Sweet Toni am Hals, aber wegen des Tragegurts rutschte er ab. Toni sprang auf und entdeckte im Schein der Lampen einen Indianer, der erneut ein Blasrohr an die Lippen hob. Mit einem Freudenschrei zielte der Teamchef mit seiner Maschinenpistole auf ihn und drückte den Abzug. Wenigstens würde er einen von ihnen erwischen. Doch leider! Sein Blick war auf das falsche Ziel gerichtet, so dass eine Kugel ihn völlig unerwartet mitten zwischen die Augen traf. Andy sah hinüber zu dem Indio und zwinkerte.

»Danke, dass ich wenigstens eine Kleinigkeit selbst erledigen konnte.«

* * *

Der Boss von *El Toros* Dependance in New York war in seinem luxuriösen Wohnsitz in der Madison Avenue und hörte gerade Vivaldis *Vier Jahreszeiten*, als er an jenem Sonntagabend einen Telefonanruf erhielt. Er kam vom Spion Vincente – dem einzigen Überlebenden des Teams. Es war ihm gelungen, sich von seinen Fesseln zu befreien und zu fliehen.

»Sie sind alle tot!«

»Gut. Wo sind sie?«

»Hinten im Container.«

»Wie viele?«

»Zehn.« Der Spion war so nervös, dass er sich nicht sicher war, ob er seine Botschaft verständlich übermittelte.

»Und das Kokain?«

»Mitgenommen.«

»Wo ist Sweet Toni?«

»Hinten im Container.«
»Was soll das heißen ›hinten im Container‹?«
»Er wurde umgebracht, Mr. Gazoni.«
»Umgebracht? Tot?«
»Ja.«
»Wo ist Fat Canelli?«
»Hinten im Container.«
»Was soll das heißen ›hinten im Container‹?«
»Er ist tot.«
»Und was ist mit Warzenschwein? Und Luigi?«
»Hinten im Container.«
»Sag doch nicht immer ›hinten im Container‹! Was ist mit den anderen?«
»Hinten ...«
Endlich war die furchtbare Wahrheit über die Vorkommnisse in den Kopf des Bosses eingedrungen. Voller Angst warf er den Telefonhörer hin. So etwas war noch niemals passiert. Das Team der besten Verbrecher New Yorks war ausgelöscht worden. Es dauerte nicht lange, und ihm wurde noch eine weitere Hiobsbotschaft überbracht. Einiges von dem gestohlenen Kokain war von einem von *El Toros* Männern in einem Lager entdeckt worden, das die russische Mafia nutzte. Das konnte nur eines bedeuten. Der Boss tätigte ein Telefonat. Er wandte sich ganz nach oben – an einem der drei Gebietschefs in Brasilien.
»Warte, bis ich mit *El Toro* gesprochen habe«, befahl der Gebietschef. Später am Abend rief er zurück. »Es gibt Krieg. Die Russenmafia versucht, bei unseren Geschäften dazwischenzufunken. Greift sie an, und verschont keinen einzigen. Wir schicken Verstärkung aus Brasilien. Und was dich betrifft, *El Toro* möchte mit dir sprechen ... in Brasilien.«

Der New Yorker Boss legte den Telefonhörer auf. Er öffnete die oberste Schublade seines Schreibtischs und zog eine Pistole heraus. Er mochte ja ein Idiot sein, aber unter keinen Umständen würde er dem Boss der Bosse unter die Augen treten.
Er öffnete den Mund, schob die Pistole hinein und drückte ab.

* * *

Im Laufe der darauffolgenden Tage waren die brasilianischen und russischen Fluglinien damit ausgelastet, Hin- und Rückflugtickets an muskulöse Männer zu verkaufen; viele der Rückflugtickets würden jedoch nie benutzt werden. New York wurde mit Leichen förmlich überschwemmt. Und das war erst der Anfang.
Julio trug das Seine zu dem Blutbad bei. Er bezahlte Mörder, die in den gesamten USA und in Europa russische Mafiosi umbrachten. Voller Wut nahmen die Russen Rache an *El Toros* Männern, ohne zu wissen, dass dieser gar nicht verantwortlich war. Die Zahl der Toten stieg immer weiter; die Presse in New York sprach von regelrechten Mafiakriegen. Keine der beiden Seiten konnte es sich leisten, klein beizugeben. Die Russenmafia bat die 'Ndrangheta um Hilfe – die italienische Mafia aus Kalabrien, mit der sie häufig zusammenarbeitete.
»Wir kämpfen nicht gegen *El Toro*«, erklärten die.
Als allerdings immer mehr der eigenen Leute auf mysteriöse Weise ermordet wurden, schlugen sie sich auf die russische Seite. Um dieser Armee von Mördern entgegentreten zu können, bat *El Toro* die mexikanische und die kolumbiani-

sche Mafia um Hilfe. Bald waren mehr als fünfhundert Gangster tot, und die Zahl der Leichen stieg wie die Geschwindigkeit eines Geschosses.

In *El Toros* Versteck in Bolivien wurde ein Geheimtreffen abgehalten. Der Boss aller Bosse saß mit seinen drei Gebietschefs zusammen.

»Wir machen weiter, bis der Krieg gewonnen ist. Aber trotzdem«, *El Toro* beugte sich vor und strich mit dem Finger über den Tisch, »müsst ihr herausfinden, wer dahintersteckt!«

Es wurden Riesensummen angeboten und bezahlt, aber niemand wusste etwas. Schließlich nahm *El Toro* die Sache selbst in die Hand. Er rief einen der vier Männer an, die das Geheimbündnis der Macht in England bildeten – sie hatten sich beim Tod von Sir David getroffen. Dieser Mann war ein Verräter – im Herzen des britischen Establishments und heimlich gesteuert von *El Toro*.

Der Boss aller Bosse fragte ihn: »Wer steckt dahinter?«

»Ein Maulwurf von der CIA. Ein Bolivianer mit dem Decknamen Julio.«

»Und wer ist Julio?«

»Ich werde es herausfinden.«

Am nächsten Tag erhielt der Drogenbaron weitere Informationen. *El Toro* ließ das Satellitentelefon sinken. Jetzt kannte er seinen Feind. Eine Gestalt aus seiner Vergangenheit. Jemand, den er einmal gekannt hatte – in einem vorherigen Leben. Er würde ihn vernichten.

32

Lebe wohl! Sollten wir uns späterhin je wiedersehen,
begegnen wir uns in glücklicheren Gefilden
und an ruhigeren Gestaden.
William Addison

»Wir haben uns auf Island kennengelernt, und hier findet auch unser letztes Treffen statt«, sagte Julio.
Sie saßen in einem sich drehenden Restaurant hoch oben auf einem Gebäude in Reykjavik. Unter ihnen lag die Stadt, ihre Lichter funkelten in der Dunkelheit. Der Ausblick hatte etwas geradezu Übernatürliches und Fremdartiges – von Julio ließ sich Ähnliches sagen.
»Ich werde einfach nicht schlau aus Ihnen«, meinte Reynolds, »obwohl wir uns mehrmals begegnet sind. Warum?«
»Vielleicht, weil ich mich entschlossen habe, wenig von mir preiszugeben«, erwiderte Julio achselzuckend.
»Ja«, sagte Reynolds, »aber ich habe mein Leben lang die Gedanken und Taten anderer gelesen und erraten, aber bei Ihnen gelingt es mir nicht. Ich glaube sogar, dass Sie, umgekehrt, meine Gedanken lesen können.«
»Es ist eben alles eine Frage der Wahrnehmung, nicht wahr?«
»Der Wahrnehmung?«
»Sehen und nicht sehen.«
»Wie bitte?« Reynolds trank noch einen Schluck Wodka.

Philosophische Spekulationen waren ihm zuwider, er sah einfach keinen Sinn darin.

»Sehen, ohne *wahrzunehmen*.«

»Okay, okay.« Reynolds lachte. »Geben Sie mir einfach eine Chance, ja? Erzählen Sie mir, ob ich recht oder unrecht habe.«

»Also gut«, lenkte Julio ein. »Da dies das letzte Mal ist, da wir uns sehen, komme ich Ihrer Bitte nach.«

»Gut. Zunächst habe ich erfahren, dass die Häuser auf den Bermudas und auf Island Ihnen gehören und Sie darin wohnen, weil Sie ja die USA nicht besuchen wollen.«

»Ganz recht.« Julio winkte der Kellnerin, ihm etwas Hochprozentiges zu bringen.

Sie saßen an einem Tisch, der so nahe wie möglich am Fenster stand, damit sie die beste Aussicht genießen konnten. Hinter Julio, an einem anderen Tisch, saß Enrique, er hielt ihm den Rücken frei. In dem Restaurant befanden sich zwanzig weitere Personen, die mit Genuss aßen und tranken.

»Und ich glaube, dass sich nicht Ihr Sohn, sondern Sie mit einer Anklage wegen Drogenhandels in den USA konfrontiert sahen – aus der Zeit, als Sie in großem Stil mit Drogen handelten.«

»Korrekt.«

»Was Sie mir verschwiegen haben, weil ich Ihnen sonst nicht geholfen hätte. Stattdessen haben Sie mir gesagt, es habe sich um Ihren Sohn gehandelt.«

»Ja.«

Reynolds setzte sich zurück, hocherfreut über seine richtigen Schlussfolgerungen. »Und Sie sind auch nicht Bolivianer, stimmt's? Sondern Panamaer?«

»Halb richtig«, schränkte Julio ein. »Mein Vater war Bolivianer und meine Mutter Panamaerin.«
»Sie besitzen also eine doppelte Staatsbürgerschaft, die es Ihnen ermöglicht, viel herumzureisen.«
Julio lächelte nachsichtig. »Reden Sie weiter.«
»Sie halten mich für begriffsstutzig, nicht wahr?« In Reynolds' Gesicht trat eine gewisse Zornesröte.
»Nein.« Julio schüttelte den Kopf. »Es ist nur die Art, wie wir an Dinge herangehen, sie erkennen – die ist unterschiedlich. Schauen Sie sich mal um.«
Reynolds sah nichts besonders Auffälliges; einfach nur Leute, die dinierten. An ihrer Gesichtshaut war abzulesen, dass es sich bei den meisten um Isländer handelte. »Und?«
»Haben Sie nicht bemerkt, dass einige von ihnen von Zeit zu Zeit zu uns herübergesehen haben? Und dass sie die Türen im Blick behalten?«
»Nein«, antwortete Reynolds. »Ich war ganz in das Gespräch mit Ihnen vertieft.«
»Ein Fall von sehen, ohne wahrzunehmen«, sagte Julio. Er zeigte auf drei Personen an drei verschiedenen Tischen. »Sie beschützen uns; sie tun so, als seien sie Gäste, aber sie sind in meinem Auftrag hier.«
Reynolds schaute ihn ungläubig an. Julio dankte der Kellnerin für den Schnaps. »Ich denke, es ist an der Zeit, Ihnen ein wenig mehr zu erzählen. Ich hatte geglaubt, Sie würden das eine oder andere erraten, aber bitte. Und wenn ich es Ihnen sage, werden Sie verstehen, dass es unter uns bleiben muss. Aber ehe ich anfange – möchten Sie noch etwas trinken?«
»Nein.«
»Als ich Ihnen sagte, die CIA sei an mich herangetreten, da-

mit ich ihr helfe, hat das gestimmt, aber ich möchte Ihnen erklären, wie es dazu gekommen ist. Als ich über Kanada in einem Flugzeug saß, wurde ich festgenommen und im Geheimen in die USA gebracht. Ich dachte, ich würde inhaftiert werden, aber stattdessen brachte man mich zu einem Treffen mit dem Chef der CIA in Langley. Noch eine andere Person war anwesend. Ein Mann, der den MI5, den britischen Geheimdienst, leitet.«

»Niemand sonst?«

»Nein, die wollten alles streng vertraulich halten. Sie haben mir ihr Problem erklärt. Sie wussten, dass *El Toro* der größte Lieferant von Kokain und anderen Drogen in ihre Länder ist, aber sie konnten ihn nicht aufspüren. Immer, wenn sie es versuchten, wurden sie von den eigenen Politikern und Regierungsbeamten behindert. Sie erkannten, dass sie in den eigenen Reihen kaum jemandem vertrauen konnten. Darum baten sie mich um Hilfe, denn sie glaubten, ich könnte etwas über *El Toro* wissen.«

Julio nippte an seiner Tia Maria und ließ Reynolds Zeit, die letzte Information zu verdauen. »Ich war auf der Hut. Ich stimmte zu, Informationen über *El Toro* zu liefern, falls die Anklage wegen Drogenhandels gegen mich fallengelassen werden würden. Mein Sohn ging eine Beziehung mit Ihrer Tochter ein, und so wurden diese Leute und ich aufmerksam auf Sie. Ich musste wissen, ob Sie für *El Toro* oder diese Leute arbeiten. Ich erzähle Ihnen das alles, weil ich sicher bin, dass mein Tod sehr nahe ist.«

»Wieso?«

»Weil einer von uns als Lockvogel dienen muss. Ich habe beschlossen, dass ich es sein soll. Als Nächstes will ich mir einen von *El Toros* engsten Mitarbeitern vornehmen.«

»Aber es muss doch irgendeine andere Möglichkeit geben.«

»Nein«, erwiderte Julio. »Es ist schwer, dem Tod so direkt ins Auge zu blicken, nicht wahr? Wissen Sie, weshalb es uns beiden so besonders schwerfällt? Weil wir reiche Männer sind, nehmen wir uns alles, was wir wollen, Geld, Frauen, Gegenstände, eine hohe gesellschaftliche Stellung, Prestige. Wir sind so beschäftigt, dass wir nie daran denken, dass jedes Leben zu Ende geht, aber so ist es.« Julio starrte aus dem Fenster. »Ich komme mir vor wie ein Grashalm, der im Begriff ist, gemäht zu werden.«

»Hätten Sie anders gelebt?«

»Jetzt, da ich dem Ende nahe bin, denke ich, ich hätte einfacher leben sollen.«

»Gustavo und die Indianer haben das?«

»Was? Eine bessere Einstellung zum Leben? Ja. Wir spielen eine Rolle auf einer Bühne der Welt – sie sind nicht daran interessiert, überhaupt auf der Bühne zu erscheinen. Bald werden Sie an der Reihe sein.«

»An der Reihe sein?«

Julio setzte sich vor. »Sie müssen sich entscheiden, ob Sie diese Sache bis zum bitteren Ende durchstehen wollen. *Hören Sie mir genau zu!* Bei dieser ganzen Angelegenheit gibt es nur zwei Menschen, denen Sie vertrauen können. Einer ist der Direktor der CIA, der andere der Leiter des MI5. Ich ziehe Letzteren vor – meine Intuition sagt mir, dass er ein guter Mensch ist. *El Toro* wird mich aufspüren, weil ich mich entschieden habe, meine Identität preiszugeben. Wenn ich sterbe, suchen Sie bitte den Chef des MI5 auf und übermitteln ihm bestimmte Informationen. Versprechen Sie mir das? Das Codewort lautet ›Julio‹.«

Reynolds zögerte. »Ich verspreche es, aber wann erhalte ich diese Informationen?«

»Bald. Folgendes habe ich vor.« Julio erläuterte ihm seinen Plan. Reynolds verstand.

Als ihr letztes gemeinsames Mahl vorüber war, standen sie auf. Julio schüttelte Reynolds die Hand. »Auf Wiedersehen, Mr. Reynolds, oder vielleicht ist es an der Zeit, sich zu duzen, Paul.«

»Aber woher weißt du, dass ich die Sache nach deinem Tod fortführe?«

»Ich weiß es nicht, Paul, aber ich glaube, du wirst es. Ich tue dies für meinen Enkel, und du für deine Tochter.« Julio zuckte mit den Schultern. »Es gibt da noch eine Neuigkeit, die ich dir mitteilen sollte. Als deine Tochter wusste, dass sie schwanger ist, hat sie eine Ultraschalluntersuchung vornehmen zu lassen, um das Geschlecht des Kindes feststellen zu lassen.«

Reynolds lief es heiß und kalt den Rücken herunter.

»Es wäre ein Junge geworden. Dieser Junge hätte unsere Imperien geerbt.«

»Ich verspreche, dass ich dir helfen werde.« Reynolds' Stimme klang rauh. »Bis zum bitteren Ende.«

Julio hob sein Glas. »Das hatte ich gehofft. So wie die alten Athener ziehen wir in den Kampf gegen den Minotaurus, damit einer durchkommt.«

* * *

In Kolumbien, auf der Atlantikseite und nicht weit entfernt von Cartagena, hatten viele reiche Ausländer Land erworben. Neben anderen Häusern hatte der dienstälteste Adjutant von *El Toro* dort ebenfalls ein Anwesen gekauft – für einen Spottpreis. Dem früheren Eigentümer – einem Kolumbianer, dessen Familie seit Generationen auf diesem Land gelebt hatte – wurde zu verstehen gegeben, dass der Brasilianer, der seine Immobilie zu kaufen wünsche, ein Nein nicht akzeptieren werde, worauf der Mann – da er zwei junge Töchter und einen Sohn hatte – eine kluge Entscheidung traf. Dabei unterstützten ihn mehrere Kriminelle, die ihm eines Nachts einen Besuch abstatteten, um ihm zu helfen, seine Unterschrift unter die Verkaufsurkunde zu setzen. Selbstverständlich unterließ es der frühere Eigentümer, die örtliche Polizei einzuschalten – denn zwei Beamte waren freundlicherweise ebenfalls zur Vertragsunterzeichnung erschienen.

Der neue Eigentümer – der sich in seinem gefälschten kolumbianischen Pass Señor Rodriguez nannte – ließ die Holzgebäude niederreißen und begann, seine neue Villa zu errichten – mit Blick auf die glitzernde See. Es war ein prachtvolles Domizil, mit palastartigen Räumen, Nebengebäuden, Ställen für die Pferde und Garagen – all die unverzichtbaren modischen Accessoires, die ein aufstrebender Drogenboss eben benötigte. Außerdem verfügte der Riesenkasten über ein eigenes Müllschluckersystem – das so ausgeklügelt war, dass es auch Menschenleichen entsorgte. Wer sagte denn, dass Kriminelle nicht umweltbewusst dachten?

Rodriguez war um seine Sicherheit besorgt, was erstaunlich war, da die Einheimischen in diesem Teil der Welt als sehr ehrlich galten. Er sorgte dafür, dass sein Anwesen über einen Elektrozaun verfügte, dass auf dem Gelände nachts Hunde patrouillierten und dass sich jeder Besucher am be-

festigten Torhaus anmelden musste (vom Gelände herunter kam man nur mit Genehmigung des Hausherrn). Zudem sicherte sich Señor Rodriguez mit Schmiergeldzahlungen den politischen und juristischen Schutz in Kolumbien, den er brauchte. Und er stellte sicher, kluger Mann, der er war, dass ihm – sollte er seinen Palast je in aller Eile verlassen müssen – eine ganze Reihe von Speedbooten und Helikoptern zur Verfügung standen, um ein hastiges *au revoir* zu entbieten. Die Boote und Hubschrauber sollten garantieren, dass er die Küste von Panama binnen einer Stunde erreichte. Da in dieser Region der Darién-Nationalpark lag, gab es auch keine lästigen Polizisten oder Grenzpatrouillen, die ihn bei seiner Ankunft in Empfang nehmen konnten. Von *alledem* wegzukommen hieß, von *ihnen* allen wegzukommen, wenn es die Situation erforderte.
Im Moment hatte Rodriguez ziemlich viel zu tun. Als rechte Hand von *El Toro* hatte man ihm die Leitung des Kriegs gegen die russische Mafia in New York übertragen – die Vergeltung für den Raub einer Schiffsladung Kokain; der Krieg wurde mit jedem Tag blutiger und intensiver geführt. So wie *El Toro* beunruhigte auch ihn der Umstand, dass Menschen starben (darunter auch viele der eigenen Leute), nicht übermäßig. Das war Berufsrisiko, außerdem gab es Hunderte von Kleinkriminellen, die als Kanonenfutter dienen konnten.
Die Zahl der Toten auf ihrer Seite hatte allerdings siebenhundert Mann überschritten, einige von ihnen hatten zu den wichtigeren, erfahrenen Mitarbeitern gehört. Ein gut geführtes Unternehmen kalkulierte immer Entlassungen von Mitarbeitern ein, aber ein Personalabbau in derart großem Stil bot doch einigen Anlass zur Sorge. Wie bei jedem

globalen Unternehmen war die Zahl der Mitarbeiter entscheidend, was diese zweifellos zu schätzen wussten – einschließlich derjenigen, deren Tage gezählt waren.

Die andere Angelegenheit, die Rodriguez von *El Toro* anvertraut worden war, war das Aufspüren von Julio. Das war eine komplizierte Aufgabe – auch wenn ihm große Ressourcen zur Verfügung standen. *El Toros* Kontaktmann in den britischen Geheimdiensten wusste nicht, wer Julio war. Er wusste nur, dass es sich um einen Spion handelte, der für die CIA arbeitete, und seine Identität stark geschützt wurde. Zudem war der britische Kontaktmann sehr erpicht darauf, mehr über Julio herauszufinden – denn wie es aussah, bestand zumindest ein Teil von dessen Aufgabe darin, mitzuhelfen, auch seine, des Verräters, Identität zu enthüllen. Verstärkt wurde die Suche, als *El Toros* Forderungen lauter und nachdrücklicher wurden und weil Rodriguez seinen Chef gut kannte. Wenn er keine Leiche vorweisen konnte, würde er diese Leiche sein – der Minotaurus kannte nämlich weder Freunde noch Gnade.

Schließlich hatten sie unverhofftes Glück. Ein Angehöriger der bolivianischen Mafia, der bezahlt wurde, damit er ihre Leute umbrachte, konnte gefasst werden. Unter Folter gab er preis, dass er den Namen der Person, die ihn finanziere, nicht kenne, dass er jedoch von einer Bank in London sein Geld bekomme. Es ging also darum, diese Spur zurückzuverfolgen, die sie schließlich über einen Umweg zu einem in Panama lebenden Multimillionär führte. Was für ein Glück! Außerdem hatten sie endlich entdeckt, um wen es sich bei diesem geheimnisvollen Julio handelte. Er hatte *El Toro* bereits gekannt, als sie beide noch im Drogenhandel in Bolivien tätig waren. Warum die *vendetta* gegen ihren Boss?

Das war unklar – aber es war ohne Bedeutung. Eindeutig dagegen war der Befehl, den *El Toro* ausgegeben hatte. Vernichtet ihn.

Darin war Rodriguez Experte – im Vernichten von Menschen. Vor allem genoss er jene Kämpfe, in denen der Angreifer auf das Opfer herabstieß, wenn es am wenigsten damit rechnete. Eine solche Form des Zerstörens beinhaltete immer diese ungeheure Dramatik, Skrupellosigkeit und Erregung, die Leute wie ihn aufleben ließen. Außerdem erzählten Drogenbosse, so wie alle anderen Menschen auch, gern Lügenmärchen am mythologischen Lagerfeuer. Und im Fall von Julio wäre es eine besonders passende Rache. Schließlich hatte er ihnen den gleichen Streich gespielt, als ihr Kokain in New York gestohlen worden war – und genau deshalb war es wichtig, seine Karte zu übertrumpfen.

Sobald der genaue Aufenthaltsort von Julio festgestellt worden war, flog Rodriguez von *El Toros* Versteck zu seinem Anwesen in Kolumbien. Er brachte ein paar Tage damit zu, Dinge zu organisieren – wie auch damit, sich am Strand zu amüsieren. Am dritten Tag wurde er kurz nach dem Mittagessen aus seiner Siesta geweckt. Die Truppen waren eingetroffen und bereit, sich an die Arbeit zu machen.

Die Männer, die ihm im Kampf zur Seite stehen würden, bildeten einen Teil von *El Toros* Streitmacht in Kolumbien, und weil sie aus den Elendsvierteln von Cartagena stammten, kannten sich die Killer in ihrem Gewerbe gut aus. Respektvoll erwarteten sie auf der Veranda ihren Chef. Pünktlich erschien er.

Rodriguez war mittelgroß, hellhäutig und hatte ein attraktives Gesicht, das die gängige Annahme, alle Drogenhändler seien hässlich, Lügen strafte (seine Moralvorstellungen waren allerdings alles andere als schön). Im Unterschied zu den Auftragskillern, die vor ihm Aufstellung bezogen hatten und Jeans und Freizeithemden trugen, war er schick gekleidet, mit Goldringen an den Händen und einer schweren Goldkette um den Hals geschmückt – ein modisches Detail, auf das kein Drogenboss in diesem Teil der Welt verzichtete. Rodriguez sprach zu ihnen in einem Spanisch mit starkem Akzent. Er erläuterte den Angriffsplan und nannte die Summe, die er für diesen Sonderauftrag zahlen werde. Da ihr Lohn für ein paar Stunden harte Arbeit dem Jahresgehalt eines Feldarbeiters entsprach, beklagte sich niemand. Am Abend würden sie entweder zu Hause feiern, oder sie wären im Himmel (beziehungsweise in der Hölle), je nachdem, wie sie persönlich ihr Leben einsetzten.

»Die Zielperson befindet sich auf einem Luxus-Speedboot vor den San-Blas-Inseln.« Rodriguez deutete auf eine Karte, die an eine Wand gepinnt worden war. »Eine Frau auf dem Boot arbeitet für uns. Ihr«, er zeigte auf eine große Gruppe, »nehmt die Boote, und ihr«, er wandte sich an den Rest, »fliegt mit den beiden Helikoptern. Der Auftrag ist ganz einfach. Jagt das Speedboot in die Luft und tötet alle an Bord.«

»Was ist mit dieser Frau?«, fragte der Hubschrauberpilot.

»*Wem?*«

»Der Frau auf dem Speedboot, die für uns arbeitet? Sie würde auch umkommen.«

Rodriguez hob eine Braue; er ließ sich zu keiner Antwort herab. O Gott, immer war einer mit einem Spatzenhirn dabei. Was war bloß mit der Intelligenz passiert? Es lag doch auf der Hand, dass Spione nicht weiter von Nutzen waren, nachdem sie ihre Information weitergegeben hatten. Das wusste doch jeder.

»Wenn ihr scheitert, bleibt, wo ihr seid.«
Der Chef schenkte ihnen ein ziemlich schauriges Lächeln. Seine Helfershelfer lächelten ebenfalls – wenn auch nervöser, sie hatten die Botschaft verstanden. Rodriguez gab allen ein Zeichen, ruhig zu sein, während er auf den Atlantik hinausschaute. Es muss ein warmer, sonniger Tag wie dieser gewesen sein, dachte er, als die Spanier erstmals den Fuß auf den Boden Panamas setzten. Was hatten sie wohl empfunden? Erregung? Beklommenheit? Die Erwartung, zu erobern und zu plündern? Ja! Genau das mussten sie gefühlt haben und dass es niemals besser werden würde. Im Haus läutete ein Telefon. Rodriguez war sofort hellwach.
»Das ist das Signal. Die Zielperson ist an Bord gegangen. Holt sie euch!«
Während sie zu ihren Booten und Helikoptern stürmten, betrachtete Rodriguez seine Armee voll Stolz. Gewiss, sie hatte nicht ganz die Anzahl und den Elan der spanischen Eroberer, aber insgesamt würde es doch eine schöne Geschichte abgeben, die er *El Toro* erzählen konnte. Er ging los, setzte sich auf die Veranda und befahl einem Bediensteten, ihm eine Cola mit Rum zu bringen.
Unterdessen goss sich Julio auf seinem Speedboot noch ein Glas Weißwein ein und aß mit Appetit seinen Hummer. Gerade heute war dieser Hummer einer der besten, die er je gegessen hatte. Es schien, als hätte die See beschlossen, ihm einen letzten Gefallen zu erweisen, wofür er ihr dankte.
»Ist die Frau gefesselt?«
»Ja«, sagte Enrique.
Julio trank noch einen Schluck Wein. »Sie werden bald hier sein. Enrique, du musst nicht bleiben.«
»Ich möchte es aber.«

»Bist du sicher?«
Der Bolivianer nickte. Es gab eine Zeit zu leben, und es gab eine Zeit zu sterben. Er war Julios Leibwächter; das war sein Leben. Im Augenblick des Triumphes – was für einen Sinn hätte es da fortzugehen?
»Die Indios wollen mit uns kämpfen.«
»Nein«, wehrte Julio ab. »Nicht dieses Mal. Schick alle vom Boot herunter.«
Die Besatzung stieg in ein Kanu um. Julio ging als Letzter von Bord (abgesehen von der Spionin, die gefesselt blieb, wo sie war). Er kam unter dem weißen Sonnensegel hervor und ließ die halb ausgetrunkene Flasche Wein zurück. Er kletterte in das Kanu, und bald erreichten sie die Palmeninsel, aber nur Julio und Enrique verließen das Kanu. Julio gab dem Bootsmann – einem Kuna-Indio, der sich im Laufe seiner vielen Besuche auf den Inseln um ihn gekümmert hatte – seine letzten Anweisungen. Dann winkte er den Besatzungsmitgliedern ein Lebewohl zu, von denen viele weinten.
»*Adios, que todo vaya bien.*«
Sie würden für den Rest ihres Lebens ausgesorgt haben, denn sie hatten ihm treu gedient. Innerhalb weniger Minuten war die winzige Insel leer bis auf die beiden Männer und zwei Liegestühle.
Julio und Enrique setzten sich. Vor ihnen stand eine Reihe von Raketenwerfern und Maschinenpistolen.
»Du übernimmst die Helikopter, ich die Boote.«
Es dauerte nicht lange, dann war die Luft vom Dröhnen von Motoren erfüllt.
Julio sah, wie fünfzehn Boote und drei Helikopter am Horizont erschienen. Er sprach in sein Handy: »Sie sind einge-

troffen. Viel Glück, Gustavo. Ich setze alle Hoffnungen in dich.«

Er ließ das Handy in den Sand fallen und nahm einen Raketenwerfer zur Hand. Sein Sohn hatte damals in London keine Chance gehabt. Sie hatten ihn und die anderen Gäste in dem Café einfach abgeschlachtet, ohne jede Gnade. Bei ihm würde das anders werden. Er blickte zu Enrique, der grinste.

»Für meinen Sohn und meinen Enkel«, sagte er.

* * *

Am befestigten Torhaus am Eingang zu Rodriguez' Anwesen war alles ruhig. Es war ein heißer Tag wie so viele andere. Nach dem Mittagessen ging einer der Wachleute los, um sich etwas die Beine zu vertreten; er kam nicht wieder. Die beiden anderen hockten in dem Betonunterstand und erörterten bis ins Detail die Vorzüge der Frauen, mit denen sie am Wochenende ihren Spaß gehabt hatten.

Noch ehe sie Zeit hatten, ihre Salchicha-Sandwiches aus der Hand zu legen, waren sie tot, gefällt von Andy und seinem Bruder.

»Fahr rein.«

Auf der Schnellstraße gab Gustavo Vollgas. Der Kleinlaster bog mit Höchstgeschwindigkeit von der Straße ab und prallte gegen das Tor, woraufhin es zur Seite fiel. Andy und sein Bruder sprangen auf und stellten sich auf die Trittbretter des Wagens, die Maschinenpistolen feuerbereit in der Hand. So rasten sie die gut asphaltierte Straße hinunter. Weiter unten an der Straße vertrieben sich weitere Wachen in einem Unterstand die Zeit. Sie erhoben sich von ihrem

Mittagessen, um nachzusehen, was da los war. Das war unklug, denn der Tod stand auf der Speisekarte.
Unterdessen war Rodriguez in seinem Palast beschäftigt. Er trank seinen dritten Cola-Rum und war heiterer Stimmung. Die Boote und Helikopter holten zum finalen Schlag aus. Er hatte sein Handy ans Ohr gedrückt.
»Hast du das Speedboot lokalisiert? Gut. Angriff!«
Eine Minute später war eine ohrenbetäubende Explosion zu hören.
»Was war das! Hast du das Boot getroffen? Hast du ihn getötet?«
»Die haben Raketenwerfer!«, schrie der Mann im Helikopter panisch. »Die haben einen von uns abgeschossen.«
Der Schock war so groß, dass Rodriguez urinierte. Es war nur der Beginn; aus seinem Handy drang ein Durcheinander aus Stimmen, Schreien und Detonationen.
»Was geht da vor? Sag mir, was los ist.«
Im selben Moment kam ein Leibwächter ins Haus gestürzt.
»Jemand ist auf das Gelände eingedrungen.«
»Häh? Was? Wer?«
»Ein Laster.«
»*Was!?*« Rodriguez empfand vermutlich die gleiche Enttäuschung wie jemand, dem soeben aufgegangen war, dass er zwar in der Lotterie gewonnen, aber seinen Tippschein verloren hatte. Andererseits war jeder Kampf ein Lotteriespiel – nie liefen die Dinge so wie gehofft. Und er hatte gerade einen seiner Wächter fortgeschickt.
»Wie viele Männer haben wir?«
»Fünf, sechs.«
»Schlagt die Eindringlinge zurück!«
Rodriguez rannte über den Innenhof durch das Wohnzim-

mer ins Arbeitszimmer. Im Handy waren die Detonationen lauter und lauter geworden, was ihn noch wütender machte. Heftig schwitzend riss er die Schublade seines reichverzierten italienischen Schreibtischs auf. Darin lag eine Pistole mit Silberverzierungen. Weitere Hiobsbotschaften wurden ihm übermittelt.

»Die Helikopter sind alle abgeschossen worden.«

»Was?!«

Draußen hatten Andy und sein Bruder auf der Straße drei weitere Männer getötet und rückten jetzt schnell gegen die Riesenvilla vor. Wüst fluchend lief Rodriguez zu seinem Waffenschrank. Er zerschlug das Glas mit dem Knauf der Pistole, schnappte sich eine Schrotflinte und suchte in den Schubläden nach Patronen. (Warum legten die Hausmädchen eigentlich die Sachen immer an den falschen Ort, so dass man sie nie fand, wenn man sie brauchte?) Schließlich entdeckte er die Patronen und klappte mit einem Wimmern den Lauf auf, um die Flinte zu laden. Und da fiel ihm auf, dass es sehr still geworden war. Da er aber kein Experte in Sachen Stille war, vermochte er diese auch nicht richtig zu deuten – es war diese trauernde Art von Stille, die sich ausbreitet, wenn Menschen sich einem Grab nähern.

»Kann ich helfen?«

Rodriguez drehte sich langsam um. Er öffnete den Mund zu einem breiten Lächeln. Geld anbieten; das war das Entscheidende.

»Ich gebe Ihnen …«

Andys Maschinenpistole ratterte. Na ja, vielleicht war Geld eben doch nicht das Entscheidende. Der Experte für Spezialaufträge durchsuchte den Palast. Gustavo folgte ihm.

»Wo ist mein Bruder?«

»Er wollte in den Nebengebäuden nachsehen.«
»Und Julio?«
Gustavo sprach in sein Handy. Keine Antwort. »Tot.«
Beide schwiegen. Während sie weiter durch das Haus gingen, um in den Zimmern nachzusehen, erklang vom Strand ein einzelner Schuss. Sie blickten sich an; er hatte nicht aus einer Maschinenpistole gestammt.
»Bleib hier.«
Gustavo setzte sich, während der Schotte nach draußen lief. Weitere Schüsse ertönten. Einige Minuten später kam Andy zurück; sein von Wut verzerrtes Gesicht sagte alles. »Das Schwein hatte sich in einem Stall versteckt; er hat meinen Bruder getötet.« Eine Träne lief ihm langsam über das Gesicht; er wischte sie ärgerlich weg.
»Wir bringen das hier zu Ende«, sagte er zu Gustavo.
Nur fünf Boote kehrten von den San-Blas-Inseln zurück. Die Überlebenden wie auch ihre Boote waren in schlechter Verfassung, als sie sich Rodriguez' Haus näherten, aber der Auftrag war erfüllt; darauf sollten sie stolz sein. Und in der Tat wurden sie – als sie sich dem Strand näherten – von einem Begrüßungskomitee empfangen, allerdings von einer etwas anderen Art, als sie erwartet hatten. Beinahe ohne Munition, waren sie Andys Zorn ausgeliefert, der über Raketenwerfer und ein freistehendes Maschinengewehr verfügte. Diesmal überlebte keiner der Überlebenden. Aber so war es nun einmal – das Leben war eine Lotterie; sie hatten einfach nur das falsche Los gezogen.
In der Abenddämmerung fuhr der Kleinlaster zurück Richtung Landstraße. Neben dem Leichnam von Andys Bruder befanden sich auch Dokumente und Computer-CDs an Bord, deren Rodriguez sich in seiner Eile bedauerlicherwei-

se nicht hatte entledigen können. Als sie am Eingangstor ankamen, hielten Andy und Gustavo an und blickten zurück. Eine riesige Rauchwolke stieg aus der Riesenvilla empor.

Lange nachdem sie das Anwesen verlassen hatten, traf ein kleiner Feuerwehrwagen mit abgefahrenen Reifen ein (er war seit zwanzig Jahren nicht mehr eingesetzt worden). Es war eine symbolische Geste, aber mehr sollte es ja auch nicht sein. Kein Regierungsangestellter in Panama, der Achtung vor sich selbst hatte, arbeitete jemals außerhalb der offiziellen Arbeitszeit – und Rodriguez hatte nicht angeboten, etwas draufzuzahlen. Panama war schließlich das Land, in dem selbst *mañana mañana* war.

33

*Formen oder Bilder kollektiver Natur,
welche ungefähr auf der ganzen Erde als Konstituenten
der Mythen und gleichzeitig als autochthone, individuelle
Produkte unbewussten Ursprungs vorkommen.*
Carl Gustav Jung

Fröhliche Weihnachten!«
Auf den Straßen von New York hellten sich die meist deprimierten Mienen der Pendler, die auf ihrem täglichen Weg zur Arbeit waren, ein wenig auf. Es war Heiligabend! Für die Mitarbeiter von Reynolds Holdings gab es einen zusätzlichen Grund, zufrieden zu sein. Der Weihnachtsbonus würde dieses Jahr golden ausfallen. Zunächst hatte es sich um ein Gerücht gehandelt – aber der amtierende Vorstandsvorsitzende hatte es bestätigt. Reynolds würde seinen Mitarbeitern Anteile an seinem Unternehmen schenken. Und deren Wert war nicht gering, er überschritt ein Jahresgehalt. Es gab also Anlass zur Freude, außerdem hatten sie an diesem Morgen frei. Aber das konnte doch nur eines bedeuten – dass Reynolds sich aus seinem Unternehmen zurückzog, oder?
Das Weihnachtsessen für die Mitarbeiter der Konzernzentrale fand in einem der größten und teuersten Hotels in New York statt. Der Speisesaal platzte vor Angestellten regelrecht aus den Nähten. Niemand wusste so recht, ob der

Chef selbst anwesend sein würde. Aber es sah nicht so aus, als ob er kommen würde. An einem der runden Tische taten die Sekretärinnen aus der Chefetage das, was ihnen am meisten Spaß machte: Sie tratschten in einem fort.

»Wie ich gehört habe, hat sich Reynolds einer buddhistischen Sekte in Indien angeschlossen.«

»Nein!«

Chantal, die Sekretärin des Finanzchefs, nickte weise. Sie konnte sich zwar nicht erinnern, wo sie das gehört hatte, aber es *musste* aus einer verlässlichen Quelle stammen, wenn sie das Gerücht wiederholte.

»Sind er und Rachel ein Paar?«

»Machst du Witze – sie *müssen* es sein. Du weißt doch, sie war schon immer ehrgeizig.« Die eine Hälfte von Chantals Mund war mit französischem Brot gefüllt, die andere mit Wein, aber irgendwie gelang es ihrer Zunge, durch den schmalen Spalt dazwischen zu schlüpfen.

»Glaubst du, dass er sie heiraten wird?«

»Natürlich, jetzt, da seine Frau und seine Tochter tot sind. Hoffen wir, dass sie sich an uns erinnert. Ich war ihre beste Freundin, weißt du! Oh, schau mal!«

Stille senkte sich über den Speisesaal. Reynolds war tatsächlich eingetroffen. Während er zwischen den runden Tischen hindurchging, blickten achthundert Augenpaare auf ihn. Sie hatten ihn zuletzt vor vier Monaten gesehen. Hatte er sich verändert? Sein Haar war grauer geworden. Das Gesicht, nun ja, es sah fast so aus wie immer (die Gerüchte, er habe sich liften lassen, schienen nicht zu stimmen, aber man wusste ja nie – Gesichter konnten trügen). Bekleidet war er mit einem roten, offenen Hemd und schwarzer Hose. Er wirkte entspannt und lächelte die Leute sogar im Vorübergehen an. Also, das war eine Veränderung. Aber wie war er mit dem Tod seiner Frau und seiner Tochter fertig geworden? Es muss doch ein schrecklicher Schock gewesen sein, oder? Trotzdem, er war tough, das wussten sie alle; und er erwartete Ergebnisse.

»Hallo allerseits.«

Reynolds winkte den Anwesenden zu und setzte sich dann neben den amtierenden Vorsitzenden an den Vorstandstisch. Während des Essens plauderte er mit den leitenden Angestellten. Es waren neue Gesichter darunter, die er kennenlernen wollte. Hatte der amtierende Vorstandschef gute Arbeit geleistet und die richtigen Leute ausgewählt? Wenn nicht, mussten sich die Mitglieder des Verwaltungsrats nach anderen umsehen. Jeder war entbehrlich – sogar er. Endlich hatte Reynolds das begriffen.

Sobald die Mitarbeiter genug gegessen und getrunken hatten – in manchen Fällen mehr als genug – wurden Reden gehalten. Das hatte Tradition. Zunächst schilderte eine der humorvolleren Führungskräfte (ein Manager, der schon lange im Unternehmen arbeitete) sein Jahr – wobei er, unter großem Applaus, kunstvolle Seitenhiebe gegen die anderen Manager austeilte. Danach hielt üblicherweise der Chef seine Rede. Niemand war ganz sicher, wie es dieses Jahr vonstattengehen würde. Der amtierende Vorstandschef hatte jedoch eine Rede vorbereitet, die er auch vortrug. Es war klar, dass Reynolds nichts sagen würde. Da rief eine Stimme – möglicherweise die einer Sekretärin namens Chantal, die zu viel getrunken hatte:

»Eine Rede!«

Der Ruf wurde von ein, zwei Gästen aufgenommen, bis alle Anwesenden im Speisesaal einstimmten. Ausnahmsweise

war Reynolds perplex. Er hatte nichts vorbereitet und konnte nicht aus dem Stegreif sprechen.
»Eine Rede!«
Was sollte er sagen? Er erhob sich. Früher wäre Rachel da gewesen, sie hätte am obersten Tisch gesessen und ihm die Notizen für seinen Vortrag gereicht. Es war jedes Mal eine ziemlich langweilige Ansprache gewesen – vorgetragen mit leiser Stimme. Stets dankte er den Mitarbeitern für ihre harte Arbeit und verkündete Pläne zur künftigen Ausweitung seines Imperiums. Dieses Mal blickte Reynolds in die Gesichter der vielen Mitarbeiter, die an den Tischen saßen. Das waren seine Leute, das war *seine* Firma. Seit dreißig Jahren arbeitete er nun daran, sie aufzubauen. Ihm wurde warm ums Herz vor lauter Stolz.
»Das wird deine letzte Rede sein, Dad.« Nahe an seinem Ohr hörte er das Flüstern seiner Tochter.
»Ich möchte Ihnen … erzählen … von« Er zögerte, diese Dinge waren so persönlich. Seine Stimme brach ein wenig. »Ich möchte Ihnen von meiner Tochter Caroline und … Pauline, meiner Frau, erzählen.«
Nach und nach berichtete er seinen Mitarbeitern von seiner Familie. Er sprach über sein früheres Leben. Über seine Freude bei seiner Heirat mit Pauline und dass seine Frau ihn loyal unterstützt hatte. Er erzählte von der Gründung von Reynolds Holdings – der Konzern hatte als kleine Firma mit nur einer Handvoll Mitarbeitern begonnen – und dass er kaum geglaubt hatte, dass das Unternehmen mehr als ein paar Jahre überleben werde. Anschließend sprach er von seiner Tochter und davon, wie glücklich er bei ihrer Geburt gewesen war. Dann hielt er inne.
Zum ersten Mal in ihrem Leben sahen die Angestellten, wie

ihr Chef sich eine Träne aus den Augen wischte. Reynolds berichtete ihnen auch von den Fehlern, die er gemacht hatte. Er hatte nicht genug Zeit mit seiner Frau und seiner Tochter verbracht; er hatte mit ihnen nicht genug über *ihr* Leben und *ihre* Hoffnungen gesprochen. Schließlich schilderte er ihnen seine Gefühle am Tag, als seine Tochter gestorben war. Zuerst war er völlig desinteressiert gewesen, weil niemand aus seiner Familie von der Bombenexplosion betroffen sein konnte, so hatte er jedenfalls geglaubt. Dann die niederschmetternde Nachricht. Und wie diese Nachricht und der Tod seiner Frau ihn verändert hatten. Die Ereignisse hatten ihn gezwungen, über den Sinn des Lebens nachzudenken.

Seine Mitarbeiter lauschten, und seine Worte rührten sie. Der da vor ihnen stand, war – selbst wenn er der Chef war – auch nur ein Mensch und fähig zu leiden. Andere, die Reynolds besser kannten, fanden seine Sätze beunruhigend. Sie erkannten, dass er leise adieu sagte. Eine Ära ging zu Ende.

Reynolds beendete seine Rede und nahm wieder Platz. Das Dessert wurde serviert; dann Kaffee. Noch ein Weihnachtsessen war beinahe vorüber. Er beschloss, ohne Aufhebens zu gehen, und verabschiedete sich lediglich vom amtierenden Vorstandschef. Aber andere bemerkten, dass er sich anschickte, den Saal zu verlassen. Eine Mitarbeiterin stand auf und begann zu applaudieren, dann noch eine. Schließlich waren sie alle aufgestanden.

»Wie ist das Sabbatjahr gelaufen?«

»Gut.«

»Die Leute wollen Sie zurückhaben, Paul.« Der Ältere knuffte ihn freundlich gegen den Arm. »Und die Anteilseigner wollen Sie auch wiederhaben. Es ist immer noch *Ihre* Firma. Ich wünsche Ihnen ein frohes Weihnachtsfest.«

Als Reynolds die Hotellobby betrat, war er wie betäubt von den Vertrauensbeweisen seiner Mitarbeiter und von ihrer Loyalität. Es hatte sich also doch alles gelohnt, oder? Die Jahre des Kampfes, die unglaublich harte Arbeit, die ewigen Hotelzimmer und Flüge. Er hatte etwas erreicht. Etwas, das überdauern würde …

»Mr. Reynolds?«

Er war schon auf dem Weg durch die Halle, um das Hotel zu verlassen, als ein ihm bekannter Angestellter herbeikam und ihm die Hand schüttelte. Während sie plauderten, wogten Menschen um sie herum, eilten dahin und dorthin. Reynolds wollte dem Mitarbeiter gerade auf eine Frage antworten, als er sie sah: eine junge Japanerin mit langen fließenden Haaren, gekleidet in ein enges Lederkostüm. Mit dem Schock des Wiedererkennens trafen sich ihre Blicke. Das Callgirl wandte sich ab und ging weiter in die Lobby. Reynolds sah, wie sie sich einem Mann näherte, der eine lederne Aktentasche trug. Er wirkte italienisch.

»Frohe Weihnachten, Sir.« Der Angestellte merkte, dass sein Chef abgelenkt war.

»Danke, Ihnen auch.«

Reynolds ging weiter, verließ das Hotel, auch wenn seine Intuition ihm sagte, sich umzudrehen und die Japanerin zur Rede zu stellen. Er stieg in seine Limousine; der Chauffeur schloss die Tür. Wer war diese Frau wirklich? Julio hatte ihm erzählt, dass sie Geld vom britischen Geheimdienst erhielt, aber konnte es sein, dass sie auch für *El Toro* arbeitete? Hätte er sie ansprechen sollen?

* * *

»Frohe Weihnachten!«

Kaum hatte er die Wohnung betreten, umarmte ihn Rachel; sie trug ein grünes, mit Pailletten besticktes Kleid und hatte sich ein Partyhütchen aufgesetzt. »Ich habe Gustavo gerade einen Drink gemacht, aber er trinkt keinen Alkohol! Er ist im Wintergarten. Schau mal, was ich vorbereitet habe.« Sie führte ihn in die Küche und öffnete den Backofen. Darin befanden sich kleine Hackpasteten, die sie gebacken hatte. »Lecker, nicht wahr?« Als er sich aufrichtete, beugte sie sich vor und flüsterte verführerisch: »Ich will dich, später«, und dann: »Du hast getrunken!«

»Du auch.«

»Wie war das Weihnachtsessen? Ich wette, alle Mädchen haben über mich geklatscht. Bestimmt wollten alle wissen, ob wir ein Liebespaar sind.«

»Wenn dem so war, habe ich es nicht gehört. Wir sollten ins Esszimmer gehen.«

Sie schob ihre Hand in seine, und sie gingen den Flur hinunter.

»Hier ist er, Gustavo.«

Ihr Besucher saß an dem Tisch mit Blick auf den Central Park.

»Ich habe ihm ein paar Orchideen zu Weihnachten geschenkt«, erzählte Rachel. »Wir sind in ein Geschäft in Queens gefahren; ich wusste gar nicht, dass es so einen Laden gibt. Aber egal, er hat mit dem Besitzer, der behauptete, ein absoluter Experte zu sein, über alle Arten diskutiert«, lachte sie glücklich und berührte Gustavo am Arm. »Unser Experte hier kennt natürlich alle lateinischen Bezeichnungen und auch die Namen auf Spanisch, Buglere und …«

»Buglere?«

»Oh, das ist eine indianische Sprache. Gustavo spricht vier davon. Buglere und Teribe sind im Norden Panamas verbreitet. Kuna wird von den Kuna-Indios gesprochen und Embera von den Darién-Indios.«
»Ich wette, du musstest diese Informationen aus ihm herauspressen.«
»Ich hab's getan. Rede du weiter, Gustavo, nenne ihm die Namen der Pflanzen auf Latein, Spanisch, Indianisch, was auch immer. Ich hole so lange die Hackpastetchen und ein paar Leckereien.«
Reynolds hob die Brauen und lächelte. Als Rachel das Zimmer verlassen hatte, ließ er sich in einen Stuhl sinken und bedeutete seinem Gast, sich zu ihm zu setzen. Sie hatten über den Tod von Julio und Andys Bruder am Telefon nur andeutungsweise gesprochen, falls jemand sie belauschte. Nun erzählte Gustavo ihm alles.
»Was wird in Panama darüber berichtet?«
»Dass es sich um eine Fehde unter Drogenhändlern handelt.«
»Werden die Indios irgendetwas verraten?«
Gustavo schüttelte den Kopf.
»Dann wird es also ein Geheimnis bleiben. Einfach nur noch eine Auseinandersetzung im Zuge der Mafiakriege.«
»Ja.«
»Und die Informationen, die Sie aus diesem Haus erhalten haben?«
»Ich habe die CDs mitgebracht«, sagte Gustavo. Er zeigte auf einen kleinen Stapel. »Den Rest habe ich in meiner Wohnung. Ich bringe sie hierher.«
»Die können fürs Erste bei Ihnen bleiben.« Reynolds beugte sich vor und senkte die Stimme, weil er befürchtete, dass

selbst seine Wohnung verwanzt war. »Julio hat Ihnen doch gesagt, Sie sollen mir im Fall seines Ablebens etwas mitteilen, nicht wahr?«

»Ja. Sie sollen nach England fliegen, um mit dem Leiter des britischen Geheimdienstes zu sprechen. Julio hat mir die Telefonnummer gegeben.«

Reynolds dachte darüber nach. »Was haben Sie heute Nachmittag vor?«

»Weihnachtseinkäufe erledigen.«

»Könnten Sie Rachel dazubitten, um sie zu beschützen? Nehmen Sie sich anschließend ein paar Tage frei, wir treffen uns dann im neuen Jahr wieder. Richten Sie Andy das Gleiche aus. Sie beide haben es sich verdient.«

Reynolds verließ den Wintergarten und ging in die Küche. Rachel blickte auf; sie hatte das Essen auf den Tisch gestellt.

»Ich habe Gustavo gebeten, mit dir einkaufen zu gehen, weil ich nicht kann. Ich muss mich mit ein paar Leuten in Verbindung setzen.«

»Aber du hast mir doch versprochen, dass wir zusammen gehen«, beklagte sich Rachel. »Und warum will er mir nicht berichten, was in Panama passiert ist? Ich habe ihn darum gebeten, und er hat gesagt, du würdest es mir erzählen.«

Reynolds schloss sie in die Arme. »Später. Lass uns später darüber reden.«

»Etwas Trauriges?«

Er nickte.

Nachdem Rachel und Gustavo die Wohnung verlassen hatten, ging Reynolds ins Esszimmer, dann trat er auf den Balkon. Er blickte auf die Gebäude ringsum und ließ sich den kalten Wind ins Gesicht wehen. Eine köstliche Empfindung, doch zugleich wallte eine tiefe Reue in ihm auf. Es gab so viel mehr, was er in seinem Leben hätte tun können – nicht, was die Quantität, sondern die Qualität betraf. Er hatte zu viel Zeit im Büro verbracht, anstatt die Wunder der Natur wahrzunehmen. Ebbe und Flut des Meeres, das Brausen des Windes, Regen und Schnee, die Pracht des Waldes, die Höhe der Berge. Sollte er überleben, ah, wie er dann leben würde!

Während er auf dem Balkon stand, wurde ihm immer kälter, aber es war ihm egal. Julio war tot, aber ihm blieb noch immer eine Wahl – er konnte weggehen. Schließlich hatten sie nicht nur *El Toros* Netzwerk, sondern auch viele der anderen kriminellen Bruderschaften substanziell beschädigt. Doch Julio hatte seine innere Natur gut erkannt. Er, Reynolds, würde in diesem Stadium keinen Rückzieher mehr machen – nicht, nachdem andere ihr Leben gegeben hatten. Was bedeutete, dass er jetzt an der Reihe war. Um den Kampf weiterzuführen, egal, wie hoch der Preis auch war. Das schuldete er seiner Tochter und seinem ungeborenen Enkel. Und Rachel? Sie war ein Geschenk – sie war im schlimmsten Augenblick seines Lebens da gewesen, um ihm zu helfen. Aber in Wahrheit hatte sie nie zu ihm gehört. Genau das hatte Julio gemeint – sie waren Individuen, die das Schicksal als Vermittler erwählt hatte, damit Gerechtigkeit herrsche. Reynolds ergriff das Geländer. Rachel würde Kinder bekommen, aber nicht seine. Es war an der Zeit, ihre Mitgift zusammenzustellen.

Nachdem er in die Wohnung zurückgegangen war, rief er seine Anwälte an.

* * *

Wenige Stunden später kam Rachel zurück. Reynolds saß am Tisch im Esszimmer und unterschrieb mehrere Papiere. Ihr Gesicht glühte von der Kälte, und sie war bester Stimmung. »Die Geschäfte waren voll, die Leute kaufen wie verrückt. Ich habe Gustavo geholfen, Geschenke auszusuchen.«
»Was hat er denn gekauft?«
»Ach, nur Kleinigkeiten. Ich habe ihm gesagt, er soll am ersten Weihnachtstag vorbeischauen und mit uns feiern, aber er hat darauf bestanden, allein zu bleiben. Er will mit Andy irgendwas kochen. Lass uns heute Abend im Wintergarten essen. Ich habe alles vorbereitet, wir könnten auch den Weihnachtsbaum aus dem Wohnzimmer hinübertragen.« Sie setzte sich neben ihn; ihre Stimme klang anders als sonst.
»Julio ist tot, nicht wahr?«
Er nickte.
»Und der Bolivianer, Enrique?«
»Er ist mit ihm gestorben.«
»Und Andys Bruder?«
»Auch.«
Er lehnte die Stirn gegen die ihre; sie schwiegen.
»Wirst du damit aufhören?«
»Nein.«
Es war sinnlos, es ihm auszureden; sie wusste, was er ihr antworten würde. »Komm, gehen wir schwimmen.«
Es dämmerte. In New York – und auf der ganzen Welt – hatten sich Familien versammelt, Kerzen wurden entzündet, Geschenke eingepackt, man hörte Weihnachtslieder, speiste gemeinsam. Auf Erden herrschte ein gewisser Friede. Rachel und Reynolds saßen im Wintergarten und beendeten ihre Mahlzeit.

»Weißt du noch, wie wir auf San Blas am Strand lagen? Und zu den Sternen emporschauten? Wo wärest du lieber, in New York oder dort?«
Sie atmete tief durch. »San Blas.«
»Ich auch.« Er streckte den Arm über den Tisch aus und streichelte ihre Hand. »Danke, dass du hier bist. Ich glaube nicht, dass ich dieses Weihnachten ohne dich überstanden hätte.«
»Hast du nie Weihnachten zusammen mit deiner Familie gefeiert?«
»Doch, als Caroline jung war. Aber als sie dann nach England gegangen war, um dort zu studieren, wollte sie über Weihnachten dort bleiben. Sie sagte, es sei wunderbar, bei ihren Freunden in London zu sein.«
»Bist du nie in ihr Haus gegangen?«
»Doch, einmal.«
»Nur *einmal!* Paul, sie hat das Haus so schön eingerichtet. Ich weiß nicht, ob dir klar ist, wie begabt Caroline war. Und wie viel Liebe sie hatte. Als ich in ihrem Haus war, habe ich das gespürt.«
Er schluckte. »Hm.« Er wechselte schnell das Thema. »Und du – was würdest du tun, wenn du nicht mit mir zusammen wärst?«
»Keine Ahnung. Ich würde wohl mit Tristan zusammen sein.« Sie lachte.
Wie sie Tristan kannte, hätte ihr Weihnachten daraus bestanden, zu viel zu trinken und sich ständig gegenseitig auszuziehen. Das war das Problem der jüngeren Männer: Sie fummelten ständig – fummelten, um deine Haut anzufassen, fummelten, um dich auszuziehen, fummelten, um Sex zu haben. Oft hatte sie sich wie ein Präsent gefühlt, von

dem die Verpackung und die Schleifen weggerissen wurden. Natürlich, wenn *sie* Sex haben wollte, war das etwas anderes. Sie … war einfach …

»Bist du glücklich mit mir?«

»Natürlich«, antwortete sie.

»Ich habe dir kein Weihnachtsgeschenk gekauft.«

»Das macht nichts.« Wenn er Tristan gewesen wäre, hätte sie schon im Voraus gewusst, was es gewesen wäre (lila Dessous und ein Gangsterfilm). »Du willst mir doch etwas sagen?«

»Ich muss bald nach London fliegen.«

»Wann? Nicht vor Neujahr! Ich habe alles geplant.«

»Im neuen Jahr. Aber da ist noch etwas anderes. Ich hatte heute die Anwälte hier. Ich habe im Safe in dieser Wohnung ein Testament hinterlegt. Ich zeige es dir nach dem Essen.«

»Ein Testament?« Sie sah ihn bestürzt an.

Er schenkte vom Rotwein nach. »Ich wollte es dir jetzt sagen, um es vor Weihnachten von der Seele zu haben. Ich habe eine Stiftung gegründet und dich als Treuhänderin eingesetzt. Du weißt, was du zu tun hast.«

»Aber ich …«

»Und ich habe dir etwas hinterlassen.«

»Paul, ich kann das nicht annehmen. Ich möchte gar nichts. Und ich will auch nichts mehr von einem Testament hören. Du wirst nicht sterben.«

»Nein«, sagte er und ließ die Sache auf sich beruhen.

Sie tranken die Flasche Wein aus und gingen zufrieden zu Bett. Während er sich an ihre Brüste schmiegte, sagte sie: »Ich glaube, du hast immer davon geträumt, einen Sohn zu haben.«

»Ja.«

»Ich möchte vier Kinder haben. Zuerst möchte ich dir einen Sohn schenken.«

Er hörte sich selbst, wie er in einem liebevollen Ton erwiderte: »Wenn ich aus London zurückkomme. Dann zeugen wir einen Sohn und heiraten.«

»Du wirst zurückkommen?«

»O ja«, antwortete er mit bleiernem Herzen. »Es wird schon alles gutgehen.«

Nachdem sie miteinander geschlafen hatten, stand Rachel auf und zog die Vorhänge zurück. Sie blickte hinaus in die Dunkelheit des Central Parks. Reynolds stellte sich hinter sie und schlang die Arme um sie. Er wollte sie nie mehr loslassen.

»Ich hoffe, Gustavo geht's gut«, überlegte sie laut.

Er nickte. Gleichzeitig hörte er neben seinem Ohr eine Stimme.

»Dad, sie ist Ariadne. Sie wird Theseus heiraten.«

34

Zeig dich als Stier, als Drache mit zahlreichen Köpfen,
als Löwe, den Flammen umsprühen!
Euripides

Weit entfernt von New York – aber dennoch in derselben Welt – befand sich die Höhle von *El Toro*. Zur selben Zeit, als Rachel mit Reynolds schlief, verkündeten andere den Tod.

Das Treffen war beinahe zu Ende, und es war ein langer Tag gewesen. Aber so war nun mal das Leben eines Geschäftsmannes, für den *El Toro* sich ja hielt. In erster Linie Geschäftsmann und außerdem ein Händler des Leidens – ein Drogenboss. Er hatte mit seinem neuen Stabschef globale Fragen erörtert – Rodriguez weilte ja nicht mehr unter ihnen. *El Toro* reagierte nur selten wütend, aber der Mord an seinem Topmann hatte ihn ärgerlich gestimmt. Er hatte nicht damit gerechnet, was nur bewies, dass es verborgene Gestalten hinter Rodriguez gab, die Krieg gegen ihn führten. Es gab mehr Schachfiguren, als er erwartet hatte, was vermuten ließ, dass er ein kleines Fehlurteil gefällt hatte. Wenn ihm das passierte, litten Menschen darunter – das war eben die natürliche Ordnung der Dinge. Ein Diktator konnte einfach nicht irren.

Wegen seines Metiers verließ *El Toro* niemals sein Versteck. Sein Hauptquartier lag tief im Dschungel, unweit der Grenze zwischen Brasilien und Bolivien. Aus der Luft sah es aus, als läge dort eine große Bananenplantage, die Dächer mit Palmblättern gedeckt. Da er alljährlich mit seinen Aktivitäten riesige Summen verdiente, konnte er sich einigen Komfort leisten. Unter dem primitiven Blätterdach befand sich ein Gebäude, das ebenso anspruchsvoll ausgestattet war wie eine Villa im reichsten Viertel von New York. Es war randvoll mit seltenen Möbeln und Gemälden. Reynolds, hätte er je die Gelegenheit gehabt, das Haus zu besuchen, hätte gestaunt, dass der Kunstgeschmack des Drogenbosses besser war als der seine. Die Villa verfügte über zahlreiche Zimmer, und mitunter kamen die beiden jungen Söhne von *El Toro* zu Besuch. Ihre Mütter besuchten ihn nie – er vertraute keinem Erwachsenen, und wenn seine Kinder heranwuchsen, begann er, auch ihnen zu misstrauen. Doch selbst seine Kinder hätten nicht gewusst, dass unter der ›großen Hütte‹, wie sie das Haus nannten, das Nervenzentrum seiner Organisation lag. Die einzigen Menschen, die dort hinunterstiegen – abgesehen vom Boss der Bosse und seinen drei Adjutanten –, waren eine Handvoll Techniker und wenige Indio-Frauen, denen allen sehr bewusst war, dass der Tod über sie und ihre Familien kommen würde, wenn sie irgendetwas verrieten.

El Toro leitete seine geschäftlichen Besprechungen in einem lockeren Stil – was sie umso furchterregender machte. Seine Adjutanten hatten so manches Mal erlebt, zu welcher Gewalt ihr Chef fähig war – und dass er sie darin bei weitem übertraf. *El Toros* Stil ähnelte nämlich sehr dem Josef Stalins. Er merkte sich alles – vor allem Tatsachen und Gesichter – und legte es in seinem Elefantengedächtnis an der passenden Stelle ab. Doch er war von einer Gefühlskälte, einer regelrechten Eiseskälte, die sofort offenkundig wurde, wenn eine Person in seine Nähe kam. Über das Schicksal von Menschen entschied er mit der gleichen Lässigkeit wie über das eines kleinen Nagetiers. Fällte er Todesurteile, so waren seine Gesichtszüge ruhig, ungerührt und unergründlich. Es gab kein System der Berufung, keine Möglichkeit der Wiederaufnahme des Verfahrens.

El Toro besaß noch andere Eigenschaften, die ihn zum geborenen Diktator machten. Seine Mentalität war bürokratisch und systematisch.

Wenn jemand aus der Reihe tanzte, starb er. Wenn er zwar unterwürfig, aber am falschen Ort war, starb er. Wenn er zu viel wusste, starb er. Wenn er zu beliebt wurde, starb er. Der einzige Weg, das alles zu vermeiden, bestand darin, *El Toro* nicht in die Quere zu kommen oder von eigener Hand zu sterben. Man akzeptierte das oder ließ es bleiben. *El Toro* liebte außerdem die Dunkelheit. Selbst in seinem Besprechungszimmer herrschte Schummerbeleuchtung. Ob er geistig gestört war, hätte nur ein gut ausgebildeter Psychiater feststellen können, doch wer würde es wagen, eine solche Diagnose zu stellen – selbst wenn er dazu aufgefordert wurde? Zudem hatte der Boss der Bosse wenig Angst, dass die eigenen Leute ihn umbrachten. So wie bei allen Diktatoren hatte die Legendenbildung einen Halbgott aus ihm gemacht, so dass es eine Form der Blasphemie gewesen wäre, eine solche Ikone zu zerstören. Hatten denn nicht auch die Kreter es abgelehnt zu erwägen, den Minotaurus zu töten?

Stets waren die ersten Themen der Geschäftstreffen von allgemeiner Natur. So auch heute Nachmittag. Der Vertrieb der Drogen und die Rekrutierung neuer Mitarbeiter führten die Agenda an. Diese Fragen wurden recht schnell abgehandelt, denn es standen weit wichtigere Themen auf der Tagesordnung. Das erste war die Ersatzlieferung des Kokains in die USA. Nachdem ihm Drogen im Wert von hundert Millionen Dollar gestohlen worden waren, wollte *El Toro* ein vergleichbares Desaster möglichst vermeiden. Einer seiner Adjutanten wurde extra dafür abgestellt – ein seltenes Ereignis.

Das zweite Problem war die Beendigung der Mafiakriege. *El Toro* hatte zunächst geglaubt, sie würden sich nach und nach von selbst erledigen. Die Auseinandersetzungen hatten jedoch nicht aufgehört. Vielmehr hatten sie eine beängstigende Eigendynamik entwickelt, ähnlich einer Reihe fallender Dominosteine. Es hatte eine riesige Anzahl zusätzlicher Morde gegeben, die er nicht befohlen hatte; und diese waren die problematischsten. Denn unbekannte Killer hatten leitende Mitglieder der Mafia-Organisationen rund um die Welt ins Visier genommen und dabei Spuren hinterlassen, die nahelegten, dass es sich bei den Tätern um *El Toros* Männer handelte. Angesichts dieser Attacken hatten die russische und die italienische Mafia einen großen Gegenangriff gestartet. Das Ganze hatte das Potenzial, außer Kontrolle zu geraten. *El Toro* hatte vermutet, dass Julios Tod diese Morde beenden würde, denn schließlich schien dieser für dies alles verantwortlich zu sein. Als das nicht geschah, wurde deutlich, dass andere Leute involviert waren, außerdem war die Jagd auf ihn, *El Toro*, eröffnet. Und dann waren da noch die makabren Tode von Sweet Toni und seiner Gang in New York. Schlangen und vergiftete Pfeile hatten seine eigenen Reihen gelichtet. Das waren Waffen, gegen die sie wenig ausrichten konnten, und weil sie so andersartig waren, hatten sie unter seinen Leute Angst und Schrecken verbreitet. Darum war jetzt eine feste Hand erforderlich.

»Pablo, halt dich zurück.«

El Toro saß am Kopfende des Konferenztischs, der aus dunklem – fast schwarzem – bolivianischem Holz gefertigt war. Der Boss trug eine weiße Hose und ein cremefarbenes Hemd. Obwohl teuer und maßgeschneidert, standen ihm die Kleidungsstücke nicht gut – nicht wegen ihres Schnitts, sondern weil seine Gesichtszüge nicht dazu passten. Gewiss, die Kleidung bedeckte das Schlangen-Tattoo auf seinem Arm, doch sie verdeckte eben nicht das grobe Gesicht und die groben Hände, die verrieten, dass er einst einer schweren körperlichen Arbeit nachgegangen war (in einem Stahlwerk, als junger Mann). In seinem früheren Leben als Roberto Tomas Bastos war *El Toro* ziemlich hässlich gewesen,mit großer Stirn, breiter Nase und kräftigen Wangenknochen. Der Schönheitschirurg hatte seine Augenbrauen gehoben, die Nase neu modelliert, damit sie weniger massig wirkte, und die Wangenknochen verkleinert. Die Operation war nicht ganz erfolgreich gewesen, denn das Gesicht wirkte nun starrer und härter. Als *El Toro* sein neues Antlitz begutachtet hatte, war er nicht besonders erfreut gewesen, aber außer dem Mord an dem Chirurgen hatte er keine weiteren Korrekturen vorgenommen. Seine Augen waren so, wie sie es immer gewesen waren: braun, unergründlich und ohne einen Funken Gefühl.

»Die Leute, die Rodriguez umgebracht haben? Hast du sie gefunden?«

Der neue Stabschef, Pablo, saß in respektvoller Entfernung zu seinem Boss. Pablo war Brasilianer, kam aus den Gassen von Rio de Janeiro und war wegen seiner Skrupellosigkeit immer weiter aufgestiegen. Jetzt, da er dem Zentrum der Macht nah war, war er nervöser geworden. Doch es gab keinen Ausweg aus dem Labyrinth, in dem er sich verirrt hatte.

»Zwei Männer, Sir. Sie sind in New York.«

»Für welche Mafia arbeiten die?«

»Wir wissen es nicht.«

El Toro stand auf; es war an der Zeit, seine Söhne zu besuchen. Er liebte es, vor dem Abendessen mit ihnen zu spielen.

»Finde es raus. Töte sie, und melde dich heute Abend wieder bei mir.«

El Toro verließ das Besprechungszimmer durch eine Tür, die nur er benutzte. Dahinter befanden sich mehrere Korridore. Einer führte hinauf in sein Haus; über die anderen gelangte man durch geheime Ausgänge in den Dschungel. Diese konnten mit Hilfe des goldenen Rings, den er am Finger trug, alle abgeriegelt werden.

* * *

»Frohe Weihnachten!«

Gustavo und Andy schlenderten durch die Lower East Side; sie wollten zu Andys Wohnung, um einen Drink zu nehmen, bevor Gustavo in seine Wohnung zurückkehrte. Es war Nacht geworden, und sie hatten soeben ein mexikanisches Restaurant verlassen, nachdem sie dort gegessen hatten. Die Bürgersteige waren voller Menschen. Eingemummelt in ihren Anoraks, die Kapuzen tief ins Gesicht gezogen, fielen sie in der Menge nicht auf. Sie kamen vor dem Häuserblock an, in dem Andy vorübergehend Quartier be-

zogen hatte. Er zog die Eingangstür auf, und sie betraten eine Lobby.
»Frohe Weihnachten!«
Eine Mieterin, eine junge Schwarze, die einen Kinderwagen schob, grüßte sie, und sie erwiderten den Gruß. Sie nahmen die Treppe (Aufzüge waren zu gefährlich). Als sie den zweiten Stock erreicht hatten und durch eine Glastür traten, sahen sie vor sich einen mit Teppich ausgelegten Bereich und Türen zu drei Wohnungen. Andy ging zu seiner Tür. Plötzlich zog Gustavo ihn zurück und legte ihm einen Finger auf die Lippen. Der Experte für Spezialaufträge sah dem Panamaer fasziniert zu. Das Gesicht des jungen Mannes war völlig konzentriert, seine ganze Aufmerksamkeit auf seinen Gehörsinn gerichtet. Gustavo machte einen Schritt auf die Tür zu und kam zurück. Leise sagte er:
»Da sind Leute in deiner Wohnung. Die warten auf uns. Brasilianer.«
Also waren sie endlich gekommen. *El Toro* hatte sie entdeckt.
»Wie hat er uns gefunden?«
Gustavo zuckte mit den Achseln. Vielleicht hatte es in der riesigen Villa von Rodriguez versteckte Kameras gegeben. Sie konnten auch die Passagierlisten der Fluggesellschaften durchgegangen sein. Andy erkannte, dass es – wenn sie in New York verfolgt worden waren – seinetwegen gewesen sein musste. Gustavo war viel zu aufmerksam, als dass man ihn hätte verfolgen können. Wenn das stimmte, dann bestand für Reynolds und die junge Frau immer noch Hoffnung. Wenn nicht, dann würden sie alle heute Abend sterben. Der Schotte verfluchte sich. Er hatte so wenig dabei; nur seinen üblichen Schutz: Pistole mit Schalldämpfer, ein

Messer und zwei Handgranaten. Und Gustavo? Nichts – außer der blauen Schultertasche, die er ständig mit sich herumtrug.

»Es kommen noch mehr die Treppe hoch.«

»Wir müssen hier raus.« Andy zog eine Handgranate aus der Tasche. »Wir treffen uns im Jackson Park. Am Bootshaus, in einer Stunde.«

»Okay.«

»Das heißt, wenn wir überleben.« Andy sah auf die Uhr und lächelte wehmütig. Es war nicht das erste Mal, dass er sich in so einer Lage befand. Er hob die Stimme, als sei er betrunken, und rief seinem Gefährten zu: »Hey, jetzt habe ich den Schlüssel gefunden!«

Er trat zur Tür, schob den Schlüssel ins Loch und öffnete die Tür einen Spaltbreit; sie würden ihn erst töten, wenn er eingetreten wäre. Anstatt in seine Wohnung zu gehen, zog Andy den Stift einer der Handgranaten und schlug diese in eine Zeitung ein, die er bei sich getragen hatte. Dann warf er das Päckchen in die Wohnung und zog die Tür zu. Das Überraschungsmoment war entscheidend.

Die drei Killer in der Wohnung brauchten einen Moment, bis sie erkannten, dass niemand zur Tür hereinkam. Da nahte das Schicksal, um sie in Empfang zu nehmen. Die Granate zündete, tötete zwei von ihnen sofort und verletzte den dritten schwer. Zwei weitere Killer, die zur Unterstützung die Treppe heraufkamen, gerieten in Panik, als sie die Detonation hörten. Sie machten auf der Stelle kehrt – und vergaßen, dass ihre Opfer sie womöglich erwarteten. Andy erschoss sie aus kürzester Entfernung.

»Es kommen noch mehr. Nach oben!«

Andy und Gustavo liefen zwei Stockwerke hinauf. Vor ihnen befand sich eine hölzerne Feuerschutztür. Sie war verschlossen, doch eine Kugel öffnete sie. Andy holte seine zweite Handgranate hervor und legte sie direkt hinter die Tür. Er wartete, bis die Killer den Treppenabsatz unter ihnen erreicht hatten, und zog den Stift. Er und Gustavo liefen über das Dach des Gebäudes.

»Hier entlang.«

Hinter ihnen detonierte die Handgranate, und eine große Staubwolke stieg auf. Auf dem Hausdach ging Andy zur Vorderseite des Wohnblocks; von hier aus konnte er auf die Hauptstraße blicken. Dort unten standen mehrere Transporter, die mit an Sicherheit grenzender Wahrscheinlichkeit weitere Mafiakiller enthielten. Deshalb blieb ihnen als Fluchtweg nur die Feuerleiter auf der Rückseite.

»Ich gehe als Erster«, sagte Gustavo.

Wie es aussah, hatten die Detonationen genügend Verwirrung gestiftet, um die Mörder aufzuhalten. Da *El Toros* Männer allzu selbstbewusst waren, hatten sie nur einen Mann auf der Rückseite des Gebäudes postiert. Im Dunkeln konnte dieser zwar die lauten Schritte von Männern hören, die die Feuerleiter hinunterhasteten, aber nicht erkennen, um wen es sich handelte. Gustavo rief auf brasilianischem Portugiesisch zu ihm hinunter:

»Wir sind's!«

»Was?«

Ach, diese Sprachprobleme! So manches Menschenleben war schon wegen eines einzigen Worts verloren worden. Während der Beobachtungsposten versuchte, herauszufinden, wer »wir« war, beendete eine Kugel aus Andys Pistole derlei Mutmaßungen.

»Du gehst hier lang. Ich da. Wir treffen uns im Park.«

Der Schotte lief nach rechts, Gustavo nach links. Das Schicksal war gegen einen von ihnen. Als Andy sich dem Ende der Gasse näherte, stand er vor drei Männern mit Maschinenpistolen. Im Bruchteil einer Sekunde traf er seine Entscheidung; er würde alles in seiner Macht Stehende tun, um dafür zu sorgen, dass Gustavo entkam. Er kniete nieder und eröffnete das Feuer. Der erste Mann fiel; der zweite fing an zu taumeln. Der dritte jedoch hob sein Maschinengewehr, und Andy erkannte, dass sein Ende gekommen war. In der letzten Sekunde seines Lebens war er froh; er hatte alles getan, was er konnte, um seine Mission zu erfüllen. Und während er im Kugelhagel starb, stürmten weitere von *El Toros* Männern in die Gasse. Sie sahen, dass zwei von ihnen tot waren, und der dritte eine ihrer Zielpersonen niedermähte.

»Der andere ist in die Richtung! Schnappt ihn euch!«

Gustavo blickte über die Schulter und sah, dass Männer mit Waffen ihn verfolgten. Die Gasse führte auf eine belebte Straße, voll mit Menschen, die ihre letzten Weihnachtseinkäufe tätigten. Es war nicht der richtige Ort, um seine Feinde herauszufordern. Er rannte über die Straße, gelangte wundersamerweise heil durch den Strom der fahrenden Autos, deren Fahrer vor Wut und Schreck laut hupten. Seine Mörder überquerten ebenfalls die Straße, wenn auch nicht ganz so behende und geschickt. Gustavo lief weitere Straßen hinunter und traf am Nordeingang des Jackson Parks ein, kletterte über das Tor und verschwand in der Dunkelheit. Binnen einer Minute erreichten seine Verfolger ebenfalls das Tor, sie keuchten vor Anstrengung. Ein Wagen fuhr vor, weitere Männer stiegen aus.

»Wo ist er?«

»Er ist im Park untergetaucht.«

Vincente kannte sich gut aus in diesem Park. Er war verhältnismäßig klein, aber es standen viele Bäume und Sträucher darin, und in der Mitte gab es einen See. Der Park hatte nur einen Ein- und Ausgang, ringsum verlief ein schwerer Eisenzaun, um Drogenabhängige und andere dunkle Gestalten fernzuhalten. Vincente hatte an einigen Morden hier mitgewirkt, es war ein netter, abgeschiedener Ort.

»Geht da rein und sucht ihn.«

Sie taten es; Vincente kehrte zurück zum Wagen. Was für ein Pech! Die Brasilianer, die *El Toro* extra nach New York entsandt hatte, hatten die Sache vergeigt. Jetzt stand er wieder in der Schusslinie. Nach dem unglückseligen Ableben von Sweet Toni und seinem gesamten SWAT-Team war Vincente der Einzige aus dem Team, der überlebt hatte. Deshalb war ihm die Leitung übertragen worden. Er wusste auch, warum er immer noch lebte: Er war der Einzige, der die Männer gesehen hatte, die Sweet Toni umgebracht hatten. Zunächst war Vincente entzückt gewesen, als Teamleiter zu fungieren (Sweet Toni hätte sich totgelacht über diese Ironie). Jede Beförderung geht aber ja auch mit größerer Verantwortung einher, und nun hatte Vincente Mühe, sich der Sache gewachsen zu zeigen. Zunächst fiel es ihm schwer, ein neues Spezialkommando zusammenzustellen, da die italienische Mafia in New York wie alle anderen im Moment in einen tödlichen Krieg verstrickt war. Sobald er jemanden für sein Team ausgesucht hatte, schaffte der es sofort, sich umbringen zu lassen (die Leute hatten heutzutage keine Arbeitsmoral mehr, sie kamen und gingen einfach, wie es ihnen passte). Dann kam ein direkter Befehl von einem der Adjutanten von *El Toro*. Ein brasilianisches Kommando wurde nach New York entsandt; er, Vincente, sollte alles tun, was er konnte, damit sie sich zurechtfanden. Arroganter Abschaum, das waren sie. Vincente bezog eine gewisse Befriedigung aus dem Wissen, dass sie Männer verloren hatten – bislang fünf heute Abend. Damit blieben drei weitere übrig, die er soeben in den Jackson Park geschickt hatte. Natürlich war das mehr als ausreichend, um den Jungen kaltzumachen, aber er wollte *ganz* sicher sein – nach dem vorhergehenden Debakel. Vincente kehrte zum Wagen zurück und telefonierte mit dem neuen Leiter der New Yorker Dependance.

»Einer von denen ist tot, und drei Brasilianer machen Jagd auf den andern. Er ist in den Jackson Park geflohen. Was soll ich sonst noch machen?«

»Halt mich auf dem Laufenden.«

Vincente legte das Handy aus der Hand und setzte sich auf den Fahrersitz. Diese verdammten Bosse; waren doch alle gleich. Man lernte die nie kennen, die gaben einfach nur Befehle. Er sah auf die Uhr. Gleich zehn. Er beugte sich vor und griff nach einer Thermosflasche. Zeit für einen Kaffee, Und um nachzusehen, was seine Frau für ihn vorbereitet hatte. Ein Salami-Fleischklößchen-Sandwich mit Salat, Tomaten und viel Ketchup. Er saß da und kaute sein Brot. Die Zeit verging. Der Boss rief an.

»Was ist passiert?«

»Nichts.«

Mittlerweile war Vincente etwas nervös. Er hörte, dass auch die Stimme des Chefs verärgert klang. Konnte es sein, dass das Undenkbare passiert war? Dass auch die übrigen drei Brasilianer ausgelöscht worden waren?

»Schick dein Team rein.«

Hastig begann Vincente herumzutelefonieren. In einer halben Stunde hatte er fünf Leute zusammengetrommelt. Sie versammelten sich neben seinem Wagen und standen dichtgedrängt da, weil es eiskalt war. Außerdem waren sie wütend, hier zu sein: Es war Heiligabend, und sie wollten bei ihren Familien sein – und nicht ihrer Arbeit nachgehen.

»Wir gehen da nicht rein.«

»Was soll das heißen – ihr geht da nicht rein?«

»Er hat Sweet Toni kaltgemacht – und die drei Brasilianer. Das ist der Schlangenmann.«

Vincente blickte in ihre verängstigten Mienen. Es waren Männer, die schon lange an Gewaltausübung gewöhnt waren, aber jetzt hatten sie Angst. Die Gerüchte darüber, was mit Sweet Toni passiert war, hatten sich in Windeseile verbreitet. Vincente probierte es mit allen erdenklichen Formen der Überredung. Schließlich blieb ihm nichts anderes übrig, als zu flehen: »Seht mal, Jungs, wir sind doch ein Team. Wir müssen zusammenhalten.«

»Gut, dann gehst du als Erster rein.«

Äh, das ging nun gar nicht. Vincente nahm das Handy und redete mit seinem New Yorker Boss.

»Verdopple ihre Boni.«

»Hab ich schon versucht.«

»Drohe ihnen.«

»Hab ich auch schon versucht.«

»Okay. Finde raus, was sie wollen.«

Binnen einer halben Stunde hatten drei der Männer zugestimmt, in den Park hineinzugehen, vorausgesetzt, sie bekämen schusssichere Westen, Gewehre mit Zielfernrohr und Nachtsichtgeräte. Es gab weitere Forderungen (ein dreifacher Bonus, ein zweimonatiger Urlaub, eine Gratisfahrt für ihre Kinder nach Disney World). Sie zogen los und versicherten, in spätestens vierzig Minuten zurückzukommen. Was sie aber nicht taten. Die Uhr schlug zwölf. Inzwischen war Vincente panisch. Er rief erneut den Boss an. »Die beiden anderen wollen nicht in den Park gehen, egal, was ich ihnen biete. Die haben eine Heidenangst vor dem Kerl.«

»Er ist auch nur ein Mensch!«

»Sie glauben, dass er über magische Kräfte verfügt oder so was. Ich hab gesehen, was er mit dem Team von Sweet Toni gemacht hat!« Vincente schlotterten schon die Knie, wenn er nur daran dachte.

»Lass mich *El Toro* anrufen!«

Der neue Boss des New Yorker Büros war ebenfalls verängstigt. Das hier war sein erster Auftrag, und wenn er den vergeigte, bedeutete das auch für ihn das Ende. Natürlich würde er mit dem Boss der Bosse nie persönlich sprechen, aber die Botschaft würde ankommen.

* * *

In *El Toros* Villa spielten die jungen Söhne des Drogenbarons unter einem großen Weihnachtsbaum, umgeben von Bergen von Geschenken. Ihr Vater saß auf dem Sofa und sah ihnen zu, seine Füße ruhten auf einem Perserteppich. Wieder war ein Jahr vergangen. Im nächsten Jahr musste er die Expansion seines Imperiums vorantreiben. Sie mussten den chinesischen Markt erobern; er hatte dort gute Kontakte.

»Ja?«

Er sah auf. Sein Stabschef hatte das Zimmer betreten, das Indio-Hausmädchen hatte ihn hereingelassen.

»Es gibt ein Problem.«

»Problem?« Der Boss der Bosse hob eine Braue. »Was für ein Problem denn?«
»Die Männer in New York haben eine der Zielpersonen umgebracht.«
»Und?«
»Die andere hat sich in einem Park in New York verschanzt.«
»Und?« *El Toro* stand auf, um zu signalisieren, dass das Treffen in kürzester Zeit beendet sein würde.
»Uns sind die Leute ausgegangen.«
»*Was!*«
»Sämtliche Brasilianer sind tot. Und der Junge hat drei weitere aus dem New Yorker Team umgelegt. Sie glauben, dass er Pfeile verwendet. Und Schlangen.«
Der Stabschef beobachtete die Gesichtszüge seines Bosses. Eine Sekunde lang meinte er gesehen zu haben, dass er zusammenzuckte, aber das war vermutlich eine optische Täuschung.
»Wer ist dieser Junge?«
»Wir wissen es nicht.«
»Aber er ist kein Indio?«
»Nein. Er hat eine helle Hautfarbe.«
El Toro machte eine Kunstpause. »Wo ist der Tracker?«
»In New York, er befasst sich gerade mit einer anderen Sache.«
»Schick ihn da rein; wollen doch mal sehen, wie gut er ist.« *El Toro* setzte sich zu seinen Söhnen auf den Teppich. Ohne aufzublicken, sagte er: »Die anderen – die, die zu viel Angst hatten, um reinzugehen – sorg dafür, dass alle getötet werden.«
»*Asi es.*«

* * *

Vincente hatte seinen letzten Kaffee fast ausgetrunken, als das Telefon klingelte. Die Nachricht, die er vernahm, erschreckte ihn, und er verschüttete die heiße Flüssigkeit über seine braune Cordhose. Ein Moment lang wusste er nicht, was er tun sollte. Schließlich stieg er aus und trat zu den beiden verbliebenen Männern.

»Was hat *El Toro* gesagt?«

»Dass er den Tracker reinschickt.«

Sie jubelten kurz. Der Tracker war *El Toros* Top-Auftragskiller in den USA; er war unbesiegbar. Doch fuhr Vincente fort: »Ihr müsst zuerst reingehen.«

»Wir gehen da nicht rein!«

»Doch, ihr geht in den Park«, entgegnete Vincente. »*El Toros* Anweisung lautet: Tötet jeden, der sich weigert.« Er zog eine Waffe hervor und zielte damit auf den Kopf des am nächsten Stehenden. »Wenn ihr da nicht reingeht, lege ich euch höchstpersönlich um.«

Die Männer wussten, sie hatten keine Wahl. Sie verschwanden im Park und kehrten nicht mehr zurück. Vincente setzte sich erneut in seinen Wagen und wartete. Mehr als eine Stunde später fuhr ein Lieferwagen vor. Widerwillig verließ Vincente seinen Wagen. Er schlotterte, nicht nur wegen der Kälte, sondern vor Angst. Der Mann, dem er gegenüberstand, was ein brasilianischer Indio. Er war von kleiner Statur, trug eine schwarze Jeans und einen dick gepolsterten Mantel. Er war *El Toros* wichtigster Vollstrecker in Brasilien und nach dem Debakel mit dem gestohlenen Kokain in die USA versetzt worden. Er musterte Vincente mit abgrundtiefer Verachtung.

»Hast du die andern reingeschickt?«

»Ja. Sie sind nicht zurückgekommen. Warum?«

Der Tracker grinste. »Giftpfeile. Ist der Mann ein Indio?«
»Nein, Weißer.«
»Dann muss er sterben.« Es gab keinen Kämpfer in der Welt, der es mit einem Menschen aufnehmen konnte, der im Dschungel geboren und aufgewachsen war. Und der Tracker war unbesiegbar. Er entstammte einem Volk aus dem Inneren Brasiliens und war – seit seiner Kindheit – in der Kunst des Jagens bewandert. Ihn beseelte ein tiefer Hass auf den weißen Mann. *El Toro* hatte ihn vor einem Leben im Gefängnis bewahrt, und so war er zum fähigsten Killer auf der südlichen Halbkugel geworden. Was nützten Waffen gegen einen, dessen Geschick mit Messern, Pfeil und Bogen sowie dem Blasrohr unerreicht war? Die Tatsache, dass Weiße solche Dinge mit Belustigung abtaten, machte die Waffen umso tödlicher. Der Tracker hatte all seine Kämpfe gewonnen, weil er so harmlos und unbedeutend wirkte.
»Was soll ich machen?«
»Warten, bis ich zurückkomme.«
Der Tracker ging davon. Er würde Vincente bei seiner Rückkehr töten, entsprechend seinen Anweisungen. Als er den Park betrat, stellte er sich neben einen Baum und horchte. Die anderen Killer hatten den Fehler begangen, zusammenzubleiben. Wie eine Herde Elefanten waren sie durch den Park getrampelt, hatten Angst gehabt, sich zu trennen oder von den Hauptwegen abzuweichen. Das hatte ihren Untergang besiegelt. Nachdem er konzentriert gelauscht hatte, ging der Tracker los. Es war ein Uhr morgens, alles war ruhig. Nach und nach stieß er auf die Leichen, alle nicht weit vom Hauptweg entfernt. Er kniete sich hin, um sie zu untersuchen. Alle waren durch einen vergifteten Wurfpfeil getötet worden. Es war unverkennbar, dass ihr Angreifer die

Männer einen nach dem anderen umgebracht hatte, vermutlich, indem er sie mittels Geräuschen fortgelockt hatte. Im Lichtstrahl seiner Taschenlampe schnupperte der Tracker an den Wurfpfeilen. Froschgift. Gut, gegen ihn würde es nichts nützen, denn er besaß ein Gegengift. Der Tracker zog sein Blasrohr hervor. Gegen sein Gift gab es kein Heilmittel. In seinem Stamm wurde das Gift eines besonderen Käfers mit dem einer anderen Froschart versetzt. Das verlieh dem Gift eine zusätzliche Wirkkraft, es lähmte das Nervensystem in Sekundenschnelle, wodurch das Opfer nahezu sofort starb.

Die Killer hatten noch einen Fehler gemacht, sie hatten nämlich nicht ihren gesunden Menschenverstand gebraucht. Es war inzwischen sehr kalt, erste Schneeflocken rieselten vom Himmel. Einen Menschen zu töten erforderte Zeit, deshalb musste ein Angreifer sich seine Kräfte gut einteilen. Die ganze Nacht draußen zu verbringen, das würde den Gegner ermüden und seine Zielgenauigkeit beeinträchtigen – vor allem, wenn er Giftpfeile benutzte. Das bedeutete, dass er sich irgendwo versteckte. Im Park gab es nur zwei, drei Gebäude. Der Tracker begab sich zu den ersten beiden: Betonbauten, in denen Gartengeräte untergebracht waren. Beide Gebäude waren abgeschlossen, und nichts deutete darauf hin, dass jemand sie betreten hatte. Damit blieb das Bootshaus übrig, unten am See, der mitten im Park lag. Der Tracker ging dorthin. Das Bootshaus lag zurückversetzt zwischen den Bäumen und sah genauso aus wie ein Haus, das auch der Tracker gewählt hätte, um auf den richtigen Moment zu warten, um seine Gegner zu liquidieren.

Das Bootshaus hatte eine große Vordertür, außerdem eine kleine Pforte auf der Rückseite. Das Schloss an dieser war aufgebrochen worden. Der Tracker näherte sich also seinem Gegner. Die rückwärtige Tür mied er, sie stellte eine allzu offensichtliche Falle dar. Stattdessen ging er um das Haus herum zur Vordertür. Das Schloss war groß und schwer, aber er trug immer ein Lockpickingset bei sich, außerdem war es mühelos zu knacken (eine nützliche handwerkliche Fähigkeit, die er vor Jahren im Gefängnis erlernt hatte). Der Indio öffnete die Tür einen Spaltbreit, wartete und schlüpfte hinein. Als Erstes fiel ihm die Wärme auf, als Zweites der Geruch von Bootslack. Die Boote selbst, lang und schmal, lagen auf Metallregalen, die sich über seinem Kopf entlangzogen. Es war absolut still in dem Raum.

Mit der Geschmeidigkeit eines Jaguars bewegte sich der Tracker vorwärts und lauschte dabei nach Atemgeräuschen. Er arbeitete sich zur Rückseite des Gebäudes vor. Dort fand er Gustavo. Der junge Mann hatte sich in eine Ecke zwischen irgendwelche Gerätschaften gezwängt. Ein ausgezeichnetes Versteck, denn es ermöglicht ihm, jeden zu töten, der durch die hintere Tür kam: Er stand nämlich dahinter, konnte zuschlagen, wenn die Tür geöffnet wurde, und blieb ungesehen. Die einzige Möglichkeit, an ihn heranzukommen – es sei denn, es gelang einem, durch die Tür zu treten und sich zu ihm umzudrehen –, bot ein schmaler Gang zwischen zwei Reihen von Booten. Gustavo hatte seine Taschenlampe so eingestellt, dass sie lediglich ein sehr mattes Licht spendete, aber der Tracker sah, dass nicht weit von ihm ein Maschinengewehr – zweifellos einem der Killer abgenommen – auf dem Boden lag. Aber der junge Mann hatte einen tödlichen Fehler begangen. Nach all den Anstrengungen war er eingeschlafen. Der Tracker lächelte vor sich hin – das passierte allen, sogar den Besten, sie machten einen winzigen Fehler, der ausreichte, um ihr Schicksal zu besiegeln. Denn mit einem hatte Gustavo nicht gerechnet, nämlich dass sich ihm jemand lautlos nähern würde, der noch geschickter war als er. Schlimmer noch: dass er ebenfalls ein Blasrohr verwendete.

Der Tracker lauschte, der Junge atmete tief und regelmäßig; er schlief fest. Langsam ging der Tracker den schmalen Gang entlang. Er hockte sich hin und hob das Blasrohr an die Lippen. Er atmete tief ein – dies war der Augenblick des Triumphes.

»Obacht, mein Freund«, sagte Gustavo leise.

Die Hand des Trackers erzitterte vor Erstaunen. Der Mann hatte ihn auf Quechua, seiner Muttersprache, angesprochen. »Vor dir befindet sich eine Schlange.«

Der Tracker vernahm ein leises Rascheln. In der matten Dunkelheit sah er, dass die Schlange im Begriff war, zuzustoßen. Und als er ihren hässlichen flachen Kopf und ihre Gestalt erkannte, war ihm sofort klar, dass es sich um eine Giftschlange handelte. Er erstarrte.

»Warte.«

Gustavo tippte mit dem Fuß leise auf den Boden. Voll Erstaunen beobachtete der Indio, wie die Schlange den Kopf senkte.

Der junge Mann stand auf und näherte sich *El Toros* wichtigstem Mörder. Sie sahen einander an.

»Wer bist du?«, fragte der Tracker.

Vierzig Minuten später wurde Vincente durch ein lautes Klopfen am Fenster seines Wagens geweckt. Er fuhr auf und rief: »Hey! Mach das nie wieder! Mich hätte der Schlag treffen können!«

Der Tracker schüttelte den Kopf. *El Toro* hatte ihm aufgetra-

gen, alle zu töten, aber der hier war so dämlich, dass er es nicht wert war.
»Hast du ihn gefunden?«
»Er ist verschwunden.«
»Verschwunden? Weg?«
»Ja.«
»Aber was sage ich jetzt *El Toro?*«
Der Indio ging davon. »Sag ihm, dass die anderen tot sind. Schick ein paar Männer rein, sie sollen die Leichen rausholen.«

* * *

Rachel lag im Bett. Immer wieder wachte sie auf. Sie machte sich Sorgen wegen Gustavo. Warum nur? Die Wahrheit war, sie mochte ihn; sie mochte ihn wirklich. War es unrecht, da sie doch mit Reynolds zusammen war – ein Verrat an ihm? Aber es war doch sicher nicht unrecht, sich wegen Gustavo Sorgen zu machen? Schließlich war er derjenige, von dem sie alle, auf eigenartige Art, abhingen. Ihm war es zu verdanken, dass so viel erreicht worden war. Weil sie unbequem lag, drehte sie sich auf den Rücken. Auch die Stellung war nicht befriedigend, und so wälzte sie sich weiter hin und her. Schließlich schlief sie wieder ein. Sie begann zu träumen. Sie ging einen Hügel hinab, auf dem sattgrüne Bäume und Pflanzen wuchsen. Hinter sich hörte sie Stimmen.
»Mami!«
Sie blickte sich um. Vier hübsche Kinder liefen ihr entgegen, eines nach dem andern. Wie seltsam, es waren die Kinder von Menschen, die gestorben waren, aber es waren ihre.

»Paul!«
Sie setzte sich auf.
»Paul!« Sie stieß ihn an. »Der Summer. Es ist jemand an der Tür.«
Er wachte auf und stieg aus dem Bett. Kurz darauf kam er zurück. »Zieh dich an!«
Eilig warf sie ein paar Kleidungsstücke über und lief durch den Flur in die Küche. Gustavo war da, er unterhielt sich mit Reynolds. Als er sich umwandte, um sie zu begrüßen, sah sie, dass sein Gesicht zerkratzt war. Er wirkte müde. Ohne nachzudenken, strich sie ihm über die Wange. »Du bist verletzt. Wo warst du?«
»In einem Park. Während wir schliefen, haben sie versucht, ihn umzubringen.«
Reynolds lieferte die Antwort mit grimmiger Stimme. »Fang am Anfang an, und erzähl uns, was passiert ist.«
Gustavo berichtete von den Geschehnissen der letzten Stunden.
»Du glaubst, *El Toro* weiß über uns Bescheid?«
»Wahrscheinlich; es ist nur eine Frage der Zeit.«
»Aber warum hat der Tracker dich nicht umgebracht?«
Gustavo unterließ es zu erwähnen, dass *er* den Tracker verfolgt hat, nicht andersherum.
Stattdessen antwortete er: »Er würde niemanden töten, der mit den Indios zusammenarbeitet. Aber da ist noch etwas. Er hat mir gesagt, dass eine weitere Ladung Kokain in die USA geschmuggelt wird; am zweiten Weihnachtstag. Das Kokain wird am Flughafen von Houston in einer Frachtmaschine eintreffen.«
»Wieso hat er dir das erzählt?«
»Weil ich ihm das Leben gerettet habe – vor der Schlange.«

»Es könnte sich um einen Trick handeln«, gab Reynolds zu bedenken.
»Ich glaube nicht.«
»Es wäre ein großes Glück für uns, wenn es stimmen sollte. Eine Lieferung zu verlieren ist Pech, zwei zu verlieren ist eine Katastrophe.«
»Was wollen wir tun?«, schaltete sich Rachel ein. Immer wieder blickte sie zur Tür, weil sie fürchtete, dass jeden Augenblick Killer einträfen.
»Wir teilen uns auf«, entschied Reynolds. »Ich fliege noch heute nach London.«
»Aber heute ist der erste Weihnachtstag.«
»Das spielt keine Rolle. Ich muss mich mit dem Mann treffen, dessen Namen mir Julio genannt hat.«
»Ich komme mit dir.«
»Nein«, antwortete Reynolds. Seine Stimme klang vor lauter Gefühl belegt. »Gustavo, du fliegst mit Rachel nach Panama. Die Indios können euch beide sicher schützen.«
»Eine Zeitlang.«
Reynolds stand auf. »Wir treffen uns dort.«

* * *

So wie alle Menschen konnte auch *El Toro* es nicht leiden, wenn man seinen Heiligabend ruinierte. Seine beiden Söhne waren zu Bett gegangen, und auch er war im Begriff, sich für die Nacht zurückziehen, als man ihn aufhielt. »Was ist denn?«
Sein neuer Stabschef trat nervös von einem Fuß auf den anderen. »Die Mitglieder beider Teams, die in den Park geschickt worden sind, sind tot bis auf einen. Wir haben die

Leichen eingesammelt. Die Leute wurden von Giftpfeilen getötet.«

»Und der Tracker?«

»Wir konnten ihn nicht finden.«

»Ihr konntet ihn nicht finden?«, brüllte *El Toro* wütend. »Aber ich will, dass er gefunden wird.« Er näherte sich seinem Untergebenen mit einer Miene, die seinen Zorn sehr deutlich zum Ausdruck brachte.

»Aber«, Pablo wich ein wenig zurück, »ich habe herausgefunden, wer dafür bezahlt hat.«

»Wer?«

»Ein Multimillionär. Sein Name ist Reynolds. Er ist Amerikaner.«

»Warum?«

»Weil seine Tochter bei dem Bombenattentat in London ums Leben gekommen ist.«

»Ah, dann handelt es sich also um Rache.« Jetzt verstand *El Toro*. Damit konnte er etwas anfangen. »Ich will, dass er stirbt.«

35

Der Palast von Knossos wurde Labyrinthos genannt,
was übersetzt »der Ort der Doppeläxte« heißt.
Sowohl das Labyrinth, ein Symbol für den Uterus,
als auch die Doppelaxt werden als Labrys (Lippe) bezeichnet,
was sich auf die Schamlippen der Frau bezieht,
die den Gang in den Mutterleib schützen.
Buffie Johnson

Auf der Fahrt zum Flughafen Newark dankte Reynolds Gott, dass er sogar am ersten Weihnachtstag fliegen konnte. Flughäfen kamen dem perfekten Geschäft am nächsten, nicht wahr? Denn sie waren jeden Tag in Betrieb, um einer Gesellschaft zu dienen, in der Zeit das Entscheidende war. Aber *warum* war Zeit das Entscheidende? Weil sie unauflöslich mit Geld verknüpft war. Und das Geld war der Gott, den die ganze Welt anbetete. Aber für Reynolds neigte sich die Zeit allmählich dem Ende zu – und weitere ließ sich auch mit Geld nicht kaufen.

Bei der Ankunft im Flughafengebäude sah sich Reynolds mit dem Schwierigsten konfrontiert, was er je hatte tun müssen – adieu sagen. Aber nach dem Tod von Caroline und Pauline hatte er sich allmählich daran gewöhnen müssen. Dennoch: Im Fall von Rachel lagen die Dinge anders. Vielleicht würde ihr Leben weitergehen, vielleicht auch nicht. Aber was ihn betraf, so näherte sich seine Rolle auf der Bühne des Lebens ihrem Ende. Er wollte dies nicht – obwohl ihm klar war, dass es kein Zurück mehr geben konnte. Sie standen in der Wartehalle des Flughafengebäudes; Gustavo war draußen und bewachte die Tür.

»Sehen wir uns in ein paar Tagen?«

»Ja.« Reynolds strich Rachel sanft über die Wange und zog sie dann an sich. »Danke, dass du mir geholfen hast.«

»Du kommst zurück?«

»Ja«, versicherte er, aber er glaubte es nicht.

Intuitiv spürte sie, es war das letzte Mal, dass sie sich in dieser Welt sahen.

Sie begann zu schluchzen, er hielt sie weiter fest umarmt.

»Paul ...«

»Wenn mir etwas zustößt, suche dir jemanden, der dich wirklich liebt, und habt zusammen Kinder. Du *wirst* jemanden finden.«

»Nein.«

»Doch. Bleib in Gustavos Nähe. Versprich es mir.«

»Wir warten in Panama auf dich.«

»Ja.« Er zögerte. Sollte er es ihr sagen? Wenn er's aussprach, würde es ihm das Herz brechen, wenn er's ihr dagegen nicht sagte, hinderte er sie womöglich daran, sich mit dem Menschen zu verbinden, der ihr Erfüllung bringen könnte.

»Rachel«, flüsterte er ihr ins Ohr, »ich habe dich immer gemocht, aber wir sind nicht verliebt. Du wirst jemanden finden.«

Er spürte, wie sie sich versteifte – schockiert von der Grausamkeit seiner Äußerung –, aber er konnte die Worte nicht zurücknehmen; dafür liebte er Rachel zu sehr. Er küsste sie und stieß sie dann regelrecht von sich weg. »Ich muss jetzt mit Gustavo sprechen.«

Reynolds verließ die Wartehalle, ohne sich umzusehen. Dazu fehlte ihm die Kraft. Draußen trat er zu Gustavo. »Der Mann in England, der vom Geheimdienst – wie kontaktiere ich ihn?«

»Julio hat mir seine private Telefonnummer gegeben.« Gustavo zog ein Blatt Papier aus seiner Tasche und reichte es ihm.

»Und Rachel?«

»Ich werde alles tun, was ich kann, damit sie sicher ist.«

»Danke.« Reynolds schüttelte ihm die Hand. »Also, ich bin am Ende meines Lebens angekommen; meine Rolle ist gespielt. Und du? Wirst du die Suche vollenden?«

»Ja.«

»Das ist offensichtlich«, stimmte der Vorstandschef zu. »Weißt du, ich habe mir etwas überlegt, Gustavo.« Er legte ihm die Hand auf die Schulter.

»Was?«

»Jemand ohne Angst ist kein Mensch, nicht wahr? Sondern ein Gott.«

Der junge Mann lächelte.

»Du bist *El Toros* Nemesis«, erklärte Reynolds. »Ich habe eine letzte Frage. Wer wird im Augenblick meines Todes zu mir kommen?«

»Ich glaube, das wissen Sie.«

Der Ältere packte den Jüngeren und zog ihn an sich. »Glücklich die Frau, die dich geboren hat. Viel Glück und Adieu.«

Ohne zurückzublicken, ging Reynolds durch die Personenkontrolle. Wenig später befand er sich an Bord seines Privatjets. Sein Pilot hieß ihn an Bord willkommen; er bekam ein kleines Vermögen für diesen Flug – ein Vielfaches des üblichen Satzes. Es war gut, dass er geschieden war und

keine Kinder hatte. Ein paar Tage in London würden ihm nicht schaden.
»Auf geht's.«
Der Jet hob ab. Reynolds sah aus dem Fenster. Blickte hinab auf New York. Sein Zuhause während der Zeit, die er auf Erden gewesen war. *Ave atque vale* – Sei gegrüßt und lebe wohl. Er begann zu schluchzen.

* * *

Nachdem Reynolds gegangen war, schauten Gustavo und Rachel nach, wann der nächste Flug nach Panama ging, aber heute gab es keine, da die Fluggesellschaften am ersten Weihnachtstag die Flugpläne reduziert hatten. Rachel und Gustavo buchten den ersten verfügbaren Flug am folgenden Tag.
»Ich muss in Pauls Wohnung zurück, um meine Kleidung und persönlichen Sachen zu holen.«
»Rachel, das ist zu riskant.«
»Aber ich muss doch genug anzuziehen haben, wenn ich mit dir nach Panama fliege! Gustavo, eine Frau *braucht* Kleidung. Ich kann in diesen Sachen einfach nicht fliegen. Und ich muss duschen.«
Er erwiderte ihr Grinsen halb, aber sie sah, dass er in Gedanken war. Sorgte er sich um Reynolds oder um sie?
»Okay, ein Kompromiss«, lenkte Rachel ein, »wir fahren in meine Wohnung, und ich suche rasch ein paar Sachen zusammen. Es dauert nicht lange, ich versprech's dir.«
Als sie an dem Gebäude eintrafen, in dem Rachel wohnte, ging Gustavo voraus; er blieb auf jedem Treppenabsatz stehen. Sie beobachtete ihn dabei; seine Bewegungen waren

geschmeidig und fließend, sein Körper und seine Sinne waren eins, während er auf das leiseste Geräusch horchte. Eines Tages, so schwor sie sich, würde sie mit Gustavo tief in den Dschungel gehen. Oder? Nein, sie würde es nicht tun. Das war die Wahrheit. So wie viele Menschen ihrer Kultur hatte auch Rachel sehr viele Ängste; Gustavo an ihrer Seite zu haben ließ sie erkennen, wie natürlich er war und wie unnatürlich sie. Wenn sie sich doch nur verbinden könnten, wenn die Welten, in denen sie lebten, einander doch nur berühren könnten.

Gustavo sah sie an. Vielleicht konnte er ja auch ihre Gedanken lesen! Hoffentlich nicht.

»Es ist niemand da.«

»Gott sei Dank, wenigstens das.« Rachel betrat ihre Wohnung. Es war toll, wieder zu Hause zu sein. Gustavo legte die blaue Schultertasche, die er immer bei sich trug, neben das Sofa.

»Das ist meine Wohnung. Es tut mir leid, dass sie so klein ist.«

»Warum tut es dir leid?«

»Ich habe es nicht so gemeint. Komm, ich zeige dir alles. Das hier ist das Wohnzimmer, Esszimmer und Küche alles in einem«, sie führte ihn in ihr Schlafzimmer, »und das hier ist mein Schlafzimmer mit einem angeschlossenen Badezimmer. Und das war's auch schon!«

Er stand dicht hinter ihr. Rachel wandte sich halb um, und eine Sekunde lang war sie in einem anderen Leben: in einer Phantasiewelt. Sie war wieder in ihrer Wohnung, und das hier war ihr neuer Freund. Am Abend würde sie es sich auf dem Sofa gemütlich machen und …

»Wir müssen bald gehen.«

Seine Worte unterbrachen ihre Gedanken.
»Okay, okay, ich brauche nicht lange.« Rachel holte einen Koffer aus einem Schrank. Was sollte sie einpacken? Wie lange würde sie in Panama bleiben? Was, wenn sie in ein anderes Land weiterflogen? Zwar wusste sie, dass sie sich beeilen sollte, aber es fiel ihr trotzdem schwer, eine Entscheidung zu treffen. Gustavo drängte sich an ihr vorbei ins Bad.
»Alles in Ordnung?«
Da hörte sie an der Wohnungstür ein ohrenbetäubendes Krachen. *Die waren hier!* Dieselbe Angst, die Rachel gepackt hatte, als Reynolds' Firmenjet entführt worden war, packte sie auch jetzt. Hilflos blickte sie auf die Kleidungsstücke in ihrem Koffer. Was hatte sie da getan? Aus lauter Dummheit hatte sie Gustavo zurück in ihre Wohnung mitgenommen – nur um zu packen, um Gottes willen! Das würde sie beide das Leben kosten.
»Gustavo!«
Die Wohnungstür splitterte, sie wurde eingetreten. Rachel kreischte auf und schlug die Hände vors Gesicht. »Bleib ganz ruhig.« Gustavo kam aus dem Bad und nahm ihr sanft einen Pullover aus der Hand. Gemeinsam gingen sie ins Wohnzimmer.
Diesmal hatten Vincente und sein SWAT-Team sich selbst übertroffen. Acht schwerbewaffnete Männer, die jede dem Menschen und Gott bekannte Waffe trugen, drängten sich in die kleine Wohnung. Als Gustavo und Rachel erschienen, wurde ein Wald von Waffen erhoben.
Als Rachel merkte, dass alles vorbei war, schlang sie Gustavo den Arm um die Taille und schmiegte sich so nahe wie möglich an ihn. Würden diese Männer Gustavo und sie

jetzt umbringen? Es hatte den Anschein. Und ihr Held konnte sie nicht retten – nicht gegen eine solche Übermacht.

»Es tut mir leid, es war mein Fehler.«

»Der soll das sein?«, rief einer von *El Toros* Leuten erstaunt. Seine Komplizen waren genauso verblüfft. Das konnte doch nicht die Person sein, die zwei komplette Spezialeinheiten ausgelöscht hatte, der Mann, der in der Unterwelt New Yorks zur Legende geworden war. Sie standen einem schlanken jungen Mann mit hellem Haar gegenüber – der offenbar keine zwanzig war und so harmlos wirkte, als könnte er keiner Fliege etwas zuleide tun.

»Er *ist* es!«, knurrte Vincente triumphierend. Das hier war sicher der größte Augenblick in seinem Leben. Wer sagte denn, dass Geschichten kein Happy End hatten? Was würde *El Toro* ihm nicht alles schenken, weil er den gefürchteten Schlangenmann gefasst hatte.

»Was soll'n wir machen, Boss?«

»Schafft sie in den Bunker, bis ich weitere Anweisungen bekommen habe.«

Zwei der Killer traten vor und fesselten Gustavo und Rachel die Hände mit Klebeband, die anderen hielten ihre Maschinenpistolen weiterhin auf sie gerichtet. Als sie sich vergewissert hatten, dass der Fahrstuhl leer war, scheuchten sie ihre Opfer hinein.

Draußen stand ein großer Lieferwagen, dessen Fenster geschwärzt waren. Die Killer schubsten ihre Gefangenen in den Laderaum und kletterten hinterher. Niemand bekam etwas davon mit. Schließlich waren die Menschen am ersten Weihnachtstag in Gedanken ganz bei ihrem Weihnachtsmahl. Es dauerte ungefähr vierzig Minuten, bis sie ihr Ziel erreicht hatten. Auf Vincentes Befehl herrschte Schweigen im Lieferwagen. Er machte sich Sorgen, der Schlangenmann könnte irgendeine merkwürdige hypnotische Kraft besitzen, mit der er seine Entführer überwältigen könnte; das zeigte, in welch neurotische Verfassung er sich hineingesteigert hatte. Vincente wich Gustavos Blick bewusst aus und richtete sein Augenmerk auf Rachel. Ihm gefiel, was er da sah.

Als sie das Haus in der Bronx erreichten, das ihnen als Gefängnis diente, kam der Lieferwagen quietschend zum Stehen. Die Männer stiegen aus, die Waffen schussbereit erhoben. Rachel und Gustavo wurden herausgezerrt und umringt. Rachel blickte sich um. Sie wurden in einen leeren, betonierten Hinterhof geführt. Eine hohe Backsteinmauer umschloss den Hof. Über die Mauer drangen die Straßengeräusche herein. Rachel sah hoch und versuchte, charakteristische Merkmale New Yorks zu erkennen, doch Vincente packte sie an den Haaren und zwang sie, zu Boden zu blicken. Die anderen taten das Gleiche mit Gustavo.

Rachel und Gustavo wurden zu einer Tür geführt, die offen stand. Drinnen sah man einen Flur und eine Betontreppe. Kaum hatte sie beides erblickt, erschrak Rachel heftig. Hier waren Menschen getötet worden; sie spürte es. Sie wollte sich übergeben, aber Vincente packte ihr Haar noch fester; er würde sich für den Tod von Sweet Toni rächen. Die Männer befahlen Gustavo vorauszugehen, Rachel folgte ihm. Die Treppe führte in einen Keller, der aus einem Betonboden und Betonwänden bestand. Der Raum sah zwar aus wie eine Folterkammer – manchmal diente er als solcher –, wurde aber in aller Regel als Gefängnis für verschleppte Personen oder Verräter genutzt (diese wurden dort festgehalten, bis es Zeit war, sie zu ihrer Endstation zu bringen, für gewöhnlich ein Platz unter einer Autobahnbrücke).

Vier Metallstühle standen vor einer Wand, einer davon mit Elektrokabeln versehen. Zwei der Stühle wurden in die Mitte des Raums gezogen; Gustavo und Rachel wurden darauf geschubst. Mit Gurten wurden ihre Arme an die Stuhllehnen gebunden, ihre Füße an die Stuhlbeine gefesselt. Als das erledigt war, beriet sich Vincente mit seinen Männern. Wen sollte er auswählen, um die beiden zu bewachen, während er sich weitere Anweisungen holte? Jemand, dem er völlig vertraute. Er deutete auf einen Sizilianer, der Sweet Toni wie aus dem Gesicht geschnitten schien, aber zwanzig Jahre jünger war – sein Neffe (es war doch immer wieder schön, wenn die jüngere Generation beruflich in die Fußstapfen ihren Vorfahren trat).

»Altero, du bleibst hier. Wir sind gleich zurück. Ich verriegele die Türen von außen, und wenn du«, er senkte drohend die Stimme, »irgendjemandem außer mir aufmachst, erschieße ich dich höchstpersönlich. Verstanden?«

»Jaa.«

Immer vorsichtig, trat Vincente noch einmal zu den Opfern. Er vergewisserte sich, dass sie fest an ihre Stühle gefesselt waren. Er schaltete die Deckenbeleuchtung aus, zog eine extrem helle Lampe hervor, die für Vernehmungen genutzt wurde, und richtete sie auf die Gefangenen. Nicht zufrieden damit, holte er noch einen Stuhl heran und stellte ihn zwei Meter vor Rachel und Gustavo ab. Er schubste Sweet Tonis Neffen darauf und vergewisserte sich, dass seine Maschinenpistole funktionierte. »Bleib auf dem Stuhl sitzen. Was habe ich gesagt?«

»Bleib auf dem Stuhl sitzen.«

»Komme, was wolle.« Schließlich war Vincente zufrieden. Sie würden in einer Stunde zurück sein, sowie er mit dem neuesten Boss der New Yorker Dependance gesprochen hatte (die rotierten auf dieser Stelle mit dem Tempo eines Pürierstabs).

»Und lass nicht zu, dass sie miteinander reden.«

All das Kommandieren hatte Vincente mit einem Gefühl von Macht erfüllt. Das gefiel ihm. Jetzt konnte er allen einmal zeigen, dass er genauso gewalttätig sein konnte wie Sweet Toni, sogar noch mehr. Er trat einen Schritt auf Gustavo zu und versetzte ihm mit aller Kraft einen Hieb mit der flachen Hand gegen die Schläfe.

»Bitte nicht! Lassen Sie ihn in Ruhe.«

Er ignorierte Rachel und schlug immer wieder zu, erst gegen die eine Seite und dann gegen die andere. Dieser Junge würde dafür büßen, dass er seine Freunde verloren hatte. Vincente wischte sich ein wenig Blut von seiner Hand an seiner Jeans ab und wiederholte seine letzte Ermahnung an Sweet Tonis Neffen. »Wenn du außer mir irgendjemandem aufmachst, bring ich dich um, und zwar persönlich.«

Das SWAT-Team verließ den Raum; Vincente knallte die Kellertür zu. An der Außenseite war ein schweres Riegelschloss angebracht, er ließ es einrasten. Selbst *wenn* der Schlangenmann sich befreite – und selbst *wenn* er Sweet Tonis Neffen umbrächte –, er würde hier niemals herauskommen, denn die Tür war von innen nicht zu öffnen (eine notwendige Vorsichtsmaßnahme bei Folterkammern). Oben an der Treppe befand sich noch eine Stahltür. Auch diese verschloss und verriegelte Vincente. Dann ließ er einen aus seinem Team vor der Tür Aufstellung beziehen.

»Beweg dich keinen Zentimeter von hier weg. Und mach

die Kellertür erst auf, wenn ich zurückkomme, egal, was passiert.«

Und damit machte sich Vincente im Lieferwagen mit den restlichen Männern auf den Weg, um neue Order zu bekommen. Er blickte in die schneebeladenen Wolken. Wer sagte denn, dass Gott nicht gütig sei? Er, Vincente, hatte ein herrliches Weihnachtsgeschenk erhalten; das schönste, das er sich hatte wünschen können.

* * *

»Gustavo?«

Rachel blickte zu ihm hin. Er war bewusstlos, Blut sickerte an seiner Schläfe hinunter.

»Halt die Klappe!« Jetzt hatte Sweet Tonis Neffe alles im Griff. Altero – ein Dreiunddreißigjähriger mit einer gewalttätigen Ader und einem Intelligenzquotienten, der noch niedriger war als der seines Onkels (Wunder gibt es immer wieder) – hatte die Absicht, seinem Onkel nachzueifern und eines Tages ein SWAT-Team zu leiten. Außerdem hatte er die gleiche Statur: kräftig, muskulös und ein Gesicht, das Ärger versprach.

»Kannst du nachsehen, ob er noch lebt?«

Altero wollte gerade aufstehen, da fiel ihm die Anweisung ein, die Vincente ihm gegeben hatte. Ah! So doof war er nun auch nicht. Grinsend richtete er die Lampe so aus, dass sie dem Mörder seines Onkels mitten ins Gesicht schien.

»Gustavo?«

Rachel saß dicht neben ihm – ihre Metallstühle standen nur ein paar Zentimeter auseinander –, aber weil ihre Hände hinter dem Stuhl gefesselt waren, konnte sie Gustavo nicht berühren. Er wirkte leblos, sein Kopf hing schlaff zu einer Seite; aus dem rechten Ohr sickerte Blut. Doch schließlich bewegte er sich leicht. Ein Gefühl der Freude ergriff Rachels Herz. »Gustavo?«

»Halt die Klappe, hab ich gesagt.«

Gustavo hob den Kopf und sah sie an. Rachel konnte nur den Kopf senken und weinen. Es war ihr Fehler; sie hätte ihn nicht überreden sollen, mit ihr zusammen in ihre Wohnung zu fahren. Jetzt waren sie zum Sterben verurteilt. Bald würden die Mörder zurückkommen, und sie beide würden getrennt werden. Gustavo würde zu *El Toro* nach Brasilien geschickt werden. Und sie? Furcht erfüllte ihr Herz – Rachel machte sich keine Illusionen, was mit ihr geschehen würde; nicht bei diesen Männern.

Eine Stunde verstrich. Dann noch einmal zwei. Die Gurte, mit denen sie gefesselt worden war, schnitten ihr in die Hand- und Fußgelenke. Sie war müde; im Raum wurde es immer stickiger, weil es keine Luftzufuhr gab und die Lampe einen starken, heißen Lichtstrahl aussandte. Gustavo hatte offenbar erneut das Bewusstsein verloren, vielleicht schlief er auch. Noch eine halbe Stunde verging. Der Lichtstrahl auf Rachels Gesicht war so intensiv, dass sie sich danach sehnte, die Lampe auszuschalten. Und wie es manchmal so kommt, wurde ihr der Wunsch erfüllt. Die Lampe brannte zu heiß, das Licht wurde schwächer. Altero wollte aufstehen und nach der Glühbirne sehen, entschied sich aber dagegen. Wenn er an seinem Platz blieb, würde alles okay sein. Vincente musste jede Minute wieder zurück sein.

Das Licht wurde noch matter; inzwischen saßen sie im Halbdunkel. Rachel schwitzte heftig auf ihrem Stuhl. Außerdem zählte sie die Minuten. Was für ein Schicksal – in diesem gruseligen Kerker zu sterben. Welch Glück, dass sie sich bei Reynolds Holdings beworben hatte! Welch Glück, die Geliebte des Vorstandschefs geworden zu sein! Welch Glück, in einen Kampf gegen den größten Drogenhändler der Welt verstrickt zu sein! Sie warf Gustavo einen kurzen Blick zu und zwinkerte; sie begann allmählich zu halluzinieren. Einen Augenblick lang glaubte sie fast, gesehen zu haben, dass Gustavos Hände frei waren und er an seine linke Wade fasste; im nächsten Moment sah alles genauso aus wie zuvor. Rachel schüttelte den Kopf, sie versuchte, sich zu konzentrieren, und richtete den Blick auf Gustavo. Dann spürte sie *es*.

Es gibt drei unterschiedliche Stufen der Angst. Bei der ersten wird der menschliche Körper von Panik erfasst. Diese Angst entfaltet sich oft wie eine Schlange in den Eingeweiden und kriecht hinauf, bis sie das Herz lähmt. Eine solche Angst hatte Rachel erlebt, als die Bolivianer in Carolines Haus eingebrochen waren. Es gibt aber auch eine tiefere Form der Angst. Und zwar dann, wenn sich die Angst noch weiter ausbreitet und der Geist selbst paralysiert wird. Die Panik verwandelt sich dann in einen Zustand des Schreckens. Diesen Schrecken hatte Rachel erlebt, als Reynolds' Flugzeug entführt worden war und sie der inneren wie äußeren Verzweiflung nicht zu entrinnen vermocht hatte, die nicht nur ihren Körper, sondern auch ihren Geist gefangen gehalten hatte. Doch es gab noch etwas, das ihr bislang nicht bekannt war, eine höchste Stufe – die Apotheose der Angst. Eine, bei der Geist, Körper und Seele in die unmittelbare Gegenwart des Todes selbst gezogen werden.

Als Rachel spürte, wie die Schlange auf ihren Oberschenkel glitt, fiel sie durch die ersten beiden Ebenen der Angst und begann, in die dritte hinabzustürzen. Ihr Geist wurde von Grauen erfüllt. Im selben Moment begriff sie, warum Gustavo in ihrer Wohnung ins Bad gegangen war. Nämlich, um eine Schlange an seinem Körper zu verstecken – eine tödlich giftige, die er in der blauen Schultertasche bei sich trug. Und gerade hatte er diese Schlange aus dem verborgenen Beutel, der an seinem linken Bein befestigt war, freigelassen. Während die Schlange von seinem Schoß hinüber zu ihrem glitt, wurde Rachel am ganzen Leibe völlig steif. Absolut außerstande, sich zu bewegen, starrte sie Gustavo an. Sein Blick wirkte ausgesprochen gelassen. Er nahm sie auf eine Reise mit.

Gemeinsam begannen Theseus und Ariadne den großen Abstieg – um dem Minotaurus entgegenzutreten.

Die Sandrasselotter zählt zu den tödlichsten und unberechenbarsten aller Schlangenarten – so dass sogar viele Experten Angst haben, mit ihr umzugehen. Diese Ottern kamen im Nahen Osten vor. Sie waren klein, kaum einen halben Meter lang, und hatten mehr Menschen als jede andere Schlange getötet. Sie schlugen ohne jede Vorwarnung zu. Nicht nur injizierten sie genug Gift, um einen Menschen dreimal zu töten, sondern boten auch einen furchterregenden Anblick mit ihrer grau-schwarzen Zeichnung und den gelben Augen. Als Rachel Gustavo anschaute, wusste sie, dass er ihr sagte, sie solle sich nicht bewegen, weil sonst alles zu Ende sei.

Im Zustand dieses grenzenlosen Schreckens flieht das Bewusstsein, und der Geist taucht tief in das Reich des Unbewussten und den Abgrund des Mythos und der Symbolik ein. Als die Otter auf Rachels Schoß glitt und begann, die Wärme zwischen ihren Oberschenkeln zu erkunden, verlor ihr Opfer, im buchstäblichen Sinne, sein Bewusstsein, und Rachels Geist stürzte in die Sphäre des Übersinnlichen – die des verborgenen Reichs des universellen Bewusstseins.

Vor Rachels geistigem Auge erschien ein Labyrinth, über dessen Eingangstür eine Doppelaxt hing. Sie begriff, dass es sich um ein Symbol für ihren Schoß handelte. Außerdem sah sie eine Frau – sich selbst –, die außerhalb des Labyrinths stand und ein Garnknäuel in der Hand hielt. Rachel erkannte, dass das Garnknäuel die Liebe symbolisierte. Insgeheim, in ihrem Herzen, hatte sie Gustavo ihre Liebe geschenkt, und sie musste ihm folgen. Sie betrat das Labyrinth – den straffen Faden umklammernd. Sie lief dunkle Gänge entlang, wobei nur die Liebe sie führte. Dabei begegnete sie den unbewussten Mächten, die die Quellen der menschlichen Angst beherrschten. Ihr auf Gustavo gerichteter Blick wurde immer intensiver – er allein konnte sie führen; er allein kannte den Weg durch das Labyrinth, denn er trug das Schwert der Nemesis.

Und während die Otter Rachels Beine erkundete, wurde deren Angst vor der Schlange absolut. Tief in den Winkeln ihrer Seele brach etwas mit lautem Knacken entzwei. Rachel hatte sich immer vor Spinnen gefürchtet. Plötzlich verschwand diese Angst, wurde verdrängt von der größeren Angst, die sie nun verschlang; die Angst würde nie mehr wiederkehren. Jetzt glitt die Schlange hinauf zu Rachels Brust. Rachels Sturz kopfüber in die Tiefe dauerte an. Noch ein vernehmliches Knacken in ihrer Seele; die Angst vor geschlossenen Räumen verschwand. Rachel lief weiter, eine Jungfrau, rein in ihrer geheimen Liebe, durch den Gang des kollektiven Unbewussten, packte den Faden, der sie zu ihrem Geliebten zog, der weit vor ihr war. Die Angst vor großen Höhen, vor peinlichen Situationen, vor Demütigung – diese Zitadellen des Geistes wankten, stürzten ein, während sich Rachel der Mitte des Labyrinths näherte.

Unterdessen ringelte sich die Sandrasselotter nach oben und glitt über Rachels rechte Brustwarze. Weitere Ängste lösten sich auf, als der eine, große Schrecken all diese Ängste zerstörte und seinen Höhepunkt erreichte. Die Schlange zog den Kopf zurück, im Begriff, zuzustoßen, die gelben Augen auf Rachel gerichtet. Doch Rachels Blick blieb auf Gustavos gerichtet. Gemeinsam betraten sie das Tal der Todesschatten und drangen bis in dessen tiefste Stelle vor.

Als Rachel um die letzte Ecke bog – ein inneres Heulen erschütterte ihre Seele –, verstand sie die mythische Wirklichkeit der Menschheit. Direkt vor ihr stand ein riesiges Ungeheuer – halb Mensch, halb Stier –, die symbolische Verkörperung all dessen, was böse im Menschen war. Etwas abseits befand sich ein einsamer junger Mann, der ein Schwert trug. Theseus! Der Minotaurus erspähte sie und griff sie mit all seiner Wut an. Im selben Augenblick erschien hinter dem Jungen seine Beschützerin, eine Göttin. Auf ihren erhobenen Händen und auf ihrem Kopf züngelten Schlangen. Da sah sich die Macht des Bösen einer älteren Kraft gegenüber – der Macht der Weisheit –, einer Macht, die vor der Entstehung aller Welten und der Zeit existiert hatte. Im Augenblick der Apotheose, als die Sandrasselotter vorschnellte, um Rachel auf den Mund zu küssen, brach Rachel aus dem Reich des kollektiven Unbewussten aus – über den Minotaurus und den Tod hinaus – und ging ein in die grenzenlose Ewigkeit, in der die Angst keine Kraft hat. Da blickte Rachel Theseus in die Augen – und verliebte sich unsterblich in ihn.

Es war ihr Schicksal; indem er ihre Ängste zerbrochen hatte, hatte er sie befreit.
Gustavo lächelte. Auf seinen Befehl hin senkte die Viper den Kopf und glitt wieder hinunter zu Rachels Schenkel. Dann wand sie sich an Rachels Beine hinab und über den Boden, auf ihr Opfer zu.
Erregt und wütend, weil noch keiner zurückgekommen war, rutschte Sweet Tonis Neffe unruhig auf seinem Stuhl herum. Er riss das rechte Bein hoch, wollte es über das linke schlagen. Die Viper stieß zu und verbiss sich in die nackte Haut oberhalb des Sockens.
»Aaahhh!«
Der Schreck, urplötzlich gebissen zu werden – und der äußerst heftige Schmerz –, ließen Altero aus dem Stuhl aufspringen und ruckartig zurückweichen. Wie es ihrer Natur entsprach, ließ die Otter nicht locker und injizierte noch mehr Gift. Außerstande, seinen Feind in der Düsternis zu sehen, schlug Altero mit dem Knauf seiner Waffe zu, damit sich die Schlange von seinem Bein löste. Das bewirkte jedoch nicht nur, dass er zu Boden fiel, sondern auch, dass er die Lampe mit herunterriss. Das Licht erlosch. Altero heulte auf und packte das warme, schuppige, sich windende Fleisch, das seine Zähne noch tiefer in ihn schlug. Gleichzeitig schrie er um Hilfe, aber er bekam keine Antwort. Er kroch über den Boden, auf den Lichtschalter neben der Eingangstür zu. Als er schließlich das Deckenlicht anschaltete und die Schlange sah, die sich an ihm festgebissen hatte, bekam er einen so großen Schock, dass er ohnmächtig wurde. Das war nicht überraschend, denn selbst einer Königskobra wäre angst und bange geworden. Binnen fünf Minuten war er tot.

Seelenruhig löste Gustavo erst seine und dann Rachels Fesseln. Sie fiel ihm in die Arme, und da zog er sie in eine Umarmung, aus der sie sich nie mehr lösen wollte. Sie weinte nicht; sie musste es auch nicht. Ihre Angst vor Schlangen war verschwunden.

36

Von Angesicht zu Angesicht
kommt die Wahrheit ans Licht.
Thomas Fuller

Für manche schien der erste Weihnachtstag weniger ereignisreich zu verlaufen.

Der Leiter des MI5 – jener Teil der britischen Geheimdienste, der sich mit inneren Angelegenheiten befasste – wohnte in einem Landhaus außerhalb von London. Sir John Appleton hatte eine erwachsene Tochter, aber sie war nicht zu Hause, sondern bereiste die Welt, und so saßen nur er und seine Frau mit den Nachbarn beim Weihnachtsessen zusammen. Es war eine sehr britische, ziemlich langweilige Angelegenheit – bei der alle Anwesenden interessante, jedoch nicht sehr bedeutsame Bemerkungen machten. Den Nachbarn war bekannt, dass Sir John einen wichtigen Posten in der Regierung bekleidete und dass sein Haus rund um die Uhr von Polizisten bewacht wurde, aber sie wussten nicht genau (und wagten nicht, danach zu fragen), was er eigentlich machte, und so verlief das Gespräch in ziemlich engen Bahnen.

»Du bist so nachdenklich«, sagte seine Frau in der Küche, als sie im Begriff waren, den Truthahn für ihre Gäste ins Esszimmer zu tragen. »Aber du wirst die Antwort finden. Wie immer.«

»Er ist so ruhig, weil er im kommenden Jahr in Pension geht«, bemerkte seine Frau zu den Nachbarn am Esstisch, als das Gespräch einzuschlafen drohte. Die beiden – er leitete ein Unternehmen, sie war Lehrerin – waren erst kürzlich in den Ruhestand gegangen und redeten deshalb in einem fort darüber, wie viel Glück ihnen das Golfspielen und die Urlaubsreisen schenke. Das verdüsterte die Stimmung des Leiters des MI5 noch mehr. Arbeit war seine einzige echte Freude neben seinem Garten. Schließlich endete das Mahl, und die Nachbarn gingen (glücklicherweise) nach Hause. Sir Johns Frau zog sich aufs Sofa zurück, um ein Nickerchen zu halten, und er ging nach draußen. Er überlegte, ob er einige Pflanzen zurückschneiden sollte, aber weil es so kalt war, zog er sich in seinen Gartenschuppen zurück.

Während er seinen Winterkohl eintopfte, dachte er über das Jahr nach. Es war nicht besonders gut verlaufen, weder für ihn noch für die Organisation. Die Zahl der Schwerverbrechen nahm zu, was verheerende Auswirkungen auf die britische Gesellschaft hatte – vor allem die Jugend. Die schlimmste Geisel war Kokain. Banden brachten es in großen Mengen aus dem Nahen Osten und Lateinamerika ins Land. Seine Organisation arbeitete, so gut es ging, mit der Polizei und der Einwanderungsbehörde zusammen, um diesen scheinbar endlosen Strom zu stoppen, aber (wegen der Haushaltskürzungen) verfügten sie nicht über das notwendige Personal, und außerdem gingen die Drogenhändler immer geschickter und unverschämter vor. Was ihn auf *El Toro* und das Bombenattentat in Covent Garden brachte. Die ganze Sache war extrem schiefgelaufen, ein dunkler Fleck in seiner beruflichen Laufbahn als treuer, kompetenter Staatsdiener.

Es lag zwei Jahre zurück, dass der Direktor der CIA ihn um ein persönliches Gespräch gebeten hatte. Er war voller Sorge gewesen. So mancher US-Politiker war in der Gewalt der organisierten Kriminalität – war ihr in die Falle gegangen –, und die Anzahl und Bedeutung der gekauften Staatsmänner nahm zu. In ihrer Machtgier waren sie besonders anfällig für Laster wie Glücksspiel, Korruption, Prostitution und Drogenmissbrauch. Eine nicht unerhebliche Anzahl von Politikern war *El Toro* in die Hände gefallen.

Der Direktor der CIA hatte versucht, diesen schwer zu fassenden Drogenboss aufzuspüren und zu töten. Allerdings wurde er dabei von jenen in seiner Organisation behindert, die ihn im Verborgenen bekämpften. Er verfügte jedoch über einen Mann, der ihm helfen konnte – einen bolivianischen Waffen- und früheren Drogenhändler mit dem Decknamen Julio. Dieser Julio gehörte zu den wenigen noch Lebenden, die *El Toro* begegnet waren. Der Chef der CIA hatte dem Leiter des MI5 unter dem Siegel der strengsten Verschwiegenheit einige alarmierende Nachrichten übermittelt – Dinge, die er schon seit langem halb vermutete. *El Toro* hatte einen Mann im innersten Zentrum des britischen Establishments untergebracht. Sie hatten einen Verräter in ihrer Mitte. Wer konnte es sein?

Schließlich kam der Chef des MI5 zu dem Schluss, dass es sich nur um einen von drei Männern handeln konnte: um den stellvertretenden Premierminister, den Verteidigungsminister oder den Chef des MI6. Die Implikationen waren beängstigend, weil dies die Sicherheit des Staates gefährdete. Unter absoluter Geheimhaltung teilte der Chef des MI5 seine Befürchtung dem Premierminister mit. Die Reaktion fiel wie erwartet aus, was nicht verwunderte bei jemandem, der zeit seines Lebens Stiefel geleckt, Schultern geklopft und gekatzbuckelt hatte, um dorthin zu gelangen, wo er heute war.

Der Premierminister war ein vollendeter Politiker und wollte persönlich nichts mit der Sache zu tun haben, sondern verlangte, dass Sir John die schuldige Person enttarnte. Das war problematisch, nicht zuletzt deshalb, weil es sich bei zweien dieser Männer um die engsten Verbündeten des Premierministers handelte und weil – falls es sich um den Chef des MI6 handelte – diese Person auch Zugang zu den innersten Staatsgeheimnissen besaß. Erschwerend kam hinzu, dass, falls die Öffentlichkeit davon erführe, die Regierung wahrscheinlich aus dem Amt getrieben würde, was der Premierminister natürlich nicht zuzulassen gedachte. Ihm gefiel die höchste Machtposition ziemlich gut.

Entscheidend war Julio. Er hatte den Chef des MI5 getroffen und zugestimmt, ihnen weitere Informationen über *El Toro* zu besorgen. Sein Preis war, dass alle Anklagen in den USA wegen Drogenhandels gegen ihn fallengelassen würden. Er wollte nicht persönlich nach England kommen. Deshalb wurde arrangiert, dass Julios Sohn – ein junger Mann, der nichts über die Hintergründe all dessen wusste – die Informationen an einen Top-MI5-Agenten weiterleitete. In letzter Minute wurde ein Café in Covent Garden als Treffpunkt ausgesucht. Noch besser: Der Junge sollte dort seine Freundin treffen, die Tochter eines bekannten amerikanischen Geschäftsmanns. Niemand würde irgendetwas vermuten.

Leider war die ganze Sache – wie es manchmal im Leben so geschieht – entsetzlich schiefgelaufen. Irgendwie hatte *El Toro* Wind davon bekommen – und hundertfünfzehn unschuldige Menschen waren ums Leben gekommen. Die Vertuschung wurde von ganz oben autorisiert. Der Öffentlichkeit gegenüber konnte man den mutmaßlich echten Schuldigen nicht nennen – das würde nicht nur die geheime Suche nach *El Toro* offenbaren, sondern auch die Tatsache, dass es im Herzen der Regierung einen Verräter gab. Allerdings hatte der Leiter des MI5 ein schlechtes Gewissen dabei und fühlte sich zumindest teilweise verantwortlich für diese Tragödie. Er traf sich zu einem späteren Zeitpunkt mit Julio – der schwor, sich an *El Toro* zu rächen –, woraufhin er und der Direktor der CIA übereinkamen, dem Mann, so weit es ging, zu helfen, obwohl das allen Bräuchen in der Politik und den Geheimdiensten widersprach. Doch Julio erzählte ihm wenig von seinen Plänen – und wirkte bei dem zweiten Gespräch längst nicht mehr so vertrauensvoll.

Dann war der Leiter des MI5 informiert worden, dass Julio in Panama getötet worden war – mit an Sicherheit grenzender Wahrscheinlichkeit von *El Toros* Leuten. Und so war die Spur kalt geworden …, bis auf die letzte Nachricht, in der Julio ihm mitgeteilt hatte, Sir John werde einige Dokumente von großem Wert erhalten. Julios Name würde als Codewort dienen.

Aber die Dokumente waren nicht eingetroffen, und der Leiter des MI5 hatte vor, im neuen Jahr in den Ruhestand zu gehen. Und so sah es danach aus, als würde sein berufliches Leben mit einem Misston enden. Es gab nur einen Weg, die Sache zu lösen: Der Premierminister musste den Leiter des MI6, den stellvertretenden Premierminister und den Verteidigungsminister entlassen. Doch das wäre einem politischen Selbstmord gleichgekommen, außerdem stellte der

Premierminister, wie so mancher andere Politiker heute, seine Interessen über die des Staates. Der Leiter des MI5 wiederum konnte sich niemandem anvertrauen. Und falls *El Toro* so skrupellos war, wie es sein Ruf vermuten ließ, würden, sowie der Leiter des MI5 aus dem Amt ausschied, die zahlreichen Bodyguards, die ihn rund um die Uhr bewachten, abgezogen, wodurch er höchst verwundbar war. Oje, der Leiter des MI5 fuhr fort, seinen Kohl einzutopfen. Was man brauchte, um aus diesem ganzen Durcheinander heil herauszukommen, das war ein Held …, aber an solchen Leuten herrschte Mangel.

»Komm doch rein. Du verkühlst dich sonst.« Seine Frau, die einen Dufflecoat übergezogen hatte, klopfte an die Fensterscheibe des Gartenschuppens.

Er lächelte ihr zu. Sie waren nun schon seit fast vierzig Jahren verheiratet, und sie liebte ihn mit der gleichen Intensität, wie sie an ihm herumnörgelte. Er sprach nie über seine Arbeit mit ihr, auch wenn sie wusste, was er tat (der Öffentlichkeit gegenüber wurde der Name des wirklichen Leiters des MI5 nie genannt; sie wurde mit einem Lockvogel in die Irre geführt). Sir John ging daran, Spinat zu pflanzen. Wenig später sah er, wie seine Frau über den Rasen eilte. Wieder klopfte sie an die Fensterscheibe.

»Ja, ich komme gleich.«

»Da ist ein Mann am Telefon, der dich sprechen will.«

»Wer ist es? Ich nehme am ersten Weihnachtstag keine Gespräche entgegen.«

»Er behauptet, es sei dringend. Er hat mehrfach den Namen Julio erwähnt.«

Mit großem Erstaunen sah sie, wie die Tür des Gartenschuppens aufflog und die korpulente Gestalt ihres sechzigjähri-

gen Ehemannes auf das Haus zueilte. Das hatte er in den letzten zehn Jahren nicht mehr getan. Was war hier los?
In seinem Arbeitszimmer griff Sir John zum Telefon. »Ja!«
»Mein Name ist Julio.«
»Sagen Sie nichts mehr. Sagen Sie mir nicht, wer Sie sind. Oder wo Sie sind. Haben Sie die Dokumente?«
»Ja.«
»Wo wollen wir uns treffen?«
Einen Augenblick lang überlegte Reynolds, das Haus seiner Tochter zu nennen. Dann fiel ihm Lincoln's Inn Fields ein – der Park, in dem er nach dem Tod seiner Tochter spazieren gegangen war. Der Park war ebenso öffentlich wie anonym. Er nannte den Ort als Treffpunkt.
»In Ordnung, aber lassen Sie mir zwei Stunden Zeit. Ich muss noch einige Leute zu Ihrem und meinem Schutz zusammentrommeln.«
»Okay.«
»Falls Ihnen jemand gefolgt ist, verlassen Sie sofort den Ort, an dem Sie sich aufhalten. Verschwinden Sie sofort von dort!«
Der Leiter des MI5 legte den Telefonhörer auf und stöhnte. Heute war der schlimmstmögliche Tag, um Bodyguards und Scharfschützen anzufordern. Aber diese Leute waren unabdingbar, falls es sich um eine Falle handelte und man ihn töten wollte. Und es gab noch ein Problem: Sollte der Chef der CIA nämlich recht haben, dann wurde sein Privattelefon abgehört. Er hoffte nur, dass der Mann seinen Rat befolgt hatte, denn sonst würde er – und zwar schon sehr bald – seiner eigenen Beerdigung beiwohnen.

* * *

Nachdem er das Telefonat beendet hatte, stand Reynolds vom Schreibtisch in seinem Hotelzimmer auf und begann auf und ab zu gehen. Hatte er das Richtige getan? Konnte er diesem Mann vertrauen? Möglicherweise war gerade eben seine Deckung aufgeflogen, und er war in eine Falle getappt. Dann wäre alles, was er – und Julio – getan hatten, vergebens gewesen. Außerdem stand, nach dem Inhalt des Gesprächs zu urteilen, sein Leben auf dem Spiel. Er versuchte, seine Angst zu beherrschen, packte die CDs aus Rodriguez' Villa in seine Aktentasche und verließ das Zimmer. Zum Glück war er so vorausschauend gewesen, nicht in seinem üblichen Hotel abzusteigen; dieses Hotel war eher schlicht, es lag außerhalb des Zentrums von London. Reynolds überlegte, ob er den Fahrstuhl nehmen sollte, eilte dann aber lieber die Treppe hinunter. In der Lobby verlangsamte er seinen Schritt, um keine Aufmerksamkeit zu erregen. Als er seinen Schlüssel abgab, lächelte die Dame am Empfang.
»Ihr Bruder und sein Freund sind gerade zu Ihrem Zimmer hinaufgefahren, Sir. Frohe Weihnachten!«
Ihr Gesichtsausdruck wirkte skeptisch, als er aus der Tür floh. (Komisch, dass jemand Weihnachten nicht mit den Angehörigen verbringen wollte.) Draußen winkte Reynolds ein Taxi heran und sagte dem Fahrer, er solle ihn zur Victoria Station fahren. Sowie er dort angekommen war, wechselte er das Taxi. Solange er weiter in Bewegung blieb, war er sicher. Hatte jemand sein Telefonat mit dem Leiter des MI5 belauscht? Das konnte sein. Es war auch möglich, dass *El Toros* Männer ihm vom Flughafen aus gefolgt waren. Während Reynolds kreuz und quer durch London fuhr, dachte er nach – sollte er zu dem geheimen Treffen gehen? Vielleicht sollte er lieber versuchen, in die USA zurückzuflie-

gen. Nach längerem Nachdenken wurde ihm klar, dass er keine Wahl hatte. Die einzige Person in England, die ihn vermutlich schützen konnte, war der Leiter des MI5. Aber was, wenn *er* der Verräter war? Wenn ja, dann war er kurz davor, dem Mann entscheidende Informationen zu liefern, die dieser direkt an *El Toro* weiterleiten würde. Was tun? Reynolds lehnte sich in dem Londoner Taxi zurück; er überlegte hin und her. Okay, er würde hingehen. Aber sicher wäre es ratsam, rechtzeitig dort einzutreffen. Dann könnte er sich in der näheren Umgebung umschauen und überprüfen, ob es sich um eine Falle handelte. Er wechselte erneut das Taxi und gab dem Fahrer seine Anweisung.
»Fahren Sie mich nach Lincoln's Inn Fields, so schnell Sie können.«
Das Taxi jagte los und setzte ihn am Eingang des Parks ab. Reynolds ging hinein. Da es der erste Weihnachtstag war, hielt sich niemand darin auf. Er packte seine Aktentasche fester, marschierte los und setzte sich auf eine Bank – dieselbe, auf der er beim ersten Mal gesessen hatte, als er nach Carolines Tod hierhergekommen war. Er merkte, dass seine Hände zitterten vor lauter unterdrückten Gefühlen. Die ganze Sache setzte ihm immer mehr zu. Er blickte hinauf in den düsteren Himmel. War heute wirklich sein letzter Tag auf Erden gekommen? Würde dieser Park das Letzte sein, was er jemals sah?
Die verabredete Zeit verstrich, aber niemand kam. Eine ältere Frau humpelte vorbei. Zwei Jugendliche flitzten auf Rollerskates den Weg hinunter. Sie blickten ihn an – ein Mann im schwarzen Mantel, der eine Aktentasche umklammert hielt, als hinge sein Leben davon ab. Der Park leerte sich wieder. Wo blieb nur der Leiter des MI5? Er hatte sich

schon um eine halbe Stunde verspätet. Da stimmte doch irgendetwas nicht. Hatten die ihn umgebracht? Während Reynolds dasaß und auf jemanden wartete, der nicht zu kommen schien, wog jede Minute schwerer. Seine Beklommenheit steigerte sich zu blanker Angst. »Verschwinde von hier! Hau ab!«, rief ihm eine innere Stimme zu. Er wollte gerade aufstehen und gehen, als er nach rechts blickte. Das Blut wich aus seinem Gesicht. Ein untersetzter, kräftiger Mann in einem eleganten, maßgeschneiderten Regenmantel kam mit langen Schritten auf ihn zu. Locker und ohne Eile. Als er sich Reynolds näherte, knöpfte der Italiener mit der einen Hand den mittleren Knopf des Mantels auf. Mit der anderen griff er tief hinein.

El Toro hatte die italienische 'Ndrangheta gebeten, ihm ihren Topkiller zur Verfügung zu stellen.

Es wird oft gesagt, dass sich im Augenblick des Todes alles wie in Zeitlupe abspielt, wie in einem Traum. Wie gelähmt sah Reynolds zu, wie der Killer eine Waffe zog. Er blieb vor Reynolds stehen, richtete sich ruckartig aus und zielte mit einer gut geübten, eleganten Bewegung mit seiner Waffe auf Reynolds' Herz. Eine Sekunde später würde der Italiener weitergehen, ohne Hast, und sein fünfzigstes Opfer zusammengesackt und blutend auf der Bank zurücklassen. Das war's also, dachte Reynolds. *Meine Tage sind gezählt, ich habe mein Leben gelebt.*

Der große Entdecker und Missionar des 19. Jahrhunderts David Livingstone schildert sein Nahtoderlebnis, als ein Löwe ihn angriff, wie folgt:

> Ich hörte einen Schrei, und als ich mich halb umwandte, sah ich den Löwen, der im Begriff war, auf mich zu

> springen. Er packte mich an der Schulter, und wir stürzten gemeinsam zu Boden. Unter furchtbarem Knurren schüttelte er mich wie ein Terrier eine Ratte. Der Schock rief eine Starre in mir hervor, ähnlich der, die wohl eine Maus empfindet, nachdem sie von einer Katze gepackt wird. Er verursachte eine Art Verträumtheit, bei der ich keinen Schmerz, keine Todesangst empfand, auch wenn ich mir völlig bewusst war, dass all das geschah. Es war so, wie es Patienten, die teilweise unter dem Einfluss von Chloroform stehen, schildern; sie sehen zwar die Operation, spüren aber nicht das Skalpell. Diese Ruhe kehrt vermutlich in allen Lebewesen ein, die von Raubtieren getötet werden; und sollte dies zutreffen, dann handelt es sich um eine gnädige Vorsehung des Schöpfers, den Schmerz des Todes zu lindern.

Empfand Reynolds Ähnliches? Nein! Vielmehr fühlte er die größte denkbare Todesangst. Er schloss die Augen und wartete auf den Einschlag der Kugel. Im Augenblick des Todes hätte er am liebsten seine Tochter Caroline an seiner Seite gehabt. Aber sie war nicht da. Also hatte Gustavo gelogen. Ein Schuss ertönte; Reynolds hob die Hände und griff sich ans Herz. Aber er spürte keinen Schmerz. Wie bitte? Reynolds öffnete die Augen. Der Mafioso lag mit ausgebreiteten Händen und ausgestreckten Beinen vor ihm – mitten in der Stirn ein kreisrundes Loch, aus dem Blut zu sickern begann. Völlig verblüfft blickte Reynolds zu der Ulme hinter dem Mörder. Sein Blick zuckte nach links. Zwei Männer in grünen Gärtner-Overalls tauchten aus dem Gebüsch auf, sie schoben eine kleine Schubkarre voll Laub vor sich her. Sie blieben vor der Leiche stehen, hoben sie an, legten sie auf die Schubkarre und deckten sie zu. Wortlos gingen sie weiter. Reynolds spürte einen kühlen Windhauch auf der Wange.

»Es ist alles okay, Dad«, hörte er seine Tochter flüstern.

Von rechts kam ein korpulenter Herr herangeschlendert, bekleidet mit einem dunklen Burberry-Mantel, um den Hals hatte er einen blauen Kaschmirschal geschlungen. Er näherte sich dem Amerikaner mit derselben gemessenen Ruhe wie der Mörder. Doch es gab einen Unterschied. Als er Platz nahm, lächelte er freundlich.

»Ich freue mich, Sie kennenzulernen, Julio. Oder genauer gesagt: Mr. Reynolds, nicht wahr?«

Der Gentleman zog sich die Lederhandschuhe von den Händen. Er war Anfang sechzig, hatte einen edel geschnittenen Kopf, einen weißen Haarschopf, rosige Wangen, tief liegende Augen und eine römische Nase. »Ich bin der Mann, mit dem Sie telefoniert haben. Ich bin der Leiter des MI5, des britischen Inlandsgeheimdienstes.«

Reynolds nickte. Es dauerte einige Sekunden, bis er seine Stimme wiedergefunden hatte. Er deutete auf den Blutfleck. »Wer war das?«

»Das war einer von *El Toros* Männern, deshalb sollten wir auch nicht allzu lange hier bleiben. Einer meiner Scharfschützen hat ihn erwischt.«

»Oh, gut.« Reynolds registrierte, dass es ihm schwerfiel, die Lippen zu bewegen. Seine Gesichtszüge waren völlig verzerrt nach dem Schreck, beinahe ermordet worden zu sein. »Haben Sie die Dokumente?«

Reynolds reichte ihm die Aktentasche. »Es handelt sich um CDs. Sie wissen, dass Julio tot ist?«

»Ja.«

Der Leiter des MI5 erhob sich. Er half Reynolds hoch, weil dieser wegen der traumatischen Erfahrung der letzten Minuten kurzzeitig die Kontrolle über seine Beine verloren hatte. »Kommen Sie, gehen wir ein wenig; wir fallen dann weniger auf und bieten kein so leichtes Ziel.« Sie setzten sich in Bewegung. Gleichzeitig schlossen sich ihnen drei Männer in dunklen Anzügen an, drei weitere tauchten aus den Büschen auf. Sie bildeten eine Art Schutzkordon. »Hat Julio Ihnen Details im Zusammenhang mit *El Toros* Identität genannt?«

»Ja, Sie suchen nach der falschen Person. Sein wahrer Name lautet Roberto Tomas Bastos. Geboren in Guajara, einem Dorf in Brasilien. Es handelt sich um einen Drogenhändler, der seinen eigenen Tod vorgetäuscht hat.«

»Vielen Dank.« Der Direktor des MI5 zog ein kleines Notizbuch hervor und begann zu schreiben. Dabei fielen Reynolds mehrere andere Leibwächter auf, die am Eingang des Parks standen, ausgerüstet mit Maschinengewehren. Und da erkannte Reynolds, wie ernst die ganze Sache selbst für den Leiter des britischen Inlandsgeheimdienstes war. Auch dessen Leben stand auf dem Spiel.

»*El Toro* bereitet eine neue Lieferung Kokain vor. Sie wird am zweiten Weihnachtsfeiertag auf dem Flughafen von Houston eintreffen. Es wird sich um eine Frachtmaschine handeln.«

»Ich gebe die Information weiter. Ich möchte Ihnen danken, dass Sie uns geholfen haben, aber Ihr Leben ist in Gefahr. Sie sollten in England bleiben. Wir können Ihnen einen Vierundzwanzig-Stunden-Schutz bieten …«

»Nein danke.«

»Ich hatte befürchtet, dass Sie das sagen. Wann fliegen Sie zurück?«

»Heute Nachmittag, in meinem Privatjet.«

»Nein, das würde ich nicht tun. Zu vorhersehbar. Nehmen Sie einen Linienflug. Ich arrangiere das und lasse Sie von meinen Männern zum Flughafen begleiten. Wenn Sie am Flughafen Newark eintreffen, müssen Sie unbedingt dort bleiben. Die Japanerin, die Sie kennen, wird Sie mit Leuten von der CIA bekannt machen, die auf Sie warten.«

»Die Japanerin arbeitet für Sie?«

»Nein, Sie arbeitet als Callgirl, Mr. Reynolds. Aber wir nehmen ihre Dienste in Anspruch, so wie die vieler anderer.« Er hielt inne. »Ach, noch etwas. Die CIA hat mir gesagt, in diese Sache sei ein Mann involviert, der sich mit Schlangen gut auskennt. Er sei in New York so etwas wie eine Legende. Wer ist dieser Mann? Arbeitet er für Sie?«

»Ich möchte dazu nichts sagen.«

»Verstehe. Würde er in Betracht ziehen, für uns zu arbeiten?«

»Nein.«

»Schade. Julio hat mir erzählt, dass es sich um den erstaunlichsten Menschen handelt, den er je kennengelernt hat. Also …«, der Leiter des MI5 zog seine Handschuhe an, »es war mir ein Freude, Sie kennenzulernen, und haben Sie nochmals vielen Dank für Ihre Hilfe.«

»Wissen Sie, wer der Verräter ist?«

»Es kann sich um eine von drei Personen handeln. Angesichts dessen, was heute passiert ist, kommen nur noch zwei in Frage. Ah, da ist noch etwas, das ich Ihnen gern zurückgeben möchte.«

Er zog Carolines Tagebuch aus der Manteltasche. »Verzeihen Sie, dass wir es an uns genommen haben, aber wir glaubten, es könnte uns bei der Aufklärung des Londoner Bombenanschlags weiterhelfen. Wir waren uns nicht ganz sicher, was Sie betrifft, aber jetzt sind wir es. Was für eine wundervolle Tochter Sie hatten.«

»Ja.«

Der Leiter des MI5 schüttelte ihm die Hand. »Viel Glück, und lassen Sie sich nicht weiter in diese Sache hineinziehen. Überlassen Sie das uns.«

Sie gingen auseinander; Reynolds wurde in einem Wagen davongefahren. Er dachte darüber nach, dass ihm nun zum zweiten Mal jemand im britischen System gesagt hatte: »Überlassen Sie das uns.« Beim ersten Mal hatte es sich um den Verteidigungsminister gehandelt.

37

Das Böse bekommt, was es verdient.
Geoffrey Chaucer

Wie kommen wir hier bloß wieder raus?«
In dem unterirdischen Verlies sah Rachel zu, wie Gustavo die Sandrasselotter hochhob und in den Beutel gleiten ließ, der sich an der Innenseite seines linken Hosenbeins befand. Sweet Tonis Neffe lag auf dem Boden, an seinen Zügen ließ sich ablesen, dass er schließlich seinem Herrgott begegnet war – dank der Unterstützung der Schlange. Es war eindeutig eine kleine Überraschung gewesen – vielleicht auch für den Schöpfer.
»Da ist kein Griff an der Innenseite.«
Die Tür war aus verstärktem Stahl und extra so gefertigt, dass sie großer Gewalteinwirkung widerstand.
»Oben an der Treppe habe ich noch eine Tür gesehen«, sagte Gustavo.
»Und was machen wir jetzt?«
»Wir warten.«
»Warten? Auf wen?«
Gustavo setzte sich wieder auf seinen Stuhl. »Oh, irgendjemand wird schon kommen.«

* * *

Unterdessen versuchte Vincente, so schnell wie möglich zum Bunker zurückzukommen. Er hatte den Leiter von *El Toros* New Yorker Dependance aufgesucht. Der neue Mann war ein Brasilianer, den man aus São Paulo eingeflogen hatte, damit er den katastrophalen Verlusten an Männern endlich entgegentrat. Ihm war klar, dass er schnell Ergebnisse vorweisen musste – deshalb hätte er Vincente fast geküsst, als der hagere Sizilianer ihm mitteilte, dass sie den Schlangenmann endlich gefasst hätten. Was sollten sie mit dem Kerl machen? Der neue New-York-Chef rief sofort in Brasilien an. Es dauerte, bis eine Antwort kam, weil *El Toro* gerade schlief, aber man hielt die Sache schließlich doch für so wichtig, dass man den großen Führer weckte. Der Befehl erging: Der Schlangenmann sollte nach Brasilien eingeflogen werden. Was das Mädchen betraf, so war es entbehrlich und konnte beseitigt werden.

»Sie gehört dir, Vincente«, erklärte der Leiter des New Yorker Büros mit einem Zwinkern.

Der Gangster hätte sich nicht mehr freuen können. In seinen bösen Gedanken wusste er genau, was er mit Rachel vor ihrem Tod anstellen würde.

»Bring den Schlangenmann her. Setz ihn mit einer Droge außer Gefecht, damit er nicht fliehen kann. Und nimm den Tracker mit – für alle Fälle.«

Darauf war Vincente zwar nicht besonders scharf – konnte es jedoch wohl kaum ablehnen. Außerdem stand der gefährliche Auftragskiller direkt neben dem Leiter des New Yorker Büros, und Vincente hatte nicht die geringste Absicht, ihn zu beleidigen.

»Du leitest die Sache, Vincente, *vergeig* sie nicht.«

»Ganz bestimmt nicht«, versicherte Vincente. Wenn er Gustavo herbrachte, stand einer weiteren Beförderung nichts im Wege. Außerdem würde er damit die Scharte auswetzen, dass zwei Spezialteams ausgelöscht worden waren. Nachdem er sich von seinem Boss verabschiedet hatte, ging Vincente dicht gefolgt vom Tracker zum Lieferwagen zurück. Die vier Männer, die ihn hierher begleitet hatten, standen herum und rauchten. Vincente drückte seine schmale Brust heraus, als er ihnen die Befehle gab.

»Wir fahren zum Bau zurück und holen den Schlangenmann her.«

»Und was ist mit Weihnachten?«

»Weihnachten? Wen interessiert schon Weihnachten, Scheiße noch mal?«, fluchte Vincente. »Denkt an den Bonus, den ihr bekommt.«

»Was ist mit der Frau?«

»Ich kümmere mich um sie. Steigt hinten ein«, knurrte er. »Und du auch«, sagte er zum Tracker. Das Gefühl der Macht stieg Vincente bereits zu Kopf.

Die Männer stiegen in den Laderaum des schwarzen Lieferwagens. Vincente nahm vorn neben dem Fahrer Platz, dann ging's los. New York war fast zur Ruhe gekommen, denn die meisten Menschen waren zu Hause und feierten Weihnachten. Auch Vincentes Familie beging den Heiligen Abend, aber das war ihm egal. Das Geld, die Beförderung und das, was er mit der Frau machen würde – nur das hatte Platz in seinem Kopf.

»Hey, hey, hey. Ruhe da hinten.« Er donnerte gegen die Metallwand, die die Fahrerkabine vom Laderaum trennte. Aber er wusste ja, was passiert war. Irgendwer hatte eine Flasche Schnaps hervorgeholt, und jetzt fingen die Männer an zu saufen. Er konnte es ihnen nicht verdenken, aber er wollte auch nicht, dass sie zu betrunken waren, schließlich mussten sie sich einer ernsten Aufgabe widmen. Außerdem hörte er, dass sie Weihnachtslieder angestimmt hatten – ihre rauhen Stimmen grölten beinah festlich. Der schwarze Lieferwagen fuhr zügig dahin – aber nicht allzu schnell, damit sie nicht von der Polizei gestoppt wurden. Sie erreichten die Bronx. Der rauhe Gesang wurde leiser und verstummte schließlich ganz. Von der Ladefläche schallte ein Hämmern in die Fahrerkabine.

»Was ist denn?«

»Ich will raus. Ich muss pinkeln.«

Das war der Tracker.

»Kannst du nicht warten? Wir sind fast da.«

»Nein. Ich will jetzt raus.« Wieder Hämmern.

Vincente fluchte lauthals und befahl dem Fahrer anzuhalten. »Geh nach hinten und mach die Heckklappe auf.«

Der Fahrer gehorchte. Er stieg aus und ging, um die Tür des Lieferwagens zu öffnen. Vincente starrte geistesabwesend aus dem Fenster.

»Hey, was ist denn passiert?«

Der Tracker setzte sich hinters Lenkrad und betätigte die Zündung. »Der Fahrer wollte mit den anderen einen trinken.«

Einige Minuten später fuhren sie die schmale Gasse hinauf, in der der Bunker lag. In der Straße war es so still wie in einer Leichenhalle. Vincente stieg aus und öffnete das Stahltor. Der Tracker fuhr hindurch, Vincente schloss hinter ihm ab und schlenderte zurück zum schwarzen Lieferwagen. Er öffnete die Tür zum Laderaum.

»Wir sind da! Alle aussteigen.«

Aber was er da sah, entsprach so gar nicht seinen Erwartungen. Statt seiner Leute, kampfbereit in ihren Fliegerjacken und bis an die Zähne bewaffnet, erblickte er nur Leichen. Ihm wurde bang ums Herz. Er wandte sich um. Das Leben war einfach nicht fair. Jetzt würde er niemals seinen Spaß mit der Frau haben.

Eine Kugel aus der Waffe des Trackers beförderte ihn in eine andere Welt.

* * *

»Wach auf! Sie sind da.«

Rachel packte das Maschinengewehr und postierte sich neben Gustavo, der eingeschlafen war. Vom oberen Ende der Treppe kam ein Geräusch, das wie ein gedämpfter Schuss klang, dann hörten sie, wie eine Stahltür geöffnet wurde. Schritte kamen die Betonstufen herab. Das Schloss an der Kellertür wurde entriegelt. Rachel hob die Waffe, um zu schießen (sie hatte allerdings keinerlei praktische Erfahrung im Umgang mit Maschinengewehren). Plötzlich drückte Gustavo den Lauf des Gewehrs beiseite. Denn im Türrahmen stand der Tracker. Er blickte die beiden in dem harschen Licht an und sagte zu Gustavo auf Buglere:

»Ich bin gekommen, um zu helfen.«

38

Das Leben ist eine Reise, die nach Hause führt.
Herman Melville

Zuhause!

Reynolds' Herz jubilierte. Weil er knapp dem Tod entronnen war, berührte ihn das Wort umso tiefer. Er wurde von einem Wagen des britischen Geheimdienstes zum Flughafen Heathrow gefahren. Endlich war er in Sicherheit, und das gestattete ihm, das Undenkbare zu denken. Dass er tatsächlich nach New York zurückkehren würde – dass sein Leben noch nicht vorüber war. Die Skyline von New York wiederzusehen, durch die Tür seiner Penthouse-Wohnung zu treten, ins Büro des Vorstandschefs zurückzukehren. Die kleinen Dinge hatten wieder eine große Bedeutung, und er konnte sie mit einer außergewöhnlichen Freude genießen. Er war am Leben! Er lebte immer noch in dieser Welt, mit all ihren Fehlern und Absurditäten, und er war froh darüber.

Vor allem aber er freute er sich darauf, Rachel wiederzusehen – sie in den Armen zu halten und ihr zu sagen: »Ich liebe dich. Bitte heirate mich.«

Aber was war mit Gustavo? Liebte er Rachel nicht auch, war das nicht sein Schicksal? Ja, doch Reynolds brauchte Rachel, brauchte sie verzweifelt, er verzehrte sich nach ihr, und er würde nicht den gleichen Fehler machen, den er bei Pauline gemacht hatte. Es würde keine anderen Frauen geben, und er würde nicht unablässig arbeiten. Nein, sie würden New York sofort verlassen und an einen geheimen Ort fliegen, wo selbst der Minotaurus sie nicht aufspüren konnte. Reynolds würde eine riesige Villa kaufen und sich mit Leibwächtern umgeben, bis *El Toro* gefasst wäre. Und sobald das geschehen war, wie würden sie dann leben! Sie würden die Welt bereisen, Rachel würde ihm Kinder schenken, er würde den Rest seines Lebens wohltätigen Zwecken widmen. Alles war möglich, nicht wahr? Ja, genau das hatte Pauline, als sie noch lebte, ihm zu sagen versucht – dass er sich mit anderen Menschen verbinden und ihnen helfen solle. Das sei der wirkliche Sinn des Lebens.

»Wir kommen mit Ihnen ins Flughafengebäude, Sir.«

Sie waren am Flughafen Heathrow eingetroffen. Die Männer des britischen Geheimdienstes waren jung und trugen schicke Business-Anzüge. Der Teamleiter war in den Vierzigern und sah picobello aus. Er hätte auch als Banker oder höherer Angestellter durchgehen können. Sie waren vom Leiter des MI5 extra ausgewählt worden, gerade weil sie nicht auffielen. Zwar wollten die Männer alle unbedingt schnell wieder nach Hause, um den Rest des ersten Weihnachtsfeiertages zu genießen, aber sie hatten ihre Pflicht zu erfüllen – und die würden sie nicht vernachlässigen.

»Wir haben Ihnen ein Erste-Klasse-Ticket nach New York bei einer britischen Airline gebucht. Der Flieger geht in etwa vierzig Minuten. Ich gehe mit Ihnen zum Fahrkartenschalter, meine Kollegen werden uns in einiger Entfernung folgen. Irgendein Anzeichen für Ärger, und Sie lassen sich zu Boden fallen. Haben Sie verstanden?«

»Ja.«

»Auf dem Flug wird eine Frau neben Ihnen sitzen. Wenn Sie in New York ankommen, wird sie Sie durch den Zoll begleiten. Sie wird Sie unseren Kollegen bei der CIA vorstellen.«

»Vertrauen Sie ihr?«

»Ja, Sir. Das Wichtigste ist: einfach entspannen, alles wird gut.«

Reynolds hätte fast gelacht. Na also. Er war der Vorstandschef eines globalen Unternehmens, das er dreißig Jahre lang geleitet hatte. Jetzt übernahmen andere Leute die Führung, was ihn ziemlich froh stimmte. »Wie heißen Sie?«

»Steve. Kommen Sie, steigen wir aus, Sir.«

Sie verließen den Wagen und betraten die Halle für die internationalen Flüge. Obwohl es der erste Weihnachtstag war, herrschte hier durchaus Betrieb – Heathrow war schließlich einer der Flughäfen mit dem größten Passagieraufkommen der Welt. Reynolds sah sich um. Überall Eltern, die Kinderwagen schoben, sowie junge Männer und Frauen, die Skistöcke oder Surfbretter mit sich schleppten, alle darauf konzentriert, rechtzeitig zum Check-in-Schalter zu kommen. Niemand kümmerte sich um den hochgewachsenen Amerikaner, der, bekleidet mit einem silbergrauen Anzug, das Gebäude betreten hatte. Und auch nicht um den Mann im eleganten marineblauen Anzug neben ihm, der eine Aktentasche trug. Noch weniger waren die zwei Männer von Interesse, die miteinander plauderten und lachten und ein wenig hinter den Erstgenannten gingen. Und doch, diese Neuankömmlinge – allem Schein nach so sorglos – beobachteten alles um sich herum ganz genau; sie nahmen jeden Passagier unter die Lupe, beurteilten jede Distanz, hielten sich eng an den Amerikaner, und das genauso professionell, wie sie ein Staatsoberhaupt geschützt

hätten. Ihnen war eine absolut wichtige Mission übertragen worden: den Amerikaner sicher nach Hause zu bringen.
Als er sich dem Check-in-Schalter näherte, hörte Reynolds eine laute Stimme hinter sich. Ein Mann in Urlaubsbekleidung trat auf ihn zu, sein junger Sohn umklammerte seine Hand. Sofort trat Reynolds' Bodyguard einen Schritt vor, und die beiden anderen stellten sich vor ihn, um einen Schutzschild zu bilden, genauso wie sie das im Lincoln's Inn Park getan hatten.
»Sie sind doch Paul Reynolds, oder?« Der Amerikaner streckte die Hand aus. »Randy Nicholls, Bratton Technology, wir haben uns in …«
Der Bodyguard schubste ihn grob zur Seite. »Sie müssen sich irren.« Zu Reynolds gewandt sagte er: »Gehen Sie weiter, Sir.«
Reynolds sah sich nach dem verwirrten Mann um. Lautlos entschuldigte er sich: »Tut mir leid.« Er kannte den Mann – er war der Marketingleiter einer ihrer Konkurrenzfirmen.
»Gehen Sie einfach weiter.«
Schließlich kamen sie am Schalter für die erste Klasse der größten britischen Fluggesellschaft an. Vor Reynolds stand nur eine Frau. Sie drehte sich um – das japanische Callgirl! Diesmal lächelte sie ihn an und wandte sich dann ab, um ihr Ticket vorzuzeigen. Reynolds war sprachlos. Sie half ihm bei seiner Heimreise – wie wundervoll von ihr. Aber was hielt sie wirklich von ihm? Und wie hatte der britische Geheimdienst sie dazu gebracht, ihnen zu helfen? Er hatte so viele Fragen, die er stellen wollte. Aber vor allem wollte er sich bei ihr entschuldigen. Er wusste, was er tun würde. Er würde ihr einen hohen Scheck ausstellen, ausreichend hoch, dass sie ungebunden leben konnte.

»Ihr Ticket, Sir?«
Reynolds war an der Reihe. Sein MI5-Aufpasser, Steve, schob ihm ein Ticket in die Hand.
»Vielen Dank. Das ist Sitz Nummer eins. Haben Sie Gepäck? Nein? Ihr Flug geht in einer halben Stunde, von Gate Nummer fünfundzwanzig. Wir wünschen Ihnen einen guten Flug, Mr. Reynolds. Auf Wiedersehen.«
Reynolds passierte die Personenkontrolle. Auch hier hielten seine Bodyguards ihren unaufdringlichen, aber wirksamen Schutzkordon aufrecht. Die Japanerin war immer noch vor ihm. Sie erreichten den Metalldetektor.
»Ich gehe mit Ihnen hindurch«, erklärte Steve. Er gab seinen beiden Kollegen ein Zeichen, woraufhin sie sich zurückfallen ließen. Sie hatten ihre Arbeit getan, sie konnten nach Hause zurückfahren, zu ihrem wohlverdienten Weihnachtsessen.
Gemeinsam gingen Reynolds und Steve in die Wartehalle. Hier war die Lage entspannter, weil es sich um eine gesicherte Zone handelte. Reynolds wollte in den Wartebereich für die Business Class weitergehen, aber Steve fasste ihn am Arm.
»Ich würde dort warten, wo viele Leute in der Nähe sind. Sobald Sie im Flugzeug sitzen, sind Sie außer Gefahr.«
Sie nahmen in der Nähe eines Monitors Platz, auf dem die Flüge angezeigt wurden. Es handelte sich nur noch um Minuten, dann konnten die Passagiere an Bord gehen. Nicht weit entfernt von ihm saß die Japanerin und las in einer Zeitschrift. Er war frei! Keine Aktentaschen mehr, keine Termine mehr, keine Geschäfte mehr. Zeit, um zu leben!
»Ich hole mir eine Zeitung.«
Steve stand auf und ging die wenigen Schritte zum Zeit-

schriftenladen, der direkt gegenüber lag. Während er seinen Schutzbefohlenen weiter im Auge behielt, wählte er eine Zeitung aus und stellte sich an den Tresen, um zu bezahlen. Unterdessen wurde Reynolds' Phantasie von der Vorstellung eines riesigen Zoos gefangen genommen. Ja, das wäre das Richtige! So könnte er Gustavo danken …

»Der Flug nach New York ist jetzt zum Einsteigen bereit. Die Passagiere der ersten Klasse werden gebeten, zu Gate fünfundzwanzig zu kommen.«

Reynolds stand auf. Im Zeitungskiosk nahm der MI5-Mann das Wechselgeld entgegen. Plötzlich ließ er es fallen und schrie Reynolds zu:

»Laufen Sie!«

Reynolds drehte sich um. Von links näherten sich drei Männer. Sie waren wie Reinigungskräfte des Flughafens gekleidet. Allerdings hielten sie keine Putzutensilien in der Hand. Der MI5-Agent stürmte aus dem Zeitschriftenladen und zog seine Waffe. Er gab den ersten Schuss ab, traf einen der Killer von *El Toro* in die Seite, aber beinah gleichzeitig traf ihn eine Kugel in die Brust. Blut spritzte aus seinem Mund, während er weiterfeuerte. Immer noch schießend, brach er zusammen und rief Reynolds mit brüchiger Stimme zu:

»Laufen Sie!«

Im Wartebereich des Flughafens brach die Hölle los. Reynolds rannte los und stieß dabei Leute aus dem Weg. Zwei Killer folgten ihm, fest entschlossen, ihn zu töten. Die Japanerin stürmte vor, im Versuch, die Männer aufzuhalten und ihm das Leben zu retten. Eine Kugel erwischte sie, tödlich getroffen wurde sie in hohem Bogen auf eine Reihe von Stühlen geschleudert. Reynolds bog in den Gang, der zum Gate fünfundzwanzig führte. Er lief so schnell, wie er konnte. Die Passagiere, die erkannten, dass er um sein Leben rannte, schrien und warfen sich auf den Boden. Noch während er vorwärtsstürmte, wurde Reynolds bewusst, dass er es nicht schaffen würde; es waren keinerlei bewaffnete Sicherheitskräfte zu sehen, und wenn er in gerader Richtung weiterlief, würde er ein einfaches Ziel abgeben. Geduckt und im Zickzackkurs bog er in einen schmalen Gang, von dem die Herrentoilette abging. Reynolds stürzte hinein

Drinnen warteten mehrere Männer darauf, dass das nächste WC frei wurde. Verwirrt blickten sie auf, als Reynolds wie ein Irrer auf sie zustürmte. Der Amerikaner schubste die Männer zur Seite und hechtete in die letzte Kabine, deren Tür gerade geöffnet wurde. Er zog den Mann heraus und schlug die Tür hinter sich zu. Er brauchte nur dreißig Sekunden, das war alles, was nötig war; sein Handy hatte er bereits aus der Manteltasche gezogen und die Nummer seines Festnetzanschlusses in New York gewählt. Unterdessen betrat einer von *El Toros* Männern mit erhobener Waffe die Herrentoilette.

»Gustavo«, schrie Reynolds ins Handy. »Geh zum Leiter des MI5. Du kannst ihm vertrauen.«

»Alle auf den Boden!«

Die Toilettenbenutzer warfen sich in Panik auf die Knie. Die Killer begannen die Toilettentüren einzutreten. Reynolds hatte den Eindruck, als würde alles wie in Zeitlupe ablaufen.

»Es ist Zeit«, flüsterte ihm eine Stimme leise ins Ohr.

Jetzt war er also gekommen: sein *letzter Augenblick auf Erden*. Reynolds steckte sein Handy in die Manteltasche zurück und trat aus der Kabine. In der Hand hielt er das Tagebuch seiner Tochter. Der Brasilianer gab einen Schuss ab.

Die Kugel traf Reynolds im Hals – er wurde gegen die weißgekachelte Wand geschleudert und sackte zu Boden. Seine Augen brachen; er nahm die Welt nicht mehr wahr. Sterbend wandte er ganz leicht den Kopf. Gustavo hatte die Wahrheit gesagt. Die Person, die er am liebsten hatte sehen wollen, war gekommen.

»Dad.«

Seinen zweiten Schuss gab der Brasilianer direkt in Reynolds' Gesicht ab. Doch es war ein Pyrrhussieg. Bewaffnete Polizeieinheiten mähten ihn und den anderen Killer in einem Kugelhagel nieder.

39

Es gibt gewichtige Geheimnisse,
die wir nur flüstern dürfen.
Sarah Woolsey

In welche Richtung?«

Als der Tracker sie aus dem Kerker herausführte, blinzelten Rachel und Gustavo im hellen Sonnenlicht. Hinter einer Fläche blanken Betons befand sich eine hohe Mauer; dahinter wiederum hörten sie Geräusche von Fahrzeugen.

»Hier entlang«, sagte der Tracker und zeigte auf die Mauer. Vor dem Vordereingang konnten *El Toros* Männer lauern. Man sollte den Boss der Bosse nie unterschätzen. Vielleicht hatte er Leute zur Beobachtung des Bunkers abgestellt. Gustavo kletterte über die Mauer und half Rachel nach oben. Sie setzte sich rittlings aufs Mauerwerk und blickte die andere Seite hinunter; noch nie war sie so glücklich gewesen, New York zu sehen. Die Mauer verlief parallel zu einer schmalen Straße mit vielen kleinen Restaurants und Geschäften. Das Gefühl, frei zu sein, war so stark, dass sie vor Glück am liebsten aufgeschrien hätte. Sie zog Gustavo an sich und küsste ihn auf den Mund. Er wich etwas zurück, aber sie küsste ihn trotzdem weiter.

»Warum?«

»Warum? *Warum?* Gustavo, du hast mir das Leben gerettet, und du bist einfach … unglaublich!«

Sie küsste ihn abermals leidenschaftlich, seine Lippen waren weich und frisch. Er grinste; so viel war von ihrer Angst verschwunden. Er freute sich darüber.

»Wo sind wir?«

»In der Bronx«, antwortete der Tracker.

Alle drei sprangen von der Mauer und überquerten die Straße. Gustavo und der Tracker wechselten schnell ein paar Sätze in einer indianischen Sprache.

»Worüber redet ihr?«

»Er macht sich Sorgen wegen Reynolds. Er glaubt, dass *El Toro* ihn identifiziert hat. Wir müssen ihn finden.«

»Möglicherweise ist er noch in London.«

»Ich hinterlasse eine Nachricht in seiner Wohnung. Aber vorher bringe ich dich an einen sicheren Ort.«

»O nein!«, widersprach Rachel. »Ich gehe *nirgendwo* hin ohne dich. Du bist mein Held, und ich bleibe bei dir.«

»Okay, aber dann fliegen wir nach Panama.«

»Das finde ich toll.«

Sie liefen aus der schmalen Gasse auf eine der Hauptstraßen. Es gelang ihnen, eines der wenigen Taxis heranzuwinken, die am ersten Weihnachtstag unterwegs waren, und wiesen den Fahrer an, sie zu Reynolds' Apartmenthaus zu bringen. Bevor sie dort eintrafen, ließ Rachel das Taxi anhalten. Sie weihte die beiden Männer in ihren Plan ein. Der Doorman würde sie ins Haus lassen, weil Reynolds die Anweisung hinterlassen hatte und der Doorman sie kannte. Aber auch Gustavo und den Tracker? Rachel würde deshalb allein hineingehen und eine der Feuerschutztüren auf der Rückseite öffnen. Normalerweise wäre Wartungspersonal in der Nähe, aber heute war das recht unwahrscheinlich. Sie mussten es auf jeden Fall versuchen. Rachel stieg aus dem

Taxi, schlenderte um die Ecke und ging auf das Luxusapartmenthaus zu. Der Doorman öffnete ihr die Tür – für die Superreichen standen immer Bedienstete bereit.

»Ist Mr. Reynolds wieder da? Er hat mir gesagt, ich soll hinaufgehen.«

»Er ist noch nicht angekommen, Madam.«

»Oh, dann verspätet er sich wohl.« Sie trat zum Lift und wartete leicht nervös, weil sie sich ihres zerzausten Zustands deutlich bewusst war. Rachel fuhr in den zweiten Stock hinauf und ging dann die hintere Treppe in den Keller hinunter, um Gustavo und den Tracker durch eine der Feuerschutztüren ins Haus zu lassen. Gemeinsam fuhren sie in das oberste Stockwerk hinauf. Nachdem sie sich vergewissert hatten, dass niemand auf dem Flur war, betraten sie die Wohnung.

»Paul?«, rief sie, wie immer. Der Portier hatte ihr zwar bereits gesagt, dass er nicht da sei, aber sie hatte es trotzdem gehofft.

Gustavo und der Tracker begannen, die Zimmer auf Eindringlinge zu überprüfen. Unterdessen ging Rachel durch Reynolds' Schlafzimmer in sein Bad. Dort befand sich ein kleiner Wandsafe, verborgen hinter einem Spiegel. Sie gab die Zahlenkombination ein. Reynolds hatte ihr den Code mitgeteilt, damit sie dort – nötigenfalls – ausreichend Geld finden konnte. Rachel nahm sich rund dreißigtausend Dollar und stopfte die Geldscheine in eine Tasche, die sie zuvor aus dem Fitnessraum mitgenommen hatte. Sie wollte den Safe schon schließen, da fiel ihr Blick auf einen gepolsterten Briefumschlag. Darauf stand einfach nur: »Rachel«. Mit angehaltenem Atem zog sie das Kuvert hervor. Sollte sie es hierlassen oder mit nach Panama nehmen? Spontan legte sie es in die Tasche. Dann zog sie den Reißverschluss zu und lief über den Flur ins Wohnzimmer zurück.

»Ich bin so weit.«

Gustavo und der Tracker drehten sich um und schauten sie traurig an. So wie Wunschträume in Erfüllung gehen konnten, konnten auch Alpträume wahr werden. Der Nachrichtensender brachte die aktuellen Meldungen. Die Sprecherin nahm das Blatt mit ihrem Text zur Hand und begann zu lesen.

»… und hier noch einmal die letzte Meldung. Paul Reynolds, Vorstandsvorsitzender von Reynolds Holdings Incorporated, einem der führenden Elektronikunternehmen der Welt, ist heute bei einem kaltblütigen Attentat auf dem Flughafen Heathrow in London ums Leben gekommen. Er wurde niedergeschossen, offenbar handelte es sich dabei um eine Verwechslung. Unternehmensführer aus der ganzen Welt bedauerten zutiefst …«

Rachel sank zu Boden und fing an zu schreien, ihr Körper zuckte vor innerem Schmerz. Gustavo kniete sich neben sie und nahm ihren Kopf in beide Hände. Auf dem Flur klingelte ein Telefon.

»Wir müssen los!«, rief der Tracker.

Gustavo ging zum Telefon und drückte einen Knopf. Er hörte die letzte Nachricht ab. Gemeinsam mit dem Tracker hob er anschließend Rachel vom Boden und trug sie zur Tür. Die beiden Männer schlossen die Tür hinter sich, verließen das Gebäude durch den Hintereingang und verschwanden im Dschungel von New York.

Binnen Minuten trafen CIA-Agenten im Gebäude ein.

* * *

Der Mord an Paul Reynolds – der, wie man annahm, unschuldig einem Mafiaanschlag zum Opfer gefallen war – am ersten Weihnachtstag verursachte eine Welle des Abscheus in den USA und Großbritannien. Einhellig waren die Menschen voller Anerkennung für all das, was Reynolds in der Geschäftswelt getan hatte, gleichzeitig wurden Forderungen erhoben, dass die Polizei und die Politik verstärkte Anstrengungen unternehmen sollten, um die Mafiakriege zu unterbinden. Endlich erhielten die CIA und die britischen Geheimdienste große Unterstützung und die Zusage, mehr Personal und Geld im Kampf gegen das organisierte Verbrechen zu bekommen.

Der Direktor der CIA und der Leiter des MI5 brauchten keine Hilfe. Sie setzten alle Ressourcen, die sie hatten, den Mafiavereinigungen entgegen; insbesondere nahmen sie jene ins Visier, die mit *El Toro* in Verbindung standen. Dabei erfuhren sie sogar Unterstützung aus dem Grab: Der Direktor der CIA erhielt einen Briefumschlag mit einer großen Menge nützlicher Informationen über Mafiaführer, die Julio gesammelt hatte. Er hatte einen Dritten beauftragt, den Briefumschlag beim Tod von Reynolds abzusenden, um *El Toro* möglichst abzulenken und zu beschäftigen, damit Gustavo genug Bewegungsspielraum hatte.

Der Tod von Reynolds führte auch zu einer Besprechung in Großbritannien, und zwar zu einer außerordentlich geheimen.

Am Tag nach dem zweiten Weihnachtstag erhielt der Leiter des MI5 eine Einladung – aber nicht in die Downing Street 10, sondern in das private Domizil des Premiers in Mayfair. Ganz offensichtlich wollte da jemand, dass irgendetwas geheim blieb.

Stewart Gordon war einundsechzig Jahre alt, grauhaarig, schlank und ein hervorragender Politiker. Er war für diesen Beruf geboren worden, hatte die Politik mit der Muttermilch aufgesogen und kannte alle Tricks und Kniffe, um auf den Korridoren der Macht sich behaupten zu können. Nur wenige Menschen waren gewiefter und vermochten die öffentliche Meinung leichter zu manipulieren. Er war schon einmal Premierminister gewesen, und jetzt befand er sich in der zweiten Amtszeit. Es war auch seine zweite Ehe. Derzeit ging es der Wirtschaft nicht gut, und seine Mehrheit war hauchdünn, was bedeutete, dass seine Regierung bald die Macht und er sein Amt verlieren würde. Weil er aber gern an der Macht war – er liebte die Macht geradezu –, wäre es nicht zum Nutzen des Premierministers, falls bestimmte Dinge an die Öffentlichkeit gelangten. Was war wichtiger: das Land oder er? Konnte es da einen Zweifel geben? Welcher Politiker diente in der heutigen Zeit denn noch in erster Linie seinem Land? Diese Illusion wurde zwar aufrechterhalten, weil sie dazu beitrug, dass Leichtgläubige Vertrauen in ihre politischen Führer setzten – aber sie blieb eine Illusion.

Der Premierminister hatte seinen kurzen Weihnachtsurlaub genossen, aber es war auch wichtig – schließlich war Politik die Kunst der Bewältigung von Krisen –, potenzielle Katastrophen schnell abzuwenden, bevor die Opposition zu viel über diese herausfand.

Und nichts liebte der Premierminister mehr als geheime Treffen, intime Vier-Augen-Gespräche, die »streng vertraulich« waren. Diese Treffen führte er in der Privatsphäre seines Hauses, denn in der Downing Street gab es zu viele gespitzte Ohren. Am Abend des zweiten Weihnachtstages waren die Kinder bereits zu Bett gegangen; seine zweite Frau las ihnen eine Geschichte vor. Es klopfte an der Tür, dann wurde der geheime Besucher von einem Bediensteten ins Haus gelassen. Im Wohnzimmer wischte der Premierminister einige Spielzeuge vom Sofa. Er forderte seinen obersten Spion auf, Platz zu nehmen.

»Wer hat Reynolds getötet?«

»*El Toro.*«

»Unser kleiner Verräter hat es ihm gesagt?«

Der Leiter des MI5 nickte.

»Also, wer ist nun unser Verräter?« Der Premierminister beugte sich vor. Auf die Antwort auf diese Frage wartete er schon lange.

»Ich weiß es noch immer nicht.«

»Warum nicht?« Dem Premierminister war die Verärgerung anzuhören.

»Ich weiß zumindest, dass es sich nicht um den stellvertretenden Premierminister handelt.«

»Das freut mich«, erwiderte der Premierminister mit beißender Ironie. Sein Stellvertreter war der engste seiner politischen Freunde. »Damit bleiben also der Leiter des MI6 beziehungsweise der Verteidigungsminister übrig.«

»Ja, Sir.«

»Nun, dann liefern Sie mir die Antwort so schnell wie möglich.« Er hielt inne. »Und wenn Sie es herausgefunden haben, Sir John – ich bin der Einzige, mit dem Sie darüber sprechen sollten. Der *Einzige.*«

»Ja, Sir.«

Der Leiter des MI5 ging die Treppe hinunter und stieg in seinen Wagen mit Chauffeur. Er war niedergeschlagen. Reynolds' Tod war tragisch und unnötig. Die Reichweite dieses

brasilianischen Drogenhändlers war größer, als sie geglaubt hatten, und das bedeutete, dass seine eigenen Bewegungen genau verfolgt wurden. Würde *El Toro* versuchen, ihn zu töten? Die Antwort lautete ja, die Möglichkeit bestand. Aber nicht nur das bedrückte ihn.
Je näher sie dem Verräter kamen, desto mehr kollidierten Gerechtigkeit und politische Sachzwänge. Und das führte zu einer besonders hässlichen Seite der ganzen Sache – der Vertuschung. Was sollte er in dieser Situation tun? Er lehnte sich mit einem bitteren Gefühl in seinem Wagen zurück. Konnte es sein, dass der Premierminister selbst sehr viel mehr wusste, als er zugab?

* * *

Auf seinem Anwesen im brasilianischen Dschungel hatte das Glück, das *El Toro* empfunden hatte, nachdem er vom Mord an Reynolds erfahren hatte, nicht lange gewährt. Die CIA hatte die zweite Lieferung Kokain, die am zweiten Weihnachtstag über den Flughafen Houston eingeflogen worden war, abgefangen und konfisziert.
Der Boss der Bosse hatte daraufhin einen cholerischen Wutanfall bekommen. Es gab in seinem Reich einen Verräter; er musste ihn finden! Schlimmer: Seine Dependance in New York war extrem dezimiert worden. Die meisten seiner Leute waren tot oder im Gefängnis – darunter auch der neueste Leiter des New Yorker Büros, den die CIA gefasst hatte. Zudem wurde auf eine Reihe von US-Politikern, die auf seiner Gehaltsliste standen, mit dem Finger gezeigt. Natürlich war *El Toro* noch immer sicher in Bolivien. Man würde ihn nicht ausweisen können – es gab zu viele Leute in der hiesigen

Regierung, die auf ihn achtgaben –, aber diese wüsten Attacken beschädigten die Glaubwürdigkeit seiner Organisation.

»Wo steckt der Tracker?«

»Er ist vermutlich tot«, erwiderte sein Stabschef. »Eine der anderen Mafia-Organisationen könnte ihn gekillt haben.«

»Lügen!«, schrie *El Toro*. »Leute wie er kommen nicht so schnell um. Finde ihn. Und der Junge – wie konnte er entkommen?«

»Er hat den Wächter mit einer Schlange getötet.«

Bei diesen Worten wurde *El Toro* ganz kurz mulmig zumute. Er hatte vor nichts Angst – außer, vielleicht, vor Schlangen. Nach einer unangenehmen Kindheitserfahrung tat er alles, was er konnte, um Schlangen aus dem Weg zu gehen. Es war ja nicht so, dass er Schlangen fürchtete – aus der Ferne konnte er Schlangen mit großem Gleichmut betrachten, aber aus der Nähe – das war kein besonders angenehmer Gedanke.

»Außerdem hat er noch sechs weitere getötet – wir haben sie im Laderaum des Lieferwagens entdeckt.«

»Sechs?« *El Toro* schüttelte den Kopf. Noch ein Einsatzkommando ausgelöscht. Wer war dieser Schlangenmann? Es musste sich um einen Militärexperten handeln, ausgebildet von der CIA. Das oder er war einer der Killer des toten Julio. Wer immer das getan hatte, er wurde zu einer Bedrohung – zu einem Schatten –, der fähig war, die tiefsten Ebenen des Geistes zu beunruhigen. *El Toro* wandte sich seiner Nummer zwei zu.

»Pablo, schreib eine Belohnung über zehn Millionen Dollar aus. Findet ihn schnell …«, er klopfte seinem Untergebenen auf den Rücken, »oder …«

El Toro ließ die letzten Worten ungesagt, aber sie lagen auf der Hand: »… oder deine Zeit ist um.«

»Ja, Sir.«

El Toro blickte Pablo nach. Hatte Pablo möglicherweise die zweite Kokainlieferung an die US-Behörden verraten? Gab es eine Verschwörung gegen ihn? In *El Toros* Geist begann der Verfolgungswahn die Vorherrschaft zu übernehmen.

40

Was jede Stunde jeder der Sterblichen
zu fliehen hat, kennet keiner.
Horaz

Der Tracker brachte Gustavo und Rachel aus New York heraus. Binnen eines Tages hatten sie einen Flug in einer Propellermaschine nach Miami bekommen und waren unbemerkt gelandet. Von dort flog der Tracker mit Rachel nach Panama, denn der Schlangenmann musste sich um andere Angelegenheiten kümmern.

Der Flug nach Panama war für Rachel eine ebenso unwirkliche wie alptraumartige Erfahrung. Unwirklich, weil sie seit Reynolds' Tod die Welt wie hinter Glas wahrnahm. Alptraumartig, weil sie das gleiche grauenhafte Gefühl beschlich, das er in seinem letzten Augenblick empfunden haben musste: die Erkenntnis, dass sie gejagt wurde und dass die Jäger sie so lange verfolgen würden, bis sie sie gefunden und eliminiert hatten. Auch Gustavos Leben stand auf dem Spiel; er war in den letzten Kampf gegen einen mächtigen Gegner verstrickt. Beide Seiten waren im Begriff, zum tödlichen Schlag auszuholen. Wer würde das letzte Opfer sein? Das war die Frage, die noch ungelöst war, denn es gab so viele Unbekannte in der Gleichung.

Spätabends stieg Rachel aus dem Flugzeug und tauchte ein in die warme Luft Panamas. Wie schon beim letzten Mal spürte sie, wie die große Last New Yorks von ihr abfiel. Diesmal währte das Gefühl nicht lang; sie war müde und erschöpft und brauchte Zeit, um zu trauern.

Auf der Fahrt mit dem Taxi sah Rachel die vielen Häuschen, die weihnachtlich dekoriert waren – das war hier Tradition. Bald gab es keine Straßenlaternen mehr, und die Straße führte in die Dunkelheit. Schließlich stoppten sie auf einer unbefestigten Straße mit wenigen Häusern. Sie stiegen aus; sie hatten nur die Kleidung, die sie am Leib trugen, und die Sporttasche mit dem Geld, die Rachel aus New York mitgenommen hatte. Der Tracker blieb vor einem der Häuser stehen.

»Es ist dieses hier.«

Als Rachel das Haus betrat, kam ihr ein gebrechlicher älterer Mann entgegen. Gustavos Beschreibung nach musste es *Tio* Joseph sein. Er schüttelte ihr die Hand.

»Herzlich willkommen.«

In gutem, aber stockendem Englisch stellte er Rachel Señora Membache vor, die gerade mit einer ihrer Töchter im Haus nach dem Rechten schaute. Die ältere Frau forderte Rachel auf, sich aufs Sofa zu setzen, während der Tracker in der Küche mit *Tio* Joseph eine lebhafte Unterhaltung begann, der sich Señora Membache anschloss. Der Tracker wandte sich zu Rachel um.

»Gustavo oder ich holen dich ab. Du bist hier sicher.«

»Wohin wollt ihr?«

»Zurück nach New York.«

»Aber ihr könnt mich nicht hier zurücklassen. Ich kann weder Spanisch noch Buglere!«

»Dann lerne es!«, erwiderte er spöttisch.

Und damit ging er. *Tio* Joseph setzte sich neben Rachel. »Erzählen Sie mir von Gustavo«, bat er in besorgtem Tonfall. »Wo ist er? Wohin ist er gegangen?«

Während Essen vorbereitet wurde, erzählte Rachel alles, was passiert war.

Tio Joseph schwieg, er strich sich lediglich von Zeit zu Zeit über eine Falte in seiner abgetragenen Hose. Er übersetzte alles ins Spanische, damit Señora Membache ebenfalls alles verstand.

»Und wer sind Sie?«, fragte er höflich, als sie geendet hatte. »Sind Sie Gustavos Freundin?«

»Nein. Nur eine Bekannte.«

»Wie schade.«

Rachel konnte ihre Erschöpfung nicht länger zurückhalten, lehnte jedwedes Essen ab und wäre fast zusammengebrochen.

»Schlafen Sie in Gustavos Zimmer«, schlug *Tio* Joseph vor.

»Sind Schlangen im Zimmer?«

»Nein.«

»Das ist gut«, murmelte sie. Sie ging ins Schlafzimmer, legte sich aufs Bett und schlief augenblicklich ein. Ihre Träume waren plastisch und vielfältig – eine Mischung all dessen, was geschehen war.

Als sie am nächsten Morgen aufwachte, fühlte sie als Erstes Wärme und Licht. Noch benommen blickte sie sich um. Wo war sie? In dem Zimmer stand ein alter Schrank, daran hing Männerkleidung, an den Wänden gab es Drucke, die Vögel und Säugetiere darstellten. Als es klopfte, setzte sie sich auf. Señora Membache brachte ihr frische Milch. Zwei Indio-Kinder folgten ihr auf dem Fuß, sie wollten die Fremde mit dem blonden Haar sehen.

Die Kinder setzten sich aufs Bett, kicherten und betrachteten konzentriert jede Bewegung Rachels, als wäre sie ein unbekanntes Exemplar der menschlichen Spezies oder ein Tier im Zoo. Rachel lächelte die beiden an, stand auf und ging ins Bad, um zu duschen (das Häuschen verfügte über ein Wohnzimmer, eine Küche und drei Schlafzimmer). Als sie ins Zimmer zurückkehrte, um sich anzukleiden, stellte sie fest, dass ihre Sachen im Laufe der Nacht gewaschen und getrocknet worden waren.

»Wie haben Sie geschlafen?«, erkundigte sich *Tio* Joseph.

»Richtig gut.«

»Gut. Sie müssen etwas frühstücken.«

Es gab Eier, Toast und *guineos sancochadas* – gekochte Bananen –, dazu starken Kaffee. Als sie zu Ende gefrühstückt hatte, fragte Rachel: »Wo ist eigentlich die Bougainvilleenhecke, von der Gustavo mir erzählt hat?«

Tio Joseph deutete zur Haustür. Rachel öffnete sie und sah den ungepflasterten Weg, den sie am Vorabend entlanggegangen war. Entlang beider Seiten zog sich eine Hecke voller Blüten in den unterschiedlichsten Farben.

»Oh, wie schön!«, rief Rachel aus. Und während sie die Hecke betrachtete, erinnerte sie sich daran, wie Pauline im Charing-Cross-Hospital die Ulme betrachtet hatte.

»Kommen Sie, schauen wir uns den Zoo an.«

Gemeinsam verließen sie das Haus und durchquerten den Garten hinter dem Haus. Es war der gleiche Weg, den Reynolds bei seinem Besuch gegangen war. *Tio* Joseph führte Rachel zu seinem ganzen Stolz, dem Orchideenhaus.

»Gustavo hat Ihnen in New York eine Orchidee gekauft.«

»Wirklich?«, erwiderte Josef mit einer Spur Aufregung in der Stimme. »Wissen Sie noch, wie die Orchidee heißt?«

Verzweifelt versuchte Rachel sich zu erinnern, musste aber

eingestehen, dass es ihr entfallen war. Achselzuckend führte *Tio* Joseph sie durch den übrigen Zoo. Dabei wurde Rachel bewusst, wie bescheiden und klein der Tierpark war. Diese Armut – Gustavos Armut – bestürzte sie. Nach der Führung durch sein kleines Reich verkündete *Tio* Joseph: »Wir bringen Sie noch heute in den Norden von Panama, in die Berge. Der Mann hat uns gesagt, dass vermutlich Leute herkommen, um Sie zu töten.«

»Ich fürchte, diese Leute könnten auch Sie töten wollen.«

Er zuckte mit den Achseln; sein Neffe wollte, dass er sich um sie kümmerte, also würde er tun, was er konnte. Sie machten sich in einem alten Laster, den *Tio* Joseph ausgeliehen hatte, auf den Weg. Rachel saß neben *Tio* Joseph und Señora Membache, einer ihrer Söhne hatte am Steuer Platz genommen. Zwei weitere Söhne von Gustavos Ziehmutter lagen auf alten Säcken auf der Ladefläche. Während der Laster seine beschwerliche Fahrt auf dem panamerikanischen Highway antrat, dachte Rachel an eine andere Fahrt mit Reynolds. Sie waren damals in einem Geländewagen mit Allradantrieb unterwegs gewesen – dem größten und teuersten, den es gab. Und doch: Die Reise mit dem sehr viel bescheideneren Fahrzeug bereitete ihr nicht weniger Vergnügen, eher sogar mehr, denn ihr war klar, welche Herzensgüte sich dahinter verbarg. Hätte sie, Rachel, die gleiche Unterstützung in New York geleistet, wenn jemand an die Tür geklopft hätte, um sie um Hilfe zu bitten? Sie war sich nicht sicher.

Neun Stunden vergingen, ehe sie Cerro Punta erreichten. Nachdem sie getankt hatten, fuhren sie die Gebirgsstraße hinauf. Im Laufe der Jahre war die Fahrbahn etwas ausgebessert geworden.

»Hier sind Gustavos Eltern ums Leben gekommen.«
Rachel spähte den steilen Abhang hinunter.
Sie fuhren weiter.
»Und hier ist die Kaffeefarm, auf der sie gelebt haben.«
Schließlich bog der alte Laster in eine kurze Zufahrt. Erhellt von den Scheinwerfern war ein Fachwerkhaus zu sehen. *Tio* Joseph versicherte Rachel: »Hier sind Sie in Sicherheit. Überall um Sie herum leben Indios. Sie werden Sie beschützen.«
Sie stiegen aus und gingen ins Haus. Es war sehr schlicht und ein wenig feucht, weil es eine Zeitlang nicht bewohnt worden war. *Tio* Joseph erklärte Rachel:
»Dies war das Haus von Señora Membache, als Gustavos Eltern noch die Farm besaßen. Sie und ihr Mann sind nicht lange nach deren Tod nach Panama-Stadt gezogen.«
Nachdem sie Rachels Sachen ins Haus gebracht hatten, verabschiedeten sich die jungen Männer.
»Wohin wollen Señora Membaches Söhne? Sie können doch nicht so spät in der Nacht zurückfahren!«
»Sie fahren heute Nacht nach Cerro Punta und morgen weiter in die Stadt. Sie müssen den Laster zurückbringen.« *Tio* Joseph ließ unerwähnt, dass er für die Anmietung eine beträchtliche Summe hatte aufwenden müssen. Wie er das Darlehen zurückzahlen sollte, wusste er nicht.
»Und das hier ist Ihr Zimmer.«
Rachel betrat einen Raum, der mit einem Bett und einem Holzschrank möbliert war. Alles wirkte sehr rustikal – ein bisschen anders als Reynolds' Wohnung. Sie setzte sich aufs Bett und stellte die Sporttasche auf den Boden neben sich. Ihre Gedanken kreisten um Gustavo. Wo war er? Sie fühlte sich so allein. Dann fiel ihr der Brief ein, den sie in Rey-

nolds' Safe gefunden hatte. Rachel zog ihn aus der Tasche hervor. Auf dem Umschlag stand in Reynolds' Schrift: »Rachel«. Sie weinte, als sie den Brief öffnete:

> Es ist nun alles so gekommen, wie Julio es vorausgesehen hat. Ich glaube von ganzem Herzen, dass Gustavo obsiegen wird. Ich habe mein Leben gelebt, sei also nicht traurig – aber möge deines voller Glück sein. Heirate Gustavo. Hab Kinder.
> Julio und ich haben dein Erbe aufgesetzt. Vor einiger Zeit hat Julio eine Kaffeefarm erworben, die früher Gustavos Vater gehörte. So hat er von Gustavo erfahren. Julio hat die Farm auf Gustavos Namen überschrieben, das Haus meiner Tochter habe ich auf dich überschrieben. Es ist noch mehr da, verwende das Geld klug.
> Lebe gut. Und danke, dass du mir während meiner letzten Tage beigestanden hast.

* * *

In England neigte sich ein weiterer Tag seinem Ende zu.
»Ich gehe zu Bett, Liebster. Bleib nicht zu lange auf. Du weißt, das schadet deiner Verdauung.«
Die Frau des Leiters des MI5 schaltete das Licht in der Küche aus und ging ins Wohnzimmer. In ihrem roten Hauskleid sah sie prächtig aus. Ihr Mann saß neben dem Kamin und las die Zeitung. Neben ihm lagen zwei große Dänische Doggen auf dem Teppich und genossen die Wärme.
»Ja, meine Liebe.«
»Und schließ ab!«

Der Leiter des MI5 stocherte mit einem Schürhaken im Kaminfeuer; er war erschöpft. Heute war der zweite Tag nach Weihnachten, und jedermann erledigte noch rasch die wichtigsten Arbeiten, um sich auf die freien Tage über Neujahr vorzubereiten. Viele Mitarbeiter hatten sich die ganze Woche freigenommen, aber sosehr auch ihm das gefallen hätte, er wollte mit gutem Beispiel vorangehen. Viele Fragen gingen dem Leiter des MI5 durch den Kopf, darunter auch die Anweisung des Premierministers. Er schloss die Augen und schlummerte ein.

Als er aufwachte, war es weit nach Mitternacht. Er stöhnte auf; er hätte zu Bett gehen sollen. Jetzt würde er schlecht schlafen, dabei musste er am Morgen früh aufstehen. Er erhob sich und schaltete die Lampen im Wohnzimmer aus. Dann vollzog er sein abendliches Ritual: Zuerst schloss er die vordere und die hintere Tür ab. Obwohl seine Frau darauf bestand, war das eigentlich kaum nötig; das Haus wurde rund um die Uhr von seinen Männern bewacht. In den letzten Tagen hatte er deren Anzahl erhöht, um gegen die aktuelle Gefahr gewappnet zu sein.

Nachdem Sir John seine allabendliche Routine beendet hatte, begann er, die Treppe hinaufzusteigen. Als er auf dem oberen Treppenabsatz angekommen war, blieb er stehen. Irgendetwas stimmte nicht. Der Leiter des MI5 grübelte darüber nach, was ihn denn bloß so irritierte. Und dann fiel es ihm ein: Jeden Abend begleiteten ihn seine beiden Dänischen Doggen auf seiner letzten Runde durchs Haus. Heute Abend hatten sie das nicht getan. Weshalb? War jemand im Haus? Einer seiner Männer konnte es nicht sein; sie hätten das Haus nicht ohne Erlaubnis betreten. Und kein Einbrecher – nicht einmal ein professioneller Killer – hätte die

Dreistigkeit, in ein Haus einzubrechen, das von bewaffneter Polizei bewacht wurde. Waren womöglich Männer von *El Toro* hier? Sie hatten es auf ihn abgesehen, das wusste er – und der Verräter hätte ihnen sämtliche notwendigen Einzelheiten verschaffen können.

Der Leiter des MI5 stand auf dem Treppenabsatz und überlegte. Wenn er nach oben ging, brachten sie möglicherweise seine Frau um. Aber wenn er hier stehen blieb, wäre jede Chance, dass er sein Haus lebendig verließ, gleich null. Am besten war es deshalb, ins Wohnzimmer zurückzukehren und den Notfallknopf neben dem Kaminsims zu betätigen.

So leise wie möglich stieg er die Treppe hinab. Als er das stockdunkle Wohnzimmer wieder betrat, hob er die Hand, um nach dem Notfallkopf zu tasten.

Plötzlich ging hinter ihm eine kleine Lampe an. Sich umzudrehen, wenn man sicher war, im nächsten Augenblick eine Kugel in den Kopf zu bekommen, erfordert eine gewisse Kaltblütigkeit; der Leiter des MI5 tat, was er konnte. Sein Mörder – wie er annahm – war ein junger Mann. Er trug keine Waffe bei sich, und die Hunde standen ruhig neben ihm. Das veranlasste den Leiter des MI5, einen Moment nachzudenken.

»Nun«, sagte er. »Sie müssen der sein, der so geschickt mit Schlangen umgehen kann.«

Gustavo nickte.

»Wie sind Sie hier hereingekommen? Wie sind Sie an all den Wachen vorbeigekommen?«

Keine Antwort.

»Ich nehme an, dass Mr. Reynolds oder Julio Ihnen gesagt hat, Sie sollen mich aufsuchen. Was bedeutet, dass Sie etwas für mich haben?«

Gustavo zeigte auf einen Karton mit Dokumenten. »Die kommen aus Rodriguez' Villa.«
»Ah, verstehe.« Der Leiter des MI5 setzte sich. Wie seltsam, dass hin und wieder doch etwas Gutes geschah. »Nehmen Sie doch bitte Platz. Ich bin sicher, wir müssen vieles besprechen.«
»Ich muss wieder gehen.«
»Was haben Sie denn vor?«
»Ich muss *El Toro* finden.«
»Das ist eine schwierige Aufgabe. Lateinamerika ist groß. Kann ich Ihnen irgendwie behilflich sein?«
Gustavo schüttelte den Kopf.
Der Leiter des MI5 lächelte ironisch. »Nun gut. Aber bitte sagen Sie mir Bescheid, falls Sie ihn gefunden haben sollten.«
»Ich schicke Ihnen jemanden.«
»Vielen Dank.« Sir John stand auf. »Wie heißen Sie eigentlich?«
»Gustavo.«
»Wissen Sie, Gustavo, Julio hat mir gesagt, dass Sie ein höchst bemerkenswerter junger Mann sind, deshalb schätze ich mich glücklich, Sie kennengelernt zu haben. Ich nehme an, Sie gehen auf demselben Weg, auf dem Sie gekommen sind. Aber verraten Sie mir eines: Wie haben Sie es geschafft, dass meine Hunde auf Sie hören? Ich habe sie seit Jahren, aber sie gehorchen mir nie.«
Gustavo schürzte die Lippen, hielt ein kleines Stück an den Mund und blies. Der Ton war für das menschliche Gehör nicht zu hören. Prompt legten sich die beiden großen Dänischen Doggen nieder.

41

In den Reihen der Weisheit steht der vorn,
der bereit ist, sich dem Schlimmsten zu stellen.
Nathaniel Cotton

Möglicherweise wacht ein Erwachsener nur einmal in seinem Leben auf und betrachtet die Welt aus ganz anderen Augen. Dieser Augenblick ist magisch – er stellt die Hoffnung wieder her, er erschafft eine Vergangenheit neu, die verloren worden war.

Als Rachel am Morgen aufstand und aus dem Fenster blickte, stockte ihr der Atem. Es war alles da. Berge, die von Bäumen bestanden waren, Vögel, die hoch droben in den Lüften segelten, der Schrei eines Brüllaffen war zu hören, und weit und breit war kein Mensch in Sicht. Sie beugte sich wie verzaubert über den Fenstersims. Was Pauline dafür gegeben hätte, das hier zu sehen. Und der Nebel! Er bedeckte die Spitzen der höchsten Gipfel wie mit einer Decke, die sich in hauchzarten Streifen die Berghänge hinabzog. Ein Trugbild oder die Wirklichkeit? Das Ganze war sicher das Bild einer tieferen Wahrheit. Sie war ins Elysium zurückgekehrt, in eine Zeit, bevor der Mensch auf Erden erschienen war und alles verdorben hatte.

In ihrer Seele empfand Rachel einen undefinierbaren Zauber des Mysteriums, der verborgenen Kraft der Natur. Dieser Ausblick war fast der gleiche, der er vor Jahrhunderten gewesen war oder gar vor Jahrtausenden. Die Bäume wurden riesengroß, uralt und stürzten eines Tages um, Tiere kamen und gingen, doch insgesamt blieb die Szenerie unverändert. Dieses Gefühl der Kontinuität – der Stabilität – bewegte sie zutiefst. Wie merkwürdig, dass Menschen in den USA ein Vermögen bezahlten, um Wohnungen mit einer traumhaften Aussicht zu besitzen, denn keiner von ihnen würde jemals einen Blick genießen können, den die ärmsten dieser Indios umsonst täglich hatten. Und sie, Rachel – wie würde sie sich entscheiden? Würde sie eines Tages, als alte Frau, dieses Bild vor Augen haben? War sie tief im Inneren eine Städterin, oder sehnte sich ein Teil von ihr danach, hier zu leben? Die Strände von San Blas, die Wellen des Golfs von San Miguel, die überfüllten Straßen von New York, dieser prachtvolle Regenwald – wofür hätte Reynolds sich entschieden? Und während Rachel so dasaß, wich das Bild allmählich der Erkenntnis. Das hier war Heimat, ihr *Zuhause*.

»Zeit, um aufzustehen«, rief *Tio* Joseph vor ihrer Tür. »Sie können sich jetzt die Kaffeefarm ansehen.«

Nach dem Frühstück machten sie sich auf den Weg. Sie folgten einer holprigen Sandpiste, die nicht weit entfernt vom Häuschen verlief. Die Straße führte steil bergab und traf nach vielen Kurven und Biegungen auf einen landwirtschaftlichen Weg.

Sie gingen ihn eine Weile entlang. *Tio* Joseph blieb hin und wieder stehen, um Rachel auf verschiedene Pflanzen hinzuweisen. Das ursprüngliche Haus, in dem Gustavos Eltern gewohnt hatten, stand immer noch, aber es wurde jetzt als Lagerraum genutzt. Dahinter befanden sich die Kaffeesträucher sowie ein größeres Gebäude, in dem der Kaffee verarbeitet wurde. *Tio* Joseph begrüßte die hier tätigen Indios und erklärte Rachel den Verarbeitungsprozess.

»Wem gehört die Farm?«

»Wer weiß«, meinte *Tio* Joseph nach einer Pause. »Würden Sie jemals hier leben wollen?«

»In Panama?«

»Hier in Cerro Punta?«

»Es ist schön hier. Wirklich wunderschön, aber es ist so ganz anders als New York.«

»Ich kam aus der Schweiz und habe es nie bereut.«

»Das ist etwas anderes, Sie haben in Ihrer Jugend auf einem Bauernhof gelebt.«

Sie sah, dass er enttäuscht war, so als hätte er eine geheime Hoffnung gehegt, darum sagte sie: »Bitte erzählen Sie mir, warum Sie hierhergekommen sind, und beschreiben Sie mir Ihren Bruder und Ihre Schwägerin.«

Sie setzten sich auf eine Mauer, und dann berichtete er ihr alles. Schließlich sagte er: »Ich mache mir Sorgen wegen Gustavo. Wenn ich sterbe, hat er niemanden mehr.«

»Aber Sie werden doch noch lange leben.«

»Nein.« Der alte Mann schüttelte den Kopf. »Bald werde ich nicht mehr da sein. Darum wollte ich noch einmal in den Norden fahren; um alles ein letztes Mal zu sehen.«

»Was für eine Krankheit haben Sie?«

»Leberkrebs.« Er hatte das gleiche Lächeln wie sein Neffe. »Seien Sie bitte nicht traurig. Ich bin fast achtzig Jahre alt. Irgendwann muss man sterben.«

»Machen Sie sich Sorgen wegen des Zoos? Ich kann Gustavo helfen.«

»Nein, der Zoo wird überleben. Wie alt sind Sie?«

Sie errötete. »Dreißig.«

»Die Mädchen hier heiraten mit sechzehn.«
»Aber ich bin nicht indianischer Abstammung.«
»Das stimmt«, sagte *Tio* Joseph und stand auf. »Und ich auch nicht, aber ich habe das Herz eines Indios. Wenn man mit Menschen zusammenlebt, wird man mit der Zeit so wie sie. Kommen Sie, ich zeige Ihnen die Schule.«
Sie begaben sich dorthin. Die Grundschule war in einem kleinen Holzhaus untergebracht, das auf einem Felsmassiv mit Blick auf den Regenwald erbaut war. Hier gingen die Kinder der Indios zur Schule, die auf der Kaffeefarm arbeiteten. Während Rachel und *Tio* Joseph den Blick bewunderten, erklang eine Glocke, und kurz darauf hörte man kindliches Geplapper. Jungen und Mädchen, die in landestypische Kleidung gehüllt waren, liefen nach draußen, um zu spielen. Als sie das fremde Gesicht sahen, umringten sie Rachel eifrig, stellten Fragen und streichelten über ihr Haar. *Tio* Joseph übersetzte die neugierigen Fragen.
»Die Kinder haben hier oben noch nie eine Fremde gesehen. Sie wollen, dass Sie sie fotografieren.«
»Aber ich habe keinen Fotoapparat dabei!«
Rachel blickte zur Seite, und plötzlich sah sie sie. Drei kleine Mädchen, die die Köpfe zusammensteckten und die Zunge herausstreckten, die Augen voller Schalk. Sofort sah sich Rachel in Carolines Haus stehen, wie sie das Foto neben der Treppe betrachtete. Ihr stockte der Atem. »Ist schon mal jemand hier gewesen? Eine fremde junge Frau? Mit blonden Haaren, so wie meine?«
Tio Joseph fragte die Kinder. Sie verneinten es.

* * *

Als Rachel zwei Tage später gerade zu Bett gehen wollte, klopfte Señora Membache an ihre Tür.

»Er ist wieder da.«

Gustavo hatte soeben das Haus betreten, der Tracker folgte ihm dichtauf.

Rachels erster Impuls war, zu ihm hinzulaufen und ihm einen dicken Kuss zu geben, weil sie sich so sehr freute, ihn zu sehen. Aber weil sein Onkel in der Nähe stand, umarmte sie Gustavo lediglich und sagte: »Ich bin froh, dass du wieder zu Hause bist.«

Señora Membache brachte Essen auf den Tisch, und alle setzten sich. *Tio* Joseph stellte Gustavo viele Fragen auf Spanisch, Señora Membache wollte zwischendurch einiges auf Buglere wissen, und schließlich meldete sich auch Rachel zu Wort.

»Hey, ich bin dran. Wo bist du gewesen?«

»In London, dann New York.«

Gustavo erzählte von seinem Treffen mit dem Leiter des MI5. Rachel wurde wütend: »Will er denn nichts dagegen unternehmen? Aber Leute wie er machen das ja nie. Das politische Establishment lügt immer und vertuscht alles. Wie auch immer, für uns ist die Sache doch vorüber, oder?«

»Ich muss *El Toro* finden. Ich habe es Mr. Reynolds und Julio versprochen.«

»Aber sie sind doch tot. *Tio* Joseph, sagte Gustavo, er soll nicht fortgehen. Er wird ums Leben kommen.«

Onkel und Neffe diskutierten die Sache auf Spanisch, und Joseph verkündete zuletzt: »Er hat sich entschlossen. Es ist seine Entscheidung.«

»Können wir unter vier Augen sprechen?«

Sie gingen hinaus auf die Veranda. »Bitte, ich habe dich nie um etwas gebeten, Gustavo, aber jetzt tue ich es. Bitte geh nicht.«

»Der Tracker wird hierbleiben und dich beschützen. Wenn ich nicht gehe, wird *El Toro* uns finden. Er wird nicht lockerlassen.«

»Bitte.« Sie nahm seine Hände in ihre. »Liebst du mich?«

»Ja.«

»Sehr?«

»Ja.«

»Und ich liebe dich auch. Also bleib.«

»Ich komme zurück.«

»Nein, das wirst du nicht, ich weiß es. Ich habe eine Vorahnung. Geh nicht. *Bitte.*«

Gustavo hielt sie in seinen Armen, während er die Frage in seinem Herzen erwog.

Konnte er wirklich die Macht des Minotaurus brechen? Neben der Grundschule warteten sie auf den Bus, der ihn nach Cerro Punta bringen würde, mit einem anderen würde er weiter nach Panama-Stadt fahren. Es blieb nichts weiter zu sagen. Während eine Gruppe Schulkinder sich um sie beide drängte, küsste sie ihn.

»Komm zurück. Um Gottes willen, komm zurück.«

* * *

Eine Woche verging. Rachel fühlte sich zutiefst deprimiert und unruhig und vertrieb sich die Zeit, indem sie auf der Kaffeefarm herumging; sie setzte sich sogar zu den Kindern ins Klassenzimmer, um gemeinsam mit ihnen Spanisch zu lernen. Der Tracker fuhr zum Markt, um Lebensmittel einzukaufen, weil *Tio* Joseph inzwischen zu krank war, um die

Fahrt unternehmen zu können. Weitere Tage verstrichen. Eines Nachmittags saß Rachel auf der Veranda mit Señora Membache, als ein junges Indio-Mädchen den Weg hinuntergerannt kam und schrie:

»Soldaten kommen!«

Rachel blickte die alte Frau an. Ihr Gesichtsausdruck sagte alles: Es gab in Panama keine Soldaten. *Tio* Joseph trat aus der Hütte, in der Hand hielt er die Orchidee, die Gustavo ihm geschenkt hatte.

»Geh mit ihr, Rachel«, sagte er schlicht.

»Ich bleibe hier.«

»Nein, ich spreche mit ihnen.«

Señora Membache packte Rachels Hand. Gemeinsam liefen sie zu den Bäumen hinter der Hütte. Als sie das dichte Unterholz erreichten, schob die ältere Frau Rachel hektisch vor sich her. Sie hatte Gustavo versprochen, alles zu tun, was in ihrer Macht stand, um die junge Frau zu retten; er hatte diese Entwicklung vorausgesehen.

Unterdessen stand *Tio* Joseph vor der Hütte und wartete. Sein Besuch im Krankenhaus würde nun doch nicht stattfinden – eine gute Sache, denn er hatte nicht gewusst, wie er das Geld hätte aufbringen sollen. Was auch immer nun geschehen würde, er hatte seine Pflicht erfüllt; er hatte sich um den Jungen seines Bruders gekümmert, bis dieser imstande war, auf sich selbst aufzupassen. Würde Gustavo gewinnen? Natürlich.

Tio Joseph fuhr fort, die Orchidee zu betrachten, bis ein Lastwagen mit quietschenden Bremsen vor ihm stoppte. *El Toros* Männer waren eingetroffen. Kriminelle aus Panama-Stadt.

Verborgen zwischen den Bäumen hatte die ältere Frau ihre Arme um Rachel geschlungen, damit diese sich nicht rührte.

»Wir müssen zu ihm runtergehen. Wir können ihn doch nicht einfach sterben lassen«, drängte Rachel.
»Nein, nein«, widersprach Señora Membache.
Beide konnten weder sehen noch hören, was dort unten geschah. Plötzlich erschallten Gewehrschüsse – *Tio* Josephs Tage auf Erden waren beendet.
Nachdem sie das Häuschen niedergebrannt hatten, fuhren die Mörder wieder weg; sie hatte ihr Basislager in Cerro Punta aufgeschlagen, und sie hatten den Befehl, erst zurückzukehren, wenn sie den Schlangenmann gefunden hatten. Die Dinge waren allerdings nicht so gelaufen, wie sie erwartet hatten. Sie hatten vergessen, auf dem Weg in die Berge die schöne Landschaft zu bewundern, und deshalb hatte jemand dafür gesorgt, dass sie es auf dem Weg hinunter taten. Während der Lastwagen – voller selbstzufriedener Mörder – die Bergstraße hinunterdonnerte und sich einer scharfen Kurve näherte, erhob sich der Tracker, der auf einem Baumstumpf gesessen hatte. Er packte sein Maschinengewehr, zielte und schoss auf die Reifen. Wild hin- und herschleudernd durchbrach der Laster die wenig stabile Leitplanke und flog hinaus in die Ewigkeit. Ob einer der Insassen auf dem Weg nach unten ein schönes Exemplar des grünschwänzigen Quetzal erspähte – eines Vogels, der sich nur in diesem Teil Panamas findet –, blieb unklar. Sicher war nur, dass niemand überlebte, um davon erzählen zu können.
Der Tracker half, *Tio* Joseph zu begraben. Nachdem er Rachel in der Obhut von Señora Membache zurückgelassen hatte, buchte er einen Flug nach Bolivien.
Das Flugzeug war an diesem Tag sehr voll, denn andere flogen mit ihm.

42

Das Unbewusste schickt alle möglichen Dünste, eigenartige Wesen, Schrecken und täuschende Bilder in den Geist hinauf …, denn das menschliche Königreich erstreckt sich unter dem Boden der vergleichsweise sauberen kleinen Behausung, das wir unser Bewusstsein nennen, in unvermutete Aladin-Höhlen weiter hinab. Dort gibt es nicht nur Geschmeide, sondern auch bedrohliche Dschinn: die unangenehmen oder zurückgewiesenen seelischen Kräfte, die wir nicht wagten, in unser Leben zu integrieren … Sie sind bedrohlich, weil sie das Gewebe der Geborgenheit bedrohen, in das wir uns eingesponnen haben … Aber sie sind auch teuflisch faszinierend, denn sie verfügen über die Schlüssel, die das ganze Reich der begehrten und gefürchteten Abenteuer der Entdeckung des Selbst aufschließen.

Joseph Campbell

Alle Reiche steigen auf und gehen unter.

Die Art ihres Untergangs hängt allerdings von einer ganzen Reihe von Faktoren ab, die sich nicht vorhersagen lassen. Manche Reiche stürzen aufgrund von innerem Verfall in sich zusammen; andere gehen unter dem Gewicht des äußeren Drucks in die Knie. Und bei wieder anderen führt der Verlust der Symbolfigur zur Implosion des Gebäudes, weil das Vertrauen in die Zukunft verloren geht. Für *El Toro* besaß keiner dieser Gründe große Anziehungskraft –

was aber auch nicht verwunderte, da er selbst die Symbolfigur seines Reiches war.
Die Lage war inzwischen höchst prekär. Sein Netzwerk in den USA war praktisch ausgelöscht worden, außerdem hatte er zwei große Kokainlieferungen verloren. Rund um den Globus wurden seine Männer exekutiert, und dies als Vergeltung für Morde, die ihm zwar zugeschrieben wurden, die er aber nicht in Auftrag gegeben hatte. Informationen, die sein Adjutant Rodriguez besessen hatte, wurden an die Presse weitergegeben, was dazu führte, dass viele jener Politiker, die er in den Vereinigten Staaten bestochen hatte, wegen Korruption und krimineller Machenschaften angeklagt wurden. Und als wäre sein Glas des Leidens noch nicht voll genug, wurde ein weiteres Gift dem Gebräu hinzugefügt. Die Leiter der CIA und des MI5 starteten einen Großangriff gegen sein Netzwerk.
El Toro erkannte, dass verzweifelte Maßnahmen erforderlich waren, um das Chaos einzudämmen, sonst würde sein Reich untergehen. Unfähig, aus der Enge der eigenen Zitadelle auszubrechen – seine Führungskräfte wurden inzwischen beinah täglich inhaftiert oder getötet (als besäße jemand detaillierte Informationen über sie) –, berief der Boss der Bosse ein Gipfeltreffen der Mafiaführer ein, das in seinem Versteck in Bolivien stattfinden sollte.
Mehrere der Geladenen zogen es vor, nicht persönlich zu erscheinen – weil sie *El Toro* nicht trauten –, aber sie waren bereit, ihre Stellvertreter zu entsenden. Die Leiter der Mafianetzwerke in Latein- und Mittelamerika hatten jedoch keine Wahl. Die Einladung abzulehnen käme einer Beleidigung *El Toros* gleich und würde seinen Zorn heraufbeschwören – was am Ende unweigerlich zu ihrer Hinrichtung

führen würde. *El Toro* war nach wie vor der anerkannte Führer der lateinamerikanischen Drogenbruderschaft, wenngleich seine Tage gezählt sein mochten.

Es gab einen weiteren, persönlichen Grund, warum manche der Mafiaführer trotz allem kommen wollten. Sie hatten von dem Minotaurus gehört, waren ihm aber nie persönlich begegnet. Sehr lange hatte er sich – und seine Identität – verborgen gehalten, was ihn nur noch geheimnisumwitterter gemacht hatte. Nun sah es so aus, als ob er sich endlich offenbaren würde, und die jüngere Generation war begierig, ihn kennenzulernen, um möglichst viel von seinem Persönlichkeitskult zu übernehmen und um sich in seinem Glanz zu sonnen. Es war ein wenig so, als wäre ein Popstar eingeladen, gemeinsam mit Elvis Presley zu speisen.

In diesem Spiel um Macht hatte *El Toro* allerdings nicht die Absicht, sein Leben zu riskieren – ebenso wenig, wie seine wahre Identität zu enthüllen. Alle Bodyguards wurden handverlesen, ebenso die Bediensteten. Bei Letzteren würde es sich um Männer aus lokalen Indio-Familien handeln – damit man diese in Regress nehmen konnte, sollten sie nicht dem erforderlichen Standard entsprechen.

El Toro selbst würde anwesend sein – aber inkognito. Einer seiner Adjutanten sollte seine Rolle übernehmen und sich als Boss der Bosse ausgeben. Zugleich würde der echte Boss als seine Nummer zwei erscheinen. Auf diese Weise würde der Minotaurus, sollte jemand ihn zu töten versuchen, entkommen.

Und schließlich hatte *El Toro* wie üblich für einige der Anwesenden eine unangenehme Überraschung vorbereitet. Infolge der Mafiakriege waren manche der kriminellen Vereinigungen zu klein oder schwach geworden. Konsolidierung, Standardisierung, *Toro*isierung waren erforderlich. Zudem wäre das Treffen die ideale Gelegenheit, dem einen oder anderen Gast zu helfen, die Weisheit dieser Vorgehensweise zu erkennen. *El Toros* Versteck war so erbaut worden, dass es so etwas ermöglichte. Wie in einem Labyrinth schienen viele Wege zu seiner Plantage zu führen – und noch mehr von ihr fort –, aber tatsächlich gab es nur einen einzigen zum Ziel. Dies stellte sicher, dass ungebetene Gäste im buchstäblichen Sinne in einer Sackgasse endeten. Nur der Minotaurus und seine Hausangestellten kannten den Weg hinein und hinaus. Der Plan war idiotensicher.

Seine Nummer zwei, Pablo, hatte Anweisung, ihn über den Stand der Dinge zu informieren.

»Bislang haben sechzig die Einladung angenommen.«

»Wer hat abgelehnt?«

Pablo reichte ihm eine Liste. *El Toro* merkte sich die Namen. Diese Leute würden zu gegebener Zeit sterben. Es gehörte sich nicht, die Einladung zu einer Party wie dieser abzulehnen.

»Panama?«

»Noch keine Antwort. Wir haben heute Morgen ein Team nach Cerro Punta entsandt. Der Ort liegt in den Bergen, die Verbindung kann also schlecht sein.«

»Schick weitere Leute hin.« *El Toro* gab seiner Nummer zwei einen Klaps auf die Schulter. »Pablo, ich habe beschlossen, dass dir eine große Ehre zuteilwerden soll.«

Pablo schluckte nervös. Das hörte sich nach einer schlechten Nachricht an, und sie war es auch.

El Toro wollte ihn in etwas hineinziehen, dabei hatte er sich erst vor kurzem eine Lebensversicherung auszahlen lassen.

Wie es aussah, stand er kurz davor, in eine sehr unangenehme Klemme zu geraten.

»Auf dieser Party wirst du meine Identität annehmen und ich deine.«

»Aber das kann ich nicht, Toro.«

»Wieso nicht?«

»Weil es eine zu große Ehre ist.«

»Kann schon sein, aber du *wirst* es machen«, erklärte *El Toro* in einem Ton, der keinen Widerspruch duldete. »Niemand soll wissen, wer ich bin. Hast du am Sicherheitszaun Wachposten aufgestellt?«

»Ja.«

»Bewaffnete Posten, Hunde?«

»Alles, wie du es wolltest.«

»Gut.« *El Toro* ging zurück auf die Veranda, um seinen zahmen Jaguar zu füttern. Alles würde klappen. Er würde nach dieser Sache mächtiger sein denn je.

* * *

Oh, was für eine Party! Oh, was für eine Show!

Nur ein Brasilianer wusste, wie man für seine Gäste eine richtig gute Party veranstaltete, und *El Toro* blieb seinen Anfängen treu (besser gesagt: seine Anfänge blieben an ihm haften). Seine sechzig Mafiaführer waren bereits in einem Fünf-Sterne-Hotel in La Paz über die Maßen verwöhnt worden. Was immer sie wünschten, es wurde bereitgestellt, wobei ihre Geschmäcker nicht selten bizarr und unangenehm waren (aber egal, das waren nur kleine Charakterfehler, die in ihrer Branche notwendig waren). An einem frühen Nachmittag wurden die Mafiosi in weißen Limousinen mit abgedunkelten Scheiben zu einem Flughafen außerhalb der Hauptstadt chauffiert. Von dort wurden sie in kleinen Gruppen zu einer Landepiste unweit der bolivianisch-brasilianischen Grenze geflogen. Unmittelbar bevor sie das Flugzeug bestiegen, mussten sie durch Scanner gehen, und ihre Schusswaffen und Handys wurden ihnen abgenommen. Eine kleine Formalität, wie ihnen die hübschen Hostessen mitteilten. *El Toro* mochte keine Waffen in seiner Nähe, denn es könnte ja jemand damit verletzt werden, und er wollte seinen Gästen schließlich einen höchst angenehmen Aufenthalt bieten.

Nach ihrer Landung wurden die Mafiosi zu Hummer-Geländewagen mit Tarnanstrich geführt, in denen sie die letzte Etappe ihrer Reise antraten. Sie durchquerten ein, zwei kleine Städte und stießen dann in die Tiefe des Dschungels vor. Selbst wenn ein Gast ein fotografisches Gedächtnis besessen hätte, hätte er bei all den Biegungen und Kehren bald den Überblick verloren, welcher Weg denn nun zu *El Toros* Höhle führte. Sie fuhren Berge hinauf und hinunter, durch Täler, über Flüsse und um Sümpfe herum.

Außerdem hatte keiner der Gäste irgendein Interesse an der sie umgebenden Natur; alle richteten ihr Augenmerk auf die Mädchen, die sie begleiteten. Als sie am äußeren Sicherheitszaun angekommen waren, dämmerte es. Einige der Mafiosi spähten aus dem Fenster und musterten die schwer bewaffneten Männer in ihren schusssicheren Westen, die den Zaun bewachten. Und sie hörten das wüste Heulen der speziell abgerichteten Schäferhunde.

Die Insassen jedes Hummer-Geländewagens wurden sorgfältig durchsucht und die Namen auf einer Liste abgehakt. Erst danach rasten die Fahrzeuge eine Sandpiste entlang, bis sie die Mitte von *El Toros* Netz erreichten. Nicht alle Gäste beendeten erfolgreich diese gefahrvolle Reise. Die Insassen zweier Hummer wurden in den Dschungel geführt, damit sie eine Sehenswürdigkeit bewundern konnten – allerdings ohne einen Reiseführer. Ihre nächtliche Tour sollte in Sümpfen und Schluchten enden – wo sie die örtliche Flora und Fauna aus nächster Nähe bestaunen konnten. Aus den Augen, aus dem Sinn, wie *El Toro* seinen Adjutanten schon oft gesagt hatte. Eine bewährte Geschäftspraktik.

Für die anderen lief es anders. Kaum hatten sie die Plantage betreten und den Hauptkomplex erreicht, wurden sie zu Luxushütten in der Nähe des Haupthauses geführt, in denen sie sich erfrischen konnten. Ihre Hostessen teilten ihnen mit, dass es heute Abend keine geschäftlichen Besprechungen geben werden, nur eine Party! Morgen würden sie mit *El Toro* zu einem Business-Lunch zusammenkommen, um den Stand der Dinge zu erörtern: die besorgniserregende Abnahme der Profite aus dem Kokaingeschäft, die Mafiakriege, die Notwendigkeit, ihre Dependancen zu versöhnen und zu fusionieren. Doch heute Abend sollten sie sich amüsieren; mal richtig die kriminelle Sau herauslassen sozusagen.

Eine solche Einladung ließ sich nicht ausschlagen. Die einundfünfzig Gäste verließen ihre Hütten voller Hoffnung und dem Verlangen nach noch mehr Vergnügen. Sie sollten nicht enttäuscht werden, denn *El Toro* hatte ein Fest vorbereitet, an das sie sich noch lange erinnern würden. Die Gärten und Swimmingpools waren erleuchtet, Begleiterinnen jeglicher ethnischer Herkunft waren eingeflogen worden, und das Büfett war von einem Küchenchef bereitet worden, der normalerweise im besten Hotel von Las Vegas arbeitete.

Die Party begann. Aus den Augen – aber diesmal nicht aus dem Sinn, denn mehr als hundert Bodyguards patrouillierten am Sicherheitszaun. Unterstützt wurden sie von Spürhunden und dem ausgeklügelten Überwachungssystem, das vom Bunker unter *El Toros* Wohnhaus gesteuert wurde.

Binnen einer Stunde hatten viele Gäste abgelegt (in manchen Fällen ihre gesamte Kleidung), um in die beheizten Whirlpools zu steigen, die sich zwischen den Hütten befanden. Die Beleuchtung lieferte ein schimmerndes, weiches Licht. Das also war das Paradies. Nun ja, iss, trink und sei fröhlich, denn heute Abend stirbst du!

»Da ist *El Toro*. Er ist es!«

Ein ehrfurchtvolles Murmeln ging durch die Gästeschar. Tatsächlich, dort stand ein mittelgroßer Mann, der einen antiken Sektkelch mit hellgelbem Nektar in der Hand hielt. Er war bekleidet mit einer makellos weißen Hose und einem blauen Polohemd. Hinter ihm gingen zwei große, kräftige Bodyguards. Und das Antlitz? Das Antlitz des Minotaurus, das sie alle zu sehen verlangten? Schwarzes Haar, gebräunte Wagen, scharfe Nase, dunkle Augen, ein recht freundliches Lächeln – ein Gesicht wie gemeißelt. Rechts von ihm war ein anderer Mann zu sehen, der ebenfalls von Leibwächtern geschützt wurde, die sich noch enger an ihn drängten. Er war untersetzter, mit dem gleichen dunklen Haar und einem Gesicht, das ebenfalls wie gemeißelt wirkte – aber es war weniger gut gemacht, weil die Operation seine natürliche Hässlichkeit nicht hatte korrigieren können. Das musste die Nummer zwei sein; sie ignorierten ihn.

Der Boss der Bosse ging zwischen seinen Gästen umher, begrüßte sie leutselig mit entspanntem Lächeln. Diejenigen, die genauer hinschauten, bemerkten gewisse Eigenheiten, die ihn als äußerst gefährlich auswiesen. Die Art, wie er seine Bediensteten ignorierte, die Weise, in der das Lächeln unmittelbar nach dem Gruß verschwand. Das waren alles Eigenarten von Mafiosi, über die er im Übermaß verfügte. Das mit Brillanten verzierte Pistolen-Medaillon um seinen Hals und eine echte Pistole an der Hüfte vergrößerten seine Attraktivität zusätzlich. Er war ja so schick. Hollywood hätte den Boss der Bosse nicht besser in Szene setzen können – und eben das wollte *El Toro* ja. Eine Kopie, die blendete und anzog, während das Original ignoriert wurde. Dass die Blicke der Gäste auf seinen Stellvertreter gerichtet waren, ermöglichte ihm, sie mit seinem lebenslangen Know-how als Krimineller aus der Nähe zu taxieren. Alles speicherte *El Toro* in seinem gigantischen Gedächtnis ab: ihre Gesichter, ihre Schwächen, ihre nervösen Ticks und Eigenheiten. Tief im Inneren verhöhnte er sie – diese Amateure. Ein Fingerschnippen, und sie wären alle tot. Zumal sie einen Kardinalfehler begangen hatten. Es musste ihnen doch klar sein, dass *El Toro* niemals bei einem solchen Treffen zugegen wäre, denn das hätte ja bedeutet, dass er sich zeigte und seinen Gegnern Tür und Tor öffnete, um seine Organisation zu unterwandern.

»Weiter«, zischte er Pablo zu.

Seine Nummer zwei und ihr Stab gingen weiter. Nachdem sie alle Gäste begrüßt hatten, war *El Toro* zufrieden.

»Los, rede mit den Italienern«, flüsterte er Pablo zu, »und lass dir nichts anmerken.«

Die beiden trennten sich. Wäre jedoch einer der Gäste wirklich aufmerksam gewesen, so wäre ihm etwas aufgefallen. Im selben Moment nämlich, als sich der falsche *El Toro* von seinem Stellvertreter entfernte, begleitete diesen ein dritter Bodyguard. Und ebenso die schönste Frau der Party – ein Mädchen, das er ausgewählt hatte, ohne dass ihr eine Wahl blieb. Mit einer winzigen Bewegung des Fingers gab *El Toro* den Bediensteten ein Zeichen, den Schutzschirm zu entfernen, der einen der kleineren Whirlpools umgab. Dann begab er sich mit dem Mädchen in die Villa, kleidete sich aus und erschien wieder in roten Badeshorts. Er blickte hinüber zu seinem Stellvertreter, den die anderen Bosse umringten. Möge Pablo seinen Augenblick des Triumphes genießen, denn er würde nicht lange währen. Nach dem Treffen und der Abreise der Mafiosi wäre auch seine Party vorbei. Niemand durfte den großen Führer in den Schatten stellen – oder gar imitieren.

Er gab dem Mädchen ein Zeichen, woraufhin sie in den Pool stieg und ihr winziges Nichts auf sein Geheiß ablegte. *El Toro* zog ebenfalls seine Shorts aus. Das Mädchen kam zu ihm herüber; sie war innerlich wie versteinert, aber sie bemühte sich, es nicht zu zeigen. Man hatte ihr gesagt, dass er das gar nicht mochte – und sie hatte eine Familie in La Paz. Sie kam aus einem Armenviertel und hatte nichts als ihre Schönheit, um sich zu schützen.

»Ich möchte …«

Anders als jene, die die Lebensart der Reichen nachäfften, fand *El Toro* keinen Geschmack an Champagner. Er trank Rum mit Cola – aber nur jamaikanischen. Er lehnte sich im Whirlpool zurück und urinierte (einem Bedürfnis folgend; welches Tier machte es anders?). Einer der leitenden Bodyguards näherte sich.

»Panama?«
»Keine Antwort, Sir.«
»Die Verstärkung?«
»Ist in Kürze dort.«
»Gut.« Er hatte Anweisung gegeben, dass die zusätzlichen Truppen den Schlangenmann aufspürten, indem sie Indio-Kinder töteten, eines nach dem anderen. Auf diese Weise würde die Wahrheit offenbar und sein Feind vernichtet werden.
El Toro lehnte sich zurück und blickte zu den Sternen empor. Das gute Leben! Lang möge es währen. Morgen, beim Treffen der Mafiosi, würde er seiner Autorität von neuem Geltung verschaffen. Diejenigen, die ihn unterstützten, würden überleben; jeder Abweichler würde zu gegebener Zeit vernichtet werden. Und seine Gäste würden Bolivien verlassen, ohne dass sie klüger wären und wüssten, wer der echte Minotaurus war.
»Wo willst du hin?«
Das Mädchen bibberte. »Zur Toilette.«
»Komm auf direktem Weg zurück.«
Allein im Whirlpool, schloss *El Toro* die Augen. Er konnte alles hören. Das Klingen der Gläser, die Rufe und das betrunkene Schulterklopfen, die Prahlereien und die Erzählungen über Gewaltausbrüche. Es war Musik in seinen Ohren; seine von ihm selbst erschaffene Welt – eine Welt des illegal erworbenen Geldes, des Lasters und der Morde. Und was für ein angenehmer Ort es war, darin zu leben. Die Macht des Schattens.
»Mehr Rum?«
El Toro blickte auf. Ein Bediensteter hatte sich vorgebeugt und füllte sein Glas nach. Anders als die anderen Angestell-

ten war der Blick dieses Mannes ruhig auf ihn gerichtet, und er sah auch nicht weg, als *El Toro* ihn anstarrte. Verdutzt, dann beunruhigt setzte sich der Minotaurus auf. Beide Männer suchten nach ein und derselben Sache. Gustavo hatte die Schwachstelle gefunden, während *El Toro* ihn mit noch größerer Verwunderung musterte. Nichts! Das konnte doch nicht sein!

»Wachen!«, schrie er auf.

Das kam den Bruchteil einer Sekunde zu spät; es war keine Schlange, die ihn nun attackierte, sondern etwas, das beinahe ebenso große Schmerzen verursachte. Der Candiru, ein Süßwasserfisch, lebt in den Flüssen Brasiliens. Diejenigen, die dort aufwuchsen – so wie *El Toro* selbst – wussten, dass man in diese Gewässer keinesfalls urinieren durfte, wenn man darin baden wollte, weil der Fisch vom vorbeifließenden Urin angezogen wurde und ihm bis zu seiner Quelle folgte.

»AAAhh!«

Der Fisch dringt in die Harnröhre ein, woraufhin sich seine Stacheln darin einbohren. Der dadurch verursachte Schmerz ist ungeheuer stark, und der Fisch kann nur chirurgisch entfernt werden.

»Hilfe!«

Die Gäste blickten hinüber zu dem Mann, der dort im Whirlpool wild um sich schlug und dessen Schmerzensschreie alles andere übertönte. Bodyguards und Bedienstete liefen hektisch zu ihm hin.

Pablo redete gerade mit einem russischen Mafiosi. Schweiß trat ihm auf die Stirn.

»Wer ist das?«

»Nur einer meiner Adjutanten«, erwiderte er erstickt. Er beorderte einen Wachmann zu sich. »Bringt ihn ins Krankenhaus. Haltet mich auf dem Laufenden.«

Doch ach, alle guten Partys müssen einmal zu Ende gehen. *El Toro* verspürte einen so heftigen Schmerz, dass er bewusstlos wurde. Verängstigt zerrten seine Bodyguards den nackten und blutenden Mann aus dem Pool und legten ihm einen Bademantel um. Es gab keinen Arzt im Haus! Ihre einzige Möglichkeit bestand darin, ihn ins nächste Krankenhaus zu fahren, und das lag dreißig Kilometer entfernt. Während Pablo versuchte, seine falsche Identität zu wahren, wurde der Boss der Bosse wie das Opfer eines Bombenanschlags durch die Villa getragen und in den Fond seiner schwarzen gepanzerten Mercedes-Limousine gelegt. Seine Bodyguards stiegen in den Hummer. Der Konvoi preschte los und jagte die Sandpiste hinunter. Sowie sie am Tor des Sicherheitszauns ankamen, donnerten die Wagen hindurch. Ihr Ziel: die Kleinstadt Esperanza. Dort gab es ein Krankenhaus, in dem man diesen grässlichen Fisch möglicherweise entfernen konnte. Da er in dem Mercedes kräftig durchgerüttelt wurde, verlor *El Toro* aufgrund der ungeheuren Schmerzen erneut das Bewusstsein.

Schließlich kam der Konvoi am Ziel an. Weil es abends war, war kein erfahrenes Personal vor Ort. Die Bodyguards fuhren deshalb zu den Wohnhäusern einer Ärztin sowie eines Arztes und zerrten beide mit vorgehaltener Waffe aus den Betten. Außerdem holten sie Krankenschwestern herbei. Niemand wagte, sich zu verweigern; sie wussten ja, wer der Minotaurus war. Sie injizierten ihm ein starkes Narkosemittel, und die Ärztin (eine Indio) entfernte die Stacheln des Fisches und verband die Wunde. Anschließend wurde *El Toro* in ein Einzelzimmer verlegt – er musste unter Beobachtung gehalten werden. Ein Wagen wurde losgeschickt, um Pablo Bericht zu erstatten. Die übrigen Bodyguards blieben im Krankenhaus – sie erfüllten das kleine, zweistöckige Gebäude mit ihrer furchteinflößenden Präsenz und ihren Waffen. Die Ärzte nahmen Kontakt mit einem Spezialisten in La Paz auf. Er würde bei Tagesanbruch eingeflogen werden. Geld war schließlich kein Thema.

Unterdessen hatte Pablo aufgehört, sich mit den anderen Mafiaführern zu unterhalten, um nicht ihren Argwohn zu erregen. Sobald er konnte, verließ er die Party und betrat die Villa. Sein Gesicht war weiß wie eine Wand.

»Was ist mit *El Toro* passiert?«

»Wir wissen es nicht«, sagte einer der Bodyguards.

»Wo steckt die Frau? Hat sie ihn erstochen?«

»Nein. Sie war nicht im Pool. Sie ist verschwunden.«

»Was soll das heißen, ›verschwunden‹? Sie muss es getan haben. Findet sie.«

Da kam noch ein Leibwächter herbeigelaufen. Sein Gesicht spiegelte den Ausdruck eines Mannes, der sich einen beeindruckenden Horrorfilm angesehen hatte. Unglücklicherweise hatte er darin einen kleinen Gastauftritt gehabt. »Die haben den Sicherheitszaun durchbrochen.«

»Wer? Was?«

»Indios! Der Tracker ist bei ihnen.«

Pablo erschauderte; allein schon der Name machte ihm Angst. Wenn *El Toro* leitende Mitarbeiter liquidieren wollte, bediente er sich immer des Trackers. War der zum Verräter geworden? Wenn ja, möge Gott ihnen helfen. »Schickt noch mehr Wachen los. Bringt die Gäste ins Haus.«

Während er sich umschaute, sah er, dass da irgendetwas nicht stimmte. Die Gäste waren noch immer da, aber die meisten Mädchen waren verschwunden. Schlimmer noch: Auch die meisten Bediensteten waren weg. Plötzlich gingen alle Lichter aus. Vom Sicherheitszaun aus rückte der Tracker vor. Bei ihm waren dreihundert bolivianische Indios aus der Umgebung.

Sie waren gekommen, um Rache zu nehmen.

* * *

Wenn ein Volksaufstand losbricht, neigen Menschen dazu, unterschiedlich zu reagieren, aber der Ausgang ist oft der gleiche. Es geht um den Verlust der Herrschaft und das Ausbrechen des völligen Chaos.

»In die Villa! In die Villa!«, schrie Pablo den Gästen entgegen. Halb betrunken und unsicher, was da eigentlich los war (War es ein Partygag?), taumelten die Mafiosi in Richtung von Pablos Stimme, die aus der Dunkelheit zu ihnen herüberschallte. Mehrere stolperten in die Whirlpools. Andere, die die Orientierung behalten hatten, versuchten zu fliehen. Mehrere Bodyguards flüchteten in zwei der Hummer. Leider fuhren sie in ihrer Panik mit so großer Geschwindigkeit Richtung Tor, dass sie die Schilder übersahen, die anzeigten, dass die einzige Route aus der Plantage hinaus geändert worden war. Einer der Geländewagen versank in einem Sumpf; der andere stürzte über einen Abhang in die Tiefe.

Unterdessen war es Pablo gelungen, die meisten Gäste in der Villa zu versammeln; ein Notstromgenerator wurde angeworfen, wodurch es wieder Licht gab. Im Wohnzimmer drückte Pablo einen versteckten Knopf. Stählerne Rollläden senkten sich und bedeckten Türen wie Fenster im ganzen

Gebäude. Von draußen drang Lärm und wütendes Geschrei herein, als den Wachleuten und den ausgesperrten Gästen klar wurde, dass man sie allein gelassen hatte; aber wen interessierten die schon? Drinnen gab es noch immer Licht und jede Menge Lebensmittel – sie konnten bis zum Morgen überleben. Pablo würde zusätzlich Männer aus La Paz herbeibeordern. Die Mafiaführer versammelten sich um ihn, wütend und verängstigt.

»Was läuft hier ab? Du bist gar nicht *El Toro*, oder?«

»Doch«, log er. »Entspannt euch.«

Seine Worte gingen im Klang von Gewehrfeuer unter. Weitere Wachen hatten das Haus umrundet, um mit den verbliebenen Hummern zu fliehen. Doch sie mussten feststellen, dass die Geländewagen fahruntüchtig gemacht worden waren; deshalb liefen sie, zu Tode erschrocken, kopflos durch den Garten und ins Unterholz. Aber genau das hätten sie nicht tun sollen – denn dort stießen sie auf den Tracker. Nach und nach legten sich der Lärm, und die Schreie von draußen verklangen. Dann kehrte Stille ein.

»Er hat sie alle umgebracht!«, rief einer der Bodyguards.

»Wer?«

»Der Schlangenmann.«

Die Erwähnung *dieses* Namens löste einen noch größeren Schrecken aus. Sie alle hatten von den Dingen gehört, die in New York vor sich gegangen waren. Und um den Schock zu vergrößern, fiel der Notstromgenerator aus, woraufhin es in der Villa stockdunkel wurde. An diesem entscheidenden Punkt traf ein weiterer Gast ein – ein ungeladener. Die anwesenden Mafiosi ahnten, was ihnen blühte: Das, was sie schon so lange anderen zufügten, würde in Kürze ihnen widerfahren. Der Tod stand ihnen allen bevor! Im Handumdrehen verloren sie das Vertrauen in *El Toro*, und sie begannen im Ozean der eigenen Angst zu ertrinken. Zunächst waren Flüche und Geschimpfe zu hören. Dann kämpften sie wie Tiere, um das Wohnzimmer und das Haus verlassen zu können, aber es gab nur eine begrenzte Anzahl von Ausgängen, von denen viele versperrt waren. Zwar sprang der Generator wieder an, aber es blieb dunkel. Stattdessen machte sich durch den Lärm hindurch ein neues Geräusch bemerkbar – ein leises Rumpeln. Pablo wusste, worum es sich handelte; die Rollläden vor den Fenstern und Türen hoben sich; das Dienstpersonal hatte sie verraten.

»Nach oben! Nach oben!«

Indem sie andere unter ihren Füßen begruben und sich gewaltsam Zugang zur riesigen Eingangshalle von *El Toros* Villa verschafften, stiegen Pablo und rund dreißig Männer die Marmortreppe hinauf. Unten brach Geschrei und Gebrüll aus, als die Angreifer ihre Attacke auf die Mafiosi im Wohnzimmer starteten – sie setzten dazu Blasrohre, Pfeil und Bogen sowie Schusswaffen ein.

»Hier entlang!«

Pablo war noch nie im ersten Stock gewesen. Die Männer liefen den Flur entlang und rissen die Türen von einem Zimmer nach dem anderen auf. Alle Räume waren erlesen eingerichtet – doch das konnten die Mafiosi im Stockdunkeln nicht sehen.

»Bleibt zusammen.«

Aber es war sinnlos; die Wachen – die alles, was sie in ihrer Ausbildung gelernt hatten, vergaßen – teilten sich in Gruppen auf, jede verzweifelt bemüht, das eigene Leben zu retten. Das Licht ging wieder an. Währenddessen verlor Pablo die Hoffnung. Die stählernen Rollläden vor den Fenstern und Außentüren begannen sich wieder zu senken – sie waren in einem Grab gefangen, das sie nicht verlassen konnten. Im Erdgeschoss konferierten Gustavo und der Tracker.

»Wo ist sein unterirdisches Büro?«

Ein älteres indianisches Hausmädchen trat vor. Mittels einer Taschenlampe führte sie Gustavo in ein Zimmer. Es handelte sich um eine Art Kunstgalerie, bestückt mit seltenen Werken, die aus Museen auf der ganzen Welt gestohlen worden waren. Das Hausmädchen gab eine Zahlenkombination auf einem Tastenfeld ein, das hinter einer Verkleidung verborgen war. In der Mitte des Raums schwang ein Teil des Fußbodens nach unten hin auf und gab den Blick auf eine Treppe frei. Die Frau ging Gustavo voran hinunter, der Tracker und einige Indios folgten ihnen dichtauf. Dort unten war niemand zu sehen. Der Bunker (der sich über die ganze Länge des Hauses erstreckte) enthielt alles, was notwendig war, um ein Drogenimperium zu leiten. An der Wand hing eine elektronische Weltkarte, und ringsum sah man ein hochmodernes Computersystem, das sämtliche Drogenlieferungen aufzeichnete. Außerdem beherbergte der Bunker eine Datenbank von *El Toros* Netzwerk.

»Ich brauche jemanden, der weiß, wie das hier funktioniert.«

Sie hatten bereits einen brasilianischen Computerexperten unter den Gästen erkannt; er wurde nach unten geführt. Auf das Versprechen hin, dass man ihn verschonen werde, speicherte er die wichtigsten Daten auf CDs. Diese händigte Gustavo dem Tracker aus und schrieb ihm eine Adresse auf.

»Flieg damit nach England, und gib sie diesem Mann.«

Sie kehrten beide wieder zurück nach oben. Rings um sie

her trugen die Indios in der Dunkelheit die Leichen nach draußen, um sie im Dschungel zu entsorgen. Gustavo blieb, bis das erledigt war, dann ging auch er.
Im Obergeschoss warteten Pablo und seine Männer; es war die schlimmste Nacht seines Lebens, was ihn hätte eigentlich veranlassen müssen, über seine Sünden nachzudenken. Einige seiner Männer krochen die Treppe herab, um zu entkommen; doch es war hoffnungslos. Kurz vor Morgengrauen, als die wenigen noch lebenden Mafiosi erschöpft waren, gingen die Indios zum Nahkampf über. Niemand überlebte. Das war immer *El Toros* Motto gewesen – denn Tote erzählen keine Geschichten.

* * *

In Panama schlief Rachel in dem Holzhäuschen in Cerro Punta. Sie träumte einen seltsamen Traum. Sie erblickte eine offene Tür und erkannte *Tio* Joseph, der das Schlafzimmer betrat. Er sah im Grunde genauso aus, wie er im Leben gewesen war, doch jetzt wirkte sein Gesicht ganz entspannt, und er verströmte eine Art Schein. Er setzte sich auf das Fußende des Betts und schlug ein Buch auf, das jedoch keine Worte enthielt, sondern Bilder. Sie flossen aus dem Buch heraus ihr entgegen. Wie geheimnisvoll sie waren.
Rachel sah einen König auf einem Thron; seine Frau saß neben ihm auf ihrem Thron. Ohne dass sie nachdenken musste, wusste Rachel, dass es sich um König Minos von Kreta und seine Frau Pasiphaë handelte. Vor ihnen stand ihre Tochter Ariadne – wie wunderschön sie war. Aber was bedeutet das?, fragte sich Rachel. Sie sah *Tio* Joseph an, um eine Antwort zu finden. Ach ja, natürlich, das Rätsel war

gelöst. König Minos symbolisierte den Verstand, und Pasiphaë das Gefühl. Die beiden waren im Geiste vereinigt. Und Ariadne? Sie stand für die Liebe. Wenn der Geist also wohlgeordnet war – Verstand und Gefühle in Harmonie – war das Produkt Liebe. Und die Throne, auf denen Minos und Pasiphaë saßen? Sie symbolisierten nicht die Welt, sondern einen Zustand, der vor der Welt existierte – einen unbewussten Zustand, der in allen Menschen tief eingebettet ist.

Als Nächstes sah Rachel, wie Pasiphaë von einem Stier verführt wurde, als König Minos nicht im Palast war. Sie stieg von ihrem Thron herab, damit sie ein Kind gebären konnte. Das Kind war schrecklich anzuschauen – halb Mensch, halb Stier. Was bedeuteten diese Symbole? *Tio* Joseph zeigte es ihr. Pasiphaë stand weiterhin für die Gefühle, aber diese waren nicht mehr im Einklang mit dem Verstand – und ihr Abstieg vom Thron symbolisierte Pasiphaës Sturz aus einem idealen Zustand. Der Stier stand für Macht, eine geheimnisvolle dunkle Kraft, die einer Spezies innewohnte, die Pasiphaë und König Minos fremd war. Indem sie sich mit einer Frau vereinigte, brachte diese Kraft den Tod in die Welt, denn der Minotaurus war ihr Kind. Jetzt begriff Rachel! Wenn die ursprünglichen Gefühle nicht richtig verknüpft wurden, wurden sie vom Bösen dazu verführt, den Tod in die Welt zu lassen (das Labyrinth), und der Minotaurus (der Tod) verschlang alle Athener (die Menschen), die es betraten. Das war das Schicksal der Menschheit.

Doch es gab Hoffnung! Der Minotaurus wusste nicht, dass es Ariadne gab. Vor den Toren des Labyrinths verliebte sie sich in Theseus. Sie gab ihm ein Garnknäuel, damit er die verschlungenen Gänge betreten und daraus zurückfinden konnte. In seiner Hand trug Theseus ein Schwert. Er ging ins Labyrinth und tötete den Minotaurus. Und indem er dem Faden folgte, war er in der Lage, seinen Weg aus dieser Welt herauszufinden, zurückzukehren und Ariadne zu heiraten. Was bedeutete das? *Tio* Joseph erklärte auch dies. Ariadne symbolisierte die Liebe, und Theseus symbolisierte den idealen Mann. Das Schwert repräsentierte die Weisheit und die Gerechtigkeit, die daraus entsprang. Die Ehe stand für die Rückkehr zum Ursprung.

Dem Bösen und dem Tod unbekannt, hatte demnach die Liebe im Verborgenen – vor der Ankunft des Todes in der Welt – einen großen Helden geschaffen. Er allein trug das Garnknäuel – das Wissen des wahren Weges durch das Leben. In seiner Hand hielt er ein Schwert – die tiefe Weisheit, die es ihm ermöglichte, den Tod zu besiegen. Und wie erreichte er sein Ziel? Der Minotaurus hatte eine Schwäche – er betrog. In Wahrheit symbolisierte er nur *die Angst vor dem Tod*, nicht den Tod selbst. Der Minotaurus war aus der Macht heraus, nicht aus der Liebe geboren. Die Liebe jedoch kam vor der Macht, und sie war klüger. Und wenn Liebe und Mut mit der Weisheit sich verbündeten, starb auch die Angst vor dem Tod.

Als Rachel diesen Schöpfungsmythos verstand, begann sie zu erkennen, dass er auch die Seelenreise des Menschen beschrieb. In diese Welt hineingeboren, schien es, als sei die Seele dazu bestimmt, ziellos umherzuwandern, und müsse, welchen Weg sie auch einschlug, am Ende sterben. Doch dem war nicht so. Es war die Angst vor dem Tod, die sterben würde, und der Tod selbst stellte nur ein Übergangsstadium dar. Als Rachel dies begriff, verstand sie auch, warum Gustavo dem Minotaurus gegenübertreten musste.

Rachel wachte auf. Ihr Herz, das von Sorge um Gustavo erfüllt gewesen war, strömte nun über vor Freude. Ihr Traum zersprang, und sie stieg aus dem Bett. Sie öffnete das Fenster und blickte hinaus in die Nacht. Der Morgen zog herauf. Die Menschen schliefen, aber die Natur nicht. Eine große Verschiebung im Bewusstsein würde bald die ganze Menschheit erfassen. Ein Reich, gebaut auf Macht – das Reich des Minotaurus – ging langsam unter, und zu spüren war schon das einleitende Beben.

43

Er ist es, der die Welt in der Hand hält,
der Lotus.
Joseph Campbell

El Toro schlief stark sediert im Bett seines Einzelzimmers. Alle notwendigen Vorsichtsmaßnahmen waren getroffen worden. Links und rechts von ihm saß je ein Leibwächter. Vor dem Zimmer standen weitere. Die Patienten, die bislang auf dieser Station des Krankenhauses gelegen hatten, waren unter vorgehaltener Schusswaffe gewaltsam entfernt worden, und Wachen bewachten sämtliche Ein- und Ausgänge. Es war fünf Uhr morgens. In den frühen Morgenstunden sollte ein riesiges Kontingent seiner Männer aus La Paz eingeflogen werden. Die Lage war ernst, aber beherrschbar.

Oder doch nicht?

Den Feind zu kennen und ihn zu erkennen war zweierlei. *El Toros* Bodyguards verfügten nicht über die außerordentlich scharfe Wahrnehmung ihres Chefs. Es befanden sich mehr Feinde um ihn herum, als ihm klar war. Das Pflegepersonal des kleinen Krankenhauses bestand überwiegend aus Indios, ebenso mehrere Ärzte. Normalerweise hätte *El Toro* sie in Angst und Schrecken versetzt, aber sie waren in ihrer Muttersprache über die Situation informiert worden, was ihnen Anlass zu Hoffnung gab. Zudem begingen die dreißig Leibwächter den Fehler, sich zu weit voneinander zu entfernen, damit sie alle Ein- und Ausgänge besetzen konnten. Schließlich hatten sie sich im Laufe der Monate und Jahre, in denen sie für den Boss der Bosse gearbeitet hatten, in einem falschen Gefühl der Sicherheit gewiegt. Erschöpft nach den Strapazen der vergangenen Nacht und dem eiligen Abtransport des Chefs in dieses Krankenhaus, hatten sie der Verlockung, für einen Moment die Augen zu schließen, einfach nicht widerstehen können. Und als der Schlaf sie überkam, fielen sie jenen in die Hände, für die sie vordem nur Verachtung übrig hatten.

Denn ihre Feinde hatten sich versammelt, und die bolivianischen Indios hatten keine Angst mehr. Der Tracker hatte ihnen von Gustavos und seinen Taten erzählt, und die panamaischen Indios hatten die Worte des Schamanen wiederholt, und die bolivianischen Indios glaubten ihnen. Als es so weit war, verließen sie *El Toros* Villa, die nun wie ausgestorben dalag. Die Indios drangen in die Stadt vor und umstellten lautlos das Krankenhaus. Auf einen Befehl hin rückten sie vor. *El Toros* Bodyguards im Erdgeschoss meinten, indianische Krankenpfleger zu sehen, die auf Bahren Leichen unter weißen Laken ins Leichenschauhaus schoben. Schließlich mussten es ja Krankenpfleger sein, denn sie trugen weiße Kittel. Als *El Toros* Männern aufging, dass es sich in keiner Weise um Pflegepersonal handelte und dass die Toten ziemlich lebendig waren, wurden sie selbst auf die Bahren gelegt und in die Leichenhalle verfrachtet. Ein einfaches Beispiel, dass kleine Dinge den Unterschied machen.

El Toro erwachte in seinem Krankenhausbett. Aufgrund der Nachwirkung des Narkosemittels war er nur halb bei Bewusstsein und konnte sich kaum bewegen. Als er unter großer Mühe den Kopf wandte, sah er links und rechts von sich je einen Leibwächter, was ihn ein wenig beruhigte. Er wusste jedoch, dass die beiden nicht ausreichen würden. Wie von selbst richteten sich seine Gedanken auf etwas, das er gut verborgen hatte, sogar vor sich selbst.

Zeit seines Lebens hatte *El Toro* aus seiner fehlenden Angst Kapital geschlagen, denn er hatte sie dazu genutzt, anderen unglaubliches Leid zuzufügen. Das war leicht gewesen. Schließlich war ihm niemals jemand begegnet, der über eine vergleichbare außergewöhnliche Gabe verfügte, die es ihm ermöglicht hatte, anderen hemmungslos den Tod zu bringen, im sicheren Bewusstsein, dass dessen Stachel ihn nicht treffen könne.

Er konnte durchaus sterben – aber er konnte den Tod gar nicht fürchten. Er war ein Gott!

Aber das stimmte nicht. Als er in Gustavos Augen geblickt hatte, hatte *El Toro* etwas wahrgenommen, das er auf Erden niemals zu sehen erwartet hatte: Ihm gegenüber hatte ein Mensch gestanden, der wahrhaft ohne Furcht war. Und als er dessen Blick erwidert hatte, war *El Toro* klar geworden, dass er selbst durchaus Angst hatte – sie war wieder da und hatte ihre Abwesenheit in allen anderen Bereichen vollkommen wettgemacht.

Als Junge hatte er einmal in einem Garten gespielt. Er hatte ein eigenartiges Objekt gesehen und sich hinuntergebeugt, um es zu berühren. Da hatte er den Schrei seines Kindermädchens gehört; erschrocken war er zurückgewichen, als die Lanzenotter den Kopf gehoben hatte, um zuzubeißen. Sie hatte es schlussendlich nicht getan, aber die Angst davor hatte ausgereicht, eine unbewusste Reaktion zu säen – eine, die die Schlange auf intime Weise mit dem Tod verknüpfte. Diesen Vorfall hatte er mit aller Macht verdrängt, hatte er in die tiefsten Schichten seiner Seele hinabgeschoben. Als er jetzt hilflos dalag, war diese Furcht jedoch zurückgekehrt – und sie erreichte eine Totalität, die *El Toro* im Leben noch nie verspürt hatte. Denn – ist es nicht wundervoll, das zu berichten! – auch der Minotaurus selbst ängstigte sich. Er befand sich in der Mitte des Labyrinths, aber er würde niemals begreifen, dass jenseits davon die offenen Ebenen des Seins lagen, auf denen Angst und Tod keine Bedeutung hatten.

El Toro fühlte, dass seine Nemesis nahte. In seiner Todesangst verfolgte er, wie einer der Leibwächter aufstand und das Zimmer verließ. »Bleib, bleib«, flehte er. Aber es nutzte nichts – die Wirkung des Narkosemittels hatte ihm die Sprache geraubt. Die Zeit lief ab.

Zahlreiche Indios drangen in das Krankenhaus ein. Die übrig gebliebenen Wachen im ersten Stock wurden getötet, auch der Leibwächter, der gerade *El Toros* Zimmer verlassen hatte. Sein Gefährte, der zunehmend nervöser wurde, erhob sich. Er öffnete die Tür und trat auf den Flur. In dem Schummerlicht wurde er rasch mit dem gleichen Mangel an Gnade ins Jenseits befördert, den er jedes Mal anderen gegenüber gezeigt hatte.

Stille.

Auf den beiden Stockwerken standen die Indios und warteten. Über den Flur im ersten Stock näherte sich ein junger Mann, der eine Tasche über der Schulter trug. Und während Gustavo ausschritt, verneigten sich die Indios in tiefem Respekt. Sie wussten, wer er war, in ihm wirkte eine große Macht; sie verkündete das Urteil der Götter.

Als Gustavo den Raum betrat, war das Reich des Bosses der Bosse in seinem Geist bereits zusammengebrochen, wie das bei allen Diktatoren in ihren letzten Augenblicken der Fall ist. Sein Gefühl des drohenden Untergangs hatte die letzten Fäden des Mutes in ihm zerrissen – und so stürzte seine Seele in den Ozean der Angst, aus dem Minotaurus einst entstanden war.

Die giftigste Schlange der Welt – die Königin der Schlangen – ist der australische Taipan. Er ist einen Meter lang, hat eine gelb-schwarze Färbung, und sein Gift ist fünfzigmal giftiger als das der gemeinen Kobra. Ein Biss von ihm reicht aus, um mehr als zweihundert Menschen zu töten. An diesem Abend fühlte sich Gustavos Liebling – Lotus genannt – ein wenig unwohl. Als die Schlange unter die Bettdecke schlüpfte, war sie nicht übermäßig angetan vom Geruch eines Drogenhändlers in seiner Todesangst. Und *El Toro*, wie ging es ihm? Nicht allzu gut; auf unheimliche Weise ähnelte sein Zustand einem, den der Naturforscher Charles Darwin beschrieben hatte:

> Das Herz schlägt wild oder versagt, worauf eine Ohnmacht folgt; eine Todesblässe erscheint; die Atmung kommt stoßweise; die Nasenflügel sind ungeheuer geweitet …, es kommt zu einem Schlucken in der Kehle, zu vorstehenden Augäpfeln, erweiterten Pupillen, starren Muskeln. [Im letzten Stadium] ist, während die Angst zu einer extremen Höhe ansteigt, der furchterregende Schrei der Todesangst zu vernehmen. Dicke Schweißperlen stehen auf der Haut. Alle Muskeln im Körper sind entspannt. Bald darauf folgt eine völlige Streckung, und die geistigen Kräfte versagen. Die Ein-

geweide sind betroffen. Die Schließmuskeln versagen und halten den Inhalt des Leibes nicht mehr zurück.

Es war schade, dass *El Toro* dem Lesen von Büchern nicht mehr Aufmerksamkeit geschenkt hatte. Hätte er dies getan, so wäre ihm auf Seite einhundertundsechs des ganz ausgezeichneten Werkes von Professor Hudstorf über *Wirklich giftige Schlangen* der folgende gute Rat begegnet:

Pinkeln Sie niemals – niemals – auf einen Taipan.

So aber verfing sich Lotus zwischen *El Toros* Verbänden, und als ihn ein Strom Urin aus etwas traf, das er für eine Ratte hielt, reagierte er auf die Art, die er am besten kannte.

44

Die Beweislage ist ganz eindeutig«, sagte der Leiter des MI5.

Er war zu einem Geheimtreffen in das Privathaus des Premierministers gebeten worden, nachdem dessen Kinder zu Bett gegangen waren.

»Es gibt immer die Möglichkeit des Zweifels.«

»*Nein*, Sir. Die Akten, die wir aus *El Toros* Versteck haben, belegen ganz eindeutig, dass der Verteidigungsminister der Verräter ist. Er ist es seit mehreren Jahren.«

Der Premierminister seufzte und erhob sich. Er konnte sich offenbar nicht durchsetzen, also würde er anders argumentieren. Er setzte sich neben den Leiter des MI5 und senkte die Stimme. Man wusste ja nie, wer zuhörte.

»Er ist heute Nachmittag zurückgetreten. Ich habe seinen Rücktritt angenommen. Es ist genug.«

»Aber er sollte zur Rechenschaft gezogen werden.«

»Nun … ja …, aber manchmal, Sir John, prallen die strengen Anforderungen der Gerechtigkeit und der politischen Notwendigkeit aufeinander. Ich habe im allgemeinen Interesse der Nation beschlossen, auf eine Anklage zu verzichten.« Er hob mahnend den Finger, um jedem Einspruch zuvorzukommen. »Ich bin der Premierminister, und ich treffe die letzte Entscheidung. Aber jetzt muss ich gehen und meinen Kinder ihre Gutenachtgeschichte vorlesen.« Er

stand auf. »Sir John, Sie werden für Ihre harte Arbeit belohnt werden.«
»Und die Opfer des Bombenanschlags?«
»Manche Geheimnisse werden nie aufgeklärt, nicht wahr? So ist nun mal das Leben!«
Der Leiter des MI5 kehrte nach Hause zurück. Beim Abendessen erklärte er seiner Gattin, dass er beschlossen habe, in den Ruhestand zu treten, und zwar mit sofortiger Wirkung.
»Was immer du für das Beste hältst, Liebster«, erwiderte sie, »dann hast du mehr Zeit für deinen Garten.«
»Ja, und jetzt gehe ich hinaus und vertrete mir die Beine.«
Der Leiter des MI5 verließ das Haus und atmete die kalte Nachtluft ein. Er ging zum Gartenschuppen. Dort wartete bereits ein Mann auf ihn.
»Man wird nichts gegen den Verteidigungsminister tun«, meldete er sich beim Tracker. Dann beugte er sich vor, um ein Unkraut aus dem Winterkohl zu zupfen, und fügte hinzu: »Es wäre natürlich sehr bedauerlich, wenn ihm etwas zustieße.«

Epilog

Manche von uns müssen auf dunklen, gewundenen Pfaden gehen, ehe sie den Fluss des Friedens oder die Straße zur Berufung der Seele finden können.
Joseph Campbell

Ich nehme an, Sie wollen wissen, wie Sie dort hinkommen.

Fahren Sie nach Cerro Punta, und nehmen Sie die einzige Straße, die aus der Stadt hinausführt. Ziemlich bald geht es steil bergauf. Fahren Sie an der Grundschule vorbei – eine der vielen, die mit Reynolds' Geld in Panama gebaut worden sind. Sie werden bei der Kaffeefarm ankommen, fahren aber weiter. Nach etwa einer halben Stunde biegen Sie rechts ab auf eine unbefestigte Straße. Sie verläuft in Serpentinen, aber bald werden Sie ganz oben ankommen.

Am Ende des unbefestigten Weges lassen Sie Ihren Wagen stehen und öffnen das Holztor. Das kleine Mädchen, das Ihnen entgegenläuft? Oh, Sie wissen, wer das ist. Das ist Caroline, gerade erst vier Jahre alt und immerzu lachend. Und das ältere Kind – das, das Ihnen zuwinkt – das ist Pauline. Und vergessen Sie nicht, wenn Sie um die Ecke kommen, den Ausblick zu genießen. Der Jugendliche, der dort steht … der, der die Schlange in der Hand hält? Das ist Paul. Und dort ist auch seine Mutter, die nun den Weg herunterkommt, um Sie zu begrüßen. Sie trägt das Baby, Julio, auf

den Armen. Es ist nicht nötig, Ihnen zu sagen, wie sie heißt – ihr Lächeln und ihre Freude sagen alles.
Und Gustavo? Gehen Sie weiter bis hinter das Holzhäuschen im Schweizer Stil. Dort ist er! Er kümmert sich jetzt um die Orchideen, achthundertzwanzig Arten im Ganzen. Sie sind inzwischen seine größte Freude. Also, gehen Sie los, unterhalten Sie sich mit ihm … und bleiben Sie. Ich bin sicher, dass Sie für einen Moment ihm beisammen sitzenmöchten. Nach allem, was geschehen ist.

Was ist Weisheit? …
frei zu sein und ohne Angst …
Euripides

Scott McBain bei Knaur

Der Judasfluch

Thriller

Dreißig Silberlinge waren einst der Lohn des Judas für seinen Verrat an Jesus. Doch nur 27 Münzen liegen sicher verwahrt in den Gräbern der Päpste Petrus und Silvester. Die letzten drei sind verschollen. Sollte ein solcher Silberling im Vatikan in falsche Hände gelangen, so heißt es, wird die heilige römische Kirche fallen.
Als der kalifornische Gerichtspsychiater Paul Stauffer bei einer Wette von einer Bekannten einen Kuss und eine Silbermünze empfängt, hält er das Ganze für ein amüsantes Gesellschaftsspiel. Doch dann gehen merkwürdige Veränderungen mit ihm vor …

Scott McBain bei Knaur

Die Geheimloge

Thriller

Eine Geheimloge, die sich der Bewahrung des Weltfriedens verschrieben hat, wählt sich einen neuen Meister. Die Regeln der Gemeinschaft aus dem Mittelalter, nach denen über die Nachfolge des Meisters entschieden wird, sind geheim. Nur der Hinweis auf ein prachtvoll gearbeitetes chinesisches Kästchen leitet die fünf Kandidaten. Jeder der Auserwählten ist zu fast allem bereit, um neuer Meister des geheimen Kollegiums zu werden …

»Hochspannung bis zur letzten Seite.«
Die Bunte

Knaur Taschenbuch Verlag

Scott McBain bei Knaur

Der Mastercode

Thriller

»Mother«, ein globales Computernetz, sammelt die Daten aller Bürger und stuft sie nach einem festgelegten Ranking-System ein. Überall herrschen Korruption und nackte Geldgier. Als »Mother« in die Hände einer Verschwörergruppe um den britischen Außenminister und den CIA-Chef fällt, scheint die totale Kontrolle über die Welt zum Greifen nahe. Nur Pia, eine junge Finnin, kann die Menschheit noch retten. Sie kennt den Mastercode für die Selbstvernichtung des Systems ...

Knaur Taschenbuch Verlag